U0451582

悲惨世界

中 册

［法］雨果 著

潘丽珍 译

第三部

马里尤斯

第一卷
从巴黎的原子看巴黎

一 流浪儿

巴黎有个小孩,山林有只小鸟;小鸟叫麻雀,小孩叫流浪儿。

将火炉和晨曦这两个概念相结合,让巴黎和童年这两颗火星相碰撞,便会迸发出一个小生命。普劳图斯①也许会称之为小可怜②。

这些孩子过得很快活。他们常常挨饿,但只要高兴,天天晚上都可去看戏。他们身不穿衬衣,脚不套鞋子,头不顶片瓦,犹如天上的苍蝇,一无所有。他们的年龄在七到十三岁之间,成群结队,游荡于街头,夜宿于星空之下,穿着父亲的破裤子,一直拖到脚后跟,戴着不知哪位父亲的破帽子,一直遮到耳朵根,背着半副黄粗布吊带,东奔西跑,窥视着,寻觅着,游荡着,叼着烟斗,满嘴脏话,出入酒吧,结交盗贼,亲近妓女,说着俚语,唱着淫歌,可心地却一点也不坏。因为在他们心灵里有颗明珠——天真无邪,珍珠是出污泥而不染的。人只要还是孩子,上

---

① 普劳图斯(约前254—前184),古罗马著名喜剧作家。
② 原文为拉丁语。

帝就要他天真无邪。

假如有人问这个庞大的城市："这是什么？"它会回答："是我的孩子。"

二　流浪儿的几个特征

巴黎的流浪儿，是巴黎这位巨人的矮儿子。

决不要言过其实。这些在马路的阳沟中长大的小天使，有时也穿衬衣，不过只有一件；有时也穿鞋子，不过没有鞋底；有时也有住所，而且也爱这住所，因为那里能找到母亲，但他们更喜欢大街，因为那里自由自在。他们有自己的游戏，自己的恶作剧，对有产者的仇恨是这一切的基础。他们还有自己的隐语，比如，把死说成是"啃蒲公英的根"。他们有自己的职业：替要雇车的人找马车，放下车子的踏脚板，下着大雨向过街的人收过路费，并美其名曰搭"艺术之桥"，沿街宣扬当局对法国人民有利的演讲，清除铺路石之间的污物。他们有自己的钱币，是大街上唾手可得的各式各样的小铜片。这种叫作"破片片"的稀奇古怪的钱币，在这群放荡的孩子中，有一成不变的固定的面值。

最后，他们还有自己的动物，他们在角落里观察，乐此不倦：瓢虫、骷髅头蚜虫、长腿蜘蛛、"魔鬼"——一种扭动尾巴上的两只角吓唬人的黑壳虫。他们有自己想象中的妖怪，它腹部长着鳞片，却不是蜥蜴，背上长着疙瘩，却不是癞蛤蟆，它生活在石灰窑和污水坑的洞洞里，黑黢黢、毛茸茸、黏糊糊，它匍匐前进，时快时慢，它不叫不喊，却会瞪着眼睛看人，它是那样面目狰狞，谁都没见过。他们给这妖怪起名"聋子"。在石缝中寻找"聋子"，虽然胆战心惊，却其乐无穷。另一桩乐事，便是突然掀起一块铺路石，看里面有没有土鳖。尽人皆知，巴黎的每个地区都能找到有趣的东西。于尔絮利纳修会的工场上有蠼螋，先贤祠里有百足虫，练兵场的沟渠里有蝌蚪。

至于说话，这些孩子用的词和塔列朗[①]相仿。他们和塔列朗一样玩世不恭，但比他诚实正直。他们会突然莫名其妙地大笑不止；他们突发狂笑，常常弄得店主瞠目结舌。他们既能演高级喜剧，又能演闹剧，各种玩笑开来得心应手。

一队出殡行列经过。送葬的人中有个医生。

"哟！"一顽童喊道，"从什么时候起，医生把他们的工作推到人死之后了？"

另一个顽童混在人群里。一个戴着眼镜、表链上挂着饰物、神情严肃的男人愤怒地回过头来：

"小无赖，刚才你摸我老婆的身子了。"

"我，先生！那您在我的身上搜好了。"

三　他们很可爱

这些小可怜总有办法弄到几个钱，晚上便去看戏。一跨进那

[①] 塔列朗（1754—1838），法国政治家和外交家，在法国大革命时期、拿破仑时期、波旁王朝复辟时期和路易-菲利普治下都任过高官。

具有魔力的门槛,他们便换了个模样,顽童变成了野孩子。剧院有点像底舱朝上的大船。野孩子们就拥挤在这个底舱里。野孩之于顽童,有如飞蛾之于幼虫,是同一种飞翔的动物。只要他们在场,有了他们兴高采烈的神态,热情欢乐的活力,拍打翅膀般的鼓掌,那狭窄、臭气熏天、昏暗、肮脏、污浊、丑陋、可憎的底舱,便可以称作天堂。

把无用的东西给一个人,并取走必需的东西,这就有了流浪儿。

流浪儿对文学并非没有感受力。但是,我们不无遗憾地指出,他们对古典文学毫无兴趣。他们天生无拘无束。举个例子,玛尔斯小姐[①]深受群众喜爱,但在这群嬉笑无度的小观众中间,却带点讽刺的意味。顽童们称她为"马屎"小姐。

他们叫叫嚷嚷,吵吵闹闹,讽刺挖苦,开开玩笑,衣服如裤子般破烂,和哲学家一样褴褛。他们在下水道里钓鱼,污水坑里打猎,在垃圾堆里取乐,对着十字街头撒野。他们又是讥笑又是挖苦,又是口哨又是唱歌,又是喝彩又是谩骂,用淫调浪曲来冲淡天主颂歌,能诵唱各种词曲,会唱葬礼上的祈祷经,也会骂狂欢节的脏话。他们不寻也能得到,不懂也能知道,顽强到偷盗行窃,疯狂到冷静明哲,抒情到追腥逐臭,可以蹲在神山顶上,躺在臭粪堆里,出来时满身星斗。巴黎的流浪儿,就是小拉伯雷。

假如裤子上没有表袋,他们是不会满意的。

他们很少惊奇,更不会惊慌。他们编歌谣讽刺迷信,戳穿谵言诳语,同神怪开开玩笑,向鬼魂伸伸舌头,使神奇的东西变得

---

① 玛尔斯小姐(1779—1847),法国著名的喜剧演员。

平淡无奇，将夸大的史诗变得漫画般夸张。不是他们缺乏诗意，远非如此，而是用闹剧般的怪诞，代替庄严的幻想。假如风暴神出现在他们面前，他们会说："哟，吓唬孩子的妖怪！"

四　他们可能成材

巴黎以闲汉打头，流浪儿殿后；这两种人，别的城市都不可能拥有。前者被动接受，满足于观望，后者主动出击，乐此不疲；一个是普律多姆[①]，另一个是伏伊乌[②]。惟有巴黎的自然史中才有。闲汉代表整个君主制度。流浪儿代表整个无政府主义。

巴黎城郊这些脸色苍白的孩子，在苦难中生活和成长，扭结和"解结"，面对社会现实和人世百态，他们看在眼里，思在心头。他们自以为无忧无虑，其实不然。他们四下环顾，准备大笑，也准备干别的事。不管是什么，无论是成见，还是恶习、丑行、压迫、邪恶、专制、不公、狂热、暴政，都得当心睁大眼睛、张大嘴巴的巴黎流浪儿。

小家伙们会长大成人。

他们是用什么泥土捏成的？遇到什么，便用什么。一把污泥，吹口气，便有了亚当。只要有个神经过。总有神从流浪儿身上经

[①] 普律多姆，法国作家莫尼埃（1799—1877）在喜剧中创造的人物，象征着资产阶级因循守旧、顺从大流。

[②] 伏伊乌，法国文学作品中的流浪儿形象。

过的。命运揉捏着这些小生命。这里所说的命运，带点冒险的意味。这些用凡尘俗土直接捏成的孩子，愚昧无知，浑浑噩噩，平平庸庸，卑下低贱，日后将成为英才还是蠢材呢？不要着急，轮子在转动①，巴黎思想这个精灵，凭偶然创造孩子，凭命运创造成人，这与罗马那位陶工相反，将砂罐做成了双耳大瓮②。

五　他们的疆界

流浪儿喜欢城市，但也爱僻静之处，他们身上也有哲人的品质。他们像阿里斯提乌斯那样爱城市，像贺拉斯那样爱乡村③。

边走边想，也就是信步闲逛，这是哲学家消磨时光的好办法。尤其是在巴黎这些大城市周围的乡村，有点不伦不类，既丑陋，又怪诞，既像城市，又像乡村。观赏城郊，有如观赏两栖动物。屋顶紧连着树木，铺石路紧挨着荒草，店铺紧接着耕田，这一边蹈常袭故，另一边欲望横流；这一边神祇呢喃，另一边人声喧哗：凡此种种，令人神往。

因此，喜欢沉思的人似乎爱去这些缺少魅力，向来被行人冠以凄凉之地的地方作漫无目地闲逛。

本书作者从前常在巴黎四郊闲逛，现在仍记忆深刻。那浅浅

---

① 原文为拉丁语。出自古罗马诗人贺拉斯的《诗艺》。
② 贺拉斯的原句为：开始做的是大瓮；为什么轮子一转，出来的却是砂罐。
③ "爱城市"和"爱乡村"原文为拉丁语。出自诗人贺拉斯给他的好友阿里斯提乌斯的第三封信。信中赞美了乡村生活。

的草地、布满石子的小路；那白垩、泥灰、石膏；那单调乏味的荒地和休耕地、突然出现在一片洼地里的时鲜蔬菜；那乡村的荒蛮和城市的文明相混杂的情景；那广袤而荒芜的、兵营鼓手在那里训练、鼓声震天、仿佛在尝试打仗的角落；那白天幽静、黑夜杀气腾腾的地方；那笨拙地迎风转动的风车、采石场上的轱辘、公墓边上的农舍；那将洒满阳光、充满蝴蝶的广袤荒地切割成一个个方块的深色高墙的神秘魅力，凡此一切都深深吸引着他。

世上几乎无人知晓这些奇异的地方：冰库街、库内特门、弹痕累累丑陋不堪的格勒内尔门城墙、蒙巴纳斯街、捕狼陷阱街、马恩河畔的奥比埃镇、蒙苏里村、伊索瓦尔墓、原为采石场，石料采尽后只种蘑菇，地面上尚存一道腐朽了的活板门的夏蒂翁平石山。罗马的乡村和巴黎的郊区是两个完全不同的概念；只看见天际有田野、房屋或树木，那不过是停留在事物的表面；世间万物的面貌均体现上帝的思想。原野与城市相接的地方，总笼罩着一种透骨的凄凉。那里，大自然和人类都在说话。那里，地方色彩一目了然。

谁和我们一样，曾在我们郊区的这些可被叫作巴黎边缘的荒僻之地闲逛过的人，一定会在最荒凉的地方，在最意想不到的时刻，在某个稀疏的篱笆后，抑或阴森的墙角里，看见一群脸色苍白、满身污泥尘土、衣衫褴褛、头发蓬乱的孩子，戴着一顶矢车菊花环，吵吵嚷嚷地在玩掷币游戏。这都是从穷人家里逃出来的孩子。环城林荫大道是他们自由呼吸的地方，郊区是他们的天地。他们总是逃学到那里，天真地唱着下流的保留歌曲。他们待在那里，更确切地说，他们生活在那里，远离人们的目光，在阳光明媚的五六月间，跪在一个土洞周围，用大拇指打弹子，为几个铜板你争我夺，身无负担，飞来飞去，无拘无束，快活似神仙。看见有人过来，便想起了自己还有工作，要挣钱糊口，便向你兜售一只爬满金龟子的旧毛袜，或一束丁香花。与这些古怪的孩子相遇，是巴黎郊区的一大景致，令人乐而忘返，但也让人心寒心碎。

有时，在这些男孩子群中，也有一些女孩子，——是他们的姐妹？——她们差不多是大姑娘了，骨瘦如柴，焦躁不安，双手晒成褐色，双颊布满雀斑，头上戴着用黑麦穗和丽春花编成的花环，光着脚，快乐而粗野。白天看见他们在麦田里吃樱桃。晚上听见他们朗朗的笑声。这一群群被中午的阳光照亮烤暖，或在暮色下依稀可辨的孩子，在那爱沉思的人心头久久萦绕，甚至在梦中也会看见。

巴黎是中心，四郊是疆界：这便是这些孩子的整个世界。他们从不越出疆界。他们离不开巴黎的氛围，正如鱼儿离不开水。在他们看来，离城门两里以外，就什么也不再有了。伊夫里、让蒂伊、阿格伊、贝勒维尔、奥贝维利埃、梅尼蒙唐、舒瓦齐-勒-罗瓦、比扬库、默东、伊西、旺弗、塞夫勒、皮托、纳伊、热纳维利埃、科隆布、罗曼维尔、夏图、阿斯涅尔、布日瓦尔、南泰尔、昂日安、努瓦西-勒-塞克、诺让、古尔内、德朗西、戈内斯，这便是宇宙的尽头。

六　一点儿历史

在本故事发生的那个年代，其实差不多是当代了，却不像今天那样,每个街口都有一个警察(这是件好事,但现在不是讨论这个问题的时候)。那时,巴黎到处是流浪儿。据统计,警察巡逻队平均每年收容二百六十名无家可归的孩子,他们住在不围栅栏的空地上、正在建造的房屋中或桥拱下。在这些窝巢中,有一处至今仍很有名,因为出产"阿尔科尔桥的燕子"。此外,那里是社会最严重的病兆。人间一切罪恶,盖源自孩子的流浪生活。

然而,巴黎另当别论。尽管我们刚才谈了些往事,但将巴黎作为例外,某种程度上讲是对的。在其他大城市,一个人小时候流浪,长大了一定毫无希望。几乎在任何地方,一个孩子如若无依无靠,可以说就会身不由己地、无可救药地沉沦于种种社会恶习,便会丧失真诚和天良。不过,巴黎的流浪儿却不同,这一点,我们要再次强调。从表面上看,他们受到了极其严重的腐蚀和磨损,但内心几乎完好无损。在巴黎的空气中,存在着一种思想,正如海洋里存在着盐,而这种思想也和盐一样具有某种抗腐性,这一光辉的事实是颇值得指出的,这在我们历次光明正大的人民革命中看得清清楚楚。呼吸巴黎的空气,能使心灵保持健康。

我们这样说,并不意味着我们遇到这样一个孩子时,不感到揪心彻骨的痛苦。在他们周围,仿佛飘浮着破碎家庭的缕缕游丝。破裂的家庭将碎片抛向黑暗中,将骨肉扔在大路上,不管他们的死活,这在远未完善的现代文明中是司空见惯的。于是便产生了悲惨的命运。这叫作——因为这种惨事造出了一个成语——"被扔到巴黎街头"。

顺便提一句,对于这种遗弃孩子的事,旧君主制度是绝不阻止的。在下层社会中有点埃及和波希米亚的遗风,会使上层社会感到舒服，这正是权贵们感兴趣的。仇视平民孩子受教育，这是他们的信条。"半瓶子醋"有什么用？这是他们的口号。然而，愚昧无知的孩子，必定成为流浪儿。

况且，君主政体有时需要孩子，于是，便在街头搜罗。

且不说远的，就在路易十四治下，国王想建立一支舰队，这不无道理。主意不错。可用的是什么办法呢？帆船听凭风摆布，必要时还得拖拉，假如没有划桨或蒸汽驱动的、想去哪便可去哪的战船，就谈不上舰队；对海军而言，当年的楼船便是今天的轮船。因此必须有楼船。可楼船前进全靠划桨手。因此需要划桨手。科尔贝[①]让各省总督和法院尽多地制造苦役犯。法官们大献殷勤。有人在迎神行列经过时不脱帽，便有胡格诺派教徒之嫌，就会被送去划船。路上遇见一个孩子，只要年满十五岁，又无栖身之处，便把他送去划船。伟大的统治，伟大的世纪。

路易十五时期，巴黎街头看不见孩子，警察把他们掳走不知干什么神秘的事了。人们惊恐万状，窃窃私语，关于国王洗红水澡的骇人听闻的臆测不胫而走。巴比埃[②]如实地谈到过这些事。有时抓不到孩子，警察们连有父亲的孩子也不放过。父亲们悲痛欲绝，便追击警察。于是，法院出面干涉，命令处以绞刑——绞死谁？警察吗？不是。是父亲。

---

① 科尔贝（1619—1683），法国政治家，路易十四的财政大臣。一六六八年起任海军国务大臣。

② 巴比埃（1765—1825），法国图书馆学家和目录学家。

七　在印度的社会等级中，可能有流浪儿一席之地

巴黎的流浪儿几乎是一种社会等级。可以说，谁也不要他们。

"流浪儿"（gamin）一词在一八三四年才初次印成文字，从通俗语言进入文学语言。该词首先出现在一部名曰《克洛德·格》[①]的小作品中。当时引起了轰动。最后被大家接受了。

流浪儿赢得同伴尊敬的理由各种各样。我认识一个流浪儿，并与之有来往，他因看见一个人从圣母院塔楼顶上摔下来，而备受尊敬和钦佩。还有一个因成功地钻进残老军人院的后院，从暂时存放在那里的圆屋顶的塑像上"偷"了些铅。第三个是看见一辆公共马车翻了车。还有一个，因为"认识"一个差点将某有产者的眼睛戳瞎的士兵。

这样，我们就能明白为什么有个巴黎流浪儿会发出如下感叹："妈的！我太不幸了！我怎么还没见过一个人从六楼上摔下来（他把 ai-je 说成了 j'ai-t-y，把 cinquième 说成了 cintième）！"对于这个深奥的感叹，凡夫俗子听不懂，只好付之一笑。

当然，下面的话是乡下人的妙语：

"某老伯，您老婆害她的病死了，为什么不叫人去喊医生？""您要我怎么办？我们这些穷人，我们自己死自己的。"如果说这句话淋漓尽致地表达了乡下人那种狡狯的被动，那么，下

[①] 《克洛德·格》，雨果的早期著作，一八三四年刊载在《巴黎杂志》上。

面一句话则充分表达了城郊流浪儿那种自由思想家的无政府主义。一个死囚在囚车里聆听忏悔神甫的教诲,巴黎的孩子大声嚷道:"他在同他的教士说话。呵!胆小鬼!"

在宗教问题上表现出的某种放肆,提高了流浪儿的声望。重要的是不信教。

看砍头,是一种责任。他们互相指着断头台,又说又笑。他们给断头台起了各种各样的小名:"晚餐的压轴戏""嘟噜鬼""天宫娘娘""最后一口",如此等等,不一而足。为了不漏掉任何细节,他们爬墙,爬阳台,爬树,吊在栅栏上,攀在烟囱上。流浪儿天生是盖瓦工,正如他们天生是水手。屋顶不比桅杆更可怕。没有比河滩广场上行刑更热闹的场面了。桑松①和蒙泰斯神甫的名字家喻户晓。他们向受刑者发出嘘声,给他鼓劲儿,有时甚至很佩服。拉瑟内尔②当流浪儿时,看见丑恶的多顿勇敢赴刑,便说:"我真羡慕他。"不料日后竟被他言中。流浪儿中间,无人知道伏尔泰,却人人知道帕帕瓦纳③。他们把"政治家"和杀人犯混为一谈。他们将受刑人临终的衣着和仪表互相传诵。他们知道,托勒龙戴的是司机帽,阿弗里是水獭皮帽,卢维尔是圆礼帽,老德拉波特是秃子,没戴帽子,卡斯坦肤色红润,相貌俊美,博里留着浪漫的山羊胡,让-马丁仍背着吊裤带,勒库夫同母亲吵嘴。有个流浪儿冲他们喊道:"别互相埋怨囚车啦。"还有个流浪儿,个儿不

---

① 桑松(1740—1793),路易十六时期的刽子手。
② 拉瑟内尔曾当过记者、逃兵和小偷,后因杀人被判死刑。
③ 帕帕瓦纳因杀死两个小孩,而被判死刑。

高，被人挡住视线，德巴凯经过时，为了看得清楚，发现河沿上有路灯杆，便爬了上去。那里有个警察在站岗，看见后皱起了眉头。流浪儿说："让我上去吧，警察先生。"为了博得警察同情，他又加了一句："我不会摔下来的。"那警察回答："我才不管你摔不摔呢。"

在流浪儿中，谁发生了令人难忘的意外，就会受到重视。若有人不小心砍了自己，伤口一直"深达骨头"，便会赢得最高的敬意。

拳头是博得尊敬的不小因素。流浪儿最爱说的一句话便是："瞧我多有劲儿！"左撇子极受人羡慕，斜眼备受人尊敬。

八　末代国王的一句妙语

夏天，他们变成青蛙。傍晚，夜幕降临时，在奥斯特里茨桥和耶那桥前，他们站在运煤和洗衣女工的船顶上，低着头跳到塞纳河里，全然不顾廉耻和治安条例。然而，治安警察虎视眈眈，于是，便出现了一种极富戏剧性的场面。有一次，有个流浪儿为了通知伙伴，策略地大声吼了几句，这充满兄弟情谊的令人难忘的呼喊在一八三〇年家喻户晓，其节奏像荷马的一句诗那样铿锵有力，其旋律几乎和雅典娜女神节吟唱的埃勒夫西斯旋律[①]一样难以描摹，颇像古代祭祀时女祭司对酒神的吆喝。下面就是那流浪

[①] 雅典娜女神节，古时雅典城举行的节日。埃勒夫西斯为古希腊港口，以其秘密宗教仪式闻名于世。

儿的呼喊:"喂!小家伙,喂喂!瘟神来了,条子①来了,当心!快溜!从阴沟里溜走!"

有些小飞虫——这是他们给自己起的雅号——略识几字,也有的还能写一写,总能随便涂几笔。也不知通过什么互教互学的秘法,毫不犹豫地互相传授可能对国家有用的种种才能:一八一五到一八三〇年,他们模仿火鸡叫;一八三〇年到一八四九年,他们在墙上乱画梨②。夏天的一个傍晚,路易-菲利普国王步行回宫,看见一个小不点儿踮着脚,用炭笔在纳伊城堡铁栅栏门的一根柱子上画一个很大很大的梨子,累得满身大汗。国王继承了亨利四世的好脾气,他帮顽童画完了梨,又给他一枚金路易,对他说:"这上面也有梨。③"流浪儿喜欢喧闹,喜欢带点激烈的场面。他们憎恨"神甫"。一天,在大学街,一个小淘气鬼用大拇指顶着鼻子,向69号的大门摇动其余四个指头,以示蔑视。一过路人问他:"你干吗对着门这样做?"那孩子回答:"那里面有个神甫。"的确,那里住着教皇的使臣。然而,尽管流浪儿也像伏尔泰那样怀疑宗教,如果教堂举行宗教仪式,有机会当神甫的侍童,他们会欣然接受,而且毕恭毕敬地侍奉弥撒。有两件事是他们所渴望做,却从没做到的,那就是推翻政府和补好自己的长裤。

地道的流浪儿熟悉巴黎所有的警察。遇到警察,便能道出他

---

① "条子"为俚语,即"警察"。

② 在法语里,火鸡和梨喻指笨蛋。一八一五至一八三〇年是波旁王朝复辟时期,一八三〇至一八四八年是路易-菲利普王朝时期。学火鸡叫和画梨都是在侮辱法国国王。

③ 这是双关语,金币上的头像与梨相似。

们的名字。说起他们来如数家珍。他们研究警察的习惯,对他们每个人都有特别的评价。他们一眼就看到警察的内心。他们会流利地、毫无差错地对你说:"某某是个叛徒""某某很凶恶""某某很伟大""某某很可笑"(所有这些字眼:叛徒、凶恶、伟大、可笑,经他们一说,就有了特殊的意味)。"这一个以为新桥是他的,不许别人在栏杆外的边沿上行走";"那一个老喜欢揪别人的耳朵";如此等等,不一而足。

九 古老的高卢精神

巴黎中央菜市场之子莫里哀的身上有流浪儿的意味,博马舍身上也有流浪儿的情趣。流浪儿的淘气具有高卢精神的色彩。它与理性相结合,有时能增加理性的力量,正如醇掺入酒,能增加酒的力度。有时,它便成了缺点。荷马啰啰嗦嗦,不错;伏尔泰很顽皮,也可以这样说。卡米尔·德穆兰[①]是巴黎郊区人。以粗暴态度对待圣迹的尚皮奥内[②]出生于巴黎街头;他很小的时候,就"尿漫"过圣约翰-德-博韦和圣埃蒂安-迪蒙两座教堂的柱廊;他常用你称呼圣热纳维埃芙[③]的圣骨盒,最后竟对圣亚努阿里乌

---

  ① 德穆兰(1760—1779),法国大革命时期最有影响的新闻记者,为这场大革命的首领之一。
  ② 尚皮奥内(1762—1800),法国大革命时期的将军。
  ③ 圣热纳维埃芙,巴黎的主保女圣人。她的神龛被视作圣物。

斯①的小玻璃瓶发号施令。

巴黎的流浪儿既彬彬有礼,又喜欢嘲笑,又态度傲慢。他们的牙齿很难看,因为营养不良,肠胃不好。他们的眼睛很漂亮,因为他们机智幽默。他们可以当着耶和华的面,单脚跳着爬天堂的台阶。他们擅长拳打脚踢。他们有向各方面发展的潜力。他们在马路的阳沟里玩耍,也可以在暴动中挺身而出。面对枪林弹雨,依然嬉皮笑脸。昔日是流浪儿,今日做英雄。他们和底比斯的小英雄一样,敢于和狮子较量。鼓手巴拉②是巴黎的流浪儿,他高喊:前进!正如《圣经》里的那匹战马大吼一声:哗!转眼间,小孩变成了巨人。

这些陷入污泥的孩子,也是理想的孩子。请测量一下莫里哀到巴拉之间的距离吧。

总之,可用一句话来概括:流浪儿是苦中作乐的人。

十　这就是巴黎,这就是人③

还可用另一句话来概括:今日巴黎的流浪儿,有如昔日罗马的希腊人,是额头上有旧世界皱纹的孩子平民。

---

① 圣亚努阿里乌斯,那不勒斯的主保圣人。在那不勒斯的大教堂里,据说有一个玻璃瓶中存放着他的凝血块,每年十八次化为液体。

② 巴拉(1779—1793),法国少年英雄,追随共和军,在旺代战争中死于一次埋伏中。

③ 原文为拉丁语。

流浪儿是上帝对国家的恩赐，却也是一种疾病。必须医治的疾病。怎么治？用光辉。

光辉净化心灵。

光辉照亮心灵。

一切普照社会的光辉，皆源自科学、文学、艺术、教育。培养人才，造就人才，你施与他光，他报你以热。灿烂的全民教育问题，迟早会以绝对真理之不可抗拒的威力提出来。到那时，在法兰西思想监督下治理国家的人，就要作出选择：是要法兰西儿女，还是巴黎的流浪儿，要光明中的烈焰，还是黑暗中的磷火。

流浪儿代表巴黎，巴黎代表世界。

因为巴黎包罗一切。巴黎是人类的天幕。这个不可思议的城市，是古今习俗的缩影。谁看见巴黎，便以为看见了整部人类历史的内幕，上面是天空，中间布满了星辰。巴黎有个朱庇特神殿①，那就是市政厅；有个帕台农神庙②，那就是圣母院；有座阿芬丁山③，那就是圣安托万郊区；有个阿西纳里乌姆④，那就是索邦大学；有个潘提翁⑤，那就是先贤祠；有条神圣大道⑥，那就是意大利大街；有座风塔⑦，那就是舆论。它用嘲笑取代古罗马

---

① 朱庇特神殿建在罗马卡皮托尔山丘上。
② 帕台农神庙，雅典古庙。
③ 阿芬丁山，罗马七个山岗之一。
④ 阿西纳里乌姆，雅典的一座建筑物，建于公元前一世纪。
⑤ 潘提翁，古罗马的万神殿。
⑥ 神圣大道，古罗马的一条大路，军队凯旋必经之路。
⑦ 雅典的八角形风塔，建于公元前一世纪。

的陈尸①。它的纨绔子弟叫 le faraud，它的郊区人叫 le faubourien，它的搬运工叫 le fort de la hall，它的盗贼叫 la pègre，它的时髦少年叫 le gandin。别处有的，巴黎应有尽有。迪马赛的贩鱼婆，可与欧里庇得斯的卖草婆针锋相对；走钢丝的福里奥佐是古罗马掷铁饼艺人弗雅努斯的再世；泰拉蓬蒂戈努斯·米勒会与投弹手瓦德邦科尔手挽手；旧货商达马西普斯会在巴黎旧货店里流连忘返；樊尚会抓住苏格拉底，正如阿戈拉会囚禁狄德罗；格里莫·德·拉雷尼埃发明了油脂烤牛肉，正如库尔提乌斯发明了烤刺猬；在星星广场凯旋门的圆顶下，我们又看见了普劳图斯所描绘的高架秋千；阿普列乌斯在珀西勒遇见了吞剑人，而现在新桥上有吞刀人：拉穆的侄子与寄生虫古尔古里翁是天生一对，埃尔加齐尔会在埃格尔弗伊引荐下，到康巴塞雷斯家做客；罗马四个花花公子阿尔塞西马库斯、费得罗姆斯、迪阿博吕斯和阿吉里普，会乘坐拉巴蒂的驿车，从拉库蒂出发②，去参加假面具游行；奥吕-热尔在厨师孔格里奥前滞留的时间，不会比夏尔·诺迪埃在木偶剧的驼背小丑前滞留的时间久；马尔通不是老虎，而帕达利斯卡也绝非一条龙；爱逗乐的潘托拉比斯在英格兰咖啡馆里与浪荡公子诺曼达努斯大开玩笑；赫尔莫热纳是香榭丽舍大街上的男高音歌手，乞丐特拉西尤斯装扮成小丑在他周围募捐；在杜伊勒利花园，一个讨

---

① 在古罗马，罪犯处死后，先要放到卡皮托尔山岗西北坡上陈尸，然后才扔进台伯河。

② 拉库蒂，巴黎的一个旧区。每年狂欢节，那里非常热闹，是假面具游行的出发点。

厌人抓住你的衣扣不让你走,你会重复两千年前泰斯普里翁说的一句话:"谁抓住我的衣服不让我走?"絮雷纳酒可以冒充阿尔巴酒,代佐吉埃的满满一杯红葡萄酒,能与巴拉特龙的一大杯香槟酒并肩比美;夜雨中,拉雪兹神甫公墓和埃斯基利公墓一样发出磷光,穷人购用五年的墓穴,与奴隶租用的棺材不相上下。

请找一下,什么东西是巴黎没有的。特罗福尼乌斯桶里的东西,在梅斯梅尔[1]的小木桶里应有尽有;埃加菲拉斯借卡格利奥斯特罗的躯体还了魂;婆罗门僧人梵沙方陀转世为圣日耳曼伯爵;圣梅达公墓显示的圣迹,和大马士革乌姆乌米埃清真寺的圣迹一样高明。

巴黎有个伊索,就是马耶[2],也有个卡尼迪,就是勒诺曼小姐[3]。巴黎和德尔斐[4]一样,在光怪陆离的幻景面前,会惊慌失措;它转动桌子,就像多多纳[5]转动三脚架。它让轻佻女子坐上宝座,正如罗马让娼妓坐上宝座一样。总而言之,如果说路易十五比罗马皇帝克洛狄一世更坏,可杜巴里夫人[6]却比梅萨利娜[7]好得多。巴黎将希腊的裸体、希伯来的脓疮和加斯科涅的嘲讽,组合成一

---

[1] 梅斯梅尔(1734—1815),德国医生,自称发现动物磁力,找到了包治百病的药方。特罗福尼乌斯,古希腊俄提亚人所信奉的神,住在地下,预言人间万事。
[2] 马耶,漫画家特拉维埃创造的人物,赢得很多读者。
[3] 勒诺曼小姐(1772—1842),以纸牌算命著称。
[4] 德尔斐,古希腊阿波罗神殿所在地,那里的神谕威信极高。
[5] 多多纳,位于希腊的伊庇鲁斯,宙斯神殿所在地,以神谕著称。
[6] 杜巴里夫人(1743—1793),法国国王路易十五的情妇。
[7] 梅萨利娜(约22—48),罗马皇帝克洛狄第三个妻子。

个空前绝后的人,这怪人确实存在过,我们也接触过。它把第欧根尼①、约伯②和帕亚斯③糅合成一体,给一个幽灵糊上几张旧《立宪报》,便有了肖德鲁克·迪克洛④。

尽管普鲁塔克说,暴君一般是活不到老的,可是,无论在苏拉⑤,还是在图密善⑥统治时期,罗马人民却逆来顺受,甘愿往酒里掺水。台伯河是一条忘川⑦,瓦吕斯·维比斯库斯对它有过赞美,尽管有点教条:"对付格拉古兄弟,我们有台伯河。喝了台伯河的水,便会忘却造反。⑧"巴黎一天要喝一百万升的水,但它仍擂响战鼓,敲响丧钟。

除此之外,巴黎是很好说话的。它豁达大度,兼收并蓄。它对女性美并不挑剔;它崇尚非洲霍屯督人的臀部美;心里一高兴,就宽恕一切;丑陋使它开心,畸形使它快活,罪恶使它欢愉;假如你很滑稽,你就能逗人发笑;即使面对伪善这一最厚颜无耻的

---

① 第欧根尼(约前404—前323),古希腊哲学家。其哲学反映了穷人对统治者的消极反抗。
② 约伯,《圣经》中人物,极富有并有忍耐精神。
③ 帕亚斯,笑剧中的小丑,愚蠢可笑。
④ 迪克洛(1780—1843),极端保王派。王朝复辟时期,他谋取元帅职务,未遂心愿,便留起长发和长胡子,天天到王宫前去散步,以示抗议。
⑤ 苏拉(前138—前78),古罗马将军和独裁官。
⑥ 图密善(51—96),古罗马皇帝。
⑦ 忘川是冥府的河流之一,亡灵喝了这条河里的水,就会忘掉过去的一切。
⑧ 原文为拉丁语。格拉古兄弟为罗马人,公元前二世纪,他们利用保民官的职位和罗马共和国公民大会的立法权,发动了罗马革命。

品行，它也不会气愤；它酷爱文学，即使面对巴西尔①，他也不会捂住鼻子，看见达尔杜弗②祈祷，不会比贺拉斯看见普里阿普斯"打嗝"更厌恶。世人面部的所有线条，没有一根不刻在巴黎的脸上。马比耶舞会③上跳的舞，和雅尼库卢斯山上跳的波吕许尼亚舞④不一样，不过，卖脂粉的女商贩在舞场上窥视轻佻女人的眼神，同拉皮条的女人斯塔斐拉偷觑处女普拉内西的眼神一样贪婪。格斗的围场不同于罗马的竞技场，不过，同样异常凶猛，仿佛恺撒在观看。萨盖大娘不如叙利亚老板娘妩媚，不过，如果说维吉尔经常出没罗马那家小酒馆的话，那么，可以说，大卫·德·昂热、巴尔扎克和夏莱却是巴黎这家酒馆的座上宾。巴黎主宰世界。有才华的人在这里争艳斗辉，辫子上结红绸的小丑在这里繁衍滋生。耶和华乘坐有十二个雷电轮子的战车经过，西勒诺斯⑤坐着母驴进城。西勒诺斯，就是朗波诺⑥。

巴黎是宇宙的同义词。巴黎是雅典、罗马、锡巴里斯⑦、耶路撒冷、庞丹⑧。所有的文明和野蛮都在这里浓缩。巴黎若无一个断

---

① 巴西尔是法国剧作家博马舍笔下的伪君子。
② 达尔杜弗是莫里哀剧作《伪君子》中的主人公。
③ 马比耶舞会是一个公共舞会，在香榭丽舍大街上，由舞蹈老师马比耶创立。
④ 雅尼库卢斯山为罗马周围山丘的总称，在台伯河的右岸。波吕许尼亚是古希腊九位缪斯女神之一，主管颂歌。
⑤ 西勒诺斯，希腊神话中酒神狄俄尼索斯的养父。
⑥ 朗波诺，巴黎一家酒店的老板。
⑦ 锡巴里斯，位于意大利南部，是古希腊城市，建于公元前八世纪，毁于六世纪。
⑧ 庞丹，巴黎城北的一个小镇。在俚语中，庞丹是巴黎的代称。

头台，便会心头不快。

有河滩广场作点缀实在太妙。假如没有这个调味品，那不散的筵席会变成什么呢？我们的法律未雨绸缪，真是高明。多亏了法律，那把铡刀便能在这狂欢节里滴血了。

十一　嘲笑，统治

巴黎没有边界。任何城市的统治都不像巴黎，可以时常对自己的臣民讥笑嘲弄一番。亚历山大曾高呼："啊！雅典人，我要讨你们欢心！"巴黎不仅产生法律，还产生风尚。巴黎不仅产生风尚，还产生成规。巴黎只要愿意，可以当傻瓜。这种奢侈，它不时地享受一下。于是，整个世界和它一起成了傻瓜。接着，巴黎清醒过来，揉揉眼睛说："我太蠢了！"并冲着人类，放声大笑。这样一个城市，真是妙不可言！奇怪的是，伟大可以与荒唐和睦共处，威严可以不受滑稽模仿打扰，同一张嘴，今天可以吹最后审判的号角，明天又会吹芦笛。巴黎的快活至高无上。它的快乐有雷霆之势，它的戏谑有权杖之威。有时，它做个鬼脸，就会引起一场风暴。它的革命，它的光荣的日子，它的杰作，它的奇迹，它的英雄业绩，震撼整个大地，连它的胡扯也响彻全世界。它大笑起来，犹如火山口喷出岩浆，溅及全球。它的插科打诨，是点点火星。它把自己的理想和讽刺，一股脑儿强加给全世界人民；人类文明的最高丰碑接受它的嘲笑，并把自己的不朽归于它的笑谑。它太杰出了；它有解救人类的令人震惊的七月十四日；它让世界各国都发表了网球场誓言①;八月四日夜间,短短三个小时,便使两千年的封建制度土崩瓦解②;它使它的逻辑成为人类意志的肌肉;它的崇高形形色色,层出无穷;它用它的光辉照亮了华盛顿、柯斯丘什科、玻利瓦尔、波查里斯、里埃哥、贝姆、马宁、洛佩斯、约翰·布朗、加里波第;③哪里燃烧着未来的火焰,哪里便有它,一七七九年在波士顿,一八二〇年在莱翁岛,一八四八年在佩斯,一八六〇年在巴勒莫;当美国主张废除奴隶的人在哈珀渡口的渡轮上集会的时候,当安科纳④的爱国者在海边的戈齐旅店前聚会的时候,他们的耳畔响起了它那低沉而有力的口号:自由;它创造了卡纳里斯;它创造了基罗加;它创造了比萨卡纳⑤;它把伟大的光辉射向全球;它的风把拜伦和马泽一个吹到了土耳其,另一个吹到了西班牙,于是,前者客死在梅索朗吉昂,后者客死在巴塞罗那;它是米拉波脚下的论坛,罗伯斯庇尔脚下的火山;它的书,它的戏剧、艺术、科学、文学、哲学,是人类的教科书;它有分分秒秒都需要的帕斯卡尔、雷尼埃、高乃依、笛卡

---

① 一七八九年六月二十日,法国国民议会在凡尔赛举行会议,无特权的第三等级被拒之门外,于是,他们在附近的一个网球场发表誓言,不为法国制订出一部成文宪法,誓不散去。

② 一七八九年八月四日夜间,制宪会议宣布永远废除封建制度,将教会的私有土地收归国有。

③ 以上提及的人物是各国民族解放英雄。

④ 安科纳,意大利城市,濒临亚得里亚海。

⑤ 卡纳里斯(1790—1877),反抗土耳其统治的希腊民族英雄。基罗加(1784—1841),西班牙军官,自由主义者,西班牙独立战争的领袖之一。比萨卡纳(1818—1857),意大利革命者。

儿、卢梭、伏尔泰,世世代代不可或缺的莫里哀;它让全世界的人都讲它的语言,而这个语言变成了圣言;它在全人类的头脑里树立起进步的思想;它铸造的拯救世界的信条,成了世世代代的枕边剑,而一七八九年以来世界各国的英雄,都是由它的思想家和诗人的灵魂塑造出来的;可是,这并不妨碍它像顽童那样胡闹,这个被称作巴黎的庞然大物,一面用自己的光辉改变着世界,一面却用炭笔将忒修斯神殿墙上的布热尼埃的鼻子涂黑,并在金字塔上写下了"盗贼克雷德维尔"。

巴黎总是露着牙齿,不是咬牙切齿地骂人,便是张着嘴巴大笑。

这就是巴黎。它屋顶上的炊烟,是人类的思想。说它是一堆烂泥和石头也未尝不可,但它尤其是有道德的人。它不只是大,而且无边无际。为什么?因为它敢为。

敢为,这是进步的代价。

一切崇高的征服,或多或少是敢为的结果。要使革命得以进行,不但需要孟德斯鸠的预感,狄德罗的鼓吹,博马舍的宣告,孔多塞的推算,阿鲁埃的筹备,卢梭的策划,而且,还得有丹东的敢为。

丹东大吼一声:果为,犹如上帝大喊一声:给世界光明。为使人类前进,必须从山顶上不断发出鼓舞勇气的豪言壮语。大胆的行为使历史光辉灿烂,它们是人类的奇光异彩。曙光初生时,是敢作敢为的。尝试,冒险,坚持不屈不挠,忠于自己,与命运搏斗,不怕灾难。时而冒犯不公正的强权,时而唾骂狂热的胜利,坚韧不拔,顽强奋战:这就是世界人民需要的榜样,是激励他们前进的光辉。普罗米修斯的火炬和康布罗纳的烟斗发出同样灿烂的火光。

十二　未来存在于人民中

至于巴黎人民，即使已成年，也依然是顽童。描绘顽童，便是描绘巴黎；正因为如此，我们才通过这只无拘无束的麻雀，研究了这只雄鹰。

必须强调，巴黎种主要出现在郊区。那里有纯种的巴黎人民；那里有真实的面孔；那里，巴黎人民在劳动和受苦，而受苦和劳动是人类的两张面孔。那里生活着无数默默无闻的人，稀奇古怪的人比比皆是，从拉佩河上的装卸工，到隼山上的屠夫。"城市的渣滓。"西塞罗如是说。"乌合之众。"伯克气愤地补充说。贱民，愚民，顽民。这些字眼脱口而出。好吧。那又怎么样？他们赤脚走路，这有什么关系？他们不识字，就让他们不识字好了。就为了这，你就可以抛弃他们吗？他们穷困潦倒，你就可以诅咒他们吗？光明难道不能深入这些人的心灵吗？我们要再一次高呼：给予光明吧！我们要坚持高呼：给予光明！给予光明！谁知道这些不透明的躯体，有朝一日不会变得透明晶亮呢？革命不就是要改变面貌吗？哲学家们，行动起来吧！要教育人民，启发人民，点燃人民，公开说出自己的想法，理直气壮作宣传，快快乐乐奔光明。要经常到广场上去，宣布好消息，将识字课本发给民众，宣布人权，高唱《马赛曲》，播种热情，采摘橡树的青枝。将思想变作旋风。巴黎人民能够变得高尚。原则和道德有时会燃烧起来，发出噼啪声，爆裂声，颤动声，我们要善于利用。这些赤脚裸臂、衣衫褴褛、愚昧无知、卑劣混沌的人，可以用来实现理想。你透过民众，可以看到真理。你踩在脚下的这些卑劣的沙子，可以被扔进炉膛，它们在里面熔化，在里面沸腾，将会成为光灿夺目的水晶；多亏了它们，伽利略和牛顿发现了行星。

十三　小加弗洛什

在本书第二部叙述的事情发生后大约过了八九年，在圣殿街和水塔一带，常能看见一个十一二岁的小男孩，唇际挂着他那般年纪的笑容，若不是内心绝对的阴郁和空虚，他就完全是我们前面勾画的流浪儿的典型了。这孩子衣着古怪，下身穿着大人的长裤，但不是他父亲的，上身穿着女人的短上衣，可不是他母亲的。有人可怜他，就让他穿上了这身破衣服。然而，他有父亲和母亲。只是父亲不想着他，母亲不爱他。他属于那种父母双全，却又是孤儿，值得可怜的孩子。

这孩子从来觉得待在街上最适得其所。铺路的石头不比他母亲的心肠硬。

父母一脚把他踢进人生。他就干脆插翅高飞。这孩子爱喧闹，他脸色苍白，动作敏捷，生气勃勃，喜欢嘲笑，神态活泼，面带病容。他来来去去，哼哼唱唱，掷铜板[①]，掏阳沟，有时偷一点儿，

[①] 掷铜板是孩子们玩的一种游戏：将尽可能多的铜板一下子全扔进地上挖的被叫作"罐"的洞里。

但就像猫和麻雀，偷得快乐，有人叫他流浪儿他便笑，有人喊他流氓他便恼。他没有住处，没有面包，没有火，没有爱，但他快快乐乐，因为他自由自在。

当这些可怜人长大成人，几乎总要遭受社会秩序这磨盘的碾压。但是，只要他们还是孩子，因为个儿小，就可以逃脱。很小一个洞就可以救他们。

然而，尽管这孩子已被遗弃，却每隔两三个月就会说："嗨，我得去看看妈妈了。"于是，他离开圣殿街、马戏场和圣马丁门，上了沿河马路，过了桥，到了郊区，来到硝石库医院。他到了哪里？正是读者熟悉的那栋50—52双重门牌号码的房子，也就是戈博旧宅。

50—52号旧宅通常没人居住，长年挂着一块牌子：出租房间。可异乎寻常的是，那时候，这栋旧宅里住着几个人，而且，像巴黎常有的那样，他们之间没有联系，从不来往。他们都属于贫困的阶级，起初是生活拮据的小资产者，由于越来越贫困，逐步伸入社会底层，最后沦为通阴沟洞和捡破烂的老人；这两种人，负责清除物质文明带来的所有渣滓。

让·瓦让那时候的"二房东"已经过世了，接替她的同她如出一辙。我忘了哪个哲学家说过："什么时候都不缺老太婆。"

这个新来的老婆婆叫比贡太太。她一生中除了三只鹦鹉外，毫无引人注目的东西，那三只鹦鹉先后主宰了她的灵魂。

旧宅里最穷困的住户，是一个四口之家，父亲、母亲和两个相当大的女儿。这一家四口挤在一间陋室里。这些陋室，前面已谈到过了。

乍一看，这家人除了一贫如洗，毫无特别之处。父亲租下这个房间时，声称自己叫戎德雷特。他们搬来时，拿二房东那句令人难忘的话来说，"进来时，一无所有。"搬来后不久，戎德雷特对那位前辈，既是门房又兼管清扫楼梯的女人说："某某大妈，万一有人来找一个波兰人，或意大利人，或者是西班牙人，那就可能是我。"

这个家，便是那位快乐的小流浪儿的家。他回到了家，家里四壁萧然，一贫如洗，更叫人伤心的是，没有一点笑容。炉膛是冷的，家里人的心也是冷的。他进屋时，家里人问他："你是从哪里来的？"他回答："从街上。"他走时，家里人问他："你去哪里？"他回答："街上。"他母亲对他说："你来干什么？"

这孩子生活在没有爱的环境中，有如地窖里的枯萎的小草。但他并不感到痛苦，也不怨天尤人。他根本不知道父亲和母亲应该怎样。

况且，母亲很爱他的姐姐。

忘记交代了，在圣殿街，大家管这孩子叫小加弗洛什。为什么叫他加弗洛什？也许就因为他父亲叫戎德雷特。

断绝骨肉之情，这似乎是某些穷困家庭的本能。

戎德雷特一家在旧宅中占据的房间，位于走廊尽头，是最后一间。隔壁那间住着一个极其穷困的年轻人。大家叫他马里尤斯先生。

我们来介绍一下马里尤斯先生。

第二卷
大资产阶级

一　九十岁，三十二颗牙

在布什拉街、诺曼底街和森通日街，还有几位老居民，都还记得一个叫吉诺曼先生的老人，谈起他来兴味盎然。他们年轻的时候，那人就已上了年纪。对那些以伤感的心情，缅怀所谓过去的无数朦胧黑影的人来说，他的身影尚未从圣殿周围迷宫般的街道上完全消失。在路易十四时代，那些街道都以法国各省的名称命名，恰如今天蒂沃利新区各街道用欧洲各首都的名称命名一样。顺便说一句，从这变化中也可看出明显的进步。

在一八三一年，吉诺曼先生活得比谁都健朗。他是那种仅仅因为长寿而引人注目的奇人，从前和大家十分相像，现在和大家迥然相异。这是个非常特别的老人，确实是另一个时代的人，是地道的略带傲气的十八世纪的资产阶级，死抱着旧式资产阶级的派头不放，如同侯爵们死抱住侯爵爵位一样。他年逾九十，走路步履稳健，说话声音洪亮，视物眼明目清，他能喝，能吃，能睡，睡着了还打呼噜。他还有三十二颗牙。看书读报时，他才戴眼镜。

他生来多情,但近十年来,他已坚决而彻底地不再沾女人的边了。他说,他不讨女人喜欢了。他不肯说"我太老了",而只说"我太穷"。他说:"要是我没破落……嘿嘿!"——的确,如今他只剩下一万五千利弗左右的年金。他梦想能继承一笔遗产,有十万法郎的年金收入,好供养情妇。正如大家看到的,他不是像伏尔泰那样弱不胜衣,一辈子半死不活的八十老翁;也不像裂了口的罐子苟延残喘的老寿星。这个健朗的老人,身体一直很好。他浅薄,性急,容易发怒。他动辄大发雷霆,且常常毫无道理。有人反驳他,他便举起拐杖。他还打人,就像在伟大的世纪①那样。他有一个五十出头仍未结婚的女儿,他发怒时,经常把她痛打一顿,恨不得用鞭子揍她。在他看来,她只有八岁。他常常狠扇用人的耳光,嘴里骂着:"啊!烂货!"在他骂人的话中,有一句是:"蠢货中的蠢货!"他安静起来,与众不同;他每天让一个剃须匠刮胡子,那人曾得过疯病,有个漂亮风骚的妻子,因此对吉诺曼先生吃起了醋,并且非常厌恶他。吉诺曼先生很欣赏自己对事物的判断力,自称聪慧过人。他曾说:"老实讲,我很有点洞察力,当有跳蚤咬我时,我能说出它是从哪个女人跳到我身上的。"他最常用的词是:"敏感的人"和"大自然"。他给"大自然"下的定义,和我们现在的解释不一样。他以自己的方式,把这个词编入饭后茶余的俏皮话里:"为了使人类文明多姿多彩,"他说,"大自然创造了形形色色的文明,甚至是饶有趣味的野蛮状态。亚洲和非洲有的东西,欧洲也有,只是小了一些。猫是客厅里的老虎,壁虎是

---

① 伟大的世纪,指路易十四统治的十七世纪。

口袋里的鳄鱼。歌剧院里的舞女,是玫瑰色的蛮女。她们不吃男人,而是骗取他们的钱财。也可说她们是巫婆!她们把男人变成牡蛎,囫囵生吞。加勒比人吃人只剩骨头,而她们吃得只剩贝壳。这就是我们的习俗。我们不狼吞虎咽,而是慢慢啃咬;我们不是把人吃掉,而是把人抓伤。"

二 有其主,必有其屋

他住在沼泽区,髑髅地修女街六号。房子是自己的,曾拆掉重建过,门牌号码可能在巴黎街道门牌号码改革中有过变化。他住在二楼一套宽敞的旧式房间里,一边临街,另一边朝花园,戈贝兰和博韦产的大幅牧羊图案的挂毯一直挂到齐天花板。天花板和壁板上的图案,缩小后重现在安乐椅上。床的四周,围着一扇科罗曼德尔漆制的九叶屏风。窗口挂着长长的帷幔,波浪起伏,煞是美观。窗下便是花园,屋角有扇落地窗,一道十二到十五级的台阶通达花园,老人上下台阶健步如飞。卧室隔壁是小书房,此外,还有一间他十分珍爱的小客厅,里面的布置十分优雅,墙上挂着华美的草帘,饰有百合花和其他花卉图案,是路易十四战船的产物,德·维沃纳先生[①]为情妇向苦役犯定做的。这东西是从一个姨婆那里继承来的。那姨婆性格孤僻,活到一百岁才死。他

[①] 德·维沃纳(1636—1688),曾在法国军队里当过旅长,后又成为用犯人划桨的舰队的总司令。

结过两次婚。他的言谈举止介乎朝臣和法官之间,但他从没当过朝臣,不过,他本来是可以当法官的。他很快乐,愿意的话,也能变得温柔体贴。年轻的时候,他是那种常受妻子欺骗,而从不被情妇欺骗的男人,因为他既是最乏味的丈夫,又是最迷人的情夫。他是鉴赏画的行家里手。卧室里挂着一幅绝妙的肖像,不知道画的是谁,出自约尔丹斯[①]之手,笔触遒劲,极其注重细节,显得杂乱无章,仿佛信手画来。吉诺曼先生衣着的式样既非路易十五时期的,亦非路易十六时期的,而是督政府时期荒唐青年穿的奇装异服[②]。他一直自以为很年轻,总是跟上时尚。他的上衣是薄呢做的,宽宽的翻领,长长的燕尾,大大的钢纽扣。与之搭配的,是短裤和带扣的鞋子。他爱把手插在背心的小口袋里。他常常盛气凌人地说:"法兰西革命是一群无赖。"

三 明慧

他十六岁那年,一天晚上,在歌剧院,有幸受到两位成熟美人贪婪的注视。当时,她们已遐迩闻名,伏尔泰还在诗中颂扬过。她们是卡玛戈和莎莱[③]。他受到两股火焰的夹攻,却英勇撤

[①] 约尔丹斯(1593—1678),佛兰德斯著名画家。
[②] 督政府,一七九五到一七九九年当政的资产阶级政府。当时和革命力量对抗的富家子弟,故意穿奇装异服,说话走路装腔作势,并且爱说"真荒唐",故而有了"荒唐青年"的雅号。
[③] 卡玛戈(1710—1770),巴黎歌剧院芭蕾舞的首席女舞蹈家,以在舞蹈技术上进行许多革新而为人们铭记。莎莱(1707—1756),一位富有革新精神的女舞蹈家,是第一个自编自演的女编导。

退，投向一位和他一样年方二八、像猫一样默默无闻、被他深深爱恋的名叫娜安丽的小舞女。往事数不胜数。他常大声说："那个吉玛尔[①]吉玛尔迪尼吉玛尔迪内特，我最后一次在隆尚跑马场见到她时，她是多美啊！一头情意绵绵的鬈发，引人注目的绿松石首饰，新潮色的裙子，骚动不安的手笼。"他青春年少时，穿一件南方产的薄呢上衣，他常常谈起这件上衣，一谈起来便眉飞色舞。"那时，我的衣着打扮就像是东方土耳其人。"他如是说。他二十岁那年，德·布弗勒夫人偶然遇见他，称他是"疯狂的小帅哥"。

他每次见到政治家和当权者的名字，就心头火起，觉得他们的名字俗不可耐。他读报——他说成是"读新闻"，"读小报"——时，常常忍俊不禁。"呵！"他说，"这都是些什么人！科比埃！于芒！卡齐米埃·佩里埃！这些人也配当部长。我也可以想象'吉诺曼先生，部长'出现在一张报纸上！那多可笑啊！不过，他们太愚蠢，说不定还认为不错呢。"任何事物，他总是轻松愉快地说出它们的名称，也不管确不确当，即使在女士面前，也无所顾忌。他说粗话、淫话、脏话时，泰然自若，神色不惊，倒让人觉得挺优雅。这种无拘无束的态度，是他那个时代的特点。值得注意的是，用迂回法写诗的时代，也是用粗话写散文的时代。他的教父曾预言他将是个天才，于是，给他起了个意味深长的教名：明慧。

[①] 吉玛尔（1743—1816），巴黎歌剧院的主要芭蕾舞演员，在那里演出长达三十年。

四　想活到一百岁

他出生在穆兰①。小时候，他在穆兰中学读书时多次得奖，尼韦内公爵还亲手为他颁过奖，他称尼韦内公爵为纳韦尔公爵。无论是国民公会，还是路易十六之死、拿破仑和波旁王朝复辟，都未能将那次颁奖仪式从他的记忆中抹掉。在他看来，"纳韦尔公爵"是世纪伟人。"多么有魅力的大贵人！"他说，"佩着蓝绶带②，多么神气！"

在吉诺曼先生看来，俄国女皇叶卡捷琳娜二世花三千卢布，向贝图切夫买下长生酒的秘方，也就抵偿了她瓜分波兰的罪恶。一谈起这个话题，他就亢奋。"长生酒，"他大声说道，"贝图切夫的黄色醇酒，拉莫特将军的杯中之物，在十八世纪，半两装的一小瓶，要卖一个金路易，是医治情场失意的灵丹妙药，对付维纳斯的万灵药剂。路易十五给教皇送去了二百瓶。"假若有人对他说那长生酒不过是高氯化铁，他一定会竖眉瞪眼，怒不可遏。

吉诺曼先生崇拜波旁王朝，仇恨一七八九年革命。他经常向人叙述，他在白色恐怖时期怎样死里逃生，需要多少快活和机智，才没有被砍掉脑袋。如果有个年轻人竟敢在他面前颂扬共和国，他会骤然脸色发青，气得晕过去。

---

① 穆兰，法国中部阿利埃省省会。
② 蓝绶带，圣灵骑士团骑士的标记。

有时，他会暗示自己已是九十岁高龄，他说："我真希望不要两次看到九十三①。"可其他时候，他又会向人表明，他想活到一百岁。

五　巴斯克和妮珂莱特

他是有理论的。其中一个理论是："当一个男人贪恋女色，又有一个他毫不在乎、模样丑、脾气坏、拥有合法地位和各种权利、高高坐在法律之上、必要时还会争风吃醋的妻子时，摆脱困境、求得安宁的唯一办法，就是让妻子掌管财权。放弃财权，就能还自己自由。于是，妻子忙忙碌碌，热衷于摆弄金钱，满手铜绿。她培养佃户，训练长工，召集诉讼代理人，主持公证人会议，训斥公证所办事员，拜访法官，关心诉讼，拟订租约，口授合同，自觉至高无上，卖出，买进，结算，发令，许诺，妥协，订约，解约，出让，租让，转让，调解，捣乱，攒钱，挥霍。她做着傻事，但威风凛凛，自鸣得意，从中得到安慰。她丈夫不把她放在眼里，而她则以能使丈夫倾家荡产而心满意足。"这个理论，吉诺曼先生亲自实践过，这成了他的一段往事。他的第二任妻子曾管理他的财产，等到他成为鳏夫那天，家产已所剩无几，刚够糊口。他几乎变卖了所有家当，才得一万五千法郎年金，其中四分之三，还得随他的去世而化为乌有。他毫不犹豫地这样做了，因

---

①　指革命进入高潮的一七九三年和他自己的九十三岁。

为他根本没考虑要留下遗产。再说,他曾目睹遗产会遭风险,比如说,会变成"国有财产"。他见过土地券仅偿付三分之一[①]的灾难,几乎不相信国家的大账本。"全是坎康波瓦街[②]的那一套。"他如是说。我们说过,他在髑髅地修女街住的是自己的房子。他有两个仆人,"一雄一雌"。仆人一来到他家,吉诺曼先生就要给他们改换名字。若是男仆,就用他们的省籍来命名:尼姆佬,孔泰佬,普瓦图佬,庇卡底佬。他最后一个男仆是个五十五岁的胖子,成天疲乏不堪,气喘吁吁,连二十步都跑不动,但他的出生地是巴荣讷,吉诺曼便叫他巴斯克佬。至于女仆,在他家里,无一例外,都叫妮珂莱特(即使是下面要讲到的玛妮翁姑娘)。一天,一位自负的厨娘上门自荐,她手艺不俗,高头大马,就像是看门人。吉诺曼先生问她:"您每月工钱想要多少?""三十法郎。""您叫什么?""奥林匹亚。""我给你五十法郎,但你得叫妮珂莱特。"

六 初步介绍玛妮翁和她的两个孩子

吉诺曼先生痛苦时,会发怒,绝望时,会狂怒不已。他满腹

[①] 法国督政府时期,因财政危机而滥发指券,六亿金法郎的借款尚未还清,存户失去信心;于是向市场抛出一种以国家资财作抵押的土地券,它与指券一样很快就贬值了。一七九六年,宣布了一项仅偿付国家债务三分之一的补救办法。

[②] 这是巴黎的一条街,一七一六年为约翰·劳的银行所在地。劳是苏格兰货币改革家,认为钞票可以代替金银在市面流通。他的改革计划在法国推行,弄得许多人破产。

偏见，行为放纵。我们说过，他从来风流成性，人们也绝对是这样认为的，这是他的一个外部特征，他自己也对此沾沾自喜。他把这称作有"王家风范"。这种王家风范，有时会给他带来奇特的收获。一天，有人给他家送来一个像是装牡蛎的筐子，里面有个刚刚出世的胖乎乎的男婴。那男婴裹着襁褓，不停啼哭，六个月前被赶走的一个女仆说这孩子是他的。那时，吉诺曼先生已整整八十四岁。周围的人都很气愤，叫嚷起来。这个不要脸的女人，谁会相信她的鬼话？胆大妄为！血口喷人！可吉诺曼先生却毫不生气。他像受了诬蔑仍感到高兴的老头，笑眯眯地看看襁褓，对周围的人说："哎！怎么啦？怎么回事？这有什么？这有什么？瞧你们目瞪口呆的样子，其实，你们就像是没见过世面的人。昂古莱姆公爵先生，查理九世陛下的私生子，八十五岁了，还同一个十五岁的傻女孩结婚；阿吕伊侯爵维吉纳尔先生，苏尔迪红衣主教的兄弟，波尔多的大主教，八十三岁了，还和雅坎院长夫人的侍女生了个儿子，是真正爱情的结晶，日后成了马耳他骑士和御前佩剑顾问；塔拉博神甫，本世纪的一个伟人，出生时，他父亲已八十七岁了。这些事司空见惯。《圣经》里这样的事多着呢！说归说，但我声明，这个小先生不是我的。我们得照顾他。他没有错。"这一举动是非常宽厚的。第二年，那个名叫玛妮翁的轻佻女子又给他送来一个孩子。仍是个男孩。这次，吉诺曼先生可不像上次了。他把两个孩子送还给母亲，答应每月给八十法郎赡养费，条件是那母亲不能故伎重演。他还说："我要母亲好好待他们。我会常常去看他们的。"他果然这样做了。

他有个弟弟，是神甫，在普瓦蒂埃学区当了三十三年的学区长,去世时七十九岁。"他年纪轻轻就丢下我走了。"他说。对他这个弟弟,人们的记忆已所剩无几,只知道他性格温和,但十分小气,认为自己是神甫,遇到穷人就得施舍,但从来只给些已停止流通的铜币或苏,于是,他在通往天堂的路上,找到了走向地狱的途径。至于为兄的吉诺曼先生,他施舍时慷慨大方,自觉自愿,品格高尚。他仁慈,暴躁,乐善好施,假如他有钱,他出手会更大方。他希望,他的一切事情,都要做得大大方方,即使是诈骗偷盗。一天,在一笔遗产问题上,他被一个生意人以粗俗而露骨的方式敲了一笔,他郑重地惊呼:"呸!这太不光彩了!这种敲竹杠的事,真让我感到羞耻。如今世风日下,连诈骗也不如从前光明正大了。妈的!对我这样的人行窃,不应该用这种方式。我就像在树林里遭到了抢劫,但被劫得很窝囊。愿森林与执政官相称。①"

我们说过,他有过两个妻子。与第一个妻子生了个女儿,至今未嫁。同第二个妻子又生了个女儿,活到三十岁便去世了。这第二个女儿,或出于爱,或出于偶然,或出于其他原因,嫁给了一个走运的士兵,他先后在共和国和皇帝的军队里服过役,在奥斯特里茨战役中得过十字勋章,在滑铁卢战役中晋升为上校。"这是我家的耻辱。"吉诺曼先生如是说。他吸鼻烟很厉害,他用手背掸襟饰的动作特别优雅。他几乎不相信上帝。

---

① 原文为拉丁语。意思是说:做一件事就要做好,哪怕是偷盗。

七　家规：晚上才会客

这就是明慧·吉诺曼。他头发依旧很浓密，没有全白，只是花白，总梳成狗耳朵形状。总之，尽管如此，他仍然是个可尊敬的人。他属于十八世纪那辈人：轻浮而高贵。

王朝复辟时期的头几年，吉诺曼先生还年轻——一八一四年，才七十四岁——，住在圣日耳曼郊区圣苏皮斯教堂附近的塞旺多尼街。他是在八十多岁淡出社交界之后，才隐居到沼泽区的。

他离开社交界后，依然固守旧时习惯。最重要的，也是不可改变的习惯，便是白天闭门谢客，只在晚上会客，不管是什么人，不管有什么事。他五点吃饭，然后打开大门。这是他那个世纪的风尚，他丝毫也不想改变。他说："白天是恶棍，只配吃闭门羹。体面的人要等天空点亮星星时，才能点亮智慧。"于是，他闭门谢绝所有人，哪怕是国王。这是他那个时代的古雅风尚。

八　两姐妹，两个样

至于吉诺曼先生的两个女儿，刚才我们已提了提。她们相隔十岁。她们年轻时，几乎没有相像之处，无论是性格，还是相貌，简直不像是亲姐妹。妹妹是位可爱的姑娘，向往光明，喜欢花木、诗歌和音乐，仰慕轰轰烈烈的场面，热情，清纯，从小便暗许给一个朦朦胧胧的英雄。姐姐也有她的幻想,她在蓝天上看见一个供货商,一个脑满肠肥、腰缠万贯的军火商,一个傻得可爱的丈夫,一个百万富翁,或是一个省长。省府的招待会、立在前厅俯首听命的传达、官方的舞会、市府的演说、"省长夫人"的称呼,这一切,在她的想象世界里飞旋。就这样,姐妹俩当姑娘的时候,各自沉浸在自己的梦想中。两人都有翅膀,一个是天使,另一个是蠢鹅。

任何志向都不可能圆满实现,至少在人世间。在我们这个时代,任何天堂都不会变成凡间。妹妹嫁给了梦中人,但她死了。姐姐没有结婚。

姐姐进入我们这个故事时,已变成了老态龙钟的老处女,铁打的假正经,鼻子很尖,头脑迟钝,绝无仅有。有个细节富有特征:除了家里几个人,谁都不知道她的小名。大家叫她吉诺曼大小姐。

在假装正经方面,吉诺曼大小姐比起英国女管家来有过之而无不及。她的廉耻心已到了令人发指的程度。她一生中,有过一件可怕的往事:一天,有个男人看见了她的吊袜带。

随着年岁增长,她的廉耻心越来越重。她总怕胸衣太透明,领口开得太低。她在无人注目的地方安上无数搭扣和别针。廉耻心的特点是,越是堡垒不受威胁,越要严格设防。

然而,任你怎么解释这些古老而神秘的廉耻心吧,她却非常乐意让一个枪骑兵军官拥抱她。那是她的侄孙,名叫泰奥迪尔。

尽管有这个备受她青睐的枪骑兵,给她贴上"假正经"的标签绝对合适。吉诺曼小姐是个半明半暗的人。假正经则一半是美德，一半是缺点。

与假正经相辅相成的，是对宗教的过分虔诚。她是圣母修会会员。在某些节日里，她戴起白面纱，口中念着特别的经文，崇敬"圣血"，崇拜"圣心"，在一间对一般信徒不开放的小教堂里，面对洛可可耶稣会式样的祭坛静思几小时，让灵魂穿过金色木辐条，在大理石的云雾中遨游。

她在小教堂里有位同堂好友，也是个老处女，名叫沃布瓦小姐，愚笨不堪，在她身旁，吉诺曼小姐很乐于充当雄鹰。除了会念上帝的羔羊和圣母马利亚外，沃布瓦小姐只会做各式果酱。她是她那类人中的典范，愚笨得像只银鼠，毫无智慧的闪光。

应该说，随着年岁增长，吉诺曼小姐得到的比失去的多。这是被动生活的必然结果。她从来没有坏心眼，这相对来说是一种善良。此外，岁月能磨平棱角，她变得比过去温和了。她常常感到莫名的忧愁，连她自己也说不清楚。她整个人都透出一种人生尚未开始便告结束的惶惑。

她替父亲持家。吉诺曼先生身边有个女儿，正如比安维尼主教大人身边有个姐妹一样。这种由一个老人和一个老姑娘组成的家庭屡见不鲜，两个弱者相依为命，此情此景，令人感动。

在老姑娘和老人之间，还有个孩子，一个见了吉诺曼先生就噤若寒蝉、索索发抖的小男孩。吉诺曼先生同这个孩子说话从没好气，有时还举起拐杖："过来！先生！""贼胚，下流胚，过来！""让我看看，捣蛋鬼！"诸如此类，不一而足。其实，他心里非常爱他。

这是他的外孙。以后还会见到。

第三卷
外公和外孙

一 古老的沙龙

吉诺曼先生住在塞旺多尼街时，常出没于几个极其高雅而尊贵的沙龙。尽管他是资产阶级，却到处受到欢迎。吉诺曼先生有双重才智，首先是他自己拥有的，其次是别人以为他有的，因此，有人甚至主动邀请他，热情款待他。他到哪里都得唱主角，否则干脆不去。有些人千方百计想树立威望，引人注目；当不了权威，便当小丑。吉诺曼先生不属于这种人。他在经常出入的保王党人沙龙里唱主角，丝毫不以牺牲自尊作代价。他到哪里都是权威。他曾与德·博纳德先生，甚至与邦日皮伊瓦莱先生分庭抗礼。

一八一七年左右，他每周必定有两个下午要去他家附近的费鲁街的T男爵夫人家。那是一位值得尊敬的夫人，丈夫在路易十六时代当过法国驻柏林大使。T男爵生前沉迷动物磁力说①，在流亡中去世，死时家道中落，一无所有，只剩下十卷红羊皮封面、切口涂金的精装手稿，是关于梅斯梅尔及其小木桶的极其珍贵的回忆录。T男爵夫人出于尊严，没有将这些回忆录发表，靠微薄的年金支撑生活，而这年金不知是如何保存下来的。T男爵夫人疏离宫廷，她说那是"鱼龙混杂之地"。她离群索居，过着高贵、骄傲、清贫的生活。每周两次，几个朋友围坐在寡妇的炉边，组成纯洁的保王派沙龙。大家一起喝喝茶，聊聊天，谈谈世风、宪章、布奥拿巴分子、把蓝绶带卖给资产者的堕落行为、路易十八的雅各宾主义，根据所谈内容是哀歌，还是颂歌，时而哀叹，时而怒吼，还悄悄议论御弟，也就是日后的查理十世可能带来的希望。

在那里，他们狂热地高唱粗俗歌曲，把拿破仑称作"尼古拉"。一些公爵夫人，世上最温情、最迷人的女子，对有些歌曲心醉神迷，比如下面一首讽刺"盟员"②的歌：

> 把拖在你身后的衬衣
> 塞进裤子里，
> 免得人家说，

---

① 动物磁力说，德国医生梅斯梅尔（1735—1815）提出的一种学说。梅斯梅尔是当代催眠术的先驱，提出人能以"动物磁力"形式向他人传递宇宙力。他以这些思想为基础，设计了类似降神会的治疗程序：几个患者围坐在一个稀硫酸桶的周围，同时举起双手，或抓住从溶液中伸出的铁棒，从而得到治疗。

② 指一八一五年法国百日帝政期间，拿破仑号召组织的志愿军。

爱国者们扯起了白旗①!

他们玩弄同音异义的谐语,自以为威力无比,玩弄无伤大雅的文字游戏,自以为毒如蛇蝎,玩弄四行诗,双行诗。比如,将德索尔的温和内阁及其成员德卡兹和德塞尔编成一首歌:

要从根本上巩固摇摇欲坠的王位,
必须改变土壤、温室和格子②。

或者编制贵族院——"散发着雅各宾派臭气的贵族院"——的名册,将名字组合成句子,例如,达马抡刀砍杀,古维翁批评指责③。这一切做来其乐无穷。

在这个社交圈里,革命被冷嘲热讽。他们内心有一种莫名的意念,要从反向来激化愤怒。他们唱起那首亲切的"好了"歌:

啊!好了!好了!好了!
布奥拿巴分子吊在灯柱上。④

---

① 白旗是投降的旗帜,也是法国当时王朝的旗帜。

② "改变土壤、温室和格子",原文与"更换德索尔、德塞尔和德卡兹"为同音异义词。德索尔(1767—1828)在路易十八时期,担任战争部长和内阁总理,德塞尔为司法部长,德卡兹是内政部长。

③ 原文为: Damas, Sabran, Gouvion Saint-Cyr,是三个人的名字,串起来与 Damas sabrant(达马抡刀砍杀), Gouvion censure(古维翁批评指责)的音十分相近。

④ "好了"歌,一七八九年革命时期的一首革命歌曲,其中一句是:"贵族被吊在灯柱上",这里,"贵族"被篡改成"布奥拿巴分子"。"布奥拿巴"即"波拿巴"的科西嘉读音。

歌曲有如断头台，不加区别，今天砍这个的头，明天砍那个的头。只是变换一下名称罢了。

在当时，即一八一六年发生的弗阿尔代斯①事件中，他们站在巴斯蒂德和若西翁②一边，因为弗阿尔代斯是"布奥拿巴分子"。他们称自由主义者为"兄弟和朋友"，这是最大的侮辱性言词了。

就像某些教堂钟楼，T男爵夫人的沙龙有两只雄鸡。一只是吉诺曼先生，另一只是拉莫特-瓦卢瓦伯爵。提到这位伯爵，人们会不无敬意地窃窃私语："您知道吗？他就是项链事件③中的拉莫特。"派别之间，常有这种奇妙的宽恕。

这里要补充一点：对于资产阶级来说，交友过分随便，会降低自己的身份。因此，与人交往，必须慎之又慎；正如身旁有衣不御寒的人，自己也会失去热量一样，接近受蔑视的人，就会失去别人对自己的尊敬。但旧制度的上层社会凌驾于这条规则之上，正如它凌驾于其他一切规则之上一样。蓬巴杜夫人④的兄弟马里尼是苏比兹⑤亲王家的常客。尽管是这样一个人？不，正因为是这样

---

① 弗阿尔代斯是帝国时期一位遭暗杀的司法官员。
② 巴斯蒂德和若西翁被认为是暗杀弗阿尔代斯的凶手。
③ 这是发生在法国大革命前的一起诈骗案。一位红衣主教想讨好路易十六的王后玛丽-安托瓦内特，在拉莫特伯爵夫人怂恿下，赊账买了串价值连城的项链送给王后。红衣主教无法偿还，于是这件事便暴露了，激起了民众对王室和王后的不满。最后红衣主教被宣布无罪，拉莫特夫人遭到了杖刑和烙刑。
④ 蓬巴杜夫人（1721—1764），法王路易十五的情妇。
⑤ 苏比兹亲王（1715—1787），法国贵族和元帅，路易十五和蓬巴杜夫人的宠臣，因善谄媚而获得显赫的军衔。

一个人。沃贝尼埃夫人的教父杜巴里在黎塞留元帅①家里极受欢迎。那个社会是一座奥林匹斯神山②。墨丘利③和盖梅涅亲王就像是在自己的家里。只要是神,哪怕是贼,也会受到欢迎。

一八一五年,拉莫特伯爵已是七十五岁的老人,唯一引人注目的地方,是他沉静而严肃的神态。他的脸瘦削冷峻,举止彬彬有礼,衣服的扣子一直扣到领带处,一双长腿总是翘着,穿一条焦土色的宽松长裤。他的脸色和裤色一个样。

德·拉莫特先生在这个沙龙里"举足轻重",因为他"遐迩闻名",还有,说来奇怪,但千真万确,还由于他姓瓦卢瓦④。

至于吉诺曼先生,他受到尊敬,却是名实相符。他有威望,是因为他有威望。尽管举止轻佻,但他谈吐诙谐,他有一种风度,气概不凡,令人敬畏,诚实正派,骨子里透着资产阶级的傲慢,此外,他年近百岁,也起到一定的作用。人不会白活一百岁的。到了这把年纪,即使头发蓬乱,也令人肃然起敬。

此外,他的言谈发出古岩的火花。例如,普鲁士国王帮助路易十八复辟之后,以吕班伯爵之名前来拜访,但路易十四的这位后裔有点把他当作勃兰登堡侯爵⑤来接待,显得很不礼貌,却

---

① 黎塞留元帅,红衣主教黎塞留的侄孙,路易十四和路易十五的嬖臣,以贪污出名。沃贝尼埃夫人,路易十五的情妇,她的教父若望·杜巴里是她的大伯,他与黎塞留元帅密谋,使她成为路易十五的情妇。
② 奥林匹斯山,希腊神话中诸神所居之山。
③ 墨丘利,罗马神话中商业和盗贼之保护神。
④ 瓦卢瓦,卡佩家族的一支,一三二八年到一五八九年间统治法国。
⑤ 勃兰登堡侯爵,日耳曼帝国选侯之一,普鲁士王国的属臣。

又让人无话可说。吉诺曼先生十分赞同。他说:"法王以外的一切国王,都是诸侯。"一天,有人在他面前问了个问题,另一人作了回答:"《法兰西邮报》的主编最后是怎么处理的?""停职(Suspendu)。"吉诺曼先生指出:"Sus 是多余的。①"这一类话语奠定了他的地位。在波旁王朝复辟周年大庆典上,他见德·塔列朗先生经过,便说:"灾星阁下来了。"

吉诺曼先生到哪里总要带上他的女儿和一个漂亮的小男孩。那时候,那位瘦长的老姑娘年过四十,看上去却有五十岁;小男孩七岁,肤色白里透红,鲜嫩清新,双眸透着幸福和信任。每当他出现在这个沙龙里,周围的人都会啧啧称赞:"他多漂亮!真可惜!可怜的孩子!"这就是我们前面提到过的那个孩子。人们称他"可怜的孩子",因为他父亲是"卢瓦尔强盗"。

这个卢瓦尔强盗,就是前面提到过的吉诺曼先生的女婿,吉诺曼先生则称他为"家庭的耻辱"。

二 当年一个红色幽灵

当年,谁要是从韦农小城经过,在那座不久可能被一道丑陋的铁索桥替代的美丽壮观的大桥上漫步,凭栏向下望去,可见一个五十来岁的男人,头戴皮鸭舌帽,身穿灰粗呢衣裤,衣襟上缝着一条发黄的红绸带子,脚套木鞋,脸被太阳晒黑,头发花白,

---

① Suspendu(停职)去掉前缀 sus,便成 pendu(处绞刑)。

一道宽宽的疤痕从额头伸向脸颊，弯腰驼背，未老先衰，几乎整天拿着一把铁锹或截枝刀，在一个四面有围墙的小院子里走来走去。桥旁边有许多这样的小院子，犹如一长串平台，排列在塞纳河左岸；院子内百花菲菲，美不胜收；如果院子大一些，可叫作花园，若是小一些，可称为花束。这些小院子，一边临河，另一边傍屋。刚才讲到的那个身穿上衣，脚套木鞋的男人，一八一七年左右就住在这样的院子和房屋里。那是最小的院子，最简陋的屋子。他独自住在那里，茕茕孑立，沉默寡言，贫苦度日，有一个不老不少，不美不丑，既非农民，亦非有产者的女人侍候他。他把他那方小院叫作花园，里面百花争艳，并以此享誉小城。种花便是他的日常工作。

他尽心尽力，锲而不舍，悉心照料，勤于浇水，居然继造物主后，成功地创造出似乎已被大自然遗忘的郁金香和大丽菊的几个新品种。他极富创造力，用灌木叶腐蚀土做成小花坛，种植稀罕珍贵的美洲和中国灌木，这方面他令苏朗日·博丹[①]望尘莫及。夏日，天刚亮，他就在花园的小径上了，插枝、剪枝、除草、浇水、在花丛中走来走去，神态慈祥、悒郁、温和，有时沉入遐思，一连几小时一动不动，谛听鸟儿在枝头歌唱，或某家的孩子牙牙学语，或者凝视一棵草端的露珠，阳光下，露珠发出红宝石的光芒。他粗茶淡饭，多喝牛奶少喝酒。小孩子可以使唤他，女用人可以申斥他。他腼腆得近乎怕见生人，深居简出，不见任何人，除了来敲他窗户的穷人和本堂神甫马伯夫，一位好老头。然而，

---

① 博丹（1774—1846），法国园艺家。

若本城居民或外人，不管是谁，想看看他的郁金香和玫瑰花，前来敲他的小屋，他会春风满面，开门相迎。他就是那位卢瓦尔强盗。

那时候，谁要是读过战争回忆录、传记、《箴言报》和帝国军队战报，就会经常看到一个名字，乔治·蓬梅西。这位乔治·蓬梅西，年轻时，曾在圣通日团当兵。革命爆发了。圣通日团编入莱茵兵团。君主时代的旧军队，即使在君主体制崩溃后，仍保留以省命名的旧番号，一七九四年才统一改为旅的编制。蓬梅西在斯皮尔、沃姆斯、诺伊施塔特、土尔克海姆、阿尔则、美因茨[①]等地打过仗。在美因茨一仗，他是乌沙的二百名后卫队员中的一个。他作为第十二名勇士，在安德纳赫古城墙后面，阻击赫斯亲王的整个部队，直到敌军炮火将胸墙从上到下打开了缺口，才向主力部队撤退。他随克莱贝尔到过马希埃纳[②]，参加过帕利塞尔山的战斗，在战斗中，被火铳枪打断一条胳膊。接着，他到了意大利边境，作为三十名投弹手中的一员，和茹贝尔一起，捍卫了唐得山口。茹贝尔因此而升为准将，蓬梅西升为少尉。在攻打洛迪那一天，他冒着枪林弹雨，与贝蒂埃并肩战斗；波拿巴谈到这一仗时说："贝蒂埃既是炮手，又是骑兵，又是投弹手。"在诺维，他亲眼看见他从前的将军茹贝尔倒下时，举着马刀，高呼："前进！"还有一次，出于作战需要，他率领他的连队，登上一条驳船，从热那亚出发，开往不知哪个小港，途中，与七八艘英国帆船遭遇。

[①] 以上均为德国地名。
[②] 马希埃纳，法国地名。

热那亚船长想把大炮扔进海里，将士兵藏进中舱，装作商船悄悄溜走。蓬梅西却把三色旗升到旗杆上，威风凛凛地从英国舰队的炮火下穿过。离英舰二十海里时，他胆子更大，用他的驳船进行攻击，捕获了一艘运送部队去西西里岛的英国大型运输舰，舰上满载人马，直至甲板。一八〇五年，他所在的马莱尔师从斐迪南手中夺取了贡茨堡。在维蒂恩格昂，他冒着枪林弹雨，抱起头部受了重伤的第九龙骑队的莫珀蒂上校。他冒着敌人的炮火，和梯队一起，向奥斯特里茨进军，在这次令人赞叹的行动中，表现突出。俄国皇家近卫军的骑兵粉碎了第四步兵团的一个营以后，蓬梅西参加了反击，把俄国近卫军打得人仰马翻，溃不成军。拿破仑皇帝授予他十字勋章。蓬梅西亲眼看见沃姆泽、梅拉和马克相继被俘，一个在曼图亚，另一个在亚历山大，最后一个在乌尔姆。他参加莫蒂埃指挥的第八兵团，攻占了汉堡。接着，他调到从前叫佛兰德斯团的第五十五团。在埃洛，本书作者的叔父，英勇的路易·雨果上尉，率领他的连队共八十三名弟兄，在公墓孤军奋战两小时，抵挡了敌军的猛烈进攻，蓬梅西当时也在场。活着离开公墓的只有三人，他是其中之一。他参加了弗里德兰战役。后来，他到过莫斯科，接着是别列津纳，接着是卢岑、包岑、德累斯顿、瓦朔、莱比锡和格兰豪森隘道，接着是蒙米拉伊、夏多蒂埃里、克拉翁、马恩河畔、埃斯纳河畔，以及险峻的拉翁阵地。在阿内勒迪克，他是骑兵队长，他挥舞马刀，砍死了十个哥萨克骑兵，救出了——不是他的将军，而是他的下士。这一次，他被砍得遍体鳞伤，光左臂就取出了二十七块碎骨。巴黎投降前一周，他刚与一个战友对调职务，加入了骑兵队。他是旧制度时人们所说的那种"两面手",当兵精通刀和枪,当官能指挥一个骑兵队或一个步兵营。就是这种能力,再加上军事训练,造就了某些特别兵种,比如龙骑兵,他们全都既是骑兵,又是步兵。他随拿破仑到了厄尔巴岛。在滑铁卢,他是杜布瓦旅的铁甲骑兵队长。是他拔下了吕讷堡营的军旗,把它扔到拿破仑皇帝脚下,当时他满身是血:他在拔旗时,脸上横挨了一刀。皇帝非常高兴,冲着他喊道:"现在你是上校,你是男爵,你获得四级荣誉勋位!"蓬梅西回答:"陛下,我代表我寡居的妻子感谢您!"一小时后,他就倒在奥安山沟里了。现在要问,这位乔治·蓬梅西究竟是谁?他就是那位卢瓦尔强盗。

我们交代了他的部分经历。滑铁卢战役后,大家一定还记得,蓬梅西被人从奥安那条凹路上扒出来,后来居然赶上部队,转了好几个野战医院,最后到了卢瓦尔驻地。

王朝复辟时期,他被解职,领取半饷,继而发配到韦农,即被软禁起来。路易十八认为百日帝政时期的任命一概无效,不承认他的四级荣誉勋位,也不承认他是上校和男爵。而他任何时候都用"蓬梅西上校男爵"签名。他只有一套旧的蓝制服。每次出门,必在那套蓝制服上佩戴四级荣誉勋位的玫瑰花结襟章。御前检察官派人通知他,检察院将以"非法佩戴荣誉勋章"罪起诉他。当一位非官方人士将这个警告通知他时,他苦笑着回答:"我不知道究竟是我听不懂法语,还是您说的不是法语,不过,我就是听不懂您说的话。"接着,在一周内,他天天佩戴玫瑰花结襟章出门。陆军部长和省军区司令给他写过两三封信,信封上写着:蓬梅西少校收,他未拆启,便把原信退回了。与此同时,圣赫勒拿岛上的拿破仑也以同样的方式对待赫德森·洛①写给"波拿巴将军"的信。蓬梅西——恕我们用词冒昧——嘴里的唾液最终和皇帝的一样了。

同样，在古罗马，一些被俘的迦太基士兵也拒绝向弗拉米尼努斯②致敬，他们也有一点汉尼拔的灵魂。

一天早晨，他在韦农的一条街上遇见那位御前检察官，迎上去对他说：

"御前检察官先生，我脸上可以挂着刀疤吗？"

他除了骑兵队长微不足道的半饷外，其他一无进账。他尽其所能，在韦农租了一所最小的房屋。他一个人过日子，前面我们已看到他是怎样生活的了。在帝国时代，趁打仗之间隙，他抽空娶了吉诺曼小姐。那位老资产阶级，心里气愤之极，但也只好同意，一边叹息道："即使是豪门大族，也无可奈何。"蓬梅西太太各方面都令人赞叹，有教养，品貌出众，与她的丈夫十分般配。一八一五年，她丢下一个孩子，弃世而去。这孩子本是上校在孤寂中的欢乐，可是外祖父蛮不讲理，要领走外孙，并声称，若不把外孙给他，就剥夺孩子的继承权。父亲考虑到孩子的利益，只好让步。失去了孩子，他便把爱给了花。

此外，他放弃了一切，既不活动，也不谋反。他心里只想着两件事，一是目前所做的纯朴的工作，二是过去从事的伟大的事

---

① 赫德森·洛是监视拿破仑的英国总督。
② 弗拉米尼努斯（死于前217年），古罗马将军和政治家。在第二次布匿战争中，是罗马军队的指挥官。

业。他把时光消磨在培育石竹花的新品种，或追忆奥斯特里茨战役上。

吉诺曼先生同女婿毫无来往。在他眼里，上校是"强盗"，在上校眼里，他是个"老傻瓜"。吉诺曼先生从不谈论上校，偶尔提起，也是为了讥讽他的"男爵领地"。双方事先明确谈妥，蓬梅西永远不能见儿子，也不能同他说话，否则就把孩子赶走，并剥夺其继承权。对于吉诺曼一家，蓬梅西是瘟神。他们想按自己的方式抚养孩子。上校接受这些条件也许是错误的，但他还是接受了，以为自己做得对，牺牲的不过是自己。吉诺曼老爹没什么遗产，但吉诺曼小姐的遗产却很可观。这位没有出嫁的姨妈从外婆家继承了遗产，非常富有，她妹妹的儿子是她当然的继承人。

那孩子叫马里尤斯，只知道自己有个父亲，其他一无所知。没有人对他说起。可是，他外祖父常带他去社交界，大家看见他便窃窃私语，含糊其词，暗使眼色，久而久之，那孩子也有所感觉，最后也明白了一些事，他在潜移默化中，自然而然地接受了可以说是适合他呼吸的那个圈子里的思想和观点，以至于最后，他一想起父亲，就感到羞愧和难过。

就这样，孩子一天天长大。每隔两三个月，上校都要偷偷跑到巴黎，就像惯犯擅离指定住所，趁吉诺曼姨妈带马里尤斯去做弥撒之际，守在圣苏皮斯教堂前。他怕被姨妈发现，战战兢兢，躲在一根柱子后面，一动不动，屏息静气，盯着儿子看。这个脸上挂刀疤的男人，害怕那位老姑娘。

因此，他与韦农的本堂神甫马伯夫有了交往。这位可敬的神甫，是圣苏皮斯堂区一位财产管理员的兄弟。那管理员多次见这个脸上有疤痕的人，眼里含着大颗泪水，出神地看着那孩子。这个人很有男子气，却哭得像女人，这使管理员深受感动。这张脸便牢牢印在了他的脑海里。一天，他去韦农看他兄弟，在桥上遇见蓬梅西上校，认出是圣苏皮斯教堂的那个人。他同本堂神甫谈了这件事，两人找了个借口，去拜访了上校。此后，他们又去看过他几次。上校开始缄口不语，最后终于打开心扉，神甫和管理员也就知道了整个故事，知道蓬梅西如何为了孩子的前途，牺牲自己的幸福。这样，本堂神甫对他产生了敬意，对他非常体贴，而上校也对本堂神甫产生了友谊。当一个老神甫和一位老战士凑巧彼此都很真诚善良，什么也就不会比他们更容易情投意合了。说到底，他们是同一个人。一个献身于地上的祖国，另一个献身于天上的祖国。仅此不同。

马里尤斯一年给他父亲写两次信，一次是元旦，另一次是圣乔治日，尽尽义务罢了。信由姨妈口授，像是从书简大集里抄来的。这是吉诺曼先生唯一允许的。父亲的回信则充满柔情蜜意，可外祖父却看也不看，就塞进口袋里。

三　愿大家和平共处[①]

T夫人的沙龙是马里尤斯·蓬梅西对世界的全部认识。那是他观察人生的唯一窗口。这个小窗口阴阴沉沉，带给他的寒冷多

---

① 原文为拉丁语。

于温暖，黑暗多于光明。这孩子刚接触这个奇特的社交圈时，心里只有欢乐和光明，不久便变得郁郁寡欢，尤其与他年纪不相称的是，他的神情变得十分严肃。他周围全是些威严而古怪之人，他左右环顾，心中充满了惊讶。周围的一切集中起来，使他心中的这种惶惑有增无已。T夫人的沙龙里，有几位令人肃然起敬的老夫人，有叫马坦①、挪亚②的，有叫利未斯，却被念成利未③的，有叫康比斯，却被念成冈比西斯④的。这些古老的面孔和这些出自《圣经》的名字，在这孩子的脑海中，与他熟记的《旧约》故事搅和在一起。当这些夫人全都在场时，她们围坐在奄奄一息的火炉旁，在绿莹莹的灯光下若隐若显，神情严肃，头发花白或全白，身穿依稀能辨出阴暗色彩、属另一个时代的长袍，在难得的静场中，冒出几句庄重而粗野的话语，小马里尤斯瞪着惊恐的眼睛看着她们，以为看见的不是女人，而是《圣经》中的族长和朝拜初生基督的博士，不是有血有肉的人，而是幽灵。

在这些幽灵中间，坐着几位神甫，是这古老沙龙的常客。还有几位贵族。有萨斯内侯爵，德·贝里夫人⑤的慈善秘书；有瓦洛里子爵，常用夏尔-安托尼的化名，发表一些单韵颂诗；有博弗尔蒙亲王，年纪轻轻，却已头发斑白，带着一个漂亮聪慧、身穿饰有金丝条的大红绒袍、袒胸露肩的女人，令那些身穿暗色衣

---

① 马坦，《圣经》中的人物。
② 挪亚，《圣经》中乘方舟逃避洪水的人类祖先。
③ 利未，以色列利未族的族长。
④ 冈比西斯，公元前六世纪的波斯王。
⑤ 德·贝里夫人，公爵夫人，路易十八的侄媳。

裙的幽灵心头不悦;有科里奥利·德斯皮努兹侯爵,法兰西最知道"礼节分寸"的人;有阿芒德尔伯爵,有着慈祥下巴的好老头;还有德·波尔·德·居伊骑士,是被称作御书房的卢浮宫图书馆的常客。那德·波尔·德·居伊先生已秃顶,与其说老了,不如说显得老气,他讲述一七九三年,他十六岁那时候,因抗拒罪被投入监狱,与一位八旬老人德·米尔普瓦主教铐在一起,也是因抗拒罪入的狱,不过,主教是拒绝宣誓①,而他是逃避兵役。那是在土伦监狱。他们的任务是,夜间去断头台,收拾白天处断头刑者的首级和尸身;他们背着鲜血淋淋的无头尸体,他们的红披肩后颈部有一大块血印,上午干了,夜里复湿。在T夫人的沙龙里,常能听到这类悲惨的故事。马拉被咒骂多了,特雷斯塔永②自然就受到称颂。几位难寻难觅的议员在这里打惠斯特牌③。他们是蒂博·德·夏拉先生、勒马尚·德·戈米库先生和开玩笑出了名的右派人物科内-丹库先生。德·费雷特大法官穿着短裤,迈动细瘦的双腿,前往塔列朗先生家时,有时也会在这个沙龙里停留一下。他曾是阿图瓦伯爵先生④的酒肉朋友,他不像亚里士多德那样,拜倒在坎帕斯皮⑤的石榴裙下,而是让吉玛尔夫人俯首听命,从而让后人知道,有个大法官替一个哲学家雪了耻。

至于教士,有阿尔马神甫,和他合编《雷霆》的拉罗兹先生

---

① 法国大革命时期,政府下令神职人员必须宣誓,遵守新宪法。
② 特雷斯塔永,尼姆城施行白色恐怖的主谋之一。
③ 一种纸牌游戏,桥牌的前身。
④ 阿图瓦伯爵,路易十八的兄弟,继位后称查理十世。
⑤ 坎帕斯皮,亚历山大的宠姬。

曾对他说过:"呵!谁没有五十岁!也许除了几个毛头小伙子!"有勒图纳神甫,国王的布道师;有弗雷西努神甫,那时,他既不是伯爵、主教、部长,也不是贵族,穿着掉了几颗纽扣的旧教袍;有克拉弗南神甫,圣日耳曼-德-普雷的本堂神甫;还有教皇的使臣,那时是尼齐比的大主教,大家叫他马希大人,后来做了红衣主教,引人注目的是,他有一个若有所思的长鼻子;还有一位大人,他有很多名称:巴尔米里修道院长、内廷高级教士、教皇法庭书记(共有七位)、利比里亚大教堂的议事司铎、圣徒的辩护律师,postulatore di santi①——这职务与封圣②有关,相当于天堂的审查官;最后,还有两个红衣主教,德·拉吕泽纳先生和德·克莱蒙-托内尔先生。德·拉吕泽纳红衣主教先生是位作家,几年后,他有幸和夏多布里昂一起,在《保守者》杂志上并肩发表文章;德·克莱蒙-托内尔先生是图卢兹大主教,常来巴黎度假,住在曾当过海军部长和陆军部长的侄儿托内尔侯爵家里。克莱蒙-托内尔红衣主教是个快乐的小老头,总是撩起教袍,露出红袜子。他的拿手好戏,是仇视百科全书,迷恋玩弹子;夏日的夜晚,若有人经过克莱蒙-托内尔所在的夫人街,驻足谛听,便会听见弹子的撞击声,以及这位红衣主教对其竞选教皇的随员,克里斯特的名誉主教科特雷大人的尖声呼叫:"记分,神甫,我连撞两球。"克莱蒙-托内尔红衣主教是由其至友德·罗克洛先生引见给 T 夫人的。

---

① 拉丁语,意即"圣徒的辩护律师"。
② 教皇在封某人为圣徒之前,先要召开会议,审查其著作和事迹。讨论中,由一个上帝的律师和一个魔鬼的律师进行辩论,最后由教皇决定是否授予圣徒称号。

德·罗克洛先生是桑利斯前主教,法兰西学院四十院士之一,他身材高大,对法兰西学院的工作兢兢业业,这是他引人注目的地方。那时候,法兰西学院在图书馆隔壁的大厅里召开会议,每星期四,好奇的人们可以透过大厅的玻璃门,凝视这位桑利斯的前主教,他常常站着,假发新扑了白粉,脚穿长筒紫袜,背朝着大门,显然是为了让人更清楚地看见他打褶的小衣领。所有这些教士,虽然大多既侍奉教堂,又侍奉朝廷,却给T夫人的沙龙增添了庄严肃穆的气氛,而维布雷侯爵、塔拉吕侯爵、埃布维尔侯爵、达姆布雷子爵和瓦朗蒂诺瓦公爵等五位法兰西封臣的加盟,加强了T夫人沙龙的尊贵气氛。瓦朗蒂诺瓦公爵虽是摩纳哥亲王,就是说,一位外国君主,但对法兰西及其贵族有着高度的评价,他对一切事物都是从这两个角度来考虑。他说过:"红衣主教是罗马的法国贵族,爵士是英国的法国贵族。"不过,在那个年代,革命无处不在,正如前面所说,这一封建沙龙却受一个资产阶级左右。吉诺曼先生是这沙龙的主宰。

这里荟萃着巴黎白色社会的精英。知名人士,即使是保王派,也会在这里受到冷落。大凡知名人士,总有无政府主义之嫌。夏多布里昂若去那里,会被视作迪谢纳老爹[①]。然而,有几个归顺分子[②]却受到宽容,进了这个正统的社交圈。伯尼奥伯爵改弦易辙后,成为这里的常客。

---

① 迪谢纳老爹原是笑剧中的一个人物,法国大革命初期,始被当作平民百姓的代言人。
② "归顺分子"指原来拥护拿破仑,后归顺路易十八的人。

今天的"贵族"沙龙,已和当年的沙龙大相径庭。今天的圣日耳曼郊区已变了味儿。现在的保王分子,说得好听一点,是些蛊惑人心的政客。

去T夫人家的人,都是显贵。他们趣味高雅高傲,外表彬彬有礼。他们的习惯不由自主地透着种种刻意的讲究,那就是旧制度,虽已埋葬,却依然活着。有些习惯似乎很古怪,尤其是语言的习惯。一些肤浅的行家会把过时的东西,当作外省的习俗。他们称某妇人为"将军夫人"。"上校夫人"也绝非罕闻。迷人的德·莱昂夫人,大概是为了纪念隆格维尔公爵夫人和舍弗勒公爵夫人,宁愿别人称她"上校夫人",而不是公主。克雷基侯爵夫人也叫"上校夫人"。

就是这个高贵的小圈子,在杜伊勒利宫,创造了一种讲究的称谓,与国王单独相处时,总是用第三人称,称他为"国王",而不用"陛下",因为"陛下"的称谓已遭"篡位者①玷污"。他们对人和事品头论足。他们对时代冷嘲热讽,这样,就不必去理解这个时代。他们互相说些令人吃惊的事,知道一点,便互通情况。玛土撒拉②向厄庇米尼德斯③提供情况。聋子向瞎子通报消息。他们声称科布伦茨④以后流逝的时间为无效。正如路易十八受上帝恩

---

① 此处,"篡位者"指拿破仑。
② 玛土撒拉,《圣经》中人物,犹太族长,挪亚的祖父,活了九百六十九岁。
③ 厄庇米尼德斯(创作期为公元前六世纪),克里特预言家,著名作家。传说他睡了五十七年,神叫醒他,要他回雅典教化民众。
④ 科布伦茨,德国城市。一七九三年,法国流亡贵族在此组织孔代军。

宠,在位已有二十五年①,流亡回国的贵族理所当然正值二十五岁青春年华。

一切都很和谐;什么都不过分;说话就如微弱的气息;报纸与客厅相一致,像是写在纸莎草纸上的古文稿。那里也有些年轻人,但都死气沉沉。守在前厅里的仆役像出土文物。这些腐朽守旧的人物,连侍候他们的仆人也如出一辙。所有这一切都像是已死了很久很久,却又不甘心走进坟墓。在整部词典里能找到的词,除了"守旧",还是"守旧"。问题的关键,在于做到"朽而不臭"。在这些遗老遗少的看法中,的确掺有香料,他们的观点散发着香根草的味道。这是一个僵尸世界。主人涂了防腐香料,仆人则填满稻草。一位流亡归国、家境败落却不失高贵的老侯爵夫人,尽管只有一个女仆,却仍说:"我的仆役们。"

那些人在T夫人的沙龙里做些什么?他们都是极端分子②。是极端分子。虽说这个词所代表的事也许没有消失,但在今天已不再有意义了。我们来解释一下。

是极端分子,便是做过头。便是以御座的名义攻击王权,以祭坛的名义攻击教权。便是不好好拉车。便是在拉车时尥蹶子。便是嫌焚烧异教徒的火候不足,找柴堆的碴儿。便是责备偶像太

---

① 路易十七于一七九五年死于监狱。一八一五年拿破仑逊位后,路易十八才结束流亡生活,而回法国登基,但他计算王位的时间却从路易十七去世的日子,即一七九五年算起。

② 极端分子,极端保王分子的简称。路易十八时期,有些人企图完全恢复旧秩序,但路易十八考虑到国内资产阶级力量正在上升,不敢操之过急,采取了比较温和的政策。极端保王分子对此不满,表现为既保王,又反对国王的妥协政策。

不受人崇拜。便是尊敬到了横加侮辱。便是觉得教皇不大像教皇，国王不大像国王，黑夜太明亮。便是嫌大理石、雪花、天鹅、百合花还不够白。便是太拥护竟至于成了敌人，太赞成竟至于成了反对。极端主义是王朝复辟初期的特征。

从一八一四年到右派实干家德·维莱尔①先生上台的一八二〇年，这段时间在历史上是独一无二的。这六年是个非常时期，既热闹又沉闷，既快乐又阴郁，既像是曙光初照，又是天昏地暗，凄云仍然布满天边，徐徐沉入过去。在这光明和黑暗中，有一小撮人在揉眼睛，他们既是新派，又是旧派，既快乐又忧愁，既年轻又衰老；没有什么比返乡更像是梦醒；那一小撮人不满地望着法兰西，法兰西则揶揄地望着这些人；正经的老侯爵充斥大街小巷，返乡的人和还魂的鬼，先朝遗老对一切都目瞪口呆，正直而高贵的世家子弟，对重返法国又喜又悲，喜的是回到了祖国的怀抱，悲的是昔日的君主政体已不复存在；十字军时代的佩剑贵族，对帝国时代的佩剑贵族群起而攻之；历史上的名门望族已丧失了历史概念；查理大帝战将的后裔，蔑视拿破仑的战将。正如刚才所说，剑与剑互相辱骂；丰特努瓦战役②中使用的剑可笑之至，不过是一段锈铁；马伦戈战役③中使用的剑丑陋之极，不过是一把

---

① 德·维莱尔（1773—1854），极端保王派的领袖，一八二〇年任不管大臣，一八二二年组阁。

② 丰特努瓦战役发生在一七四五年。法国德萨克斯伯爵莫里斯元帅大捷之役，它导致在奥地利帝位继承战争中法国征服佛兰德斯。

③ 马伦戈战役发生在一八〇〇年。在第二次反法联盟战争中，拿破仑在意大利的马伦戈平原上大获胜利。

马刀。昔日否认昨日。人们已感觉不到什么是伟大,什么是可笑。有个人称拿破仑为司卡班①。那个世界已不复存在。我们再说一遍,那个世界已一无所剩。当我们信手抽出一张面孔,努力将那个世界重现在脑海里,会觉得它就像洪水前的世界那样怪诞。的确,它也被洪水吞噬了。两次革命的洪流已把它冲得无影无踪。思想是怎样的洪流啊!它以迅雷不及掩耳之势,将它必须摧毁和埋葬的东西荡涤一净,并冲刷出可怕的深渊!

这就是那遥远而纯真时代的贵族沙龙的概貌;在那里,德·马坦维尔②比伏尔泰更风趣。

这些沙龙有他们自己的文学和政治。在那里,菲埃韦③备受信任,阿吉埃先生威力无比,马拉盖沿河马路的旧书商兼政论家科尔内先生被说长道短,拿破仑成了彻头彻尾的科西嘉食人魔王。后来,将王家军少将布奥拿巴侯爵先生载入史册,那还是向时代精神作出的让步。

这些沙龙的纯洁没有维持多久。从一八一八年起,那里出现了几个空论家④,于是抹上了一层令人忧虑的阴影。这些人的做法是,既是保王派,却又为此而感到歉疚。凡是极端派引以为自豪的地方,空论派总感到有点愧赧。他们很有头脑;他们缄默不语;他们的政治信条是要显出恰如其分的骄傲;他们必须成功。他们

---

① 司卡班是莫里哀的戏剧《司卡班的诡计》中一个诡计多端的仆人。
② 德·马坦维尔(1776—1830),保王派分子,《白旗报》的创办人。
③ 菲埃韦(1767—1839),法国反动作家、政论家,曾是《论坛》的主编。阿吉埃是法官。科尔内是拿破仑军校时的同学,后弃军开了家书店,并开始写作。
④ 空论派是一些既反对封建主义,又害怕人民得势,代表大资产阶级利益的人。

过分讲究,领带要白的,衣着要端正,不过,这十分有用。空论派的错误,或者说不幸,在于造就了暮气沉沉的青年。他们摆出智者的样子,梦想将温和的政权,嫁接到绝对和过激的原则上。他们用保守的自由主义,反对专事破坏的自由主义,而且往往表现出不凡的智慧。他们说:"宽恕保王主义吧!它立过汗马功劳。它恢复了传统、信仰、宗教、崇拜。它忠诚,正直,有骑士风度,有爱心,有忠心。它想把——尽管不大情愿——君主政体古老的伟大,融入民族新的伟大。它不应该对革命、帝国、光荣、自由、新的思想、新的一代、新的时代不理解。可是,它对我们犯的这个错误,我们不也对它犯过吗?革命应该理解一切,我们是革命的继承者。攻击保王主义,是与自由主义背道而驰。这是多么大的错误!这多么盲目!革命的法兰西不尊重历史的法兰西,也就是不尊重自己的母亲,不尊重自己。九月五日[①]以后对待君主政体旧贵族的态度,和七月八日[②]以后对待帝国新贵族的态度如出一辙。他们对鹰不公正,我们对百合花[③]不公正。人们总想废除些什么。磨去路易十四王冠上的镀金,刮去亨利四世盾形纹章上的纹章,这样做有什么用?我们讥笑沃布朗[④]想抹掉耶拿桥上的大写字

[①] 指一七九二年九月五日后,巴黎公社对君主政体的贵族进行的大屠杀。这里指一七八九至一七九五年的巴黎公社,成立于一七八九年七月十四日攻陷巴士底狱后,是革命的市政府。

[②] 指一八一五年七月八日,路易十八在英普联军的护送下回到巴黎。而后开始了"白色恐怖",大肆屠杀拿破仑封的新贵。

[③] 鹰是拿破仑的徽志,百合花是王室的徽志。

[④] 沃布朗(1756—1845),内务大臣。保王党首脑人物之一。

母N。他在做什么？他所做的正是我们现在所做的。马伦戈战役属于我们，布汶战役①也属于我们。N属于我们，百合花也属于我们。那都是我们的遗产。为什么要加以贬低？祖国的现在和过去，都不应该否认。为什么不接受整部历史？为什么不热爱整个法兰西？"

空论派就是这样批评和保护保王派的，可保王派对受到批评极不满意，对受到保护恼羞成怒。极端派标志着保王主义的第一阶段，圣会②则标志着第二阶段。狂热之后，接踵而来的是灵活。简述到此结束。

在叙述故事的过程中，本书作者遇到当代史上这一奇特的阶段，不得不顺便瞧一眼，并把今天已鲜为人知的这个社会的几个特点描绘出来。但他只是匆匆带过，丝毫不觉得苦涩或可笑。这些记忆同他的母亲有关，把他同这段过去联系在一起，因此，他谈起来充满了感情和敬意。况且，应该指出，这个小世界有其伟大之处。可以对它发出善意的微笑，但既不能蔑视，也不能仇视。那是昔日的法兰西。

和所有的孩子一样，马里尤斯·蓬梅西也读了些书。他刚摆脱吉诺曼姨妈的控制，外祖父又把他托付给一个威严的老学究。这个混沌初开的少年，从一个假正经的女人手中，转到一个学究手里。马里尤斯读了几年中学，然后进了法律学校。他是保王派，

---

① 布汶战役，指一二一四年七月二十七日，法王腓力二世在法国北部的布汶，大败由神圣罗马帝国皇帝奥托四世、英王约翰等组成的国际联军，取得决定性胜利的战役。

② 圣会，法国波旁王朝复辟时期左右政权的教团，成立于一八〇一年，发展于王朝复辟时期，一八三〇年随波旁王朝的崩溃而瓦解。

狂热、严肃。他不大喜欢外祖父,看不惯外祖父乐乐呵呵和厚颜无耻的性格。他一想到父亲便心里烦闷。

此外,这孩子既热烈又冷漠,他高尚,慷慨,骄傲,虔诚,狂热,正经得近乎冷酷,纯洁得像未开化。

四　强盗的结局

马里尤斯完成传统学业的时候,正值吉诺曼先生退出社交界。老人告别圣日耳曼郊区和T夫人的沙龙,迁到沼泽区髑髅地修女街他自己的住宅里。他的用人除了门房,还有接替玛妮翁的女仆妮珂莱特,以及前面提到过的动辄气喘吁吁的巴斯克。

一八二七年,马里尤斯刚满十七岁。一天晚上,他回到家里时,看见外祖父手里拿着封信。

"马里尤斯,"吉诺曼先生说,"你明天去趟韦农。"

"干吗去?"马里尤斯说。

"看你父亲。"

马里尤斯打了个颤。他万万没想到有一天他可以去看自己的父亲。没有比这更使他感到意外和吃惊,可以说,更令他不快的消息了。这是强迫他去接近已疏远的东西。这不是一种苦恼,不,而是一件苦差。

追其原委,除了政治上的对立,马里尤斯还确信,他的父亲,那位被吉诺曼先生心平气和时叫作刀手的人不爱他。这是明摆着的,因为他抛弃了他,把他交给了别人。既然他感觉不到父爱,当然也就不爱父亲。他心想,没有比这更简单的道理了。

他惊得竟什么也没问吉诺曼先生。外祖父接着说:

"他可能病了。他要见你。"

停了会儿,他又说:

"明天早晨动身。我想,水泉大院有一班马车,早晨六点开,晚上到。你就乘这趟车去。他说得马上去。"

说完,他把信揉了揉,放进兜里。马里尤斯本可以当晚动身,第二天早晨就到父亲身边了。那时候,布洛瓦街夜里有班马车,开往鲁昂,途经韦农。吉诺曼先生和马里尤斯都没想到打听一下。

第二天黄昏时分,马里尤斯抵达韦农。已是掌灯时分。他碰见一个行人,便打听蓬梅西先生住在哪里。他说"蓬梅西先生",因为他思想上赞成王朝复辟派的观点,他自己也不承认他父亲是男爵和上校。

那人给他指了屋子。他按门铃。一个女人拿着小油灯,给他开了门。

"蓬梅西先生住在这里吗?"

那女人待着没动。

"是这里吗?"马里尤斯问。

那女人点了点头。

"我能和他说话吗?"

那女人摇了摇头。

"我是他的儿子,"马里尤斯又说,"他在等我。"

"他不再等您了。"那女人说。

这时,他发现她在哭。

她指指一间低矮前厅的门。他走进去。

壁炉上有支羊脂蜡烛,照着这间屋子。屋内有三个人,一个站着,一个跪着,一个穿着衬衣,直挺挺地躺在方砖地上。躺在地上的那位是上校。

另两位是医生和神甫。神甫在祈祷。

上校患脑膜炎已有三天。刚得病时,他就有一种不好的预感,便写信给吉诺曼先生,要求见他儿子一面。病情恶化了。马里尤斯到达韦农的那天傍晚,上校突然神志不清,不顾女仆阻挠,从床上起来,大喊大叫:"我儿子还不来。我要去迎他。"他走出卧室,一头栽倒在前厅的方砖地上。他刚刚断气。

有人去找来了医生和本堂神甫。医生来得太迟。神甫来得太迟。儿子也来得太迟。

烛光幽暗,但仍能看见上校苍白的脸上有颗大泪珠,是从没有生命的眼睛里流出来的。眼睛不再发光,泪珠却还没干。这眼泪,是为儿子迟迟不到而落下的。

马里尤斯凝视这个人,他第一次,也是最后一次看见这个人。他的脸阳刚气十足,令人肃然起敬,眼睛睁着,却什么也不看,头发雪白,四肢强壮,依稀可见四肢上散布着马刀砍伤的一条条褐色疤痕,子弹留下的一个个形似星星的红色窟窿。他注视他脸上那道大刀痕,这条刀痕给生来慈祥的脸上,平添了一分英雄气概。他想到这个人是他的父亲,这个人已经死了,但他仍然无动于衷。

他感到的悲伤,是看到任何死者躺在面前都会感觉到的。

房间里笼罩着哀伤,一种令人心碎的哀伤。女仆在一个角落里哀嚎。神甫在祈祷,听得见他在呜咽。医生在抹泪。连尸体也在哭泣。

医生、神甫和女仆悲伤中看着马里尤斯,一句话也不说。他却成了外人。他突然为自己的无动于衷感到羞愧和不安。他手里拿着帽子,为了让人相信他已痛苦得拿不动帽子,便让它掉在地上。

同时,他感到有点内疚,他为自己的行为而瞧不起自己。可这是他的错吗?他不爱他的父亲嘛!

上校什么也没留下。变卖家具的钱刚够付丧葬费。女仆找到了一张破纸,把它交给马里尤斯。上面有上校的亲笔字:

"我儿亲阅:在滑铁卢战场上,皇帝封我为男爵。既然复辟王朝否认我用鲜血换来的这个爵号,那就让我儿子继承吧。毫无疑问,他受之无愧。"

后面,上校还写道:

"就在这场战役中,有个中士救了我的性命。那人叫泰纳迪埃。这些年,我想他在巴黎附近的一个村子里开了家小客栈,是谢尔村或蒙费梅村。我儿若是遇见泰纳迪埃,望能尽力报答。"

马里尤斯接过纸条,紧紧捏在手里。他这样做并非出于对父亲的崇拜,而是因为对死有一种朦胧的敬意,而这种敬意,在人们的心中总是根深蒂固。

上校没留下任何遗物。吉诺曼先生把他的宝剑和军服卖给了旧货商。邻居践踏花园,抢走了珍贵花木。剩下的植物变成了荆棘丛,或者枯死。

马里尤斯在韦农只待了四十八小时。葬礼之后他回到巴黎,继续读他的法律,再也不想起他的父亲,就像世上从没这个人似的。上校在两天内埋入土中,三天内被彻底遗忘。

马里尤斯帽子上多了块黑纱。仅此而已。

五　去做弥撒对成为革命者所起的作用

马里尤斯从小养成了做弥撒的习惯。一个星期日,他到圣苏皮斯教堂那座小时候姨妈常带他去的圣母堂做弥撒。那天,他比平时更心不在焉、若有所思,无意中来到一根柱子后面,跪到一张乌德勒支丝绒椅上,椅背上刻着"本堂区财产管理员马伯夫先生"的名字。弥撒刚开始,一个老头便走过来,对马里尤斯说:

"先生,这是我的位子。"

马里尤斯赶紧让位,老人坐到椅子上。

弥撒结束后,马里尤斯仍在离老头几步路的地方想着心事。老头再次凑上来,对他说:

"对不起,先生,刚才我打搅您了,现在又来打搅您。您一定觉得我这人挺讨厌吧。不过,我得向您解释一下。"

"没必要,先生。"马里尤斯说。

"有必要!"老头接着说,"我不想让您对我有不好的看法。您瞧,我喜欢这个位子。我觉得,这是望弥撒的最佳位子。为什么呢?我来告诉您。过去多少年间,每隔两三个月,我总能看见一位可怜的父亲来到这个位子上,他没有别的机会和办法看见儿子,因为家里事先说好,不让他见孩子。他知道人家什么时候带他儿子来做弥撒,到时候他就赶来。孩子并不知道他父亲在这里。

甚至可能不知道自己有父亲,无辜的孩子!那父亲躲在这根柱子后面,不让人看见。他望着孩子,边望边流泪。这个可怜人,太爱他的孩子了!这被我发现了。我感到这个地方变得神圣了,于是,我养成习惯,到这里来望弥撒。我作为本堂区财产管理员,在财管委员席上有自己的位子,但我更喜欢这里。说起来,我对这个不幸的先生多少有点了解。他有一个岳父、一个有钱的大姨子,还有些亲戚,别的我就不知道了。他们威胁说,如果他这位当父亲的想见儿子,就剥夺孩子的继承权。为了儿子的幸福,为了他有朝一日能成为有钱人,他只好作出牺牲。是因为政治观点,人们把他们拆散的。当然,是要考虑政治观点,可是有些人不知道分寸。上帝!就因为参加过滑铁卢战役!这又不等于是魔鬼!绝不能为了这个,就把父亲和儿子分开。他是波拿巴的上校。我想他死了。他住在韦农,我的兄弟在那里。他叫蓬马里,或蒙佩西什么的。对了,他脸上有道漂亮的刀疤。"

"蓬梅西?"马里尤斯脸色刷地变白。

"对。蓬梅西。您认识他?"

"先生,"马里尤斯说,"他是我父亲。"

老管理员双手合十,叫了起来:

"啊!您就是那孩子!对,不错,现在该长大了。好,可怜的孩子,您可以说,您有过非常爱您的父亲。"

马里尤斯挽起老人的胳膊,一直送他到家里。第二天,他对吉诺曼先生说:

"我和几个朋友约好去打猎。您允许我出去三天吗?"

"四天!"外祖父说。"去吧,好好玩玩。"

说完,他对女儿挤挤眼说:

"有艳遇了!"

六　遇见堂区财产管理员的后果

马里尤斯去了哪里?待会儿再交代。

马里尤斯走了三天,然后回到巴黎,直接去法学院的图书馆,借了《箴言报》的合订本。

他读了《箴言报》,读了有关共和国和拿破仑帝国的所有历史资料、《圣赫勒拿岛回忆录》以及其他各种回忆录、报纸、战报、宣言。他如饥似渴,饱览一切。他第一次在帝国大军的战报上读到父亲的名字后,整整激动了一星期。他去拜访指挥过乔治·蓬梅西的将军,其中有 H 伯爵。他又去看望了堂区财产管理员马伯夫,后者给他讲了上校退休在韦农的生活,他的花木,他的孤独。马里尤斯对父亲有了充分的了解,他卓越、高尚、温和,既是勇猛的狮子,又是温驯的羔羊。

在这期间,他的全部心思和时间都用在阅读上,几乎不再和吉诺曼家的人在一起。他吃饭时才露面,吃完饭就不见了。姨妈嘟嘟囔囔。吉诺曼老爹笑着说:"嘿!嘿!是找女孩子的时候啦!"有时,老人还补充说:"见鬼!我还以为是逢场作戏哩,看来是热恋了。"

这的确是场热恋。马里尤斯狂热地爱上了父亲。

与此同时,他的思想也有了非同寻常的变化。这种变化经历了许多阶段,是按阶段发展的。在我们这个时代,许多人都这样,因此有必要把这些阶段逐一写出来。他刚刚注目这段历史,就感到惊骇不已。第一个反应,便是眼花缭乱。

在这之前,共和国、帝国对他不过是可怕的字眼。共和国是暮色中的断头台;帝国是黑夜里的马刀。他刚朝它们看了一眼,在原以为只能看见黑暗和混乱的地方,却见繁星闪烁,不禁惊讶不已,又怕又喜。他看见了米拉波、韦尼奥、圣茹斯特、罗伯斯庇尔、卡米尔·德穆兰、丹东。他看见一轮太阳冉冉升起,那就是拿破仑。他晕头转向,不知所措。光亮照得他眼花缭乱,连连后退。惊讶渐渐过去,他开始适应这些光芒,他毫不眩晕地注视那些事迹,他毫不害怕地审视那些人物,革命和帝国光辉灿烂地展示在他幻觉丛生的双眸前。他看见这两组的人和事,分别汇合到两个伟大的行动上:共和国将至高无上的民权归还给了人民大众,帝国将至高无上的法兰西思想强加给了欧洲;他看见革命产生了人民的伟大形象,帝国产生了法兰西的伟大形象。他心里说,这一切是美好的。

这初步的评价过于概括,他在眼花缭乱中也有看不到的东西,但我们认为没有必要在此指出。我们要确认的是变化中的思想状态。人是一步步前进的,不可能一步登天。这里作了一次性交代,既为了前面说的,也为了后面要说的。现在我们继续往下说。

马里尤斯发现,过去他对自己的国家不比对自己的父亲更了解。他没有去认识他们,甘愿让黑夜蒙住自己的双眼。现在他看清楚了;他对祖国万分敬佩,对父亲衷心热爱。

他异常懊恼,也十分内疚。他想,他心里的思绪,现在只能对一个坟墓倾诉，感到非常绝望。呵！要是他父亲还活着，要是他还有父亲，要是上帝大发慈悲，让他父亲继续活在人间，他不知会怎样跑过去，扑上去，大声对他喊道："父亲！我来了！是我！我和你一样有胆量！我是你的儿子！"他不知会怎样抱住他白发苍苍的脑袋，让泪水淹没他的头发，凝视他的刀疤，紧握他的双手，赞美他的衣服，亲吻他的双脚！呵！为什么这位父亲这样早就离去，还没到年岁，还没讨回公道，还没得到儿子的爱！马里尤斯内心不停地哭泣，不停地发出叹息。同时，他变得更严肃，更深沉，更确信自己的信仰和思想。每时每刻，真理的光辉会来充实他的理性。他的内心在成长。他感到他的父亲和他的祖国这两样对他来说完全是崭新的东西在促使他自然成长。

正如掌握了钥匙，一切都迎刃而解那样，过去他所仇视的东西，现在理解了，过去厌恶的东西，现在深入了解了。他清楚地看到，人们教他憎恨的伟大事业，教他诅咒的伟大人物，完全是顺应了天意才产生的，是神的意志，是人心所向。他一想起他从前的观点，便对自己感到愤慨，同时不禁哑然失笑：那才是昨天的事，可他觉得已很遥远。

既然他为父亲昭了雪，自然也为拿破仑平了反。然而，坦率地说，为后者平反绝非轻而易举。

从小他脑袋里就灌满一八一四年党人①对波拿巴的看法。而复辟王朝的所有偏见，它的利益和本能，都是为了丑化拿破仑。它

---

① 一八一四年党人是指保王党人。一八一四年，反法联军攻入巴黎，拿破仑逊位，王朝复辟。

比罗伯斯庇尔更憎恨拿破仑。它相当巧妙地利用了民族的厌倦和母亲的仇恨。波拿巴变成了近乎传说中的妖魔,为了按照人民的想象——正如刚才指出的,民众的想象有如孩子的想象——来描绘波拿巴,一八一四年党人相继给他戴上了种种可怕的面具,从可怕却不失伟大的,到可怕而又可笑的,从罗马暴君提比略,到吓唬孩子的妖魔。就这样,大家在谈论波拿巴的时候,只要以仇恨作基调,就可以想哭便号啕大哭,想笑便捧腹大笑。马里尤斯对人们所称的"那个人",从来都是这种看法。他生性固执,因而那些看法在他头脑中根深蒂固。他身上有个顽固的小人,对拿破仑无比仇恨。

马里尤斯阅读这段历史,尤其是根据资料和文献研究这段历史,于是蒙住他眼睛使他看不清拿破仑的纱布渐渐撕开。他依稀看见一个巨大的形象,他怀疑自己过去对波拿巴的看法错了,正如在其他问题也都搞错一样。他一天比一天看得更清楚。他慢慢地、一步一步地攀登阶梯;起初有些勉强,继而如痴如狂,仿佛被一股不可抗拒的诱惑力所吸引;开始阶段一片昏暗,后来微微照亮,最后变得光辉灿烂,令人狂喜不已。

一天夜里,他独自一人待在阁楼上他的小房间里。他点着蜡烛在看书,臂肘支在窗旁的桌子上。窗开着。各种幻觉自空中飘来,与他的思想融在一起。夜景多么奇妙!不知从哪里传来低沉的声音,比地球大一千二百倍的木星像火炭那样发出夺目的光辉,穹苍幽黑,群星闪烁,奇妙无比。

他在读帝国大军的战报,那是荷马史诗般的战场实况描写。他不时地看到他父亲的名字,皇帝的名字则无处不在。伟大的帝国整个儿展现在他眼前。他感到自己胸中波涌涛起。他不时地感到,他父亲似阵风从他身旁吹过,在他耳边说悄悄话儿。他的感觉变得越来越奇妙;他仿佛听见了鼓声、炮声、号声、步兵营整齐的脚步声、远处骑兵队低沉的奔驰声;他不时举目仰望天空,凝视巨大的星座在深不见底的空中闪闪发光,接着,他又将目光拉回到书上,依稀看见另一些巨大的东西在涌动。他感到心在抽搐。他不能自已,颤抖着,喘息着。突然,不知为什么,也不知受什么驱使,他站起来,将双臂伸出窗外,凝望那黑暗,那寂静,那无尽黑夜,那无穷太空,大声吼叫:"皇帝万岁!"

从这一刻起,一切都清楚了。什么科西嘉的吃人魔王、篡位者、暴君,什么与胞妹乱伦的妖魔、向塔尔玛①学戏的丑角、在雅法②投毒的凶手,什么老虎、布奥拿巴,这一切全都云消雾散,他思想上出现了一片朦胧而明亮的光辉,恺撒那苍白的大理石幽灵在高不可及的地方闪闪发光。对他父亲来说,拿破仑皇帝不过是人们爱戴和敬佩,并愿意效忠的统帅,而对马里尤斯来说,有了更多的内容。他是让法兰西继罗马人之后统治世界的命定的设计师。他是摧毁旧世界的神奇建筑师,是查理大帝、路易十一、亨利四世、黎塞留、路易十四、救国委员会的继承人。当然,他也有污点,也做过错事,甚至犯过罪,也就是说,他是一个人。但他做错事,却不失尊严,有污点,却依然闪光,犯过罪,却仍然强大。他注定要强迫世界各国说法兰西是伟大的国家。不惟如此,

---

① 塔尔玛(1763—1826),法国演员、剧团经理。作为当时最高超的悲剧演员,受到拿破仑的赞扬和保护。

② 雅法,巴勒斯坦城市。一七九九年,波拿巴围困并占领该城,但一场瘟疫使他的军队遭到惨重的损失。

他是法兰西的化身,用手中之剑征服欧洲,用发出之光征服世界。波拿巴在马里尤斯眼里成了灿烂夺目的幽灵,将永远屹立在边疆,守卫着未来。他是暴君,但更是独裁者,是产生于一个共和国并概括了一场革命的暴君。在他心中,拿破仑成了民意的体现者,正如耶稣是神意的体现者一样。

可以看出,就像所有新入教者那样,马里尤斯为自己的思想转变欣喜若狂。他急着皈依,并且走得太远。这是他本性所使然,一旦从斜坡往下滑,就难以煞车。他对武力也狂热崇拜起来,这使他对思想的热情变得更复杂。他丝毫没有发现,他在崇拜天才的同时,竟盲目地欣赏起武力来了,就是说,他把神圣的东西和暴力的东西,作为两个崇拜的偶像,并排放进两个神龛里。在许多方面,他更是搞错了。他良莠兼收。在奔向真理的道路上出错是难免的。他诚心诚意地想全盘接受。踏上新的道路后,他在评判旧制度的过错、衡量拿破仑的功劳时,忽略了可以减罪的情节。

不管怎么说,他朝前迈出了惊人的一步。从前他看见的是君主政体的灭亡,现在他看见了法兰西的崛起。他的方向改变了。从前望见的是残阳,如今看到的是旭日。他前后转了个向。

他内心经历了这种种革命,可家里人却毫无觉察。

在这神秘的变化中,他完全蜕去了那身波旁和极端派的旧皮,完全摒弃了贵族、詹姆斯党①和保王党,成为彻头彻尾的革命

---

① 詹姆斯党,指英国一六八八年革命后拥护流亡的詹姆斯二世的人。此处泛指保王党人。

者、坚定不移的民主主义者和准共和党人。于是，他去了金银匠沿河马路，找了一位雕刻工，定做了一百张名片，刻上"马里尤斯·蓬梅西男爵"的名字。

这不过是他内心围绕父亲发生变化的必然结果。不过，他不认识任何人，又不能挨家挨户去散发名片，只好把它们揣在口袋里。

另一个顺理成章的结果是，他愈是接近他的父亲，接近上校为之奋斗了二十五年的事业，愈是怀念他的父亲，他就愈加疏远他的外祖父。前面说过，他早就不喜欢吉诺曼先生的脾气了。一个是严肃的青年，一个是轻浮的老头，他们之间存在着种种不协调。热龙特①的快活使少年维特变得更加郁郁寡欢。只要彼此的政治观点和见解相同，马里尤斯就如同走在桥上一样，会与吉诺曼先生相遇。现在这桥倒塌了，于是出现了鸿沟。而且，更有甚者，马里尤斯每每想起是吉诺曼先生出于愚蠢的动机，冷酷无情地把他从上校身边夺走，使父亲失去孩子，孩子失去父亲，每每想起这个，心中便会生出一种难以名状的反抗冲动。

马里尤斯对父亲产生了深深的敬意，因而对外祖父几乎产生了厌恶情绪。

不过，前面已经说过，所有这一切都没流露出来。他只是变得越来越冷淡。吃饭时很少说话，平时很少在家。姨妈为此责备他时，他温顺得像头绵羊，推说是学习太忙，要上课、考试、听讲座，等等。外祖父则一成不变，仍维持他原来的推断："恋爱了！这方面我是内行。"

---

① 热龙特，法国古典喜剧中年老可笑、以老前辈自居的人物形象。

马里尤斯有时几天不归。

"他究竟去哪里了?"姨妈问道。

他离家的时间总是很短。有一次,他按照父亲的遗嘱去了趟蒙费梅,寻找滑铁卢战场那位退役中士,客栈老板泰纳迪埃。泰纳迪埃破产了,客栈关门了,没有人知道他的下落。为了寻找泰纳迪埃,马里尤斯有四天没有在家。

"很显然,"外祖父说,"他走火入魔了。"

有人似乎发现,他胸前挂着什么东西,藏在衬衣下面,用一根黑带子系在脖子上。

七　在追女人了!

前面我们提到过一个枪骑兵。

这是吉诺曼先生的一个曾侄孙。他远离家庭,远离故乡,过着军营生活。泰奥迪尔·吉诺曼中尉具有所谓漂亮军官的一切条件。他有"少女的身材",得意地拖曳着马刀,蓄着两端上翘的小胡子。他很少回巴黎,少得使马里尤斯从未见过他。这两位表亲彼此只知道名字。我想前面已说过,泰奥迪尔是吉诺曼姨妈最宠爱的人。她偏爱他,是因为看不见他。不在自己眼前,就会把他想象得十全十美。

一天上午,吉诺曼大小姐回到自己房里,镇定的性格遏制不住内心的激动。刚才,马里尤斯又一次请求外祖父允许他作一次短期旅行,还说打算当晚就动身。"去吧!"外祖父回答。吉诺曼先生双眉往上耸了耸,又说:"他又要在外面过夜了。"吉诺曼小姐满怀诧异地上楼回房去了。在楼梯上,她喊道:"太过分了!"接着又问:"他到底去哪里呢?"她隐约感到有一场多少有点见不得人的艳遇,隐约可见有个女人,有次幽会,有个秘密。若能凑近看个清楚,她是不会不乐意的。窥视别人的隐私,如同窥视一场丑闻,即使是圣人,也不会讨厌这样做。在虔诚的心灵深处,也会装着对别人隐私的好奇。

因此,她有点想摸清底细,感到心神不安。

为了排解这有点反常的好奇心给她带来的烦恼,她一头钻进她擅长的手艺活中,用层层棉布,拼绣马车车轮图案。那是帝国时代和王朝复辟时代盛行的一种刺绣。活儿十分乏味,干活的人心烦意乱。她在椅子上坐了好几个小时,突然房门打开。吉诺曼小姐扬起脸,看见是泰奥迪尔中尉,正在向她行标准的军礼。她高兴得大叫一声。她虽然老了,虽然平时一本正经,笃信宗教,而且还是姑婆,但见一个枪骑兵走进她的房间,总是件喜出望外的事。

"是你,泰奥迪尔!"她喊道。

"路过这里,姑婆。"

"过来拥抱我呀!"

"遵命!"泰奥迪尔说。

他拥抱了她。吉诺曼姑婆走到写字台,打开抽屉。

"至少要在这里呆一星期吧?"

"姑婆,今晚就得走。"

"这哪行!"

"绝对要走。"

"留下吧,我的小泰奥迪尔,求你了。"

"我是想留下,但我要服从命令。事情很简单。我们接到了换防的命令。以前在默伦,现在换防到加荣。从旧驻地去新驻地,要经过巴黎。我说,我要去看看我的姑婆。"

"拿着,给你的辛苦费。"

她把十个金路易塞到他手里。

"您是说给我的娱乐费吧,亲爱的姑婆。"

泰奥迪尔再次拥抱她。他军装的饰带差点擦破她的脖子,她却感到一阵快意。

"你是不是骑马随部队一起走的?"她问他。

"不是,我的姑婆。我坚持要来看您。是特批的。我的勤务兵牵着我的马,我乘驿车。对了,我得问您一件事。"

"什么事?"

"我的表弟马里尤斯·蓬梅西也要去旅行吗?"

"你怎么知道的?"姑婆说道,这突然触动了她的好奇心。

"来的时候,我去驿站预订前座的位子了。"

"怎么样?"

"有个旅客订了顶层的一个座位。我在名单上看见他的名字了。"

"哪个名字?"

"马里尤斯·蓬梅西。"

"那坏蛋!"姑婆喊道。"啊!你的表弟可没有你规矩。没想到他要在驿车上过夜。"

"我也是。"

"可你是为了尽责,他却是为了放荡。"

"好家伙!"泰奥迪尔说。

这时,吉诺曼大小姐灵机一动,有了主意。假如她是个男人,准会猛击一下额头。她突然问泰奥迪尔:

"你知道你表弟不认识你吗?"

"不知道。我见过他,可他对我从来不屑一顾。"

"这么说,你们要一起旅行喽?"

"他在顶层,我在前座。"

"这驿车去哪?"

"莱桑德利。"

"马里尤斯是去那里吗?"

"除非和我一样,中途下车。我在韦农下,然后转车去加荣。马里尤斯去哪,我一无所知。"

"马里尤斯!多难听的名字!怎么会想起给他取这个名字?你至少还叫泰奥迪尔!"

"我更喜欢叫阿尔弗雷德。"那军官说。

"听着,泰奥迪尔。"

"听着呢,姑婆。"

"注意了。"

"注意着呢。"

"准备好了吗?"

"准备好了。"

"听着,马里尤斯经常不回家。"

"哦!"

"他出去旅行。"

"啊!"

"他在外面过夜。"

"呵!"

"我们想把事情弄清楚。"

泰奥迪尔像个铁石心肠的人,冷静地回答:

"在追女人了呗。"

接着,他含蓄地笑了笑,满有把握地说:

"追一个小妞。"

"显而易见。"姑婆喊了起来。她以为听见吉诺曼先生在说话,"小妞"这个词,叔祖和侄孙说来都加强了语气,这使她感到不可抗拒地产生了信心。她接着又说:

"帮我们个忙。给我们跟着点儿马里尤斯。他不认识你,这样就方便了。既然有个小妞,那就设法见见这小妞。把这个趣闻写信告诉我们。外祖父会高兴的。"

泰奥迪尔对盯梢之类事毫不感兴趣,但那十个金路易使他深受感动,而且他相信以后还会有。于是他接受了任务,他说:"姑婆,按您说的办。"他心里还加了句:"我成了监督少女的老太婆了!"

吉诺曼小姐吻了吻他。

"泰奥迪尔,你是不会做这种荒唐事的。你遵守纪律,服从命令,是个安分尽职的人。不会为看一个女人而离家出走。"

他就像卡图什①听到有人称赞他诚实正直那样,做了个得意的

---

① 卡图什(1693—1721),法国一个盗窃团伙的首领。

鬼脸。

这场谈话的当天晚上,马里尤斯上了驿车,毫不怀疑有人监视。而那位监视者,上了车便呼呼大睡了。他睡得又甜又香。阿耳戈斯①打了整整一夜的呼噜。

拂晓,驿车夫喊道:"韦农到了!韦农站!到韦农的旅客请下车!"泰奥迪尔这才醒过来。

"好,"他似醒非醒,咕哝道,"我在这里下车。"

醒来后,他的记忆渐渐清楚,他想起了他的姑婆和十个金路易,想起了自己曾答应要汇报马里尤斯的所作所为,不禁笑了起来。

"他也许不在车上了。"他边扣漂亮军服的纽扣边想道。"他可能在普瓦西下车了,也可能在特里埃;假如他没在默伦下车,那就可能在芒特,除非是在罗尔布瓦,或者到帕西才下,向左拐到埃夫勒,或向右拐到拉罗什-吉荣。你追去吧,姑婆。可我怎么向这位好老太太交代呢?"

这时,一条黑裤子从顶层下来,出现在前座的玻璃窗上。

"会不会是马里尤斯?"中尉说。

正是马里尤斯。

车下有位乡下女孩,混在驿马和驿车夫中间,向旅客兜售鲜花,大声喊道:"给你们的太太送束花吧。"

马里尤斯走上去,从她的花篮里挑了最美的一束花。

"这下我倒感兴趣了。"泰奥迪尔从前座跳下时说。"见鬼,这些花他要送给谁?只有绝色美女才配送这样漂亮的花。我倒要看

---

① 阿耳戈斯,希腊神话中的百眼巨人,无论昼夜,都有眼睛不闭。

看是谁。"

于是，他开始跟踪马里尤斯。不过，现在不是因为受人之托，而是出于好奇，就像为自己而追捕猎物的狗。

马里尤斯根本没发现泰奥迪尔。驿车上下来几个漂亮女人，他连看也不看。他对周围的事物似乎漠不关心。

"够痴情的！"泰奥迪尔思忖。

马里尤斯向教堂走去。

"妙极了！"泰奥迪尔想。"教堂！对！幽会用弥撒作调料，真是妙不可言。越过仁慈上帝的头顶暗送秋波，没有比这更美妙的了！"

到了教堂，马里尤斯没有进去，而是绕到半圆形后殿后面，在一个扶垛角上消失了。

"是在外面幽会。"泰奥迪尔说。"我们去看看那个女孩。"

他踮起靴尖，朝马里尤斯拐弯的墙角走去。

到了那里，他停下来，惊得目瞪口呆。

马里尤斯双手掩面，跪在一个坟坑的草丛里。他已摘下花瓣撒在坟上了。在坟坑的一端，就在鼓出的标志着死者头部所在的地方，有一个黑色的木十字架，写着一行白字：蓬梅西男爵上校。马里尤斯在哭泣。

原来，女孩是一座坟墓。

八　大理石碰花岗岩

马里尤斯第一次离开巴黎，就是来这里。后来，吉诺曼先生每次说他在外面过夜,他也是来这里。

泰奥迪尔中尉万万没想到会碰到一座坟墓,感到狼狈不堪。他产生了一种连他自己都无法分析的奇怪而不愉快的感觉,其中既有对一座坟墓的崇敬,又有对一位上校的尊敬。他连忙后退,让马里尤斯独自留在墓地里。他这样撤走,也有纪律的缘故。死者仿佛佩着大肩章出现在他面前,他差点向他行军礼。他不知道该怎样给姑婆写信,便干脆什么也不写;若不是如现实中常有的那样,冥冥之中仿佛有人在作神秘的安排,使得韦农的这件事几乎立即在巴黎引起反响,那么,泰奥迪尔关于马里尤斯爱情问题上的发现就不会有什么后果了。

第三天一大早,马里尤斯从韦农回到外祖父家里。坐了两夜驿车,精疲力竭,觉得需要去游一小时的泳,以解两夜未眠之疲劳,于是,他赶快上楼钻进自己的房间,立即脱掉紧腰大衣,摘下脖子上的黑丝带,就去浴场了。

和所有健康的老人一样,吉诺曼先生早早就起床了。他听见马里尤斯已回家,便尽那双老腿所能,以最快的速度爬上楼梯,到马里尤斯住的阁楼上拥抱外孙,顺便问问他是从哪里来的。

可是,年轻人下楼的速度,比八旬老人上楼的速度快。当吉诺曼老爹爬上阁楼时,马里尤斯已不在了。

床没有动过。床上毫无戒备地放着那件紧腰大衣和那条黑丝带。

"这样更好。"吉诺曼先生说。

过了一会儿,他来到客厅里。吉诺曼大小姐已坐在那里,正在绣她的车轮形花饰。

吉诺曼先生进客厅时,一副得意洋洋的样子。

他一只手拿着紧腰大衣,另一只手拿着黑丝带,边进边喊:

"我们胜利了!我们就要知道秘密了!事情就要清楚了。我们就要摸到这位鬼鬼祟祟家伙的风流韵事了!我们已接触到这部爱情小说了!我拿到画像了!"

果然,那条黑丝带上系着一个黑纹皮小盒子,像是嵌有画像的颈饰。老人拿起这盒子,先不忙打开,赏玩了一会儿,那快乐、狂喜和气恼的神态,使人想起一个可怜的饿死鬼,眼巴巴看着丰盛的晚餐从鼻子下端过,却不能享用。

"里面肯定有肖像。我可是内行。这玩意儿总是温情脉脉地挂在胸口上。他们真傻!说不定是个丑得叫人发抖的骚货!现在的年轻人太没有情趣了!"

"父亲,打开看看吧。"老姑娘说。

一按弹簧,盒子便打开了。除了一张仔细折好的纸,里面什么也没有。

"反正是一回事。"吉诺曼先生哈哈大笑着说。"我知道是什么。是情书!"

"啊!那就念念吧!"姨妈说。

她戴上眼镜。他们打开纸,念道:

"我儿亲阅:在滑铁卢战场上,皇帝封我为男爵。既然复辟王朝否认我用鲜血换来的这个爵号,那就让我儿子继承吧。毫无疑问,他受之无愧。"

父亲和女儿的感受是难以言表的。他们感到,仿佛有阵阴风从一个骷髅头骨里吹出来,把他们冻得浑身冰冷。他们没有交谈。只有吉诺曼先生像是自言自语地低声说了句:

"是那个刀手的笔迹。"

姨妈把那张纸翻来覆去地看了又看,然后放回盒子里。

这时,一个长方形的蓝纸包从紧腰大衣的口袋里掉了出来。吉诺曼小姐拾起小包,打开蓝纸。这是马里尤斯的一百张名片。她给吉诺曼先生递过一张。后者念道:马里尤斯·蓬梅西男爵。

老人摇了摇铃。妮珂莱特进来。吉诺曼先生拿起黑丝带、盒子和紧腰大衣,统统扔到客厅中间的地上,说:

"把这些破烂拿走!"

接下来整整一小时是在绝对的沉默中度过的。

老头和老姑娘背对背地坐着,各自想着心事,很可能在想同样的事。一小时后,吉诺曼姨妈说:

"干得漂亮!"

过了一会儿,马里尤斯出现了。他刚回来。他还没跨进客厅,就看见外祖父手里拿着他的一张名片。外祖父一看见他,便气势汹汹地摆出大资产阶级高人一等、冷嘲热讽的神态,大叫大嚷起来:

"好哇!好哇!好哇!好哇!好哇!你现在是男爵了。恭喜你。这是什么意思?"

马里尤斯脸上泛起红云,回答说:

"就是说,我是我父亲的儿子。"

吉诺曼先生收起笑容,冷酷无情地说:

"你的父亲是我。"

马里尤斯低着头,神情严肃地说:"我父亲一生谦卑而英勇。他光荣地为共和国和法兰西效过劳;他在前所未有的最伟大的历史中功不可没;他南征北战了四分之一世纪,白天枪林弹雨,夜里雨雪泥淖；他夺得过两面军旗，受过二十次伤，死时被人遗忘，遭人抛弃；他一生中只做过一件错事，那就是太爱两个忘恩负义的人——他的祖国和我！"

这番话，吉诺曼先生是听不进去的。一听到"共和国"，便站了起来，更确切地说，猛地竖了起来。马里尤斯每说一句话，这位老保王分子有如炽热的炭火被鼓风机鼓了风一般，脸色由阴转红，由红转紫，由紫最后变成火红。

"马里尤斯！"他嚷道。"该死的孩子！我不知道你父亲是什么！我不想知道！我一无所知，我不知道！我只知道，在这些人中，从来都只有无赖！因为他们都是乞丐、杀人犯、红帽子、盗贼！我说全都是！全都是！我一个也不认识！我说全都是！听见没，马里尤斯！你好好看看，你的男爵爵位，好比我的拖鞋。他们全都是为罗伯斯庇尔效劳的强盗！为布——奥——拿——巴效劳的强盗！全都是叛徒，背叛，背叛，背叛了他们的合法国王！在滑铁卢，他们在普鲁士和英国人面前落荒而逃！我就知道这个。我不知道令尊大人是不是也是这号人。抱歉，我这样说了，算他倒霉，我的主人。"

这回轮到马里尤斯变成炭火，吉诺曼先生变成鼓风机了。马里尤斯浑身颤抖，不知道如何是好，他的脑袋在燃烧。就像神甫看见自己的圣饼全被扔掉，就像苦行僧看见行人对他的偶像吐唾沫。怎能容忍别人在自己面前说这种话而不受惩罚！可怎么办呢？刚才，他当面看到他的父亲被践踏，被侮辱。可是被谁呢？被他的外祖父。怎么能做到为一个报仇，又不得罪另一个呢？他绝对不能侮辱外祖父，也不能不替父亲雪耻。一边是神圣的坟墓，

另一边是苍苍白发。他就像喝醉了酒似的,感到天旋地转,身体摇晃了一下。接着他抬起头,眼睛盯着外祖父,雷鸣般地吼道:

"打倒波旁王朝!打倒肥猪路易十八!"

路易十八在四年前就死了,但这于他无关紧要。

老人通红的脸骤然变得比他的白发还要苍白。壁炉上有贝里公爵[①]的半身塑像,他转身面对塑像,以庄严而奇特的神态,深深鞠了一躬。而后,他从壁炉到窗口,又从窗口到壁炉,穿过整个客厅,默默地、慢慢地来回踱了两次,有如一尊石像在走动,弄得地板嘎嘎响。第二次这样走时,他朝老绵羊似的呆望着这场冲突的女儿弯下腰,近乎平静地微笑着对她说:

"一个像先生那样的男爵,和一个像我这样的资产阶级,是无法在同一个屋檐下生活的。"

说完,他倏地直起身,脸色发青,浑身颤抖,样子十分可怕,额头由于狂怒变得更宽大。他向马里尤斯伸出胳膊,大声吼道:

"给我滚!"

马里尤斯离家而去。

翌日,吉诺曼先生对他女儿说:

"每半年您给这个吸血鬼送六十皮斯托尔[②],以后再也不要在我面前提起他。"

他还有大量余怒要发泄,却又不知道如何发泄,只好继续用"您"称呼他的女儿,这样持续了三个多月。

---

① 贝里公爵,当时法国国王查理十世的儿子,保王党认为他是王位继承人。
② 皮斯托尔,法国古币,相当于十金法郎。

马里尤斯怒气冲冲地离开了家。有件事使他更加怒不可遏,这里有必要提一提。这类阴差阳错的事屡见不鲜,而且会使家庭的悲剧变得更加复杂。尽管还是那些错误,怨恨却因此而加深。妮珂莱特奉外祖父之命,匆匆将马里尤斯的那些"破烂"送回他的房间,无意中把藏着上校遗书的黑纹皮盒丢了,很可能丢在通向阁楼的黑洞洞的楼梯上了。那封遗书和那个盒子没能找到。马里尤斯认定是"吉诺曼先生"——从那天起,他不再用别的称呼——把他父亲的遗书烧了。上校写的那几行字他已铭记在心,因此,什么也没失去。可是,那张纸,那笔迹,那神圣的遗物,却是他的心呀!怎能这样对待它们?

马里尤斯走了,没有说去哪里,自己也不知道去哪里,带着三十法郎,他那块表,还有一只旅行袋,里面放着几件衣服。他上了一辆出租马车,说好按钟点计费,漫无目的地朝拉丁区驶去。

马里尤斯会有怎样的命运呢?

第四卷
ABC 友社

一　一个差点载入史册的团体

那个年代，表面上风平浪静，暗中却隐隐奔流着一股革命洪流。从八九和九二年的深谷中，升起阵阵微风。青年一代在蜕变——请允许我们用这个词。随着时间的推移，人们几乎不知不觉地发生着变化。时钟的指针在钟面上行走，也在人们的心里行走。人人朝前迈了应该迈出的一步。保王派成了自由派，自由派成了民主派。

这就像涨潮，时起时落，千转百回；潮落的特点便是混合；由此便产生了千奇百怪的思想组合；人们既赞赏拿破仑，又崇拜自由。这是那个时代的海市蜃楼。各种观点的形成要经过不同的阶段。伏尔泰保王主义，这个荒诞的变种，有一个同样是怪诞的对应物——波拿巴自由主义。

其他一些团体则更为严肃。他们探索原则。他们热衷于权利。他们迷恋绝对，依稀看见了无尽的创造。绝对以其严格，使人想入非非，使人在无限中遨游。没有什么比信条更能制造梦幻，也没有什么比梦幻更能孕育未来。今天是空想,明天就会有血有肉。

先进的思想有着双重基础。"既定秩序"可疑而奸诈,开始受到秘密活动的威胁。这是最富革命的迹象。当权者的隐蔽动机与人民的内心想法不谋而合。酝酿起义和密谋政变一唱一和。

当时,法国还没有像德国的道德协会①和意大利的烧炭党②那样庞大的秘密组织,但这里那里,都有一些地下团体,正在伸展蔓延。埃克斯正在筹建库古尔德社;巴黎也有不少这类组织,其中 ABC 友社尤为突出。

ABC 友社是什么组织?那是一个表面上以教育儿童为宗旨,实际上是改造成人的社团。

他们宣称是 ABC 的朋友。Abaissé③ 即人民大众。他们想提高民众的地位。对这个同音异义的文字游戏是不应予以嘲笑的。这类文字游戏有时在政治上是很严肃的。例如 Castratus ad castra④,它曾使纳尔塞斯⑤成为一名将军。又如 Barbari et Barberini⑥。再如 Fueros y Fuegos⑦。还有 Tu es Petrus et super hanc petram⑧,等等。

---

① 道德协会,德国爱国青年组织,成立于一八〇八年。
② 烧炭党,十九世纪初,活跃于意大利、法国和西班牙的秘密团体。
③ ABC 的读音与法语词 abaissé(身份低下的)发音近似。
④ 拉丁语,意为"兵营中的阉人"。
⑤ 纳尔塞斯(约480—574),原是拜占廷皇家宦官,后成为将军,曾征服意大利的东哥特王国。
⑥ 拉丁语,意为"蛮族和巴尔柏里尼"。暗指罗马的巴尔柏里尼家族,是一个很有权势的贵族家族。
⑦ 西班牙语,意为"自由和家庭",是西班牙自由派的座右铭。
⑧ 拉丁语,意为"你是彼得,我要在这石头上建造……"。"彼得"和"石头"是一个词。

ABC友社人数很少。这是个刚有雏形的秘密社团。可以说它是小集团，如果小集团也能出英雄的话。他们在巴黎的两处地方聚会，一处在中央菜市场附近，在一个名叫"科林斯"的小酒馆里，这家酒店我们以后还要谈到；另一处在先贤祠附近，在圣米歇尔广场的米赞咖啡馆里，这家咖啡馆现已拆毁。第一个聚会地点挨着工人，第二个挨着大学生。

ABC友社习惯在米赞咖啡馆的后厅秘密集会。这间后厅离咖啡馆相当远，由一条长走廊与之相连。厅内有两扇窗户和一道后门，经一道隐蔽的楼梯通往格雷街。他们在那里抽烟、喝酒、打牌、说笑。他们谈天说地时声音很大，谈别的事情时便压低嗓门。墙上挂着一张共和时期的法兰西旧地图，足以唤起警探的警觉。

ABC友社中的大部分成员是大学生，还有几个工人，彼此相处甚好。中坚分子的名字如下：昂若拉、孔布费尔、让·普鲁韦、弗伊、库费拉克、巴奥雷、莱斯格尔或莱格尔、若利、格朗泰。在某种程度上，这些人已成为历史人物了。

这些年轻人情投意合，相处得像一家人。除了莱格尔，全都是南方人。

这是出类拔萃的一伙人。现在，他们已消失在我们身后看不见的深渊里了。故事讲到这里，趁读者尚未见他们投入一场悲壮的斗争而消失在黑暗中之前，也许有必要用一缕光明照一照这些年轻人。

昂若拉是个独生子，家里非常有钱。我们称他为一号人物，以后会知道为什么。

昂若拉是个可爱的年轻人，但厉害起来也很吓人。他美如天使。是安提诺乌斯①再世,但很粗野。看他眼中闪烁的沉思之光,会以为他在前世就经历过革命风暴。他对革命传统了如指掌,仿佛亲眼见过。他了解这一伟大事业的细枝末节。他集祭司和武士的性格于一身,这在年轻人中是凤毛麟角。他既是祭司,又是斗士;从目前的情况看,他是民主战士,但如果超越当前的运动,他又是宣扬理想的教士。他眸子深邃,眼睑微红,下唇很厚,易于露出轻蔑的神态,额头很高。脸上只见宽阔的额头,有如地平线上只见辽阔的天空。和上世纪末本世纪初有些少年得志的年轻人一样,他有过人的青春活力,如少女般鲜嫩滋润,尽管有时显得苍白。他已是成人,却仍像个孩子。他已二十二岁,看上去却像十七岁。他非常严肃,似乎不知道世上还有女人存在。他衷心热爱的是权利,念念不忘的是清除障碍。若在阿芬丁山上,他也许是格拉古②;在国民公会中,他可能是圣茹斯特③。他眼中几乎看不见玫瑰花,对春天视而不见,对鸟儿歌唱听而不闻。埃瓦德涅④赤裸的酥胸不会比阿里斯托吉通⑤更令他激动;他和阿尔莫迪乌斯一样,认为鲜花只适于隐蔽利剑。即使在欢乐时,他也严肃有余。

---

① 安提诺乌斯(约110—130),古罗马的美少年;罗马皇帝哈德良宠爱的娈童。
② 格拉古(前153—前121),此处指善约·格拉古,古罗马政治家,曾利用保民官的职位和罗马共和国公民大会的立法权力,发动罗马革命。他提出打击豪门权贵的法案,但遭元老院反对,被迫退到罗马平民的传统避难地阿芬丁山,最后自杀身亡。
③ 圣茹斯特(1767—1794),法国资产阶级大革命时期雅各宾派领导人之一,一七九二年选入国民公会,后在热月政变中被处死。
④ 埃瓦德涅,希腊神话中的著名美女。
⑤ 阿里斯托吉通,公元前六世纪的雅典人,与下文提到的阿尔莫迪乌斯合力杀死暴君伊巴尔克,前者被捕后处决,后者当场被杀。

凡是与共和国无关的东西，他见了总是腼腆地垂下双眼。他是自由女神冷漠的情人。他言辞尖锐，像受到神的启示，发出颂歌的震颤。他会突然展开双翅。谁要是敢到他身边卖弄风情，就等着自讨没趣吧！康布雷广场或圣约翰·德·博韦街上的某个轻浮女工，见了这张逃学中学生的脸孔、侍童贵族少年的脖子、金灿灿的长睫毛、蓝莹莹的眼睛、迎风飘动的乱发、玫瑰色的脸颊、鲜嫩欲滴的嘴唇、妙不可言的牙齿，若对这曙光晓色垂涎三尺，到昂若拉面前搔首弄姿，故作媚态，就会遇到一道意外而可怕的目光，顿时在他们中间划出一道鸿沟，教她明白不要把以西结①的威猛天使，混同为博马舍的风流天使②。

如果说昂若拉代表革命的逻辑，那么，孔布费尔则代表革命的哲学。革命的逻辑与革命的哲学之不同，在于革命的逻辑可以作出战争的决定，而革命的哲学只能以和平为结果。孔布费尔补充和修正昂若拉。他没有昂若拉高深，但比他博大。他希望把一般思想的广泛原理灌输给民众。他常说，不仅要革命，还要文明。他在陡峭的高山周围，开辟了广阔的碧空。因此，在孔布费尔的所有观点中，不乏切实可行的东西。孔布费尔的革命比昂若拉的革命更容易接受。昂若拉表达的是神赋的权利，孔布费尔则强调天赋的权利。前者接近罗伯斯庇尔，后者接近

---

① 以西结，希伯来最奇特的先知，不止一次在空中飞行，但也常常不能说话和动弹。

② 博马舍的风流天使，指他剧作中的人物费加罗。博马舍（1732—1799），法国剧作家。

孔多塞[1]。与昂若拉相比,孔布费尔更接近普通人的生活。这两个年轻人如有机会登上历史舞台,一个会是义士,另一个会是哲人。昂若拉更刚强。孔布费尔更仁慈。"仁慈"和"刚强",确是他们的区别所在。孔布费尔白璧无瑕,生性温和,正如昂若拉生性严厉。他喜欢"公民"这个词,但更喜欢"人"。他似乎更乐意像西班牙人那样说:Hombre[2]。他博览群书,上剧院看戏,去大学旁听,听阿拉戈[3]讲光的偏振,尤其喜欢听若弗卢瓦·圣伊雷尔教授[4]讲解外颈动脉和内颈动脉一个管面部,另一个管大脑的双重功能。他无所不知,密切注意科学动态,将圣西蒙和傅立叶进行比较,辨读象形文字,将随手捡来的石子砸碎以推断地质,凭记忆描绘蚕蛾,指出《法兰西学院辞典》中的法文错误,研究普伊赛古和德勒兹[5]的磁学著作,什么也不肯定,甚至不肯定奇迹,什么也不否定,甚至不否定鬼魂,翻阅《箴言报》合订本,喜欢沉思默想。他宣称未来掌握在教师手中,非常关心教育问题。他希望社会要不懈努力,提高智育和德育水平,推广科学,传播思想,提高青年一代的才智。他担心,目前教学方法的贫乏、文学孤陋寡闻仅局限于两三个所谓古典世纪的做法、官方文人独断专行、

---

[1] 孔多塞(1743—1794),法国数学家、革命家、哲学家。他关于人类能够无限地完善自身的进步观念,对十九世纪的哲学和社会学具有极大的影响。

[2] Hombre,西班牙语中"人"的意思。

[3] 阿拉戈(1786—1853),巴黎观象台台长。

[4] 若弗卢瓦·圣伊雷尔(1772—1844),法国自然学家。

[5] 普伊赛古(1752—1825),德勒兹(1755—1835),均为法兰西帝国军官,后成为磁学专家。

学究们囿于成见和固步自封，最终会把我们的学校变成牡蛎养殖场。他学识渊博，刻意追求语言纯正，一丝不苟，多才多艺，埋头苦干，又爱沉思默想，朋友们说他"已到了异想天开的地步"。什么铁路、无痛外科手术、暗室定影、电报、气球定向飞行，所有这些梦想，他都深信不疑。此外，面对迷信、专制和偏见为阻止人类进步而四处构筑的堡垒，他很少惊惶失措。他是那种认为科学迟早能扭转乾坤的人。昂若拉是领袖，孔布费尔是导师。打仗时人们愿意跟随前者，平时走路则愿意跟随后者。这不是说孔布费尔不能打仗，相反，他不会拒绝短兵相接，他会猛冲猛打，迎击敌人。但他更愿意通过教授公理、颁布积极的法令，逐步使人类的行为与自己的命运协调一致。在光照和燃烧这两种光明中，他更倾向于前者。一场大火固然能形成晨曦，但为什么不等待日出？火山固然能发光，但黎明照得更亮。孔布费尔爱美的洁白可能甚于爱辉煌的炽焰。烟雾缭绕的光明，暴力换取的进步，不会使这个温和而严肃的人心满意足。像九三年那样，将人民陡然推向真理，使他胆战心惊，可静止不动更使他深恶痛绝，因为他闻到了腐臭和死亡。总之，他喜欢泡沫胜过瘴疠，湍流胜过污水坑，尼亚加拉瀑布胜过隼山湖。总之，他既不喜欢停滞不前，也不喜欢操之过急。当他那些具有骑士风度的骚动不安的朋友们热衷于绝对、崇尚和呼唤光辉灿烂的革命冒险的时候，孔布费尔却倾向于让进步自由发展。这种进步实实在在，虽不轰轰烈烈，却纯纯正正，虽按部就班，却无懈可击，虽显得冷漠，却不折不挠。孔布费尔会双手合十，跪地祈祷，以求未来纯洁无邪，人民勇往直前、永无止境的进化一如既往，不可阻挡。他常说："善必须纤尘不染。"的确，如果说革命的伟大在于逼视耀眼的理想，不顾爪子流血和着火，仍飞行在雷电霹雳中间，那么，进步之美就在于白璧无瑕。华盛顿代表前者，丹东代表后者，他们的区别在于一个是长着天鹅翅膀的天使，另一个是长着雄鹰翅膀的天使。

让·普鲁韦比孔布费尔的色调更柔和。一场强大而深刻的运动，导致了对中世纪必不可少的研究，他突发奇想，称自己为约翰[①]。让·普鲁韦非常多情。他喜爱种花、吹笛、赋诗。他热爱人民，同情妇女，怜悯儿童。他既相信未来，也相信上帝。他谴责那场革命砍下了一位杰出人物即安德烈·谢尼埃[②]的脑袋。他平时讲话柔声柔气，但突然会变得很有男子气。他很有学问，甚至可以说博大精深，差不多是个东方通。尤其是他很善良。在诗歌方面，他喜欢博大，这对于深知善良和博大是多么相近的人来说，是很好理解的。他懂意大利语、拉丁语、希腊语和希伯来语，这样，他就可以只读四位诗人的作品：但丁、尤维纳利斯、埃斯库罗斯和以赛亚[③]。在法语作品中，他喜欢高乃依胜过拉辛，阿格里帕·多比涅胜过高乃依。他常常在长满野燕麦和矢车菊的田野里闲逛，关心天上的云不亚于关心人间的事。他头脑里有两种态度，

[①] 约翰，十五世纪一部小说中的主人公，是个嘲弄英国老国王的法国青年王子。英语中的"约翰"即法语中的"让"。

[②] 谢尼埃（1762—1794），法国诗人。曾写过许多反革命诗歌，一七九四年以"人民敌人"之罪名上了断头台。

[③] 但丁，意大利诗人。尤维纳利斯，古罗马最后一个，也是最有影响的讽刺诗人。埃斯库罗斯，古希腊三大悲剧家之一。以赛亚，古代以色列先知，著有《圣经·旧约》中的《以赛亚书》。

一个是对人，另一个对上帝；他不是研究，便是瞻仰。他整天深入研究社会问题：工资、资本、信贷、婚姻、宗教、思想自由、恋爱自由、教育、刑罚、贫困、结社、财产及生产和分配，这都是困扰芸芸众生的人间之谜。和昂若拉一样，他也是独生子，家境也很富有。他说话温和，低头垂眼，笑起来神态尴尬，举止拘束，神情局促，动辄脸红，非常怕难为情。然而，他意志坚定，不屈不挠。

弗伊是个制扇工人，父母双亡，每天勉强能挣三法郎。他只有一个念头：拯救世界。他还挂虑着另一件事：学习。他把这叫作拯救自己。他通过自学，学会了读和写，他所知道的，都是自学得来的。弗伊心肠好，胸襟豁达。这个孤儿把人民认作父母。因为十分思念母亲，便对祖国有了深刻的思考。他不希望世界上有人没有祖国。他以老百姓的远见卓识，心里孕育着今天我们所说的"民族思想"。他学习历史，是为了使自己的愤慨有根有据。在这个由空想主义青年组成的小团体中，别人关心的主要是法兰西，而他关心的是国外。他对希腊、波兰、匈牙利、罗马尼亚、意大利有专门的研究。他正当而执着地常常提起这些国家，也不管合不合时宜。土耳其侵略克里特岛和塞萨利亚，俄国侵略华沙，奥地利侵略威尼斯，这些强盗行径使他愤怒不已。尤其是一七七二年那次暴行①使他义愤填膺。正确的愤怒能产生所向披靡的辩才，他正具有这种辩才。他谈起一七七二年这个可耻日子来滔滔不绝，谈起被出卖而遭灭亡的高尚而英勇的波兰人民，对三

---

① 一七七二年，俄国、普鲁士和奥地利初次瓜分波兰。

国的罪行,对他们设计的丑恶圈套,有说不完的话;这场可怕的阴谋,竟成了好些高贵的民族国破家亡、连出生证也一笔勾销的样板和典型。当代社会的一切罪行皆起源于瓜分波兰。瓜分波兰是条定理,现代一切政治暴行都由此而生。近一个世纪来,没有一个暴君,没有一个叛徒没把目光瞄准瓜分波兰,没在合谋瓜分波兰的文件上签字画押。查阅近代背信弃义的卷宗,首先看到的便是瓜分波兰。维也纳会议①在犯下自己的罪行前,查考过这一罪行。一七七二年吹响围猎的号角,一八一五年则吹响瓜分猎物的号角。这便是弗伊常挂嘴边的经句。这个可怜的工人主动当起了正义的保护者,正义给他的报答,便是使他变得伟大。的确,正义中存在着永恒。华沙不可能再是鞑靼人的,正如威尼斯不可能再是日耳曼人的。国王们枉费心机,脸面丢尽。沉没的祖国迟早会浮上海面,重新出现。希腊又变成希腊;意大利又变成意大利。正义永远会对侵略发出抗议。掠夺一国人民是不允许的。这种极端的欺骗行径是没有前途的。一个民族不像一块手帕,可以随便抹掉标记。

库费拉克的父亲叫德·库费拉克先生。王朝复辟时期的资产阶级对于贵族有一种错误看法,认为"德"这个小品词是贵族的标志。大家知道,这个小品词没有任何意义。但《密涅瓦》②时代的资产阶级把这个可怜的"德"字看得非常重,竟至于认为必须把它废除。德·肖弗兰先生改叫肖弗兰先生,德·科马丁先生改

---

① 拿破仑失败后,俄、普、奥三战胜国于一八一五年在维也纳举行的会议。
② 《密涅瓦》,法国王朝复辟时期流行的周刊。

叫科马丁先生,德·孔斯当·德·勒贝克先生改叫邦雅曼·孔斯当,德·拉法耶特先生改叫拉法耶特先生。库费拉克不甘落后,也把"德"去掉,光叫库费拉克。

关于库费拉克,讲这些差不多够了,至于其他情况,我们只需说:要了解库克拉费,看看托洛米埃[①]即可。

的确,库费拉克充满了年轻人的激情,这种激情可以叫作思想的青春美。不久,这种青春激情会和小猫的可爱一样消失殆尽,而青春所有的种种优雅,在两条腿的人那里,会发展成为资产阶级,在四条腿的猫那里,会蜕变成老猫。

这种青春美,通过年轻人上学、参军,代代相传,就像接力赛跑,从一个人的手里传到另一个人的手里,几乎一成不变。因此,正如前面指出的,谁要是在一八二八年听见库费拉克讲话,会以为是在一八一七年听见托洛米埃讲话。不同的是,库费拉克是个正直的小伙子。他们尽管外表都才华横溢,却有着很大的不同。在库费拉克和托洛米埃身上,都潜藏着另一个人,彼此截然不同。托洛米埃骨子里是法官,库费拉克则是勇士。

昂若拉是首领,孔布费尔是导师,库费拉克是中心。前两人发出的光多一些,库费拉克则给予的热多一些。事实上,他具备中心人物应有的种种品质:坦率和威望。

巴奥雷曾在一八二二年六月的流血事件中大显身手。那天是为年轻的拉勒芒[②]举行葬礼。

[①] 托洛米埃,珂赛特的父亲。见本书第一部。
[②] 拉勒芒参加了一八二二年自由派举行的示威游行,被杀害。

巴奥雷生性快乐，但缺乏教养。他诚实正直，爱乱花钱。他爱花钱近乎慷慨大方，爱说话近乎口若悬河，胆子大近乎厚颜无耻，是当魔鬼的最好材料。他穿着鲁莽的背心，怀着红色的见解。他喜欢喧闹，就是说，除了骚乱，他最喜欢的是吵架，除了革命，他最喜欢的是骚乱。他时刻准备砸碎玻璃，接着揭去街上的铺路石，接着摧毁政府，以观效果。他上了十一年学。他嗅嗅法律，但不学法律。他的座右铭是：决不当律师。他的纹章是一个床头柜，露出一顶方形睡帽。他难得从法学院门口经过，但每每经过，总要把紧腰中大衣（短大衣尚未问世）的纽扣扣好，以防生病。他谈到法学院的大门时，总说："多漂亮的老头！"谈到代万库院长时，总说："多宏伟的建筑！"他学的课程是他唱歌的题材，教师是他漫画的对象。他无所事事，却有一笔相当可观的生活费，差不多有三千法郎。他的父母是农民，他摇唇鼓舌，向他们反复灌输要重视他们的儿子。

他谈起父母来，总说：他们是农民，不是资产阶级，因此，他们很聪明。

巴奥雷是个心血来潮的人，光顾好几家咖啡馆。别人都有固定的地方，他却没有。他到处闲逛。漂泊是人类的天性，闲逛是巴黎人的特点。他心智敏慧，表面上不爱思考，其实是个思想家。

还有些团体尚未成形，但不久即将成形。巴奥雷在ABC友社和这些团体中间充当联系人。

在由年轻人组成的ABC友社里，有一个秃顶的人。

路易十八逃亡那天，阿瓦雷侯爵把他扶上一辆出租马车，后来被路易十八封为公爵。他叙述说，一八一四年，国王返回法国，当他在加来登陆时，有个人向他递交一份请求书。"您想要什么？"国王问。"陛下，一个驿站。""您叫什么名字？""莱格尔。"

国王皱起眉头①，看了看呈文上的签名，发现写的是 Lesgle。这个拼写并不太带波拿巴色彩，国王深受感动，露出笑容。"陛下，"那递呈文的人又说，"我的祖宗是王室的养狗侍从，外号叫 Lesgueules②。这个外号成了我的姓。我叫 Lesgueules，缩写成了 Lesgles，曲解成 L'Aigle。"国王听罢收起笑容。后来，不知是故意，还是疏忽，他把墨城的驿站赐给了他。

ABC 友社的那位秃顶成员是这位莱格尔的儿子，他签名时用墨城的莱格尔。为了省事，同学们叫他博絮埃③。

博絮埃是个倒霉而快乐的小伙子。他的特点是一事无成，但成天乐乐呵呵。二十五岁就已秃顶。他父亲终于有了一所房子和一块地，但他做儿子的却迫不及待地在一次失算的投机中把房子和地产赔个精光。什么也没剩下。他有知识，有才智，但屡屡失败。他处处碰壁，事事落空，搭起的架子会塌下来砸着自己的脑袋，砍柴会伤着自己的指头。他有了情妇，很快会意识到还有个同性朋友。他随时都会遇到不幸，这样，他反而生活得快快乐乐。他常说："我住在摇摇欲坠的屋顶下。"因为意外全在他预料之中，所以他从不大惊小怪，面对厄运，他处之泰然，面对命运的捉弄，

---

① "莱格尔"，L'Aigle 的音译，意思是"鹰"，拿破仑的徽志是鹰，所以路易十八听了皱起眉头。

② Lesgueules，即 Les gueules，意思是"动物的嘴脸"。

③ 博絮埃，十七世纪法国著名的教士，擅长作祭文、演说，当过墨城的主教，被称为"墨城之鹰"，因此莱格尔的同学们称他为博絮埃。

他付之一笑,只当命运在同他开玩笑。他很穷,但他怀里装满了愉快,取之不尽,用之不竭。他的钱很快会用光,但他的笑却是无穷无尽。当厄运降临到他身上,他会友好地向这位老朋友致敬,会拍拍灾星的肚子。他同厄运亲密无间,竟至于直呼其小名:"你好,吉尼翁①。"

命运对他的种种迫害,造就了他的创造力。他足智多谋。他没有钱,但什么时候高兴,总能找到钱"一掷千金"。一天夜里,他带了个傻大姐,一顿夜宵就吃了"一百法郎"。欢宴中间,他来了灵感,说了一句令人难忘的话:"五个路易②的姑娘,给我脱掉靴子。"

博絮埃慢慢地向律师职业前进。他学法律,和巴奥雷的态度一样。博絮埃居无定所,有时甚至无家可归。他有时住在这家,有时住在那家,住得最多的是若利家。若利学医,比博絮埃小两岁。

若利是个臆想有病的年轻人。他学医的收获,便是感到自己更是病人,而不是医生。二十三岁,便认为自己虚弱多病,成天对着镜子看自己的舌头。他声称,人和针一样会磁化,他把卧室里的床按南北方向摆放,头朝南,脚朝北,以便夜里睡觉时,血液循环不受地球大磁场干扰。遇到雷雨天,他总要给自己把脉。但他活得比谁都开心。年轻、有怪癖、体弱、欢快,所有这些相矛盾的特点在他身上和平共处,使他成了一个怪诞而可爱的人,

---

① 吉尼翁,Guignon 的音译,"厄运"的俗称。
② 法语中,fille de cinq louis(五个路易的姑娘)和 fille de Saint-Louis(圣路易的女儿)读音相同。路易是法国金币,合二十法郎,五路易即一百法郎。圣路易是十三世纪法国国王。

同学们滥用辅音字母 L，把他叫作 Jolllly。"你可以用四个 L 飞翔①。"让·普鲁韦对他说。

若利习惯用手杖头触自己的鼻尖，这表明他具有远见卓识。

所有这些年轻人各各相异，却有着同一个信仰：进步。谈起他们，我们会肃然起敬。

他们都是法国革命的嫡亲儿子。最轻浮的人说到八九年也会严肃起来。他们的亲生父母曾经是，或现在仍然是斐扬派②、保王派，或空论派，这无关紧要。他们现在还年轻，以前的派别纷争与他们毫无关系。他们的血管里流淌着道德原则的纯洁血液。他们不折不扣地追求不可腐蚀的权利和绝对的义务。

他们结成了秘密社团，暗中描画着理想的蓝图。

在这些狂热而坚定的人中间，有个怀疑主义者。这个人怎么会在里面的？通过一种并列关系。这个怀疑主义者叫格朗泰，可签名时却习惯用 R③，留下一个难以猜透的字谜。格朗泰总是心存戒备，从不轻信任何事。此外，在巴黎的大学生中，他是学到东西最多的人：他知道最好的咖啡在朗布兰咖啡馆，最好的台球在伏尔泰咖啡馆，在梅恩林荫道上的隐士餐馆里有美味的煎饼和美妙的姑娘，在萨盖大娘的小酒店里有烤仔鸡，在库内特门那边有

---

① 若利（Joly）这个名字中原只有一个 L，而字母 L 和法文字 aile（翅膀）读音相同。人们把 Joly 中的字母 L 重复四次，听起来就像重复了四次 aile，等于用四只翅膀飞翔。

② 斐扬派，十八世纪法国资产阶级革命时的君主立宪派，在巴黎斐扬修道院集会，故名。

③ 法语中，Grantaire（格朗泰）的读音与 grand R（大写 R）近似。

绝妙的葱头烧鱼，在格斗门那边有一种爽口的白葡萄酒。任何东西，他都知道哪里最好。此外，他还会踢打、弹跳，会跳几种舞蹈，棍棒也耍得不错。而且，他嗜酒如命。他长得奇丑无比。当时最漂亮的缝鞋女工伊玛·布瓦西见他长得如此丑陋，愤慨不已，作了如下宣判："格朗泰丑不忍睹。"但格朗泰相当自负，从不为自己的长相感到尴尬。他对所有的女人，总是含情脉脉地盯着看，仿佛在对她们说："只要我愿意！"好让同伴们相信所有的女人都在追求他。

人民的权利、人的权利、社会契约、法国革命、共和国、民主、人道、文明、宗教、进步，所有这些词，对格朗泰来说，几乎毫无意义。他总是付之一笑。他对于怀疑主义这个人类智慧的骨疡，思想上并没有完整的概念。他对一切都是冷嘲热讽。他有一句名言："只有一点可以肯定：我的酒杯是满的。"他对任何方面的任何忠诚，无论是同辈的，还是父辈的，青年罗伯斯庇尔的，还是卢瓦兹罗尔的，他都嗤之以鼻。他喊道："他们死了也是白死！"对于带耶稣像的十字架，他说："这是成功的绞刑架。"他寻花问柳，赌博纵欲，常常喝得酩酊大醉，还用《亨利四世万岁》的曲子，不停地哼唱："我爱美女，我爱美酒"，惹得那些爱沉思的年轻人很不高兴。

除此之外，这个怀疑主义者还有狂热的崇拜。他崇拜的既非一种思想，一种信条，亦非一门艺术，一门科学，而是崇拜一个人：昂若拉。格朗泰佩服、热爱、敬仰昂若拉。在这伙信仰绝对的人中间，这个无政府的怀疑主义者依附谁呢？应该依附最绝对的人。昂若拉用什么方式征服他的呢？用思想？不是。用性格。

这种现象屡见不鲜。一个怀疑主义者依附一个信徒，这像色彩的互补定律那样显而易见。自身缺少的东西，对自己最有吸引力。谁都不如瞎子爱阳光。个子矮的女人崇拜鼓手长。癞蛤蟆的眼睛总是望着天空。为什么？为了看鸟儿飞翔。格朗泰被怀疑缠身，喜欢看信念在昂若拉身上飞翔。他需要昂若拉。他自己不知道为什么，也不想去弄清楚，只知道昂若拉纯洁、健康、坚定、正直、刚毅、坦率的性格强烈地吸引着他。他本能地欣赏与自己相反的人。他那软弱无力、弯弯扭扭、支离破碎、病病歪歪、畸形丑陋的思想，就像攀附脊椎那样攀附昂若拉。他的精神支柱依靠对方的坚定。在昂若拉身旁，格朗泰才有个人样。此外，他自己也由两个表面看来格格不入的成分构成。他爱嘲笑人，但待人又很真诚。他表面看来漠不关心，但对人却有爱心。他思想上没有信仰，但心里却不能没有友谊。这是南辕北辙的，情感本身是一种信念。他生性如此。有些人似乎生来就是反面、背面、对立面。他们是波吕丢刻斯、帕特洛克罗斯、尼絮斯、厄达米达斯、埃菲西荣和佩克梅雅。他们只有依附另一个人才能生活。他们的名字是后半部分，前面总有一个"和"字。他们的存在不属于自己，而是别人命运的另一面。格朗泰就是这样的一个人。他是昂若拉的反面。

几乎可以说，亲和力始于字母表中的字母。在字母表中，O 和 P 是不可分离的。你可以随意读 O 和 P，或者俄瑞斯忒斯和皮拉得斯[①]。

格朗泰作为昂若拉名副其实的卫星，生活在这伙年轻人当中。

[①] 俄瑞斯忒斯（Oreste）和皮拉得斯（Pylade），希腊神话中的一对好朋友。

他生活其中，只有在那里才觉得快乐。他们到哪，他就跟到哪。醉眼惺忪地看着这些身影走来走去，这便是他的乐趣。大家见他脾气好，也就容忍他了。

昂若拉有坚定的信仰，所以瞧不起这个怀疑主义者；他生活俭朴，所以看不上这个酒鬼。他只给他一点儿居高临下的怜悯。格朗泰想当皮拉得斯，却根本没被接受。他常遭昂若拉训斥，被他粗暴地撵走，可撵走了又回来。每每谈起昂若拉，他总说："多美的大理石雕！"

二 博絮埃作祭文悼念布隆多

一天下午——下面就要看到，前面叙述的事也凑巧发生在那天下午——墨城的莱格尔色迷迷地倚在米赞咖啡馆的门框上。他的神态就像一根无所事事的女像柱，陷入沉思默想。他凝望圣米歇尔广场。背靠某物而立，是一种站着睡觉的方式，为沉思者所钟爱。墨城的莱格尔并无伤感地想着前天在法学院遇到的一件倒霉事。这件事改变了他未来的人生计划；其实，这计划本来也是若明若暗。

沉思并不妨碍一辆马车经过，也不妨碍沉思者注意到马车。墨城的莱格尔本来目无定向，在梦游般的朦胧中，突然瞥见一辆双轮马车在广场上缓缓行驶，仿佛打不定主意往哪里走。这马车在跟谁过不去？为什么走得这样慢？莱格尔看着马车。只见车夫身旁坐着个年轻人，年轻人前面放着个相当大的旅行袋。袋上缝了张卡片,用黑体大字写着:马里尤斯·蓬梅西,过往行人一眼便能看见。

一见这个名字,莱格尔立即改变了姿势。他直起身,向车里的年轻人吆喝:

"马里尤斯·蓬梅西先生!"

被吆喝的马车停了下来。

那年轻人似乎也在沉思,这时他抬起头。

"嗯?"他说。

"您是马里尤斯·蓬梅西先生?"

"不错。"

"我正找您。"墨城的莱格尔又说。

"找我?"马里尤斯问。他正是马里尤斯,刚离开外祖父家,面前的这个人他第一次见到。"我不认识您。"

"我也不认识您。"莱格尔回答。

马里尤斯以为遇见了一个爱开玩笑的人,在大街上蒙骗人。当时,他的情绪十分恶劣。他皱了皱眉头。墨城的莱格尔异常沉着,继续问:

"前天您没去学校吧?"

"有可能。"

"肯定没去。"

"您是大学生?"马里尤斯问。

"是的,先生。和您一样。前天,我正巧去学校。您知道,人有时会心血来潮的。教授正在点名。您不会不知道,这时候他们是非常可笑的。三次没人答应,你就被除名。六十法郎等于扔进海里。"

这话引起了马里尤斯的注意。莱格尔继续道:

"是布隆多点的名。您了解布隆多。他鼻子既灵敏又奸诈,嗅出谁没来上课,对他是莫大的快乐。他阴险地从字母 P 开始。这个字母跟我没关系,我就没有听。点名顺利进行。没有一个被除名。全世界的人都到了。布隆多愁形于色。我心想:'布隆多,我亲爱的。今天你可开不了刀了。'突然,布隆多喊马里尤斯·蓬梅西。没有人答应。布隆多满怀希望,提高嗓门又喊了一次。然后,他拿起笔。先生,我这人心肠软。我马上想:'一个好小伙子要被开除了。当心。这是个不守时的大活人。不是好学生。不是个屁股沉、爱学习的大学生,不是个嘴上没毛,精通科学、文学、神学和哲学的小学究,不是个衣服笔挺到处听课的书呆子。而是个可尊可敬的懒鬼,成天东游西逛,游山玩水,讨好女工,追逐美色,此刻也许正在我的情妇家里呢。我们得救他一把。打死布隆多!'就在这时,布隆多把他用来画杠的羽笔浸入墨汁里,将浅黄色的眼珠向听众席上扫了一遍,第三次喊:马里尤斯·蓬梅西!我赶紧应答:到!这样,您才没被开除。"

"先生!……"马里尤斯说。

"而我却被开除了。"墨城的莱格尔又说。

"怎么回事儿?"马里尤斯说。

"这很简单。我坐的地方离讲台很近,这样便于应答,离门也很近,溜起来方便。教授盯着我看了会儿。布隆多可能真有布瓦洛所说的奸诈鼻子,突然从 P 跳到 L。我的姓是字母 L 开头。我是墨城人,我姓莱格尔。"

"鹰①！"马里尤斯打断说，"多漂亮的名字！"

"先生，布隆多那家伙点到这个漂亮名字，大喊一声：莱格尔！我应答：到！于是，布隆多用老虎般的温柔看着我，微微一笑，对我说：'如果您是蓬梅西，那您就不是莱格尔。'

这句话也许会引起您的不快，可对我却是无比凄惨。他说完就把我的名字划掉了。"

马里尤斯惊叫起来。

"先生，真不好意思……"

"首先，"莱格尔打断他说，"我要求用几句真诚的赞美词给布隆多施防腐香料，我假设他已死了。我这样假设与事实相差无几，他本来就骨瘦如柴，脸色苍白，浑身冰冷，躯体僵硬，臭气熏天。我说：'人间的判官，请明鉴。②'布隆多长眠于此，尖鼻子布隆多，布隆多·纳西加，遵守纪律的牛，bos disciplinae③，服从命令的狗，点名的天使，公正，爽直，守时，严厉，诚实，令人憎恶。他把我一笔勾掉，上帝却把他一笔勾掉。"

马里尤斯又说：

"我很抱歉……"

"年轻人，"墨城的莱格尔说，"但愿您能吸取教训。以后要守时。"

"实在对不起。"

---

① 法语中，莱格尔（Lesgle）与鹰（l'aigle）同音。马里尤斯误以为是L'Aigle，所以说是漂亮的名字。

② 原文为拉丁语。

③ 拉丁语，意为"遵守纪律的牛"。

"不要再让您的同学被开除了。"

"实在抱歉……"

莱格尔纵声大笑。

"我倒是喜出望外。我误入歧途,眼看要当律师了。这一除名反倒救了我。我不再想要法庭上的荣耀。我不用为寡妇辩护,不用攻击孤儿。不用穿长袍,不用去见习。现在我被开除了。我得感谢您,蓬梅西先生。我想郑重其事地登门答谢。您府上在哪里?"

"在这辆马车里。"马里尤斯说。

"这说明您很有钱。"莱格尔冷静地说,"祝贺您。一年的租金要九千法郎哪。"

这时,库费拉克从咖啡馆里出来。

马里尤斯苦笑着说:

"我在这辆车里才待了两个小时,我真希望能出去。可这是件麻烦事,我不知道去哪里。"

"先生,"库费拉克说,"去我那里。"

"本该到我家的,"莱格尔说,"可我没有家。"

"住口,博絮埃。"库费拉克说。

"博絮埃?"马里尤斯说,"可我觉得您好像叫莱格尔。"

"墨城的莱格尔,"莱格尔回答,"博絮埃是隐喻。"

库费拉克上了马车。

"车夫,"他说,"圣雅克门旅馆。"

当晚,马里尤斯在圣雅克门旅馆的一个房间里安顿下来,和库费拉克的房间紧挨着。

三 马里尤斯惊讶不迭

没过几天，马里尤斯成了库费拉克的朋友。人在年轻时，心灵上有了创伤很快便能愈合并结痂。在库费拉克身旁，马里尤斯可以自由自在地呼吸，这对他颇是件新鲜事。库费拉克没向他提任何问题，甚至没想过要问。这种年龄的人，一看脸便一目了然。用不着问这问那。有的年轻人，他们的脸可以说很健谈，彼此望一眼，便互相了解了。

然而，一天早晨，库费拉克突然问他：

"对了，您有什么政治观点吗？"

"怎么！"马里尤斯说。这个问题对他多少是个伤害。

"您是哪个派的？"

"波拿巴民主派。"

"您的色彩像安分的耗子，灰乎乎的。"库费拉克说。

第二天，库费拉克把马里尤斯带到了米赞咖啡馆。进去后，他笑眯眯地在他耳边悄声说："我得让您加入革命。"说完，便领他到ABC友社的大厅里，把他介绍给其他伙伴，只低声说了句"学生"，马里尤斯不解其意。

马里尤斯仿佛掉进了一个蜂窝里，里面是一群才智横溢的人。不过，尽管他沉默寡言，严肃认真，却并不是最缺少翅膀和螫针。

马里尤斯向来性情孤僻，出于习惯和爱好，喜欢独自思考，自言自语，面对周围这群年轻人，有点手足无措。他们五花八门的新思想既强烈地吸引着他,同时又使他感到困惑。所有这些人各自抒发自己的思想,走来走去,吵吵嚷嚷,使他思绪纷乱起来。有时他混乱的思绪飘得很远很远,很难把它们收回来。他听见他们谈哲学,谈文学,谈历史,谈宗教,他们的观点使他深感意外。他隐约看到了一些奇特的东西,因为他没从未来的角度去考虑,所以看到的是一片混乱。当他从外祖父的观点转为父亲的观点时,他以为自己的思想已定型。现在,他担心自己的思想还会改变,却又不敢承认。他看问题的角度又开始移动。他头脑里已有的一切看法开始摇摆起来。这是一种异样的内心骚动。这使他有些不安。

对这些年轻人来说,似乎不存在"一成不变"的东西。他们在任何问题上都语出惊人,这使依然缺乏自信的马里尤斯感到很不自在。

有人送来一张剧院海报,赫然写着所谓经典保留剧目中的一出悲剧的名字。巴奥雷见后大喊:"打倒资产阶级心爱的悲剧!"接着,马里尤斯又听见孔布费尔反驳说:

"你错了,巴奥雷。资产阶级喜爱悲剧,既然这样,就不要去打扰他们。戴假发的悲剧自有它存在的理由,我不赞成有些人以遵从埃斯库罗斯为名,反对经典悲剧存在的权利。自然界存在着粗坯,作品也少不了可笑的模仿。嘴不是嘴,翼不是翼,鳍不是鳍,爪不是爪,哀叫一声让人笑破肚子,这就是鸭子。不过,既然家禽可以和飞鸟并存,我看不出经典悲剧就不可以和古代悲剧并驾齐驱。"

还有一次,马里尤斯和昂若拉和库费拉克一起,碰巧经过让-雅克-卢梭街。他们一个在他左边,一个在他右边。

库费拉克挽着他的胳膊。

"注意。这是石膏窑街,现在叫让-雅克-卢梭街,因为六十来年前,曾有一对奇怪的夫妇住在这里。他们是让-雅克和泰莱丝。隔段时间,便会生出一个孩子。泰莱丝把他们生下来。让-雅克却把他们遗弃了。"

昂若拉立即不客气地对他说:

"在让-雅克面前不许胡说!我很敬佩这个人。他遗弃了自己的孩子,却收养了人民。"

这些年轻人中,没有一个用"皇帝"的称呼。只有让·普鲁韦偶尔用"拿破仑",其他人都说"波拿巴"。昂若拉则把波拿巴读成"布奥拿巴"。

马里尤斯暗暗惊讶。智慧初萌。[①]

四 米赞咖啡馆后厅

马里尤斯倾听年轻人谈话,偶尔也会插上一句。有一次谈话在他的思想上引起了真正的震动。

那是在米赞咖啡馆后厅里。那天晚上,ABC 友社的成员几乎到齐了。厅内庄严地点起了带油罐的灯盏。人们谈天说地,情绪并不激昂,声音却很喧闹。除了昂若拉和马里尤斯沉默不语外,其他人都有点信口开河,高谈阔论。朋友们之间的交谈常常是像这样既平静,又喧哗。那是一场交谈,也是一种游戏,一种瞎扯。

[①] 原文为拉丁语。

你抛出一句话,别人赶快接过来。角角落落都有人在交谈。

这个后厅是不准女人进入的,只有路易宗例外。她是咖啡馆的洗碗女工,不时地从洗碗间去"实验室"①,中间要穿过后厅。

格朗泰已酩酊大醉,占着一个角落,在那里发出震耳欲聋的喊叫声。他强词夺理,胡说八道,声嘶力竭地嚷道:

"我渴了。人类,我正在做梦,梦见海德堡的大酒桶突然中风,要在上面放十二条水蛭给它治病,我就是其中一条。我要喝酒。我想忘记掉人生。人生不知是谁的丑恶杰作。它转瞬即逝,一文不值。人活着累得半死。人生是几乎没有活动门窗的布景。幸福只是一面上漆的旧门框。《传道书》说:'一切皆虚。'我的想法和这个或许从没存在过的仁兄一样。虚无不愿赤身裸体,便穿上虚荣的外衣。呵,虚荣!你用浮华的字眼将一切重新包装。厨房成了实验室,跳舞的成了教师,卖艺的成了体操家,打拳的成了拳击家,卖药的成了化学家,做假发的成了艺术家,拌灰泥的成了建筑家,赛马的成了运动员,土鳖成了翼足目动物。虚浮有正面,也有反面。正面傻兮兮,是珠光宝气的黑人;反面蠢兮兮,是衣衫褴褛的哲人。我哀哭这一个,嘲笑那一个。被称作荣誉和尊严的东西,甚至荣誉和尊严本身,不过是金色青铜而已。帝王们玩弄人的尊严。卡利古拉②把他的坐骑封为执政官;查理二世把一块牛肉封为骑士。现在,你们可以到坐骑执政官和牛排从男爵之间去炫耀自己了。至于人的固有价值,也

---

① 此处,实验室指厨房。
② 卡利古拉(12—41),古罗马皇帝。曾将他的坐骑英西塔土斯封为执政官。

不见得高贵多少。听听邻里之间的恶毒攻击吧。白色对白色凶残异常。如果百合花张口说话,不知会怎样斥责白鸽哩!一个虔信的妇人嚼起舌头来比蛇蝎还要恶毒。可惜我无知无识,否则,我会给你们列举一大堆事例,但我一无所知。其实,我向来有点小聪明,我在格罗画室里学画时,我不是乱涂些小画,而是把时间消磨在偷苹果上。画家,偷家,不过一字之差。我就是这个样。至于你们这些人,和我是一个样。我才不在乎你们的优点、美德和优秀品质哩!任何优点都会变成缺点。节俭与吝啬相近,慷慨与挥霍为邻,勇敢与逞勇相连,过分虔诚便有伪善之嫌。美德包含的缺点,和第欧根尼袍子上的窟窿一样多。被杀者和杀人者,恺撒和布鲁图斯,你们更佩服谁?人们往往站在杀人者一边。布鲁图斯万岁!因为他杀了人。这就是美德。美德?就算是吧,但也是疯狂。在这些伟人身上,也有一些奇怪的污点。杀死恺撒的布鲁图斯热恋一尊男孩的雕像。那雕像出自希腊雕塑家斯特隆奇翁之手,他还雕刻过称为美腿的巾帼英雄厄克纳莫斯,尼禄每每出征,总把它带在身边。这个斯特隆奇翁只留下两尊雕像,却使布鲁图斯和尼禄有了一致的地方。布鲁图斯爱这一个,尼禄爱另一个。整个历史不过是没完没了的重复。一个世纪抄袭另一个世纪。马伦戈战役模仿彼得那战役[①]。克洛维一世[②]的托比亚克战役

[①] 彼得那,希腊城市。公元前一六八年,罗马军队在此战胜马其顿军队,从而结束了马其顿的独立。

[②] 克洛维一世(466—511),法兰克国王。公元四八六年,他在莱茵河中游的托比亚克击败日耳曼军队。

和拿破仑的奥斯特里茨战役何其相像。我并不看重胜利。没有比打胜仗更愚蠢的事了。真正的光荣是以理服人。那你们设法证明一下呀！你们只知道成功，多么渺小！你们只知道征服，多么悲惨！唉！到处是虚荣和卑鄙！一切服从成功，连语法也不例外。贺拉斯就说过：'约定俗成便是规则。'因此，我瞧不起人类。我们要不要从整体到部分去看一看呢？你们要我钦佩人民吗？请问什么人民？希腊人民？雅典人，即昔日的巴黎人，杀死了福基翁①，就像巴黎人杀死科利尼②。他们对暴君们阿谀奉承，阿纳塞福尔竟然说庇斯特拉图③的尿招引蜜蜂。雅典五十年中最重要的人物是语法学家菲勒塔斯，他长得又矮又瘦，为了不被风刮倒，只好给鞋子灌上铅。在科林斯最大的广场上，有一座雕像，出自西拉尼翁④之手，曾被普林尼载入史册。这尊雕像塑造的是埃庇斯塔特。埃庇斯塔特有什么功绩？他发明了用勾脚绊倒对方。这些可以概括希腊及其光荣了。下面谈其他国家。我会欣赏英国吗？我会欣赏法国吗？欣赏法国？为什么？因为巴黎？刚才，我给你们谈了我对雅典的看法。欣赏英国？为什么？因为伦敦？我仇恨迦太基。再说，伦敦，奢侈之都，也是贫困之府。仅查林-克洛斯教区，每年就有一百人饿死。这就是阿尔比翁⑤。还有更糟的，我曾见一位英国女郎戴着玫瑰花冠和蓝眼镜跳舞。因此，去他妈

---

① 福基翁（前402—前318），雅典政治家和将军。后被雅典人以叛国罪处死。
② 科利尼（1519—1572），法国海军上将，宗教战争初期胡格诺派的领袖。
③ 庇斯特拉图（前600—前527），雅典暴君。
④ 西拉尼翁，公元前四世纪希腊雕刻家。
⑤ 阿尔比翁，英格兰的古称。

的英国！如果说我不赏识约翰牛，我就敬佩约纳森兄弟[①]了吗？我对这个贩卖奴隶的兄弟也不喜欢。英国去掉"时间就是金钱"，还剩什么？美国去掉了'棉花为王'，还剩什么？德国是淋巴液，意大利是胆汁。我们会对俄罗斯心醉神迷吗？伏尔泰赞赏俄国。他也赞赏中国。俄国有它的美丽，这我同意，尤其它有强大的专制制度，但我对专制君主非常同情。他们身体孱弱。有个阿列克赛被砍头，有个彼得被刺杀，有个保尔被勒死，另一个保尔被靴跟踩扁，许多伊凡被掐死，好几个尼古拉和瓦西里被毒死，这一切都表明，俄皇的宫殿明显处于有害健康的状态中。所有文明的民族都会提供一个细节让思想家欣赏，那就是战争。然而，战争，文明的战争，馨尽各种形式的强盗行径，从喇叭口火枪队在雅克萨峡谷拦路抢劫，到印第安人在可疑航道上掳掠劫夺。罢了，你们是不是会对我说欧洲总比亚洲好？我承认，亚洲是很可笑，但我看不大出你们有什么理由讥笑大喇嘛，你们这些西方民族，不是把王公贵族的种种秽物，从伊莎贝尔王后的脏衬衣，到王储的便桶，都放进你们的时尚和风雅中去了吗？人类先生们，我对你们说，你们完了！布鲁塞尔啤酒的消耗量第一，斯德哥尔摩烧酒第一，马德里巧克力第一，阿姆斯特丹刺柏子酒第一，伦敦葡萄酒第一，君士坦丁堡咖啡第一，巴黎苦艾酒第一。这些概念是很有用的。总之，巴黎一马当先。在巴黎，即便是捡破烂的，也骄奢淫逸，比雷埃夫斯的哲学家第欧根尼，说不定也愿意在莫贝尔广场捡破烂哩。还要你们记住一点：捡破烂人喝酒的

[①] 约翰牛指英国人，约纳森指美国人。

小酒馆叫劣等酒馆。最有名的是'平底锅'和'屠宰场'。呵！郊外酒家，欢宴酒楼，麦秆酒肆，下等酒馆，低级酒店，零售酒垆，小酒吧，捡破烂人的劣等酒馆，哈里法的商队酒馆，我请你们作证，我是喜欢享乐的人，我在理查酒店吃四十苏的份饭，我需要波斯地毯来裹赤身裸体的克娄巴特拉！克娄巴特拉在哪里呀？啊！是你，路易宗。你好。"

就这样，酩酊大醉的格朗泰在咖啡馆后厅他的角落里，一面缠住路过的洗碗姑娘，一面信口开河，胡言乱语。

博絮埃伸过手去，想迫使他安静下来。格朗泰嚷得更凶了：

"墨城的鹰，放下你的爪子。你这个动作，是在模仿希波克拉底[1]拒绝阿尔塔薛西斯[2]时那老得没有牙的动作，对我毫不起作用。不用来让我安静。再说，我心里闷得很。你们要我说什么呢？人很坏，人很丑；蝴蝶是成功的造物，人类是失败的造物。上帝没把这种动物造好。一群人中尽是丑陋之辈。随便哪个都是坏蛋。女人与无耻一拍即合。我忧郁，我消沉，我得了思乡病，还得了多疑症，于是我生气，我发怒，我发困，我厌倦，我灰心，我无聊！让上帝见鬼去罢！"

"别嚷了，大写 R！"博絮埃又说了一遍，他正在大声议论一个法律问题，一句法学行话说了一大半，后半句是：

"至于我，尽管我还够不上法学家，顶多是个业余检察官，可我赞成这个主张：根据诺曼底惯例，每年到了圣米歇尔节，所

---

[1] 希波克拉底（前460—前375），古希腊著名的医生。
[2] 阿尔塔薛西斯（前465—前425），古波斯阿契美尼德王朝国王。

有的人，每个人，无论是业主，还是不动产被扣押者，除了其他税外，还要向领主缴纳一种等值税，这一规定适用于任何长期租约、房地产租约、自由地产、教产契约和公产契约、典押契约……"

"厄科①们，哀怨的仙女们。"格朗泰低声哼道。

紧挨着格朗泰的那张桌子，静悄悄的几乎没人说话。桌上有一张纸一个墨水瓶和一支羽笔，放在两只小酒杯之间，表明一部滑稽喜剧正在酝酿之中。这件大事在低声商讨着，正在创作的两个人头挨着头：

"先确定名字。有了名字，就能确定内容了。"

"有道理，你说吧。我来记。"

"多里蒙先生怎么样？"

"靠年金生活？"

"当然。"

"女儿叫赛莱斯汀？"

"……汀。还有呢？"

"森瓦尔上校。"

"森瓦尔用滥了。叫瓦尔森吧。"

在这两个想当滑稽剧作家的人旁边，还有一伙人，也在利用喧哗低声交谈，讨论一场决斗。一个三十岁的老手，正在给一个十八岁的年轻人出谋划策，告诉他，他遇到的是什么样的对手。

"喔唷！可得当心哪。那是个好剑手，出剑干脆利落。他攻

---

① 厄科，希腊神话中的回声女神，因爱恋美少年那喀索斯而遭拒绝，憔悴至死。

击凶猛,不出虚招,手腕有力,剑光闪闪,迅如雷电,闪避稳健,反击准确,天哪!他是左撇子。"

在格朗泰对面的角落里,若利和巴奥雷在玩多米诺骨牌,一面谈论爱情。

"你倒是挺幸福的,你。"若利说。"你的情妇整天乐呵呵的。"

"这正是她的缺点。"巴奥雷回答。"情妇爱笑可不好。这就等于鼓励你欺骗她。看见她笑眼常开,你就不会感到内疚。见她愁眉不展,你就会良心不安。"

"真不识好歹!女人爱笑多好啊!这样永远也吵不起来!"

"那是因为我们订了君子协定。我们在签订小小的神圣同盟时,就给每个人划定了界线,谁也不得超越。河水不犯井水,井水不犯河水。因此,我们相处得和和睦睦。"

"和睦便是幸福,它能消化一切。"

"你呢,若勒勒勒利,你和那位小姐吵架吵得怎么样了?……你知道我说的是谁。"

"她一直和我赌气,既有耐心,又有狠劲。"

"不过,你是个消瘦得叫人心疼的情人。"

"唉!"

"我要是你,就把她甩了。"

"说起来容易。"

"做起来也不难。她是不是叫米齐什塔?"

"是的。啊!我可怜的巴奥雷,她是个漂亮姑娘,很有文学修养,小脚,小手,衣着讲究,白白净净,圆圆滚滚,有一双用纸牌算命的女人的眼睛。我爱她爱得发狂。"

"亲爱的,既然这样,你就该讨她喜欢,打扮得漂亮些,多动动腿。到斯托布那里去买条高级的羊毛皮裤。这种裤子伸缩性大。"

"多少钱?"格朗泰喊道。

第三个角落里的人正在大谈诗歌。世俗神话和基督教神话争得不可开交。当时正谈到奥林匹斯诸神。让·普鲁韦出于浪漫主义,站在他们一边。让·普鲁韦平静时才羞怯。激动起来,他会突然情绪高涨,兴奋会使他的热情有增无已,使他眉飞色舞,激情满怀:

"不要亵渎诸神,"他说,"他们也许还没有消失。在我看来,朱庇特不像死了。你们说奥林匹斯诸神是幻象。不过,就是在今天的自然界,这些幻象消失了,也还有其他许许多多伟大而古老的世俗神话。某座形似城堡的高山,像维尼玛尔峰,在我看来仍是库柏勒①的发髻。没有人向我证实潘②在夜里不会来到柳树林,用手指挨个按住空树干的窟窿吹排箫。此外,我始终认为伊娥③与皮斯瓦什瀑布多少有点关系。"

在最后一个角落里,人们在谈政治。他们在攻击御赐宪章。孔布费尔有气无力地为宪章辩护。库费拉克有力地攻其缺陷。桌上放着一份倒霉的图凯宪章。库费拉克一把抓住,用力摇晃,一边摆出自己的理由,一边用那张纸的簌簌声作伴奏:

---

① 库柏勒,希腊神话中众神之母。
② 潘,希腊神话中的山林畜牧神,爱好音乐,创制了排箫,还带领山林女神舞蹈嬉戏。
③ 伊娥,希腊神话故事中的人物,为主神宙斯所爱,因宙斯担心被善妒的天后赫拉发现,把她变成了小母牛。

"首先,我不要国王。即使从经济角度看,我也不要。国王是个寄生虫。没有不花钱的国王。你们听听吧,国王要花多少钱!弗朗索瓦一世去世时,法国的公债年息三万利弗;路易十四去世时,是二十六个亿(二十八利弗合一马克),拿代马雷的话来说,这在一七六〇年,合四十五个亿,而在今天则合一百二十个亿。其次,恕我直言,孔布费尔,所谓御赐宪章,是文明之拙劣的权宜措施。什么平安过渡,慢慢转变,减轻动荡,通过实施虚构的条文,让君主国不知不觉地转入民主制。这一切全都是鬼话!不!不!千万不要蒙骗民众。在你们宪章的地窖里,原则会变黄变白。不要变种!不要折衷!不要国王恩赐给人民!在国王恩赐的宪章中,有一个第十四条①。一只手给予,另一只手又伸出爪子夺回来。我坚决拒绝你们的宪章。宪章是个假面具,下面掩盖着谎言。人民接受宪章,便是放弃权利。完整的权利才算得上权利。不!不要宪章!"

正是隆冬季节。壁炉里,两根木柴烧得噼啪响。这对人很有诱惑力,库费拉克挡不住诱惑,将手里那张可怜的图凯宪章揉成一团,扔进火里。那张纸燃烧起来。孔布费尔冷静地看着路易十八的杰作在燃烧,只是说了句:

"宪章化作了火焰。"

讥讽、逗趣、笑谑,这种法国人所谓的欢乐,英国人所谓的幽默,好的见解,坏的见解,好的理由,坏的理由,所有的议论似火箭齐发,在大厅各处交织交错,在人们的头上形成一种欢快

---

① 宪章第十四条规定,国家安全受到威胁,国王可拥有全部权力。

的轰隆声。

五 视野扩大

年轻人之间的思想碰撞，有其奇妙之处：很难预料什么时候会迸发火花，激起闪电。待会儿会迸发出什么？没有人知道。受感动了，会纵声大笑。笑得正开心，又突然会变得严肃。随便一句话都会引起冲动。人人都受兴致的支配。哪怕是插科打诨，也会带来意想不到的结果。这种谈话常常说转就转，说变就变。大家都是信口开河，想到哪，说到哪。

那天，格朗泰、巴奥雷、普鲁韦、博絮埃、孔布费尔和库费拉克正在唇枪舌剑，争得不可开交，蓦然，一种严肃的思想，奇怪地冲出这嘈杂的废话，穿过这话语大混战。

一句话是怎样出现在谈话中的？它怎么会骤然吸引听众的注意力？刚才我们说了，这无从知道。在喧哗声中，博絮埃突然用一个日期，结束了对孔布费尔的斥责：

"一八一五年六月十八日：滑铁卢。"

马里尤斯本来用臂肘支着桌子，旁边放着一只酒杯，听到滑铁卢的名字，忙将手从下巴上放下来，眼睛紧紧看着大家。

"当然！"库费拉克喊了起来（那时，"当真"已不大有人说了），"十八这个数字太奇特了，给我的印象非常深刻。这是决定波拿巴命运的数字。将路易放在十八前面，雾月放在十八后面①,就可看到那人的一生命运,还可看到耐人寻味的特点,开场不久,结局便接踵而至。"

昂若拉一直没有说话,这时,他打破沉默,朝库费拉克说了一句:

"你是想说犯罪不久,赎罪便接踵而至吧。"

马里尤斯听见有人突然提到滑铁卢就已如坐针毡,现又听到"犯罪"二字,便感到不可忍受了。

他站起来,缓步朝挂在墙上的法国地图走去。地图下端有个与大陆分开的岛屿,他用手指着那个岛说:

"科西嘉。一个曾使法兰西变成强国的小岛。"

这就如同吹进了一阵冷风。讲话声戛然停止。大家感到要发生什么事了。

巴奥雷正要摆出他喜欢的姿势,准备挺起胸来反驳博絮埃。可他放弃了这个姿势,准备洗耳恭听。

昂若拉那双蓝眼睛没有望着任何人,却像在注视空间,他看也不看马里尤斯,回答道:

"法兰西要变成强国,不需要什么科西嘉。法兰西之所以伟大,就因为它是法兰西。因为我的名字叫狮子。②"

马里尤斯毫无后退之意。他向昂若拉转过脸,用五脏六腑都

---

① 路易放在"十八"之前,便是路易十八,这是拿破仑失败后的法国国王。雾月放在"十八"之后,说的是雾月十八,但法语中先说日期,后说月份。雾月十八,即共和八年雾月十八日,是拿破仑发动政变,取得政权的日子。

② 原文为拉丁语。

颤动的声音，大声说：

"但愿我没有贬低法兰西！将拿破仑同它联在一起，丝毫也不会贬低它。好罢，我们就来谈谈吧。我在你们中间是新的，但我承认，你们让我感到吃惊。我们处在什么情况？我们是谁？你们是谁？我是谁？我们来好好谈谈皇帝吧。我听见你们把波拿巴读成'布奥拿巴'，还像保王派那样把'布'读得很重。我告诉你们，我的外祖父更地道，他说'布奥拿巴泰'。我一直认为你们是年轻人。你们的热情到哪里去了？你们把热情用来做什么了？你们不欣赏皇帝，那你们欣赏谁？你们还需要谁？你们不想要这个伟人，那你们想要谁？他是个全才。他是个完人。他的智慧是人类智慧的立方。他像查士丁尼那样制订法典，像恺撒那样发号施令，他的谈话既有帕斯卡尔的闪电，又有塔西佗的雷霆，他创造历史，他写历史，他的战报是荷马史诗，他把牛顿的数字和穆罕默德的妙语结合在一起，他在东方留下了金字塔般宏伟的至理名言。在提尔西特①，他将君主尊严传授给各国帝王，在科学院，他和拉普拉斯②争鸣，在行政法院，他和梅兰③争辩，他为一些人的精确和另一些人的诡辩注入了灵魂，他和检察官在一起是法学家，和天文学家在一起是天文学家。他到圣殿街去为窗帘的流苏坠子讨价还价，正如克伦威尔两支蜡烛要吹灭一支。他洞察一切，无

---

① 提尔西特，东普鲁士城市。一八〇七年，拿破仑曾在这里与俄国沙皇举行会谈。
② 拉普拉斯（1749—1827），法国天文学家。
③ 梅兰（1754—1838），法国大革命和拿破仑时期最知名的法学家。

所不知；但这不妨碍他在小儿子的摇篮旁发出天真的笑声；突然，欧洲惊恐万丈，屏息静听，军队开拔，大炮滚动，舟桥在江河上延伸，无数骑兵势如暴风雨，狂奔而来，呐喊声、号角声响成一片，各地的宝座摇摇欲坠，地图上，各王国的边境线游移不定，只听见一把宝剑出鞘，只见他屹立在天边，手中剑光闪闪，眼中火光闪闪，雷声中展开双翼，那是大军和老近卫队，是至尊的大战神！"

大家闭口不语，昂若拉低下脑袋。大凡沉默，多少给人一种不是同意，便是无言以对的印象。马里尤斯没有喘口气，以更大的热情继续说：

"朋友们，让我们公正些！一个帝国有这样一个皇帝，这对一个民族是多么灿烂的命运！而这个民族又正是法兰西，她把自己的天才加到这个人的天才上！到哪里都是主宰，一出征必胜无疑，将各国首都变成宿营地，封自己的士兵为各国国王，宣告改朝换代，迅速改变欧洲面貌，你威胁恐吓时，让人感到你握着上帝的宝剑，追随集汉尼拔、恺撒和查理大帝于一身的人，成为每天用捷报向你报晓的人的子民，把残老军人院的炮声当作闹钟，将马伦戈、阿科尔、奥斯特里茨、耶拿、瓦格拉姆等永放光芒的神奇名字载入光辉的史册，时刻把胜利的星座升到世世代代的天顶，缔造法兰西帝国，使之与罗马帝国相提并论，成为伟大的民族，孕育伟大的军队，让百万雄师飞遍整个大地，就像高山向四方派出雄鹰，战胜、统治、镇压，因屡建奇功而成为欧洲一个金光灿烂的民族，穿越历史奏响巨神的军乐，用武力，也用炫目的光辉，两次征服世界，所有这一切，真是空前绝后，无与伦比。还有什么比这更伟大的呢?"

"自由。"孔布费尔说。

这一次,轮到马里尤斯低下头了。这个简单而寒冷的词,犹如一把钢刀,插进他激昂的情感抒发中,他顿觉激情从他身上消失。当他抬起头时,孔布费尔已不在了。他刚离开,大概为自己反驳了马里尤斯的颂词而沾沾自喜。除了昂若拉,大家都跟他走了。大厅里空了。昂若拉独自待在马里尤斯身旁,神情严肃地看着他。可是,马里尤斯稍稍理了理自己的思路后,并不觉得自己输了。他身上仍有残余的激情在沸腾,即将化作论据,与昂若拉展开辩论。突然,他听到有人边下楼,边唱起了歌。是孔布费尔。他唱道:

> 假如恺撒赐给我
> 光荣与战争,
> 并要我离开
> 母亲那份爱,
> 我会对伟大的恺撒说:
> 收回你的权杖和战车,
> 我更爱我的母亲,咿呀嗨!
> 更爱我的母亲。

孔布费尔唱得既温柔又粗野,使这首歌具有一种奇异的雄伟气势。马里尤斯若有所思,他望着天花板,几乎是下意识地重复了一遍:我的母亲?……

这时,他感到昂若拉的手搭到他肩上。

"公民,"昂若拉对他说,"我的母亲,就是共和国。"

六 陷入窘境[①]

那晚的聚会使马里尤斯深受震动,并给他的心灵留下了忧愁的阴影。他的感觉可能就像大地被人用铁锹挖开投下种子那样,只感到伤口疼痛,萌芽时的震颤和结果时的喜悦要到以后方能体味。

马里尤斯闷闷不乐。他刚刚建立起一种信念,难道现在就要抛弃?他心里明确不想抛弃。他向自己宣布不想怀疑,却又情不自禁地怀疑起来。处在两种信仰中间,一种尚未走出,另一种尚未进入,这是非常难受的,只有蝙蝠那样的人才喜欢这若明若暗的状况。马里尤斯光明磊落,他需要真正的光明。疑惑不决,半明半暗,这对他是个煎熬。尽管他很想维持原状,坚持原来的想法,可他不可抗拒地不得不继续前进,去研究思考,更深入一些。这会把他引向何处?他走了多少路,才终于靠近他的父亲,现在,他担心向前的步伐又会使他远离父亲。他越是思考,心里越苦恼。他感到周围都是悬崖峭壁。他的看法和他的外祖父不同,也和他的朋友们相异。在前者看来,他太轻率,对后者来说,他太保守。他承认自己无论在老人一边,还是在年轻人一边,都是孤立的。

---

① 原文为拉丁语。

他不再去米赞咖啡馆了。

他内心纷扰,生活中某些重要方面也顾不上考虑。可生活的现实是不愿让人遗忘的。它们终于突然来临,提醒他注意。

一天早晨,旅店老板来到他的房间,对他说:

"库费拉克先生给您作过担保。"

"是的。"

"可我需要钱。"

"让库费拉克来同我讲。"马里尤斯说。

库费拉克来后,老板便走了。马里尤斯同他讲了他本不想同他讲的事,说他在这世上可说是孑然一身,无依无靠。

"那您怎么办呢?"库费拉克说。

"不知道。"马里尤斯回答。

"您干什么呢?"

"不知道。"

"那您有钱吗?"

"十五法郎。"

"您要我借给您吗?"

"绝对不要。"

"有衣服吗?"

"就这些。"

"有首饰吗?"

"一块表。"

"银的?"

"金的。您看。"

"我认识一位服装商,他可以买您的紧腰中大衣和长裤。"

"很好。"

"那您就只剩下一条长裤、一件背心、一顶帽子和一件上衣了。"

"还有靴子。"

"什么?那您不用光脚走路啦!多阔气呀!"

"这就够了。"

"我认识一个钟表商,他可以买您的表。"

"很好。"

"这有什么好的。那您以后干什么呢?"

"干什么都行。只要是正当的。"

"您会英语吗?"

"不会。"

"会德语吗?"

"不会。"

"那就算了。"

"问这个干吗?"

"我有个朋友是书商,正在编一种百科全书,您要是懂英语或德语,就可以帮着译些文章了。报酬不高,但能维持生活。"

"那我学英语和德语。"

"可现在怎么办?"

"现在嘛,就吃我的衣服和手表。"

他们把服装商叫来。他出二十法郎买下那件旧大衣。他们又去钟表商那里。他出四十五法郎买下了表。

"不错,"回旅馆时,马里尤斯对库费拉克说,"加上原来的十五法郎,一共有八十法郎。"

"旅馆的房租呢?"库费拉克提醒道。

"噢,我倒忘了。"马里尤斯说。

"见鬼!"库费拉克说,"您学英语时吃五法郎,学德语时再吃五法郎。这就是说,啃语言时要狼吞虎咽,啃一百苏的硬币时要细嚼慢咽。"

这时,吉诺曼姨妈(其实,见到别人有愁事,她还是挺乐意帮忙的)终于找到了马里尤斯的住处。一天早晨,马里尤斯从学校回来,看到了姨妈的一封信和一只封口的匣子,匣内有六十皮斯托尔,即六百金法郎。

马里尤斯将三十金路易[①]如数退给姨妈,并且给她写了封信,措辞非常恭敬。信上说,他有谋生的手段,以后完全能养活自己。可那时,他只剩三法郎了。

姨妈没把马里尤斯拒绝钱的事告诉外祖父,怕火上浇油。况且,他不是说过,再也不要向我提起这个吸血鬼吗?

马里尤斯不想负债,就离开了圣雅克门旅馆。

---

① 一金路易相当二十法郎。

第五卷
苦难大有好处

一 马里尤斯饥寒交迫

马里尤斯的生活变得十分艰难。卖衣卖表还算不了什么。现在，他过着难以形容的所谓一贫如洗的生活。这是非常可怕的事：白天没有面包，夜里没有睡眠，晚上没有蜡烛，炉膛里没有柴禾，整周没有工作，前途没有希望，衣袖肘头穿了洞，帽子破得让姑娘们笑话，因付不起房租晚上被拒之门外，门房和店主蛮横无理，邻居冷嘲热讽，受尽种种凌辱，尊严遭到践踏，什么活儿都得干，厌倦，痛苦，沮丧。马里尤斯终于知道，这一切应该怎样忍受，而且这常常是不得不忍受的唯一东西。人生的这个阶段正需要爱情，因而需要尊严，可他感到自己因衣衫褴褛而受人讥讽，因生活贫困而成为笑料。他正值青春年华，正是豪情满怀的时候，可他不止一次地低头看自己的破靴子，贫困让他尝到了不公正的耻辱，常常羞得面红耳赤，痛苦难言。这是奇妙而可怕的考验，弱者出来时变得猥陋卑贱，强者出来时变得超凡脱俗。命运每每需要恶棍或英雄时，便把人扔进这坩埚中考验。

须知,许多伟大的行动,就是在细小的斗争中进行的。有些人英勇顽强,默默忍受,步步抵抗,尽管缺衣少食,但决不做卑鄙可耻的事。这种高贵而神秘的胜利,不为人所见,不会赢得名声,也不会受到宣扬。

生活、苦难、孤独、遗弃、贫困,这都是战场,都有自己的英雄。默默无闻的英雄,有时比赫赫有名的英雄更伟大。

坚强而杰出的人就是这样造就的。贫穷往往是后妈,有时却也是慈母。贫困能孕育坚强的心灵和精神,逆境是哺育自豪风骨的乳母,苦难是喂养高尚人格的良乳。

有段时间,马里尤斯自己打扫楼梯,到果品店买一苏钱的布里奶酪,等天快黑时才溜进面包店,买块面包偷偷带回顶楼,就好像是偷来的。偶尔,人们看见一个笨手笨脚的青年,腋下夹着几本书,溜进街角的肉铺里,挤在爱嘲笑人的厨娘中间,被她们东推西撞,他神态既腼腆,又恼怒,一进门便从汗水涔涔的额头上摘下帽子,向老板娘深深鞠个躬,弄得老板娘惊愕不已,接着,又向肉店伙计鞠个躬,付上六七苏,要一块羊排,用纸包上,夹在胳膊下的两本书中间,转身便走。那是马里尤斯。这块羊排,他拿去叫人烧熟后,可以吃三天。

第一天吃肉,第二天吃油,第三天啃骨头。

吉诺曼姨妈多次努力,把那六十个皮斯托尔送来给他。可马里尤斯每次都如数退还,说他什么也不需要。

当他的内心经历着我们前面叙述过的那场革命时,他还在为父亲服丧。从那时起,他从没离开过黑衣服。可他的衣服却离他而去。终于有一天,他没有上衣了。长裤还能凑合。怎么办呢?

库费拉克送给他一件旧上衣,因为他帮过他几次忙。马里尤斯花三十苏,让一个门房给翻了新。可这衣服是绿色的。于是,马里尤斯只得等天黑才出门。这样,这件衣服也就成黑色了。他想永远为父亲服丧,只好以夜色作丧服。

在这期间,他被录用当了律师。他自称住在库费拉克的房间里,那房间挺像样子,里面有相当数量的法律书,加上几卷不成套的小说,符合律师所需藏书的规定。他让人把信寄到库费拉克的住所。

马里尤斯当上律师后,写了封信告诉外祖父。信写得冷冷冰冰,但充满了顺从和尊敬。吉诺曼先生双手颤抖着拿过信,读完后撕成四片,扔进了字纸篓里。过了两三天,吉诺曼小姐听见她父亲独自在他的房间里,大声自言自语。每次心烦意乱,吉诺曼先生总要像这样自言自语。她伸长耳朵,听见老人说:

"假如你不是傻瓜,就该知道男爵和律师不能兼得。"

二 马里尤斯清贫度日

贫困和其他事物是一样的。它最后会变得可以接受。它最终会有自己的形状和内容。人们勉强维持生活,也就是说,以一种清贫的,但足以维持生命的方式成长长大。请看马里尤斯·蓬梅西是怎样安排生活的。

他走出了最狭窄的隘道,前面的路渐渐变得宽阔。他勤奋工作,无所畏惧,坚韧不拔,意志坚强,终于每年能有大约七百法郎的收入。他学会了德语和英语,库费拉克把他介绍给开书店的朋友,马里尤斯便在这文学书店里充当"一般"的小角色。他写写新书介绍,译译报刊文章,给出版物搞搞注释,编编人物传记,等等。不管旺年淡年,净挣七百法郎。他靠这笔收入生活。日子过得还不错。我们来谈谈他是怎样过日子的。

马里尤斯住在戈博旧宅一间没有壁炉称作办公室的陋室里,年租金为三十法郎,除了必不可少的家具,一无所有。这些家具是他自己的。他每月付给二房东老婆婆三法郎,让她给打扫打扫陋室,每天早晨给送点热水、一个新鲜鸡蛋和一苏钱的面包。中午他就吃这面包和鸡蛋。根据蛋价的贵贱,午饭花二至四苏。晚上六点,他去圣雅克街的卢梭餐馆吃晚饭,对面是巴塞版画图片社,坐落在马蒂兰街的拐角处。他不喝汤。他吃一盘肉,六苏,半盘蔬菜,三苏,一份甜品,三苏。再花三苏钱,面包随便吃。他不喝酒,只喝水。卢梭夫人威严地坐在柜台上,那时候,她仍然很胖,气色很好。马里尤斯去付账时,给侍者一苏小费,卢梭夫人报之以微笑。然后他就走了。花十六苏,他得到一个微笑和一顿晚餐。

卢梭餐馆比任何餐馆更给人以安静,那里酒喝得很少,水喝得很多。今天它已不复存在。老板有个漂亮的雅号,大家叫他"水栖卢梭"。

因此,他午饭花四苏,晚饭十六苏,吃饭每天花二十苏,一年便是三百六十五法郎,加上房租三十法郎,给二房东工钱三十六法郎,还有一些零星开销,马里尤斯花四百五十法郎,便有吃有住有人侍候了。另外,购置外衣一百法郎,内衣五十法郎,洗衣费五十法郎。这样，总支出不超过六百五十法郎。还剩五十法郎。他生活宽裕了。有时，他还能借给朋友十法郎，库费拉克一次向他借过六十法郎。至于取暖，因为没有壁炉，马里尤斯干脆"简化"了。

马里尤斯有两套外衣，一套旧的，一套新的，旧的"平时"穿，新的特殊情况穿。两套都是黑的。他只有三件衬衣，一件穿在身上，另一件放在柜子里，还有一件在洗衣工那里。衬衣穿破了，就换新的。那些衬衣常常会被撕破，因此，他总把外衣的纽扣一直扣到下巴。

马里尤斯用了几年时间，才有这样富裕的经济状况。那些年非常艰苦，非常困难，有的是度过的，有的是熬过的。马里尤斯没有一天灰心丧气。在贫困方面，他什么都经受过；除了借债，他什么都干过。他向自己证明从没欠过任何人一分钱。他认为，欠债便是奴役的开始。他甚至觉得债主比奴隶主更坏，因为奴隶主只占有你的身体，债主却占有，并可以践踏你的尊严。他宁可挨饿，也不借债。他有多少天饿着肚子。他感到所有事物的终端都是相接的，一不留神，物质的缺乏会导致灵魂的堕落，因此，他极其注意维护自己的尊严。有的方法或手段，在其他情况下也许是得体的，但现在他却认为是庸俗的，他便加以纠正。他不愿后退，所以凡事小心翼翼。他脸上总带赧色，显得朴实无华。他害羞到了不近情理的程度。

他在经受各种考验时，感到身上有一股神秘的力量在鼓舞他，甚至把他向上举。灵魂帮助躯体，有时还能将躯体托起来。这是唯一能支撑鸟笼的鸟儿。

除了父亲的名字,马里尤斯心中还刻着另一个名字,那就是泰纳迪埃。马里尤斯生性热忱而严肃,他给他心目中的父亲的救命恩人,那位在滑铁卢战场上冒着枪林弹雨救了上校的无畏的中士,罩上了一轮光环。他在怀念父亲时,从不忘记怀念那个人,把他们并排在一起加以崇敬。这好比是两个等级的崇拜,大祭坛供奉上校,小祭坛供奉泰纳迪埃。他知道泰纳迪埃已遭恶运,陷入绝境,每每想起,就更是感激不尽。马里尤斯在蒙费梅打听到,那位不幸的客栈老板已经破产。从那时起,他作了极大的努力,寻访恩人的踪迹,想在淹没泰纳迪埃的黑暗的苦难深渊中找到他。马里尤斯将那一带寻了个遍,他到过谢尔、邦迪、古内、诺让、拉尼。三年中,他到处寻找,锲而不舍,把他积蓄的很少一点钱全花在这上面了。没有人能向他提供泰纳迪埃的消息,有人以为他去外国了。他的债主们也在找他,虽不像马里尤斯那样怀着爱意,却和他一样不折不挠,但也没能找到他。马里尤斯谴责自己,甚至有点怨恨自己。这是上校留给他的唯一债务,他无论如何也要偿还。"怎么!"他想,"我父亲奄奄一息地躺在战场上时,泰纳迪埃不欠我父亲什么,却能穿过烟幕和弹雨找到他,把他扛在肩上救走,而我欠泰纳迪埃那么多,却不能在他垂死挣扎的深渊中找到他,把他从死亡线上救出来!呵!我一定要找到他!"的确,为了找到泰纳迪埃,他甘愿献出一条胳膊,为了使他摆脱贫困,他甘愿献出全部鲜血。找到泰纳迪埃,帮他一把,对他说:"您不认识我,可我认识您!我来了!有什么事请吩咐!"——这是马里尤斯最美最甜的梦。

三 马里尤斯长大成人

那时,马里尤斯二十岁。三年前他离开了外祖父。双方关系没有丝毫改变,既没试图互相靠拢,也没设法见见面。况且,见面有什么好处?难道为了吵架?谁能说服得了谁?马里尤斯是铜瓶,吉诺曼老爹是铁罐。

应该说,马里尤斯误解了外祖父的心。他以为吉诺曼先生从没爱过他。这个生硬、冷酷、快活,成天骂骂咧咧、大叫大嚷、动辄发怒和举起拐杖的老头,对他的爱顶多和喜剧中那些顽固老头的爱一样,是极其轻微极其严厉的。马里尤斯错了。世上有不爱子女的父亲,绝没有不疼孙子的祖父。正如前面所说,吉诺曼先生心里非常疼爱马里尤斯。他有他疼爱的方式,经常会打打他,甚至扇扇耳光;可孩子一走,他感到心里空空的,沉沉的。他要求大家别在他面前提起马里尤斯,可心里却埋怨大家太听话。起初他还希望这个波拿巴分子、雅各宾分子,这个恐怖分子、九月暴徒①,终有一天会突然回来。可是,周复一周,月复一月,年复一年,那吸血鬼始终没有出现,吉诺曼先生大失所望。"可我除了赶走他,别无他法。"外祖父心里想道。他问自己:"如果重新来过,我还会这样做吗?"他的自尊心立即回答会的,可他却默默

---

① 指参加九月大屠杀的人。法国大革命时期,一七九二年九月二日至五日,巴黎群众处死监狱中的反革命分子,反动派称这次革命行动为九月大屠杀。

摇摇衰老的脑袋,忧郁地回答不会。有时候他非常懊丧。他思念马里尤斯。老人需要爱,就像需要阳光。这是热量。尽管他性格坚强,马里尤斯离家出走,使他的心情有了改变。当然,他决不会向这个"小坏蛋"迈出一步,但他心里痛苦不已。他从不打听他的情况,但他心里很想知道。他住在沼泽区,越来越深居简出。他仍一如既往,既快活,又暴躁,但他的快活是僵硬的,抽搐的,仿佛包含着痛苦和愤怒。他每次发火,最后总是变得情绪低落。有时他说:

"呵!假如他回来,看我不扇他的耳光!"

至于吉诺曼姨妈,她很少想事,也就不会有很多爱。对她而言,马里尤斯不过是一种模糊的黑影,久而久之,她对马里尤斯的关心,远不及对可能饲养的猫儿或鹦鹉的关心。

吉诺曼老爹把他的痛苦埋在心里,不露声色,这就更加深了他内心的痛苦。他的忧愁有如新近发明的连自己的烟也燃尽的大火炉。偶尔,也有不识相的人向他献殷勤,同他谈起马里尤斯,问他:

"您那位外孙在做什么?"或"近来怎么样?"

老人回答时,如果心里太忧郁,便叹口气,如果想装出快乐,就用手指弹一弹袖口说:

"蓬梅西男爵先生在某个小地方帮别人打官司。"

正当老人懊悔莫及的时候,马里尤斯却踌躇满志。和所有心地善良的人一样,苦难使他摆脱了痛苦。每每想起吉诺曼先生,他心里只有柔情,但他坚持不再从这位"怠慢他父亲"的人那里接受一分一毫。这是在最初的愤慨缓和之后,他所表现出来的情绪。此外,他为自己曾受过苦,并且继续在受苦感到高兴。他受苦是为了父亲。生活的艰难使他满足,使他快乐。他高兴地想,这是最起码的了;这是在赎罪;不这样,他会因对父亲,对这样一个父亲漠不关心、不忠不孝,而在以后受到其他惩罚;他父亲饱尝痛苦,他却什么苦也不吃,这样太不公平;再说,他的辛劳和贫困,与上校英勇的一生相比算得了什么?总之,要向父亲靠拢,使自己变得和父亲一样,唯一的办法,就是英勇地与贫困作斗争,正如当年父亲英勇地同敌人作斗争;这想必是上校那句"他受之无愧"的遗言所说的意思——这句话,马里尤斯仍然珍藏着,但不是藏在胸口,因为上校的遗书已经丢失,而是藏在心里。

再说,外祖父撵他走的那天,他还是个孩子,现在已长大成人。他已感觉到自己长大了。我们要强调的是,贫穷对他是件好事。年轻时受穷,假如穷困有好的结果,就会把人的意志引向发愤图强,将人的灵魂引向憧憬未来。贫穷能立即揭露物质生活的真相,使它变得面目狰狞,从而使人一往无前地奔向理想生活。富家子弟有许多诸如赛马、打猎、玩狗、抽烟、赌博、盛馔等华贵而粗俗的娱乐;这些消遣满足了心灵卑劣的一面,却损害了心灵的高尚和美好。贫穷的青年为了糊口,必须辛勤劳动;他要有吃的;填饱肚子后,就只剩下幻想了。他去看上帝赐给的免费演出,他凝望天空、宇宙、繁星、花草、孩子、他的在其中受苦的人类、他的在其中闪光的万物。他凝望人类太久,便看到了心灵,凝望万物太久,便看到了上帝。他沉思默想,感到自己长大了;他再沉思默想,觉得自己变得温柔了。他从受苦者的自私,转入沉思者的同情。他心中产生了一种奇妙的感觉,那就是忘却自我,同情大众。他一想到大自然向乐观开朗的人奉献、提供和恩赐的,而向心胸狭窄的人拒绝的那些无穷无尽的乐趣,他就会以精神上的富人自居,而怜悯金钱上的富人。光明越是照进他的思想,心中的仇恨便越是逃之夭夭。再说,他感到不幸吗?不!年轻人遭受贫困,丝毫也不悲惨。任何一个小伙子,不管多么贫困,凭着自己的身体、力气、矫健的步伐、明亮的眼睛、血管里流淌的热血、乌黑的头发、鲜润的脸颊、红润的嘴唇、雪白的牙齿、洁净的呼吸,定能使一个年迈的皇帝羡慕不已。每天早晨,他开始挣钱糊口,当他的手挣钱时,他的脊背就骄傲地挺直,他的脑袋就变得充实。干完活,他又回到不可言喻的凝视中,沉入冥想和快乐中。他的脚行走在痛苦中间、障碍中间、石板路上、荆棘丛中,有时还跋涉在泥浆中,他的头却沐浴着光明。他坚定、安详、温和、平静、热忱、严肃、知足、仁慈。他感谢上帝赐给他许多富人所缺少的两大财富:工作和思想,前者给予他自由,后者给予他尊严。

这就是马里尤斯心中经历的变化。简而言之,他甚至有点过于偏爱沉思了。从他差不多能确保生活那天起,认为贫穷对他有好处,他就止步不前,减少工作时间,以便有更多的时间来沉思默想。也就是说,他有时整天思考,就像一个有幻觉的人,沉浸在沉思冥想带来的无言快乐中。他这样提出他的生活问题:尽量少做有形的工作,以便尽量多做无形的工作;换句话说,现实生活只给予几个小时,其余时间全都投入到无限中。他自以为吃穿不愁,却没意识到,若是这样来理解沉思默想,最终会变成一种懒惰的形式,他只满足于征服生活的基本需要,过早地过起了安闲的生活。

当然,马里尤斯个性刚毅而勇敢,上面讲的状况不过是暂时的,人的命运注定复杂多变,一旦与复杂的命运接触,他会醒悟的。

他虽然是律师,不管吉诺曼老爹有什么想法,眼下他不替人打官司,连小官司也不打。他一门心思沉思默想,也就顾不得为人辩护了。与律师为伍,出庭辩护,到处寻找诉讼,这是极其无聊的事。为什么还要干呢?他看不到有任何理由要改变谋生的方式。这份默默无闻的出版销售书业,最终给了他一份稳定的工作,一份无须花很多力气的工作,如前面所说,这对他已足够了。

马里尤斯为几家书商工作,其中有个我想是叫马日梅尔先生的书商曾想雇用他,向他提供舒适的住所和固定的工作,年薪一千五百法郎。舒适的住所!一千五百法郎!当然很好。可这要放弃自由!做一个临时雇员!当一个雇佣文人!马里尤斯认为,如果接受了这份工作,他的境况会有好转,但同时又会变坏,他能过上舒服一些的生活,但却会丢失部分尊严;这是一个完全而又美好的不幸,将会变成丑恶而可笑的束缚;这好比瞎子变成独眼龙。他拒绝了。

马里尤斯离群索居。一是他喜欢置身于一切之外,二是因为上次争论使他很不愉快,他决计不再参加昂若拉主持的ABC友社。他和他们仍是朋友,遇到问题互相间都会鼎力帮助,仅此而已。马里尤斯有两个朋友,一个是年轻人,库费拉克,另一个是老头,马伯夫先生。他和马伯夫更近一些。首先,多亏了他,他身上才爆发了那场革命;也多亏了他,他才认识并爱上他的父亲。他说:"他给我切除了白内障。"

毫无疑问，这位堂区财产管理员起了决定性作用。

然而，在这件事上，马伯夫不过是上帝派来的平静而沉着的使者。他无意地偶尔地照亮了马里尤斯，就像是有人带来的一支蜡烛；他是那支蜡烛，而不是带来蜡烛的人。

至于马里尤斯内心的那场政治革命，马伯夫先生根本不可能理解，也不想有这场革命，更不用说给予指导了。

以后我们还会谈到马伯夫，所以有必要在这里说几句。

四　马伯夫先生

有一天，马伯夫先生对马里尤斯说："当然，我赞成所有的政治观点。"这确实表达了他思想的真实状态。所有的政治观点对他都一样，他不加区别，一概赞成，这样他就可以不受打扰，正如希腊人把三位复仇女神，即欧墨尼得斯，叫作"美丽的女神，善良的女神，可爱的女神"一样。马伯夫先生的政治主张是热爱植物，尤其是热爱书籍。他和大家一样，也属于一个"派"，在那个时代，非党非派的人是无法生存的。但他既非保王派，亦非波拿巴派、宪章派、奥尔良派、无政府派，而是爱书派。

在这世上，明明有各种苔藓、草类和灌木可供欣赏，有成堆的对开本，甚至三十二开本书籍可供翻阅，他不明白世人为何偏偏要为宪章、民主、正统性、君主政体、共和政体等无稽之谈而相互憎恨。他力戒成为无用之人；有书不妨碍他读书，做植物学家不妨碍他当园丁。他结识蓬梅西上校后，同他一见如故，上校在培育花卉上颇有成就，他则在培育果树上颇有建树。马伯夫先生在种子田里培育出的梨子，和圣日耳曼的梨子一样甜美。据说，如今遐迩闻名的十月黄香李，就是他培育出来的，不见得没有夏天的黄香李香甜。他去望弥撒，与其说出于虔诚，不如说出于仁慈，再说，他喜欢看人的面孔，却不喜欢听人的声音，只有在教堂里，才能看见他们聚集一堂，又默默无声。他觉得应该为国家做些事，于是选择了堂区财产管理员的职业。此外，他从来没有爱一个女人像爱郁金香鳞茎那样专注，爱一个男人像爱一本书那样深沉。他早已年过六旬，一天，却有人问他：

"您从没结过婚吗？"

"我已忘了。"他如是说。

有时，他会说（有谁不会这样呢？）："呵！我要是有钱就好了！"他这样说的时候，并不像吉诺曼老爹那样，眼睛盯着一位漂亮姑娘，而是出神地看着一本书。他过着独居生活，有个老女管家照顾他。他的手患有轻度痛风病，睡觉时，被风湿病弄得僵硬的衰老的手指头，弯曲着靠在皱巴巴的被单上。他编写并出版了一本有彩色插图的《科特雷茨地区植物志》，该书颇受好评，铜版归他所有，书由他自己销售。为此，每天有两三个人到梅齐埃尔街来叩他的家门。靠卖书每年能挣两千法郎；这差不多是他的全部财产了。他虽贫穷，但凭借耐心，又省吃俭用，日积月累，得以收藏了各种珍本。他出门总夹着一本书，回来时往往成了两本。他住在楼下，四个房间，一个小花园，房间里唯一的装饰，便是装在镜框里的植物标本和昔日名家的铜版画。他一见军刀或步枪就浑身发冷。他生平从没靠近过一门大炮，哪怕在残老军人院里。他有一个还算健康的胃,有一个本堂神甫哥哥,他的头发全白了,嘴里和脑袋里都没有了牙齿,常常全身发抖,说话带有庇卡底口音,笑起来像个孩子,动辄惊慌失措,神态像头老绵羊。除此之外,在世上他只有一个朋友,或者说只同一个人来往,那就是圣雅克门一个开书店的老头,名叫罗约尔。他做梦也想把靛蓝植物移植到法国来。

他的女管家也是个非常纯朴的人。这位善良可怜的老妇是个老处女。她养了只雄猫,叫苏丹,说不定能在西斯廷小教堂里喵喵哼唱阿赖格里①的《天主见怜》哩。这只猫占据了她的整个心,也满足了她对情感的需要。她从未梦想过男人,她的爱从未越过这只猫。她和她的猫一样,也有胡子。她的帽子总是雪白雪白,这是她头上的光轮。星期天,做完弥撒,她把时间全用在数她箱子里的内衣,并将买了来从不请人做的裙料一块块摊在床上。她识些字。马伯夫先生戏称她为"普鲁塔克妈妈"。

马伯夫先生很喜欢马里尤斯,因为马里尤斯年轻温和,能够温暖他的晚年,又不会惊扰他的怯懦。老人遇见温和的年轻人,不啻见到风和日丽的晴天。当马里尤斯脑子里装满了军功、火药、进军、撤退以及他父亲挥刀砍杀,也被敌人砍得伤痕累累的所有惊心动魄的战役时,他便跑去看马伯夫先生,马伯夫先生则从花卉的角度同他谈论这位英雄。

一八三〇年前不久,他的本堂神甫哥哥去世,这就如同黑夜降临,马伯夫先生的眼前几乎顿时一片昏暗。由公证人造成的一

---

① 阿赖格里(1582—1652),意大利宗教乐作曲家。

次破产,使他损失一万法郎,顷刻间,他兄弟和他自己名下的家当全都化为乌有。七月革命给书业带来危机。在困难时期,卖不出去的书首推植物志。《科特雷茨地区植物志》突然无人问津。几个星期过去了,没有卖出去一本。有时,门铃一响,马伯夫先生会高兴得身子打颤。

"先生,"普鲁塔克妈妈心酸地对他说,"是送水的。"

长话短说。一天,马伯夫先生终于离开梅齐埃尔街,辞去堂区财产管理员的职务,不再去圣苏皮斯教堂,卖掉了部分铜版画——这是他最放得下的——而不是藏书,搬到蒙帕纳斯大街的一所小房子里住下来。他在那里只住了三个月,有两个原因:一是底层和花园的租金要三百法郎,他顶多能付得起二百法郎;二是那地方离法图靶场很近,整天听得见枪声,他无法忍受。

他带着他的《植物志》、铜版画、植物标本、文件夹和书,搬到硝石库医院附近奥斯特里茨村的一间茅屋里,有三个房间,一个围着篱笆的花园,园子里还有口井,年租金为五十法郎。他借这次搬家,几乎卖掉了全部家具。搬进新居的那天,他心情特别愉快,亲自钉钉子挂版画和植物标本,余下的时间,就在园子里挖地,晚上,见普鲁塔克妈妈闷闷不乐,心事重重,便拍拍她的肩膀,笑吟吟地对她说:

"别这样!我们有靛蓝植物呢!"

奥斯特里茨的名声非常响亮,但他觉得令人厌恶,因此,他只允许两个人到他的茅屋里来,一个是圣雅克门的那位书商,另一个是马里尤斯。

此外,正如前面指出的,潜心钻研一种学问,或狂热投入一种爱好,或者——这是常有的事——二者兼而有之的人,对生活中的事物反应很慢。他们自己的命运也离他们很远。由于全神贯注于一件事,便会产生一种被动性;这种被动性若是经过论证的,那就和哲学有相似之处了。他们偏斜,跌落,消逝,甚至崩溃,自己却几乎全然不知。当然,他们终有觉醒的一天,但却姗姗来迟。眼下,在这场关系到幸福和不幸的游戏中,他们似乎持中立态度。自己是这场游戏的赌注,却视而不见,漠不关心。

就这样,马伯夫先生的周围渐渐暗淡,他的希望一一破灭,可他依然心境恬静,虽然有点幼稚,却非常执着。他的思想习惯像时钟那样来回摆动。一旦被一种幻想上紧了发条,就能走很长时间,哪怕幻想破灭了,也不立刻停下来。钥匙丢了,时钟是不会立即停止摆动的。

马伯夫先生有些天真的乐趣。这些快乐无需花什么代价,常常是意外的收获,任何偶然的机会都能提供。一天,普鲁塔克妈妈在房间的角落里读一本小说。她大声念出来,认为这样更容易懂。大声朗读,便是向自己表明在阅读。有些人大声朗读,就像在用所读的东西作许诺。

普鲁塔克妈妈就这样大声朗读着手中的小说。马伯夫先生尽管没听,但也听见了。

读着读着,普鲁塔克妈妈读到了这样一个句子,是关于一个龙骑兵和一位美女的:

"美女生气了,那龙……"

读到这里,她停下来擦擦眼镜。

"菩萨①和龙。"马伯夫先生低声说。"是的,的确有条龙,在它的洞穴里口吐火焰,烧毁天空。许多星星被这妖怪烧毁了。这怪物还长着老虎的爪子。菩萨来到它的巢穴,把它收服了。普鲁塔克妈妈,您读的这本书不错。没有比这更美丽的传说了。"

接着,马伯夫先生又沉入美妙的梦幻中。

五 穷是苦的好邻居

马伯夫先生看到自己渐渐陷入贫困,感到吃惊,但并没有发愁。马里尤斯很喜欢这个天真的老人。他有时能遇见库费拉克,有时去探望马伯夫先生。但次数很少,一个月顶多一两次。

马里尤斯喜欢独自散步,一散就是很长时间。郊外的林荫大道、练兵场、卢森堡公园人迹罕至的小径,是他常去的地方。有时,他可以半天愣在那里,观看菜园子、生菜地、在肥料堆上啄食的鸡群和在戽水灌田的马。行人惊讶地打量他,有些人还觉得他衣着可疑,面目不善。那不过是个爱遐想的穷青年。

他就是在一次散步中发现戈博旧宅的。那里比较偏僻,房租低廉,对他很有吸引力,于是他住了进去。大家只知道他叫马里尤斯先生。

---

① 法语中,"菩萨(bouddha)"与"生气(bouda)"同音,因此,马伯夫误听成"菩萨和龙"。

有几个退役将军或是他父亲的老战友同他认识了,便邀请他去家里做客。马里尤斯没有拒绝。这是谈论他父亲的好机会。因此,他经常去帕若尔家、贝拉韦纳将军家、弗里翁家,以及残老军人院。在那里听听音乐,跳跳舞。每次晚上去时,马里尤斯总是穿上新衣服。但他只在天寒地坼的日子里,才去参加这些音乐会和舞会,因为他雇不起马车,另外,他只想穿着光亮可鉴的靴子去那里。

有时,他毫无刻薄之意地说:

"人就是这样,在一个沙龙里,你身上什么都可以脏,就不可以鞋脏。你只要有一样东西无可指摘,你就会受到热情接待。是良心?不,是靴子。"

感情以外的一切迷恋,都会消失在遐想中。马里尤斯的政治狂热,也已在遐想中烟消云散。一八三〇年的革命助了他一臂之力,同时也使他得到了满足和安慰。他还是老样子,只是不像以前那样爱动怒。他的观点始终没变,只是变得温和了。他属于哪一派?属于人类派。在人类中,他选择了法国;在国家中,他选择了人民;在人民中,他选择了妇女。这些是他的同情所在。现在,他喜欢思想胜过行动,诗人胜过英雄,他欣赏马伦戈战役这一类事,但更欣赏《约伯记》[①]这一类书。而且,当他经过一天的沉思遐想,傍晚沿着郊区林荫大道回家,透过枝丛,看见无边无际的天空、无名无姓的光亮,看见深渊、黑暗、神秘,这时,人类的一切在他看来多么渺小。

[①] 《约伯记》是《圣经·旧约全书》中的一篇。

他以为已领悟到,也许真的已领悟到人生和人类哲学的真谛,最后他不再看别的东西,而只看天空,那是真理从它的井底唯一可看见的东西。

但这并不妨碍他对未来作出种种打算、计划、方略和蓝图。马里尤斯处在这种幻想状态中,若有人细察他的内心,会被他纯洁的心灵耀得睁不开眼。的确,假如我们的肉眼能看见别人的意识,就能根据一个人的梦想去判断一个人,这要比根据他的思想去判断更可靠。思想中有意志,梦想没有意志。梦想完全是自发的,哪怕是宏伟和理想的梦想,也都反映和保留了我们的精神原貌。对光辉的命运不经思考和不切实际的憧憬,最能直接而真诚地反映我们的心灵。在这些憧憬中,要比在经过组合、思考和协调的思想中,更能发现每个人的真正性格。我们的梦想是我们最好的画像。每个人按照自己的性格,梦想未知的和不可能的事物。

一八三一年六七月间,给马里尤斯做家务的老婆婆告诉马里尤斯,他的邻居,贫穷的戎德雷特一家就要被赶走了。马里尤斯差不多整天在外面,几乎不知自己还有邻居。

"为什么要赶走他们?"他说。

"他们不付房租。两个季度没交了。"

"欠多少?"

"二十法郎。"老婆婆说。

马里尤斯抽屉里还有作备用的三十法郎。

"这是二十五法郎,"他对老婆婆说,"拿着吧。您替这些可怜人把房租交了,剩下五法郎也给他们。不要说是我给的。"

六　替代者

凑巧，泰奥迪尔中尉所在部队调防巴黎。于是，吉诺曼姨妈产生了第二个念头。前一次，她设想让泰奥迪尔跟踪马里尤斯；这次，她暗中筹划要让泰奥迪尔取代马里尤斯。

此外，外祖父可能隐隐觉得家里需要有张年轻的脸，这些曙光有时能温暖废墟，因此，不管怎样，找一个人代替马里尤斯，不失为一种权宜之计。"好吧，"她想道，"这不过是我在书里看到的勘误表：马里尤斯改为泰奥迪尔。"

侄孙和外孙相差无几。少了个律师，就让枪骑兵取而代之。

一天早晨，吉诺曼先生正在读《每日新闻》一类的报纸，女儿走进来，用最温柔的声音——因为事关她的宠儿——对他说：

"父亲，今天上午，泰奥迪尔要来向您请安。"

"泰奥迪尔，是谁？"

"您的侄孙呀。"

外祖父"噢"了一声。

他又读起报来，不想那侄孙了。那不过是某个泰奥迪尔罢了。不一会儿，他生起气来，他读报时常会这样。他读的"报纸"——不用说，肯定是保王派的——毫不客气地发表了当时巴黎天天会发生的一件小事，说是第二天中午十二点，法学院和医学院的学生要在先贤祠广场集合，举行讨论会，讨论当前的一个问题，即国民自卫军的炮队问题，以及陆军部和"民兵"因卢浮宫院子里放置大炮而发生冲突的问题。大学生们将对此进行"讨论"。光这条消息,就足以让吉诺曼先生气饱肚子了。

他想起了马里尤斯,他是大学生,"明天中午"很可能也去"先贤祠广场参加讨论"。

他正在想这件伤心事,泰奥迪尔中尉由吉诺曼小姐小心翼翼地领着进来了。他穿着便服,这是狡猾的一招。枪骑兵早已作了推理:"这位老祭师没把全部家产变成终生年金。有时穿穿便服,装装老百姓是有好处的。"

吉诺曼小姐大声对父亲说:

"泰奥迪尔,您的侄孙。"

接着低声对中尉说:

"他说什么你都赞成。"

说完她就退出了。

那中尉不习惯这种严肃的会见,有点胆怯,结结巴巴地说:"您好,叔公。"接着,他行了个混合礼,先是下意识地行军礼,最后军礼变成了俗礼。

"啊!是您!很好,请坐。"老祖宗说。

说完,他就把枪骑兵撇在一边了。

泰奥迪尔坐了下来,吉诺曼先生站了起来。

吉诺曼先生在房间里来回踱步,双手插在衣兜里,大声说着话,衰老的手指头生气地揉捏兜里的两只表。

"这些毛孩子!在先贤祠广场上集会!岂有此理!昨天还在吃奶的顽童!捏他们鼻子,还有奶水流出来哩!明天中午讨论!他们要干什么?要干什么嘛?显然是走向毁灭嘛!这正是无衬衣汉①引我们去过的地方！公民炮队！讨论公民炮队问题！到广场上去闲聊国民自卫军的炮队！他们和谁在一起？你们看看雅各宾主义要把我们引到哪里。我敢随便和你们打赌，他们十有八九都是累犯和苦役释放犯。共和党人和苦役犯，不过是鼻子和手帕的关系。卡诺②说：'叛徒，你要我去哪里？'富歇③回答：'蠢货，随你的便！'这就是共和党人。"

"千真万确。"泰奥迪尔说。

吉诺曼先生半转过脑袋，看见泰奥迪尔，继续说道：

"我一想到这个混蛋竟无耻到要当烧炭党人就来气！你干吗离开我的家？就为了去当共和党人？呸呸呸！首先，人民不要你那个共和国，他们不要，他们通情达理，他们知道，自古以来就有国王，将来仍还有国王！他们知道，人民说到底不过是人民，他们对你的共和国嗤之以鼻，听见没，傻瓜！这种任性够可怕的了！向迪歇纳老爹献殷勤，给断头台送媚眼，到九三年的阳台下唱情歌、弹吉他，这些年轻人太愚蠢，得朝他们吐唾沫！他们全都一个样。无一例外。只要闻一闻街上的空气，就会让你精神失常。十九世纪是毒药。随便哪个毛孩子都留着山羊胡，当真以为像个人样了，却丢下家里的老人不闻不问。这就是共和党人，这就是浪漫派。浪漫派是什么？您行行好，给我讲一讲是什么？一

---

① 无衬衣汉，西班牙斐迪南七世的拥护者对革命者的称呼。

② 卡诺（1763—1823），法国数学家。大革命时期曾担任过国民公会主席，救国委员会委员。

③ 富歇（1758—1820），法国政治家和警察组织的建立者，国民公会代表，曾参与推翻罗伯斯庇尔，后帮助拿破仑发动政变。拿破仑垮台后投降复辟王朝。

派荒唐。一年前，出了个《爱那尼》①。我倒要问问您，《爱那尼》是什么！滥用对偶，丑不堪言，简直不是法语！还有卢浮宫院子里停放大炮。都是这年头的强盗行径。"

"言之有理，叔公。"泰奥迪尔说。

吉诺曼先生接着又说：

"博物馆的院子里放置大炮！干什么用？大炮，你要我怎么说好呢？是要炮轰贝韦德尔的阿波罗雕像吗？弹药筒与梅第奇的维纳斯雕像有什么关系？呵！现在这些年轻人，都是些无赖！他们的邦雅曼·贡斯当是什么东西！这些人不是无赖，便是傻瓜！他们尽可能使自己变丑，穿得邋里邋遢。他们害怕女人，在女人身边就像乞丐，让傻大姐们笑掉大门牙。我发誓，他们是以爱情为羞耻的可怜虫。他们丑陋不堪，外加愚不可及。他们出口便是蒂埃斯兰和波蒂埃常说的双关语，他们穿袋子似的衣服、马夫的背心、粗布衬衣、粗呢长裤、粗皮靴子，而他们说的话同他们的打扮没什么两样。他们说的隐语简直可给他们当鞋底。可是这群愚蠢的毛孩子，竟还有什么政治见解。必须严禁有政治见解。他们创造制度，改造社会，推翻君主制，将一切法律推倒在地，把顶楼放到地窖的位置上，看门人放到国王的位置上，把欧洲弄得天翻地覆，他们要重建世界。他们的好运气，也就是在洗衣姑娘跨上马车时，偷看她们的大腿。啊！马里尤斯！啊！无赖！到广场上去大叫大骂！讨论，争论，采取措施！公正的上帝！他们竟把

---

① 《爱那尼》，雨果的剧作，于一八三〇年二月二十五日首次公演，曾引起古典派和浪漫派之间的激烈斗争。

这叫作措施！混乱虽减少了，却冒着傻气。我见过天下大乱，现在却是胡闹。学生居然讨论国民自卫军，恐怕印第安人那里也不会有！那些赤身裸体、头上顶着羽毛球般的发髻、手中握着狼牙棒的野蛮人，也没有这些学生野蛮！分文不值的毛孩子！竟然不懂装懂，发号施令！竟然要辩论，讲歪理！这是世界末日。显然，可怜的地球快到末日了。还需要最后一次冲击，法兰西正在这样做。讨论吧，这些混账东西！只要他们还到奥德翁剧院的拱廊上去读报，这些事就会发生。只要花一苏钱，还有他们的理性、智慧、良心、灵魂和头脑。从那里出来，他们从此就不再回家。所有的报纸都是瘟疫，无一例外，哪怕是《白旗报》！马丹维尔[①]骨子里也是雅各宾派。啊！公正的上天！你可以去炫耀了，你把你的外公搞得一筹莫展！"

"显而易见！"泰奥迪尔说。

枪骑兵趁吉诺曼先生喘气的机会，巧妙地补充说：

"除了《箴言报》，不该有别的报纸，除了《军事年鉴》，不该有别的书。"

吉诺曼先生继续说：

"和他们的西哀士[②]一样！一个弑君者最后成了元老院议员！他们最后总要当议员的。他们互称公民，以你相称，最后却要别人叫他们伯爵先生。九月的屠夫，细如胳膊的伯爵先生！西哀士

---

① 马丹维尔（1776—1830），《白旗报》的创始人。

② 西哀士（1748—1836），法国教士和宪法理论家。制宪会议代表，国民公会代表，曾任元老院议长。

哲学家！我要为自己说句公道话，我从没把哲学家们的哲学，看得比蒂沃利街上卖艺小丑的眼镜更重要！我曾见那些议员披着绣有蜜蜂的紫丝绒斗篷，戴着亨利四世式样的帽子，在马拉凯沿河马路招摇过市。他们奇丑无比。就像老虎王国里的猴子。公民们，我向你们宣布，你们的进步是疯狂，你们的人道是梦想，你们的革命是罪恶，你们的共和国是妖魔，你们年轻的法兰西是妓院里出来的婊子。我敢在所有人面前坚持我的看法，不管你们是谁，不管你们是政论家、经济学家，还是法学家，不管你们比断头台的铡刀更懂得自由、平等和博爱！我向你们申明这一点，我的先生们。"

"天哪！"中尉惊呼道，"说得对极了！"

吉诺曼先生正要做一个手势，却中途停下来，转过身，双眸盯着枪骑兵泰奥迪尔，对他说：

"您是个蠢货。"

第六卷
两星相会

一　绰号：姓氏形成的方式

这时候，马里尤斯已长成漂亮的小伙子了。他中等身材，头发又浓又黑，额头高高，充满智慧，鼻孔张开，充满热情，神态真诚而冷峻，整个脸上洋溢着说不出的高傲、沉思和天真。他的侧面线条浑圆，却不失坚定，具有经阿尔萨斯和洛林渗入法国人脸上的日耳曼式的柔美，这种毫无棱角的脸型，使西康伯尔族[①]在罗马人中一眼就能辨认出来，使狮族和鹰族有了明显的区别。他所处的人生阶段，正是深沉与天真几乎平分秋色的阶段。身处严重关头，他会做出傻事；只要再转动一下钥匙，就能卓尔不群。他的举止态度矜持冷峻，彬彬有礼，不大开朗。不过，他的嘴巴楚楚动人，红唇皓牙，举世无双，微微一笑，满脸的严肃便烟消云散。有时，那纯洁的额头和肉感的微笑形成奇特的对照。他的眼睛细小，目光却宽阔。

---

① 西康伯尔族，古日耳曼民族的支系，其中有一支进入高卢，与法兰克人同化。

他在最贫困的时候,发现姑娘们见他走过,都要回头看他,他万分沮丧,便赶快逃跑或躲起来。他想,她们看他,是因为他衣服破旧,她们在笑话他。事实上,她们看他,是因为他神态优雅,她们在想入非非。

他和这些过路丽人之间的这种无声的误会,使他变得不近女色。他一个也没选中,他见到女孩子就逃跑便是最好的解释。他就这样稀里糊涂地,拿库费拉克的话来说,傻里傻气地活着。

库费拉克还对他说:"你别向往当正人君子(他们以'你'相称,这是年轻人之间友谊发展的必然结果)。亲爱的,听我一句劝。不要老钻在书堆里,多看看那些轻浮女子。荡妇也有长处,呵,马里尤斯!你老这样逃跑和脸红,你会越来越傻的。"

还有几次,库费拉克遇见他,对他说:

"你好,教士先生。"

库费拉克每和他讲一次类似的话,马里尤斯就会一个星期更加避开女人,不管是年轻的还是年老的,更是避开库费拉克。

然而,在这芸芸众生中,有两个女人马里尤斯是从不躲避的,也从不留意。说实话,假如有人对他说她们是女人,他会大吃一惊。一个是给他打扫房间的长胡子的老婆婆。库费拉克见了还开玩笑说:"马里尤斯见女用人留胡子,自己就不留了。"另一位是个小姑娘,他经常遇见,却从不看她。

在卢森堡公园,沿着苗圃护墙,有条僻静的小路,靠西街那一头,游人更少,那里有一张长凳,一年多来,马里尤斯注意到,有个男人和一个女孩几乎每次都是并肩坐在那条长凳上。马里尤斯散步时只管沉思默想,却也会信步走到那条小路上,几乎每次都能遇到这一老一少。男的看上去六十来岁，神态忧郁而严肃，就像退役军人，全身透着健壮和疲劳。假如他戴上勋章，马里尤斯会说：这是个退役军官。他慈眉善目，却很难接近，从不将目光和别人的目光接触。他穿一条蓝长裤和一件蓝紧腰大衣，戴一顶宽边帽，衣帽看上去总是新的，系一条黑领带，穿一件公谊会教徒穿的，也就是说一件白得耀眼，但却是粗布的衬衣。一天，一个轻佻女工从他身边经过时说："好一个干净的鳏夫。"他的头发雪白雪白。

那女孩子第一次陪他来坐到像是他们专用的长凳上时，看上去只有十三四岁，瘦得形容丑陋，且神情笨拙，毫无吸引人的地方，惟有一双眼睛可望变得相当漂亮，可它们看人时，总有一种令人不悦的自信。她的穿戴像修道院寄宿生，老气横秋，又未脱稚气，那件黑粗毛呢连衣裙，穿着很不合身。他们看上去像是父女。

马里尤斯将这个尚不能称作老头的老人和这个尚未成人的女孩观察了两三天，就不再注意了。而他们却好像没看见他。他们聊着天，神情平静，对周围漠不关心。女孩兴高采烈，叽叽喳喳，说个不停。老人很少说话，不时将无比慈爱的目光看着她。

马里尤斯总要到这条小路上散步，习惯已成自然。他每次都遇见他们。事情是这样的：

他们坐在小路的这一头，而马里尤斯总是从另一头走过来。他沿着小路漫步，从他们面前走过，然后掉头返回起点，接着又往回走。每次散步，他都要在这条小路上往返五六次，而且每周散步五六次，从没同他们打过招呼。这个男人和这个女孩像是有意避人目光，尽管如此，也许正因为如此，自然引起五六个有时沿着苗圃散步的大学生的注意,勤奋的学生是下了课来的,其他人是打完弹子球来的。库费拉克属于后者。他观察了一段时间,觉得那女孩不好看,很快就敬而远之了。他就像帕尔特人①逃走时那样,还射了个回马箭,给他们各起了个绰号。那女孩和老头留给他的唯一印象,是黑裙子和白头发,因此,他把女孩叫作"黑姑娘",父亲叫作"白先生"。既然没有人认识他们,也不知道他们的名字,绰号也就具有法律效力了。大学生们说:"啊!白先生坐在他的长凳上了!"马里尤斯和他们一样,认为叫这个陌生人为白先生挺方便。我们和他们一样,为了叙述方便,也叫他白先生。

这样,在第一年中,马里尤斯几乎天天在同一时间里看见他们。他觉得那男的看上去挺顺眼,但女孩不讨人喜欢。

二 光明产生了②

第二年,就在本故事所处的阶段,马里尤斯自己也不知道为什么,突然中断了在卢森堡公园散步的习惯,差不多六个月没有涉足那条小路。一天,他终于又来了。那是夏日一个晴朗的上午,马里尤斯心旷神怡,天气好时人人都有这种心情。他感到,他所听见的鸟儿的歌声,他透过树叶所看见的片片蓝天,全都深入他的心田。

---

① 帕尔特人,伊朗北部古民族,善于骑在马背上朝后向敌人射箭。
② 原文为拉丁语。

他径直朝"他的小路"走去,走到尽头,发现他认识的那对父女仍坐在那张长凳上。不过,当他走近时,发现那男的还是那个男人,可那女孩似乎不是从前那个女孩了。他看见的是一个亭亭玉立的美丽姑娘,仍散发着少女特有的最天真烂漫的风姿,但已具有女人特有的千娇百媚的形体。这一年龄,正是白璧无瑕、转瞬即逝的时刻,只能用"十五岁"三个字来表达。一头夹着金丝的褐发令人赞叹不绝,额头似用大理石做成,双颊如玫瑰花瓣白里透红,红里透白,嘴巴秀色可餐,笑起来光辉灿烂,说起话来悦耳动听,她的脑袋妙不可言,拉斐尔[①]会把它画在圣母像上,她的脖子完美无缺,让·古戎[②]会把它安在维纳斯身上。为使这张迷人的脸没有缺憾,她的鼻子虽算不上美,却相当俏丽,既不直,也不弯,既非意大利型,亦非希腊型,而是巴黎型,即俏皮、清秀、不规正、纯洁,画家会一筹莫展,诗人会心醉神迷。

她总是低垂着眼,马里尤斯从她身旁经过时,看不见她的眼睛,只见透着阴影和羞怯的褐色长睫毛。

尽管如此,那美丽的少女一面聆听白发老人同她说话,一面仍然发出微笑;什么也比不上这低垂双眸的清纯笑容更迷人。

起初,马里尤斯以为是同一个男人的另一个女儿,可能是从前那个的姐妹。可是,当他遵照不可改变的散步习惯,第二次经过长凳跟前时,仔细打量了那姑娘,认出仍是从前那一个。六个

[①] 拉斐尔(1483—1520),意大利画家,文艺复兴盛期将意大利艺术发展到最高水平的杰出人物。

[②] 让·古戎(1510—1568),法国雕刻家和建筑家。

月,小姑娘出落成少女,如此而已。没有比这更常见的现象了。在某个阶段,女孩子转眼似鲜花怒放,突然变成了玫瑰花。昨天还被当作孩子,今天就令人不安了。

这一个不仅长大了,而且变得完美了。正如四月里,有些树只需三天便会繁花满枝,她只要六个月,就变成了美丽的姑娘。她的四月已来到。

有时,有些穷困平庸之辈,仿佛一觉醒来,骤然由穷变成巨富,大肆挥霍,突然变得光彩夺目,奢华靡丽。原来一笔年金进了腰包,昨天是付款的日子。那少女也领到了六个月的年金。

而且,她不再是戴长毛绒帽、穿粗毛呢裙、着小学生鞋、两手冻得通红的寄宿生了;人变美了,趣味也发生了变化。她穿戴漂亮起来,优雅的打扮既朴素,又华贵,毫不矫揉造作。她穿着黑锦缎连衣裙,披着同样布料的披肩,戴着白绉纱帽子。一副白手套显出一双纤细的手,手里玩弄着小阳伞柄,那伞柄是用中国象牙做成的。一双绸缎帮的半筒靴,衬出小巧玲珑的脚。她这身打扮散发着沁人心脾的青春芳香,从她跟前经过,香气扑鼻而来。

至于那男人,仍是老样子。

马里尤斯第二次经过时,少女抬起眼睑。她的双眸蓝如天空,但在这迷蒙的天蓝色中,仍只见孩子的目光。她冷漠地看了看马里尤斯,如同在看奔跑在埃及无花果树下的孩童,或在长凳上投下阴影的大理石花盆。马里尤斯则继续散步,心里想着别的事情。

他又从少女的长凳跟前走过四五次,连看都没看她一眼。

以后几天,他仍和平时一样,来卢森堡公园散步;也和平时一样,在那里遇见"父亲和女儿",但没有再注意他们。那姑娘不好看的时候,他没有在意,现在好看了,他仍不在意。他仍从她长凳跟前经过,因为这是他的习惯。

三　春天的作用

一天,风和日丽,卢森堡淹没在阳光和绿荫中。天空清朗,仿佛天使们一早清洗过。栗树林中鸟雀啁啾。马里尤斯向大自然敞开胸襟,他什么也不想,只是尽情地生活,尽情地呼吸。他从长凳跟前经过,少女抬头看他,四目相遇。

这一次,少女的目光中有些什么呢?马里尤斯说不清楚。什么也没有,什么都有。这是一种奇异的闪光。

她垂下眼睛,他继续散步。

他刚才看到的,不是孩子天真单纯的目光,而是一个微微张开旋即又合上的神秘的深渊。每个少女都有这样看人的一天。谁遇见,谁就倒霉!

一个对自己仍懵然无知的少女初次投射的这种目光,有如天上的晨曦。一种灿烂的未知的东西苏醒了。这出乎意料的光辉,既含有现在的全部无知,也含有未来的全部激情,突然隐隐照亮了令人崇拜的黑暗,它的危险的魅力,绝不是言语所能形容。这是一种若明若暗的柔情,偶然流露出来,仍在等待之中。这是无知在无意中设下的陷阱,它攫取一些人的心,自己并不想这样,也不知道会这样。这是处女像女人一样看人。

这种目光在哪里落下,很少不会引起人们想入非非。在这柔情似水、无法抵御的目光中，凝聚着万般纯洁和热情，它比卖弄风情的女人精心设计的媚眼更有魔力，顷刻之间，它使人们心中开出奇香异毒的深暗色花朵，人们称之为爱情。

晚上，马里尤斯回到陋室，看了看身上的衣着，第一次发现，像这样穿着"日常"的衣服，也就是戴一顶破帽子，穿一双赶大车人的大靴子、一条膝盖发白的黑长裤和一件肘头泛白的黑上衣，还到卢森堡公园去散步，实在是邋里邋遢，有失体统，愚蠢透顶。

四 大病开始

第二天，到了平时出去散步的时候，马里尤斯从衣橱里拿出新衣服、新裤子、新帽子和新靴子，全副武装起来，再戴上手套这不可思议的奢侈品，便动身去卢森堡公园。

路上，他遇见库费拉克，却假装没看见。库费拉克回到家里，对朋友们说：

"刚才我遇见马里尤斯的新帽子和新衣裳了，马里尤斯裹在里面。他可能去参加考试。一副呆头呆脑的样子。"

到了卢森堡公园，马里尤斯先绕水池走一圈，观看池中的天鹅，然后，走到一座雕像跟前，久久凝望。那雕像满头长了黑霉，髋部少了一半。水池旁，有个四十来岁、大腹便便的有产者，手里牵了个五岁小男孩，对他说："别太过分。儿子，你得同专制主义和无政府主义保持等距离。"马里尤斯竖起耳朵听那人说话。接着，他又绕水池走了一圈。然后，他向"他的小路"走去，走得很慢很慢，好像很不情愿，仿佛是被迫去的，又好像受到了阻拦。他自己对这一切毫无意识，以为跟平时没什么两样。

上了小路，他看见另一头，白先生和那少女坐在"他们的长凳"上。他把纽扣一直扣到脖子，然后扯了扯衣服，不让留下一丝皱纹，又得意地看了看闪光的裤子，便向那长凳进军。他这样前进，有一种进攻的意味，可以肯定，微微有一种征服的愿望。因此，我说他向那长凳进军，就像在说汉尼拔向罗马进军。

此外，他的动作全都是下意识的。他仍和平时一样，满脑子想着自己的问题，自己的工作。此刻，他正在想《中学毕业会考指南》是一本极其愚蠢的书，编者肯定是百年难遇的傻瓜，否则怎能把拉辛的三部悲剧都作为人类思想的杰作来分析，而莫里哀的喜剧却只列入一部。他耳朵里响起尖锐的鸣叫声。他向那长凳走去，一面拉平衣服上的绉纹，同时眼睛盯着那少女。他仿佛感到，她使小路的那一头充满了一种幽幽的蓝光。

他越走越近，步伐也越来越慢。还没走到尽头，离长凳还有一段距离，他停了下来，自己也不知道为什么，竟然往回走了。而他心里根本没想不走到底。那少女离他远远的，几乎看不见他，很难说看得见他穿着新衣服的翩翩风度。可他挺直腰板，如果后面有人看他，好显得风度非凡。

他回到这一头，又往那一头走。这一次，他向长凳靠近了一些，离长凳只有三棵树的距离。可到了那里，不知为什么，他感到无法前进了，犹豫起来。他以为看见少女脸朝着他。于是，他拿出男子汉的气概，作了巨大的努力，不再犹豫，继续前进。几秒钟后，他从长凳前面经过，身子挺直，神色坚定，可脸却红到耳根,不敢左右张望,像政治家那样双手插在兜里。就在他经过的那一刻,仿佛置身于要塞的炮火下,心跳十分激烈。她和昨天一样,仍然穿着锦缎衣裙,戴着绉纱帽子。他听到一个难以形容的声音,想必是"她的声音"。她正平静地聊着天。她非常漂亮。尽管他没有看她,但感觉到了。他暗自思忖:"那篇关于马科斯·奥布雷贡·德拉龙达的论文,被弗朗索瓦·德·纳弗夏托据为己有,放在他出版的《吉尔·布拉斯》这部作品的卷首,假如她知道这篇论文的真正作者是他马里尤斯,一定会对他另眼相看。"

他走过长凳,一直走到离得很近的小路尽头,然后往回走,又一次从美丽姑娘的面前经过。这一次,他脸色发白,而且感觉很不舒服。他离开那长凳和少女,在背朝她的那一刻,他想象她在看他,差点摔倒。

他不想再靠近那长凳了,半路停下来,一反常态,坐了下来,不时朝那里偷看一眼,在他朦朦胧胧的思想深处想道,既然他对人家的白帽子和黑裙子赞赏不已,人家对他亮闪闪的裤子和簇簇新的衣服无论如何也不会无动于衷。

过了一刻钟,他站起来,仿佛又要向那张笼罩着光环的长凳进军了。可他站着没有挪步。十五个月以来,他第一次想到,每天同女儿坐在那里的先生想必也注意到他,对他天天来散步,一定感到很奇怪。

他也第一次感到,用白先生这个绰号称呼这个陌生人多少有点不恭,哪怕只是在心里偷偷地称呼。

他低着头待了几分钟,用一根小棍子在沙地上画画。接着,他蓦地一转身,背朝长凳、白先生和他的女儿,回家去了。

那天，他忘了去吃晚饭。八点钟他才发觉，但去圣雅克街吃饭为时已晚，他说了声"算了"，便啃起一块面包来。

他把衣服刷干净，仔细叠好，才上床睡觉。

五　布贡妈妈惊讶不迭

翌日，布贡妈妈——这是库费拉克对戈博旧宅那位门房兼二房东兼女用人的老婆婆的称呼，我们已看到，她其实叫比贡太太，但库费拉克这个捣蛋鬼对什么都不尊敬——布贡妈妈看见马里尤斯又穿着新衣服出门，惊得目瞪口呆。

他又来到卢森堡公园那条小路上，但他走到半路上他那张长凳子跟前就停下不走了。他像昨天那样坐下来，远远细看，清楚地看见那顶白帽，那条黑裙，尤其是那淡淡的蓝光。他没有动弹，直到公园关门才回家。他没看见白先生和他女儿离开。他断定他们是从西街的栅栏门出公园的。后来，过了几个星期，当他回想起这件事时，却怎么也记不起那晚是在哪里吃的晚饭。

次日，也就是第三天，布贡妈妈又大吃一惊。马里尤斯又穿着新衣服出门了。

"一连三天！"她惊叫道。

她试图跟踪他，可马里尤斯步伐轻快，大步流星。她跟在后面，有如河马追赶羚羊，两分钟就不见了他的踪影，便气喘吁吁地回去了，差点被哮喘病窒息，不禁心头火起。

"真不像话，"她咕哝道，"天天穿新衣服，害别人跑个半死！"

马里尤斯去卢森堡公园了。少女和白先生已在那里。马里尤斯假装在读一本书,尽可能走近一些,但仍离那里很远,然后,回来坐到他的长凳上,一坐就是四个小时,望着无拘无束的麻雀在小路上跳来跳去,他觉得这些麻雀在嘲笑他。

这样半个月过去了。马里尤斯去公园不再是为了散步,而是坐在同一个位子上,却不知为什么要这样。到了那里,他就不再动弹。每天早晨他穿上新衣服,却不是为了给人看。这样周而复始,天天如此。

她确实美极了。唯一可看作是批评的指摘,便是她那忧伤的眼神和快乐的笑容不大协调,这使得她脸上有一种迷惘的神态,有时候,这张娇美的脸会变得有点古怪,但依然楚楚动人。

六 被俘虏

第二个星期下半周的一天,马里尤斯同平时一样,坐在他的长凳上,手里拿着一本书,书打开着,却两个小时没有翻一页。忽然,他浑身颤抖。小路那一头发生了件大事。白先生和他女儿刚才离开长凳,女儿挽着父亲的胳膊,缓缓朝马里尤斯所在的路中间走来。马里尤斯合上书,继而又打开,竭力装出读书的样子。他颤抖着。那轮光环径直朝他过来。"啊!天哪!"他想,"我怎么也来不及摆出姿势了。"

可那白先生和少女继续前进。他觉得这要持续一个世纪,可又觉得只要一秒钟。"他们到这边来干什么?"他心里嘀咕。"怎么!她就要经过这里!她的脚就要踩在这沙地上,在这条小路上,离我两步路!"

他手足无措。他希望自己非常漂亮,希望自己有十字勋章。他听见他们轻柔而有节奏的脚步声越来越近。他想象白先生在向他投来恼怒的目光。

"这个先生会同我说话吗?"他想道。他低下头。当他抬起头来时,他们已走到他跟前了。少女过去了,边走边看他。她的眼睛紧紧地盯着他,温情脉脉,若有所思,马里尤斯浑身哆嗦。她似乎在责怪他这么久没走到她那边,仿佛在对他说:"只好我过来了。"

马里尤斯面对这光芒四射、幽深莫测的双眸,不禁目眩神迷。他感到脑袋里有盆炭火在燃烧。是她向他走来,多令人高兴啊!而且,她是怎样看他的呀!他觉得,她比前几天见到的更美了。那是一种女性和天使相结合的美,一种能使彼特拉克[①]歌唱,但丁拜倒的绝世无匹的美。他感到自己在广阔的蓝天上遨游,可同时又有些气恼,因为靴子上有灰尘。

他认为她一定也看他的靴子了。

他目送她远去,直到她消失不见。然后,他发了疯似的,开始在公园里乱走。他还很可能不时地独自傻笑,大声说话。他看见带孩子散步的保姆,便站在那里出神,使得她们人人都以为他爱上了自己。

[①] 彼特拉克(1304—1374),佛罗伦萨学者、诗人、人文主义者和新思想的促进者。

他走出公园，希冀能在一条街上再见到她。

他在奥德翁剧院的拱廊下遇见库费拉克，对他说：

"跟我去吃晚饭。"

他们来到卢梭饭馆，花了六法郎。马里尤斯狼吞虎咽。他给了侍者六苏。吃甜品时，他对库费拉克说：

"你读过报了吗？奥德里·德·皮伊拉沃的演说太精彩了！"

他已爱得发狂了。晚饭后，他对库费拉克说：

"我请你看戏。"

他们去圣马丁门看费雷德里克演的《阿德雷客栈》。马里尤斯看得乐不可支。

同时，他比平时更不近女色了。离开剧院时，恰遇一个制帽女工跨过街上的阳沟，露出了吊袜带，马里尤斯看都不看。库费拉克却说："我很想把这个女人列入我的收藏里。"马里尤斯听了颇感厌恶。

翌日，库费拉克请他到伏尔泰咖啡馆吃午饭。马里尤斯去了，吃得比头天还多。他心事重重，却又快乐无比。他似乎抓住一切机会纵声大笑。有人向他介绍一个外省人，他便亲热地拥抱他。他们桌上有一群大学生，他们谈到，国家出钱，让人们在索邦大学的讲台上胡言乱语，接着，又谈到词典和基什拉①诗律学的错误和漏洞。马里尤斯打断讨论，大叫大嚷说：

"能有十字勋章，那才神气呢！"

"他怎么怪怪的！"库费拉克低声对让·普鲁韦说。

---

① 基什拉（1799—1884），法国词典编纂家和诗律学家。

"不,"让·普鲁韦回答,"他问题严重了。"

问题的确严重。马里尤斯正处在热恋的开始阶段,那是强烈而令人神魂颠倒的时刻。就因为看了一眼。炮眼一旦放满炸药,点火的准备工作一旦就绪,一切就简单了。看一眼,便是火花。

这下全完了。马里尤斯爱上一个女人了。他的命运成了未知数。

女人的目光好比某些齿轮,表面平静,实则可怕。你天天从旁边经过,平平静静,安全无恙,毫无感觉。有时,你甚至忘了它们的存在。你走来走去,做着梦,说着话,大声笑着。突然,你感到被夹住了。一切都完了。齿轮夹住了你,目光勾住了你。反正它勾住了你,至于勾在哪里,怎样勾的,这都无关紧要,也许因为你的一部分思想拖拖拉拉,也许你曾一度心不在焉。你完了。你整个人都陷进去了。你被一串神秘力量抓住。你苦苦挣扎,却无济于事。人再也救不了你。你从一个齿轮落入另一个齿轮,烦恼和折磨接连不断,你本人、你的思想、你的财产、你的未来、你的灵魂,无一能幸免。根据控制你的人是心地险恶,还是心地高尚,你离开这个可怕的机器时,或者羞愧满面,形容改变,或者激情满怀,眉开眼笑。

七 U字母之谜

离群索居、超脱一切、高傲、独立、热爱大自然、缺少日常的和物质的活动、喜欢沉思默想、为保持贞洁同自己暗暗斗争、对天地万物心醉神迷,这一切,为马里尤斯这种被称作激情的神魂颠倒作了准备。他对父亲的崇拜渐渐化为一种宗教，同所有宗教一样，已退居灵魂深处。表层总得有点什么。爱情便乘虚而入。

整整一个月过去了。马里尤斯天天去卢森堡公园。时间一到，什么也留不住他。

"他去值班了。"库费拉克说。

马里尤斯心花怒放。他相信那少女在注意他。

他终于有了胆量，他朝那张长凳走去。可他不再是从前面过去。恋爱中的人都有这种怯弱和谨慎的本能。他认为决不能引起"父亲的注意"。他挖空心思，不择手段，在那些树木和雕像基座后面，选择了一个个观测点，尽量让少女看得见自己，而不让老先生发现。有时，他整整半小时一动不动，待在列奥尼达斯或斯巴达克的雕像的阴影里，手里拿着一本书，眼睛微微探出书本，寻找美丽的少女；而那少女露出朦胧的笑容，向他转过迷人的侧脸。她一面极其自然而平静地同白发老人交谈，一面又以纯洁而热烈的目光，向马里尤斯送去她所有的梦幻。这是自古以来就有的伎俩，夏娃在创世之日就知道，任何女人在出生之日也都知道！她们的嘴巴在回答一个人，她们的眼睛却在回答另一个人。

然而，可以肯定，白先生最终还是有所觉察，因为马里尤斯一到，他就站起来，开始走动。他离开他们的专座，走到小路的另一头，在古罗马角斗士雕像附近的那张长凳上坐下，仿佛要看看马里尤斯是不是跟着他们。马里尤斯蒙在鼓里，果然犯了这个错误。那"父亲"开始不准时了，也不再天天带"女儿"来了。有时他一个人来。马里尤斯见了扭头就走。这下他又犯了个错误。

马里尤斯丝毫没注意到这些迹象。他已从胆怯进入盲目阶段,这是自然而必然的发展过程。他的爱与日俱增。他天天夜里做梦。此外,他还遇到一件出乎意外的开心事,这就如同火上浇油,使他更加盲目。一天傍晚,他在"白先生和他女儿"刚离开的凳子上,拾到一块手帕。那是极其普通的手帕,没有绣花,但白洁精细,他觉得闻到了难以形容的芳香。他狂喜不已,一把抓起手帕。手帕上标着 U.F. 两个字母。马里尤斯对这美丽的少女一无所知,既不了解她的家庭,也不知道她的名字和住址。这两个字母,是他得到的有关她的第一件东西,那是名字的首字母,他立即在这两个可爱的字母上面,开始构筑他的空中楼阁。U 显然是名。"于絮尔①!多美妙的名字!"他亲吻手帕,闻着它的芳香,白天把它贴在胸口上,夜里睡觉放在嘴唇上。

"我在上面感觉到了她的整颗心。"

这手帕是那老先生的,的确是从他的口袋里掉出来的。自从发现了这块手帕,马里尤斯每次去公园,总要吻它,把它贴在胸口上。那美丽的少女茫然不解,便用不易看出的手势向他示意。

"呵!廉耻心!"

八 残废军人也有权快乐

既然提到了"廉耻心",既然什么也不隐瞒,这里就该交代

---

① "于絮尔",Ursule 的音译,首字母是 U。

一件事：有一次，正当他心醉神迷的时候，"他的于絮尔"伤透了他的心。这事发生在她要白先生离开长凳，在小路上走走的那些日子里。一天，吹起了牧月①的和风，梧桐树梢摇曳不停。父亲和女儿臂挽着臂，刚从马里尤斯的长凳前经过。他们过去后，马里尤斯站起来，目光跟随他们的背影，就像人在神魂颠倒时会做的那样。

忽然，一阵更为欢快的、可能肩负着春天使命的风儿从苗圃吹来，落在小路上，将少女裹住，少女打了个寒噤，其妩媚动人的姿态，堪与维吉尔笔下的林泉仙女和忒奥克里托斯笔下的农牧女神相媲美。风儿把她圣洁得连伊希斯②也自叹弗如的衣裙掀起来，一直掀到了吊袜带的高度。一条妙不可言的玉腿露了出来。马里尤斯看见了。他又气又恼。

那少女吓了一跳，连忙将裙子按下去，可马里尤斯仍然气愤不已。——不错，小路上只有他一个人。可是，也许刚才还有别人。万一有别人呢！人家会怎么看！她刚才的行为实在恶劣！——唉！那可怜的姑娘什么也没做。在这件事上，唯一有罪的是风。可是马里尤斯这个谢吕班，身上附着巴托洛③，隐隐产生了醋意，决计要表现出不满，连自己的影子也嫉妒起来。的确，人的这种苦涩而古怪的嫉妒，正是这样在人心中萌生，即使没有

---

① 牧月，法兰西共和历的第九个月，相当于公历五月二十日到六月十八日。
② 伊希斯，埃及神话中司医学、婚姻和农事的女神。
③ 巴托洛和谢吕班，法国十八世纪剧作家博马舍剧作中的人物。巴托洛是个爱嫉妒的老头，谢吕班是个多情的男孩。

权利,也会强加于你。此外,除了这嫉妒情绪,看见那条迷人的玉腿,马里尤斯并不感到快意;随便哪个女人的白袜子,也会比这更引起他的兴趣。

"他的于絮尔"走到小路的另一头,又和白先生一起往回走,而马里尤斯也已坐下来。当他们经过他的长凳时,他向她狠狠瞪了一眼。那少女微微挺了挺身子,眼皮抬了抬,好像在说:"咦!他怎么啦?"

这是他们的"第一次吵架"。

马里尤斯刚向她瞪完眼,小路上来了个人。那是个残废军人,弯腰曲背,满脸皱纹,满头白发,身穿路易十五时代的军服,胸佩士兵佩戴的圣路易十字勋章,那是一小块椭圆形的红呢,上面有两把交叉的剑。此外,还有一条无胳膊的衣袖、一个银下巴和一条木腿作为装饰品。马里尤斯相信看到了那人心满意足的神态。他甚至觉得,这个厚颜无耻的老头一瘸一拐从他面前经过时,还极其友好和快乐地向他挤了挤眼,仿佛他们偶然之中成了同谋,共同分享了意外的收获。这个战神的残渣余孽,为何如此开心?在他的木腿和她的玉腿之间发生了什么?马里尤斯嫉妒到了极点。他想:"刚才他可能也在场。他可能看见了。"于是,他想杀死这个残废军人。

时间能把任何锋尖磨钝。马里尤斯对"于絮尔"的愤怒不管多么正确,多么正当,最终烟消雾散了。他最后还是原谅了她,不过作了巨大的努力,他有三天一直气鼓鼓的。

不过,经过这一切,也正因为这一切,他的爱越来越强烈,越来越疯狂。

九 销声匿迹

刚才，我们看到了马里尤斯是怎样发现，或者说自以为发现她叫于絮尔的。

越有越想有。知道她叫于絮尔，已是很多了，但也是很少。三四个星期来，马里尤斯贪婪地享受着这个幸福。现在他想得到另一个幸福。他想知道她住在哪里。

他犯了第一个错误：当白先生在角斗士雕像旁的长凳上坐下后，他不知是陷阱，跟了过去。接着又犯了第二个错误：白先生一个人来时，他没有留在公园里。现在，他又犯第三个错误。这个错误实在太大：他跟踪"于絮尔"。

她住在西街最不热闹的地段，一幢外表简朴的四层新楼房里。

从这时起，除了在卢森堡公园里看见她这个幸福外，又多了个跟踪她到家门口的幸福。他的胃口越来越大。他知道了她的名字，至少是她的小名，一个可爱的名字，一个真正的女人名字；他知道了她住在哪里；他还想知道她是谁。

一天晚上，他跟他们到了家门口，看见他们消失在马车大门里，他也跟着进去了，并且勇敢地问门房：

"刚才是二楼的先生回来了吧？"

"不是，"门房回答，"是四楼的先生。"

又前进了一步。这一成功使马里尤斯胆子更大。

"是临街的吗？"

"当然!"门房说,"这房子只有临街的一面。"

"这先生是干什么的?"马里尤斯又问。

"吃年金的,先生。一个好人,虽不富裕,却常接济穷人。"

"他叫什么?"马里尤斯继而又问。

门房抬起头,对他说:

"先生是密探吗?"

马里尤斯相当尴尬地走了,但他欣喜若狂。又有了进展。

"好,"他想,"我知道她叫于絮尔,她父亲是靠年金生活的,她住在这幢房子里,西街,四楼。"

翌日,白先生和他女儿只在公园里待很短的时间。他们走的时候,仍是大白天。马里尤斯跟他们到西街,这已成了他的习惯。走到大门口,白先生让女儿先进去,自己在跨门槛前停了停,转过头,凝眸看了他一眼。

第三天,他们没有来公园。马里尤斯等了整整一天。天黑了,他去西街,看见四楼的窗口有灯光。他在窗下踯躅到灯光熄灭。

第四天,仍不见他们的人影。马里尤斯等了一天,晚上又到窗下守候,直到晚上十点钟。他晚饭也没吃。发高烧的人不用吃饭,热恋的人也一样。

他像这样过了一星期。白先生和他女儿始终没在公园露面。马里尤斯作着种种不安的猜测。他不敢白天去监视大门,只好夜里去仰望玻璃窗上淡红色的灯光。他不时地看见人影晃过,他的心怦怦直跳。第八天,当他来到窗下,不再见到灯光了。

"怎么了!"他说,"还没点灯。天已黑了。他们出门了?"

他等待着。等到十点。等到半夜。等到凌晨一点。四楼的窗口一直没有亮光,也没有人回来。他忧心忡忡地走了。

第二天,——他现在只靠第二天活着,可以说,对他已不存在今天——第二天,他在公园里没见他们人影。他期待他们出现。黄昏时分,他到那幢房子去了。窗口没有灯光,百叶窗紧闭着,四楼漆黑一片。

马里尤斯叩敲大门,他进去问门房:

"四楼的先生呢?"

"搬家了。"门房回答。

马里尤斯摇晃了一下,有气无力地说:

"什么时候?"

"昨天。"

"现在住在哪里?"

"不知道。"

"没留下新地址吗?"

"没有。"

门房抬起头,认出是马里尤斯。

"怎么!又是您!"他说,"难道您真是密探?"

第七卷
"猫露屁股"①

一 坑道和坑道工

人类社会都有舞台上所谓的"第三层台仓"。在社会土地下面，到处挖了坑道，有的从善，有的从恶。坑道层层叠叠。有上层坑道和下层坑道。这黑暗的地下层有上下两部分，有时会被文明的重量压得崩塌坍毁，被我们漠不关心和无忧无虑地踩在脚下。上个世纪，百科全书便是个坑道，几乎是露天的。黑暗——这个早期基督教凄惨的孵化器——只待时机成熟，就在君王们的宝座下爆炸，将光明普照人类。因为在神圣的黑暗中，潜伏着光明。火山内充满黑暗，却能火光熊熊。一切熔岩都始于黑暗。举行首次弥撒的坑道，不仅仅是罗马的地窖，也是世界的地下室。

在社会建筑的下面，如同在一座破房子下面一样，有着形形色色、错综复杂、奇妙非凡的坑道。有宗教坑道、哲学坑道、政

---

① "猫露屁股"，黑道上一个盗窃团伙的绰号。"猫露屁股"是俗语，意即"黎明"。这里的意思是那帮强盗在黎明时分作完案，回到自己的巢穴。

治坑道、经济坑道、革命坑道。有的用思想挖掘,有的用数字挖掘,有的用愤怒挖掘。各坑道间互相呼唤,互相应答。形形色色的乌托邦,在这些地道里缓慢行进。它们将分支伸向四面八方。有时它们相遇,彼此称兄道弟。让-雅克·卢梭把十字镐借给第欧根尼,第欧根尼则把灯笼借给让-雅克·卢梭。有时,他们互相搏斗。卡尔文揪住索齐尼①的头发。可是,什么也不能阻止和中断这些力量向着目标前进,它们同时展开广泛的活动,在黑暗中来来往往,上上下下,缓慢地进行从下到上,从里到外的改造。那是不为人知的大规模的乱挤乱爬。对这保留表皮而改换内脏的挖掘,社会几乎毫无意识。有多少地下层次,便有多少不同的工程,也就有多少不同的挖掘。从这些深层的挖掘中会产生什么呢?未来。

愈是深入地下,坑道工就愈神秘。直到社会哲学家尚能识别的一个层次,挖掘工作还是好的;超过这一层,挖掘就变得可疑和混杂了;再往下,就变得可怕了。到了某一深度,文明思想便不再能渗透那些坑道,人在里面无法呼吸,就可能出现妖魔鬼怪。

下去的梯子是很奇特的,每一梯级相当于哲学可能立足的一个层面,可以遇见一个工人,有的神圣,有的丑陋。让·胡斯②下面有路德,路德下面有笛卡儿,笛卡儿下面有伏尔泰,伏尔泰下面有孔多塞,孔多塞下面有罗伯斯庇尔,罗伯斯庇尔下面有马拉,

---

① 索齐尼(1525—1562),意大利神学家。否定三位一体教义。
② 让·胡斯(1369—1415),捷克异端分子的首领,宗教改革的先驱,被活活烧死。

马拉下面有巴贝夫①。这还在继续。再往下,在看不清和看不见的分界处,依稀可见另一些模糊不清的,可能尚未存在的人影。昨天的已成为幽灵,明天的还是鬼魂。思想的眼睛能模模糊糊地看到它们。未来的胚胎工程,是哲学家的一种幻觉。

一个处于胚胎状态的模糊不清的世界,是多么奇特的身影啊!

圣西门、欧文、傅立叶也在那里,在侧面的坑道里。

所有这些地下先驱,几乎总认为自己与别人隔绝,其实不然,一条无形的神奇的链条不为他们所知地把他们联结在一起。尽管如此,他们的工作各各相异,一些人的光辉,与其他人的烈焰形成鲜明的对照。有些人属于天堂,另一些人悲惨凄凉。然而,不管对照多么鲜明,所有这些坑道工,从最高层的到最低层的,从最明智的到最疯狂的,都有一个共同的特点,那就是都有忘我精神。马拉和耶稣一样忘我。他们将自己撂在一旁,忘却自己,丝毫不考虑自己。他们眼里没有自己,只有别的东西。他们都有目光,这目光在寻找绝对。前者眼睛里看到整个天空;后者尽管高深莫测,但眉毛下仍有无限的微光。不管是谁,不管是做什么的,只要具有眸子闪光这个特征,都应受到尊敬。

另一个特征是眸子发黑。

罪恶便从这发黑的眸子开始。在没有目光的人面前,你只有思索,只有发抖。社会秩序有其邪恶的坑道工。

有一个地方,深入进去便是埋葬,那里光明已熄灭。

在上面提到的所有这些坑道下面,在所有这些地道下面,在

---

① 巴贝夫(1760—1797),法国革命家。

进步和乌托邦这庞大的地道系统下面,在地下极深极深的地方,在比马拉,比巴贝夫还要低的地方,在很低很低的、与上面各层毫无联系的地方,还有最后一层坑道。那是十分可怕的地方。那是我们所谓的舞台的第三层台仓。那是黑暗的坑道。那是瞎子的地窖。那是地狱①。

它通往深渊。

二　社会底层

那里,忘我的精神消失殆尽。魔鬼隐隐显露;人人只为自己。没有眼睛的我吼叫着,寻觅着,摸索着,啃啮着。社会的乌戈里诺②就在这个深渊里。

在这深渊里游荡的凶恶身影,同猛兽、鬼怪相差无几。他们不关心人类进步,不知道有人类进步这个概念和这个词,只管个人得到满足。他们几乎没有意识,他们的内心可说一片空白。他们有两个母亲,无知和贫穷,都只会虐待子女。他们有一个向导,那就是需要;而满足的各种形式,概括起来是食欲。他们极其贪食,就是说非常凶恶,不是像暴君,而是像猛虎。这些鬼怪从受苦走向犯罪;这种演变是必然的,是令人眩晕的生育,是黑

---

① 原文为拉丁语。

② 乌戈里诺,十三世纪意大利比萨暴君,后来大主教发动政变,他和儿子及侄子同关在一个饥饿塔里。据说,他最后把儿子和侄子们吃掉后才死去。

暗的逻辑。在社会的第三层台仓里匍匐而行的，不再是绝对发出的瓮声瓮气的要求，而是物质发出的抗议。人在那里成了凶神恶煞。饥渴是出发点，成为撒旦便是终点。从这个坑道里产生拉斯内尔[①]。

在第四卷里，我们看到了上层坑道的一个区，那是政治、革命和哲学的大坑道。我们说过，那里的一切都是高尚、纯洁、尊贵而诚实的。当然，那里的人也可能出错，而且肯定会出错，但是，那是值得钦佩的错误，因为包含着多少英雄主义。那里所从事的工作都有一个名字：进步。

现在是看一看其他一些坑道，即极其丑恶的深层坑道的时候了。

我们要强调指出，在社会下面，有一个藏污纳垢的大洞窟，在愚昧无知消除之前，这洞窟不会消失。

这一坑道，在所有的坑道下面，也是所有坑道的敌人。这里只有仇恨。这个坑道没有哲学家，它的匕首从没削过笔。它的黑色与墨水崇高的黑色毫无关系。黑夜的手指头在令人窒息的天花板下抽搐，从没翻开过一本书，打开过一份报。在卡图什看来，巴贝夫是剥削者，在欣德拉纳[②]眼里，马拉是贵族。这个坑道的宗旨，是毁坏一切。

毁坏一切。包括那些上层坑道，它对它们恨之入骨。它在令人憎恶的乱挤乱爬中，不单单破坏现存的社会秩序，还破坏哲学，

[①] 拉斯内尔，记者，但又是盗贼和杀人凶手。
[②] 欣德拉纳，法国一伙盗贼的头目，几次被捕，几次逃跑，于一八〇三年十一月二十日处死。

破坏科学，破坏法律，破坏人类思想，破坏文明，破坏革命，破坏进步。它的名字干脆就叫偷盗、卖淫、凶杀和谋杀。它是黑暗，它希望天下大乱。它的拱顶由无知构成。

其他所有坑道，即上层坑道，只有一个目的，即把它消灭。此乃哲学和进步之目的，通过它们所有的器官，通过凝思绝对和改善现实。摧毁无知的坑道，便是摧毁罪恶的巢穴。

让我们用几个字概括我们刚才所讲的一部分内容。黑暗是社会万恶之源。

人类是同类。所有人都是由同一种黏土做成。至少在人世间，人类的命运是没有差别的。生前都是黑暗，活着时都是肉体，死后化成骨灰。可是，捏人的泥团掺进无知，就变成黑色了。这种难以根除的黑色侵入人的内心，就产生了罪恶。

三　巴贝、格勒梅尔、克拉克苏和蒙巴纳斯

从一八三〇到一八三五年，巴黎的第三层台仓由一个四人匪帮统治，他们是克拉克苏、格勒梅尔、巴贝和蒙巴纳斯。

格勒梅尔是个降格的大力士。他的巢穴设在马里翁桥拱街的下水道里。他身高六尺，有大理石般的胸膛，青铜般的臂膀，岩洞风声般的呼吸，巨人般的身躯，小鸟般的脑袋。看见他，以为看见了法尔内斯的赫丘利[①]，只是穿着斜纹布裤和棉绒上衣。格

[①]　法尔内斯的赫丘利，指罗马法尔内斯宫内的大力神赫丘利的雕像。

勒梅尔具有这种雕塑般的身材，本可以降妖伏魔，但他认为当个妖魔更方便。他的额头很低，鬓角很宽，不到四十，已有了鱼尾纹，毛发又硬又短，面颊有如板刷，胡子有如野猪毛。这就是他的尊容。他的肌肉要求工作，可他愚蠢无知，不愿工作。他力大无比，却懒惰成性。他是懒惰才成为杀人凶手的。有人认为他是克里奥尔人①。一八一五年，他在阿维尼翁当脚夫，可能与布律纳元帅②的谋杀案有点瓜葛。这是他的见习期，以后便当了强盗。

巴贝瘦得近乎透明，与格勒梅尔的满身肥肉恰成鲜明对照。巴贝骨瘦如柴，知识渊博。他的身体是透明的，但他的人却难以捉摸。透过他的骨头可以看见日光，但透过他的眼珠却什么也看不见。他自称是化学家。他在博贝什戏班里当过小丑，在博比诺戏班里演过丑角。他在圣米歇尔街头演滑稽喜剧。他老谋深算，能说会道，说话时满脸堆笑，指手画脚。他的职业是在露天叫卖半身石膏像和"国家元首"的肖像。此外，他还给人拔牙。他曾在集市上展示过畸形儿，有过一个流动小木棚，挂着喇叭，贴着广告："巴贝，牙科大师，科学院院士，进行金属和非金属物理实验，拔牙，善拔同行拔不了的断牙。收费：拔一颗牙一法郎五十生丁；两颗牙两法郎；三颗牙两法郎五十。良机不可失。"——（这"良机不可失"即"尽量多拔"。）他结过婚，有过孩子。他不知

---

① 克里奥尔人，指出生于旧殖民地的欧洲人的后裔。
② 布律纳（1763—1815），拿破仑麾下的元帅，一八一五年八月二日在阿维尼翁的一家旅馆里被游行示威者谋杀。

道老婆和孩子的情况。他就像扔手绢那样把他们扔掉了。巴贝常常读报,这在他那个黑暗世界里绝无仅有。还是在他和家里人一起生活在流动小木棚里的时候,一天,他在《信使报》上读到一则消息,说是有个女人生下一个能成活的长着牛犊嘴脸的畸形儿,他拍案惊叫:"这可是一笔财富!我老婆怎么不想到给我生一个这样的孩子!"

从此,他放弃了一切,去"闯巴黎"。这是他的原话。

克拉克苏是何许人?他是黑夜。要等到天黑才露脸。晚上,他从洞里出来,天亮前又回到洞里。他的洞在那里?无人知晓。即使是黑得伸手不见五指,他和同伙说话,也是背对着他们。他是叫克拉克苏吗?不是。他说:我叫"绝对不是"。如果突然出现一支蜡烛,他便立即戴上面具。他能用肚子说话。巴贝说:"克拉克苏是二声部夜曲。"克拉克苏漂泊无定,四处流浪,凶狠毒辣。很难说他有没有名字,克拉克苏只是个绰号;很难说他有没有嗓子,他用肚子说话比用嘴巴多;很难说他有没有面孔,人们从来只见他的面具。他说消失就消失了,出现时,就像是从地里冒出来的。

还有个阴沉可怕的人,那就是蒙巴纳斯。蒙巴纳斯是个孩子,不到二十岁,有一张英俊的脸孔,一副樱桃般的嘴唇,一头迷人的黑发,眼睛里闪烁着春天的光辉。他身上有各种恶习,渴望干尽恶行。干了坏事还想干更坏的事。他从流浪儿变成了流氓,继而又成了强盗。他漂亮,柔美,文雅,健壮,怠惰,凶恶。他左边帽檐儿翘起,露出一绺头发,这是一八二九年流行的式样。他以盗窃抢劫为生。他的紧腰中大衣十分合身,但已破旧。蒙巴纳斯是一幅时装式样图，但穷困落泊，谋财害命。这个少年行凶杀人，只为了穿漂亮的衣服。那第一个对他说"你真漂亮"的轻佻女工，在他心里投进了黑暗的阴影，并把这个亚伯变成了该隐[①]。他觉得自己漂亮，就想变得风雅。可风雅首先得悠闲；穷人悠闲，即是犯罪。在东游西逛的流浪者中，像蒙巴纳斯这样十恶不赦的，为数不多。才十八岁，身后就有了几条人命。不止一个过路人，张开双臂，面朝血泊，倒在这个恶棍的阴影里。烫着头发，涂着发蜡，紧束腰身，有女人的臀部，普鲁士军官的胸部，引得走在大街上的姑娘们啧啧称羡，领带结得十分考究，口袋里藏着棍棒，扣眼里插着鲜花，这便是我们这位引人入墓的花花公子的画像。

四　黑帮的成员

这四个强盗结成团伙，成了变幻无常的普洛透斯[②]，在警察中间迂回而行，"变出树木、火焰、水泉等各种面孔"，竭力避开维多克冒失的目光。他们互相借用名字，交流窍门，躲在自己的影子里，那是可以互相使用的秘密窟和避难所。他们就像在化装舞会上取下假面具那样变换面孔，有时，他们简化成一个人，有时

[①] 该隐和亚伯，亚当和夏娃的长子和次子，该隐种田，亚伯牧羊。耶和华看中亚伯及其供品，而不喜欢该隐及其供物，于是，该隐生了嫉妒之心，把弟弟亚伯杀死。

[②] 普洛透斯，希腊神话中的早期海神，变幻无常。

则变出许多人，以致科科-拉库尔也错以为他们是一大群人。

这四个人，绝对不是四个人，而是在巴黎到处作案的长着四颗脑袋的神秘盗贼，是住在社会地下墓室里为非作歹、无比可怕的珊瑚虫。

巴贝、格勒梅尔、克拉克苏和蒙巴纳斯各自都有分支，结成了隐蔽的关系网，通常在塞纳河省拦路抢劫。他们从下面对路人进行政变式的偷袭。善于出这类主意的人，擅长夜间想象的人，都来找他们实现自己的计划，将剧本交给这四个无赖，由他们付诸实施。他们对剧本进行加工。对所有需要助一臂之力，并绝对有利可图的谋杀，他们总能出借相称的合适的人员。一件罪行在寻找帮助，他们就转租帮凶。他们拥有夜间演出的剧团，为一切盗匪悲剧提供服务。

他们习惯在傍晚时分，他们醒来的时刻，在硝石库医院附近的草地上集合。他们在那里商议计策。他们前面有十二小时的黑暗，够他们安排利用。

"猫露屁股"，这是黑道给这四人起的名字。在日渐消失的古老而荒诞的俗语中，"猫露屁股"即拂晓，正如"犬狼之间"即傍晚。"猫露屁股"的称呼，可能出自他们干坏事结束的时刻，因为黎明正是幽灵消失，强盗分手的时刻。这四个强盗以这个称谓闻名遐迩。刑事法庭庭长到监狱探望拉斯内尔时，就他否认的一件罪行审问他。庭长问："是谁干的？"拉斯内尔回答："可能是猫露屁股干的。"这个回答对法官是个谜，但警察心里明白。

有时，人们能从剧中人物表上猜出剧的内容；同样，可以根据强盗的名册，大致评价一伙盗贼。下面是猫露屁股团伙主要成

员的名字(是由专门记录保存下来的):

庞肖,又叫春天、比格纳耶。

布吕戎。(有一个布吕戎王朝,以后还会提到。)

布拉特吕埃尔,前面出现过的养路工。

寡妇。

菲尼斯太尔。

荷马·奥居,黑人。

星期二晚上。

快信。

福特勒洛瓦,又叫卖花女。

自命不凡者,刑满释放的苦役犯。

刹车杆,又叫杜邦先生。

南广场。

普萨格里夫。

卡马尼奥拉短褂子。

克吕德尼埃,又叫怪客。

啃花边。

脚朝天。

半文钱,又叫二十亿。

等等,等等。

还有些没有列举,不属于最坏的。这些名字都是比喻,不只是表达一些人,而且表达一些种类。每个名字都与文明底层的一种奇形怪状的毒蕈相呼应。

这些人很少露面,不是大街上看见的人。他们夜里干坏事干得精疲力竭，白天就去睡觉，有时在石膏窑里，有时在蒙马特尔或蒙鲁日的废采石场里，有时在下水道里。他们躲了起来。

这些人现在怎么样了？他们依然存在。他们自古都存在。贺拉斯说他们是一群妓女、江湖骗子、乞丐、街头卖艺者[①]；只要社会不改变，他们永远是这样子。他们在黑乎乎的洞顶下，永远会从社会的渗液中再生。他们成了鬼，又回来了，仍然是原来的样子。只是改了个名，换了层皮。

个人被铲除了，部落依然存在。

他们具有一成不变的官能。从无赖到夜间出没的强盗，都保持着纯洁的血统。他们能猜到衣服口袋里有钱包，能嗅出背心口袋里有怀表。对他们而言，金子和银子是一种气味。有一些头脑简单的资产阶级，他们的神态让人一看便知有东西可偷。于是，强盗们耐心跟踪他们。见有一个外国人或外省人经过，他们会高兴得像蜘蛛那样颤抖。

半夜，当你从人迹稀少的大街上经过，遇见或远远看到这些人，会吓得魂不附体。他们不像是人，而是由有生命的雾化成的形体。他们似乎常和黑暗融为一体，彼此分不清楚。他们的灵魂便是阴影，只是为了过几分钟罪恶生活，才暂时从黑夜中分解出来。

怎么做才能清除这些幽灵？要用光明。必须有大量的光明。没有一只蝙蝠能抗拒曙光。那就用光明照亮这个地下社会吧。

[①] 原文为拉丁语。

第八卷
作恶的穷人

一 马里尤斯寻找一个戴帽子的姑娘,却遇见一个戴鸭舌帽的男子

夏天过去了,秋天过去了,冬天到了。白先生和那少女一直没再去卢森堡公园。马里尤斯只有一个念头,要再见到那张温柔可爱的脸。他不停地寻找,到处寻找,却一无所获。他已不再是那个满腔热情、喜欢遐想的马里尤斯了,不再是那个果断、热烈和坚定的人,不再是大胆向命运挑衅的人,不再是构筑空中楼阁的幻想家,不再是满怀计划、打算、豪情、思想和意愿的年轻人,而是成了无可救药的狗。他变得忧心忡忡。他完了。他厌烦工作,厌倦散步,厌恶孤独。从前,广袤的自然界充满了形态、光明、声音、建议、远景、前途、教导,可现在他面前一片空白。他觉得一切全消失了。

他仍然爱沉思,因为他不可能做别的事,但不再自得其乐。他的思想仍不断低声地向他提出各种建议,可他每次都暗暗回答:有什么用?

他千百次责备自己。我干吗要跟踪她?能看见她,我就够幸福的了!她用眼睛看我,难道这还不够吗?看样子她是爱我的。这不就行了吗?我还想要什么呢?现在什么也没了。我真是太蠢。完全是我的错……他什么都不向库费拉克吐露,这是他的性格,可库费拉克也猜个差不离,这也是他的性格。起初,库费拉克为他有了心上人而深感高兴,同时也不胜惊讶;后来,看见马里尤斯郁郁寡欢,终于对他说:

"我看你简直是个傻瓜。喂,跟我去茅屋舞场①吧。"

一次,马里尤斯相信九月明媚的阳光会给他带来运气,便跟着库费拉克、博絮埃和格朗泰去索城舞厅了,希望——多美的梦!——能在那里找见她。当然,他没有看见要找的人。格朗泰在一旁嘀咕:"可是,丢失的女人都能在这里找到的呀。"马里尤斯丢下朋友,离开舞厅,独自步行回家。他疲惫不堪,焦虑不安;夜色深沉,而他的双眸朦胧而忧郁;公共马车满载客人从舞厅返回,唱着歌从他身旁经过,歌声嘈杂,尘土飞扬,他目瞪口呆,心灰意冷,为了清醒一下头脑,便使劲地呼吸路旁核桃树刺鼻的气味。

他又过起了越来越孤独的生活。他心神错乱,意气消沉,内心焦虑不安,像落入陷阱的狼,在痛苦中走来走去,四处寻找不见踪影的心上人,被爱情弄得晕晕乎乎。

还有一次,他遇见了一个人,产生了一种奇怪的感觉。那是

---

① 茅屋舞场在蒙巴纳斯林荫大道二十八号,建于一七八七年,在王朝复辟和路易十八时期很时髦,去那里跳舞的大多为大学生和青年女工。

在残老军人院附近的小巷子里，迎面走来一个工人打扮的男子，头戴长檐鸭舌帽，露出了几绺白发。那漂亮的白发引起了马里尤斯的注意，他仔细打量那人，只见他走得很慢，仿佛陷入痛苦的沉思中。奇怪的是，他觉得那人像是白先生。从鸭舌帽下露出的部分，可以看到他们有着同样的头发，同样的侧影，另外，走路的姿态也一样，只是那人更显得心事重重。可为什么要穿工人服？这如何解释？为什么要乔装打扮？马里尤斯迷惑不解。等他镇定下来后，第一个动作便是去跟踪那个人。谁知道呢？说不定真能找到他正在寻找的线索。不管怎样，得走近去再看一看，把这谜团解开。可为时晚矣，那人已不见了。他拐到一条小街上去了，马里尤斯没能找到他。这件事他牵挂了好几天，后来就淡忘了。他想："很可能只是长得相像罢了。"

二　新发现

马里尤斯仍住在戈博旧宅里。他对谁也不留意。

其实，那时候，在这幢破房子里，除了他和戎德雷特一家，再没别的住户。他曾为戎德雷特家付过房租，但从没同那家的父亲、母亲和两个女儿说过一句话。其他房客搬家的搬家，去世的去世，还有的因交不起房租而被赶走。

那年冬季的一天，下午，太阳稍微露了下脸。可那是二月二日，是古老的圣烛节，那迷惑人的太阳，预示着将有六星期寒冷的天气，马迪厄·朗斯贝格就受这太阳的启迪，写下了两句堪称古典的诗文：

> 不管有无阳光，
> 大熊返回洞穴。

马里尤斯刚从他的洞穴里出来。夜幕降临。是去吃晚饭的时候了，总得恢复吃晚饭吧。唉！再是理想的爱情，也克服不了这个弱点！他刚跨出门槛，听见正在扫地的布贡妈妈自言自语着令人难忘的话：

"如今有什么东西便宜？什么都很贵。这世上只有辛苦便宜。世上的辛苦一钱不值！"

马里尤斯沿着林荫大道，缓步朝城门走去，以便去圣雅克街。他低着脑袋，边走边想心事。

忽然，他感到夜雾中被人撞了一下。他回过头，看见两个衣衫褴褛的姑娘，一个又高又瘦，另一个稍矮一些，正气喘吁吁、神色慌张地匆匆走来，好像在逃跑似的。她们迎面遇见他，却没看见他，经过他身边时撞了他一下。在暮色中，马里尤斯看出她们脸色苍白，头上没戴帽子，头发乱七八糟，拿着难看的便帽，短裙又破又烂，脚上没穿鞋子。她们边跑边说着话。个儿高的低声说：

"雷子来了。差点把我铐住。"

另一个回答：

"我看见他们了。我拼命颠呀，颠呀，颠呀！"

从这晦涩的俚话，马里尤斯明白，宪兵或治安警察差点抓住这两个孩子,她们逃脱了。

她们钻进他身后那条林荫道的大树下面,一团模糊的白影在那里滞留片刻,然后消失了。

马里尤斯停了一会儿。他正要继续赶路,却看见脚边有个灰乎乎的小包。他弯腰捡起来。好像是个信封,似乎装了些纸。

"嗯,"他说,"没准是那两个可怜姑娘丢失的!"

他转身往回走,大声呼叫,没有找着。他想,她们已走远了,就把那纸袋放进兜里,去吃晚饭了。

路上,他看见穆夫达街旁的一条小巷子里有口小棺材,蒙着黑罩,放在三张椅子上,被一根蜡烛照亮。他又想起了暮色中看见的两个姑娘。

"可怜的母亲!"他想到,"有一件事比看见亲生骨肉死去更悲伤,那就是看见他们受苦受罪。"

接着,这些使他愁上添愁的伤心事远离他的脑海,他又陷入惯常的忧虑中。他又想起在露天,在充足的阳光下,在卢森堡公园美丽的大树下度过的六个月幸福的初恋时光。

"我的生活变得多么凄惨!"他想道。"我眼前总有年轻姑娘出现。不过,从前是天使,现在是鬼。"

三 有四张面孔的人

晚上,他脱衣睡觉时,手碰到兜里那个在大街上捡的纸袋。他已忘得一干二净了。他想有必要打开来看看,假如纸袋确实是那两位姑娘的，里面也许有她们的住址，不管怎样，总能发现一些线索，以便物归原主。

他拆开纸袋。纸袋没有封口，里面有四封信，也没封口。四封信都写着地址。四封信都发出浓厚的烟草味。

第一个信封上写着：夫人收，格吕什雷侯爵夫人，国民议会对面广场，……号。

马里尤斯心想，从信中也许能发现他要找的线索，信没封口，读一读似无不妥。

信上是这样写的：

侯爵夫人

　　仁兹和怜棉是紧密团结社会的美德。请您把基督教的青感散发到周围，用怜棉的目光看一看我这个不辛的西斑牙人，他是忠诚和热爱神圣的正统事业的牺牲品，为了保卫这个事业，他副出过鲜血，贡现出了全部才产，今天，他落到一平如洗的地步。夫人是值得尊敬的人，肯定会给他邦助，使一个受过教育伤痕累累的军人能够维持及度艰难的生活。我预先相信您的仁道主义，相信侯爵夫人会关心一个同样不辛的民族。他们的祈祷不会涂劳，他们的感机之青将永远保持动人的回乙。

　　夫人，请接受在下的敬意

　　堂·阿勒瓦雷，西斑牙骑兵上尉，

　　避难法国的保王派，在回国图中，缺小路费，不能继续旅行。

寄信人签了名，却没写地址。马里尤斯希望在第二封信里能找到地址。信封上写着：夫人收，蒙韦内白爵夫人，卡塞特街，九号。

马里尤斯念道：

白爵夫人：

我是不辛的毋亲，六个孩子，最小的才八个月。自从生了最后一个孩子，我就病倒了，五个月前，丈夫泡弃了我，没生活来原，穷得渴不开锅。

寄希望于白爵夫人，表示深深的敬意，夫人！

妇人巴利扎尔。

马里尤斯开始读第三封信，也是求援信。信上写道：

圣德尼街，铁蹄街拐角，

选举人，针织品批发商，

帕布若先生：

我冒昧给您写信，请求您给于宝贵的同青，关心一下一个文人，他刚给法兰西剧院寄去了一个剧本。是历史题材。故事发生在帝国时代的奥维涅。剧本的风格我想是自然间炼，可能有些价值。四个地方有唱段。滑稽，严肃，出人意料，加上人物性格各异，全剧情节带点浪漫主义，剧情发展神密莫侧，经过多少惊心动魄的曲折，在灿兰夺目的场景中结束。

我的主要目的是满足当今人们越来越爱剌机的浴望，也就是风尚，这是个任心古怪的风标，每刮一次风，几乎都要转向。

尽管这个剧本有这些优点,但我仍有理由担心,由于那些有特权的作者疾妒、自私,剧院会拒绝我的剧本,因为我知道,人们是怎样强迫新手喝下苦水的。

帕布若先生,您以保护文人闻名四方,我斗胆让我女儿来向您讲一讲我们平困的处境,在这寒冬腊月,没有面包,没有火。我之所以要对您说,我要用我这个剧本以及以后写的所有剧本向您表示敬意,并恳求您接受我的敬意,是要向您证明,我多么渴亡您的保护,并想借您的大名装饰我的作品。假如您肯垂顾,给我一丁点儿资助,我将立即着手写一部寺剧,以表我的感机之青。这部寺剧,我将尽力写得完美,并在把它插进我那本历史剧的开头和上演之前,呈送给您过目。

向帕布若先生和夫人致以最崇高的敬意。

作家让弗洛

又及:哪怕是四十苏。

原谅我没有亲自登门,而是派小女前来,因为衣服寒酸,唉!不好意思出门……

马里尤斯最后打开第四封信。地址写着:圣雅克-德-奥巴教堂乐善好施的先生收。信的内容如下:

乐善好施的人:

假如您肯跟我女儿来我家里,您会看到悲参的灾难,我会向您出示我的证件。

看到这封信,您康慨的心会充满仁兹和同青,因为真正的哲学家随时都会有强烈的感青。

好心肠的人，应该承认，人们得经受最残酷的平穷，为得到一点儿救助，必须让当局开证明，这是很痛苦的，好像在等待别人来减轻我们的平困之前，我们连受穷和饿死的自由都没有。命运对有些人很残酷，但对另一些人又太康慨，太爱护。我等待您的光灵或接济，假如您愿意的话。请接受我崇高的敬意。

一个真正高尚的人

您的及其卑微和及其恭顺的仆人，

戏剧家，P. 法邦图

马里尤斯看完这四封信，感到没什么收获。首先，没有一个写信人写明地址。其次，它们似乎是由四个不同的人写的，堂·阿勒瓦雷、妇人巴利扎尔、作家让弗洛和戏剧家法邦图，可奇怪的是，这四封信的笔迹是相同的。只能得出结论，它们出自同一个人。

还有一点使我们的推测更站得住脚，四封信都用同样粗糙发黄的信纸，都有烟草味，尽管写信人显然有意改变风格，但同样的错别字心安理得地反复出现，作家让弗洛的错别字不比西班牙骑兵上尉的少多少。

挖空心思去猜这个哑谜，无疑是白费力气。这东西要不是捡来的，倒真像是愚弄人的把戏。马里尤斯有太多的忧愁，根本没心思参与这场意外的玩笑，这场仿佛大街想同他玩的游戏。他感到，这四封信在同他捉迷藏，在嘲弄他。

此外，毫无迹象表明，这些信属于马里尤斯在林荫道上遇见的两个姑娘。总之，这不过是些废纸，毫无价值。马里尤斯把它们放回信封，扔到一个角落里，然后就睡觉了。

第二天早晨，将近七点，他起床后刚吃完早饭，正想开始工作，听见有人轻轻叩门。

他一无所有，所以门上的钥匙从不取下来，除非有急活儿要赶，但这是很少的。而且，即使不在家，他也把钥匙留在门上。

"会有人来偷您东西的。"布贡妈妈说。

"有什么可偷的？"马里尤斯回答说。

这还真的被言中了，一天，他的一双旧靴子被偷走，布贡妈妈得意洋洋。

房门又敲了一下，和第一次一样轻。

"进来。"马里尤斯说。

门开了。

"什么事，布贡妈妈？"马里尤斯又说，但眼睛仍看着桌上的书和手稿。

一个声音回答，但不是布贡妈妈的声音：

"对不起，先生……"

这声音低沉、微弱、沉闷、沙哑，就像被烧酒和烈酒烧哑的老人的破嗓门。

马里尤斯猛地回头，看见一个年轻的姑娘。

四　贫苦中的一朵玫瑰

一位非常年轻的姑娘站在半开着的房门口。陋室的天窗正对着房门,惨淡的光线从天窗里射进来,照着她的脸孔。她苍白、羸弱、枯瘦。只穿一件衬衫和一条短裙,衣不遮体,冻得瑟瑟发抖。一根细绳作腰带,另一根细绳作发带,瘦削的肩膀从衬衣里露出来,肤色显出金发和淋巴体质特有的苍白,锁骨部位发灰,双手通红,嘴巴半张半合,露出残缺不全的牙齿,目光无神,却大胆淫荡,形体像个发育不全的少女,目光却似堕落的老妇,五十岁和十五岁混在一起。她是那种既孱弱又可怕的人,让人见了不是落泪,便是发抖。

马里尤斯站起来,惊愕地打量这个像是梦里出现的幽灵。

尤其令人心酸的是,这姑娘并非生来就这样丑。她幼时甚至可能很漂亮。青春的魅力仍在同因堕落和贫穷而提前而至的丑陋老态进行着斗争。一丝残存的美,正在这十六岁少女的脸上消失,正如冬日拂晓的惨淡阳光,在丑陋的乌云下消失一样。

这张脸对马里尤斯并不完全陌生,好像在哪里见过。

"小姐,有什么事吗?"他问道。

姑娘用喝醉了酒的苦役犯似的声音回答:

"马里尤斯先生,给您的信。"

她叫他马里尤斯,毫无疑问是来找他的。可是,这姑娘是谁?她怎么会知道他的名字?

没等喊她进来,她就进来了。她进得那样坚决,朝整个房间和凌乱的床扫视一遍,那自信的神态让人见了心里难过。她光着脚,裙子上有许多大洞,露出了长腿和枯瘦的膝盖。她冷得瑟瑟发抖。

她手里确实拿着一封信。她把信递给马里尤斯。

马里尤斯打开信时,发现封信的大面团还是湿的。这封信不可能来自很远的地方。他读道:

我亲爱的邻居,年轻人!

我得知您为我做了好事,半年前帮我付了一季度的房租。我祝福您,年轻人。我的大女儿会告诉您,我们短粮已有两天,一家四口,我内人病了。如果说我思想上毫不决忘的话,那是因为我相信您有一颗慷慨的心,对我的陈说会表示同青,会原意保护我,屈尊施给我一点儿恩会。

向人类的恩人致以崇高的敬意。

戎德雷特

又及:亲爱的马里尤斯,小女等候您的吩咐。

从昨晚起,马里尤斯就被一团迷雾包围,这封信好比黑暗中的烛光,照得他云开雾散。这封信与另外四封信,出自同一个地方。同样的笔迹,同样的风格,同样的拼写,同样的信纸,同样的烟草味。

五封信,五个故事,五个名字,五个署名,写信人却只有一个。西班牙骑兵上尉阿勒瓦雷、不幸的母亲巴利扎尔、作家让弗洛、戏剧家法邦图,四个人都叫戎德雷特,假如戎德雷特本人就叫戎德雷特的话。

马里尤斯住在这幢旧宅里相当久了,但如前面所说,很少有机会看见,或者瞥见这家生活在社会底层的邻居。他的心在别的地方,心在哪里,目光就到哪里。他可能不止一次地在走廊或楼梯上遇见过戎德雷特家的人,但这对他不过是人影,他根本没有注意,以至于昨晚在林荫大道上遇见戎德雷特姐妹俩——因为肯定是她们——却没有认出来,而这位刚进屋的姑娘,在使他感到厌恶和怜悯的同时,又使他感到似曾见过。

现在,一切都清楚了。他明白,他的邻居戎德雷特因生活穷困,竟用不正当手段,骗取慈善家的布施,他设法弄到住址,用假名给他认为有钱并有同情心的人写信,并让女儿冒险送到那些人家里。这位父亲已到了拿自己女儿去冒险的地步,他在同命运赌博,不惜拿女儿作赌注。马里尤斯明白,从她们昨天气喘吁吁、惶恐不安地逃跑的情景,以及她们说的那些俚语,可以判断出,这两个不幸的女孩还可能干一些见不得人的勾当,这一切也就在这样的人类社会中,造就了两个苦命人,她们既不是孩子,也不是姑娘,也不是妇女,而是由贫困产生的肮脏而无辜的怪物。

她们是没有名字、没有年龄、没有性别的可怜人,对她们而言,不再有善,也不再有恶,走出童年,在这世上便变得一无所有,没有自由,没有贞操,没有责任。昨天才开放,今天就枯萎,就像掉在大街上的鲜花,被污泥玷污,车轮碾碎。

可是,当马里尤斯用惊讶和痛苦的目光注视她时,她却像幽灵那样,放肆地在他房间里走来走去,对自己的衣不遮体毫无顾忌。她的未扣好扣子的破衬衫不时落到腰际。她搬搬椅子,动动五斗橱上的盥洗用具,摸摸马里尤斯的衣服,搜搜屋角里的东西。

"哇,"她说,"您有镜子!"

她还旁若无人地哼唱滑稽剧中的片段,那些快乐的叠句,用她沙哑的喉音哼来,叫人惨不忍闻。但在这毫无顾忌的行为下面,可以感到一种窘迫、不安和屈辱。放肆其实是一种害羞的表现。

她就像被阳光惊扰或断了翅膀的小鸟，在房间里蹦来蹦去，或者说飞来飞去，没有比这更令人不快的场面了。可以感到，如果能受到教育，有更好的命运，这姑娘活泼自由的姿态，倒是赏心悦目的。在动物中，生来是白鸽的，绝不会变成海雕。而在人类中才会有相反的事发生。

马里尤斯只顾思索，任她在他房里走来走去。她走到桌子跟前。

"哈！"她说，"书！"

一道光从她无神的眸子里闪过。

"我认得字，我。"她继续说道；因为有东西可以炫耀，说话的语调显得非常高兴，任何人听了都不会无动于衷。

她一把抓过摊开在桌上的那本书，相当流利地读了起来：

"……博杜安将军奉命率领本旅的五个营，夺取位于滑铁卢平原中央的乌戈蒙城堡……"

她停下来说：

"啊！滑铁卢！这我知道。这是从前的一场战役。我父亲参加过。我父亲在军队里干过。我们家可都是波拿巴派的。滑铁卢，是打英国人。"

她放下书，拿起笔，大声说：

"我还会写字！"

她在墨水里蘸了蘸笔，转身对马里尤斯说：

"您想看吗？喏，我就写几个字让您看看。"

马里尤斯还没来得及回答，她就在桌子中间的一张白纸上，写了"雷子来了"几个字。

写完,把笔一扔,又说:

"没有拼写错。您可以看到的。我和我妹都受过教育。我们过去可不是这样。我们不是生来……"

她戛然而止,将无光的眸子看着马里尤斯,并纵声大笑,接着说了声:"算了!"语调中包含着被极端厚颜无耻所压抑的极端的不安。

接着,她开始用欢快的调子,哼唱如下歌词:

我饿呀,父亲,

没有饭吃。

我冷呀,母亲,

没有衣穿。

你抖吧,

洛洛特!

你哭吧,

小雅克。

她刚唱完这段歌,又嚷道:

"马里尤斯先生,您有时去看戏吗?我可是常去。我有个弟弟,同几个演员很要好,常给我票。老实说,我不喜欢楼座的长凳。坐着挺难受,不舒服。有时人很多。有些人身上的味儿很难闻。"

然后,她打量一下马里尤斯,换上奇特的神情,对他说:

"马里尤斯先生,您知道您是个很漂亮的小伙子吗?"

他们俩在同一时刻,想到了同一个问题,她莞尔而笑,他则羞得涨红了脸。她走近他,一只手搭到他肩上。

"您不注意我,我却认识您,马里尤斯先生。我在楼梯上常遇见您,还有几次,我到奥斯特里茨桥那边溜达时,见您去一个住在那里的名叫马伯夫大爷的人家里。您头发乱蓬蓬的,这很合适您。"

她想使声音变得很温柔,结果只是变得很低很低。就像在缺音的琴键上弹奏一样,话语从喉咙到嘴唇的过程中消失了一部分。

马里尤斯往后退了退。

"小姐,"他冷淡而严肃地说,"我这里有个纸袋,我想是您的。请允许我交还给您。"

他把装着四封信的纸袋递给她。

她拍拍手,嚷道:

"我们到处找都没找到。"

说完,她一把夺过纸袋,把它拆开,边拆边说:

"天哪!可把我和妹妹找苦了!原来是您捡到了!在林荫大道上,是不是?您瞧,我们是在跑的时候丢的。是我妹妹这个死丫头干的好事。回到家里,我们就找不见了。我们不想挨打——打也没用,这完全没用,绝对没用——因此回到家里,我们便说信已送给人家了,人家说不行!原来在这里,这几封可怜的信!您怎么看出来是我的?啊!对了,是从笔迹!昨晚我们撞着的原来是您。没有注意!我问我妹:'是位先生吧?'我妹妹说:'我想是位先生!'"

这时,她已把写给"圣雅克-德-奥巴教堂乐善好施的先生"的信拆开了。

"啊！"她说，"这是给那位去做弥撒的先生的信。我这就给他送去。说不定会给我们点钱，就有午饭吃了。"

说完，她又纵声大笑。接着，她又说：

"您知道今天我们有午饭吃意味着什么吗？这意味着，前天的午饭，前天的晚饭，昨天的午饭，昨天的晚饭，都合到今天上午一起吃。喂！当然！你们这些饿狗，要是不满意，那就饿死吧！"

这使马里尤斯想起这可怜的姑娘来找他的目的。他在背心兜里摸了摸，一个子都没找到。那姑娘继续往下讲，就像马里尤斯不在场似的。

"有时，我晚上出去。有时我不回家。搬到这里以前，那年冬天，我们住在桥洞里。我们挤在一起，免得冻僵。我妹冻得直哭。水是多么寒冷！每当我想投河自杀时，我总对自己说：不能，水太冷了。我想一个人出去，就一个人出去，我睡在沟里面。您知道吗？夜里，我走在林荫大道上，我看见树木像叉子，黑漆漆的房屋高大得像圣母院的钟楼，我把白墙想象成河，我对自己说：咦，这里有水！星星就像彩色灯笼，仿佛在冒烟，要被风吹灭，我目瞪口呆，耳朵里仿佛有几匹马在喘气。尽管是夜里，但我听见手摇风琴声和纺车声，谁知道是什么声音？我觉得有人在向我扔石头，我不知道是什么，赶紧逃跑。一切都在旋转，一切都在旋转。人没吃东西，是挺可笑的。"

她神态茫然地看着他。

马里尤斯把所有的衣兜搜了个遍，终于搜出五法郎十六苏。这是他在这世上拥有的全部财产。

"够今天晚饭就行了，"他想，"明天再说明天的。"

他留下十六苏,把五法郎给了那姑娘。她一把抓过那枚硬币。

"好,"她说,"出太阳了。"

正如太阳能融化积雪那样,她头脑里的俚语如雪崩似的冲了出来,她继续说道:

"五个法郎!闪着光!一个大头!在这个蜗舍里!您是个好娃娃。我要把我的心拿给您。伙计们,太好了!有两天的老酒了!有肉吃了!有塞牙的了!可以美美喝他一喝了。穷得不错嘛!"

她把衬衣往肩上拉了拉,向马里尤斯深深行了个礼,又亲昵地打了个手势,向门口走去,边走边说:

"再见,先生。反正一样。我要去找我那个老头了。"

经过五斗橱时,她见上面有块落满灰尘并已发霉的干面包,便扑上去,抓起来就啃,嘴里还咕哝道:

"真香!这么硬!牙齿都咯嘣断了!"

说完就出去了。

五 天赐的窥视孔

五年来,马里尤斯一直生活在穷困、匮乏,甚至困境之中,可此刻,他发现自己根本没经历过真正的贫困。真正的贫困,刚才见到了。前面讲到过的幽灵,刚才在他面前出现了。的确,光见过男人的悲惨,等于什么也没看见,应该看一看女人的悲惨;光见过女人的悲惨,也等于什么也没看见,应该看一看孩子的悲惨。

男人陷入困境时,也就到了走投无路的地步。他身边没有自卫能力的亲人跟着遭殃！工作、工钱、面包、炉火、勇气、意志，一切都同时消失。外界，太阳之光熄灭了，内心，精神之光熄灭了。在黑暗中，男人碰到无能为力的女人和孩子，便残暴地逼迫他们去干卑鄙的勾当。

于是，一切丑恶的事都可能发生。绝望周围围着脆弱的隔板，全都朝向邪恶和罪恶。

健康、青春、名誉、圣洁娇嫩的肉体、良心、童贞以及灵魂的外皮——廉耻心，都遭受到那位摸索出路，遇到污秽并安于污秽的男人的疯狂蹂躏。父亲、母亲、孩子、兄弟、姐妹、男人、女人、女孩，犹如一种矿藏，黏着聚合成一个不分性别、血统与年龄，不辨卑鄙与纯洁的模糊不清的混合体。他们背靠背，蹲在一种命运的黑洞里。他们悲惨地面面相觑。呵！不幸的人们！他们脸色多么苍白啊！他们身体多么寒冷啊！他们好像生活在比我们离太阳更远的星球上。

对马里尤斯来说，这个姑娘好像是地狱派来的使者。她向他揭露了黑夜的丑恶的一面。

马里尤斯有点责备自己不该整日胡思乱想，被男女情爱弄得神魂颠倒，以至于直到今天还没有看一眼他的邻居。替他们付房租，那是不自觉的行动，人人都会这样做。他，马里尤斯，本该做得更好些。什么！他和这些被社会遗弃的人之间，仅一墙之隔，他们在黑暗中摸索，与世隔绝，他同他们擦肩而过，可以说，他是他们所接触的人类链条中的最后一环，他听见他们生活在他身边，更确切地说，听见他们发出嘶哑的喘息，他却置若罔闻！每天，隔着墙壁，他时刻听见他们走来走去，说着话儿，他却充耳不闻！他们说话时，常发出凄恻的呻吟，他却无动于衷！他的思想不在这里，而在梦幻中，在虚无的光辉中，在缥缈的爱情中，在想入非非中；然而，有些人，和他一样信仰基督，和他一样属于人民，是他的兄弟姐妹，却在他身旁垂死挣扎！徒然地垂死挣扎！他甚至给他们造成了苦难，增加了的苦难。因为假如他们的邻居是别人，不像他那样爱幻想，却比他多一分关心，普普通通，乐善好施，那么，他们的贫困处境和求救信号肯定早就被注意到了，他们也许早就受到照顾而摆脱困境了。当然，他们似乎道德败坏，极其堕落，极其卑鄙，甚至极其可憎，不过，很少有人跌落而不堕落的；况且，不幸的人和无耻的人在某一点上可以混为一谈，可以用一个词，一个命中注定的词来称呼：悲惨的人。这究竟是谁的错？再说，跌落得越深，对他们的布施不是应该越多吗？

马里尤斯一面斥责自己，——和所有诚实的人一样，马里尤斯有时会过分地教育自己，责备自己——，一面察看把他和戎德雷特家隔开的墙壁，仿佛他的充满怜悯的目光可以穿透墙壁，去温暖这些可怜人。那墙壁不过在格栅上涂了层薄薄的石膏，正如刚才说的，隔壁讲话的声音听得一清二楚。只有像马里尤斯这样沉湎于梦幻的人，才至今没有发现。墙上没有糊纸，戎德雷特家那边和马里尤斯这边都这样。粗糙的结构暴露在外。马里尤斯几乎是下意识地审视这隔板；有时，梦幻也会和思想一样进行研究、观察和探究。蓦然，他站了起来，他发现墙上方，天花板附近，有一个三角形的窟窿，是三根木条形成的空隙。堵住这空隙的石膏灰泥已掉落，站到五斗橱上，可从这个窟窿里看见戎德雷特家的陋室。怜悯会引起好奇心,而且,这也是理所当然的。这个窟窿有点像窥视孔。偷看别人的不幸,以便给予帮助,这是允许的。

"我们来看看这些人是什么人,"马里尤斯想道,"他们穷到什么地步。"

他爬上五斗橱,将眼睛凑近窟窿,向里面张望。

六　窟中魔鬼

城市和森林一样,有其兽穴,隐藏着最恶毒、最可惧的动物。只是城市里隐藏起来的,是凶残、邪恶、矮小,即丑陋的动物,而森林里隐藏起来的,是凶残、野蛮、高大,即美丽的动物。同样是洞穴,兽穴好过人穴,野窟胜过穷窟。

马里尤斯看到的是穷窟。

马里尤斯很穷,他的房间四壁萧然,但他的穷是高尚的,他的陋室是干净的。他的目光此刻所及的破屋肮里肮脏,臭气熏天,黑咕隆咚,污秽不堪。全部家具,只有一把草垫椅子,一张破桌子,几个破坛子,在两个角落里,有两张难以形容的破床。全部光线,来自一个四块方玻璃的屋顶室窗户,上面挂满了蜘蛛网,射进来的微弱光线,恰好把人脸照成了鬼脸。墙壁像得了麻风病,布满了一块块疤痕,恰如被恶疾破了相的脸。墙上渗出潮湿的眼屎样的东西。还有用木炭涂画的下流图画。

马里尤斯的房间,地上铺着砖,但已残缺不全;隔壁那间没有铺砖,也没铺木板,直接踩在旧宅原有的石膏地面上,已踩得黑乎乎的了。地面高低不平，灰尘像是结了壳似的，不曾被扫帚扫过，这是唯一纯洁的地方。地上东一堆西一堆，满天星斗似的散布着破布鞋、旧拖鞋和烂布片。屋里还有个壁炉，每年要多付四十法郎租金。壁炉里什么都有：一个炉子，一个锅子，几块破木板，几块挂在钉上的破布片，一只鸟笼，一些灰烬，甚至还有一点儿火。两根没有燃尽的木柴在里面凄凉地冒着烟。

这间陋屋本已丑不忍睹，没想到还很大，这就使它丑上加丑。不是这里凸出来，便是那里凹进去，到处是黑乎乎的窟窿，看得见屋顶底部，还有海湾和海角。因此，到处是不可测知的阴森可怕的旮旯，可能蹲伏着拳头般大小的蜘蛛，脚掌般大小的土鳖，谁知道呢，说不定还有魔鬼般的人呢。

两张破床一张靠着门口，另一张挨着窗子。它们的一端都紧贴着壁炉，正好对着马里尤斯。

马里尤斯用来窥视的窟窿附近有个墙角，墙上挂着镶有彩色版画的黑木框，版画下端写着两个大字"梦境"。画面上画着熟睡的母亲和孩子，孩子睡在母亲的膝头上，云中有只老鹰，嘴里衔着王冠，母亲熟睡中用手挡住王冠，不让它挨近孩子的脑袋；远处，拿破仑头顶罩着光环，靠在一根深蓝色的柱子上，黄色的柱头装饰着如下铭文：

    马伦戈

    奥斯特里茨

    耶拿

    瓦格拉姆

埃洛特[1]

画框下，有个长形木板似的东西，斜靠着墙，竖在地上。看上去像是一幅反放着的油画，或是另一面可能乱涂着什么的画布框，或是从墙上摘下后丢在那里等待再挂的镜子。

马里尤斯见桌上放着一支羽笔、一瓶墨水和一些纸。桌旁坐着个六十来岁的男人，又矮又瘦，脸色苍白，面容凶悍，神态狡黠、残忍而不安；一个卑鄙无耻之徒。

拉瓦特尔[2]若观察过这张脸，会发现它具有秃鹫和讼师混合的特征；猛禽和讼师互相丑化，互相补充，讼师使猛禽变得卑鄙无耻，猛禽使讼师变得狰狞可怕。

那人长着灰白长胡子，穿一件女人的衬衣，露出毛茸茸的胸脯和竖着灰毛的胳膊。衬衣下面，可见污泥斑斑的长裤和露出脚趾头的靴子。他嘴里叼着烟斗，正在抽烟。陋屋里没有面包，却还有烟叶。他可能正在写马里尤斯读过的那种信。

桌子的一个角上，放着一本红兮兮的不配套的书，好像是一本小说，是书摊上出租的那种十二开的旧版本。封面上，用粗体大写字母印着：上帝、国王、荣誉和贵妇，迪克雷－迪米尼尔著。一八一四年。

那人边写边大声说着话。马里尤斯听见他说：

---

[1] 这些都是拿破仑打胜仗的地方。
[2] 拉瓦特尔（1741—1801），瑞士作家，新教牧师，观相术创立者。认为身心互相影响，可以从人的面容上发现精神的痕迹。

"哼，人死了都没有平等！你们看看拉雪兹神甫公墓！大人物、有钱人都葬在高处，路两旁种着刺槐，路面铺着石板。车子可以通到那里。小人物、穷人、可怜人，什么！却让葬在烂泥没到膝盖的低洼处，葬在泥坑里，埋在湿土中。让他们葬在那里，好让他们快点腐烂！想去看看他们，就得准备陷进泥里。"

说到这里，他停了停，用拳头敲了敲桌子，接着又咬牙切齿地说：

"呵！我真想把这世界吃掉！"

一个胖女人光着脚，蹲在壁炉旁。她可能有四十岁，也可能一百岁。她也只穿一件衬衣，还有一条用旧呢补了又补的针织衬裙。一条粗布围裙把这裙子遮住了一半。这女人虽然缩成一团，仍能看出她身材高大。与丈夫相比，她就是巨人了。她的头发呈淡橙黄色，已经花白，极其难看。她不时地用长着扁平指甲的发着光的大手拢一拢她的头发。

她旁边的地上，放着一本打开的书，和桌上那本一样大小，说不定是同一部小说。

在其中一张破床上，马里尤斯依稀看见坐着一个苍白瘦长的小姑娘，几乎没穿衣服，下垂着双脚，既不像在听，也不像在看，毫无生命的迹象。可能是上他家来的那位姑娘的妹妹。

她看上去有十一二岁。可仔细看看，能看出她有十五岁了。她就是昨晚在那条林荫大道上说"我拼命颠呀，颠呀，颠呀"的女孩子。

她属于那种体质孱弱的女孩子，长期停止发育，可突然猛地蹿了个儿。这些悲惨的人类植物，是由贫困造成的。她们没有童年,没有少年。十五岁,她们看上去只有十二岁,可到了十六岁,却又看上去像二十岁。今天还是少女,明天便成了女人。她们似乎在大步跨过人生,以便快快结束生命。眼下,那姑娘看上去像孩子。

此外,在这间屋里,看不出任何劳作的迹象。没有织机,没有纺车,没有工具。在一个角落里,有一堆可疑的废铜烂铁。一派绝望之后、临终之前那种懒怠凄凉的景象。

马里尤斯把这阴森森的屋子看了半天,觉得它比坟墓里的景象还要可怕,因为可以感到屋里有人的灵魂在晃动,人的生命在颤动。

陋室、地窖、地牢,这些位于社会建筑最底层,某些穷人匍匐爬行的地方,并不完全是坟墓,而是坟墓的前室。但是,正如有钱人把最豪华的东西,摆设在他们豪华住宅的前厅里那样,近在咫尺的死亡,也把最贫困的东西展示在这前室里。

那男的已闭口不语,女的不吭一声,女孩仿佛不呼不吸。只听见笔在纸上沙沙响。

那男的不停地写着,嘴里嘟嘟囔囔:

"混蛋!混蛋!全都是混蛋!"

这句所罗门感叹语[①]的变体,引得那女人一声叹息。

"小朋友,冷静些!"她说,"亲爱的,不要伤着身体。我的老公,你给这些人写信,也算对得起他们了。"

[①] 据传,所罗门在《旧约·传道书》中有这样一句话:"虚空的虚空,虚空的虚空,凡事都是虚空。"

人在贫困中，就像在寒冷中一样，身体靠得很近，但心却离得很远。从表面上看，这个女人想必曾倾己所有，爱过这个男人，但是，由于家境极其悲惨，整天互相埋怨，她对丈夫的爱大概已经熄灭，对他只剩下一点儿柔情的死灰了。可是，正如常有的那样，亲昵的称呼依然挂在嘴上。她嘴上对他说：亲爱的，小朋友，我的老公，可心里却是死水一潭。

　　那男的继续写信。

七　战略和战术

　　马里尤斯感到胸口发闷，正要从这临时观察点下来，突然一个声音引起了他的注意，便待在原地不动了。

　　刚才，破屋的门突然打开。大女儿出现在门口。她脚穿男式大鞋，鞋上尽是泥巴，连冻得通红的脚脖子上也满是污泥。她披着一件破烂的旧斗篷，一小时前，马里尤斯没见她穿，可能为了博得他更多的同情，而把它放在门外了，从他家里出去后才又披上。她进屋后，顺手关上门，因为气喘不已，便停下来喘口气。接着，她得意而高兴地喊道：

　　"他来了！"

　　父亲转过眼，母亲转过脸，妹妹没有反应。

　　"谁？"父亲问。

　　"那位先生！"

　　"慈善家？"

"对。"

"圣雅各教堂的?"

"对。"

"那位老头?"

"对。"

"他要来?"

"他跟在我后面。"

"你能肯定?"

"我能肯定。"

"真的?他要来?"

"他坐出租马车来。"

"出租马车。真阔气!"

父亲站了起来。

"你怎么就能肯定?假如他坐马车来,你怎么到得比他早?你不会不告诉他地址吧?你告诉他是走廊尽头右边最后一个门了吗?但愿他不要走错门。你是在教堂里找到他的吗?他读了我的信了吗?他同你说了什么?"

"嗒!嗒!嗒!"女儿说,"像开连珠炮似的,老爸!听着:我进了教堂,他坐在老位子上,我向他问了安,把信交给他,他读完信,问我:'孩子,您住在哪里?'我说:'先生,我带您去。'他对我说:'不用,给我地址就行了。我女儿要去买东西,我雇辆车,和您同时到您家里。'我把地址告诉了他。当我说到这幢房子时,他好像有些惊讶,迟疑了一会儿,然后说:'没关系,我去。'做完弥撒,我看见他和他女儿离开了教堂,上了出租马车。我对他说得一清二楚,走廊尽头右边最后一个门。"

"那你怎么就知道他要来了呢?"

"我刚才见那辆马车已到了小银行家路,我就跑回来了。"

"你怎么就知道是那辆车呢?"

"我记住车牌号了嘛。"

"几号?"

"四四○。"

"好,你是个有头脑的姑娘。"

女儿大胆地看着父亲,指着脚上的鞋说:

"可能是个有头脑的姑娘。不过,我说,我再也不穿这种鞋了,再也不穿了,一是为了身体,二是为了清洁。我不知道还有比这出水的鞋底更讨厌的东西了,咯吱咯吱响了一路。我宁愿光脚不穿鞋。"

"你说得对,"父亲和蔼地回答,说话的语气和姑娘的粗暴恰成对照,"可那样,人家就不会让你进教堂了。穷人也应该穿鞋。"接着,他又辛辣地补了句:"不能光着脚去仁慈的上帝家。"然后,他又回到他挂虑的那件事上:

"这么说,你肯定他会来?"

"就跟在我后头。"她说。

那男人挺直身子,脸上顿时一亮。

"老婆!"他喊道,"你听见了。那位慈善家来了。快把火弄灭。"

母亲目瞪口呆,一动不动。父亲江湖艺人般敏捷地从壁炉上抓起一只破罐子,把水倒在尚未烧尽的木柴上。然后对大女儿说:

"你!快把椅子弄破!"

女儿茫然不解。他抓住椅子,一脚把它踢破了,腿穿了过去。他一边抽出腿,一边问女儿:

"外面冷吗?"

"很冷,在下雪。"

父亲转向坐在靠窗那张破床上的小女儿,对她吼道:

"快!下床,懒鬼!什么事也不会做!快砸碎一块窗玻璃!"

小女孩哆嗦着跳下床。

"快砸呀!"他又说。

孩子呆若木鸡。

"听见没?"父亲重复道,"我跟你说砸碎一块窗玻璃!"

孩子吓得只好服从,她踮起足尖,在一块玻璃上砸了一拳。玻璃碎了,哗啦啦掉了下来。

"好。"父亲说。

他神情严肃而粗暴。他用目光迅速扫视破屋的角角落落,看他的神情,俨然是将军在作开战前的最后准备工作。

至此,母亲没说过一句话,这时她站起来,用缓慢而低沉的语调、僵硬的话语问道:

"亲爱的,你想干什么?"

"给我躺到床上去!"那男人回答。

语气不容置辩。母亲乖乖服从,沉甸甸地躺到一张破床上。这时,一个角落里有人在啜泣。

"怎么啦?"父亲吼道。

小女儿蹲在黑暗中,没有出来,只是伸出血淋淋的拳头。她在砸玻璃时受了伤,她走到母亲的床边,暗自嘘唏。

这次，轮到母亲坐起来大叫大嚷了：

"你看见了吧！你干的蠢事！她砸玻璃时割破手了！"

"这样更好！"那男人说。"这是预料中的。"

"什么？这样更好？"那女人又说。

"住嘴！"父亲反驳道，"我取消言论自由。"

说完，他从身上那件女人衬衣上撕下一条，迅速把小女孩流血的拳头包上。包好后，他得意地低头看看撕破的衬衣。

"这衬衣也一样，"他说，"一切看上去都很好。"

凛冽的北风在窗口呼啸，吹进房间。外面的轻雾也钻进屋里，像白絮那样散开，仿佛有只看不见的手在摆弄。通过砸碎的玻璃窗，可见外面在下雪。果然如昨天圣烛节的太阳所预示的那样，天气很冷很冷。

父亲环视四周，仿佛想看看有没有忘了什么。他拿起一把破铁锹，在湿漉漉的焦柴上撒了些炉灰，把它们盖严。

然后，他直起腰，背靠壁炉，说道：

"现在，我们可以迎接那位慈善家了。"

八　阳光照进穷窟

大女儿走过去，把手放在父亲的手上。

"你摸摸，我多冷啊！"她说。

"这有什么！"父亲说，"我比你更冷。"

母亲冲动地说：

"你一切都比别人厉害,你!甚至干坏事。"

"躺下!"那男人说。

母亲感到丈夫看自己的神色不对,便闭口不言了。破屋里一阵沉默。大女儿漫不经心地在抠斗篷下摆上的泥巴,小女儿继续抽抽搭搭,母亲捧着她的头,吻了又吻,一边低声对她说:

"我的宝贝,求你了,没关系的,别哭了,你父亲会发火的。"

"不会的!"父亲嚷道,"恰恰相反!哭吧!哭吧!这样更好。"

接着又对老大说:

"啊!他怎么还不来!他要是不来,我就白干了!我都把火熄灭了,椅子踢破了,衬衣撕烂了,窗玻璃砸碎了。"

"小姑娘受伤了!"母亲嘀咕了一句。

"你们知道吗?"父亲接着又说,"这鬼屋子里冷得要命。那人不来就糟了。呵!我明白了!他是有意让我们等的!他心里想:'好吧!让他们等吧!他们生来就为了等的!'呵!我恨死他们了!这些阔佬!所有这些阔佬!我要高兴地、快乐地、兴奋地、满意地把他们统统掐死!这些所谓的慈善家,他们假装虔诚,他们去做弥撒,他们相信那些贼神甫,听他们唠唠叨叨,拜倒在教士脚下,自以为比我们高贵,上门来凌辱我们,来给我们送衣服!说得真动听!全是分文不值的破衣服!还送什么面包!你们这帮混蛋!我要的不是这个!我要的是钱!啊!钱!他们从不给钱!他们说我们拿了钱会去喝酒!我们是酒鬼,懒鬼!可他们呢!他们是什么人?他们从前是干什么的?是盗贼!不偷不抢,能发得了财?呵!应该像扯桌布那样,扯住社会的四个角,把一切都抛到空中!将一切都砸得稀巴烂!这是可能的,那样,至少谁都成了一无所有,这也就赚了!——喂!你那位没有教养的慈善家先生,他干什么去了?他还来不来?这畜生大概忘记地址了!我敢打赌,这老畜生……"

这时,有人轻轻叩了一下门。那男人赶紧奔过去,打开门,深深鞠了一躬,满脸堆起崇敬的笑容,大声说:

"进来,先生!请进,我可敬的恩人,还有您这位迷人的小姐。"

一个成熟的男子和一个年轻姑娘出现在破屋门口。马里尤斯尚未离开那个位置。此刻他的感受,是无法用语言表达的。

是她!

爱过的人都会知道,这简单一个"她"字,包含着多少光辉灿烂的意思。

真的是她!马里尤斯眼前即刻弥漫了一层光明的雾气,勉强能辨清那是她。正是那个久别的心上人,那颗闪耀了六个月的明星,正是那双眸子,那个额头,那张嘴巴,那张消失时把阳光带走的美丽动人的脸孔。已破灭的梦幻,又复现了!

她重新出现在这黑暗中,这陋屋里,这魔窟里,这丑恶的地方!

马里尤斯浑身颤栗。什么!是她!他的心怦怦乱跳,连视线也模糊了。他感到自己快要泪如泉涌了。什么!他找了她那么久,现在终于又看见她了!他觉得自己丢了的魂,现在失而复得了。

她还是那样,只是稍为苍白了些。娇美的面孔嵌在一顶紫绒帽子里,身体隐蔽在黑缎面大衣里。长袍下隐隐露出一双绸靴紧裹的纤脚。

她仍旧由白先生相伴。她在房间里走了几步,将一大包东西放到桌上。

戎家大女儿退到房门后，用阴沉的目光凝视那顶丝绒帽，那件缎面大衣和那张幸福动人的脸。

九　戎德雷特差点哭出来

破屋很黑，外面的人走进屋里，以为进了地窖。两位来客几乎看不清周围的身影，犹犹豫豫，不大敢迈步，而破屋里的人已习惯了这昏暗的光线，把他们看得清清楚楚，仔仔细细。

白先生目光慈祥而忧郁，他走过去，对戎德雷特说：

"先生，在这个包里有几件新衣裳、几双袜子和几条毛毯。"

"我们天使般的恩人对我们太好了。"戎德雷特一边说，一边深深鞠躬，头都快低到地上了。

然后，他趁两位客人打量这凄惨的破屋，弯腰凑到大女儿耳边，急忙小声说道：

"怎么样？我说对了吧？破衣烂衫！没有钱。都是一路货！对了，给这个老傻瓜的信上署什么名来着？"

"法邦图。"女儿回答。

"戏剧艺术家，好！"

幸亏问一下，因为这时白先生正好转过身来同他说话，看来一下子想不起他的名字了：

"看来你们确实值得同情，先生叫……"

"法邦图。"戎德雷特赶紧回答。

"法邦图先生,对,是这个名字,我想起来了。"

"戏剧艺术家,先生,曾有过一些成就。"

这时,戎德雷特显然认为征服"慈善家"的时候到了。他大声说了起来,声音既像集市上的卖艺人那样虚张声势,也像大路上的乞丐那样低三下四:

"塔尔马的学生,先生!我是塔尔马的学生。从前我的运气挺好。唉!现在可倒霉了。恩人,您瞧,没有面包,没有火。我可怜的崽子没有火!我唯一的椅子破了!一块窗玻璃碎了!天气这样冷!我老婆卧床不起!病了!"

"可怜的女人!"白先生说。

"我的孩子受了伤!"戎德雷特接着说道。

那孩子因为来了客人而分散了精力,已停止哭泣,开始打量起那位"小姐"来。

"哭呀!嚷呀!"戎德雷特悄声对她说。

同时,他在她的伤手上捏了一下。他做这一切时,真有魔术师般的本事。那女孩大喊大叫起来。

被马里尤斯心中暗称为"他的于絮尔"的姑娘急忙走过去:

"可怜的孩子!"她说。

"美丽的小姐,您瞧,"戎德雷特说,"她手腕上都是血!为了一天挣六苏钱,她在机器旁干活,出了事故。她这条胳膊可能得锯掉!"

"真的?"那老先生不安地说。

小女孩信以为真,哭得更凶了。

"唉,是的,我的恩人!"父亲说。

戎德雷特以异样的神态打量这位"慈善家",且已有一会儿了。他一边说,一边目不转睛地看着他,仿佛在搜索记忆。突然,他趁两位客人关切地向小姑娘询问伤势之际,走到沮丧而惊呆地躺在床上的妻子身旁,赶快小声对她说:

"好好看看这个人!"

然后,他又转向白先生,继续诉他的苦:

"您瞧,先生!我什么衣服也没有!只有这么一件衬衣,还是我老婆的!破得不像样子了!寒冬天气!没有一件外衣,连门都不能出。假如我有件把外衣,我就去看玛尔斯小姐[①]了,她认识我,也很喜欢我。她不是还住在夫人塔街吗?您知道吗,先生?我们一起在外省演出过。她荣获桂冠,也有我的一份功劳。先生,塞利梅娜[②]会来接济我的!埃米尔[③]会给贝利塞[④]施舍的!可现在什么也没有!家里一分钱也没有!我老婆病了,没有钱!我女儿伤得很重,没有钱!我老婆常常气闷。年纪大了,而且,神经系统也有问题。她需要帮助,我女儿也是!看病!吃药!拿什么去付账呢?一个子儿也没有!为了十生丁,我都可以下跪,先生!您瞧,艺术都贬值到什么程度了!你们知道吗?可爱的小姐,还

[①] 玛尔斯(1779—1847),法国女演员。
[②] 塞利梅娜,莫里哀戏剧《愤世者》中的女主角,玛尔斯曾扮演过这一角色。此处暗指玛尔斯小姐。
[③] 埃米尔,莫里哀戏剧《伪君子》中的人物,常用以泛指诚实而不拘小节的女人。
[④] 贝利塞(505—565),东罗马帝国的名将,皇帝嫉妒他而将他废黜,相传他被挖掉双眼,行乞而死。常用来泛指怀才不遇的人。

有您，慷慨的恩人，你们知道吗？一看就知道你们是积德行善的人，你们去的那个教堂，因为有了你们而香气四溢，我可怜的女儿去祈祷时，天天看见你们。……因为，先生，我向来教育我女儿要信教。我不愿她们去演戏。啊！这些孩子！让我看着她们失足！我不是开玩笑，我！我总向她们叨叨，要看重荣誉、道德和贞操！不信你可以问她们。人应该品行端正。她们是有父亲的嘛。她们可不是那种苦命的女孩子，开始时无家可归，最后只好去当婊子。从无名小姐，变成大众太太。当然！法邦图家的人可不能这样。我想教育她们守贞操，要诚实，要文雅，要信上帝！神圣的名字！——可是，先生，我尊敬的先生，您知道明天将发生什么吗？明天，二月四日，是要命的日子，房东给我定的最后期限；今晚上我若付不出房租，明天，我的大女儿，我本人，我发着烧的老婆，我受了伤的小女儿，我们一家四口就要被赶走，扔到外面，扔到街上，扔到大马路上，下着雨，下着雪，没有安身之地。就这样，先生。我欠了四个季度，即一年的房租！共六十法郎。"

戎德雷特在撒谎。四个季度只要四十法郎，况且，也不可能欠四个季度，因为不到半年前，马里尤斯已替他付了两个季度了。

白先生从口袋里掏出五法郎，放到桌上。

戎德雷特瞅准机会，在大女儿耳边嘀咕说：

"恶棍！才五法郎，够做什么？还不够补偿我的椅子和玻璃呢！得让他把本钱补回来！"

这时，白先生已把穿在蓝色紧腰中大衣外面的棕色大衣脱下来，扔到了椅背上。

"法邦图先生,"他说,"我身上只有五法郎,不过,我先把女儿送回家,晚上我再来。今晚您是不是要付房租?……"

戎德雷特脸上出现了一种古怪的神情。他急忙回答:

"是的,尊敬的先生。八点我得到房东家。"

"我六点到,给你带六十法郎来。"

"我的恩人!"戎德雷特欣喜若狂,大声喊道。

接着,又低声说:

"老婆,好好看看他!"

白先生又挽起那位漂亮姑娘的胳膊,转身朝门口走去:

"朋友们,晚上见。"他说。

"六点?"戎德雷特说。

"六点。"

这时,戎德雷特大女儿注意到了椅子上的那件大衣。

"先生,"她说,"您忘记拿大衣了。"

戎德雷特狠狠瞪了女儿一眼,同时还耸了耸肩。白先生回过头,微笑着回答:

"我没忘,留给你们了。"

"呵!我的恩人,"戎德雷特说,"我尊贵的恩人,我都要哭了!请允许我送你们上马车。"

"您出去的话,"白先生说,"穿上这大衣。天气的确很冷。"

戎德雷特不用人说第二遍。他急忙把那件大衣套在身上。然后,三人一同出去了,戎德雷特走在前面,两位客人跟在后面。

十　公共马车的价格：每小时两法郎

马里尤斯把这一幕尽收眼底，可实际上什么也没看见。他的眼睛始终盯着那姑娘，她一迈进这破屋，他的心可以说就把她紧紧抓住，并完全裹了起来。她待着的那段时间里，他心驰神越，他的感觉完全停止，整个灵魂扑在一个点上。他凝视着，但不是那姑娘，而是一团光辉，那是缎面大衣和紫绒帽发出的光辉。即便天狼星进入这屋子，他也不会像这样眼花缭乱。

当姑娘打开包裹，摊开衣服和毛毯，和蔼地探问母亲病情，亲切地询问小姑娘伤势的时候，他窥视她的每个动作，竭力想听见她说话的声音。他已熟悉她的眼睛、她的额头、她的美貌、她的身材、她的步态，但还没听到过她的声音。有一次，在卢森堡公园，他好像听到她说了几句话，但又不十分真切。他宁可折寿十年，也要听见她的声音，以便把这音乐保留一点在他心中。可是，戎德雷特絮絮叨叨，不停地哀怨，喇叭似的哇啦哇啦，把其他声音都盖住了。这无疑使心醉神迷的马里尤斯感到十分扫兴。他贪婪地看着她。他不能想象，他在这个魔窟里，在这群邪恶的人中间看见的，真会是那个妙不可言的姑娘。就好像在一群癞蛤蟆中看见了一只蜂鸟。

她离开时，他只有一个念头：跟踪她，紧跟不舍，不找到她的住址决不离开她！千找万找，才神奇般地重新找到她，至少不能再得而复失！他跳下五斗橱，抓起帽子。他把手放到锁闩上，正要出去，突然想到一个问题，便止步不前了。走廊很长，楼梯很陡，戎德雷特很饶舌，白先生可能还没有上马车；万一在走廊里，或在楼梯上，或在大门口，白先生回过头来，看见他马里尤斯住在这幢房子里，肯定会惊慌不安，会想方设法再次躲开他，这样岂不又完了！怎么办？再等等？可在等的工夫，马车可能会开走。马里尤斯拿不定主意。最后，他决定冒冒险，走出了房间。

走廊里已没有人了。他奔到楼梯上。楼梯上也没有人。他急忙下楼，赶到林荫大道上，正好看见一辆马车拐到小银行家街，回巴黎城去。

马里尤斯朝这个方向奔去。跑到大马路的拐角处，又见马车在穆夫塔街疾驰而去。马车已走远，无论如何追不上了。什么？跟在后头跑？这不行；再说，从车上肯定能看见有人在拼命追赶，那父亲就会认出他来。这时，真是天赐良机，马里尤斯看见一辆空出租马车经过林荫大道。只有一个办法，跳上这一辆，追赶另一辆。这样做切实可行，没有危险。

马里尤斯示意车夫停下，对他喊道：

"按小时算！"

马里尤斯没结领带，穿着旧工作服，还掉了纽扣，衬衣胸襟的打褶处还破了道口子。

马车夫停下来，眨了眨眼，向马里尤斯伸出左手，食指和大拇指轻轻搓了搓。

"什么？"马里尤斯问。

"先付钱。"马车夫说。

马里尤斯这才想起身上只有十六苏。

"多少?"他问。

"四十苏。"

"回来再付。"

马车夫吹起拉帕利斯小曲,用鞭子抽了一下马,就算是回答。

马里尤斯呆呆地看着马车远去。因为少二十四苏,他失去了他的快乐、他的幸福、他的爱!他又一次坠落黑暗中!他刚复明,就又成了瞎子!他辛酸地——应该承认,还非常懊悔地——想起早晨给那卑贱姑娘的五法郎钱。假如有这五法郎,他就能得救,就能死而复生,脱离地狱和黑暗,就能摆脱孤独、忧郁和寂寞。他把自己命运的黑线重新接到那根美丽的金线上,可那金线在他眼前飘了一下,复又断了。他垂头丧气地回到旧宅。

按说他应该想到白先生答应晚上再来,他只要干得好,就能跟上他;可他那时只顾凝视那姑娘,几乎没有听见这句话。

上楼梯时,他远远看见戎德雷特,裹着那位"慈善家"的大衣,在林荫大道的另一边,挨着戈布兰门街人迹罕至的城墙,在同一个形迹可疑的家伙说话;那是人们所谓的"城门强盗",面目可疑,言语晦涩,看上去一肚子坏水,常常白天睡觉,这使人猜想他们在夜间活动。

那两人不顾大雪纷飞,站在那里说话;这样两个人,警察见了肯定会注意,可马里尤斯却没怎么留心。

不过,尽管他沉浸于痛苦中,却仍然想起,和戎德雷特谈话的那个城门强盗,很像库费拉克曾指给他看过的一个叫庞肖,外号叫春天或比格纳耶的家伙,这一带的人称他为相当危险的夜间出没的强盗。在前一卷中,我们已见过他的名字了。这个外号叫春天或比格纳耶的庞肖，曾与好几个刑事案有牵连，此后，便成了臭名昭著的恶棍。那时，他还只小有恶名。如今，他在盗匪圈里成了传奇人物。他在前朝末年，就在这方面开创了新风。晚上，天刚黑，在狮子沟的拉福斯监狱里，犯人三五成群，低声交谈，谈的是有关他的故事。在这个监狱里，巡逻道下方，有一条排粪阴沟，一八四三年，光天化日之下，曾有三十名囚犯从这沟里越狱，成了闻所未闻的事；就在这些茅坑的石板上方，可以看到庞肖的名字，这是庞肖自己在一次越狱中，明目张胆地刻在巡逻道的墙上的。一八三二年，警察就开始注意他了，但那时，他其实还没正式出道。

十一　贫穷帮痛苦

马里尤斯慢慢爬着旧宅的楼梯。他正要回他的陋室，看见走廊里，戎家大女儿跟在他后面。他一见这姑娘就觉讨厌。就是她拿走了他的五法郎，现在问她讨回也来不及了，他那辆马车已开走，另一辆也已走远。况且，她也不会还给他。至于向她打听刚才来的那两个人的住址，那是白费口舌，她肯定不知道，因为那封署名法邦图的信，是交给圣雅克-德-奥巴教堂的慈善家先生的。

马里尤斯走进房间，随手关门。可门却没关上。他回过头，看见有只手抵着半开的门。

"怎么回事？"他说，"谁呀？"

是戎家大女儿。

"是您？"马里尤斯几乎是生硬地说，"怎么老是您！找我有什么事？"

她似乎若有所思，不作回答。她不像上午那样自信。她没有进来，而是待在走廊的阴暗中。马里尤斯从半开的门缝里看见她。

"喂！怎么不回答？"马里尤斯说。"找我有什么事？"

她向他抬起忧郁的眼睛，眸子里仿佛隐隐闪烁着一道光。她对他说：

"马里尤斯先生，您好像有心事。怎么啦？"

"我！"马里尤斯说。

"对，您。"

"没什么呀。"

"肯定有。"

"没有。"

"我说肯定有！"

"别烦我了！"

马里尤斯又推了推门，但她仍用手抵着。

"听着，"她说，"您错了。您不富有，但今天上午您帮助了我。请继续做个好人吧。您给了我吃的，现在您有什么难事，请告诉我。您有心事，一看就知道。我不愿意您愁眉苦脸。怎样使您开心呢？我能帮上忙吗？要我做什么，尽管吩咐吧。我不问您的秘密，您也不必告诉我，但我可以帮助您。既然我能帮我父亲，我也能帮您。送个信，跑个人家，挨家挨户问些什么，打听谁的地址，跟踪什么人，这些事我都能做。好了，有什么事，尽管对我说。我去给您传话。有时，去传话的人，只要知道是什么事就够了,一切都会办妥的。您就吩咐吧。"

马里尤斯脑海里闪过一个念头。人感到快坠落时,还会计较什么树枝吗?他走到戎家大女儿身边。

"你听着……"他对她说。

她眸子里闪过一道喜悦的光,打断他说:

"呵!对,用'你'同我说话吧!我更喜欢这样。"

"好吧,"他接着说,"你带那位老先生和他的女儿到这里来了……"

"是呀。"

"你知道他们的地址吗?"

"不知道。"

"帮我搞到。"

戎家大女儿本已忧转喜的眼睛,此刻由喜而转阴。

"您想要这个?"她问。

"是的。"

"您认识他们吗?"

"不。"

"也就是说,"她急忙说,"您不认识她,但您想认识她。"

她把"他们"改成"她",其中有说不出的意味和苦楚。

"到底行不行?"马里尤斯说。

"帮您找到那位漂亮小姐的地址?"

她说"漂亮小姐"几个字时,有弦外之音,令马里尤斯不快。他继而又说:

"父亲和女儿的地址,总之都一样!他们的地址,怎么啦!"

她目不转睛地看着他。

"那您给我什么?"

"你要什么,我就给什么。"

"我要什么,您就给什么?"

"对。"

"您会有地址的。"

她低下头,然后,猛地拉上了门。

又只剩马里尤斯自己了。

他倒在一张椅子上,脑袋和双肘靠在床上,陷入理不清楚的思绪中,感到晕头转向。一天来发生的事、天使的出现和消失、戎家大女儿刚才同他说的话、在茫茫绝望中飘浮着的一线希望,这一切,乱七八糟地充塞了他的脑海。

他正在胡思乱想,忽然被惊醒了。他听见戎德雷特扯着刺耳的大嗓门在说话,而那句话引起了他极大的兴趣:

"我给你说,我敢肯定,我认出是他。"

戎德雷特说的是谁?他认出谁来了?是白先生?"他的于絮尔"的父亲?什么!戎德雷特认识他?马里尤斯将会像这样突然而意外地知道所有的情况了吗?不知道她的情况,他的生活是多么黯淡无光啊!他就要知道他爱的是谁,那姑娘是谁,他父亲是谁了吗?包围他们的浓浓黑暗就要烟消雾散了吗?面罩就要撕开了吗?啊!天哪!

他爬上——不如说跳上五斗橱,又站到隔板上的那个小洞旁。

戎德雷特家破烂的屋子再次展现在他眼前。

十二　白先生给的五法郎派何用场

那家的情况还是那样，不同的是，那女人和两个女儿从包里拿出了毛袜子和毛线衫穿上了，两条新毛毯也扔到了两张床上。

戎德雷特显然刚刚回来，他还在喘粗气。两个女儿坐在壁炉旁的地上。姐姐在帮妹妹包扎伤手。那女人仿佛瘫在壁炉旁的那张床上，满脸惊讶的神色。戎德雷特迈着大步，在屋里来回走着。他的眼神怪怪的。

那女人在丈夫面前似乎有些胆怯，显得神态愕然。她壮胆问道：

"什么，真的吗？你肯定？"

"肯定！八年了！但我认得他！啊！我认得他！我一眼就认出他来了！怎么？你没看出来？"

"没有。"

"可我对你说要你注意了呀。还是那副身材，还是那张脸，不怎么见老。有些人是不会老的，我不知道他们是怎么搞的。说话的声音还是老样子。只是穿得比过去好了！啊！神秘的鬼老头！我可抓住你了！"

他停下来，对两个女儿说：

"你们两个，别在家待着！——真奇怪，你怎么就没看出来。"

她们乖乖地站了起来。母亲结结巴巴地说：

"她的手不是受伤了吗？"

"空气对她有好处。"戎德雷特说。"快走。"

939

显然,他是不容置辩的那种人。两个女儿出去了。她们正要出门,父亲抓住大女儿的胳膊,以一种古怪的口吻对她说:

"你们五点钟一定要回来。两个人都要回来。我需要你们。"

马里尤斯更注意听了。

屋里只剩下戎德雷特和他老婆了。他又开始在屋里来回走动,默默地转了两三圈。接着,他又用几分钟时间,把身上那件女人衬衫塞进裤腰里。

蓦然,他转向老婆,叉起双臂,大声说:

"你想听我给你说一件事吗?那小姐……"

"什么?"那女人说,"小姐……?"

马里尤斯确信无疑,他们谈的正是她。他万分忧虑,侧耳细听。他的全部生命都集中在耳朵里了。

可是,戎德雷特俯下身子,低声同他老婆说话。接着,他直起腰,大声说了最后一句话:

"是她!"

"那东西?"老婆说。

"那东西!"丈夫说。

任何语言都难以表达那母亲说的"那东西"中所包含的内容。那是一种极其可怕的语调,混杂着惊讶、狂怒、仇恨和气愤。这个胖女人,她丈夫只在她耳边说了几个字,可能是个名字,她就从半睡状态中清醒过来,由令人厌恶,变得令人可怕了。

"不可能!"她喊道。"我女儿打赤脚,没裙子穿!怎么!她却又是缎面大衣,又是丝绒帽,又是缎子靴!什么都有!这些行头,要二百多法郎哪!真像个贵妇人!不,你搞错了。再说,首先,那一个长得很丑,这一个长得不错!的确不错!不可能是她!"

"我跟你说,就是她!你瞧吧。"

听见丈夫如此斩钉截铁,那婆娘抬起长着一头金发的红兮兮的大宽脸,用奇丑无比的表情望着天花板。这时,马里尤斯觉得她比她丈夫还要可怕。那是一头虎视眈眈的母猪。

"什么!这个用怜悯的神态看我女儿的令人憎恶的漂亮小姐,是那个叫花子!呵!我真想用木鞋踢破她的肚子!"

她跳下床,蓬头散发,鼓起鼻孔,半张着嘴巴,捏紧拳头甩向后面。她站了一会儿,又倒在破床上。那男的来回走着,没有理会他老婆。沉默了一会儿,他走到老婆身边,停下来,像刚才那样交叉双臂。

"你要我再给你说件事吗?"

"什么?"她问。

他低声而生硬地说:

"我要发财了。"

他老婆仔细打量他,目光像是在说:"同我说话的人是不是疯了?"

他则继续往下说:

"岂有此理!我在这个'不挨冻便要饿死不挨饿便要冻死'的教区,当教民的时间够长的了!我受罪受够了!什么我的责任,别人的责任!我不开玩笑了!我不觉得这好玩了!文字游戏玩够了,仁慈的上帝!别再作弄人了,永生的天父!我想吃得饱饱的,喝得足足的!狼吞虎咽!整天睡觉!什么也不做!我想享享福了,我!翘辫子之前,我想当当百万富翁!"

他在破屋里绕了一圈,然后又说:

"和别人一样。"

"你想说什么呀?"那女人问。

他晃了晃脑袋,眨了眨眼睛,就像物理学家在十字街头进行示范讲解那样,提高嗓门说:

"我想说什么?听着!"

"嘘!"他老婆咕哝道,"别这样大声!这事是不能让人听见的。"

"算了!谁来听?隔壁那位?我看见他刚才出去了。再说,这傻瓜会听见吗?况且,我告诉你,我看见他出去了。"

可是,出于一种本能,戎德雷特还是压低了嗓门,但不是很低,马里尤斯仍听得见。还有一个有利条件,外面下着雪,使得马路上过往车辆的声音变小了,因此,他们说的每句话,他都听得清清楚楚。

下面就是马里尤斯听到的:

"好好听着。那个财神,他逃不了了!等于被抓住了。我已作了安排,一切都布置好了。我找了些人。他今晚六点来。送六十法郎来,恶棍!你看见我是怎样胡诌我的六十法郎、我的房东、我的二月四日的吧!今天根本不是结账日!真是蠢猪!他六点来!正是隔壁那位去吃晚饭的时候。比贡太太在城里洗碗。房子里没有人。那位邻居十一点前不会回来。孩子们望风。你帮我。他不敢不照我说的做。"

"万一他不做呢?"那女人问。

戎德雷特做了一个可怕的手势,说道:

"那就干了他。"

说完纵声大笑。

马里尤斯第一次见他笑。这笑声既冷又柔,使人毛骨悚然。

戎德雷特打开壁炉旁的一个壁橱,拿出一顶旧鸭舌帽,用袖管揩了揩,戴到头上。

"现在,"他说,"我要出去一趟。我还要找几个人,得力的人。你等着瞧吧,不会有问题。我尽早回来。这是场好戏。你看好家。"

他两手插在裤腰的两只口袋里,沉思片刻后大声说:

"你知道,幸亏他没有认出我!他要是认出了我,就不会再来了。就会躲着我们!是我的胡子救了我!我这浪漫的山羊胡子!漂亮而浪漫的小山羊胡子!"

说完,他又哈哈大笑。他走到窗口。雪不停地下着,将灰蒙蒙的天空划成一道道。

"鬼天气!"他说。

他裹紧大衣:

"这大衣太肥了。——不过没关系,"接着他又说,"这老混蛋,幸亏给我留下了这件大衣!否则,我就出不去,一切也就落空了!事情就这么巧!"

他把鸭舌帽拉到眼睛上,便出去了。

他在门外才走几步,房门忽又打开,门缝里又出现他凶恶而聪慧的身影。

"我忘了,"他说,"你准备一炉煤。"

他把"慈善家"给他的五法郎硬币扔到老婆的围裙里。

"一炉煤?"那女人问。

"对。"

"几斗?"

"两满斗。"

"这要三十苏。剩下的,我买吃的。"

"可别。"

"为什么?"

"我也要买一样东西。"

"什么?"

"一样东西呗。"

"要多少钱?"

"这一带哪里有五金店?"

"穆夫塔街。"

"对了,在一条街的角上,我见过那家店。"

"告诉我,你要买的东西要多少钱?"

"五十苏到三法郎。"

"剩不下多少吃晚饭了。"

"今天还谈不上吃饭。有更重要的事要做。"

"够了,我的宝贝。"

他老婆说完这话,戎德雷特便关上门。这次,马里尤斯听见他的脚步声在旧宅的走廊里渐渐走远,很快下了楼梯。

此刻,圣梅达尔教堂正敲响一点钟。

十三 独处偏僻之地，不会想到念诵天父 [1]

马里尤斯尽管爱沉思默想，但我们前面说过，他的性格却坚强刚毅。这种独自沉思的习惯，培养了他的同情心和怜悯心，同时也许减弱了他发怒的官能，但丝毫未损他愤慨的官能。他有婆罗门教徒的仁慈和法官的严正；他会同情一只癞蛤蟆，但也会踩死一条毒蛇。然而，他刚才瞅见的是一个毒蛇窝，呈现在他面前的是一个魔鬼窟。

"得把这些无赖踩在脚下。"他想道。

他原本想解开的谜团，一个也未解开，相反，可能变得更神秘了。对于卢森堡公园的那位漂亮姑娘和他称作白先生的那个男子，除了知道戎德雷特认识他们以外，其他情况依然一无所知。从他听到的那些晦涩难解的话，他只隐约猜到一件事：戎德雷特正在设置陷阱，虽不知是怎样的陷阱，但一定十分可怕；父女二人正面临巨大的危险，她很可能会遭难，她父亲则肯定遭难。得搭救他们，得挫败戎德雷特的罪恶阴谋，撕破这些蜘蛛结的网。他观察戎家那婆娘。她已把旧铁皮炉子从一个角落里拖出来了，此刻正在废铜烂铁堆里翻找什么。

他轻手轻脚地从五斗橱上跳下来，尽量不发出一点声音。

他为正在筹划中的阴谋深感恐惧，又对戎德雷特一家深觉厌

---

[1] 原文为拉丁语。

恶,想到自己也许能为心爱的人做些什么,不禁感到欣慰。

可怎么做呢?给受威胁的人报信?可到哪里去找他们呢?他不知道他们的住址。他们在他眼前只重新出现了一会儿,继而又扎进巴黎茫茫大海中了。晚上六点等在门口,待白先生一到,便告诉他有陷阱?可戎德雷特及其一伙会发现他在窥视,附近又很荒僻,他会寡不敌众,不是被他们抓住,便是被他们赶走,他想救的人就完了。一点钟刚刚敲过。陷阱要到六点才开始。马里尤斯还有五个小时。

只有一个办法。

他穿上那件还能将就穿的外衣,围上围巾,戴上帽子,悄悄出去了,就像赤脚走在青苔上那样,几乎没发出声音。

再说,戎家婆娘还在那堆废铜烂铁里乱翻呢。

一出旧宅大门,他便拐进小银行家街。

在这条街的中段,有一堵矮墙,好几处可以跨过去,墙后是一块空地。马里尤斯心事重重,缓步而行,脚步声消失在雪地里。他来到矮墙旁,忽听得附近有人在说话。他回头张望,街上荒无人迹,且是大白天,可他明明听见有说话声。

他忽起念头,从身旁的墙头上往里张望。果然有两个人正背靠着墙,坐在雪地上交谈。这两张面孔,他从未见过。一个蓄着胡子,穿着工作服,另一个留着长发,衣衫褴褛。蓄胡子的戴一顶希腊式无边圆帽,另一个光着脑袋,头发上落满雪花。

马里尤斯把脑袋伸到他们头上方,便能听见他们的谈话了。留长发的用臂肘捅捅对方,说道:

"有'猫露屁股'在,肯定能成功。"

"你这样认为?"蓄胡子的说。留长发的接上去说:

"每个人能挣五百法郎哪!大不了蹲五六年班房,顶多十年!"

另一个仍踌躇不定,将手伸进圆帽下搔头发,边搔边回答:

"这倒是真的。这样的事,是不能不做的。"

"我跟你说,肯定会成功的。"留长发的又说。"那什么老爹的双轮小马车会套上马的。"

接着,他们开始谈论头天在快乐街看的一部情节剧。马里尤斯便又继续赶路了。

他觉得,这两个鬼鬼祟祟的家伙躲在这堵墙后,蹲在雪地里说的晦涩难懂的话,也许同戎德雷特的罪恶计划不无关系。说不定就是那件事。

他朝圣马索镇走去,遇见第一家店,便上前打听哪里有警察分局。人家告诉他在蓬图瓦兹街十四号。马里尤斯朝那里走去。

他经过面包店,花两苏钱买了个面包吃了,估计晚饭是吃不成了。

他边走边想上天还是有眼的。他思忖,假如早晨他没给戎家大女儿五法郎,他就会去跟踪白先生的马车,也就不会知道这件事,戎德雷特的陷阱就会一无阻挡,白先生就会遭殃,他的女儿也会和他一起完蛋。

十四 警察给律师两个"拳头"

到了蓬图瓦兹街十四号,马里尤斯上了二楼,求见警察局长。

"局长先生不在,"一个接待员说,"但有个警探代他行施职责。您要同他谈谈吗？急不急？"

"急。"马里尤斯说。

接待员把他引到局长办公室。有个高个子男人站在一道栅栏后面，靠在一个火炉上，正用双手将大衣的下摆撩起来。那大衣很宽大，有三层披肩似的翻领。那人的脸四四方方，嘴唇薄而有力，颊须花白，浓而粗野，目光犀利，能把你的衣袋翻转来，可以说不是在穿透，而是在翻找。

这人的神态几乎和戎德雷特一样凶残和可怖；有时，遇见看门狗，会像遇见狼那样，叫人胆战心惊。

"有什么事吗？"他对马里尤斯说，连先生都没称呼。

"局长先生呢？"

"他不在，由我代替。"

"我有一件非常秘密的事要报告。"

"说吧。"

"非常紧急。"

"那您快说呀。"

这人冷静而粗暴，让人见了既害怕，又放心，既产生恐惧感，又产生信任感。马里尤斯把他的奇遇向他作了叙述。——有个他见过面却不认识的男子，晚上可能要陷入一个圈套；——他，马里尤斯·蓬梅西，律师，住在贼窝的隔壁，隔墙听到了全部阴谋；——策划阴谋的恶棍叫戎德雷特；——他有同谋，很可能是城门强盗，其中有个人叫庞肖，外号叫春天，又叫比格纳耶；——戎德雷特的两个女儿在外边望风；——无法通知受威胁的人，因为连他的名字都不知道；——总之，他们将在晚上六点动手，地点在医院林荫大道最偏僻的地段，50—52号。

听到这个门牌号码，那警察抬起头，冷冷地说：

"是走廊最里头的那个房间吗？"

"正是，"马里尤斯说，接着又补了一句，"您熟悉那幢房子？"

警探沉默片刻，而后，他把靴跟放到火炉口烘烤，一边回答：

"有印象。"

接着，他又咕哝了一句，与其说在同马里尤斯，毋宁说在对自己的领带说话：

"这事可能与'猫露屁股'有点关系。"

这句话引起了马里尤斯的注意。

"猫露屁股？"他说。"我确实听到了这个词。"

他把长头发和大胡子在小银行家街矮墙后面雪地里的谈话，向警探叙述了一遍。

警探咕哝道：

"长头发可能是布吕戎，大胡子可能是半文钱，外号二十亿。"

他又垂下眼睛，沉思起来。

"至于那什么老爹，我猜到他是谁了。哎呀，我的外套烤焦了。这些该死的炉子，火总是太旺。50—52号，戈博旧宅。"

然后，他看着马里尤斯说：

"除了长头发和大胡子，您没看见别人吗？"

"还见过庞肖。"

"您没看见一个花花公子模样的魔头在这一带闲逛吗？"

"没有。"

"也没看见一个和植物园里的大象一样高大壮实的大块头吗？"

"没有。"

"也没看见一个像旧戏中的红辫子小丑的滑头吗?"

"没有。"

"至于第四个人,谁都见不到他,连他的帮手、同伙和喽啰也见不着他。您没看见不足为怪。"

"没看见。"接着又问道:"这些人都是什么人?"

警探回答:

"再说,现在也不是他们活动的时候。"

他又沉默片刻,然后说:

"50—52号。我熟悉这幢旧宅。我们藏在里面,不可能不被那些演员发现。稍有动静,他们就会取消演出。他们那么谦虚!有观众在场,他们会不自在。这样不行,这样不行。我想听他们唱歌,让他们跳舞。"

他自言自语完后,便转向马里尤斯,目不转睛地看着他问道:

"您会害怕吗?"

"怕什么?"马里尤斯说。

"怕那些人。"

"不会比怕您更怕!"马里尤斯生硬地回答,他开始注意到,这个密探还没称过他先生。

那警探更目不转睛地望着他,并以说教式的语气,一本正经地对他说:

"听您说话,好像挺有胆量,也挺正直。勇敢不惧罪恶,正直不畏权势。"

马里尤斯打断他说:

"好。不过,您打算怎么办?"

警探只是回答说:

"住在那幢房子里的人都有一把万能钥匙,供夜里回家开门用。您大概也有吧?"

"有啊。"马里尤斯说。

"带在身上吗?"

"在身上。"

"把它给我。"密探说。

马里尤斯从背心兜里取出钥匙,交给警探,说道:

"假如您相信我,来时多带些人。"

警探瞪了马里尤斯一眼;那眼神,就像伏尔泰听见外省的院士建议他采用某个韵脚时的眼神如出一辙。然后,他猛地把两只特大的手伸进外套两只特大的兜里,取出两支人称"拳头"的钢管小手枪,递给马里尤斯,急促而生硬地说:

"拿着。回您的家去。躲在您的房间里。让人家以为您出门了。枪里已装了子弹。每支两发。您就待着观察。您说过墙上有个洞。那些人来后,先别管他们。您认为时机已到,该出面阻止时,您就开一枪。不要过早。剩下的事由我处理。朝天,朝天花板,朝任何地方开枪。但不要过早。等他们开始行动后。您是律师,知道该怎么办。"

马里尤斯接过枪,放进上衣的一个侧袋里。

"这样太鼓,会引起注意的。"警探说,"不如放在裤袋里。"

马里尤斯把手枪放进裤袋里。

"现在,"警探接着又说,"我们一分钟也不能浪费了。几点了?二点半。是不是七点?"

"六点。"马里尤斯说。

"来得及,"警探说,"不过很紧张。别忘了我对您说的话。砰!开一枪。"

"放心吧。"马里尤斯回答。

马里尤斯正想拉门出去,警探对他嚷道:

"对了,六点前,您若还需要我,就来这里,或派个人来。就说找雅韦尔警探。"

十五 戎德雷特采购用品

过了一会儿,快到三点时,库费拉克在博絮埃陪同下,碰巧从穆夫塔街经过。雪越下越大,漫天飘着雪花。博絮埃正在对库费拉克说:

"看见这些雪片纷纷落下,会以为漫天都是白蝴蝶。"

忽然,博絮埃远远看见马里尤斯顺着这条街向城门走去,神态有些古怪。

"瞧!"博絮埃惊呼道,"马里尤斯!"

"我看见了。"库费拉克说。"别跟他说话。"

"为什么?"

"他正忙着呢。"

"忙什么?"

"你没见他的神态吗?"

"什么神态?"

"他好像在跟踪一个人。"

"真的。"博絮埃说。

"你看他的眼睛!"库费拉克又说。

"他在跟踪谁呢?"

"一个帽上插花的——娇小妩媚的——放荡小妞呗!他恋爱了。"

"可我在街上既没见什么妩媚的小妞,也没见什么放荡的小妞,更没见什么插着花的帽子呀。连个女人的影子都没有。"

库费拉克看了看,嚷道:

"他在跟踪一个男人!"

果然,有个男人走在马里尤斯前面,相距二十来步,戴着鸭舌帽,尽管只见背影,仍能辨出他的花白胡子。

那人穿一件过于肥大的崭新的紧腰中大衣,一条破破烂烂、满是污泥的长裤子。

博絮埃纵声大笑。

"那人是谁?"

"那人?"库费拉克说,"是个诗人。诗人常穿兔皮商的长裤,法兰西贵族的紧腰大衣。"

"我们去看看马里尤斯到哪里去,"博絮埃说,"看看这个人到哪里去,跟踪他们,怎么样?"

"博絮埃!"库费拉克嚷道,"墨城的鹰!你真是粗野得出奇。跟踪一个跟踪人的人!"

他们返回去了。

事实上,当马里尤斯看见戎德雷特从穆夫塔街经过时,就跟踪监视他了。

戎德雷特走在前面,哪料到后面有人盯梢。马里尤斯见他离开穆夫塔街,走进格拉西厄兹街一座最破烂的房子里,过了一刻钟,又回到了穆夫塔街。他走进当年还坐落在皮埃尔-龙巴尔街拐角处的五金店,几分钟后,马里尤斯见他拿着一把白木柄的大钳工錾走出铺子,他把钳工錾藏到紧腰中大衣里。到了小让蒂伊街,他向左拐,快步走到小银行家街。天色渐暗,雪停了一会儿,又下了起来。马里尤斯躲在小银行家街的拐角处,不再跟踪戎德雷特了。街上一如平时,荒凉僻静。他幸亏没跟过去,因为戎德雷特到了马里尤斯曾偷听到长头发和大胡子谈话的那堵矮墙时,突然回头望了望,确信无人跟踪,无人看见,便跨过矮墙,消失不见了。

墙后那片空地通达一家前出租马车行的后院,车行老板声名狼藉,现已破产,车棚里还有几辆破车。

马里尤斯寻思,应该趁戎德雷特不在家时赶紧回去;况且,时候也不早了;每天傍晚,比贡妈妈去城里给人洗碗时,总要把大门关上,黄昏时锁大门已成了惯例;马里尤斯的钥匙已给了那警探;因此,他得赶快回去。

黄昏已降临,天差不多黑了。在天边,在无垠的空间,只有一个点还被太阳照亮,那就是月亮。一轮红红的月亮,在硝石库医院的矮圆顶后面冉冉升起。

马里尤斯大步流星赶回50—52号。他到达时,大门还开着。他踮着足尖上楼,沿着走廊的墙壁,悄悄溜到自己的房门口。大家还记得,走廊两侧的陋室当时尚未租出,全都空着。这些房间的门,比贡妈妈一般是不关的。经过其中一间的房门口时,马里尤斯好像看见这空屋里有四个一动不动的人头，被窗子里射进来的落日余晖照着，微微发白。马里尤斯怕被发现，就没有细看。他悄没声儿地回到房里，没有被人发现。回来得正是时候。过了一会儿，他听见比贡妈妈走了，大门关上了。

十六　又听到了根据一八三二年英国一首流行曲调改编的歌

　　马里尤斯坐在床上。可能有五点半了。离将要发生的事只差半个钟头了。他听见自己血管的跳动声，就像在黑暗中听得见钟表的嘀嗒声。他想到此刻暗中正紧锣密鼓着两件事，一边是犯罪活动，另一边是正义行动。他并不害怕，但一想到将要发生的事，不免有些颤栗。他像所有突遭意外事件袭击的人那样，整整一天都好像在梦里。为使自己确信不是在做噩梦，他随时需要感觉到裤兜里两支冰冷的钢手枪。

　　雪停了。月亮穿透薄雾，变得越来越明亮；月亮的清光和白雪的反光交相辉映，给房间蒙上一层黄昏的色彩。

　　戎家的破屋里有亮光。马里尤斯看见隔板的那个窟窿里闪烁着红光，在他看来是血光。

　　事实上，这亮光不大可能是蜡烛发出来的。此外，戎家毫无动静，没有人走动，没有人说话，一点气息都没有，寂静得让人觉得寒气逼人；假如没有这亮光，真会以为隔壁是坟墓。

　　马里尤斯轻轻脱去靴子，把它们推到床底下。

几分钟过去了。马里尤斯听见底下的大门吱呀转动,随后,他听见沉重而急促的脚步声爬上楼,经过走廊,隔壁陋室的碰锁咔嚓一声提起。戎德雷特回来了。

接着,响起了好几个人的说话声。原来全家人都在屋里。只是男主人不在时,全都沉默不语,正如老狼不在,狼崽子不发出声音一样。

"是我。"他说。

"晚上好,老爸!"女儿们尖声说道。

"怎么样?"母亲问。

"一切顺溜,"戎德雷特说,"只是我的脚冻坏了。好,就要这样,你换上衣服了。你得让人家信任你。"

"我已作好出门的准备了。"

"我教你的话,你没忘吧?能办好吗?"

"放心吧。"

"因为……"戎德雷特说。他没把话说完。

马里尤斯听见他把一个沉甸甸的东西放到桌上,大概是他买的那把钳工錾。

"啊,"戎德雷特又说,"你们吃过东西没?"

"吃了,"母亲说,"有三个大土豆和一点儿盐。我利用这火,把它们煮了煮。"

"好。"戎德雷特又说。"明天,我带你们去撮一顿。会有一只全鸭和几道配菜。吃得像查理十世一样好。一切顺利。"

然后,他又压低嗓门,说道:

"捕鼠的笼子已打开。猫已就位。"

他又压低嗓门说：

"把这放进火里。"

马里尤斯听见一把钳子或一个铁器碰撞煤块的声音。戎德雷特继续说：

"你给门铰链上油了吗？这样就不会有声音了。"

"上了。"母亲回答。

"几点了？"

"快六点了。圣梅达教堂刚敲过半点钟。"

"见鬼！"戎德雷特说，"孩子们该去望风了。你们过来，给我听着。"

接着是一阵窃窃私语。然后，戎德雷特又抬高嗓门说：

"比贡大妈走了吗？"

"走了。"母亲说。

"你肯定隔壁没有人？"

"他白天没回来。你知道现在是他吃晚饭的时候。"

"你肯定？"

"肯定。"

"不管怎样，"戎德雷特说，"去他家看一看他在不在没有坏处。女儿，拿着蜡烛，快去。"

马里尤斯趴在地上，悄悄爬到床底下。他刚藏好，门缝里露出了烛光。

"爸爸，"一个声音喊道，"他出去了。"

他听出是大女儿的声音。

"你进去没？"父亲问。

"没有,"女儿回答,"不过,钥匙在门上,说明他出去了。"
父亲喊道:
"进去看看嘛。"
门开了,马里尤斯看见戎家大女儿拿着一支蜡烛走进来。她还是早上那模样,只是烛光下显得更可怕。

她径直朝床走来,马里尤斯一时紧张极了。其实,她是朝挂在床边墙上的那面镜子走去的。她踮起足尖,对着镜子左照右照。隔壁传来铁器的翻动声。

她用手将头发抹抹平,对着镜子微微一笑,一面用嘶哑阴沉的嗓门低声哼唱:

> 我们相爱了一星期,
> 幸福的时光太短暂!
> 一星期恩爱很值得!
> 爱情应该到永远!
> 到永远!到永远!

这时,马里尤斯浑身哆嗦。他觉得她不可能听不见他的呼吸声。
她走到窗口,望望窗外,傻乎乎地大声喊道:
"巴黎穿上白衬衣时多丑啊!"
她又回到镜子跟前,又做了些怪相,正面侧面照了又照。
"喂!"父亲喊道,"你在干什么?"
"我在看床底下和家具底下,"她回答道,一面仍在理头发,"没有人。"

"蠢货!"父亲吼道,"快回来!别浪费时间。"

"来了!来了!"她说,"在他们的破家里,干啥都没时间!"

她低声哼唱:

> 你扔下我,奔赴战场,
> 我忧愁的心与你同行。

她朝镜子里看了最后一眼,随手关上门走了。

过了一会儿,马里尤斯听见两个姑娘赤脚经过走廊的声音,以及戎德雷特对她们的吼叫声:

"要留神!一个在城门那边,一个在小银行家街的拐角上。死死盯着大门,看到什么动静,赶快跑回来!奔上楼梯!你们有进楼的钥匙。"

大女儿咕哝道:

"大雪天,光着脚放哨!"

"明天你们就会有金色缎面靴穿了!"父亲说。

她们下了楼梯,几秒钟后,大门砰地一声关上,说明她们已到了街上。

房子里只剩下马里尤斯和戎德雷特夫妇了,可能还有马里尤斯昏暗中依稀看见的躲在空房间里的那几位神秘人物。

十七 马里尤斯给的五法郎派何用场

马里尤斯认为,应该上他的观察点观察了。凭着年轻人的敏捷,他转眼就到了墙上那个窟窿旁。

他往里张望。

戎家屋里有种异样的景象,马里尤斯终于明白刚才看到的奇怪亮光是什么了。一支蜡烛在起了铜绿的烛台上燃烧,但真正照亮屋子的不是烛光。壁炉里有一个相当大的铁皮炉子,满炉煤炭已点着,炉火的反光似乎照亮了整个陋室。正是戎家婆娘上午准备的那个炉子。煤火烧得很旺,炉子烧得通红,蓝色火焰在炉内欢跳,借着这火焰,可见有把钳工錾深深插进炭火,已烧得通红通红,正是戎德雷特在皮埃尔-龙巴尔街上买的那把。在靠门的一个角落里,有两堆东西,一堆好像是废铁器,另一堆好像是绳子,似乎要派什么用场。对于不知道正在策划什么阴谋的人来说,看到这些东西,或许会想到要发生什么可怕的事,或许会想得很简单。这火光熊熊的破屋,与其说像地狱的入口,毋宁说像个铁匠铺,可这火光下,戎德雷特与其说像铁匠,不如说像魔鬼。

炉火的温度很高,桌上那支蜡烛靠炉子的一边已开始熔化,变成了斜面。壁炉上放着一盏旧的铜隐显灯,适合变成强盗的第欧根尼使用。

铁皮炉放在壁炉里,挨着几根没有燃尽的奄奄一息的木柴,烟被送进烟囱,闻不到煤烟味。

月光透过四块窗玻璃射进来,将清辉投到红光闪烁的破屋里,这对即将行动却依然充满梦想和诗情的马里尤斯来说,不啻上天将一种意念投到尘世间的噩梦中。

一阵风从那块碎玻璃窗中吹进来,有助于驱散煤烟味,掩盖炉子。

前面我们介绍过戈博旧宅,读者还记得的话,就会感到,选择戎德雷特的贼窝作为干坏事的场所,是十分英明的。这是巴黎最荒僻大街上的一幢最偏僻的房子中的最靠里面的房间。假如世上不存在陷阱,在这里也会发明出来。

这个陋室被整幢房子和许多空屋同马路隔开,唯一的窗户对着一片空地,空地围着围墙和栅栏。

戎德雷特已点着烟斗,坐在破椅上抽烟。他老婆正在同他低声说话。

假如马里尤斯是库费拉克,也就是说,是个在任何情况下都会发笑的人,看见戎家婆娘那副模样,一定会忍俊不禁,纵声大笑。她头戴插有羽毛、颇像查理十世加冕礼上武士军帽的黑帽子,身穿针织短裙,围着格子花呢披肩,脚穿那双早上她女儿不愿穿的男鞋。就是这身装束,获得了戎德雷特的称赞:"好!你穿上了!很好!得让人家信任你!"

至于戎德雷特,他仍穿着白先生送给他的过于肥大的新大衣,这件衣服和他的长裤依然形成强烈的对照,在库费拉克眼里,依然构成诗人的理想形象。

突然,戎德雷特抬高嗓门说:

"噢!我想起来了。这种天气,他肯定会坐马车来。快把提灯点上,拿着它下楼去。你待在楼下的大门后面。听见车停下来,赶快把大门打开,他上来时,你在楼梯上和走廊里给他照路,他进屋后,你赶快再下去,付给车夫车钱,把他打发走。"

"钱呢?"妻子说。

戎德雷特在裤兜里搜了搜,把五个法郎交给她。

"这是什么?"

戎德雷特神气活现地说:

"早晨邻居给的大头。"

继而他又说:

"你知道吗?得有两把椅子。"

"为什么?"

"坐呗。"

戎家婆娘平静地回答:"对!我去把邻居家的给你拿来。"听见这句话,马里尤斯感到一阵战栗掠过背脊。

她迅速开了门,到了走廊上。

马里尤斯无论如何也来不及从五斗橱上下来,钻进床底下躲起来了。

"带着蜡烛。"戎德雷特喊道。

"不用,"她说,"那样不方便,要拿两张椅子哩。有月光。"

马里尤斯听见她在黑暗中笨手笨脚地摸索他门上的钥匙。门开了。他又惊又怕,待着不动。

那女人进来了。

天窗里透进一道月光,两边是两大块黑影。其中一块黑影将马里尤斯倚靠的那面墙全部盖住,因此,他也隐没在黑暗中。

戎家婆娘抬头看了看,但没看见他,拿起马里尤斯仅有的两张椅子便走了,门在她后面砰地关上。

她回到陋室:

"椅子拿来了。"

"拿着提灯,"丈夫说,"快下楼去。"

她急忙服从。戎德雷特独自在家。

他把两张椅子放到桌子两旁,将煤火里的钳工錾翻了个身,把一扇破屏风放到壁炉前,遮住炉火,然后,跑到放绳子的角落里,弯下腰,好像在检查什么。马里尤斯这才看明白,刚才以为是一堆烂绳的东西,原来是一条完美的绳梯,有一些木头梯级,还有两个用作固定的铁钩。

这条绳梯,以及另外几件混在门后那堆破铜烂铁中,活像狼牙铁棒之类的粗笨工具,早上还不在戎家的破屋里,显然是下午马里尤斯不在时搬来的。

马里尤斯想道:"这都是打刃具铁匠的工具。"

假如马里尤斯在这方面比较内行的话,就会在他以为是打刃具铁匠的工具中,分辨出有的是用来撬锁或撬门的,还有的是用来割或砍的。这两类凶器,盗贼们分别称作"弟弟"和"剪刀"。

壁炉、桌子和两张椅子正好对着马里尤斯。炉子已被屏风挡住,只剩下烛光照亮屋子了;桌上或壁炉上任何一点破烂,都会投下一大片阴影。房间里寂寂无声,说不出的阴森可怕,这预示着一件惊心动魄的事就要发生。

戎德雷特烟斗灭了也没理会,这表明他心事重重。他又来坐到椅子上。烛光使他脸上凶恶狡诈的棱角更加突出。他频频皱眉,右手掌不时突然张开,仿佛在对自己内心最后的阴险独白作出回答。在其中一次阴暗的自问自答中,他突然拉开桌子抽屉,取出藏在里面的一把长菜刀,在自己的指甲上试试锋刃。然后,他又把刀放回去,推上抽屉。

马里尤斯也赶紧抓住右裤兜里的手枪,抽出来,将子弹推上膛。子弹上膛时,发出微弱而清脆的声音。戎德雷特一惊,从椅子上半抬起身子。

"谁?"他喊道。

马里尤斯屏息敛气,戎德雷特侧耳细听了一会儿,然后大笑着说:

"我真愚蠢!是隔板的爆裂声。"

马里尤斯手中仍握着枪。

十八　马里尤斯的两把椅子面对面摆着

突然,远处的一口钟敲响,凄凉的颤动声震撼着窗玻璃。圣梅达教堂正敲六点。

每响一下,戎德雷特便点一次头。第六响敲过后,他用手指头掐掉烛花。接着,他开始在房里踱步,时而又去听听走廊里的动静,走走听听,听听走走。

"但愿他来!"他咕哝道。然后他又回来坐到椅子上。

他刚坐下,房门打开了。是戎家婆娘开的门,她待在走廊里,隐显灯的一个小孔透出亮光,从下面照着她满脸堆笑的丑相。

"进来,先生。"她说。

"进来,我的恩人。"戎德雷特连忙起身,跟着说道。

白先生出现了。他神态安详,令人肃然起敬。他把四个金路易放到桌上。

"法邦图先生,"他说,"这是给您交房租和应急用的。以后我们再看。"

"愿上帝报答您,我慷慨的恩人!"戎德雷特说。然后,他快步走到妻子跟前:

"去把马车打发走!"

趁丈夫千谢万谢,并给白先生让坐的工夫,她偷偷溜走了。过了一会儿,她回来了,在丈夫的耳边悄悄说:

"走了。"

从早上起,就不停地下雪,地上的雪很厚,没听见马车来到,也没听见马车开走。

这时,白先生已坐下。戎德雷特也在对面的椅子上就坐。

现在,为了对即将发生的场面有个概念,请读者好好想象一下:一个天寒地冻的夜晚,硝石库医院一带白雪覆盖,渺无人迹,月光惨白,有如无边无际的裹尸布,稀稀疏疏的路灯将阴森凄凉的林荫大道和路旁黑黢黢的榆树映红,方圆一公里可能没有一个行人;戈博旧宅极其寂静、可怖和黑暗;在这旧宅里,在这寂静中,在这黑暗中,戎家宽敞的破屋被一支蜡烛照亮,两个男人坐在一张桌子的两旁;白先生神态安详;戎德雷特满脸堆笑,却面目狰狞;戎家婆娘,那头母狼,待在一个角落里;马里尤斯藏在隔墙后,站着一动不动,不漏掉一句话,不放过一个动作,眼睛监视着,手里拿着枪。

此外,马里尤斯只是感到厌恶,却毫不害怕。他手里握着枪,心里很踏实。他想:"我随时都可收拾这恶棍。"

他感到警察已埋伏在附近什么地方,等待着约定的信号,随时准备动手。

他还希望,从戎德雷特和白先生的这次暴力冲突中,能发现些什么,以便解开他的谜团。

十九　担心暗处

白先生刚坐下,目光便转向那两张床。床上没有人。

"受伤的可怜小姑娘怎样了?"他问。

"不好,"戎德雷特露出伤心而感激的笑容回答道,"很不好,尊敬的先生。她姐姐带她到硝石库医院去包扎了。您会看见她们的,她们就要回来了。"

"法邦图太太好像好一些了?"白先生又说,一面朝那婆娘的奇装异服扫了一眼;她站在他和房门中间,仿佛已在把守出口,摆出威胁而近乎战斗的架势,咄咄逼人地注视他。

"她活不长了。"戎德雷特说,"可有什么法子呢,先生?这女人,她可顽强呢!这哪是女人,简直是头牛。"

那婆娘听到称赞,深受感动,就像受了恭维的怪兽,撒娇似的嚷道:

"你对我总是这么好,戎德雷特先生!"

"戎德雷特?"白先生说,"我还以为您叫法邦图呢。"

"法邦图,号称戎德雷特!"丈夫赶紧说道,"演员的艺名!"

他朝妻子耸了耸肩,白先生没有看见。接着,他又改用夸张而动听的声调说道:

"啊!因为我和这个可怜的宝贝感情一直很好!如果连这个都

没有,我们还有什么呢?尊敬的先生,我们太不幸了!我们有胳膊有腿,却没有工作!我们有热情,却没有活做!我不知道政府如何解决这些问题,不过,我以名誉担保,先生,我不是雅各宾派,先生,我也不是'漆皮帽派'①,我不怪政府,不过,假如我是部长,我保证,情况会大不一样。您看,比方说,我曾想让我的两个女儿学做糊纸盒的手艺。您会说:什么!手艺?是的!手艺!一种简单的手艺!一种糊口的手艺!我们沦落到什么地步了,我的恩人!与我们从前的情况相比,现在多么衰败!唉!当年兴旺时候的东西,全都没了!只剩下一样,一幅画,我对它十分珍爱,但我准备卖掉。得活下去呀!再说一遍,得活下去呀!"

戎德雷特这样说着,表面上语无伦次,但脸部表情依然透着熟虑和精明。马里尤斯一面听他说话,一面抬眼望去,发现房间里头有个人,这之前他没看见。这人刚刚进来,动作很轻,转动门把时没发出响声。他穿一件又破又脏,每条皱褶都张着口的紫色针织背心,一条又肥又大的棉绒长裤,一双套在木鞋外面的布鞋,没穿衬衣,露着脖子,光着刺了花纹的膀子,脸上涂了黑灰。他交叉双臂,一声不响地坐在最靠近门的那张床上。因为他待在戎家婆娘后面,不显眼。

由于磁感对视觉的作用,白先生几乎和马里尤斯同时转过头去。他不禁一惊,但这没逃过戎德雷特的眼睛。

"啊!我知道了!"戎德雷特大声说道,一边讨好似的扣上外衣的纽扣,"您是不是在看您这件大衣?我穿着很合身!真的,很

---

① "漆皮帽派",指一八三〇年革命后,一些不修边幅、鼓吹民主的青年。

合身!"

"这人是谁?"白先生说。

"他?"戎德雷特说,"是邻居。别管他。"

那邻居样子很怪。不过,圣马索郊区镇上有不少化工厂。许多工人的脸都可能熏黑了。再说,白先生整个人都显出一种纯真而无畏的信任。白先生又说:

"对不起,您刚才说什么了,法邦图先生?"

"我在说,先生,亲爱的恩人,"戎德雷特接着说道,一面把双肘支在桌子上,用蟒蛇般的眼睛,温和地、紧紧地盯着白先生,"我在说,我有一幅画要卖。"

门口轻轻响了一下。又一个人进来了,坐到床上,躲在戎家婆娘后面。和第一个一样,也光着膀子,脸上也涂着墨汁或煤烟。尽管那人确实是溜进来的,但白先生仍然发现了。

"别管他们。"戎德雷特说,"都是邻居。我在说我还剩下一幅画,一幅珍贵的画……就是这个,先生,您瞧。"

他站起身,走到墙边,墙脚下放着我们前面谈到的那幅画。他把画翻过来,仍让它靠着墙。这的确有点像幅画,烛光朦胧地照着它。马里尤斯看不清楚,因为戎德雷特站在画前挡住了他的视线。不过,他依稀看出,那是胡乱涂抹出来的东西,画上有个主人公模样的人,色彩很不柔和,像是集市上卖的或是画在屏风上的那种画。

"这是什么?"白先生问。

戎德雷特感叹道:

"这是一幅大师的杰作!价值连城哪,我的恩人!我像珍爱我两个女儿那样珍爱它。它使我想起许多往事!但是,我既然对您说了,就不改口:我生活太苦,我想把它卖掉……"

或许出于偶然,或许已开始感到不安,白先生看着画,却把目光移向房间深处。现在已有四个人了,三个坐在床上,一个站在门旁,四个人都光着膀子,一动不动,脸上都涂成黑色。坐在床上的三个人中,有一个靠着墙,闭着眼,像是在睡觉。此人是个老头,黑脸衬着白发,模样委实可怕。另两个看上去挺年轻。一个蓄着胡子,另一个留着长发。没有一个穿皮鞋;不是布鞋,便是赤脚。

戎德雷特发现白先生在注视这些人。

"都是朋友,是邻居。"他说,"他们脸很黑,是因为成天同煤打交道。他们是修炉工。别管他们,恩人,买下我这幅画吧。可怜一下我这个穷人吧。我不会问您要高价的。您看值多少?"

白先生像是起了戒心,眼睛紧盯着戎德雷特,说道:"不过是酒店的招牌。值三法郎。"

戎德雷特温和地回答:

"您带着钱包吗?我只要一千埃居。"

白先生站起来,背靠墙上,将房间迅速扫视了一遍。他左边,也就是靠窗的一边,有戎德雷特;右边,也就是靠门的一边,有戎家婆娘和那四个男人。那四人一动不动,甚至好像没看见他。戎德雷特又诉起苦来,目光那样茫然,语调那样哀恸,白先生可能会以为眼前的这个人不过是穷得发疯了。

"亲爱的恩人,"戎德雷特说道,"如果您不买我的画,我就活不下去了,只好去跳河自杀。我一想到我曾想叫我的两个女儿学糊那种中号纸盒，装新年礼物的纸盒，我心里就难过！唉！首先得有一张里面有挡板的桌子，以免玻璃掉到地上，还要有一个专用的炉子，一个隔成三格的罐子，用来装不同黏度的浆糊，一种糊木头，一种糊纸，一种糊布，还要有一把裁纸板的刀、一个校正的模子、一把钉铁皮的锤子、几把刷子，见鬼，哪里说得完？而这一切，就为了一天挣四苏！干十四小时！每个盒子要在手里过十三道工序！把纸弄湿！不能弄脏！不能让浆糊冷却！见鬼！我跟您说！一天挣四苏！这叫人怎么活！"

戎德雷特只顾说话，没有看白先生，而白先生却在注视他。白先生的眼睛盯着戎德雷特，而戎德雷特的眼睛则盯着门口。马里尤斯一会看看这个，一会看看那个，眼睛忙不过来。白先生仿佛在想："这是个白痴吗？"戎德雷特则用各种不同的语调，有气无力地、苦苦哀求地、反反复复地说："我只好去跳河！那天，我在奥斯特里茨桥那边，已往下走了三个石级！"

忽然，他那双无神的眼睛，闪出凶恶的光焰，这个矮个子男人竖直身子，变得异常吓人。他朝白先生走近一步，以雷鸣般的声音对他喊道：

"这不是我要说的！您还认识我吗？"

二十　陷阱

陋屋的门刚才突然打开，三个穿蓝粗布衣，戴黑纸面具的人出现在门口。第一个很瘦，手里拿一根包铁皮的长木棍。第二个高头大马,倒提着一把宰牛的铁锤,手握在柄中间。第三个肩宽膀粗,不像第一个那样干瘦,但也不如第二个粗壮,手里捏着一把大钥匙,是从某个监狱偷来的。

看来,戎德雷特就在等这几个人到来。他同拿长木棍的瘦子迅速交谈了几句。

"都准备好了吗?"戎德雷特问。

"准备好了。"瘦子回答。

"蒙巴纳斯怎么没来?"

"那小子停下来同你女儿聊天呢。"

"哪个?"

"大的。"

"喊了出租马车没有?"

"喊了。"

"双轮小马车套好了吗?"

"套好了。"

"两匹好马?"

"绝好的马。"

"在我指定的地点等着吗?"

"对。"

"好。"戎德雷特说。

白先生脸色十分苍白。他似乎已明白自己的处境,密切注视陋屋里的一切,慢慢地转动脑袋,专心而惊讶地挨个观察周围的脑袋,但他脸上毫无害怕的神情。他把桌子当作临时的防御工事。这个人,刚才看上去还是个和善的老人,骤然间变成了角斗士,将一只粗壮的拳头放到椅背上,那动作叫人胆战心惊,又让人感到意外。

这个老人,面临这样的危险,依然坚定勇敢,好像天生属于这样一种人,需要善良时能做到自自然然,需要勇敢时,也能做到自自然然。我们心爱女人的父亲,对我们绝不是不相干的人。马里尤斯为这个不相识的人感到自豪。

被戎德雷特称作"修炉工"的那三个光膀子的人,从那堆废铁中,一个拣了把大剪刀,第二个挑了根铁撬棍,第三个选了把大铁锤,一声不吭地横在房门口。那老头仍待在床上,不过眼睛已睁开。戎家婆娘已坐到他身旁。

马里尤斯心想,再过几秒钟,他就该行动了,于是,他向走廊方向的天花板举起右手,准备开枪。

戎德雷特已同拿长棍的人交谈完毕,这时,他又转向白先生,一边发出他特有的压低了声音的可怕狞笑,一面重复前面提过的问题:

"您真的认不出我吗?"

白先生两眼盯着他的脸,回答道:

"认不出。"

于是,戎德雷特走到桌子旁。他交叉双臂,身子附向蜡烛,将棱角突出的凶恶的下巴,尽量凑近白先生泰然自若的面孔,白先生却毫不退缩。戎德雷特就在这野兽咬人的姿势中,大声吼道:

"我不叫法邦图,我不叫戎德雷特,我叫泰纳迪埃!我是蒙费梅的客栈老板!听见了吗?泰纳迪埃!现在您认出我了吗?"

白先生脸上出现难以察觉的红晕,他仍然平静地,声音既不发颤也没抬高地回答：

"认不出。"

马里尤斯没听见这个回答。此刻，若有人在黑暗中看见他，会发现他满脸的惊慌、惊愕和惊恐。当戎德雷特说"我叫泰纳迪埃"时，马里尤斯惊得身子抖了一下，赶紧靠到墙上，仿佛有把冰冷的利剑刺入他的心脏。接着，原来准备开枪发信号的右臂，慢慢弯了下来，当戎德雷特重复"听见了吗，我叫泰纳迪埃"时，马里尤斯的手指一软，手枪差点掉下来。戎德雷特揭露自己的身份，并没使白先生震惊，却使马里尤斯大为震动。泰纳迪埃这个名字，白先生似乎并不知道，马里尤斯却很熟悉。让我们回忆一下，这名字对他意味着什么！这名字写在他父亲的遗嘱里，更是铭记在他心头！他把它印在脑海里，刻在心里，载在神圣的遗嘱中："一个叫泰纳迪埃的人救了我的性命。我儿若遇见他，望能尽力报答。"我们记得，这个名字是他倾心所敬爱，并同他父亲的名字合在一起进行崇拜的。什么！多少年来，他千寻不见的就是这个泰纳迪埃，这个蒙费梅的客栈老板！现在终于找到他了，可是怎么回事，他父亲的救命恩人竟会是个强盗！他，马里尤斯，一心想效忠的人竟会是个魔鬼！搭救蓬梅西上校的人正在行凶，马里尤斯虽还没看清楚是什么形式，但很像是图财害命！况且，天哪，他害的是谁的命哪！真是不幸啊！命运的嘲弄太过分了！他父亲从棺木里命令他尽力报答泰纳迪埃，四年来，他一心想替父亲偿还这个债务，可是，就在他要通知司法部门抓住行凶的歹徒时，命运竟对他高喊："这是泰纳迪埃！"这个人在英勇的滑铁卢战场上，冒着枪林弹雨救了他父亲，现在终于可以报答了，可他却是要把他送上断头台!他对自己许下诺言,一旦找到泰纳迪埃,一定要跪到他的脚下,现在果然找到他了,却是要把他交给刽子手!他父亲对他说:"你要救助泰纳迪埃!"可他却要用毁掉泰纳迪埃的方式,来回答这个神圣而可敬的声音!他父亲把这个冒死救他的人,托付给自己的儿子,托付给马里尤斯,可他却要让他父亲在坟墓里观看自己的恩人在圣雅克广场上绞死的场面!多少年来,他把父亲亲书的遗嘱铭记在心,可最后却背道而驰,这该有多么荒唐!可是,另一方面,明明看到有陷阱,怎能不加以阻止!怎能坐视受害人受害,让凶手逍遥法外!对这样一个恶棍,难道可以为了报恩而任其作恶吗?

马里尤斯四年来的各种想法,仿佛全被这件意外事搅乱了。他浑身颤抖。一切都取决于他。这些在他眼皮底下兴风作浪的人,哪里知道他们的小命攥在他的手里。如果他开枪,白先生就能得救,泰纳迪埃就会完蛋;如果不开枪,白先生就要遭殃,而泰纳迪埃,谁知道呢,就会逃之夭夭。把这一个推向深渊,或让另一个倒下!他都会感到内疚。怎么办?做何抉择?背弃刻骨铭心的记忆、心底里许下的无数诺言、最神圣的责任、最崇敬的遗书!要么违背他父亲的遗言,要么纵容犯罪!他仿佛听到,一边是"他的于絮尔"哀求他救救她的父亲,另一边是上校把泰纳迪埃托付给他。他觉得自己要疯了。他双膝发软。他都来不及好好思考,因为事态发展很快。这就像一股旋风,他自以为能够驾驭,却身不由己地被卷走了。眼看他就要晕倒了。

这时,泰纳迪埃——以后我们不再用别的名字称呼他了——在桌子前面走来走去,一副精神失常、得意忘形的样子。

他一把抓起蜡烛,啪地一声放到壁炉上,用力如此之大,烛芯差点熄灭,烛油溅到了墙上。

然后,他凶神般地转向白先生,狂吼道:

"用火烧着吃!用烟熏着吃!剁成碎块吃!烤着吃!"

接着,他又来回走起来,一边怒气冲天,狂吠乱叫:

"啊!我终于找到您了,慈善家先生!穿破衣服的百万富翁先生!送布娃娃的人!老傻瓜!啊!您认不出我!不,八年前,一八二三年圣诞节那天晚上,到蒙费梅来的,到我客栈里来的不是您!从我家拐走芳蒂娜女儿百灵鸟的不是您!穿一件赭色大衣的不是您!这都不是您!也像今天上午到我家那样,手里拎着一大包破衣服!喂,老婆!看来他有这个怪癖,喜欢拎着一包毛线袜到别人家里去!老慈善家,算了吧!您是开针织品店的吗,百万富翁先生?您把卖不出去的存货拿来送给穷人,圣人!真会耍把戏!啊!您认不出我?好吧,我可认出您了,我!您刚把脸伸进我家里,我就认出您来了。啊!这回您该明白,像这样借口是客栈,去别人家里,带着破衣服,装出一副穷得让人见了都要施舍的样子,欺骗人家,装得非常慷慨,把别人的饭碗夺走,还在树林里威胁人,欠着这笔账不还,等人家破产了,就送来一件肥得不能穿的大衣,两条医院里用的破毯子,老乞丐,拐骗儿童的老贼,这下您该明白这样做没有好果子吃了吧!"

他停下来,接着,好像自言自语了一会儿。他的怒气就像罗讷河流入某个洞穴里那样,顿然消失了。接着,他像要大声结束刚才的低声自语似的,在桌上猛击一拳,大吼一声:

"装出老实的样子!"

然后,他对着白先生叱喝道:

"当然!从前您要了我!您是一切苦难的根源!您花了一千五百法郎,带走了我扶养的一个女孩!她肯定是有钱人家的孩子,已给我带来很多钱了,我本来可以靠她过一辈子!这个女孩,本来可以帮我把开客栈赔的钱全部补回来;在我倒霉的客栈里,别人大吃大喝,而我却像个傻瓜,把全部家当都贴了进去!呵!我恨不得那些人在我店里喝的酒都是毒药!这有什么关系!喂!您带百灵鸟走的时候,想必认为我很可笑!在树林里时,您拿着一根棍子!那时您是最强者!现在我可以报复了。今天是我手里捏着王牌!您完了,老家伙!呵,我高兴得大笑!真的,我要好好笑一笑!他终于落入圈套了!我对他说,我是演员,我叫法邦图,我和玛尔斯小姐、米什小姐一起演过喜剧,我的房东要我二月四日,也就是明天付房租,也不弄弄清楚,付房租的日子是一月八日,而不是二月四日!真是愚蠢透顶!只给我带来这四个不值得一提的菲利普!混蛋!连一百法郎也不愿给!我一番阿谀奉承,他就上了当!我好不痛快!我心想:傻瓜!这下可给我逮住了!上午我舔你的爪子!晚上我可要啃你的心肝!"

泰纳迪埃停住话头。他说得上气不接下气,狭小的胸膛扑哧扑哧,就像在拉风箱。他的眼睛里充满了卑鄙的欣喜,那是一个软弱、冷酷和卑怯的小人终于能打败他曾惧怕的人,侮辱他曾奉承的人时特有的喜悦,是一个侏儒终于能将脚后跟踩到巨人头上时的特有的快乐,是一只豺狗开始撕咬一头病得不能自卫,却仍能感觉到痛苦的公牛时的特有的狂喜。

白先生一直没有打断他,当他停下来时,对他说:

"我不知道您在说什么。您弄错了。我是个很穷很穷的人，根本不是百万富翁。我不认识您。您弄错人了。"

"啊！"泰纳迪埃喘着粗气说，"胡说八道！您是坚持要开玩笑啰！老兄，您自己都不知所云！啊！您想不起来了？您认不出我是谁？"

"对不起，先生，"白先生彬彬有礼地回答，这礼貌的语气用在这种场合，显得奇特而有力，"我认出您是强盗。"

谁都曾注意到过，丑恶的人也有他们敏感的地方，魔鬼也怕人搔痒痒。听到"强盗"二字，泰家婆娘一下从床上跳下来，泰纳迪埃则一把抓住椅子仿佛要把它捏碎。"你待着别动！"他对老婆吼道，然后转向白先生：

"强盗！对，我知道你们这些富人先生是这样叫我们的！对，不错，我破了产，我东躲西藏，我没有面包，我没有钱，我是强盗！我有三天没吃饭了，我是强盗！啊！你们这些人，你们的脚很暖和，你们穿着萨科斯基出品的薄底皮鞋，像大主教那样，穿着棉大衣，你们住在二层，楼里有门房看守，你们吃香菌，一月里吃四十苏一扎的芦笋，你们吃青豌豆，吃得肚子都要撑破。当你们想知道天气冷不冷，还得到报上去查看谢瓦利埃[①]工程师寒暑表的记录。而我们！我们自己就是寒暑表！我们不需要跑到沿河马路的钟楼角上，看看天气冷到多少度，我们自己就感到，血已在血管里凝结，冰已钻进了心脏，我们说：世上根本没有上帝！而你们来到我们的洞穴，是的，我们的洞穴，称我们为强盗！我

[①] 谢瓦利埃，巴黎钟表沿河马路的光学师，有过许多发明。

们要把你们吃掉！我们这些可怜的小人物，我们要把你们吞掉！百万富翁先生！请记住：我开过客栈，交过营业税，当过选民，做过资产阶级！而您很可能不是！"

说到这里，泰纳迪埃向守在门口的人走前一步，颤抖着说：

"我一想到他竟敢用对补鞋匠的口气来对我说话，就气得火冒三丈！"

接着，他又一次狂怒地对白先生说：

"慈善家先生，您还要记住一点：我不是个来历不明的人，我！我不是没名没姓，到别人家里拐走孩子的人！我是前法兰西士兵，本应该获得勋章的！我参加过滑铁卢战役！我在战场上救过一位叫什么伯爵的将军！他告诉过我名字，但他狗日的声音太小，我没听清楚。我只听见他说'谢谢[①]'。我宁愿知道他的名字，也不要他的感谢。这样，我就可以找到他了。您看见的这幅画，是大卫在布鲁克塞尔[②]画的。您知道画的是谁吗？是我。大卫想让这一功绩流芳千古。我背着那位将军，穿过枪林弹雨。这就是事情经过。那位将军，他没为我做过任何事，他不比别人更有价值！可我却冒着生命危险救了他，我口袋里装满了这件事的证明件！我是滑铁卢的一名战士，他娘的！我把这一切都告诉您，现在长话短说，我需要钱，我需要很多钱，我需要很多很多钱，不然，我就要您的命，该死的！"

[①] 原文为 merci，即"谢谢"，但也与 Pontmercy（蓬梅西）的后两个音节的发音相同。

[②] 这里，大卫是法国画家（1748—1825），布鲁克塞尔即布鲁塞尔。

马里尤斯的焦虑情绪稍为得到了控制。他专心地听着。最后一点疑团刚才云消雾散。那人正是遗嘱上提到的泰纳迪埃。听到他责备父亲忘恩负义，马里尤斯不禁打了个寒战，不可避免的是，他差点不可避免地承认他对父亲的责备是对的。他更加进退两难了。再说，在泰纳迪埃的那些话语中，在他的语气、手势以及使他字字句句都冒出火焰的目光中，在这个坏蛋连底兜出的发泄中，在这自吹自擂与卑鄙下流、高傲与猥琐、狂怒与愚蠢的混杂中，在这真抱怨与假感情的混乱中，在一个恶棍品味暴虐之快感的无耻行径中，在一个丑恶的灵魂无耻的暴露中，在这所有的痛苦和所有的仇恨的大骚动中，可以感到有令人憎恨的罪恶，也有令人痛苦的真情。

他要卖给白先生的那幅杰作，所谓大卫的油画，读者早已猜到，其实是他客栈的招牌，大家记得，是他自己画的，这是他在蒙费梅破产后唯一残存的东西。

现在，马里尤斯的视线不再被他挡住，他可以好好看一看这幅画了。在这幅胡乱涂出来的画中，他还真的分辨出一个战场，背景硝烟弥漫，近处有两个人，一个背着另一个。那两个人是泰纳迪埃和蓬梅西，救人的中士和被救的上校。马里尤斯好像喝醉了酒似的，这幅画仿佛让他的父亲复活了，这不再是蒙费梅客栈的招牌，而是死者的复活，一座坟墓微微打开，一个幽灵站了起来，马里尤斯听见心脏在太阳穴里跳动，滑铁卢的炮声在耳畔轰鸣，他父亲满身鲜血，模模糊糊地出现在阴森的画面上，使他心慌意乱，不知所措。他感到，这个模糊的身影在盯着他看。

泰纳迪埃缓过气来后，用血红的眼睛盯着白先生，低声而生硬地对他说：

"在把你灌醉之前，有什么话要说吗？"

白先生一声不吭。在这沉默中，一个破锣嗓子从走廊里响起，令人毛骨悚然地嘲笑道：

"要劈柴的话，有我呢！"

是拿宰牛锤的人在开玩笑。

与此同时，一张竖着头发的灰枯的大宽脸出现在门口，发出狞笑的嘴巴里露出的不是人牙，而是獠牙。

这是拿宰牛锤那人的脸。

"干吗摘掉面具？"泰纳迪埃怒形于色地问。

"笑起来方便。"那人回答。

有一刻工夫，白先生似乎密切注视着泰纳迪埃的一举一动。泰纳迪埃因狂怒而头晕目眩，感到门口有人把守，自己又武装到牙齿，而对方手无寸铁，九个男人——他把老婆也当成一个男人——对付一个，认为稳操胜券，在巢穴里走来走去。他在斥责拿宰牛锤的那个人时，背朝着白先生。

白先生抓住机会，抬起脚踢翻椅子，举起拳推翻桌子，没等泰纳迪埃转身，就已敏捷地蹦到了窗口。只一秒钟工夫，他已打开窗子，跳上窗台，跨出窗外。当六个粗壮的拳头抓住他，把他拽回屋里时，他半截身子已在窗外了。是三个"修炉工"扑到了他身上。与此同时，泰家婆娘揪住了他的头发。

听见杂乱的脚步声，其他几个强盗从走廊里跑过来。床上那位似乎喝醉了酒的老头，也从破床上下来，手持养路工的铁锤，跌跌撞撞地跑到了窗口。

其中一个"修炉工",将一个由铁杆做成的两端各装一个铅球的大铁锤举到他头上方;烛光照着此人涂黑了的脸,尽管涂成黑色,马里尤斯仍认出那是庞肖,外号春天,又叫比格纳耶。

马里尤斯不能忍受这个场面。"父亲啊,"他想道,"原谅我吧!"他的手指寻找手枪扳机。他正要开枪,听见泰纳迪埃喊道:

"别伤着他!"

受害人逃跑的企图,不仅没有激怒泰纳迪埃,反而使他平静下来了。他身上有两个人,一个凶残,一个机智。直到这一刻,面对垂头丧气、一动不动的猎物,他一得意而忘了形,于是凶残的一面占了上风;当他看见受害人开始挣扎,似乎想拼死一搏时,机智的一面又占了上风。

"别伤着他!"他又说了一遍。可他万万没有料到,这句话首先起的作用是,使即将发出的一枪不再发出,使马里尤斯不再行动,因为马里尤斯感到情况不那么紧急了,面对新的阶段,认为再等一等没什么不妥。说不定会出现一个机会,使他摆脱两难的境地,于絮尔的父亲可以逢凶化吉,上校的救命恩人也可免于一死。

一场殊死搏斗开始了。白先生当胸一拳,打得那老头滚到房间中央,接着,反手两掌,将两个围攻他的人打倒在地,双膝一边一个把他们按住;那两个恶棍,像是被石磨压着,直喘粗气。但是,另外四人已抓住这位令人惧怕的老人的胳膊和后颈,将他按倒在那两个被他按倒在地的"修炉工"身上。这样,白先生制服了两个人,同时又被另外四人所制住,压得身下的人气喘吁吁,同时又被人压得喘不过气来。他拼力挣扎,也未能摆脱压在他身上的重力,被这群可怕的强盗团团围住,有如一头野猪被一群狂吠乱叫的猎犬和警犬团团围住一样。

他们终于将他掀倒在靠窗的那张床上,把他死死按住。泰家婆娘揪住他的头发一直没有松开。

"你别掺和了,"泰纳迪埃说,"他会撕破你的围巾的。"

泰家婆娘服从了,有如母狼服从公狼,嘴里还发出一阵嗥叫。

"你们几个搜搜他的身。"泰纳迪埃又说。

白先生似乎放弃反抗了。他们开始搜他的身。他身上只有一个装有六法郎的皮钱包和一条手帕。泰纳迪埃把手帕揣进兜里。

"什么!没有皮夹子?"他问。

"也没怀表。"一个"修炉工"说。

"无论如何,这是个老滑头!"手里拿着大钥匙的假面人咕哝道,声音像是从腹内发出。

泰纳迪埃走到门后的角落里,拿起一捆绳子,扔给他们。

"把他捆在床脚上。"他说。他看见被白先生一拳打倒的老头仍躺在屋子中间一动不动,便问道:

"布拉特吕埃尔是不是死了?"

"没死,"比格纳耶回答,"喝醉了。"

"把他弄到角落里去。"泰纳迪埃说。

两个"修炉工"用脚把他推到那堆废铁旁。

"巴贝,干吗带这么多人来?"泰纳迪埃悄声对拿棍子的人说,"没必要。"

"叫我怎么办?"拿棍子的人说,"他们都想来。现在是淡季。没活做。"

白先生所在的破床,是医院里用的那种木床,四条床腿几乎没有加工，十分粗糙。白先生任强盗们摆布。他们让白先生脚着地站着，将他牢牢捆在离窗口最远、壁炉最近的一条床腿上。

捆绑完毕，泰纳迪埃搬来一张椅子坐下，几乎和马里尤斯面对面了。泰纳迪埃好像换了个人，那穷凶极恶的脸部表情，转眼间变得平静、温和而狡黠。那张近乎野兽的嘴脸，刚才还唾沫飞溅，现在露出了办公室职员斯文的笑容，马里尤斯简直认不出来了。他目瞪口呆地看着这不可思议的令人不安的变化，此刻的感受，无异于看到一只老虎变成了诉讼代理人。

"先生……"泰纳迪埃说。

他挥了挥手，示意仍抓住白先生的强盗们离开：

"你们走开一点，让我和先生谈谈。"

大家退到门旁。他接着说：

"先生，您不该想从窗口跳下去。会摔断腿的。您愿意的话，我们现在心平气和地谈一谈。首先，我要把我注意到的一个情况告诉您，您到现在没有喊过一声。"

泰纳迪埃没有说错，白先生确实没有喊过，马里尤斯慌乱中没有发现。白先生只说了很少几句话，而且没有提高嗓门，即使在窗口同强盗搏斗，他也一声不吭，这确实令人纳闷儿。泰纳迪埃继续说道：

"上帝！您哪怕喊声'捉贼啊'，我是不会认为不妥的。在这种情况下，一般会喊"救命"，至于我，我不会认为不好。遇到不能引起自己足够信任的人，喊几声，是很自然的事。您这样做，我们也不会不让您做。我们都没塞住您的嘴巴。我来告诉您为什么。因为屋里的声音传不出去。这房间有这点好处，也多亏有这个好处。这是个地窖。哪怕在里面扔颗炸弹,离得最近的警察也只听见酒鬼的鼾声。这里,炮声只是'嘣'一下,雷声只是'噗'一下。这房间很实用。总之,您没有喊叫,这样更好,我要祝贺您。另外,我要告诉您我得出的结论:亲爱的先生,如果喊叫的话,谁会来?警察。警察以后呢?是法官。好,您没有喊叫,说明您和我们一样,不愿看到法官和警察来到。同时也说明——我早就有所怀疑——您有什么事要隐瞒。我们这边也一样。因此,我们能谈到一起。"

泰纳迪埃这样说的时候,眼珠紧盯着白先生,仿佛想把从眼睛里射出的尖针,刺进俘虏的脑袋。此外,他说的话隐隐带点傲慢的意味,但很有分寸,可以说字斟句酌,让人感到,这个恶棍刚才还是十足的强盗,现在像一个"受过教育准备当神甫的人"了。

这个俘虏一直保持沉默,谨慎得连有生命危险时也不喊叫,违背人的本能就是不喊救命,这一切自从被泰纳迪埃点破后,应该说,马里尤斯就感到不舒服,同时又感到惊讶和痛苦。

这个被库费拉克起绰号叫作"白先生"的人,这个严肃而奇怪的人,对马里尤斯来说,本来就笼罩在一团神秘中,现在听了泰纳迪埃很有道理的分析,马里尤斯就更觉得他神秘莫测了。可是,不管他是谁,他现在被绳索捆绑,被刽子手包围,可以说,半截身子已陷入泥坑中,每时每刻都在往下沉,不管面对狂怒的泰纳迪埃,还是和颜悦色的泰纳迪埃,他都不动声色,此时此刻,看到这张忧郁而骄傲的脸,马里尤斯也情不自禁地暗暗赞叹。

这个人显然是不会惧怕的,也不知道什么叫惊慌失措。这是个身处绝境也能做到神色不惊的人。情况再危急,灾难再不可避免，他也不会像溺水的人那样，在水下睁着惊恐的眼睛。

泰纳迪埃毫不做作地站起来，走到壁炉旁，移开屏风，把它靠在旁边的破床上，从而露出了装满炽热煤火的铁皮炉子，俘虏可以清楚地看到烧得白热化的布满了小红星的钳工錾。

接着，泰纳迪埃又返回坐到白先生前面。

"我接着往下讲。"他说，"我们能谈到一起。我们和解吧。我刚才不该发火，我太糊涂，我太过分，说了许多过头的话。比如，您是百万富翁，我就问您要钱，要很多钱，要很多很多的钱。这是不合情理的。上帝，尽管您很富有，但您有您的负担，谁会没有负担呢？我不想让您倾家荡产，不管怎么说，我不是一个咬住一块肉不放的人。我不像有些人，占了上风，就会乘机大捞一把，让人笑话。听着，我这边也让一下步，作些牺牲。我只要二十万法郎。"

白先生一言不发。泰纳迪埃继续说：

"您瞧，我在我的酒里掺了不少水。我不知道您有多少财产，但我知道您花钱从不计较，像您这样的慈善家，一定会给一个穷困的一家之主二十万法郎的。您也一定是个明事理的人，您总不会认为，我像今天这样煞费苦心，安排了晚上这件事——这些先生一致承认组织得很好——只是为了向您要几个小钱，到德诺瓦耶酒店去喝十五法郎一瓶的红葡萄酒，吃点小牛肉吧。二十万法郎才值得这样做。您从口袋里掏出了这区区一小笔钱，我向您保证，事情也就结束，我不会碰您一下。您会对我说：我身上没有二十万。呵！我不是没有分寸的人。我并不要您马上给钱。我只要您做一件事。请您按我说的写下来。"

说到这里,泰纳迪埃停了停,然后,朝小铁炉那边送去一个微笑,每一个字都加重语气地说:

"我先得告诉您,不许您说不会写。"

大审判官见了他这个微笑,会不胜羡慕。

泰纳迪埃将桌子推到白先生身边,从抽屉里拿出墨水、笔和一张纸,他没关上抽屉,让那把发光的长尖刀露出来。他把纸放到白先生面前。

"写吧。"他说。

俘虏终于开口了。

"您要我怎么写?我被绑着。"

"这倒是真的,对不起!"泰纳迪埃说,"您说得对。"

他转向比格纳耶:

"把先生的右臂解开。"

外号叫春天,又叫比格纳耶的庞肖,按泰纳迪埃的命令做了。俘虏的右手解开后,泰纳迪埃将笔在墨水瓶里蘸了蘸,递给他。

"请注意,先生,您在我们掌握之中,任我们摆布,任何人的力量都不能把您从这里救走,假如您逼得我们做出令人不快的极端行动,那也只好抱歉了。我不知道您的名字,也不知道您的住址,但我事先得告诉您,您将一直被绑到派去送您这封信的人回来。现在写吧。"

"写什么?"俘虏问。

"我说,您写。"

白先生拿起笔。泰纳迪埃开始口授。

"我的女儿……"

俘虏打了个颤,抬眼看看泰纳迪埃。

"写上'亲爱的女儿'。"泰纳迪埃说。白先生按他说的写了。泰纳迪埃继续道:

"您马上来……"

他停下来:

"您是用'你'称呼她的,是吧?"

"谁?"白先生问。

"当然是小姑娘,百灵鸟呀!"泰纳迪埃说。

白先生不动声色地回答:

"我不知道您在说什么。"

"您照写就是了。"泰纳迪埃说。他继续口授:

"你马上来一趟。我绝对需要你。送这张便条给你的人,负责带你到我这里。我等着你。放心地来吧。"

白先生全都照写了。泰纳迪埃又说:

"噢!把'放心地来吧'这句话划掉。这会让人怀疑事情不简单,反而会不放心。"

白先生划掉了那句话。

"现在签上名字。"泰纳迪埃接着又说,"您叫什么名字?"

俘虏放下笔,问道:

"这信是给谁的?"

"您很清楚。"泰纳迪埃回答,"是给小姑娘的,我刚才同您说过了。"

显然,泰纳迪埃避而不说那姑娘的名字。他说"百灵鸟",他说"小姑娘",就是不提名字。这是狡猾者在同伙面前保守秘密的谨慎做法。说了名字,等于把"整桩买卖"全都暴露给他们,把不需要他们知道的东西也告诉了他们。

他又说:

"签上名字。您叫什么?"

"于尔班·法布尔。"俘虏说。

泰纳迪埃像猫似的,迅速将手插进衣兜,掏出从白先生身上搜来的手帕。他将手帕凑近烛光,寻找上面的记号。

"U.F.,没错。于尔班·法布尔。好吧,签上 U.F.。"

俘虏签了名。

"折信要用两只手。给我,我来折。"

折好信,泰纳迪埃又说:

"写上地址。您的寓所,法布尔小姐收。我知道您家离这里不远,就在圣雅克-德-奥巴教堂附近,因为您每天去那里做弥撒,但我不知道是哪条街。看得出,您知道自己的处境。您在名字上没有说谎,地址也不会说谎的。您自己写吧。"

俘虏沉思片刻,然后拿起笔,写道:

"圣多米尼克-当费尔街十七号,于尔班·法布尔先生寓所,法布尔小姐收。"

泰纳迪埃兴奋地一把夺过信,喊了声:

"老婆!"

泰家婆娘跑过来。

"这是信。你知道怎么做。下面有辆出租马车。马上就去,原车回来。"

他转而又对拿宰牛锤的人说:

"既然你已摘掉面具,就陪我老婆走一趟。你待在车后。那辆双轮小马车是你停放的,你知道它在哪里吧?"

"知道。"那人说。

他把宰牛锤放到一个角落里,跟着泰家婆娘走了。

他们走后,泰纳迪埃从门缝里探出脑袋,冲着走廊喊道:

"千万别把信丢了!想着身上揣着二十万法郎哪。"

泰家婆娘沙哑的嗓门回答:

"放心吧。我把它放进肚里了。"

不到一分钟,就传来了马鞭声,声音渐渐变小,很快就听不见了。

"好!"泰纳迪埃咕哝道,"他们走得很快。照这个速度,三刻钟后我老婆就回来了。"

他把一张椅子挪到壁炉旁,坐下来,交叉双臂,向铁皮炉子伸出满是泥巴的靴子。

"脚好冷。"他说。

陋屋里,除了泰纳迪埃和俘虏,只剩下五个强盗了。这五个人戴着面具,或脸上抹满黑胶,装扮成烧炭工、黑人或魔鬼借以吓人,可却显得麻木不仁,无精打采,让人感到,他们犯罪如同干活,心安理得,不发怒,冷酷无情,一副无聊的样子。他们就像野兽,挤在一个角落里,一声不吭。泰纳迪埃烤着脚。俘虏重又陷入沉默。刚才,陋屋里充满了粗野的喧嚣声,现在充满了阴森可怕的寂静。

蜡烛上结了个大烛花,勉强照亮这间大屋子,炉火已变暗淡,这些魔鬼的脑袋在墙上和天花板上映出可怕的影子。除了熟睡的醉老头平静的呼吸声,听不到其他任何声音。

马里尤斯焦虑地等待着,发生的一切使他的焦虑有增无已。谜团比任何时候更难解开了。泰纳迪埃称作百灵鸟的小姑娘是谁?是他的"于絮尔"吗?俘虏对"百灵鸟"这几个字毫无反应,十分自然地回答:"我不知道您在说什么。"另一方面,U.F.这两个字母总算弄清楚了,是于尔班·法布尔,于絮尔不叫于絮尔。这是他看得最清楚的一点。一种可怕的诱惑,把他牢牢钉在他的观察点上,居高临下,观察着整个罪恶场面。他站在那里,几乎不能思索,不能动弹,仿佛被眼前发生的令人发指的罪恶行径弄得筋疲力尽,颓丧不已。他无法集中思想,不知作何决定,只是等待着,希望发生一件意外,不管什么意外都行。

"不管怎样,"他说,"假如百灵鸟是她,我就要知道了,因为泰家婆娘就要把她带来。到时就会清楚。我一定要救她,需要的话,我将献出自己的鲜血和生命!什么都不能阻挡我!"

就这样快过了一刻钟。泰纳迪埃似乎陷入阴暗的沉思中。俘虏一动不动。但是,马里尤斯好像断断续续地听见轻微的声音,是俘虏那边传来的,且有一段时间了。

突然,泰纳迪埃大声对俘虏说:

"法布尔先生,好好听着,我干脆现在就同您说了吧。"

这句话使人感到他要把事情挑明了。马里尤斯竖起耳朵。泰纳迪埃接着说:

"不要急,我妻子就要回来了。我想百灵鸟确实是您的女儿,您把她留在身边是很自然的。不过,您好好听着。我老婆带着您的信,肯定能找到她。我让我老婆穿得整齐一些,这您已看到,以便您家小姐不起疑心地跟她走。她俩登上那辆出租马车,车后站着我的伙伴。城门外的某个地方,停着一辆两匹好马拉的双轮小马车。他们把小姐带到那里。她就下出租马车,和我的伙伴一起上那辆双轮马车,而我老婆则回来对我们说:事情办妥了。至于您那位小姐,她不会受到伤害,双轮马车把她带到一个地方,她太太平平地待在那里。等我们拿到那区区二十万法郎,就把她还给您。您要是让人来抓我们,我那伙伴就会把百灵鸟结果了。情况就是这样。"

俘虏一句话也不说。泰纳迪埃停了停,继而又说:

"您看到了,事情很简单。假如您不想有事,就不会有事。我把事情告诉您。我事先告诉您,是为了让您明白。"

他停了停,俘虏仍保持沉默。泰纳迪埃接着说:

"等我妻子回来,对我说:百灵鸟上路了,我们就把您放了,您可以自由地回家睡觉。您瞧,我们并无恶意。"

这时,一幕幕可怖的景象从马里尤斯脑海里掠过。什么!那姑娘被劫持了?不把她带回来?这些魔鬼中的一个要把她藏起来?藏在哪里?……假如是她,怎么办?肯定是她!马里尤斯感到他的心脏停止跳动了。怎么办?要不要开枪?将这些恶棍绳之以法?可是,那劫持姑娘的拿宰牛锤的歹徒仍会逍遥法外。马里尤斯想起泰纳迪埃说的、隐隐散发着血腥味的那句话:"您要是让人来抓我们,我那伙伴就会把百灵鸟结果了。"

此时此刻,使他下不了决心开枪的,不仅是上校的遗嘱,还有他自己的爱情,他怕心上人遭到不测。这可怕的局面已持续一个多小时了,每时每刻都有新的情况出现。马里尤斯将所有撕心裂肺的猜测——作了回顾,想寻找一线希望,却怎么也找不到。他脑海里思绪翻腾,与匪巢阴沉可怕的寂静形成鲜明的对照。

在这寂静中,突然听见楼梯门打开又合上的声音。

俘虏在捆绑他的绳子中动了一下。

"我老婆回来了。"

他话音未落,泰家婆娘果然冲进屋里,满面通红,气喘吁吁,双眸冒火,边用两只大手拍打大腿,边大声说:

"假地址!"

她带去的强盗跟着她出现在门口,过来拿起他的宰牛锤。

"假地址?"

她又说:

"没有人!圣多米尼克街十七号根本没有于尔班·法布尔先生!人家不知道他是谁!"

她透不过气来,便停了停,接着又说:

"泰纳迪埃先生!这老家伙耍你了!你心肠太好,你看!换了我,我一上来就给你把他的嘴撕成四瓣了!他要是敢凶,我就把他活活煮熟了!他只好乖乖开口,说出女儿在哪里,钱藏在哪里!我就会这样干,我!怪不得有人说男人比女人蠢呢!十七号!没有人!是通马车的大门!圣多米尼克街根本没有法布尔先生!一路奔波,给车夫小费,等等!我问了看门的夫妇俩,那女的长得很漂亮,他们说不认识!"

马里尤斯松了口气。她,那个于絮尔,或百灵鸟——他都不知道该怎么称呼了——没有危险了。

当泰家婆娘愤怒地大叫大嚷的时候,泰纳迪埃已坐到桌子旁,来回晃动悬着的右腿，若有所思地恶狠狠地看着铁皮炉，半天没有说一句话。最后，他转而用缓慢而极其凶恶的声音对俘虏说：

"一个假地址？你想干什么？"

"争取时间！"俘虏响亮地回答。

同时，他挣脱绳索：它们早已割断了。俘虏只有一条腿还绑在床腿上。

没等那七名歹徒醒悟并扑过来，他已把腰弯到壁炉下，将手伸向火炉，然后站直身子，这时，泰纳迪埃夫妇及那些歹徒都吓得退到房间里面，惊愕地看着几乎可以自由行动的他，将烧得通红、闪着凶光的钳工錾举在头顶上，这姿势叫人吓得魂飞魄散。

法院在侦查戈博旧宅这场陷阱案时确认，警察进入现场后，在陋室里发现了一枚经过特殊加工的大铜钱。这枚大铜钱，是苦役牢漫长而黑暗的生活孕育的、为了在黑暗中使用的奇异的工艺品，是越狱的工具。这是一种奇异工艺的丑恶而精致的产物，它在珠宝业中的地位，好比俚语的隐喻在诗歌中的地位。在苦役牢里有邦弗尼托·切利尼①们，正如文坛上有维永②们。不幸的囚徒渴望自由，有时在一无工具的情况下，用一把木柄小刀，一把旧刀，将一个铜钱锯成两个薄片，又将这两个薄片挖空，而不损坏币面的花纹，再在边缘刻上一道螺纹，使这两个薄片重新能合上。

---

① 邦弗尼托·切利尼（1500—1571），意大利佛罗伦萨金银匠和雕刻家，在法国和佛罗伦萨都占有重要地位。

② 维永（1431—1463），法国最伟大的抒情诗人之一。年轻时，喜欢在巴黎下层社会的酒肆娼寮纵酒放荡。曾多次因案入狱。

这是一个盒子,可以任意旋开和旋合。在小盒内藏着一根钟表发条,这发条经过精心加工,能够锯断粗铁链和铁条。人们以为苦役犯身上只有一枚铜钱,其实不然,他掌握着自由。警察在搜查现场时,在那间陋屋里,在靠窗那张床下面发现的,正是那种大铜钱,已打开成两片。还发现了一个蓝色小钢锯,正好能藏进铜钱里。当时的情况可能是这样的:歹徒们搜他的身上时,他身上正好有那枚铜钱,他把它藏在手中,没被搜走,然后,他用松了绑的右手,将铜钱拧开,用那把钢锯割断绑着他的绳索,马里尤斯注意到的轻微的声音和不易察觉的动作,也就得到了解释。

因为怕被发现,不敢弯腰,绑住左腿的绳子没有割断。

歹徒们已从最初的惊愕中清醒过来。

"放心,"比格纳耶对泰纳迪埃说,"他还有条腿绑着,跑不了。我担保。是我给那个蹄子捆绑的。"

这时,俘虏抬高嗓门说:

"你们是一群可怜人,不过,我这条命不值得我拼命保护。至于你们想逼我说话,逼我写不愿写的,逼我说不愿说的……"

他卷起左臂的袖子,又说:

"你们瞧吧!"

他边说边伸出胳膊,右手握住木柄,将灼热的钳工錾放到赤裸的臂上。

只听见皮肉被烧得咝咝直响,行刑室特有的气味顿时充满整个陋屋。马里尤斯惊恐万状,歹徒们也不寒而栗,可那奇怪的老头脸不变色心不跳,红红的钳工錾嵌入冒着烟的伤口中,他泰然自若,简直令人敬畏,漂亮的眼睛看着泰纳迪埃,目光中没有仇恨,痛苦已然消失,只见他神态安详而威严。

在伟大而高贵的人身上,当肉体和感官因遭受痛苦而反抗时,灵魂就会显现在额头上,正如士兵造反,会迫使统帅出现。

"可怜人,"他说,"我不怕你们,你们也不必怕我。"

说完,他把钳工錾从伤口里拿出来,从开着的窗子里扔出去。那炽热而骇人的工具旋转着消失在黑夜里,远远地落到雪地里熄灭了。

俘虏接着又说:

"随您怎样处置我。"

他手上没有武器了。

"抓住他!"泰纳迪埃说。

两名歹徒抓住他的肩膀,那位戴面具说腹语的人则站在他面前,只要他一动,就用大钥匙砸烂他的脑袋。

与此同时,马里尤斯听见他下面的隔板脚边有人在低声交谈,但他们靠隔板太近,因而看不见。

"只有一个办法。"

"把他宰了!"

"对。"

是丈夫和妻子在商量。泰纳迪埃缓步走向桌子,拉开抽屉,拿出那把刀。

马里尤斯紧紧攥住手枪圆柄。他不知所措。一小时以来,他头脑里一直有两个声音在说话,一个要他尊重父亲的遗嘱,另一个要他救俘虏。这两个声音不停地争斗,使他万分苦恼。在他的潜意识里,一直希望能找到一个两全其美的办法,却没能找到。

现在危险迫在眉睫，不容再等待了，泰纳迪埃手持利刀，正想动手，离俘虏只有几步路。

马里尤斯心乱如麻，他环顾四周，这是人在绝望时的最后无意识的行为。突然他打了个颤。

一道明亮的月光照到他脚边的书桌上，仿佛要指引他去看一张纸头。他看见了泰家大女儿在早晨写的那行大字：

雷子来了。

马里尤斯脑海里闪过一道亮光，一个念头。这正是他苦苦寻求的办法，解决一直折磨着他的难题：既不伤害凶手，又能搭救受害人。他跪到五斗橱上，伸出胳膊，抓住那张纸头，从墙上轻轻剥下一块灰泥，裹在纸里，从墙洞里扔到隔壁那间破屋中央。

正是时候。泰纳迪埃已战胜最后的恐惧，抑或最后的顾虑，正在向俘房走去。

"有东西掉下来了！"泰家婆娘喊道。

"是什么？"丈夫说。

那女人已冲过去，拾起包着纸的灰泥块。

她把纸包交给丈夫。

"从哪里来的？"泰纳迪埃问。

"你说能从哪里来？"那女人说，"当然从窗口。"

"我看见它从窗口飞进来的。"比格纳耶说。

泰纳迪埃迅速打开纸包，凑到烛光下。

"这是埃波妮的笔迹。见鬼！"

他向妻子做了个手势，她赶紧过来，他让她看纸上的那行字，然后低声说：

"快!梯子!让这猪猡待在警察的陷阱里,我们快溜!"

"不宰他了?"泰家婆娘问。

"没时间了。"

"从哪里?"比格纳耶说。

"从窗口。"泰纳迪埃回答,"既然埃波妮从窗口扔进石块,说明房子的这一边没被包围。"

说腹语的假面人将他的大钥匙放到地上,双臂伸向天空,双手迅速张合三下,没有说一句话。这好比向船员发出战斗的信号。抓着俘虏的歹徒松开手;转眼间,绳梯已从窗口放下,两个铁钩牢牢钩在窗沿上。

俘虏没有注意周围发生的事,好像在沉思或祈祷。绳梯刚架好,泰纳迪埃便喊:

"快来!老婆!"

说完,他冲向窗口。他正要跨上去,比格纳耶粗暴地一把抓住他的衣领。

"喂,不要急,老滑头!让我们先走!"

"让我们先走!"歹徒们吼道。

"你们真不懂事,"泰纳迪埃说,"别耽误时间。雷子就要来了。"

"那好,"其中一个歹徒说,"我们抽签决定谁先走。"

泰纳迪埃气得大声吼道:

"你们疯啦!神经有毛病啦!真是一群疯子!耽误时间,是不是?抽签,是不是?猜手指头!抽草茎!写上我们的名字!放在帽子里!……"

"要我的帽子吗?"有人在房门口大声说道。

997

大家回头。是雅韦尔。

他手里拿着帽子,笑眯眯地把帽子伸过去。

二十一　应该先抓受害人

黄昏时分,雅韦尔已布置好了人手,他自己则躲在林荫大道另一侧、与戈博旧宅相望的戈布兰门街的树后面。他做的第一件事,便是打开"口袋",想把在巢穴周围望风的两位姑娘抓住。可他只"逮着"了阿赛玛。埃波妮不在她的哨位上,她失踪了,因此雅韦尔没逮着她。然后,雅韦尔埋伏起来,侧耳静候约定的信号。那辆出租马车的一往一返使他心绪不宁。后来,他等得不耐烦了,"确信那里有个贼窝",确信会有"很大的收获",从进旧宅的强盗中,他认出了几个面孔,最后决定不等枪声,直接上楼来了。

大家还记得,他有马里尤斯那把万能钥匙。

他来得正是时候。

强盗们惊慌失措,连忙捡起刚才逃跑时扔到各个角落里的凶器。霎时间,七个人气势汹汹站到一起,摆起防御的阵势,一个拿着宰牛锤,一个拿着大钥匙,一个拿着铅头棒,其他人操起凿子、钳子和锤子,泰纳迪埃握着那把尖刀。泰家婆娘在窗角上抓起一大块铺路石,那是给她两个女儿平日当凳子的。

雅韦尔戴上帽子,朝房间里走了两步,双臂交叉,拐杖夹在腋下,宝剑插在鞘里。

"别动!"他说,"不要从窗口出去,而是从门口出去。这样安全。你们七个人,我们十五个人。不要硬拼。大家客气点。"

比格纳耶从外衣下面抽出一支手枪,塞给泰纳迪埃,对他耳语道:

"是雅韦尔。我不敢向这个人开枪。你敢吗?"

"当然敢!"泰纳迪埃回答。

"那好,开枪吧。"

泰纳迪埃接过手枪,瞄准雅韦尔。雅韦尔离他才三步路,逼视着他,只说了句:

"别开吧!你打不中我。"

泰纳迪埃扣动扳机。没有击中。

"我说了吧!"雅韦尔说。

比格纳耶把他的铅头棒扔到雅韦尔脚边。

"你是魔鬼的皇帝!我投降。"

"你们呢?"雅韦尔问其他强盗。

他们回答:

"我们也投降。"

雅韦尔冷静地说:

"好,这样就对了。我刚才说了,大家客气点。"

"我只求一件事,"比格纳耶说,"我到了牢里,别不让我抽烟。"

"行。"雅韦尔说。

他回头喊道:

"可以进来了!"

听见雅韦尔的招呼,一群手握佩剑的警察和手执大头棒和短木棍的便衣冲进房间。他们将强盗捆绑起来。一支蜡烛朦胧照着这群人，魔窟里充斥着他们的黑影。

"全给铐上！"雅韦尔说。

"你们敢过来！"一个人吼道，但不是男人的声音，却也不能说是女人的声音。

泰家婆娘守在窗口的一角，刚才那声吼叫是她发出的。警察和便衣吓得连连后退。她已扔掉披肩，但仍戴着帽子；她丈夫蹲在她身后，扔下来的披肩几乎盖住了他的全身，她用身体掩护丈夫，双手将那块铺路石举过头顶，摆动着，好似一个巨人就要掷出石头。

"当心！"她吼道。

大家向走廊退去。破屋中央空出一大块地方。那婆娘朝束手待毙的强盗们瞅了一眼，用沙哑的喉音低声骂道：

"懦夫！"

雅韦尔笑了笑，向空处走去，泰家婆娘虎视眈眈地盯着那里。

"别过来，滚开！"她吼道，"再过来我就砸死你！"

"好一个投弹手！"雅韦尔说，"大妈！你有男人的胡子，可我有女人的爪子！"

他继续向前。

泰家婆娘蓬头散发，杀气腾腾，叉开双腿，身子向后一仰，使足力气，将那块石头向雅韦尔的头上扔去。雅韦尔一躬身，石头越过他的身上，撞到对面的墙上，砸掉一大块灰泥，又弹回来，从一个角落弹到另一个角落，最后滚到雅韦尔脚边不再动弹，幸亏破屋里几乎没有人。

这时，雅韦尔走到泰纳迪埃夫妇跟前。他一只大手抓住那女的肩膀,另一只按在丈夫的头上。

"拇指铐!"他喊道。

警察又拥进屋里,不消几秒钟,就完成了雅韦尔的命令。

泰家婆娘垂头丧气,看了看自己和丈夫被铐着的手,坐到地上,大哭大嚎:

"我的女儿!"

"她们在牢里了。"雅韦尔说。

这时,便衣们发现门后呼呼大睡着一个醉汉,便使劲摇他。醉汉醒来,含含糊糊地说:

"完事了吗,戎德雷特?"

"是的。"雅韦尔回答。

六个被铐着的强盗站着。他们的脸仍然像鬼,三个涂成黑色,三个戴着面具。

"你们就戴着面具吧。"雅韦尔说。

他像德皇腓特烈二世在波茨坦检阅部队那样,目光威严地将他们扫视一遍,并对那三位"修炉工"说:

"你好,比格纳耶。你好,布吕戎。你好,二十亿。"

然后,他转向那三个戴面具的人,对拿宰牛锤的说:

"你好,格勒梅尔。"

接着对拿铅头棒的说:

"你好,巴贝。"

又对说腹语的人说:

"你好,克拉克苏。"

这时,他看见了强盗们的俘虏,警察进来后,那人没说过一句话,一直低着脑袋。

"给先生松绑!"雅韦尔说,"谁也不准出去。"

说完,他威严地坐到桌子旁,桌上仍摆着蜡烛和书写用具。他从兜里掏出一张公文纸,开始写调查报告。他写完几行套语后,抬起头说:

"把这些先生们绑着的那位先生带来。"

警察们看了看周围。

"怎么了,"雅韦尔问,"他在哪里?"

强盗们的俘虏,那位白先生,于尔班·法布尔先生,于絮尔或百灵鸟的父亲,已不见人影了。

房门口有人把守,但窗口却无人把守。他被松绑后,见雅韦尔正在写调查报告,周围混乱嘈杂,拥挤不堪,烛光昏暗,没有人注意他,便趁机越窗逃跑了。一个便衣奔到窗口,向外张望。窗外不见人影,绳梯还在晃动。

"见鬼!"雅韦尔咕哝道,"这一个也许是最厉害的!"

二十二 在第三卷中哭叫的孩子[1]

在医院林荫大道的旧宅里发生那件事后的第二天,一个男孩,好像是从奥斯特里茨大桥那边过来的,顺着街右侧的人行道,朝

---

[1] 本书初版时,共分十卷。此处所说的第三卷,即本译本第二部《珂赛特》中的第三卷,那哭叫的孩子出现在该卷第一章《蒙费梅的用水问题》中。

枫丹白露门走去。天色已黑。这孩子面黄肌瘦,衣衫褴褛,二月里只穿一条布单裤。他扯着嗓门唱着歌。

在小银行家街的拐弯处,路灯下,有个老妇弯腰曲背,正在垃圾堆里捡破烂。孩子经过时,撞了她一下,赶快后退,惊叫道:

"呀!我还以为是一只特别特别大的狗呢!"

他重复"特别"这个词时,故意用了揶揄的语气,也许只有用大写字母才能表达"一只特别特别大的狗"的夸张意味。

老妇恼羞成怒,突然站起来。

"该死的!"她咕哝道,"我要不是弯着腰,看我不给你一脚!"

那男孩已经走远。

"嘿!嘿!"他说,"既然如此,我可能没有弄错。"

老妇气得透不过气来。她挺直身子,路灯的红光照在她苍白的脸上,只见她瘦骨嶙峋,皱纹深深,鱼尾纹与嘴角连成一片。她的身子隐没在黑暗中,只露出了脑袋,活像被月光割下来的衰老女魔的面具。孩子注视着她,说道:

"太太的美貌对我不合适。"

他继续赶路,又接着唱起来:

"踢木鞋"国王,
出门去打猎,
专打大乌鸦……

唱完三句,他就不唱了。他已来到50—52号门前。看见大门关着,就用脚踢,踢得又响又猛,听上去与其说是小孩的脚,不如说是他脚上的大人鞋在踢门。

这时,他在小银行街拐角上遇到的那个老妇,跟在他后面跑来了,她大叫大嚷,拼命挥手。

"干什么?干什么?上帝!大门要踢坏了!屋子要踢破了!"

孩子继续踢门。老妇继续吼叫。

"现在怎么这样对待房子!"

她突然不叫了。她认出是刚才的流浪儿。

"什么!原来是这个魔鬼!"

"呀!是老家伙呀,"孩子说,"你好,比贡大娘。我来看我的长辈。"

老妇做了个表情复杂的鬼脸,那是仇恨加上衰老和丑陋临时凑合成的令人拍案叫绝的表情,可惜天色黑暗,无人看得见:

"家里没有人,野孩子。"

"呵!"孩子说,"我父亲在哪?"

"在拉福斯监狱。"

"啊!那我母亲呢?"

"在圣拉扎尔监狱。"

"好吧!那我两个姐姐呢?"

"在马德洛内特监狱。"

孩子挠挠耳朵背后,看着比贡大娘说道:

"啊!"

然后,他脚跟向后一转,过了一会儿,仍站在门口的老婆子听见他用清脆的童音唱着歌,消失在迎风瑟瑟抖动的榆树下面了。他唱道:

"踢木鞋"国王,
出门去打猎,
专打大乌鸦,
踩着大高跷。
有人从他下面过,
要交两苏买路钱。

第四部

普吕梅街田园诗
圣德尼街英雄史

第一卷
讲点历史

一 开了个好头

七月革命后的两年,即一八三一年和一八三二年,是历史上最特别、最令人震惊的一个时期。这两年犹如两座山峰,屹立在它们前后的年代中间。它们具有革命的威严。期间,耸立着一个个悬崖绝壁。社会各个阶层、文明的基础、由相互重叠相互依存的利益构成的牢固的群体、世世代代形成的法兰西古老形象,这一切,在制度、激情和理论的风云变幻中时隐时现。这些时现时隐的东西,被叫作抵抗和运动。人类的心灵之光——真理不时地在中间闪耀。

这无与伦比的时期相当短暂,离我们已有一段距离,因此,现在来回顾一下,应该能抓住它的主要特点了。

我们就来做一尝试。

王朝复辟是一个很难定义的中间阶段,期间充满了疲惫、窃窃私议、悄悄耳语、困倦、喧闹,这只是表明一个伟大的民族到了一个阶段。这样的时期是奇特的,往往使那些想从中渔利的政客们上当受骗。开始时，国民只求休养生息；他们一心渴望安宁，一心想做小人物。这表明大家想过安宁的日子。大事件、大事变、大冒险、大人物，谢天谢地，这些见得够多的了，已忍无可忍。人们宁愿舍恺撒，而要普鲁西亚斯①，弃拿破仑，而求伊夫托王②。"多好的国王啊！"人们天不亮就动身，长途跋涉了一整天，已是晚上了，同米拉波走了第一程，同罗伯斯庇尔走了第二程，同波拿巴走了第三程，现在腰酸背痛，精疲力竭。人人都想要张床。

已疲惫了的献身精神，已衰老了的英雄主义，已满足了的勃勃野心，已获得了的巨大财富，都在寻求着，要求着，哀求着，恳求着。要求什么呢？一个安乐窝。它们得到了。它们享有了和平、宁静和闲逸。它们心满意足了。可与此同时，一些既成事实冒了出来，它们要求承认，前来敲旁边的大门。这些事实产生于革命和战争。它们存在着，生活着，它们有权在社会上安营扎寨，它们正在安营扎寨。通常，这些事实好比为大部队准备粮草的先行官，是为原则准备住处的。

于是，政治哲学家们便看到了这样的事：

就在疲倦的人们要求休息的时候，那些既成事实也要求给予保证。既成事实要求保证，同人民要求休息是一个道理。

这正是英国在护国公③下台后，向斯图亚特家族提出的要求；

---

① 普鲁西亚斯，俾提尼亚的国王（前192—前148），为了讨好罗马人，他派人暗杀汉尼拔。
② 伊夫托王，法国诗人贝朗热笔下的滑稽人物。
③ 护国公，这里指克伦威尔，十七世纪英国资产阶级革命中独立派领袖。

也是法国在帝国崩溃后，向波旁王族提出的要求。

这些保证是时代的需要。一定要给的。君王们"给了"，其实，是事物本身的力量决定的。这是应该认识的深刻真理，而一六六〇年，斯图亚特家族对此毫无认识，一八一四年，波旁家族甚至毫无感觉。

拿破仑垮台时，那注定要当国王的家族回到法国，竟头脑简单地认为一切都是他们给予的，他们所给的东西，可以重新要回来；认为波旁王族拥有神权，法兰西则一无所有；认为路易十八宪章中让与的政治权利，不过是神权的一个枝丫，是波旁王族把它摘下来赐予人民的，国王什么时候想收回就可以收回。可是，既然给予人民这个权利国王自己不高兴，他就应该意识到这不是他所给予的。

他们对十九世纪满怀恼怒。每当人民笑逐颜开，他们便愠形于色。拿粗俗的，也就是大众的和真实的话来说，他们心里窝火。人民对此看在眼里。

他们自以为很强大，因为拿破仑帝国在他们面前像舞台布景那样被搬走了。他们没有发现自己也是这样被搬来的。他们没有看见自己也掌握在搬走拿破仑的那只手里。

他们自以为根深蒂固，因为他们就是过去。他们错了；他们是过去的一部分，但整个过去，乃是法兰西。法国社会并不根植于波旁王族，而是法兰西民族。这些深入地下的、生气蓬勃的根，绝对不是一个家族的权利，而是一个民族的历史。它们无所不在，惟独不伸到宝座下面。

对法兰西而言，波旁王族是它历史上一个辉煌而血腥的节疤，但已不是它命运的主要成分和政治的必要基础。完全可以不要波旁王族，而且已抛弃了二十二年，法兰西依然存在，他们却意识不到这一点。他们怎能意识得到呢？在他们的想象中，热月九日那天，是路易十七在统治法国，马伦戈战役那天，是路易十八在统治法国。有史以来，从未有君王如此无视历史事实及其所包含的一部分神权。也从未有王权如此否认过神权。

这一重大错误，导致这个家族收回了一八一四年"给予"的保证，收回了他们所谓的让与。多么可悲！他们所谓的让与，是我们斗争得来的；他们说我们是侵占，其实那是我们的权利。

复辟王朝自以为战胜了波拿巴，深深扎根于国家，也就是说，自以为力量强大，根坚基固，一旦认为时机成熟，便当机立断，孤注一掷。一天早晨，他们突然矗立在法兰西面前，提高嗓门，否认集体的权利和个人的权利，即否认民族的主权和公民的自由。换句话说，他们否认民族之所以成为民族的东西，公民之所以成为公民的东西。

这就是所谓七月敕令这个臭名昭著法案的实质所在。

复辟王朝垮台了。

它垮得合情合理。不过，我们要说一句，它并不是对所有进步都一概敌视。许多大事完成时，它就在旁边。

王朝复辟时期，人民习惯于心平气和地讨论问题，这是共和国时期所没有的；人民也习惯了在和平中求强盛，这是帝国时代所没有的。自由和强盛的法国，对于欧洲的其他国家，是一种鼓舞人心的景象。罗伯斯庇尔时代，革命有发言权；拿破仑时代，大炮有发言权；而在路易十八和查理十世时代，才轮到智慧有发言权。风停了，火炬重又点燃。人们看见，在宁静的山顶上，纯洁的思想之光在闪烁。那是灿烂、有益和动人的景象。人们看见，十五年中，诸如法律面前人人平等、信仰自由、言论自由、出版自由、量才任职等重大的原则，这些对思想家是古老的，但对政治家却是十分新鲜的原则，曾和平而公开地施加着影响。这状况一直延续到一八三〇年。波旁王朝是文明的工具，最终在上帝的手中粉碎了。

波旁王朝垮台时，气势十分磅礴，但并不是他们，而是人民。他们严肃地离开了宝座，但已失去往日的威风；他们以这种方式沉入黑夜，并非以那种会给历史留下伤感的方式庄严退出；既非查理一世幽灵般的沉寂，亦非拿破仑雄鹰般的啸鸣。他们离开了，仅此而已。他们放弃了王冠，但没有保留光环。他们是高贵的，但却没有威仪。从某种程度上说，他们面对不幸，缺少君王的威严。查理十世在流放瑟堡时，命人把一张圆桌改成方桌，似乎对面临危险的礼仪，比对面临倾覆的君主政体更关心。这种衰退，使热爱他们本人的忠诚之士和热爱他们家族的严肃之人忧心忡忡。至于人民，他们是值得敬佩的。一天早晨，人民遭到保王党叛乱的武装袭击，却感到自己非常强大，因而没有动怒。他们进行自卫，竭力克制自己，使事物恢复正常，让政府回归法治，叫波旁王族重新流放。可惜呀！他们到此便止步不前了。他们从庇护过路易十四的华盖下，抓住了老国王查理十世，却把他轻轻放到地上。他们只是忧伤而小心翼翼地触动王室成员。这样做的不是一个人，也不是几个人，而是法兰西，整个法兰西，胜利了的并陶醉于胜利的法兰西,他们回想起,并在世人面前实践着街垒日①之后纪尧姆·德·韦尔发表的那段庄严的话:"那些善于博得君王恩宠的人,像小鸟那样从一个枝头跳到另一个枝头,从逆境跳到顺境的人,是很容易大胆地反对遭受恶运的国王的;但对我来说,不管国王们命运如何,都是值得尊敬的,尤其是身处逆境的国王。"

波旁王朝下台赢得了尊敬,但却没有人遗憾。正如前面说过的,他们的不幸大于他们自身。他们在地平线上消失了。

七月革命在世界上很快有了朋友和敌人。朋友们热情洋溢、兴高采烈地奔过来,敌人却别转脑袋,各人按自己的性格行事。起初,欧洲的君王们心头不悦,目瞪口呆,他们像黎明时的猫头鹰,闭上了眼睛,等他们张开眼时,却是为了威胁恐吓。他们惊恐不安可以理解,他们怒不可遏也可以原谅。这场奇特的革命算不上一次冲击,甚至不屑把被击败的王权当作敌人,使之流血。专制政府向来对自由派互相诽谤感兴趣,认为七月革命既来势凶猛,就不该温良恭俭让。况且,没有人企图策划阴谋,反对这场革命。最不满意的人、最恼怒的人、最害怕的人,都向它表示敬意。不管我们多么自私,多么怨恨,我们感到,在这场革命中,有一种超然于人之上的力量在鼎力相助,于是,一种神秘的敬意便油然而生。

七月革命是权利推翻事实的胜利。这是光辉灿烂的事。

---

① 街垒日,指一五八八年五月爆发的巴黎平民起义。纪尧姆·德·韦尔(1555—1621),当时的一个政治家、大法官和演说家。街垒日后,他在议会前发表了一个演说。

权利推翻事实。于是就有了一八三〇年革命的灿烂光辉。也有了这场革命的宽容温和。权利获胜后,是绝对不需要暴力的。

权利,就是公正和真理。

权利的特点,便是永远美好和纯洁。事实即使表面看来是最需要的,甚至是当代人最愿意接受的,但是,如果它只作为事实而存在,只包含极少的权利,或根本不包含权利,那么,随着时间的推移,注定会变得丑陋、肮脏,甚至可怕。如果有人想一眼看到事实可能达到怎样丑恶的程度,只要上溯几百年,看一看马基雅弗利[①]。马基雅弗利绝对不是坏人,不是魔鬼,也不是无耻卑鄙的作家;他只是事实。而且,他不只是意大利的事实,也是欧洲的事实,十六世纪的事实。他似乎很丑恶,而从十九世纪的道德观来看,他确实很丑恶。

权利与事实的斗争,从有社会以来就存在了。结束决斗,将纯洁思想同人类实际相结合,以温和的方式使权利渗透事实,事实渗透权利,这便是哲人们做的工作。

二　半途而废

但是,哲人的工作是一回事,精明人的工作又是一回事。

一八三〇年的革命很快停止了。

---

① 马基雅弗利(1469—1527),文艺复兴时期意大利思想家和历史学家。他把政治当作权术,认为君主为了达到目的,可以不择手段。

革命一旦搁浅,精明的人便会把船拆毁。

本世纪,精明的人自命为政治家,因此,政治家这个词最终有点像是行话了。请不要忘记,哪里有手腕,哪里就必然有卑劣。说精明的人,等于说平庸之辈。

同样,说政治家,有时等于说奸诈之辈。

因此,照精明人的说法,像七月革命那样的革命,是割断的动脉,得赶快结扎。权利若是过分要求,就会动摇。因此,权利一旦确认,就应该巩固国家。自由一旦有了保障,就应该想到政权。

这时候,哲人尚未同精明人分道扬镳,但对他们已产生怀疑。好吧,政权。可是,首先要知道,政权是什么?其次,政权从哪里来?

精明者似乎并没听见私下议论的不同意见,依旧我行我素。

精明者善于将利己的杜撰伪装成必需。照他们的说法,革命后的人民,假如这个人民属于君主国,最迫切要做的事,便是建立一个王朝。据他们说,这样,在革命后,他们就能过安定的生活,也就是说,能有时间包扎伤口,修缮房屋。这个新王朝可以掩盖脚手架和医院。

然而,建立王朝谈何容易。

必要时,任何一个有才干的人,甚至任何一个有运气的人,都可以当国王。波拿巴属于前者,伊图尔维德①属于后者。

但是,并非随便哪个家族都可以建立王朝的。作为一个王族,

---

① 伊图尔维德(1783—1824),墨西哥军事首领,独立运动领导人。一八二二年称帝,一八二四年被处决。

必须有相当深的资历，岁月的皱纹不是一朝一夕之功。

假如我们站在"政治家"的观点上看问题（当然，可以保留自己的看法），那么，一场革命后产生的国王应具备怎样的品质呢？他可以是，也应该是一个革命者，就是说，他亲身参加了这场革命，他插手了这场革命，不管他因此而臭名昭著还是美名远扬，也不管他使用的是斧头还是利剑。

一个王朝应具备怎样的品质呢？它应该是民族的，就是说，是一个保持距离的革命者，并不要参加革命的行动，而是要接受革命的思想。它应该由过去组成，具有悠久的历史，它应该由未来组成，具有同情心。

这就说明为什么早期的革命仅仅满足于找到一个人，克伦威尔或拿破仑，而后来的革命一定要找一个王族，不伦瑞克王族或奥尔良王族。

王族好比印度榕树，每根枝条垂到地上，便在地里扎根，长成一棵榕树。每一个枝都可以变成一个王朝。条件是必须弯向人民。

这就是精明人的理论。

因此，也就出现了一种伟大的艺术：让胜利发出一点灾难的声音，以便使利用胜利的人因此而胆战心惊，每前进一步都要加进点恐怖气氛，拉长过渡的曲线，放慢进步的速度，使这曙光变得平淡无奇，揭露并削减热情的粗暴性，削平尖角和利爪，给胜利裹上暖和的棉胎，替权利穿上暖和的衣服，为魁伟的人民包上法兰绒，叫他们快快睡觉，强迫过分健康的人节制饮食，让大力士接受康复治疗，设法消除革命的影响，向渴望理想的人献上掺有药茶的美酒，采取措施以免有太多的成功，给革命罩上一个灯罩。

一八三〇年实践了这个理论，而英国于一六八八年就实践过了。

一八三〇年是场半途而废的革命。是半截子进步，不是完全的权利。然而，逻辑对"差不多"是瞧不起的，正如太阳无视蜡烛一样。

是谁让革命半途而废的？资产阶级。

为什么？

因为资产阶级代表满足了的利益。昨天还很有胃口，今天已吃饱肚子，明天就心满意足了。

一八一四年拿破仑下台后的现象，在一八三〇年查理十世退位后又重演了。

有人把资产者当作一个阶级，其实是错误的。资产者不过是人民中间得到满足的一部分。那是现在有空坐下来的人。一张椅子不能算作一个阶级。

可是，因为过早地想坐下来，就让人类停止前进。这是资产阶级常犯的错误。

不能因为犯了错误，就成了一个阶级。利己主义不是社会等级的一个部分。

不过，即使对利己主义，也应抱公正的态度。一八三〇年动荡后，被叫作资产阶级的那部分人民所渴望的，并不是那种掺杂着冷淡和懒惰的、略带羞愧的精神不振的状态，也不是暂时忘却一切、昏昏入梦的睡眠状态，而是暂停。

暂停包含着奇特而又几乎是矛盾的双重意义：一是正在行进的队伍，即运动；二是停止，即休息。

暂停，就是恢复力气；是手执武器的醒着的休息；是设置岗哨保持戒备的既成事实。有暂停，就必有昨天的战斗和明天的战斗。

一八三〇年和一八四八年之间便是暂停。

这里我们所谓的战斗，也可以叫作进步。

因此，无论是资产者，还是政治家，都需要有个人来说声"暂停"。一个能说"虽然""因为"的人。一个具有双重特性的人，既体现革命，也体现稳定，换句话说，能协调过去和将来，以巩固现在。

这个人是"现成"的。他叫路易-菲利普·德·奥尔良。

二百二十一名议员选举路易-菲利普当了国王。拉法耶特[①]主持加冕仪式，称他是"最好的共和国"。巴黎市政厅代替了兰斯大教堂[②]。

这种用半王位代替全王位的做法，是"一八三〇年的杰作"。

精明人完成这一切后，严重的后果也就出现了。这一切都是在撇开绝对权利的情况下进行的。绝对权利大声喊叫："我抗议！"而后，可怕的是，连它也销声匿迹了。

三　路易-菲利普

革命有结实的臂膀，灵巧的双手，打击时坚决有力，选择时

---

① 拉法耶特（1757—1834），法国资产阶级革命时期君主立宪派领袖之一。
② 法国大革命前，国王加冕礼都在兰斯大教堂进行。

正确无误。革命即使不彻底，即使退化变种，甚至降到像一八三〇年革命那样幼稚的状态，也总能保持相当多的天赋的清醒，不至于会在不恰当的时候出现。革命暂时消失，这并不意味着放弃。

不过，也不要过甚其词；革命也有出错的时候，且曾出过大错。

还是再来谈谈一八三〇年。一八三〇年虽然偏离了轨道，但也还算是幸运的。革命骤然停止后，在所谓恢复秩序的过程中，国王比君主政体更有用。路易-菲利普是个数一数二的人。

他父亲有过罪孽，但历史会提供可以减罪的情节。正如他父亲值得谴责一样，他本人是值得尊敬的。个人的品德，他一应俱全，并且还具备好几种公德。他关心自己的身体、财产、仪表和事业；他知道一分钟的价值，却不总是知道一年的价值；他简朴、安详、温和、耐心，是个好好先生，好好亲王；他与妻子同床共眠，在宫中，专门有仆人负责带领资产者参观亲王夫妇的卧榻，从前是炫耀王族长房的荒淫生活，现在展示亲王忠于结发妻子是很有用的；他通晓欧洲各国语言，尤其难能可贵的是，他能懂会说代表各种利益的所有语言；他是"中间阶级"可钦可佩的代表，却又超越这个阶级，在各方面都更胜一筹；他十分看重自己的血统，但又非常明智，尤其看重自己的内在价值，在血统问题上，他有独到的看法，宣称自己属于奥尔良系，而不是波旁系；只要他还只是尊贵的殿下，他便以嫡系亲王自居，但一旦成了国王陛下，反而是不折不扣的平民了；在公众场合，他啰哩啰嗦，但同朋友交谈时，却言简意赅；有人说他吝啬，但没得到证实；其实，他很节俭，但心血来潮，或为了尽责任时，也会大肆挥霍；他有文学修养，却对文学不大感兴趣；他是绅士，但不是骑士；他朴实、平静又坚强,深受家庭和家族的爱戴;他谈吐富有吸引力;他是不抱幻想的政治家,内心冷静,服从眼前利益,事必躬亲,不记仇,也不记恩,无情地利用高才俊杰战胜平庸之辈,善于利用议会中的多数,挫败在宝座下面神秘而一致的低声抱怨;他感情外露,在讲实话时,有时不大谨慎,但在不谨慎中,却又是异常机敏;他善于随机应变,善于变换面孔和面具;他让欧洲怕法国,又让法国怕欧洲;他热爱国家,这是不容置疑的,但他更热爱家;他看重统治胜过职权,职权胜过尊严,这种禀性有其阴暗的一面,为了事事成功,不惜使用狡诈的手段,有时甚至采用卑鄙的手段,但也有其有利的一面,能使政治避免激烈的冲突,国家避免分裂,社会避免灾难;他细心、正派、警觉、专注、洞察入微、不知疲倦;他有时自相矛盾,自我否认;他在安科纳①勇敢抵抗奥地利人,在西班牙顽强奋战英国人,炮轰安特卫普②,赔偿普里查③;他满怀信心高唱《马赛曲》;他从不垂头丧气,萎靡不振,对美和理想不感兴趣,从不轻率莽撞,与乌托邦、幻想、愤怒、虚荣心、恐惧无缘;他勇猛顽强,不屈不挠,在瓦尔密战役④中,他

---

① 安科纳,意大利港市。一八三二年,法国派远征军去那里抗击奥地利。

② 安特卫普,比利时港市。一八三二年,法军赶走拒绝将安特卫普交还给比利时的荷兰军。

③ 普里查(1796—1883),英国传教士,在太平洋塔希提岛任领事,该岛于一八四三年成为法国的保护地。普里查被法军逮捕囚禁,不久获释。英国政府要求法国赔偿损失。

④ 一七九二年九月二十日,法军在马恩河畔的瓦尔密村大败普鲁士军队。

是将军，在热马普战役①中，他是士兵；他八次险遭杀害，却始终面带笑容；他像榴弹兵那样勇敢，像思想家那样热忱，只有在欧洲面临动荡时才会担忧，不善冒政治大风险，随时准备牺牲自己的生命，却从不拿事业去冒险；他把自己的意志化为影响，让人们把他作为英才而不是国王来服从；他善于观察，却不善预测，极少关注人的才智，却有知人之明，就是说，要看见了才能作出判断；他感觉敏捷深刻，注重实际，颇有口才，过目不忘，他从这惊人的记忆宝库中不断汲取，这是他和恺撒、亚历山大和拿破仑唯一相像之处；他知道事件、细节、日期、人名地名；他无视群众的倾向、激情、各种天性，无视人们内心的向往，灵魂深处的激荡，一句话，无视一切可谓看不见的内心活动；他在表层被大家接受了，但与深层的法兰西不相融合；他凭着机智聪敏而应付自如，但管理太多，统治不够；他是他自己的总理，善于利用现实中的小事，来为伟大的思想设置障碍；他真正具有教化、整饬和组织方面的天才，但却也注重程序和诡辩；他是一个王朝的缔造者和检察官，有点像查理大帝，又有点像诉讼代理人。总之，路易-菲利普是一个高贵而又独特的人，一个能不顾法兰西的担忧而谋取权力，不顾欧洲的嫉妒而巩固势力的君王，他是本世纪最杰出的人物之一，假如他多爱些荣誉，对伟大和实用有着同样的意识，他本可以跻身于历史上最卓越的统治者之列。

路易-菲利普年轻时英俊漂亮，老来依然风采迷人。他不总得

---

① 一七九二年十一月六日，法军在比利时的热马普战胜奥地利军队。

到民族的认同，却一向受到百姓的喜爱。他很讨人喜欢。他生来具有魅力，但缺少威仪；身为国王，却不戴王冠；上了年岁，却没有白发。他有旧制度的举止风度，却有新制度的习惯爱好，是贵族和资产者的混合体，正合一八三〇年的要求。路易-菲利普是过渡时期的君王；他保留着旧的发音和旧的拼写，用来为现代舆论服务；他喜爱波兰和匈牙利，却常把波兰人写成polonois，将匈牙利人说成hongrais①。他像查理十世那样，穿国民自卫军的制服，却又像拿破仑那样，戴荣誉勋位的绶带。

他很少去做弥撒，绝对不去打猎，从不去看歌剧。他不受圣器室执事、猎犬侍从和舞女的腐蚀，这使他在资产阶级中赢得了好名声。他没有扈从。他出门时腋下夹把雨伞，在很长时间里，这把雨伞是他头上光轮的组成部分。他对瓦工、园艺和医学略知一二；他能给从马背上摔下来的马车夫放血；路易-菲利普出门总要带一把手术刀，正如亨利三世总带着匕首一样。保王派揶揄这个可笑的国王，说他是第一个放血治病的人。

在历史对路易-菲利普的指责中，应该算一算账：有的指责王权，有的指责王政，有的指责国王。这三笔账，总数各不相同。取消民主权利，把进步视作次要利益，残酷镇压街头抗议，军事压服起义，武装平息骚乱，特兰诺南街大屠杀②，军事法庭开庭审判，用合法的国家并吞真正的国家，与三十万特权人物平分秋色，以上是对王权的指责。拒绝比利时，征服阿尔及利亚时过于残酷，

---

① 正确的拼法应该是polonais和hongrois。
② 一八三四年四月十四日，政府军在巴黎特兰诺南街屠杀起义的民众。

和英国人征服印度一样，野蛮多于文明，对阿卜拉·卡迪尔[①]背信弃义，收买德茨[②]，付给普里查赔偿金，这些是对王政的指责。偏重于家庭式的而不是国家式的政治，这是对国王的指责。

这样算一笔细账，国王的罪责就减轻了。

他的巨大过错，在于他代表法国时，显得太谦逊。

他怎么会犯这样的错误的？

我们来谈一谈。

路易-菲利普是个过于慈祥的国王。有人想把一个家庭孵化成一个王朝，在孵化的过程中，必定害怕一切，不想受到干扰；因此，他就过分地畏首畏尾，这对在世俗传统中经历了七月十四日革命，在军事传统中经历了奥斯特里茨战役的法兰西人民来说，无疑是很不乐意接受的。

况且，如果撇开应该最先履行的公职不谈，路易-菲利普对家庭的这种深厚感情，是他的家庭受之无愧的。他的一家可敬可佩。他们德才兼备。路易-菲利普的一个女儿玛丽·德·奥尔良，使这个家族的姓氏跻身于艺苑，正如查理·德·奥尔良使这家族的姓氏跻身于诗坛一样。她用整个灵魂，雕刻了一尊命名为《贞德》的大理石像。路易-菲利普的儿子中，有两个赢得了梅特涅的蛊惑人心的赞美："他们是凤毛麟角的青年，绝无仅有的亲王。"

[①] 阿卜拉·卡迪尔（1807—1883），阿尔及利亚抗法斗争领袖。法国两次撕毁同他签订的和约。

[②] 一八三二年，德茨为了获得十万法郎赏金，将贝利公爵夫人出卖给政府，使之被捕，关入布莱监狱。路易-菲利普于一八三三年六月八日将她释放。

以上是对路易-菲利普的如实描绘，无一丝掩饰，亦无一毫夸大。

他是一个主张平等的亲王，本身就载负着王朝复辟和革命的矛盾，具有革命者那种令人担忧的一面，当了统治者后，却能起到稳定人心的作用，这便使路易-菲利普在一八三〇年鸿运高照。人和时势之间从没像这样一拍即合，互相融入，浑然一体。路易-菲利普是一八三〇年活生生的体现。此外，他流亡过，这也是他登上王位的有利条件。他曾被驱逐出国，四处漂泊，一无所有。他自食其力。在瑞士，这位拥有最富饶采邑的亲王，为了糊口，曾卖掉了一匹老马。在莱赫诺，他曾给人上数学课，而他的妹妹阿代拉伊德则刺绣和缝纫。一个国王有这样的经历，会激起资产阶级的热情。他亲手拆毁了圣米歇尔山上最后一个铁笼子，那是路易十一建造的，路易十五也使用过。他是迪穆里埃①的战友，拉法耶特的朋友；他是雅各宾派俱乐部成员；米拉波拍过他的肩膀，丹东叫过他"年轻人"。一七九三年，他二十四岁，还是德·夏尔特尔先生，他在国民公会的一间幽暗的小屋里，旁听了对路易十六的审判会，那位国王被恰如其分地称作"这个可怜的暴君"。他目睹了那场既英明又盲目的革命想用处决国王的方式来摧毁王权，使国王随同王权一起消灭，在野蛮地压制王权思想时，几乎没有注意到人；他目睹审判厅里升起狂风暴雨，听众席上群情激

---

① 迪穆里埃（1739—1823），法国将军，一七九〇年参加雅各宾派，指挥过瓦尔密战役。路易-菲利普担任其助手。

愤,纷纷提出质问,卡佩①不知如何回答,在这阴沉的狂风下,国王目瞪口呆,连连摇晃脑袋,而在这场灾难中,所有人相对来说都是无辜的,无论是审判者,还是被审判者;他亲眼目睹了这一切,他亲眼观看了这令人眩晕的场面;他看见,世代沿袭的君主政体在国民公会的法庭上受审判;他看见,在路易十六这个替罪羊身后,在黑暗中,站立着令人生畏的被告——君主政体;于是,在他的内心深处,对几乎和上帝的裁决一样客观的民意裁决一直保存着几分敬畏。

革命留在他身上的烙印是不可磨灭的。那伟大岁月的分分秒秒,犹如一幅幅活生生的画面,铭刻在他的记忆里。据一位可信的见证人说,一天,路易-菲利普单凭记忆,把按字母顺序排列的制宪会议名册上A条目中的错误一一改正。

路易-菲利普是个开明君主。他统治时期,有出版自由,辩论自由,信仰和言论自由。九月法律②留有透进阳光的空隙。他知道阳光可能侵蚀特权,但他仍然让他的王位暴露在阳光下。历史对他这种正直自有公论。

和所有退出历史舞台的人一样,路易-菲利普今天也在接受人类良知的审判。他的案子尚在初审阶段。

历史用尊敬和坦率的语气谈论他的时刻尚未来到;对这个国王做最后审判的时刻尚未来到。严肃而杰出的历史学家路易·布

---

① 卡佩,法国卡佩王朝缔造者的名字,法国大革命时,成为路易十六及其家族的代名词。

② 九月法律,指一八三六年九月颁布的刑事法。

朗，最近也将他原来的判词降了调。路易-菲利普是由两个所谓的"差不多"选出来的，一个是二百二十一名议员，另一个是一八三〇年革命，也就是说，一个是半数议员，另一个是半截子革命。无论如何，从哲学应处的高度来看，正如我们前面隐约看到的，我们在此只能以绝对的民主原则的名义，有所保留地对他进行评价；从绝对的角度看，除了人权和民权这两种权利以外，一切都是窃取的；但是，撇开这些保留，我们现在能够说的，就是不管以什么方式进行考虑，无论从他本人来看，还是从人性善良的角度看，借用历史上常用的一句话，路易-菲利普是法国最杰出的国王之一。

他有什么可以指摘的呢？王位！假如给他摘掉国王的帽子，他便只剩下自己了。他的人品是好的。有时好到了令人敬佩的地步。他和欧洲各国的外交使团进行了一整天的较量之后，晚上，常常是心事重重地回到家里，又累又困，他还做些什么呢？他拿起某个卷宗，彻夜不眠地披阅一宗刑事诉讼案，感到这样做似乎在同欧洲抗衡，但更重要的，是在同刽子手争夺一条人命。他同他的司法部长顽强斗争；他同检察长争夺断头台的每一寸土地，他称他们为"唠唠叨叨的法学家"。有时，桌上的卷宗堆成山，他一一批阅；他感到，将那些被判死刑的不幸人弃之不管，他会寝食不安。一天，他对我们前面提到过的那个见证人说："今天夜里，我救了七个人。"他在位的最初几年，死刑可以说被废除了，而重新竖起断头台，是在对国王施加暴力。行刑的河滩广场随着波旁王族嫡系的垮台而消失了，可是，资产阶级又在圣雅克城门下建造了一个"河滩广场"；那些"求实的人"觉得需要有个大体合法的断头台;这是代表狭隘资产阶级的卡齐米尔·佩里埃①对于代表自由资产阶级的路易-菲利普的一大胜利。路易-菲利普曾亲自为贝卡里亚②作过注释。在破获费埃斯基③的爆炸装置后,他惊叫道:"真遗憾,我没受伤!否则,我就可以赦免他了。"还有一次,当代最高尚的一个人成了政治犯,他在审核此人的案件时,想到大臣们可能反对,便写了下面一句话:"同意赦免,但还得争取。"路易-菲利普和路易九世一样温和,同亨利四世一样善良。

但是,在我们看来,人类历史上善良者却是凤毛麟角,因此,善良的人比伟大的人更伟大。

路易-菲利普受到一些人的严肃评价,可能还受到另一些人的严厉批评,但是,有个认识国王,如今已成为幽魂的人④,来到历史面前为他作证,这也是很自然的事;不管怎样,他的证词显然是,并且首先是公正不偏的;一个死者写的墓志铭总是诚挚的;一个亡灵可以安慰另一个亡灵;既然同在阴间,就有权赞美另一个亡灵,不必担心有人会指着远离故土的两个坟墓说:这一个在奉承另一个。

---

① 佩里埃,大银行家,路易-菲利普的首相兼内务大臣,主张用苛刑。
② 贝卡里亚(1738—1794),意大利法学家,主张宽刑。
③ 费埃斯基,科西嘉人,一八三五年,企图暗杀路易-菲利普,但未遂。
④ 这里指作者自己。此时,雨果流亡国外,把自己比作已亡人。

四　基础下面的裂缝

路易-菲利普在位初期，笼罩着凄厉的乌云；我们叙述的悲剧就要深入其中一片乌云，因此，对这个国王应该阐述清楚，不能含糊不清。

路易-菲利普并不是通过暴力登上王位的，他本人也没有直接的行动，而是因为革命转了向，这显然不是革命的真正目的；而他，奥尔良公爵，在这中间没主动做任何努力。他生来便是亲王，自以为是人家选他当国王的。这个委任，不是他自封的，也不是攫取的，而是别人送给他的，他只是接受了；他确信——当然是错误的，但他仍确信无疑——人们选他为国王是基于权利，他接受则是基于义务。因此，他占有王位是出于诚意。然而，我们实话实说，既然路易-菲利普占有王位是出于诚意，民主攻击王位也是出于诚意，那么，社会斗争引起的诸多恐惧，也就既不能归咎于国王，也不能归咎于民主了。原则之间的冲突和物质之间的冲突没有区别。海洋保卫海水，飓风保卫空气；国王保卫王权，民主保卫人民；相对抵抗绝对，君主政体抵抗共和国；社会在这冲突下流血，但是，它今天遭受的痛苦，日后会使它获得新生；无论如何，这里毫无必要责备斗争的双方；其中一方显然是错的；权利不像罗得岛[①]的巨像，能脚踩两岸，一只脚踩着共和政体，另

[①] 罗得岛，位于希腊爱琴海岛上有一座太阳神青铜巨像，世界七大奇迹之一。建成于公元前二八〇年，高三十二米，耸立在港口，其胯下能通大船，毁于公元前二二四年的一次大地震。

一只脚踩着君主政体；权利是不可分割的，只能整个儿站在一边；错误的一方出错是真诚的；瞎子不是罪人，正如旺岱人不是强盗。因此，这些激烈的冲突，只能归于事物的必然性。不管是什么样的风暴，人卷入其中并无责任。

让我们结束这一阐述吧。

一八三〇年的政府立即面临重重困难。昨日刚出世，今日便要战斗。

政府刚刚成立，便已感到刚刚诞生的极不稳固的七月政权，处处隐藏着阻力。

第二天就出现了阻力；很可能前一天就已存在。

对抗日益加剧，从暗争转为明斗。

正如前面说过的，七月革命在国外并没受到各国君主的欢迎，在国内有着各种不同的解释。

上帝通过种种事件将其意图告知世人；那是一本晦涩难懂的天书。人们立即着手破译，译得匆匆忙忙，因而错误百出，到处是漏洞，到处是误译。极少有凡人能理解神的语言。最聪慧、最镇静、最深刻的人，破译起来也是很慢很慢，等他们拿出自己的译文时，事情早已成了定局，民众已有了二十种译文。每种译文产生一个政党，每个误译产生一个派别；而每个政党都以为拥有唯一正确的译文，每个派别都以为掌握了光明。

政权本身也常常自成一派。

在革命洪流中，有逆水而游的人，那是些旧政党。

那些旧政党，承蒙上帝恩宠而拥有继承权，认为既然革命产生于造反的权利，他们也就有权造革命的反。错了。因为在革命中，造反者不是人民，而是国王。革命恰恰与造反是对立的。任何革命都是一种正常的完成过程，本身包含着合法性，有时会被假革命者玷污，但是，即使被玷污了，也会坚持下去，即使满身鲜血，也会继续存在。革命并非产生于偶然，而是产生于必然。一场革命，是虚假回归真实。它之所以存在，是因为它应该存在。

可是，那些旧正统派仍然猛烈攻击一八三〇年革命，那是出于错误的推断。谬误是最好的炮弹。那场革命哪里脆弱，他们就巧妙地攻击哪里，在没有护胸的地方，在缺乏逻辑的地方。他们攻击它采用君主政体。他们冲它大叫大嚷："既然是革命，为什么还要国王？"他们是瞎猫碰到了死耗子。

共和党人也这样叫嚷。但他们这样叫是符合逻辑的。正统派是瞎子，但民主派却是心明眼亮。一八三〇年革命，使人民破产。民主派恼羞成怒，于是横加指责。

七月政权在过去和未来的夹攻下苦苦挣扎。它一边和历史悠久的君主政体作战，另一边同永恒的权利搏斗，它代表的不过是瞬间。

此外，一八三〇年既然已不再是革命，变成了君主政体，在国外，它就不得不和欧洲各国步调一致。因为要维持和平，问题就变得更为复杂。曲意谋求融洽，往往比战争付出的代价更大。人们在暗暗较量中，总是封住嘴巴不出声，但也总会发出低沉的怒吼，于是便产生了武装到牙齿的和平，这是一种连文明自身也疑虑重重的劳民伤财的权宜之计。七月王朝尽管有自己的车马，却去和欧洲各国政府一起拉车。梅特涅很想用皮带把它紧紧拴住。它在国内受到进步的推动，但在欧洲它却推动那些行动缓慢的君主各国。它被拖着前进,又拖着别人前进。

然而,国内问题层出无穷:贫困、无产阶级、工资、教育、刑罚、卖娼、妇女的命运、财富、匮乏、生产、消费、分配、贸易、货币、信贷、资本的权利、劳动的权利,等等,所有这些问题悬挂在社会之上,令人望而生畏。

除了严格意义上的政党外,另一个运动正在崛起。哲学也在骚动,与民主的骚动相呼应。精英们和民众一样,感到困惑不解;尽管情况不同,但程度却一样。

思想家们在思索,而作为土壤的人民大众,受到革命潮流的冲击,在思想家们的脚下狂抖乱颤。这些思想家有的孤军作战,有的合成一家,几乎结成团体,平静而深刻地大谈特谈社会问题;这些不动声色的矿工,沉着冷静地把他们的坑道一直挖到火山底下,对沉闷的震荡和隐约可见的火焰几乎不闻不问。

在这动荡的时代,他们仍然如此镇定自若,不能不算是一道美丽的风景。

他们把权利问题留待政党去解决,自己则关注幸福问题。

他们想从社会中提取的,是人类的福利。

他们对物质问题,农业、工业、贸易问题,几乎看得像宗教那样神圣。现存的文明有的是上帝所创造,但大多是人创造的,各种利益按照一种生气勃勃的、经过政治上的地质学家,即经济学家们耐心研究的规律,互相组合、聚合和混合,构成一块无比坚硬的名副其实的花岗石。

他们聚集在不同的名称下,但可以一概称作社会主义者;他们试图凿穿那块花岗石,使之冒出人类幸福的甘泉。

他们的工程包罗万象,从断头台问题做到战争问题。法国革命提出了人权问题,他们又加进妇女的权利和儿童的权利。

出于种种理由,我们在这里对社会主义提出的问题不做理论上的详尽阐述,对此,大家是不会感到奇怪的。我们只是把这些问题提一提。

社会主义者提出的问题,除了天体演化学的空想,除了他们的梦想和神秘主义,可以归结为两大问题:

第一个问题:

生产财富。

第二个问题:

分配财富。

第一个问题包括劳动问题。

第二个问题包括工资问题。

第一个问题涉及劳动力的使用。

第二个问题涉及福利的分配。

公共权力产生于劳力的合理使用。

个人幸福产生于福利的合理分配。

所谓合理分配,不应该理解为平均分配,而是公平分配。最主要的平等,乃是公平。

外在的公共权力和内在的个人幸福相结合,便产生了社会的繁荣。

社会繁荣,意味着个人幸福,公民自由,国家强大。

英国解决了上述两大问题中的第一个。它令人敬佩地创造了财富,但分配不合理。这种片面的解决办法,最终会导致两极分化：富者极富，穷者极穷。少数人拥有一切享受，其他人，也就是人民，则一无所有。特权、例外、垄断、独裁，产生于劳动本身。这是一种虚假而危险的局面，是把公共权力建立在个人贫困之上，将国家强大建立在个人痛苦之上。这样的强大，其结构是不合理的，物质成分应有尽有，精神成分却丝毫没有。

共产主义和土地法以为能解决第二个问题。错了。他们的分配原则会扼杀生产。平均分配会取消竞争。也就取消了劳动。这是屠夫式先宰后分的分配方式。因此，不能满足于这种所谓的解决办法。扼杀财富，并不是分配财富。

这两个问题必须一起解决，才能解决得好。这两个问题应该结合起来，合二而一。

只解决第一个问题，你就会成为威尼斯，成为英格兰。你会有威尼斯的虚假强盛，或英格兰的物质繁荣，会成为可恶的富人。你会被暴力毁灭，就像威尼斯那样，或会破产，像英格兰所面临的那样。世界看着你死亡和倒下而不闻不问，因为对于一切自私自利的东西，对于不能为人类树立美德或思想的东西，世界从来采取不予理睬的态度。

当然，这里所说的威尼斯和英国，是指社会结构，而不是人民；是凌驾于民族之上的寡头政治，而不是民族本身。对于民族，我们始终是尊敬和同情的。人民的威尼斯必将再生；贵族的英格兰必将灭亡，但是，民族的英格兰是永存的。下面，我们继续谈谈。

要解决好这两个问题，鼓励富人，保护穷人，消灭贫困，消灭强者对弱者不公正的剥削，消除途中之人对到达终点之人的极不公道的嫉妒，严密而友爱地调整劳动报酬，实行免费义务教育而有利于儿童成长，将科学作为成年人的基础，既重视开发劳力，又重视开发智力，既要成为强大的民族，也要成为幸福的家庭，实行财产民主化，不是通过取消财产，而是普及财产，使得每个公民无一例外地成为有产者，这不像人们想象的那样难做到。总而言之，既要善于创造财富，也要善于分配财富，这样，就能同时拥有物质的强大和精神的强大，就有资格称作法兰西。

这就是社会主义（几个迷途的派别除外）所宣称的，在实践中所探求的，在头脑中所设想的。

多么可敬的努力！多么神圣的尝试！

这些学说，这些理论，这些阻力，都使路易-菲利普忧心忡忡，甚至感到痛苦。此外，作为政治家，突然要对哲学家予以重视，这是隐约可见的事实，他却始料未及；要制订一项新政策，既要与旧世界相协调，又不要太违背革命理想；不得不利用拉法耶特来为波利尼亚克①辩护；从骚乱、议会和街道中，预感到进步显然不可抗拒；周围竞争激烈，需要平衡；他对革命的信念，也许是一种对或然性的逆来顺受，他之所以屈从，是因为模模糊糊地接受了一种最终而最高的权利；他想忠于自己血统的意愿，他的家庭观念，他对人民的真诚尊敬，他的正直，这一切都使他心事重重，尽管他坚强勇敢，但常常被为王者的困难压得喘不过气来。

他感到脚下在可怕地崩裂，但不是土崩瓦解，因为法兰西比

---

① 波利尼亚克（1780—1847），法国政治家，查理十世王朝的内阁大臣。由于他的过错，导致了一八三〇年七月那场革命和查理十世的下台。后被捕，判处终身监禁，一八三六年获赦免。

任何时候更是法兰西。

　　天边乌云密布。一团奇怪的乌云慢慢飘过来,渐渐蔓延到人、事物和思想;那乌云来自各种愤怒和体系。一切被匆匆扼杀的东西,又在蠢蠢欲动,激昂沸腾。有时,因为空气中真理和诡辩混杂在一起,使人感到极不舒服,正直的人在头脑里重新进行思考。社会焦虑不安,人们胆战心惊,正如暴风雨来临时,树叶会颤抖一样。电压是那样高,有时候,随便哪个人走来,一个陌生人走来,也会带来一道闪光。接下来又是一片昏暗。不时传来隆隆的轰鸣声,从中可以判断出乌云中蓄蕴着多少雷电。

　　七月革命后差不多二十个月过去了,一八三二年在紧迫危险的气氛下拉开了序幕。人民极度贫困,劳动者忍饥挨饿;最后一位孔代亲王①死得不明不白;布鲁塞尔赶走拿骚王族,正如巴黎赶走波旁王族;比利时想让一位法国亲王去执政,却交给了一位英国亲王;尼古拉沙皇的俄罗斯满怀仇恨;我们身后有两个南方恶魔,一个是西班牙的斐迪南,一个是葡萄牙的米格尔;意大利在震荡;梅特涅把手伸向布洛涅;法国在安科纳对奥地利大动干戈;在北方,一种不祥的铁锤声重新把波兰钉进棺材里,整个欧洲都用愤怒的目光窥视着法国;英国这个不可靠的盟友,随时准备乘人之危,落井下石;贵族院拿贝卡里亚做挡箭牌,拒绝将四个人绳之以法;御车上的百合花被刮掉,圣母院的十字架被拔走,拉法耶特的权力被削弱,拉斐特破了产,邦雅曼·贡斯当死于贫困,

---

　　① 孔代家族为波旁家族的一个支系。一八三〇年,孔代亲王被人吊死在野外,成为一个疑案。

卡齐米尔·佩里埃死于过度劳累；政治病和社会病在王国的两个首都同时爆发，一个是思想之都，一个是劳动之都，巴黎是内战，里昂是反奴役战，两个城市都燃起了相同的烈焰；人民的额头上出现了火山爆发的红光；南部狂热，西部动荡，贝里公爵夫人在旺岱煽风点火，阴谋、密谋、起义、霍乱，这一切，在令人不安的闹哄哄的各种思潮之上，又增加了令人忧虑的乱哄哄的种种事变。

五　产生历史并为历史忽略的事实

四月底，局势变得严重了。酝酿正在转为沸腾。一八三〇年以来，这里那里爆发了一些小规模的局部骚动，虽然很快镇压了，但又再次爆发，这说明正潜伏着一场大规模的骚动。一件可怕的事正在酝酿中。一场可能爆发的革命隐约可见，尽管轮廓还模模糊糊，看不清楚。法国盯着巴黎，巴黎盯着圣安托万郊区。

圣安托万郊区暗中已生起火，就要沸腾了。

夏罗纳街上的小酒店笼罩着庄严肃穆、风雨欲来的气氛，虽然将这两个形容词放在一起来形容小酒店显得古怪。

在那些地方，政府成了大家议论的对象。人们公开讨论"战斗还是不战斗的问题"。在小酒店的后间，人们让工人发誓，听到警报，就跑上街头，不管有多少敌人，立即投入战斗。宣完誓，有位坐在角落里的人"扯起响亮的嗓门"说："你同意了！你宣誓了！"有时，人们到二楼的一个门窗紧闭的房间里，在那里，会出现类似共济会的秘密仪式。人们让新加入的人宣誓，要"像效忠父亲那样效忠组织"。这是程式。

在楼下大厅里，人们阅读"颠覆性"的小册子。当时一份秘密报告说，他们对抗政府。

在那里，常可以听见这样的话："我不知道头头的名字。我们这些人提前两小时才知道行动日期。"一个工人说："我们有三百号人，每人出十苏，就是一百五十法郎，用来造子弹和火药。"另一个说："我不要半年，我不要两个月。不出十五天，我们就可以和政府平起平坐。我们有两万五千人，可以干了。"还有一个说："我夜里都不睡觉，我在造子弹。"常有"衣着漂亮，有产者模样"的人来到酒店，一副"装腔作势"、"发号施令"的样子，同那些"重要人物"握了握手便走了，逗留的时间从不超过十分钟。人们低声交谈，说着意味深长的话："密谋已成熟，一切准备就绪。"借用一位目击者的说法；"所有在场的人都低声地这样说"。群情是那样激昂，一天，就在小酒店里，一个工人大声嚷道："我们没有武器！"他的一位同志回答："士兵们有！"说者全然不知，他这是在模仿波拿巴的《告意大利军团书》。有份报告中说："他们有什么更机密的事，就不在小酒店里交谈。"叫人难以理解的是，那样的话他们都说了，还有什么可以遮掩的。

那些聚会常常是定期举行的。有些聚会从不超过八到十个人，而且总是那几个。还有些会议谁想来就可以来，大厅里挤得水泄不通，大家只好站着。有的人来，是出于热情和激情，其他人是"因为上班路过"。和大革命时期一样，在这些小酒店里，常有爱国的妇女拥抱新来者。

还有一些生动的事例。

一个人走进一家小酒店,喝完酒,临走时说:"酒家,酒钱革命会付的。"

在夏罗纳街对面的一家小酒店里选举革命服务员,是用鸭舌帽来投票的。

有位剑术教师在科特街上传授剑术,有些工人在他家里聚会。他家有各式各样的武器:木剑、剑杖、木棍和花剑。一天,他们把花剑端的皮套去掉。一位工人说:"我们有二十五人,不过,人家不信任我,认为我是木头。"这个木头就是后来的凯尼赛。

那些正在谋划中的平常事,不知怎么渐渐传得家喻户晓。一位妇女在家门口扫地,对另一个妇女说:"人家早就拼命做子弹了。"人们在大街上宣读《告各省国民自卫军书》。其中一份署名"酒商布尔托"。

一天,在勒努瓦市场的一家甜烧酒店的门口,一个络腮胡、意大利口音的人站在一块墙角石上,大声宣读一篇像是出自秘密组织的奇特公告。一群群人围着他,向他鼓掌喝彩。最打动听众的段落搜集并记录如下:"……我们的学说受到阻挠,宣言被人撕碎,张贴布告的人遭到监视,被关进监狱……""最近棉花市场崩溃,不少中间派归附我们。""……人民的未来,正在我们这些无名之辈的队伍中酝酿形成。""……摆在面前的问题是:行动还是反动,革命还是反革命。在我们这个时代,不再相信死气沉沉和墨守成规。我们提出的问题是,拥护人民还是反对人民。除此以外,不再有别的问题。""……哪天你们认为我们不合适了,就革我们的职。但在这之前,请帮助我们前进。"这些话都是在光天化日之下说的。

还有些事例更为大胆，正因为其大胆，反而引起民众的怀疑。一八三二年四月四日，一位行人站到圣玛格丽特街拐弯处的墙角石上，大声说："我是巴贝夫分子！"可是，民众从这位巴贝夫身上嗅出吉斯盖①的味道。

这个行人还说：

"打倒私有财产！左翼反对派卑鄙无耻，阴险奸诈。他们想显示自己正确时，就主张革命。他们当民主派，是不想被打倒，当保王派，是不想战斗。共和派是长着羽毛的野兽。劳动公民们，不要相信共和派。"

"闭嘴，密探公民！"一个工人喊道。

他一喊，那人就不再往下说了。

还发生了一些神秘的事。

太阳落山时，一个工人在运河附近遇见"一个衣着讲究的人"。那人对工人说："公民，你上哪儿？"工人回答："先生，我怎么不认识您。""可我认识你。"接着那人又说："不要害怕。我是委员会的人。有人怀疑你不可靠。你知道，你要是走漏消息，就会受到监视。"然后，他同工人握了握手，临走时说："我们很快会再见面的。"

警察偷听谈话，不仅在小酒店里，还在大街上收集到一些奇怪的谈话："赶快参加吧。"一个织布工对一个细木匠说。

——————

① 巴贝夫（1760—1797），法国大革命的早期政治鼓动家。他提出平分土地和平均分配收入的学说。吉斯盖（1792—1866），曾于一八三一年任巴黎警察局长，镇压过多次民众骚动。

"为什么？"

"就要开火了。"

两个衣衫褴褛的行人在街上交谈，他们的对话引人注目，显然带有雅克起义①的味道：

"谁统治我们？"

"菲利普先生。"

"不，是资产阶级。"

谁要是以为我们用"雅克起义"这个字眼含有恶意，那就错了。"雅克"是指穷人。而饥饿的人是享有权利的。

还有一次，有两个人走过，听见其中一个对另一个说：

"我们有完美的攻击计划了。"

有四个人蹲在宝座城门前圆形广场的一个土坑里密谈，人们只抓住了一句话：

"尽量不再让他在巴黎逛游。"

"他"是谁？不清楚，但"他"构成了威胁。

被圣安托万郊区称为"头目"的那些人，躲在一旁不露面。据认为，他们在圣厄斯塔什角附近的一家小酒店里聚会商议。一个叫奥格的人似乎负责那些头目和圣安托万郊区之间的联系，他是蒙代图尔街缝纫互助会会长。然而，大家对这些头目的情况知之甚少。后来，有位被告在贵族院回答审问时，显得非常傲慢，任何确凿的事实也不能削弱他的傲慢态度：

---

① 指十四世纪发生在法国北部的大规模的农民起义。封建主轻蔑地把农民起义称为"雅克起义"。

"谁是你们的头儿?"

"不知道,也不认识。"

这都不过是一些若明若暗的只言片语,有的则是道听途说。还出现了另一些迹象。

雷伊街的一块空地上正在造房子,有位木匠在给周围的栅栏钉木板,他拾到了一封信的一张碎片,上面的几行字依然清晰可辨:

"……委员会必须立即采取措施,阻止各社团从各分部招兵买马……"

还有附言:

"我们获悉,在鱼贩镇街五号乙,一个兵器商店的院子里,有五六千支步枪。本分部还没有武器。"

令木匠激动的是,在几步路以外,他捡到了另一张碎片,而且更说明问题。他把这张碎片让他的同伴看了。鉴于这些奇怪的资料具有历史价值,我们照葫芦画瓢复制一份:

| Q | C | D | E | 请将本表背熟。然后撕毁。已加入者,在接到你们传达的命令后,也照此办理。
致以兄弟般的敬礼。
L.
u og a fe |

当时知道这张碎纸片秘密的人,后来才知道这四个大写字母

的含义：Q为五人队长，C为百人队长，D为十人队长，E为侦察队长；而u og a fe这些字母则代表日期，即一八三二年四月十五日。在每个大写字母下面，写着一些名字和富有特征的说明。比如：——Q.巴纳雷尔，八支步枪，八十三颗子弹，可靠。——C.布比埃尔，一支手枪，四十颗子弹。——D.罗雷，一把花剑，一支手枪，一斤火药。——E.泰西埃，一把马刀，一个子弹匣，守时。——泰勒尔，八支步枪，勇敢，等等，等等。

最后，那个木匠，还是在那个工地上，发现了第三张纸片，用铅笔写着令人费解的像是一张名单的东西：

团结。布朗夏。枯树。六。

巴拉。索瓦兹。伯爵厅。

科丘斯科。屠夫奥布里？

J.J.R.

加伊乌斯·格拉居斯。

审核权。迪丰。富尔。

吉伦特派垮台。代巴克。莫比埃。

华盛顿。潘松。一支手枪。八十六颗子弹。

马赛曲。

人民主权。米歇尔。坎康普瓦。马刀。

奥什。

马尔索。柏拉图。枯树。

华沙。蒂利，《人民报》报贩。

拾到这张名单的那位老实的市民，深知其意义。这张名单好像是人权社第四区各分部的完整的名单，写着各分部负责人的名字和住址。今天，所有这些依然无声无息的事实已成为历史，我们可以公布于众。必须补充的是，人权社好像是在这张纸片发现之后才成立的。那名单可能是初步方案。

不过，在发现上述只言片语和那些字迹之后，一些具体的事开始出现了。

在波潘库尔街一家旧货铺里，从五斗橱的抽屉里搜出了七张灰纸，每张纵里叠成四折；在这些纸下面，还发现了二十六张用同样的灰纸裁成的四方块，全都叠成子弹形状，另外还有一张卡片，写着：

硝	十二两
硫磺	二两
炭	二两半
水	二两

查封报告上确认，抽屉发出强烈的火药味。

一个泥瓦匠收工回家，将一小包忘在奥斯特里茨桥附近的一张长凳上了。这小包送到了警所。打开后，发现里面有两份署名为拉奥蒂埃的对话印刷品、一首名叫《工人们联合起来》的歌曲和一个装满子弹的白铁盒。

一个工人和一位同伴喝酒，喝得浑身发热，让同伴摸摸他的身上，同伴感到他衣服下面藏着手枪。

在林荫大道上，位于拉雪兹公墓和宝座门之间，有个土坑，那是最荒僻的地方，几个孩子在那里玩耍，在一堆刨花和垃圾下面，发现了一个袋子，装着一个子弹模子、一个做子弹用的木芯棒、一个装着猎枪火药的木碗和一个生铁锅，锅里有熔铅的明显痕迹。

清晨五点，几名警察突然闯进一个名叫帕东的人家里，此人后来是梅里街垒分部的成员，在一八三四年四月的起义中身亡。警察进去时发现他站在床边，手里拿着正在做的子弹。

快到工人们休息的时候，有人在皮克皮斯门和夏朗东门之间的一条城垣巡查道上，看见两个人在碰头，旁边有家小酒店，店门口有人在玩九柱游戏。其中一个人从外衣下面掏出一支手枪，交给另一个。给枪的时候，他发现胸前的汗水将火药弄湿了。于是，他在那支枪的药池里又重新装了些火药。然后，他们便各奔东西。

一个叫加莱的人吹嘘他家里有七百颗子弹，二十四颗火石，四月事件爆发后，那人在博布街被杀了。

一天，政府接到报告，说是最近有人在郊区发放了武器和二十万发子弹。一个星期后，又发了三十万。值得注意的是，警察一颗子弹也未缴获。他们截获了一封信，上面写着："八万爱国志士四小时内全副武装投入战斗的日子不远了。"

所有这些酝酿都是公开的，甚至可以说是在平平静静中进行的。即将爆发的起义，当着政府的面，在静静地准备着它的狂风暴雨。这场尚在暗中准备，但已隐约可见的大风暴，不乏奇特之处。资产阶级平静地向工人们谈论正在准备的事。他们说"暴动进展如何"时的语气,就像在说"你的太太身体如何"。

莫罗街的一位家具店老板问:

"喂,你们什么时候进攻?"

另一个店主回答:

"很快就要进攻了。这我知道。一个月前,你们有一万五千人。现在你们有两万五千人。"他献出了步枪,一位邻居献出了一支小手枪,他本想卖七法郎的。

此外,革命热情迅速传播。巴黎和法国没有一个地方不受到影响。无论哪里,脉搏都在激烈跳动。秘密组织网,有如人体某些炎症产生并形成的薄膜,开始扩展到全国各地。从半公开半秘密的人民友社,产生了人权社,它在议事日程上标明了如下日期:共和四十年雨月。该社在被重罪法庭勒令解散之后,仍继续活动,并毫不犹豫地用意味深长的名称来命名各个分部:

长矛。

警钟。

警炮。

弗里吉亚帽[1]。

一月二十一日[2]。

乞丐。

流浪汉。

---

[1] 一种红色锥形高帽,帽尖向前倾折,流行于法国资产阶级革命时期。
[2] 一七九三年一月二十一日,法国国王路易十六被判处死刑。

向前进。

罗伯斯庇尔。

水平。

《好了》①。

人权社产生了行动社。一些激进分子脱离原来的组织，跑在前头，组成了行动社。其他社团也设法从原来所属的大社团中吸收成员。各分部成员抱怨被拉来扯去，左右为难。于是便产生了高卢社和市镇组织委员会。于是便产生了出版自由协会、个人自由协会、人民教育协会、反间接税协会。还有平等主义工人社，它又分为三派，平等主义派、共产主义派、改良主义派。还有巴士底兵团，那是按军队编制组成的队伍，下士领导四人，上士领导十人，少尉领导二十人，中尉领导四十人，互相认识的人从来不超过五个。这是既谨慎又大胆的创举，似乎带有威尼斯的特性。中央委员会是首脑，行动社和巴士底兵团是它的左右臂。一个叫忠诚骑士团的正统主义组织，在这些共和派组织中间活动，结果被揭发并被驱逐了。

巴黎各社团在各大城市里设立了分部。里昂、南特、里尔和马赛都有人权社、烧炭党、自由人社。埃克斯则有一个革命社团，名曰库古尔德社。前面已提到过这个名字。

在巴黎，圣马索郊区不比圣安托万郊区平静多少，学校不比郊区安静多少。圣亚森特街一家咖啡馆和马蒂兰-圣雅克街的"七

---

① 《好了》歌，法国一七八九年革命时期的一首歌曲。

弹子台"小咖啡馆，是大学生聚集的地方。前面说了，ABC友社在米赞咖啡馆聚会，后来他们并入昂热的互助社和埃克斯的库古尔德社。我们还知道，这伙年轻人也在蒙代图尔街附近一家名叫"科林斯"的小酒馆里碰面。这些聚会都是秘密的。其他一些聚会则尽量公开，这种大胆的做法，可从后来的一次审讯记录中看出来："会议在哪里开的？"——"和平街。"——"在哪家？"——"大街上。"——"哪些分部参加了？"——"只有一个。"——"哪个？"——"体力劳动分部。"——"头头是谁？"——"我。""你太年轻，不可能独自做出攻击政府的严肃决定。谁给你下的指示？"——"中央委员会。"

军队也和民众一样受到了冲击，贝尔福、吕纳维尔和埃皮纳尔等地发生的运动，都证明了这一点。人们寄希望于第五十二团、第五团、第八团、第三十七团和第二十轻骑兵团。在勃艮第和南方各城市，都竖起了"自由树"，就是一根桅杆，顶上挂一顶红帽子。

这就是当时的局势。

这个局势，正如我们开始时讲的，圣安托万郊区比其他任何地区更敏感，更严重。那里是疼痛的胸部。

这个古老的郊区，像蚂蚁窝那样拥挤，像一窝蜂那样勤劳、勇敢和易怒，等待和渴望着一场骚动，已等得浑身发颤。人人都处在焦虑激动的心情中，但人人依然在勤奋地劳动。这种激奋而又沉闷的现象，是任何语言难以描绘的。在这个郊区，屋顶下的陋室里隐藏着多少辛酸和苦难，但也掩盖着热烈而非同寻常的聪明才智。正因为既穷困，又有才智，这两个极端一旦相撞，就会产生危险。

引起圣安托万郊区震颤的，还有其他原因。它受到了与政治大动荡有关的商业危机、破产、罢工和失业的冲击。在革命时期，贫困既是因也是果。它给予的打击，最后又落到自己头上。那里的民众极其高傲，潜藏着最大的热情，时刻准备拿起武器，一触即发，易怒，深沉，衰弱，仿佛只等一颗火星坠落。每当星星之火被事件的风云驱赶，在天际飘动，人们不由自主地会想起圣安托万郊区，想起可怕的机缘将这个由苦难和思想汇成的火药库，放在了巴黎各个城门口。

圣安托万郊区的那些小酒店，前面不止一次粗略地描写过，它在历史上是享有盛名的。在动荡的岁月里，人们在那里畅饮的，与其说是美酒，不如说是话语。那里涌动着一种预言家的精神和未来的气息，鼓舞和激励着人心。圣安托万郊区的小酒店，与阿芬丁①山顶上的小酒店很相像，那些小酒店建在女预言家洞穴上面，与神意暗暗相通，餐桌几乎都是三条腿，喝的是恩尼乌斯②所称的女预言家酒。

圣安托万郊区好比蓄水库，储存着人民。革命震得那里裂了口子，流出人民的绝对权力。这种权力可能用之不当，会像其他权力那样犯错误；但它即使被击垮，也不失伟大。它就像盲目的独眼巨人安根斯③。

---

① 公元前五世纪，罗马平民起义曾以阿芬丁山为根据地。
② 恩尼乌斯（前239—前169），拉丁诗人。
③ 安根斯，维吉尔长诗《伊尼德》中的巨人魔鬼，即希腊神话中的独眼巨神波吕斐摩斯。

九三年，根据飘在上空的是好思潮，还是坏思潮，是狂热的日子，还是兴奋的日子，从圣安托万郊区时而产生蛮人军团，时而产生英雄队伍。

蛮人。我们来解释一下这个词。在破天荒第一次发生革命混乱的日子里，那些怒发冲冠的人们，衣衫褴褛，吼声冲天，粗野残暴，举着棍棒和长矛，涌向天翻地覆的古老巴黎，他们想做什么？他们想结束压迫，结束暴政，结束战争，男人有工作，孩子受教育，妇女得到社会的关怀；他们要自由，平等，博爱，人人有饭吃，人人有思想，世界赛乐园，人类得进步；他们忍无可忍，不能自已，半裸着身体，手持棍棒，大吼大叫，不顾一切地要求人类进步这一神圣、美好而甜蜜的东西。是的，他们是蛮人，但这是文明的蛮人。

他们狂怒地宣布权利。他们想迫使人类登上天堂，哪怕引起震动和恐慌。他们是蛮人，却又是救星。他们戴着黑夜的面具企求光明。

我们承认，这些人很粗野，也很可怕，但这种粗野和可怕是为了善。还有些人笑容满面，穿锦衣，戴金饰，佩饰带，珠光宝气，脚穿丝袜，头顶白羽，手戴白手套，脚穿漆皮鞋，胳膊支在大理石壁炉旁铺天鹅绒的桌子上，温和地要求维持和保留过去，保留中世纪、神权、宗教狂热、愚昧、奴役、死刑、战争，轻声轻气、彬彬有礼地歌颂大刀、火刑柱和断头台。至于我们，如果非要在文明的野蛮人和野蛮的文明人之间做一选择，我们会选择文明的野蛮人。

但是，多亏上天，还可能有另一种选择。不管是前进，还是后退，都没必要垂直坠落。无论是专制主义，还是恐怖主义。我们希望沿着缓坡向前进。

上帝已做了安排。让坡度变缓，此乃上帝的全部政策。

六　昂若拉及其干将们

大约在这个时期，昂若拉开始神秘地清点队伍，以应付可能发生的事件。

全体人员都在米赞咖啡馆秘密聚会。

昂若拉讲话时，夹杂着一些半明半暗却含义深刻的隐喻。他说：

"应该了解目前的形势，我们能依靠谁。如果需要战士，就应该造就战士。应该拥有打击力量。这没什么不好。路上有牛，人们经过时，总要比没牛的时候更容易被牛角顶伤。因此，我们得数一数牛群里有多少牛。我们有多少人？不应把这件事拖到明天去做。革命者应时刻感到时间紧迫；进步不容拖延。要提防意外。不要到时措手不及。应该把我们缝的线检查一遍，看看有没有脱线。这件事今天该彻底解决了。库费拉克，你去看看综合工科学校的学生们。今天星期三，他们放假。您叫弗伊，是不是？您去看冰库街的人。孔布费尔已答应我去皮克皮斯。那里有一股杰出的力量。巴奥雷去吊刑杆街。普鲁韦，泥瓦工们的热情有所下降，你到格勒内尔-圣奥诺雷街共济会会馆去一趟，探听一下那里的情况。若利去迪皮特朗诊所，探测一下医学院的动向。博絮埃去法院一趟，同见习生们聊一聊。我负责同库古尔德联系。"

"全布置好了。"库费拉克说。

"没有。"

"还有什么?"

"还有一件很重要的事。"

"什么?"库费拉克问道。

"梅恩城门。"昂若拉回答。

昂若拉停顿了一下,若有所思的样子,然后说:

"梅恩城门那里有石匠、画匠、粗坯雕塑工。那是些有热情的人,但热情容易减退。他们近来不知怎么啦。他们的心思不在上面。他们没有热情了。他们把时间消磨在多米诺骨牌上。得赶快去同他们谈一谈,要谈得坚决些。他们在里什弗烟馆里聚会。中午到一点之间能在那里找到他们。得给这些灰烬吹吹气了。我本想把这事交给马里尤斯的,他虽然漫不经心,但毕竟人不错,可他不来了。我需要有个人去梅恩城门,可我手头没人了。"

"还有我呢,"格朗泰说,"我在呀。"

"你?"

"是呀。"

"你,给共和派人做宣传!你,用原则给冷却了的心鼓劲!"

"为什么不能?"

"你能做什么?"

"可我有点雄心。"格朗泰说。

"你什么也不信。"

"我信你。"

"格朗泰,你愿帮我个忙吗?"

"什么都愿意。擦皮鞋也行。"

"那好,别掺和我们的事。你还是去醒醒你的酒吧。"

"昂若拉,你是个薄情寡义的人。"

"你是去梅恩城门的人!你有这个本事!"

"我有本事沿着格雷斯街而下,穿过圣米歇尔广场,斜过亲王先生街,走到沃吉拉街,走过加尔默罗修道院门口,拐进阿萨斯街,走进谢施米迪街,经过军事法庭门口,大步穿过老瓦厂街,跨过蒙帕纳斯林荫大道,沿着梅恩街而下,越过城门,走进里什弗烟馆。我有本事这样做。我的鞋子有本事这样做。"

"去那店里的同志你认识几个吗?"

"不多。我们只是以你相称罢了。"

"你能同他们说什么呢?"

"我当然同他们谈罗伯斯庇尔。谈丹东。谈原则。"

"你!"

"我!你们对我不公平。我只要想做,肯定能做好。我读过《普吕多姆》,了解社会契约,还背得出共和二年宪章。一个公民的自由开始,便是另一个公民的自由终止。你当我是粗人哪?我抽屉里有一张旧信用券。人权,人民主权,见鬼!我甚至还有点信奉埃贝尔主义①。我可以手里拿着表,夸夸其谈谈上六小时。"

"严肃点。"昂若拉说。

"我是个粗人。"格朗泰回答。

昂若拉斟酌了几秒钟,做了个下决心的手势。

---

① 埃贝尔主义,法国资产阶级革命时期雅各宾派的左翼。

"格朗泰,"他严肃地说,"我同意你去试一试。你去梅恩城门。"

格朗泰住在米赞咖啡馆附近的一个带家具出租的房间里。他出去后五分钟又回来了。他回去穿了件罗伯斯庇尔式的背心。

"红色的。"他边进屋边说道,眼睛盯着昂若拉。

然后,他用有力的手掌,将背心的两个鲜红的尖角按在胸脯上。

他走近昂若拉,在他耳边说:

"放心吧。"

他坚定地将帽子往下拉了拉,就走了。

一刻钟后,米赞咖啡馆的后厅里已空无一人。ABC友社的朋友们都分头行动了。昂若拉最后一个离开,按照分工,他去联络库古尔德社。

埃克斯的库古尔德社在巴黎的成员,正在伊西平原的一个废采石场里集会,那一带有很多这样的采石场。

昂若拉向约会的地点走去,边走边回顾形势。事态显然非常严峻。当事态步履沉重地向前移动,呈现出一种潜在的社会疾病的征兆时,稍有一点并发症,就会停止前进,陷于混乱。这种现象会产生崩溃或再生。昂若拉隐隐看见在未来昏暗的裙裾下,有一团亮光在升起。谁知道呢?也许时机快到了。人民恢复权利,多么美好的景象!革命再次庄严地拥有法国,对世界说:明天再见!昂若拉非常高兴。炉子烧热了。这时候,昂若拉的朋友们犹如导火线正在撒向巴黎。他在脑海里,用孔布费尔敏慧而充满哲理的口才、弗伊四海为家的热情、库费拉克的激情、巴奥雷的笑声、让·普鲁韦的忧郁、若利的学识、博絮埃的讥讽,想象出同时喷向四面八方的闪闪烁烁的电火花。所有的人都在行动。结果肯定不负努力。这很好。这使他想起了格朗泰。"嗨,"他想,"梅恩城门差不多就在我这条路线上。要不我到里什弗烟馆去一趟?看看格朗泰在干什么,进展如何。"

昂若拉到达里什弗烟馆时,沃吉拉的钟楼敲响一点钟。他打开门,走进去,交叉双臂,门弹回来碰着了他的肩膀。他环顾大厅,里面放满了桌子,挤满了人,烟雾腾腾。

烟雾中响起一个声音,被另一个声音猛地打断了。格朗泰在和他的一个对手交谈。

格朗泰坐在一张圣安娜大理石桌子旁,对面还有一张脸。桌上撒满了麸皮和多米诺骨牌。格朗泰用拳头敲大理石桌。下面是昂若拉听到的谈话:

"双六。"

"四点。"

"蠢猪!我没有了。"

"你死定了。两点。"

"六点。"

"三点。"

"老幺。"

"该我出牌。"

"四点。"

"不好办。"

"该你出了。"

"我犯了个大错。"

"出得好。"

"十五点。"

"再加七点。"

"这样我就二十二点了(若有所思)。二十二!"

"你没料到会是双六。我一开始就出的话,情况就大不一样了。"

"还是两点。"

"老幺。"

"老幺!好,五点。"

"我没有。"

"是你出的吧,我想?"

"对。"

"白板。"

"他运气真好!啊!你真有运气(沉思了好一会儿)。两点。"

"老幺。"

"没有五点,也没有老幺。你麻烦了。"

"清了。"

"狗东西!"

第二卷
埃波妮

一　百灵鸟场

马里尤斯目睹了那场陷阱出乎意料的结局。是他把雅韦尔引到现场的。可是，雅韦尔刚离开那幢旧宅，将俘虏押到三辆出租马车上，马里尤斯便悄悄溜出了屋子。才是晚上九点钟。马里尤斯去库费拉克家。库费拉克不再是坚定的拉丁区居民了；"出于政治原因"，他已搬到了玻璃厂街，那是当时容易发生暴乱的街区。马里尤斯对库费拉克说："我来你这里过夜。"库费拉克把床上的两张床垫抽出一张，摊在地上，说："睡吧。"

第二天早上七点，马里尤斯回到旧宅，向布贡大妈付了房租，结清账目，雇来一辆手推车，将他的书、床、桌子、五斗橱和两张椅子装到车上，没留地址便走了。上午，雅韦尔来找马里尤斯询问昨晚的事情，只见到布贡大妈，她回答："搬走了！"

布贡大妈确信，马里尤斯同昨天被抓走的强盗有牵连。"谁能料到？"她对同一街区的女看门人说道，"一个年轻人，看上去像个大姑娘！"

马里尤斯匆忙搬家,有两个理由。首先,他现在对这幢房子深恶痛绝,因为他如此近地看到了最可恶、最凶残一幕的全过程,他感到坏的穷人比坏的富人更是一种可怕的社会丑恶。其次,接下来很可能有一场诉讼案,他不想被牵扯进去,与泰纳迪埃对簿公堂。

雅韦尔认为,这个他没记住姓名的年轻人因为害怕而逃跑了,抑或那件事发生时,他可能没有回家。但他还是想方设法要找到他,却是徒劳。

一个月过去了,接着又是一个月。马里尤斯一直住在库费拉克那里。他从一个常去法院接待室的见习律师那里,了解到泰纳迪埃已关进大牢。每星期一,马里尤斯都去拉福斯监狱的书记室,托人将五法郎转交给泰纳迪埃。

马里尤斯已身无分文,每次都向库费拉克借五法郎。他生平第一次向人借钱。这每星期的五法郎,对被借的库费拉克和收钱的泰纳迪埃,都是个谜。库费拉克这边想:"这钱是给谁的?"而泰纳迪埃那边想:"这钱是谁给我的?"

此外,马里尤斯心里很难过。一切重又回到了地窖中。他前面什么也看不见,他的生活重又陷入迷雾中,他摸索着在里面徘徊。在这漫漫黑暗中,他心爱的姑娘,还有那位像是她父亲的老人,这两个在这世上他唯一关心和唯一寄托希望的人,在他面前虚晃了一下,就在他以为抓住他们的时候,一阵风把这两个人影吹走了。在这惊心动魄的冲突中,竟没有冒出丁点肯定和真实的火星。无法作任何推测。他原以为知道她的名字,现在连这个也不知道了。她肯定不叫于絮尔。而百灵鸟是外号。对那个老人又该怎么想呢？他躲过警察了吗？马里尤斯在残老军人院附近遇见的那个白发苍苍的工人，现在又浮现在他的脑海里。那工人和白先生很可能是同一个人。那么，他常常乔装打扮吗？这个人既有英勇的一面，又有可疑的一面。他为什么没呼救？为什么要逃跑？他真是那姑娘的父亲吗？还有，他真是泰纳迪埃以为认出来的那个人吗？泰纳迪埃会不会认错人？所有这些问题都找不到答案。而且，所有这一切，都丝毫无损于卢森堡公园那位姑娘天使般的魅力。马里尤斯心中燃烧着爱火，眼前却一片漆黑，他经受着揪心彻骨的痛苦。他被推着，拉着，却不能动弹。除了爱情，一切都消失得无影无踪。即便是爱情，也失却了往日的突然冲动和感悟。通常，在我们心中燃烧的爱火，也能稍微照亮我们的眼前，向我们体外射出一些有用的光辉。马里尤斯再也听不到爱情低沉的建议了。他从来也不想："要不要去那里看看？要不要试试这个？"那位他从此不能再称作于絮尔的姑娘，肯定会在某个地方，但他却无从知道去哪里寻找。他的整个生命可以归纳成一句话：在茫茫迷雾中，他绝对心中无数。他始终憧憬着与她重逢，却不再抱任何希望。

更糟糕的是，他又陷入了贫困中。他感到他的身边，他的身后，猛刮着刺骨的寒风。他心里极端苦恼，已好久没有工作了。再没有比停止工作更危险的事了，那样会失去工作的习惯。习惯丢起来容易，拣起来难。

进行适量的沉思和服用适量的镇静剂一样，是不无益处的。这可以使不停地运转着的、处在发烧甚至是高烧状态中的头脑镇静下来，产生一种柔和舒爽的雾气，用以修整纯思想那过于粗糙的轮廓，填补这里那里的空隙和裂缝，把各部分弥合起来，使思想的棱角变得模糊。可是，沉思太多又会把人淹死。爱用脑力的人，让自己的思想沉入幻想，此乃他们之一大不幸！他们以为不难上来，心想反正是一码事。错了！

思想是智力的艰苦劳动，幻想是智力的精神满足。用幻想取代思想，无异于将毒药混同于食物。

大家记得，马里尤斯就是从这里开始的。爱的激情突然而至，最终把他推入没有目标、无穷无尽的幻想中。他出门只是为了胡思乱想。这是偷懒的办法。这是喧闹而停滞的深渊。随着工作减少，就会越来越陷入贫困。这是一条规律。耽于幻想的人，势必慷慨大方，萎靡不振。精神松弛了，就经不住紧张的生活。这种生活方式有利也有弊，因为，懒怠固然有害，慷慨却是大有好处。但一个贫穷、慷慨而高尚的人不工作，那就完了。财源枯竭，匮乏就会出现。

这是一条通向绝路的下坡道，无论是最诚实、最坚定的人，还是最软弱、最邪恶的人，都会被拖入这个坡道，最终陷入两个深渊，不是自杀，便是犯罪。一个人出门去胡思乱想多了，不知哪天，便会去投水自尽。过多地胡思乱想，便会变成艾斯库斯和勒布拉①。

马里尤斯眼睛盯着看不见的心上人，顺着这道斜坡慢慢往下滑。这样说似乎有点怪，但却千真万确。对失踪之人的回忆，会

---

① 艾斯库斯和勒布拉，法国当时的两位诗人，七月革命时曾参加巷战。一八三二年，他们合写的一出戏上演失败，自杀身亡。

照亮心底的黑暗；那人越是消失得无影无踪，就越是光芒四射；绝望而昏暗的心灵，能望见天边的亮光；那是黑暗内心的一颗明星。马里尤斯心里只想着"她"，不再有别的念头。他模模糊糊地感到，他的旧衣服已无法再穿了，他的新衣服正在变成旧衣服，他的衬衣破了，帽子破了，靴子破了，就是说，他的生命就要耗尽，他想道："死前能见她一面该多好！"

现在，他只剩下一个甜蜜的想法：她爱过他，这从她的眼神里可以看出来，她不知道他的名字，却了解他的心，现在，她在她所在的地方，不管那里多么神秘，也许仍还爱着他。谁知道呢，也许她像他思念她那样想念着他呢。他像所有热恋中的人，也有令人费解的时刻，明明只有痛苦的理由，却隐隐感到快乐得颤抖，心里想："是她的思想传到我这里了！"继而又想："我的思想说不定也会传到她那里。"

接下来，他会对这个幻觉摇头否定，然而，这已在他心田投下了有时类似希望的光辉。他不时地在一个本子上写些什么，尤其是在最令遐思者忧愁的夜晚。在他那本子上，写满了爱情灌注于他脑海中的最纯洁、最客观、最完美的梦想。他把这叫作"给她写信"。

不要认为他理智错乱了。恰恰相反。虽然他不再能工作，不再能坚定地朝一个既定目标前进，但他看问题比任何时候都敏锐和正确。他以奇特的，却又是平静而真实的目光，看待他面前的一切，乃至最无足轻重的事和人。他对一切总以过分的诚实和天真的无私作出公正的评价。他几乎不抱希望，因此可以超脱地作出判断。

在这种思想状态下,什么都逃不过他的眼睛,什么都骗不了他。他每时每刻都能发现人生、人类和命运的实质。上帝赋予了他既无愧于爱情,又无愧于痛苦的灵魂,即使在苦恼焦虑中,也是感到幸福的!没有用这双重光辉观察过这世界的事物和人的心灵的人,就没有见过真实的东西,就会一无所知。

人在热恋和痛苦时,心灵处于最佳状态。

况且,日子一天天过去,没出现任何新的情况。他只觉得剩给他的昏暗的空间在日益缩小。他相信已清楚地看到了无底深渊的边缘了。

"怎么!"他心中常想,"在这之前我真的见不到她了吗?"

上了圣雅各街,走过城门,再沿着左边那条旧林荫大道走了一会儿,便到了健康街,然后便是冰库街,快到戈布兰小河时,可见一片田野,在漫长而乏味的巴黎那几条环城林荫大道的内侧,这是唯一能吸引勒伊斯达尔①坐下来作画的地方。

那里,不知什么东西散发出一种优雅的趣味:一片绿草地,拉着几根绳子,迎风晾着几件破衣服,一座古老的菜农庄园,建于路易十三时期,大屋顶上钻出几个怪模怪样的复斜屋顶室,篱笆破烂不堪,白杨树丛中有水塘,还有女人、欢笑声、说话声。天边是先贤祠、聋哑院的那棵树,还有瓦尔-德-格拉斯军医院,那是一座黑乎乎、矮墩墩、怪模怪样、妙趣横生、美不胜收的建筑物。再往远处,是圣母院塔楼那方方正正、庄严肃穆的屋脊。

有的地方值得一看时,反而没有人来。每隔一刻钟,有一辆

---

① 勒伊斯达尔(1629—1682),荷兰风景画家。

人力车或一个赶车的人经过。

一次,马里尤斯独自漫步,不觉来到这个庄园的池塘旁。那天,千载难逢,在那条林荫大道上,有个行人经过。马里尤斯多少有点被这里的荒蛮之美打动,便问那行人:"这地方叫什么名字?"

行人回答:"百灵鸟场。"

接着又补充了一句:"于尔巴克就是在这里杀死伊夫里的那个牧羊女的。"

马里尤斯听到百灵鸟这个词,后面的话就听不见了。人在遐思时,有时一个词就足以产生这种突然的凝固。所有的思想会突然凝聚在一个想法周围,不可能再有别的感觉。在马里尤斯深深的忧郁中,百灵鸟已取代了于絮尔。"咦!"他惊愕地——人在进行这种神秘的内心独白时,常会有这种莫名的惊愕——说道,"这是她的场地。我在这里能搞清楚她的住处。"

这想法是荒唐的,却又不可抗拒。

从此,他天天到百灵鸟场来了。

二 监狱里如何孵育罪恶

雅韦尔在戈博旧宅似乎打了个圆满的胜仗,其实不然。

首先,也是他最忧虑的,他没有抓住那个俘虏。被害人逃跑,比谋害人的人更可疑。这个被强盗们抓住,并视若珍宝的人,说不定对官方也是一个宝贝。其次,雅韦尔没有抓住蒙巴纳斯。

只好等下次机会把这个"花花公子"捉拿归案了。蒙巴纳斯的确遇见了在林荫大道的大树下望风的埃波妮,并把她带走了。他宁愿做她的情夫,也不愿做她父亲的帮凶。幸亏这样。否则,他就不能逍遥法外了。至于埃波妮,雅韦尔又一次把她"钳住"了。这不过是小小的安慰。埃波妮也关进了玛德洛内特监狱,与她的妹妹阿赛玛会合了。

从戈博旧宅到拉福斯监狱的路上,主犯之一的克拉克苏失踪了。谁也不知道他是怎么逃跑的,警探和警察感到"莫名其妙",他化成一股烟雾,摆脱了拇指铐,从马车的裂缝中溜走了,马车裂着口子,而他逃跑了。谁也解释不清,只知道到达监狱时,已没有克拉克苏的踪影。这里面不是施了魔术,便是警察玩了花样。难道克拉克苏像雪花融化在水中那样,融解在黑暗中了?难道有警探在暗中配合?难道他是黑白两道的神秘人物?难道他集犯法和执法于一身?这个谜一般的人物是不是前脚踩在罪恶中,后脚踩在权力中?雅韦尔是决不会接受这种手段的,面对这种妥协,他会气得怒发冲冠。可是,他手下那帮人里,还有其他一些警探,尽管是他的下属,也许比他更了解警察局的秘密,而克拉克苏是个极有本事的恶棍,可以成为极其出色的密探。他与黑夜关系密切,能隐没在其中,这对偷盗十分有用,对警察来说,也是值得赞赏的。确实有一些双刃歹徒。不管怎样,克拉克苏已销声匿迹,找不到了。雅韦尔与其说惊讶,不如说气恼。

至于马里尤斯,这个"可能吓破了胆的傻瓜律师",雅韦尔连他的名字都没记住,几乎没把他放在心上。再说,一个律师,迟早会重新出现。可是,他仅仅是律师吗?

预审开始了。法官认为,"猫露屁股"那帮匪徒中,得有一个人不关进监牢,希望能偷听到他同别人的闲聊。这个人便是布吕戎,小银行家街的那个留长发的人。他被放到查理曼大帝院子里,但有人在监视他。

布吕戎这个名字,在拉福斯监狱是留下记忆的。在监狱所谓的新楼里,有个奇丑无比的院子,监狱当局叫它为圣伯尔纳院子,盗贼们称它为狮子坑,院子的高墙左边与屋顶相齐,墙上布满了鳞片状和麻风病状的斑点,一扇旧铁门锈迹斑斑,通往拉福斯公爵府的小教堂,那里后来改成关押强盗的囚室。就在那堵高墙上,挨着那扇铁门,十二年前,还可看见一个堡垒图形,是用铁钉刻上去的,看上去很粗陋,下面还签了名:

布吕戎,一八一一年。

一八一一年的布吕戎,是一八三二年这个布吕戎的父亲。

在戈博旧宅那场圈套中,我们只提了提小布吕戎。那是个非常狡猾、非常机灵的小伙子,但有一副惊愕哀怨的神态。多亏了这副惊愕的神态,预审法官才决定从轻发落,认为把他放到查理曼大帝院子里,比关到牢房里更有用。

盗贼们不会因为落入法网而就此罢手,不会为这点小事而缩手缩脚。因犯罪而坐了牢,并不妨碍他们再次犯罪。这就像艺术家,画展上正在展出他们的一幅画,他们仍会在画室里创作新画。

布吕戎似乎被监狱吓呆了。在查理曼大帝院子里,有时见他一连几小时站在食堂的小窗子旁,傻呆呆地看着那张脏兮兮的价目表,从第一项"大蒜,六十二生丁",看到最后一项"雪茄,五生丁"。要不就是浑身发抖,牙齿咬得格格响,他说在发烧,打听发烧病房里的二十八张床有没有空位。

一八三二年二月的下半个月,人们突然获悉,布吕戎这个瞌睡虫,通过牢里几个杂役,不以他自己的名字,而以他的三个同伴的名字,帮他做了三件不同的事,一共花了五十苏。这笔巨大的开销,引起了监狱警卫长的注意。

于是,人们进行了调查,通过贴在囚徒会客室里的佣金价目表,弄清楚这五十苏付了三笔送信的佣金:先贤祠,十苏,瓦尔-德-格拉斯,十五苏,格勒内尔门,二十五苏。在佣金价目表上,最高就是二十五苏。然而,先贤祠、瓦尔-德-格拉斯、格勒内尔门正好是三位极其可怕的城门盗贼居住的地方:一个是克吕德尼埃,又名怪客;另一个是自命不凡者,获释的苦役犯;还有一个是刹车杆。这一下便把警察的目光引到了这三个人身上。警方猜测,这三个人是"猫露屁股"手下的人,"猫露屁股"的两个干将已经落网,一个是巴贝,另一个是格勒梅尔。布吕戎并没叫人把信送到住处,而是有人在街上等候,因此,人们猜想,他们可能在密谋干坏事。还有另一些迹象。于是,警方逮捕了那三个城门盗贼,以为这样就挫败了布吕戎的阴谋。

采取这些措施后大约过了一星期,有天夜里,一个巡夜的狱卒巡查新楼底层的牢房,当他把考勤牌投进箱里时(这是用来检查巡夜狱卒是否尽职的一种办法,每小时都要往钉在牢房门上的箱子里投一块考勤牌),从房门的监视孔里,看见布吕戎坐在床上,借着墙上的灯光,在写着什么。狱卒冲进牢房。布吕戎被关了一个月黑牢,但人们始终没能抓到他写的东西。警察依然一无所知。

有件事可以肯定：第二天，有人从查理曼大帝院子里，将一个"驿车夫"扔进了狮子坑，中间有座六层楼房将两个院子分开。

囚徒们所谓的"驿车夫"，是指一个捏得很巧妙的被扔到"爱尔兰"的面团。所谓扔到爱尔兰，就是越过监狱屋顶，从一个院子扔到另一个院子里。究其词源，即是越过英格兰，从一个陆地到另一个陆地，到达爱尔兰。面团落到院子里。捡到的人打开来，会发现里面有张写给院子里某囚犯的字条。如果是囚犯捡到字条，会把它交给有关人；如果是一个狱卒，或一个被暗中收买、监狱里叫作绵羊、苦役所里称作狐狸的囚徒捡到，字条就会送到档案室，转交给警方。

这次，"驿车夫"到达了目的地，尽管收信人目前正在被"隔离"。这收信人不是别人，正是巴贝，"猫露屁股"的四大金刚之一。

面团内有个小纸卷，只写着两行字：

"巴贝，普吕梅有笔生意。临花园的铁栅栏。"

这就是布吕戎那天夜里写的东西。

尽管有男女搜身员，巴贝还是找到办法将字条从拉福斯监狱，送到了关在硝石库医院的一个"相好"那里。这姑娘又把字条转交给她认识的一个叫玛妮翁的姑娘，后者受到警方的严密监视，但尚未被捕。读者已见过玛妮翁的名字，她与泰纳迪埃家有联系，这在以后还要谈到。她去看埃波妮，从而在硝石库医院和玛德洛内特监狱之间充当联络员。

就在这时候，埃波妮和阿赛玛被释放了，因为预审泰纳迪埃一案时，对他两个女儿的指控缺乏证据。

埃波妮出狱时，玛妮翁在玛德洛内特监狱门口偷偷等她，将布吕戎给巴贝的字条交给了她,让她去"侦察"普吕梅街。

埃波妮去了普吕梅街,侦察铁栅栏和花园,观察那栋房子,窥视和监视了几天后,就去克洛什佩斯街,将一块饼干送到玛妮翁家里,玛妮翁又把饼干转交给硝石库医院巴贝的情妇手中。在监狱的暗号中,一块饼干象征着"没什么可做"。

于是,不到一星期,当巴贝去"受审",布吕戎受审回来,两人在拉福斯监狱的巡逻道上相遇时,布吕戎问:

"怎么样,普街?"

巴贝回答:"饼干。"

于是,布吕戎在拉福斯监狱策划的罪恶流产了。然而,这次流产还是有结果的,不过,与布吕戎的计划毫不相干。以后我们还会谈到。

人常常这样,以为在接一根线,不料却接了另一根。

三 马伯夫大爷遇见"精灵"

马里尤斯不再同任何人来往,但有时会在路上遇见马伯夫大爷。

当马里尤斯沿着阴森的阶梯缓缓往下走时,马伯夫大爷这边也在往下走。这阴森的阶梯可以叫作地窖之梯,通往不见天日的地方,在那里,可以听见幸福的人在自己头顶上行走。

《科特雷茨地区植物志》绝对卖不出去了。奥斯特里茨的小花园阳光不足,试种靛青植物未获成功。马伯夫先生只能种些喜湿喜暗的稀有植物。可他毫不气馁。他在植物园里弄到了一小块地,阳光充足，"自费"在里面试种靛青植物。为此，他把植物志的铜版送进了当铺。他把午餐减少到两个鸡蛋，并把其中一个给他的老用人，他有十五个月没给她付工钱了。他常常一天只吃这一顿饭。他不再发出孩子般的笑声了，而是变得郁郁寡欢，也不再接待任何人。好在马里尤斯也想不到去看他。马伯夫先生去植物园时，这一老一少有时在医院林荫道上相遇。他们彼此不说话，只是忧郁地点点头。贫困竟使友情变得淡薄，真令人心痛！曾经是两个朋友，如今形同路人。

书商鲁瓦约已谢世。马伯夫先生便只有他的书、花园和靛青植物了。对他而言，这是幸福、快乐和希望所表现的三种形式。有了这些，他就能活下去。他常想："等我把球状靛青植物种出来，我就发财了，我把铜版从当铺里赎出来，我要大张旗鼓地推销我的《植物志》，在报纸上登广告，我要买（我知道哪里能买到）一部皮埃尔·德·梅迪纳的《航海艺术》，带木刻插图，一五五九年版的。"现在，他白天在那块靛青植物地上劳作，晚上回到家里，给他的花园浇浇水，然后读读书。那时候，马伯夫先生已年近八旬。

一天傍晚，出了件怪事。

他回到家里时，天还很亮。普鲁塔克大妈生病已睡觉。她近来身体不好。他晚饭吃了一块几乎不带肉的骨头，又在厨房的桌子上找到了一块面包。吃完后，他坐到园子里的一块翻倒的界石上，这就算是凳子了。

在那石凳旁，仿照老式果园的习惯，放着一个用木条和木板钉成的破旧不堪的大木箱，下层是兔舍，上层是水果架。兔窝里没有兔子，但水果架上有几只苹果。过冬的剩余食物。

马伯夫先生戴上眼镜，翻阅两本书。他看得兴致勃勃，甚至被深深吸引，这对他这般年纪的人来说，是更为有害的。他生性胆怯，因此很容易接受迷信。一本是德朗克尔院长的名著《论魔鬼的幻变》，另一本是四开本，名为《关于沃韦尔的魔鬼和比埃弗尔的精灵》，穆托尔·德·拉鲁博迪埃著。他的园子从前曾有鬼怪出没，所以后一本书更使他感兴趣。薄暮使天上渐渐变白，地上渐渐变黑。马伯夫先生读着书，并且不时将视线越过手中的书本，朝那些花草望一眼，尤其是那株灿烂夺目的杜鹃花，这是他的一个安慰。接连四天风吹日晒，没下过一滴雨，花枝弯了，花蕾蔫了，叶儿掉了，都需要浇水了。那株杜鹃花更显得楚楚可怜。马伯夫老爹是这样一种人，认为树木花草是有灵魂的。老人在他的靛青植物地里干了整整一天，累得精疲力竭，但他还是站起来，把书放在石凳上，佝偻着腰，步履蹒跚地走到水井旁，可是，当他抓住吊桶的链子时，竟然没有力气把它拉过来一些，好从挂钩上摘下来。于是，他转过身，抬起忧虑的目光，向星罗棋布的天空张望。

夜晚那般宁静，透出一种难以名状的凄凉和永恒的喜悦，这更增加了人们的痛苦。这一夜，将会和白天一样干燥。

"满天星斗。"老人想道，"没有一片云！没有一滴水！"

他的脑袋仰天抬了会儿，又垂到胸前。

他又抬起头，又看了看天空，喃喃地说：

"下点露水吧！可怜可怜吧！"

他又一次试着把吊桶的铁链摘下来，却白费力气。

这时，他听见有个声音在说：

"马伯夫大爷,要我给您浇花园吗?"

随即传来了野兽钻篱笆的声音。他看见一个高高瘦瘦的姑娘从灌木丛中走出来,站到他面前,大胆地看着他。那神态与其说像人,毋宁说像是暮色中刚出现的幽灵。

正如前面说过的,马伯夫大爷生性容易恐惧,动辄便会惊慌。他还没来得及回答一个字,那幽灵已摘下铁链,沉下吊桶,汲满水提上来,将喷壶注满,这一系列动作在黑暗中显得唐突而怪异。老人看见这光着脚丫子、穿着破裙子的幽灵,在花畦中间来回奔跑,将生命洒向她的周围。水洒在叶子上,发出簌簌的声音,马伯夫大爷听了心花怒放。他仿佛感到,那株杜鹃花现在欣喜若狂了。

第一桶水浇完,姑娘又去汲第二桶,接着第三桶。她把园子浇了个遍。

她在小径上走来走去,投下黑色的身影,一条破烂不堪的纱巾在她瘦长的胳膊上飘舞,看上去真像只蝙蝠。

她浇完水,马伯夫大爷热泪盈眶地走到她跟前,将手放到她额头上。

"上帝祝福您,"他说,"您那样爱护花,您是护花天使。"

"不,"她回答,"我是魔鬼,不过,我无所谓。"

老人没等也没听见她回答,他大声说道:

"可惜我太不幸,太穷了,我不能帮您任何忙。"

"您能。"她说。

"什么?"

"告诉我马里尤斯先生住在哪里。"

老人大惑不解。

"哪个马里尤斯先生?"

他抬起无神的目光,仿佛在追索消逝的往事。

"一个年轻人,从前常来这里。"

这时,马伯夫先生已在脑海里搜索了一遍。

"噢!对了……"他大声说道,"我知道您说什么了。等等!马里尤斯先生……马里尤斯·蓬梅西男爵,是他!他住在……或者说,他已不住在……嗨,我不知道。"

他一面说,一面弯下腰,将杜鹃花的一个枝条固定住,接着又说:

"啊,我现在想起来了。他经常从那条林荫大道向冰库街方向走去。克鲁勒巴布街。百灵场。到那里去找他吧。不难碰到他。"

马伯夫先生站起来时,面前已没有人影了。姑娘消失了。

他显然有点害怕。

"真的,"他想,"要不是我的花园已浇了水,我真会以为她是幽灵呢。"

一小时后,他上床睡觉时,又想起了这件事。就快睡着时,在这意识朦胧,思想有如神话中变成鱼儿穿洋过海的鸟儿,渐渐变成梦境穿过睡眠的时候,他含糊不清地说:

"的确,这很像拉鲁博迪埃讲到的精灵。她是精灵吗?"

四 马里尤斯遇见"幽灵"

就在那"精灵"拜访马伯夫几天后的一个早晨,——是个星期一，那是马里尤斯向库费拉克借五法郎送给泰纳迪埃的日子，——马里尤斯将那枚钱币揣进兜里，在去监狱书记室送钱之前，先出去"转一转"，希望回来后好干些工作。他经常这样。起床后，他便立即坐到一本书和一张纸前，随便译一些。那时候，他正在把两个德国人的著名争论，即甘斯和萨维尼之间的论战译成法文。他拿起萨维尼的书，又拿起甘斯的书，读了几行，试着译了一行，但干不下去，总看见有颗星星在他和纸中间闪烁。于是，他从椅子上站起来，说道："我出去走走。回来就精神饱满了。"

他去百灵场。在那里，他比任何时候更清楚地看见那颗星星，也比任何时候更看不见萨维尼和甘斯。

他回到家，试着继续翻译，还是干不下去。他根本无法把脑袋里断了的线接起来。于是，他说："明天不出去了。这妨碍我工作。"可他仍然天天出去。

与其说他住在库费拉克家，不如说住在百灵场。他的真正住址是健康林荫大道，克鲁勒巴布街过去第七棵树下。

那天早晨，他离开第七棵树，坐到戈贝兰河岸的护墙上。欢快的阳光射进鲜嫩的树叶中，树叶喜气洋洋，光辉灿烂。

他在思念她。他的思念又变成了自责。他想到自己得了懒病，心灵已然瘫痪，不禁心痛如绞；想到前面越来越黑，连阳光也见不到了。

他艰难而模糊地想着，这甚至算不上内心独白，因为他的内心活动已经衰退，他甚至已无力自艾自怨；然而，尽管他心中怏怏不乐，却仍能感受到外部的活动。他听见戈贝兰河的洗衣妇在他身后，在他下面，在两条河岸上捶打衣裳，鸟儿在他头顶上，在榆树枝头上嘤嘤歌唱。一边是鸟儿自由自在、无忧无虑、悠然自得的声音,另一边是洗衣妇劳动的声音。这两种欢快的声音,使他陷入了沉思,甚至使他思索起来。

他正想得出神,蓦然,他听见一个熟悉的声音在说:

"咦!是他!"

他举目望去,认出是一天早晨闯进他房里的那位不幸的姑娘,泰纳迪埃的大女儿埃波妮;现在他知道她的名字了。奇怪的是,她更穷了,却变得漂亮了;这两步似乎是不可能同时迈出的。她一面朝着光明,一面朝着苦难,同时前进了两步。她仍像那天坚定地走进他的房间里那样,赤着脚,穿着破衣服;不过,这破衣烂衫又多穿了两个月,破洞更大了,烂布更脏了。还是那沙哑的嗓门,那因风吹日晒而失去光泽多了皱纹的额头,那放肆、茫然和闪烁不定的目光。因遭受了牢狱之苦,她的脸上又添了一种难以名状的惊恐悲哀的神态。

她头发上有草屑和碎麦秸,不是像奥菲利亚那样,因受哈姆雷特疯病传染,自己也成了疯子的缘故,而是因为在某个马厩的草堆里过了夜。

可这一切使她变得漂亮了。啊!青春,多么璀璨的星星!

这时,她来到马里尤斯面前,苍白的脸上露出了兴奋,似乎还有一丝笑容。

她一时没有说话,仿佛说不出话来。

"我可找到您了!"她终于说道,"马伯夫大爷说得对,就在这条林荫大道上!我找您找得好苦!您要知道就好了!您知道吗?我坐牢了。十五天!他们放了我!因为没什么好指控我的,再说,我还没到能识别是非的年龄。还差两个月。呵!我找您找得好苦!六个星期。您不住在那里了?"

"不了。"马里尤斯说。

"呵!我明白了。因为那件事。这种虚张声势的事,是让人不愉快。您搬家了。咦!您怎么戴这种破帽子?像您这样的年轻人,应该穿漂亮的衣服。您知道吗,马里尤斯先生?马伯夫大爷叫您男爵先生什么的。您不会是男爵吧?男爵们都是老头,他们去卢森堡公园的城堡前面,那里阳光充足,读一苏钱一份的《每日新闻》。有一次,我给一位男爵送过一封信,他就是这样。他有一百多岁了。告诉我,您现在住在哪里?"

马里尤斯不做回答。

"啊!"她继续说道,"您的衬衫上有个洞。让我给您缝一缝。"

她的神情渐渐阴沉,她说:

"您见到我好像不高兴?"

马里尤斯默不作声。她也沉默了一会儿,而后大声说:

"可是我只要愿意,一定能叫您高兴!"

"什么?"马里尤斯问。"您想说什么?"

"啊!您以前是用'你'称呼我的!"她又说。

"好吧,你想说什么?"

她咬住嘴唇,犹豫了一会儿,仿佛在思想斗争。最后她似乎下了决心。

"算了,反正一样。您闷闷不乐,我要您开开心心。您得答应我,您一定要开心。我要看见您开心,听见您说:'啊!好。'可怜的马里尤斯先生!您知道!您答应过我,我想要什么,您就给我什么……"

"是的！快说吧！"

她盯着马里尤斯，对他说：

"我有地址了。"

马里尤斯脸色刷地变白，全身的血涌回心脏。

"什么地址？"

"您问我要的地址！"

接着，她像是费劲地补充说：

"就是那个……地址，知道吗？"

"知道！"马里尤斯结结巴巴地说。

"那位小姐的！"

说完这句话后，她深深叹了口气。

马里尤斯从他坐着的护河墙上跳下来，发狂似的握住她的手。

"呵！太好了！快带我去！告诉我！随你问我要什么！她住在哪里？"

"跟我来。"她回答。"我不知道街名和门牌号码。不在这边。但我认识那幢房子。我带您去。"

她抽回手，接着又说："呵！您多高兴啊！"任何人听见她说话的语气会心里难过，可马里尤斯正欣喜若狂，如醉如痴，根本没有感觉。

马里尤斯额头掠过一丝阴云。他一把抓住埃波妮的胳膊。

"我要你发誓！"

"发誓？"她说，"什么意思？呀！您要我发誓？"

说完便笑了。

"你的父亲！答应我，埃波妮！你要发誓不把这个地址告诉你父亲！"

她惊愕地向他转过脸。

"埃波妮！您怎么知道我叫埃波妮的？"

"答应我的要求！"

但她好像没有听见。

"这很好。您叫我埃波妮！"

马里尤斯同时抓住了她的两只胳膊。

"看在老天爷的分上，回答我！听着，我要你发誓，不把你知道的地址告诉你父亲。"

"我父亲？"她说。"啊，对，我父亲！放心吧。他在大牢里。再说，我父亲关我什么事！"

"可你还没答应我。"马里尤斯大声说。

"放开我！"她说，并咯咯大笑，"别这样晃我！好！好！我答应您！我向您发誓！这同我有什么关系？我不把地址告诉我父亲。行了吧？行了吧？"

"也不告诉任何人！"马里尤斯说。

"不告诉任何人。"

"现在带我去吧。"马里尤斯说道。

"马上？"

"马上。"

"跟我走吧。——啊！他多高兴啊！"她说。

走了几步，她又停下来。

"您挨我太近了，马里尤斯先生。我走在前面，您像这样若无

1077

其事地跟着我。不要让人看见一个像您这样的小伙子同我这样的女人在一起。"

"女人"这个词，从这个女孩子嘴里说出，个中含义是任何语言都无法表达的。

她走了十来步，又一次停下来；马里尤斯走到她跟前。她别转脑袋，对他说：

"对了，您知道您曾对我做过许诺吗？"

马里尤斯摸摸口袋。在这世上，他只有那枚准备给泰纳迪埃的五法郎硬币了。他掏出来，放到埃波妮的手里。

她张开手指，硬币掉在地上。她神态忧郁地看着马里尤斯，说道：

"我不要您的钱。"

第三卷
普吕梅街的房子

一　神秘的房子

　　上世纪中叶，巴黎高等法院一位戴法官帽的院长为了金屋藏娇（在那个时代，大贵族到处炫耀自己的情妇，但有产者却把情妇藏起来），在圣日耳曼城郊荒僻的布洛梅街（如今叫普吕梅街），在从前叫"斗兽场"的地方附近，修建了一座"小楼"。

　　这是二层楼房。楼下有两间厅室，楼上有两间卧室，楼下有厨房，楼上有小客厅，屋顶下是阁楼，屋子前有花园，临街有一扇大铁栅栏门。花园的面积大约有半公顷。行人看得到的就这些。但在楼后还有个小院子，院子深处，有两间带地窖的平房，以备不时之需，必要时可以藏匿一个孩子或奶妈。平房后面有一道伪装的暗门，连接一条狭长的露天通道，地面铺了石板，弯弯曲曲，夹在两堵高墙中间。这通道设计巧妙，非常隐蔽，顺着墙外的花园和农田，拐弯抹角，向前延伸，直达另一道暗门，离房子有一里路，差不多到了另一个街区，出门便是人迹罕至的巴比伦街的尾端。

　　那院长先生就是从这道暗门进来的，因此，那些窥视和跟踪他的人,即使发现他每天神秘兮兮地去某个地方,却怎么也猜不到他去巴比伦街,就是去布洛梅街。这个精明的法官,巧妙地购置了地产,就能不受查问地在自己的土地上建造了这一通道。后来,他把高墙两旁的土地,分成小块的花园和农田卖出去,两边的买主们以为他们面前只有一堵共有的墙,丝毫也不怀疑在他们的花坛和果园之间有两堵高墙,蜿蜒着一条铺着石板的长走廊。只有飞鸟才能观赏到这一奇景。上个世纪的莺儿和雀儿们想必没少议论这位院长先生。

这小楼按芒萨尔①的风格用石头建成,照华托②的风格镶以护壁,饰以家具,里面是洛可可式③,外面是古色古香,围着三道花篱,显得审慎、俏丽和庄严,适合于男女偷欢和法官逢场作戏。

这小楼和这通道十五年前还在,现已不复存在。一七九三年,一个锅商买下了房子,准备拆毁,但因没能付清房款,国家宣告他破产。因此,是房子毁了那位锅商。从此,这小楼便无人居住,渐渐毁坏,正如任何没人居住的房子会倒塌一样。楼内仍保留着原来的家具,随时准备出卖或出租,每年有十一二个人经过普吕梅街,能从一块通告牌上得知这房子准备出卖,那牌子一八一〇年就挂在花园的铁栅栏门上了,已经发黄,字迹也看不清了。

复辟王朝末年,那些行人可以发现那块牌子消失了,甚至

---

① 芒萨尔(1646—1708),法国建筑家。
② 华托(1684—1721),法国画家。
③ 洛可可式,十八世纪初流行于巴黎的一种精致的装饰艺术风格,比例关系偏于高耸和纤细,造型为C形涡旋线,以不对称代替对称,色彩明快柔美。

二楼的百叶窗也打开了。的确,这房子已有人住了。窗户上拉着"小窗帘",说明里面住着女人。

一八二九年十月,一个上了年纪的男子前来把房子全部租下了,当然包括后院的平房和通达巴比伦街的走廊。他找人把通道两端的暗门修好。刚才说了,房子里差不多仍摆着那位院长的全套家具,新房客只是把房子修了修,添置了几样缺少的家具,把院子里缺的石板铺上,地面缺的方砖添上,楼梯破的梯级修好,地板破的木板补好,窗户破的玻璃装上,最后,他同一个年轻姑娘和一个女用人悄悄搬来安家落户,就像有人偷偷溜进,而不是走进自己家里。邻里们没什么议论,因为压根儿没有邻居。

这位不引人注目的房客,便是让·瓦让,那姑娘便是珂赛特。女佣是位老姑娘,名叫杜珊,让·瓦让把她从医院和贫困中救了出来。她已年老,外省人氏,说话结巴,这三个特点使让·瓦让下决心把她留在身边。他用福施勒旺的名字,食年息者的名义,租下了这幢房子。在上面叙述的所有事中,读者想必不会比泰纳迪埃晚认出让·瓦让。

让·瓦让为什么要离开小皮克皮斯修道院?发生了什么事?什么事也没发生。

大家记得,让·瓦让在修道院里非常幸福,正因为太幸福了,最后竟于心不安起来。他天天看见珂赛特,感到对她产生了父爱,并且越来越强烈,他用整个心来保护这个孩子。他心里思量,她是属于他的,什么也不能把她从他身边夺走,他们将永远这样生活下去;她在里面耳濡目染,将来一定会当修女,因此,修道院成了他和她的世界,他将在里面渐渐衰老,而她将渐渐长大,然后,她将慢慢衰老,而他将慢慢死去。总之,他怀着美丽的希望:他们永远也不分离。他这样想着,最后陷入了困惑之中。他抚躬自问。他思忖,这一切幸福难道果真属于他,在这幸福里,难道不包括另一个人的幸福,这个孩子的幸福?他这个老头是不是侵夺强占了别人的幸福,这是不是一种偷窃行为?他思忖,这孩子在放弃人生之前,有权了解人生,如果不征求她的意见,借口让她免遭人生厄运,就事先剥夺她的一切快乐,利用她的无知和无援,人为地让她产生一种志向,那么,这便是在摧残人性,对上帝撒谎。谁知道呢?说不定哪天珂赛特会明白这些,悔当修女,转而对他产生仇恨。这是他最后的想法,也可以说是自私的,不如其他想法英勇,但令他寝食不安。他决定离开修道院。

他决定这样做;他悲痛地认为,他必须这样做。而且也没有相反的意见阻挠他下这个决心。五年了,他住在这四堵墙中间,销声匿迹,一些令人恐惧的因素必然被粉碎或驱散了。他可以放放心心地回到社会中去。他已老了,一切也都变了。现在谁会认出他来?退一步说,即使有危险,也只涉及到他自己,他无权以蹲过苦役牢为理由,将珂赛特禁锢在修道院里。再说,在责任面前,危险又算得了什么?况且,他可以处处谨慎,事事小心呀。至于珂赛特的教育问题,差不多快结束了,她的学业就要圆满完成。

他决心一定,便等待时机。机会说来就来。福施勒旺老头死了。

让·瓦让请求尊敬的院长嬷嬷接见,他对她说,他哥哥死后,他继承了一笔遗产,不干活也能生活下去了,他要离开修道院,带走他的女儿；但是，珂赛特没有发愿，不应该免费受教育，因此，他谦恭地恳求尊敬的院长嬷嬷，允许他给修道院捐款五千法郎，作为珂赛特在修道院生活五年的补偿。

就这样，让·瓦让离开了永敬会修道院。

离开修道院时，他亲自拿着那只小手提箱，不愿意交给搬运工。小提箱的钥匙，他从来都揣在身上的。

这手提箱发出一种香料味，珂赛特感到很好奇。

现在就得交代一句，这个箱子，从此不再离开他了。他总把它放在房间里。每次搬家时，他首先带走的就是这个箱子，有时是他唯一带走的东西。珂赛特每次都要取笑一番，给这箱子取名为"形影不离"，还说："我好嫉妒。"

让·瓦让回到自由的空间，仍然忧虑重重。

他发现了普吕梅街的这座房子，便隐居在里面。从此，他就用于尔蒂姆·福施勒旺的名字。

他在巴黎还同时租了另外两套公寓房，免得老住在一处而引人注目，一有风吹草动，便可到别处待一待，不要像那天夜里侥幸逃脱雅韦尔那样，弄得措手不及。这两套公寓房非常简陋，看上去很寒酸，分别在两个离得很远的街区，一个在西街，另一个在武士街。

他常常带着珂赛特到那两处去住上一个月或一个半月，时而在武士街，时而在西街，女仆杜珊仍留在普吕梅街。他在那两处住的时候，让门房帮他料理家务，装成郊区一位吃年息的人，在城里有临时住所。这个品德高尚的人，为躲避警察，在巴黎有三个住处。

二 让·瓦让——国民自卫军战士

然而，严格地说，他住在普吕梅街。他是这样来安排他的生活的：

珂赛特和女仆住在小楼里。珂赛特拥有窗间墙壁涂漆的大卧室、饰有镀金护条的小客厅和法院院长张着挂毯、摆着大安乐椅的大客厅。她还有花园。让·瓦让在珂赛特的卧室里放了张有天盖的床，天盖由三色古锦缎做成，还铺了一块古老而华丽的波斯地毯，是在圣保罗无花果树街戈什大妈的店里买的。这些精美的老古董过于肃穆，为了缓和气氛，他又配了些少女用的欢快而优雅的小家具：书架、书橱和切口烫金的书籍、文具盒、吸墨纸、嵌螺钿的女红桌、镀金的银针线盒、日本瓷制梳洗用具。楼上挂着红底三色锦缎长窗帘，同床上天盖的颜色一样。楼下则挂着绒绣窗帘。整个冬天，珂赛特的小楼从上到下都生火。让·瓦让则住在后院深处那间类似看门人的小屋里，一张铺着垫褥的帆布床，一张白木桌，两张麦秸垫椅，一个陶瓷水罐，一块木板上摆着几本书，一个角落里放着那只宝贝手提箱，从不生火。他和珂赛特一起吃晚饭，桌上放着一块为他准备的黑面包。杜珊一进他家，他就对她说："小姐是家里的主人。"杜珊目瞪口呆地问："那您呢，先……生？""我嘛，我比主人还要高，我是父亲。"

珂赛特在修道院里学会了料理家务，家里的开支由她掌管，每月的开销很少。每天,让·瓦让挽着珂赛特的胳膊,带她去散步。他带她到卢森堡公园,在那条人迹罕至的小路上走走。星期天,他带她去做弥撒,总是在圣雅克-德-奥巴教堂,因为那里离家很远。教堂所在的街区很穷,他常常给些施舍,在教堂里常被穷人围住,因此,泰纳迪埃给他写信时,称他为"圣雅克-德-奥巴教堂乐善好施的先生"。他常带珂赛特去探望穷人和病人。可他从不让外人进入普吕梅街那座房子里。杜珊采购食物,让·瓦让亲自去林荫大道上离他家很近的水龙头打水。木柴和酒放在巴比伦街那道便门旁的半地下室里,地下室的墙壁镶嵌着贝壳和石块,当年是给那位法院院长当石窟用的:在游乐园和小屋①盛行的年代,没有石窟便没有爱情。

在巴比伦街的那道便门上,有个储钱罐式的匣子,用来放信和报纸。不过,住在普吕梅街这座小楼里的三个人,既收不到信件,也收不到报纸,这个信箱,从前曾充当轻浮爱情的传情人和一位风流法官的知心人,现在仅用来放放收税单和国民自卫军通知。因为靠年息生活的福施勒旺先生是国民自卫军战士。他没能逃脱一八三一年人口调查的密网:当时,市政府连小皮克皮斯教堂也调查了,那本是难以进入的神圣的云雾,让·瓦让是从那里出来的,在区政府看来自然是值得尊敬的,因此,也就有资格站岗放哨了。

每年,让·瓦让有两三次穿上军装去站岗。这是他很乐意做

---

① 十七至十八世纪,巴黎郊区有豪华的游乐园和小屋,供达官贵人及其情妇们享用。

的事。这对他是一种正当的伪装,他既可以和大家混在一起,同时又能单独行动。让·瓦让刚满六十岁,这是合法免役的年龄;但他连五十多岁也看不出来;再说,他不想躲避那位上士,也不想找罗博伯爵①的麻烦;他没有户籍;他隐瞒名字,隐瞒身份,隐瞒年龄,隐瞒一切;不过,刚才我们说了,他是有诚意的国民自卫军战士。他最大的愿望是做一个纳税人。他的理想是,有天使的心灵,资产阶级的外表。

然而,有个细节要提一提。让·瓦让同珂赛特一起出门时,正如我们看到的,他的穿戴像个退役军官。当他一个人出门时,并且常常在晚上,他总是穿着工人的短上衣和长裤子,戴一顶鸭舌帽,把脸遮起来。是出于谨慎,还是谦卑?二者兼而有之。珂赛特对自己不可捉摸的命运已习以为常,因此,她对父亲的奇怪行为几乎毫无察觉。至于杜珊,她对让·瓦让崇拜有加,认为他做什么事都是对的。肉店老板见过让·瓦让,一天,他对她说:"他是个怪人。"她则回答:"他是个圣人。"

无论是让·瓦让、珂赛特,还是杜珊,都只从巴比伦街那道门进出。除非从花园的铁栅栏门里看见他们,否则很难猜到他们住在普吕梅街。这道铁栅栏门始终关着。让·瓦让故意让花园荒芜,免得引人注目。

他这样想,也许是错的。

---

① 罗博伯爵,当时国民自卫军的司令。

三 枝繁叶茂[1]

　　这个花园已有半个世纪无人问津,变得异乎寻常,妙不可言。四十年前,从这条街上经过的行人会驻足凝望,却不会猜到,在这葱郁繁茂的树木后面深藏着秘密。一道古色古香的铁栅栏门常年挂着锁,弯弯扭扭,摇摇欲坠,嵌在两根长满青苔而发绿的柱子上,顶端是饰有令人费解的阿拉伯装饰图案的三角横楣;当年,一些好遐想的行人,不止一个曾多次贸然将目光和思想穿过那道铁栅栏,向里面张望。

　　一个角落里有一张石凳,园里有一两尊发霉的雕像,墙上饰有几个木格构架,年代久远,钉子脱落,且已腐烂。此外,既无道路,亦无草坪。到处是绊脚草。既然无人管理,也就恢复了自然风貌。杂草丛生,这对一角荒地来说,是奇妙的意外景象。桂竹香花比比皆是,构成一幅美不胜收的盛会。在这花园里,树木花草繁茂旺盛,什么也不能阻挡这种神圣的努力;这里,万物自由自在,欣欣向荣。树木向荆棘低头,荆棘朝树木伸展,藤蔓攀援,树枝下垂,地上蔓生的竟向在空中怒放的攀援伸展,迎风飘扬的竟向在青苔中爬行的垂头弯腰;树干、树枝、树叶、纤维、花簇、卷须、蔓枝、尖刺,互相混杂、穿插、交织、缠绕;在这三百尺见方的园子里,在造物主满意的目光下,树木花草在亲密

---

[1] 原文为拉丁语。

而深情的拥抱中，举行并完成了庆祝兄弟情谊的神圣的秘密仪式，这种兄弟情谊象征着人类的友爱。这个花园已不再是花园，而是个硕大无朋的荆棘丛，就是说，变得似森林般难以进入，似城市般摩肩擦背，似鸟窝般微微颤动，似教堂般幽暗沉闷，似花束般芬芳馥郁，似坟墓般孤独寂寞，似人群般生气盎然。

春天，这个巨大的灌木丛，在那铁栅栏门后面，在四堵墙中间，自由自在，无拘无束，遵循世界万物的规律，默默地发芽繁殖，在旭日下微微颤抖，就像发情的动物，吸入宇宙爱的气息，感觉到四月的液流在血管里上升、沸腾，迎风摆动着奇妙的绿发，向湿润的大地、剥蚀的雕像、摇摇欲塌的台阶，乃至那条荒街的路面，撒布着繁星般的花朵、露珠、丰裕、美丽、生命、欢乐、芳香。中午，成千上万只白蝴蝶躲进园中，雪花般地在绿荫下飞舞，看见这生机勃勃的夏雪，有如看到了天上的奇景异象。在这欢快的绿荫下，无数天真的声音情意绵绵，倾诉衷肠，啁啾声遗漏的，嗡嗡声加以补充。傍晚，一股梦幻般的雾气从园子里升起，将它包围；一条白雾织成的殓布将它笼罩，那样忧伤、静谧和奇妙；到处飘溢着金银花和牵牛花醉人的芬芳，有如幽香四溢的毒药；可以听见在树枝下昏昏欲睡的旋木雀和鹡鸰发出的最后呼唤；可以感到鸟雀和树木之间的这种神圣的亲密无间；白天，鸟翼愉悦树叶，夜间，树叶保护鸟翼。

冬天，荆棘丛变成了黑色，身上湿漉漉的，枯枝竖立，临风瑟瑟，小楼隐约可见。枝头不再有花儿，花儿不再有露珠，只见黄叶铺成的寒冷的厚地毯上，到处是鼻涕虫留下的长长的银丝带。然而，不管怎样，不论是什么景象，不管是春夏秋冬哪个季节，这个小小的园子，总带着一种惆怅、沉思、孤寂、悠闲，看不到人的存在，却感到上帝的存在；那锈迹斑斑的铁栅栏门仿佛在说：这花园属于我。

尽管周围有巴黎的铺石马路，瓦雷纳街那些典雅华丽的邸宅近在咫尺，残老军人院的圆顶衡宇相望，众议院也离得很近，尽管勃艮第街和圣多米尼克街上的四轮华丽马车在附近招摇过市，黄的、褐的、白的、红的公共马车在附近的十字路口频频相遇，但普吕梅街却门可罗雀，冷冷清清；房子的主人早已去世，一场革命已成为过去，昔日豪门已经崩溃，这房子无人居住，被人遗忘，四十年无人问津，空空如也，这一切足以使得这个曾享有特权的地方，重又长满了凤尾草、毒鱼草、毒芹、蓍草、毛地黄、茅草，以及长着淡绿色宽叶和凹凸不平梗茎的高大植物，到处是蜥蜴、金龟子和各种好动且敏捷的昆虫；一种无比荒蛮的壮观景象从土壤深处生出来，展示在四堵墙中间；大自然惯于破坏人类平庸的安排，不管散布到哪里，在蚂蚁身上也好，在雄鹰身上也罢，都充分表现自己，现在，它终于在巴黎这个小小的可怜的花园里，粗犷而壮丽地充分发展自己，就像在新大陆一个原始森林里那样。

其实，自然界没有大小之分；大凡深入探索自然的人，都知道这一点。尽管哲学在确定原因和后果方面没有得出绝对满意的回答，但是，沉思者看到自然界各种力量分解后总要统一的现象，不禁心醉神迷，乐而忘返。万物都是互相依存的。

代数可运用于云层；阳光的辐射施惠于玫瑰；没有一个思想家敢说，山楂花的芬芳对星辰没有用处。谁能计算出分子运动的行程呢？我们怎能知道星球不是由坠落的沙粒形成的呢？谁又能知道无限大和无限小的相互盛衰起伏，因果在存在的深渊里回响，以及创世时的雪崩呢？一条小虫也很重要；小便是大，大便是小；一切在需要中保持平衡；这对人的思想是不可思议的景象。在人和物之间，存在着奇妙的关系；在这永不枯竭的世界上，从太阳到蚜虫，谁也不能藐视谁，大家都彼此需要。阳光不会无缘无故把地上的香气带上蓝天；黑夜把天体的精华散发给沉睡的花朵。所有飞鸟的爪子上都系有无限世界的丝缕。萌芽是复杂的过程，有流星的产生，燕子的破壳而出，一条蚯蚓的诞生，苏格拉底的降生。望远镜看不见的地方，显微镜便有了用武之地。这二者中间，哪个视野最广呢？随你选择。一个霉点成了一簇鲜花，一团星云成了一群蚂蚁般聚集的星星。精神和物质方面的事，同样错综复杂，并且更是闻所未闻。各种元素和原理彼此混合、组合、结合、繁殖，致使物质世界和精神世界达到同样的辉煌。现象永远在反省自己。在宇宙广泛的交汇中，无数的生命来来往往，将一切都卷入看不见的神秘的气息中，同时利用一切，不放过一次睡眠，一场梦，在这里播下一个微小动物，在那里粉碎一个星球，摇摆着，蜿蜒着，将光变成一种力，将思想变成一种要素，散布到四面八方，却又浑为一体，溶解一切，惟独"我"这个几何学上的一个点例外；将一切带回到原子，即灵魂；让一切在上帝那里尽情发展；将上至最高级下至最低级的一切活动，混杂在晦涩难懂、令人目眩的机械运动中；把一只昆虫的飞行，归并于地球的运转，将彗星在天空中的移动，归附于——谁知道呢，哪怕是由于同样的规律——纤毛虫在一滴水中的旋转。这是由精神产生的机器。这是硕大无朋的齿轮,最初动力是小飞虫,最后一个轮子是黄道十二宫。

四　换了栅栏门

当初开辟这个花园,是为了掩蔽纵欲者的秘密,现在似乎改变了初衷,变得适于庇护贞洁者的秘密了。它已不再有摇篮、草坪、棚架和石窟;只见一片葱郁,蓬头散发,仿佛一幅帷幔从四处垂下。帕福斯[①]又重现伊甸园的本来面目。不知是什么悔恨净化了这个幽居。这个卖花女现在只向灵魂奉献鲜花。这婀娜多姿的花园,从前受到莫大的玷污,如今变得洁白无瑕。昔日,一位法院院长在一位园丁的帮助下,一个自以为是拉穆瓦尼翁[②]的继承者,另一个自以为是勒诺特尔[③]的嫡传弟子,将它扭曲、修剪、揉捏、打扮、加工,只为博取美人的欢心;大自然将它收了回来,让它到处郁郁葱葱,使它变成了爱情的庇护所。

在这荒园里,有一颗心已做好了准备。爱情只管降临;这里有它的一座圣殿,由绿树、青草、苔藓、鸟雀的叹息、柔和的林荫、摇曳的树枝组成,还有一个充满柔情、信念、坦诚、希望、憧憬和幻想的心灵。

---

① 帕福斯,塞浦路斯岛的城市,以维纳斯女神庙著称。
② 拉穆瓦尼翁,巴黎法院首任院长。
③ 勒诺特尔(1613—1700),法国最杰出的园林建筑师。

珂赛特离开修道院时,差不多还是个孩子;她才十四岁多一点,正处于未成熟的青春期。前面说过,除了一双眼睛,她长得不漂亮,甚至可以说难看;她倒不是五官不正,但她笨拙、瘦弱,既腼腆,又大胆,总之,是个大孩子的模样。

她的学业已然完成,就是说,人们教给了她宗教,尤其是教会了她虔信宗教。她还学了"历史"(即修道院里这样称呼的一门课程)、地理、语法、分词、法兰西国王,还学了点音乐,还学会了板着面孔,如此等等。此外,她什么也不懂,这既是可爱之处,也是危险之处。少女的心灵,不应该浑浑噩噩,否则,日后会像照相机的暗箱,出现太突然、太强烈的幻影。它应该慢慢地、渐渐地被照亮,应该接触现实事物的反光,而不是直接的刺目的光。这是一种有益的微光,温和而朴素,能驱散幼稚的害怕心理,防止误入歧途。惟有母亲的本能,才知道这微光是怎样和用什么做成的,那是一种令人钦佩的本能,包含着处女时代的回忆和做女人的经验。这种本能不可替代。要塑造少女的心灵,世上所有的修女加起来,都比不上一位母亲。

珂赛特没有母亲。她只有许多嬷嬷。至于让·瓦让,他心里充满温情和关怀,但他毕竟是个上了岁数的什么也不懂的男人。然而,在这教育事业中,在这为女人进入人生作准备的严肃事业中,需要多少学问,才能同被称作天真的愚昧无知作斗争!

最能使少女将来陷入狂热爱情的,莫过于修道院。修道院把人的思想引向未知的世界。心思自我封闭,不能抒发,便向内伸展,不能开放,便向深发展。于是便产生了幻想、假设、猜测、虚构的故事、渴望的奇遇、怪诞的构想,便在内心深处建造琼楼玉宇,那是黑暗而秘密的住所,一旦跨过栅栏门,能够进到里面,狂热的爱情便会立即安营扎寨。修道院对人是一种压制,为了战胜人心,必须终身压制。

珂赛特离开修道院时,不可能找到比普吕梅街这座房子更可爱、更危险的住所了。继续过着孤寂的生活,但开始有了自由;有一个幽闭的花园,但同时有了粗犷、繁茂、妖艳和芬芳的自然景物;仍做着在修道院里时的那些梦,但能瞥见青年男子的身影;有一道铁栅栏门,但门外便是街道。

然而,我们要重复一遍,她来这里时,还是个孩子。让·瓦让把这个荒园子交给了她。他对她说:"你想干什么,就干什么。"珂赛特感到很开心。为了寻找"动物",她把花园里的每一个草丛、每一块石头都翻了个遍。她现在在里面玩耍,以后能在里面做梦;她现在爱这个花园,是因为能在脚下的草丛里找到虫子,以后爱这个花园,是因为能在头顶上方的树枝中间看见星星。

此外,她爱她的父亲,也就是让·瓦让,爱得全心全意,以一种儿女特有的质朴情感,将老人当作一个渴望的和可爱的伴侣。大家一定记得,马德兰先生喜欢读书,让·瓦让把这爱好坚持下来了;他终于能侃侃而谈;他蕴藏着丰富的学识,具有聪明、谦逊和真诚的人自我培养出来的口才。他的性格还保留着几分粗鲁,刚好用来调剂他的善良;这是一个举止粗鲁,却心地善良的人。在卢森堡公园,父女俩促膝交谈时,他从读过的书本和亲身经历的苦难中汲取谈话内容,对一切给予详尽的解释。珂赛特一边听着,目光却游移不定。

这个纯朴的人足以满足珂赛特的思想,正如荒野的花园足以满足她的眼睛。当她追够了蝴蝶,气喘吁吁地来到他身边,对他说:"啊!我跑累了!"他就在她的额头上吻一下。

珂赛特崇拜这位老人。她总是跟在他身后。哪里有让·瓦让,哪里就有安逸。让·瓦让不住小楼,也不到花园里来,于是,她更喜欢待在铺石板的后院里,而不是开满花的园子里,更喜欢待在只有两张草垫椅的小屋里,而不是挂着壁毯、靠墙摆着软垫椅的客厅里。有时,让·瓦让被她缠得脱不开身,心里乐滋滋的,便笑眯眯地对她说:"回你自己的屋里去吧!让我一个人待会儿!"

她常常娇憨温柔地嗔怪他,这种女儿对父亲的嗔怪充满了魅力:

"父亲,我在您这里冷死了。为什么不在这里铺张地毯,放个火炉呀?"

"亲爱的孩子,世上有多少人比我有价值,可他们却上无片瓦。"

"那为什么我那里生火,什么都有呢?"

"因为你是个女的,是孩子。"

"算了罢!难道男人就该挨冻受苦吗?"

"有些男人。"

"那好,我以后常来这里,您就得生火了。"

她还对他说:

"父亲,为什么您吃这种黑面包?"

"不为什么,我的女儿。"

"那好,您吃,我也吃。"

为了不让珂赛特吃黑面包,让·瓦让于是便也吃白面包了。

珂赛特对自己的童年,只依稀记得一点。她早晚都要为她不认识的母亲祈祷。泰纳迪埃夫妇在她的记忆中,是梦里出现的两张可怕的面孔。她记得"一天夜里",她曾到一个树林里去取水。她想那里离巴黎很远。她觉得,她起初生活在一个深渊里,是让·瓦让把她救了出来。在她的印象中,她的童年是一段身边爬满蜈蚣、蜘蛛和毒蛇的岁月。每晚入睡前,她都要想一想,自己怎么会是让·瓦让的女儿,他又怎么会是自己的父亲,因为想不明白,便想象她母亲的灵魂已附在这位好人身上,时刻伴随在她身边。

他坐着时,珂赛特常把脸颊贴在他的白发上,一颗眼泪悄然流下,她说"这个男人,可能就是我的母亲!"

珂赛特是在修道院里长大的姑娘,对世事懵然无知,再说,少女时期对母性是绝对难以理解的,因此——说出来大家会感到奇怪——最后她竟至于认为,她有母亲的可能性很小。那位母亲,她甚至不知其名。她有时也问让·瓦让,但每次他都不做回答。如果她再问,他便一笑了之。有一次,她一定要他回答,他的微笑最后变成了一颗泪水。

让·瓦让始终守口如瓶,芳蒂娜的名字便湮没在黑暗中了。他这样做,是出于谨慎,还是出于尊敬?抑或担心说出这个名字,可能会唤醒别人的记忆?

珂赛特小时候,让·瓦让经常同她谈她的母亲;现在她长大了,让·瓦让反倒认为不能这样做了。他觉得自己不敢了。是因为珂赛特?还是因为芳蒂娜?他非常害怕让这个阴魂进入珂赛特的脑袋里,不想让死去的人作为第三者出现在他们的命运中。这个阴魂在他心中越是神圣,他就越感到可怕。他每每想起芳蒂娜,就会感到只得沉默。他仿佛看到,黑暗中有个手指头按在一张嘴上。这种廉耻心,芳蒂娜原本是有的,在她活着时,却被强制性地赶走了,现在她死了,这廉耻心是不是又回到了她的身上,气愤地不让人干扰死者的安宁,凶恶地守护着她的坟墓?让·瓦让难道不知不觉地受到了压力?我们相信有鬼魂,我们对这种神秘的解释不会不信。因此,即使对珂赛特,他也不可能提起芳蒂娜的名字。

一天,珂赛特对他说:

"父亲,今天我梦见我母亲了。她长着两个大翅膀。我母亲活着时,想必是个圣女。"

"通过磨难。"让·瓦让回答。

此外,让·瓦让是幸福的。

珂赛特和他一起出门时,总靠在他的臂膀上,心里充满了自豪和幸福。让·瓦让看到这种温情由他一人独享,并且从他一人那里得到满足,感到其乐融融,心醉神迷。这个可怜的人心花怒放,高兴得浑身颤抖。他激动地想道,但愿他能这样度过一生;他想他受的苦还不够多,没有资格享受这完美无缺的幸福;他由衷地感谢上帝,让他这样一个可怜人,受到这天真的孩子如此真诚的爱戴。

五 玫瑰发现自己成了武器

一天,珂赛特偶然照镜子,惊叹地"哟"了一声。她有点觉得自己漂亮了。这使她感到莫名的惶惑。她从没想过自己的长相。每次照镜子,她都是视而不见。再者,她常听人说她长得丑,只有让·瓦让一人温柔地对她说:"不!一点也不丑!"不管怎样,珂赛特一直认为自己长得难看,这个想法伴着她长大,因为是孩子,倒也认了。现在,她的镜子突然和让·瓦让一样对她说:"不!一点也不丑!"那天,她彻夜未眠。"假如我真的漂亮呢?"她想道,"真滑稽,我也会漂亮!"她想起了几个同学,她们长得很美,因而在修道院里引人注目。于是她想:"怎么!我会像某某小姐那样!"

第二天,她又照镜子,这次是有意的。她照着照着,又怀疑起来:"我看走眼了吧!"她说,"不,我不好看。"那是因为她没睡好觉,眼圈发黑,脸色苍白。昨天,她以为自己变漂亮了,并没觉得多么高兴,今天,她不再觉得自己漂亮,却黯然神伤。她从此不再照镜子了,一连半个月,她都是尽量背对着镜子梳头。

吃过晚饭,珂赛特一般都在客厅里做绒绣,或做一些修道院里学会的女红,让·瓦让便在她身边看书。一次,她干着活,突然抬起头,看见让·瓦让神态忧愁地看着她,感到惊讶不已。

还有一次,她走在大街上,似乎听见背后有人说:"好漂亮的女人,可惜穿得不好。"她心想:"算了!不是说的我。我穿得很好,也不漂亮。"那天,她戴一顶海虎绒帽,穿着美利奴毛呢裙袍。

终于有一天,她在花园里,听见可怜的杜珊大妈说:"先生,您注意到了吗?小姐变得漂亮了。"珂赛特没听见她父亲回答什么,但杜珊的话使她大为震惊。她从花园里溜走,回到自己的卧室里,跑到镜子跟前,她有三个月没照镜子了,对镜一看,便惊叫了一声。这次,连她自己也目眩神迷了。

她是那么漂亮,那么俏丽。她情不自禁地赞同杜珊和镜子的看法。她的身材显露出来了,皮肤变白净了,头发有光泽了,碧蓝的眼睛燃起了从未有过的光辉。骤然间,她心明眼亮,对自己的美丽深信无疑了。况且,别人也注意到了,杜珊这样说过,那位行人说的显然也是她。她下楼回到花园里,以为自己成了王后,听见鸟儿在歌唱(可那是冬天),看见天空金光灿灿,树丛中阳光绚丽,灌木丛中鲜花怒放,她心醉神迷,狂喜不已。

让·瓦让心里却有一种说不出的难过。因为一段时间来,他看到珂赛特温顺的小脸蛋变得越来越容光焕发,越来越美丽动人,他怀着恐惧的心情,凝视这张美丽的脸蛋。对于其他人来说,这是明媚的晓色,对于他,却是无比凄恻。

珂赛特在发觉之前,早已变得漂亮了。可是,这缓缓升起、渐渐照亮这位少女全身的突然降临的光辉,从它出现的那天起,就刺伤了让·瓦让忧郁的眼睛。他的生活是那样幸福,他连动也不敢动一下,惟恐带来干扰,可现在,他感到自己的幸福生活中出现了变化。这个人经历了种种苦难,命运的创伤仍在流血,他曾经可以说是坏人,后来可以说变成了圣人,曾经拖过苦役犯的铁镣,现在仍拖着一根无形的但沉重不堪的铁镣,那是模糊不清的耻辱的铁镣;这个人仍被法律紧追不放,随时都可能被抓住,从暗中积德带到光天化日之下当众受辱;这个人接受一切,原谅一切,饶恕一切,祝福一切,想要一切,只求苍天、世人、法律、社会、大自然、世界给他一样东西:让珂赛特永远爱他!

愿珂赛特继续爱他!愿上帝不要阻止这孩子的心靠近他,永远向着他!只要珂赛特爱他,他的伤口就会愈合,他就会精神振作,心境平和,心满意足,就觉得得到了报偿,受到了奖赏。只要珂赛特爱他,他就感到很好。他没有更多的要求。假如有人问他:你想要更好的吗?他会回答:"不要。"假如上帝问他:"你要天吗?"他会回答:"我会得不偿失。"

凡是会危及这种现状的事,哪怕只触及表面,都会使他胆战心惊,仿佛另一种东西来临了。他从来没有弄清楚什么是女性美,但他本能地知道那是非常可怕的东西。

这种女性美,在他身边,在他眼前,在这孩子天真而令人生畏的脸上尽情开放,越来越光辉灿烂,而他又老又丑,悲悲戚戚,意气消沉,常常自责,面对这样的美,他感到惶恐不安。

他想道:"她多美呀!我可怎么办?"

这正是他的爱和母爱之间的差别所在。他见了会忧心忡忡的东西,一位母亲见了会欣喜若狂。

很快就出现了一些征兆。那天,珂赛特对自己说:"不错,我是很美!"第二天,她便注意打扮了。她想起了街上那位过路人的话:"好漂亮的女人,可惜穿得不好。"这好比神谕的微风从她身边吹过,转瞬即逝,却在她心里播下了爱俏的种子;女人的一生会装满两颗种子,爱俏是其中一个,另一个是爱情。

她对自己的美貌一旦深信无疑,女性的灵魂便在她心里充分展现。她对那件美利奴毛呢裙袍心生厌恶,为那顶海虎绒帽子感到丢脸。她父亲对她从来有求必应。她很快就掌握了衣着打扮的一套学问,帽子、裙子、短大衣、半筒靴、花边袖口,都变得样样精通,知道哪种衣料、哪种颜色对她合适。这套学问使得巴黎女郎变得那样迷人、深奥和危险。"勾魂摄魄的女人",这个词是为巴黎女郎创造的。

不到一个月，小珂赛特在巴比伦街这个偏僻的地方，不仅成了最漂亮的女人——这已经够了不起的了——，而且是巴黎"穿着最时髦"的女人，这就更了不起了。她很想再遇见"她那位行人"，看他会说什么，并要"好好教训教训他"。事实上，她无论哪方面都曼妙迷人，她能准确地分辨出哪顶帽子是热拉尔店的，哪顶是埃尔博店的。

让·瓦让忧心忡忡地注视着这灾难性的变化。他感到自己只能在地上爬行，顶多也只能站着走路，可珂赛特却要展翅飞翔了。

此外，只要细看一下珂赛特的衣着打扮，任何一个女人都会发现她没有母亲。一些细微的规矩，一些特殊的习俗，珂赛特都没注意到。比方说，母亲会对她说，女孩子不能穿锦缎。

那天，珂赛特第一次穿着黑缎袍子，披着披肩，戴着白绉纱帽子出门，她挽起让·瓦让的胳膊，兴高采烈，精神焕发，喜不自胜，光彩夺目，感到非常自豪。

"父亲，"她说，"我这样您觉得怎么样？"

让·瓦让回答："很迷人！"语气听上去带着嫉妒和苦涩。

他像平时一样，散着步。回到家里，他问珂赛特：

"你以后再也不穿那条裙子，不戴那顶帽子了？"

这事发生在珂赛特的房间里。珂赛特转向衣柜，架子上挂着她那套寄宿生服装。

"这套破衣服！"她说，"父亲，您叫我怎么穿它？呵！不，这么难看的衣服我再也不穿了。这玩意儿戴在头上，活像个疯狗太太。"

让·瓦让长叹一声。

从此以后，他发现珂赛特经常想到外面去，可从前总是要求待在家里，并且说："父亲，和您一起待在家里玩得更开心。"的确，有一张漂亮脸蛋，穿一身漂亮衣服，不到人前去显一显，那有什么用呢？

他还注意到，珂赛特对后院也不像过去感兴趣了。现在，她更乐意待在花园里，乐滋滋地在栅栏门前走来走去。让·瓦让生性孤僻，不涉足花园。他就像一只狗，守着他的后院。

珂赛特知道自己美貌动人后，便失去了往日不知道时的那种妩媚。那是一种妙不可言的妩媚，因为由天真烘托的美貌，是不可言喻的，世上最可爱的东西，莫过于天真烂漫、信心十足、手执天堂的钥匙却全然不知的少女。不过，她虽失去了天真的妩媚，却获得了沉思端庄的魅力。她整个人洋溢着青春的快乐，充满着天真和美貌，因而散发着一种璀璨的忧伤。

就在那个阶段，相隔六个月后，马里尤斯在卢森堡公园又见到了她。

六　战斗开始

和马里尤斯一样，珂赛特过着幽居的生活，随时准备燃起爱的烈焰。命运之神以神秘而无法抵御的毅力，从容不迫地将蓄满爱情之电、情意缱绻、随时都可爆发一场狂风暴雨的两个人互相靠近，这两颗蓄满爱情的灵魂，恰似两朵满载雷电的乌云，只待目光接触，便会互相交融，就像乌云在电光中相撞那样。

在言情小说中,对一见钟情的描写比比皆是,大家都不以为然了。现在,我们简直不敢说两个人相爱是因为目光相遇。然而,人们的确是这样相爱的,而且也只能是这样。其余的不过是其余的,是在目光相遇后发生的。什么也比不上两个心灵在交换目光中产生的强烈震撼更真实。

在珂赛特无意中看了马里尤斯一眼,而使他心慌意乱的那一刻,马里尤斯没有料到,他的目光竟也使珂赛特神魂颠倒。他也给她带来了苦恼和快乐。

好久以来,她在观察他,研究他,和所有的女孩子一样,一面观察,眼睛却看着别的地方。还在马里尤斯觉得珂赛特长得丑时,珂赛特就觉得马里尤斯相貌英俊了。可这个年轻人根本不注意她,她也就不把他当回事。

可她常常情不自禁地想,他的头发、眼睛和牙齿很漂亮,当她听见他和他的同学说话时,她觉得他的声音很有魅力;他走路的姿态可以说不大文雅,但有独特的风度;他看上去一点也不傻,整个人显得高贵、温和、朴素和高傲;还有,他看上去很穷,却举止不俗。

那天,他们目光相遇,初次传递了那若明若暗、不可言传、惟有目光才能传递的东西,起初,珂赛特不明白是怎么回事。她心事重重地回到西街那幢房子里。按照习惯,让·瓦让来这里住了一个半月。第二天一醒来,她就想起了那个陌生的年轻人,他一直对她无动于衷,冷若冰霜,现在似乎开始注意她了,但她丝毫也不觉得高兴。可以说,她对这个漂亮而傲慢的青年有点气愤。她心里涌动着一场战斗。她认为终于可以报复了,就像孩子似的感到很高兴。

当她知道自己长得漂亮时,就感到自己有了武器,尽管这种感觉若明若暗。女人玩弄美色,正如孩子玩弄刀枪,结果是自讨苦吃。

我们还记得马里尤斯的犹豫,他的激动和恐惧。他待在那张长凳上,不敢走过去。珂赛特为此很气恼。一天,她对让·瓦让说:"父亲,我们到那边去走走。"既然马里尤斯不到她这边来,她就到他那边去。这种时候,任何女人都像穆罕默德①。再者,奇怪的是,一场真正的爱情,在男青年身上的最初表现是胆怯,但在女青年身上则是胆大。这的确不可思议,但却是最简单的事。男女双方试图互相接近时,会汲取对方的优点。

那天,珂赛特的目光使马里尤斯失魂落魄,而马里尤斯的目光则使珂赛特浑身颤抖。马里尤斯走时满怀信心,珂赛特走时却忐忑不安。从那天起,他们相爱了。

珂赛特最初的感觉,是一种说不清楚的深深的忧郁。她感到,一天工夫她就变得忧心忡忡。她认不出自己的心灵了。年轻姑娘的心灵是洁白的,由冷漠和快乐构成,就像白雪。爱情是太阳,遇到爱情,心灵便融化。

珂赛特不知道爱情是什么。她从没听人按尘世的意义说起过这个词。在修道院使用的那些世俗音乐书里,"爱情"是用"鼓声"或"强盗"代替的。这样,就有一些谜一般的句子,诸如:

---

① 穆罕默德(570—632),伊斯兰教和阿拉伯帝国的创立者。据传,他说过:"山不过来,我就到山那边去。"

"啊！鼓声多么美妙！"或者："怜悯不是强盗！"这些哑谜锻炼了大女孩的想象力。可是，珂赛特离开修道院时，年纪尚小，并不太为"鼓声"发愁。因此，她不知道该用哪个词来命名她现在的感受。难道不知道所生病的名称就不生病吗？

她不知道爱是什么，也就爱得更加热烈。她不知道这是好事还是坏事，是有益的还是有害的，必须的还是痛苦的，永恒的还是短暂的，允许的还是禁止的。她恋爱了。如果有人对她说："您不睡觉？这可不行！您不吃饭？这可不好！您透不过气，心跳加剧？这可不应该！您一看见有穿黑衣服的人在林荫小道上出现，您的脸就会红一阵，白一阵？这可是丑恶的！"她听了会大吃一惊。她根本听不懂，她会回答："怎么是我的错？我根本无能为力，一无所知。"

她所遇到的爱情，恰好是最适合她的心境的那一种。那是一种远远的爱慕，默默的凝视，是将一个不认识的人神化了。那是青春对青春的显灵，黑夜的美梦变成了传奇故事，但仍然是个梦，终于向往幽灵出现，而那幽灵变得真实了，成了血肉之躯，但还没有名字，也没有过错，没有污点，没有要求，没有缺点，总之，还是个遥远的理想中的情人，一个有形的幻想。珂赛特仍半沉浸在弥漫于修道院的雾气中，在她情窦初开时，任何更实际更亲密的接触，都会使她如惊弓之鸟。她既有少女们的种种恐惧，又有修女们的种种担忧。她在修道院里待了五年，深入她肌体的修道院思想，仍慢慢地从她身上散发出来，使她周围的一切都震颤。在这种情况下，她需要的不是一个情人，甚至不是一个爱人，而是一个幻影。她开始崇拜马里尤斯，就像崇拜一种可爱、灿烂、可望而不可即的东西。

因为极端的天真和极想取悦异性是有联系的,她坦然地向他微笑。

她每天焦急地等待散步的时刻,她看见马里尤斯,感到说不出的高兴。她对让·瓦让说:"这卢森堡公园,是多么美妙的公园啊!"她以为这句话真诚地表达了她的全部思想。

马里尤斯和珂赛特都还处在迷惘阶段。他们彼此不交谈,不致敬,不相识;他们彼此相望,就像天上的星星,相隔千万里,却遥遥相望。

就这样,珂赛特渐渐成长,变成了一个美貌多情的女人,意识到自己的美丽,但对爱情仍懵然无知。由于她天真幼稚,就更想取悦异性。

七 你愁我更愁

人在任何情况下都会有预感。古老而永恒的母亲——大自然悄悄提醒让·瓦让,马里尤斯出现了。让·瓦让感到心惊肉跳。他什么也看不见,什么也不知道,但他锲而不舍地注视着眼前的黑暗,他似乎感到,一方面什么东西正在形成,另一方面什么东西又正在崩溃。马里尤斯也得到了这位大自然母亲的暗示(这是上帝深奥的法则),尽量躲避那"父亲"。但是,让·瓦让有时仍发现他了。马里尤斯的举止很不自然。他谨慎得令人生疑,又鲁莽得冒着傻气。他不像从前那样走到跟前来;他坐得远远的,却又精神恍惚；他拿着一本书，装出读的样子；他在装给谁看？从前，他穿着旧衣服，现在，他天天穿新衣服；他烫没烫发不敢肯定，他的眼神特别古怪，他还戴着手套。总之，让·瓦让打心眼里讨厌这个年轻人。

珂赛特不露声色。她不大清楚自己发生了什么事，但她真切地感到这是件大事，应该把它隐藏起来。

珂赛特喜欢打扮了，而那陌生后生也有了穿新衣服的习惯，让·瓦让认为，这二者之间有一种令人讨厌的对应关系。这也许是巧合，可能是这样，一定是这样，但充满着威胁。他从没向珂赛特提起这个陌生人。可是有一天，他实在憋不住了，感到有点绝望，突然想试探一下他的不幸有多深，便对珂赛特说：

"你看那年轻人，就像个书呆子！"

假如是一年前，她还是个情窦未开的小女孩，她就会回答："不，他很可爱。"再过十年，她还深深爱着马里尤斯，她会回答："是个书呆子，真叫人受不了！您说得对！"可当时她已渐省人事，情窦初开，所以她只极其平静地回答：

"那个年轻人！"

好像她生平第一次瞧他。

"我真蠢！"让·瓦让心里想道，"她都还没注意到他。反而是我指给她看了。"

呵！真是老人简单！少年老成！

少女绝不会上当，少男却有当必上，这是青少年初恋时心里苦恼，同初遇的障碍进行激烈斗争的又一条规律。让·瓦让暗中向马里尤斯开战了，可马里尤斯已陷入热恋中，又少不更事，所以愚蠢之至,压根儿没有猜到。让·瓦让给他设了一个个圈套;他改变散步时间,改换坐的石凳,故意丢下手帕,只身一人来卢森堡公园;马里尤斯低着头,钻进一个个圈套;对让·瓦让在他路上画的所有问号,他都天真地回答"是"。可珂赛特始终显得无忧无虑,泰然自若,让·瓦让最后得出结论:那傻小子爱珂赛特已爱得发狂,可珂赛特甚至不知道他的存在。

可他心里仍痛苦得发颤。珂赛特随时都会爱上那个人。什么事不都是从漠不关心开始的吗?

珂赛特只出了一次差错,这使让·瓦让惊慌失措。他们在凳上坐了三个小时后,他站起来准备回家,她说:"都要走啦!"

让·瓦让仍坚持去卢森堡公园散步,一是不想做出异常的举动,二是尤其担心会引起珂赛特的警惕。珂赛特向马里尤斯送去微笑,而心醉神迷的马里尤斯只看见她的微笑;在这世上,除了这张容光焕发、美丽动人的脸外,他什么也看不见了。就在两个恋人备感温馨的时刻,让·瓦让却瞪着发光的眼睛,恶狠狠地盯着马里尤斯。他自以为不会再对人产生敌意了,可现在,只要马里尤斯在场,他有时认为自己又变得野蛮和凶恶了。从前,他的内心深处蓄满了仇恨,现在,他感到内心又翻腾起来,怒火冲向那年轻人。他似乎觉得,他心里正在形成新的火山口。

什么!这家伙在那里!他来干什么?他来转一转,闻一闻,观察一下,试探一下!他来说:"哼!为什么不能?"他来他让·瓦让的命根子身边转悠!他来他的幸福身边转悠!要把他的幸福夺走,带走!

让·瓦让还说:"对,就是。他来寻找什么?艳遇!他想干什么?偷香!窃月!而我呢?怎么!我曾是最悲惨的人,也是最不幸的人,我跪着活了六十年,尝遍了人间痛苦,我没经过青年便成了老头,我没有家庭,没有父母,没有朋友,没有女人,没有孩子,每一块石头、每一丛灌木、每一块路碑、每一堵墙下,都留下了我的血迹,尽管人心残酷,我仍报之以温和,尽管人心凶险,我仍报之以善良,不管怎样,我已改邪归正,我忏悔我做过的坏事,原谅别人对我的伤害,眼看我就要得到好报,终于熬到了头,就要达到目的,就要实现我的心愿,好,好,我付出了代价,得到了收获,可这一切全将付之东流,化为乌有,我将要失去珂赛特,失去我的生命,我的快乐,我的灵魂,就因为一个大傻瓜喜欢到卢森堡公园来闲逛!"

想到这里,他的双眸充满了阴郁而异样的凶光。那不再是一个人看着一个人;也不是一个仇人看着一个仇人。而是一条看家狗看着一个盗贼。

以后的事,大家都知道了。马里尤斯继续行为莽撞。一天,他跟踪珂赛特一直到西街。还有一天,他同看门人说了话。那看门人也说话了,他问让·瓦让:

"先生,有个好奇的后生打听您,他是谁呀?"

第二天,让·瓦让瞪了马里尤斯一眼,马里尤斯发觉了。一星期后,让·瓦让搬家了。他发誓再也不去卢森堡公园,也不去西街。他回普吕梅街去住了。

珂赛特没有抱怨,她什么也没说,也没提问题,她并没想问个明白。在她所处的人生阶段,就怕暴露自己,被人识破心事。这种苦恼,让·瓦让一无经验,那是唯一摄人心魄的苦恼,也是他唯一没有经历过的苦恼。因此,他全然不懂珂赛特为什么沉默不语。他只是发觉珂赛特又变得闷闷不乐了,于是他也就变得郁郁寡欢。这是没经验碰到了没经验。

他试探了一次。他问珂赛特:

"想去卢森堡公园吗?"

珂赛特苍白的脸上顿然露出了喜色。

"想去。"她说。

于是他们去了。时隔三月,马里尤斯不再去那里了。马里尤斯不在那里。第二天,让·瓦让又问珂赛特:

"想去卢森堡公园吗?"

她忧愁而温柔地回答:

"不想。"

让·瓦让见她郁郁不乐,心里很不高兴,但又见她那样温顺,心里一阵难过。

珂赛特究竟在想什么?年纪轻轻,就如此难以捉摸。她脑袋里正在酝酿什么?她的心灵出什么问题了?有时,让·瓦让不上床睡觉,而是双手捧着脑袋,坐在破床边,彻夜思考珂赛特在想什么,设想她可能想的事。

呵!在这种时刻,他多少次将痛苦的目光转向修道院,那是贞洁的山峰,天使的圣地,高不可攀的美德的冰川!他用绝望和陶醉的目光,凝视修道院的园子,那里百花菲菲,无人问津,多少处女弃尘绝世,所有的馨香和灵魂都升往天堂!他多么热爱这个伊甸园啊!他一时失去理智,自愿离开了那里,从此那大门永远向他禁闭。他后悔当初不该那样自我牺牲,失去理智,将珂赛特带回到尘世！他这个牺牲自己的可怜英雄，献出了一片忠诚，却落得个作茧自缚，自讨苦吃！他暗自思量："我做了什么呀？"

而且，所有这一切，都不能让珂赛特察觉。不能露出恶劣的心境，也不能显得粗暴生硬。脸上得始终保持慈祥的神态。让·瓦让的态度比以往任何时候更温和，更慈祥。如果说有什么东西可以让人猜出他不如从前快乐，那就是他比从前更温和。

珂赛特则越来越无精打采。从前，她能见到马里尤斯，心里非常高兴，现在，她见不到马里尤斯，心里万分痛苦，尤其是，她自己都不知道原因何在。让·瓦让一反常态，不再带她去卢森堡公园散步后，女人的本能在心底里隐隐暗示她，不要露出想去卢森堡公园的样子，如果她装得无所谓，父亲可能会带她去。可是，时间一天天、一周周、一月月地过去了。珂赛特始终默不作声，让·瓦让把这当成默许而默默地接受了。她很后悔。但为时晚矣。她重返卢森堡公园时，马里尤斯已不在了。马里尤斯消失了。这下完了，怎么办？她还能见到他吗？她感到心痛欲裂，难以排解，而且痛苦日益加深。她不再知道是冬天，还是夏天，是晴天，还是雨天，不知道鸟儿在不在歌唱，是开大丽花的季节，还是雏菊的季节，卢森堡公园是不是比杜伊勒利宫更美丽，洗衣工送来的衣服浆上得太多还是不够，杜珊去集市买东西贵了还是便宜了。她成天意气消沉，若有所思，心里只想着一件事；她目光茫然呆滞，仿佛是在夜里凝视漆黑幽深的广场，有个幽灵刚从那里消失。

此外，除了面容憔悴外，她也没叫让·瓦让看出什么。她对让·瓦让依然温顺体贴。可这憔悴的面容就足以使让·瓦让揪心

了。有时,他问她:

"你怎么啦?"

她回答:

"没什么。"

沉默片刻后,因为她猜到他也在闷闷不乐,于是又说:

"您呢,父亲,您是不是有什么心事?"

"我?没有。"他说。

这两个人彼此爱得那样执着,那样深沉,长久以来相依为命,现在待在一起,彼此都为对方而痛苦,却又不说出来,也不互相抱怨,还要装出笑脸。

八 一队押往苦役牢的犯人

两人中,最不幸的是让·瓦让。年轻人即使愁肠百结,也总有光明的一面。

有时候,让·瓦让由于痛苦不堪,变得幼稚起来。痛苦的一大特点,便是会使人恢复儿时的幼稚。他觉得珂赛特正在从他身边溜走。他想搏一搏,想把她留住,想用外在的夺目的东西唤起她的热情。刚才说了,这是些极其幼稚的想法,也是昏聩糊涂的想法,而且正因为其幼稚,使他正确认识到金银线镶边对姑娘们想象力所起的作用。一天,他看见一个将军戎装骑马从街上经过,那是库塔尔伯爵,巴黎卫戍司令。他见他金光闪闪,极是羡慕。他想,若能穿上这套无可挑剔的军服,那该多么幸福!珂赛特看见他穿上军装，定会赞叹不已，当他让珂赛特挽着胳膊，从杜伊勒利宫门口经过时，卫兵会向他们举枪致敬，珂赛特会感到很满足，就不会再想看年轻人了。

他正愁眉锁眼，悒悒不已，却又受到了一次意外的打击。

他们住到普吕梅街后，在孤独的生活中，养成了一个习惯。有时，他们去看日出，以此作为消遣。这种恬淡的快乐，对步入人生和即将离开人生的人是很适宜的。

大清早就出去散步，对于酷爱孤独的人来说，就等于夜间去散步，还可享受大自然的悦目景色。街上行人稀少，鸟儿放声歌唱。珂赛特自己也是一只鸟，常常醒得很早。这清晨的散步头天就安排好了。他提议，她接受。就像在策划一场阴谋。他们天不亮便动身，这对珂赛特来说，每一次都是小小的赏心乐事。这种天真而古怪的做法，是很讨年轻人喜欢的。

大家知道，让·瓦让喜欢去人迹罕至之地，喜欢去荒僻的角落，被人遗忘的地方。那时候，在巴黎各城门附近，有一些贫瘠的田地，几乎和城市连成一片。夏天，那里长着稀稀疏疏的麦子，秋天，收割完庄稼后，那些田不像是收割过的，倒像是不毛之地。让·瓦让特别喜欢去那里。珂赛特也丝毫不觉厌烦。这对他是清静，而对她是自由。在那里，她又变成了小女孩，她可以奔跑，甚至可以玩耍，她摘下帽子，放在让·瓦让的膝盖上，然后去采野花。她望着花上的蝴蝶，但不去抓它们。人一旦恋爱了，也就会有恻隐之心，女孩子心中有了一个脆弱的、不牢固的意中人，会对蝴蝶的翅膀产生怜悯。她把丽春花编成花环，戴在头上，太阳照得花环红似火焰，好似火炭做成的冠冕，顶在这红润娇嫩的脸蛋上。

即使他们的生活蒙上了愁云,他们仍保持着清晨散步的习惯。

一八三一年的秋天特别晴朗,他们禁不住诱惑,于是,十月的一天早晨,他们早早就出门了,天蒙蒙亮,就走到了梅恩城门附近。曙光尚未显露,还是黎明时分,正是令人害怕又令人陶醉的时刻。深邃惨白的天边,散布着几颗星星,大地黑黢黢,天空白茫茫,草丛微微颤动,到处笼罩着拂晓的神秘。一只百灵鸟,仿佛混在星群中,在高空歌唱,这小生命对无限宇宙的赞歌,抚慰着茫茫穹苍。东边,瓦尔-德-格拉斯修道院在钢青色的天际,显出黑魆魆的身影;耀眼的金星从修道院的圆屋顶后面升起,好似一个灵魂从黑乎乎的建筑物里逃出来。

四周寂静无声。大路上没有行人,两侧小路上偶有几个工人,乘着晓色去上班,他们的身影依稀可辨。

让·瓦让已在小路上一个工地门口的屋架堆上坐了下来。他的脸冲着大路,背朝着太阳;他已忘记太阳就要升起;他陷入沉思,那样全神贯注,就像筑起了四堵墙,连视线也被挡住了。有些沉思默想可以说是垂直的;沉到底下,需要一段时间才能浮上来。让·瓦让已陷入这样的深思之中。他想起了珂赛特,想到如果他们之间不插进什么,他们会很幸福,想到她给他的生活带来了光明,那是他的灵魂赖以呼吸的光明。他在沉思默想时,几乎是幸福的。珂赛特站在他身后,望着天上的云彩渐渐变成玫瑰色。

蓦然,珂赛特大叫道:"父亲,那边好像有人来了。"让·瓦让举目张望。

珂赛特说得对。

众所周知,通往旧梅恩城门的大路一直延伸到赛夫勒街,同内林荫大道垂直相交。从大路和林荫大道的拐角处,也就是从岔路口,传来一种声音,在这种时刻,出现这种声音,是很难解释的;同时,隐约可见一团模模糊糊的东西。一个不成形状的东西从林荫大道出来,拐进大路。

那东西渐渐变大,有秩序地向前移动,不过,好像矗立着什么,走起来一颠一颠的,看上去很像一辆车,但看不清装的是什么。有马的嘶叫声、轱辘的滚动声、人的喊叫声,还有鞭子的噼啪声。尽管仍被黑暗包围,但轮廓渐渐分明了。的确是一辆车,刚从林荫大道拐到大路上,径直向让·瓦让所在的城门口驶来。紧接着是第二辆,也是四轮载货车,继而是第三辆,第四辆;一共七辆四轮载货车,相继从那里驶来,马头与车尾相接。车上有人影晃动,晨曦中,可见点点闪光,仿佛是出了鞘的大刀;还能听到叮叮当当的声音,有如铁链的摆动声;车队在前进,人声越来越清楚;就像是从梦窟里钻出来的,真是怵目惊心。

那堆东西渐渐接近,形状也清晰了,在树后显现出来,似幽灵般灰白,继而渐渐变白;旭日冉冉升起,将苍白的微光洒在这堆人非人、鬼非鬼的东西上面,人影的脑袋变成了尸体的面孔。事情是这样的:

七辆车在大路上鱼贯而行。前六辆的形状很奇特。它们形似运酒桶的平板马车,就好像架在两个轱辘上的长梯子,前端构成车辕。每辆车,更确切地说,每个长梯由排成一串的四匹马拉套。奇怪的是,梯子上拖着一串人。天色微明,因此看不清楚,只能猜出有人。每辆车上有二十四人,一边十二个,背靠背,脸朝行人，双腿悬空。这些人这样慢慢地向前行。他们身后有样东西在当当响，那是铁锁链，脖子上有样东西在闪光，那是铁颈圈。每个人都套着铁颈圈，但铁链只有一条，将大家拴在一起；因此，这二十四个人如果从车上下来走路，不可避免地要行动一致，有如一条大蜈蚣，铁链便是脊椎，在地上蜿蜒而行。每辆车上前后各站着一个背枪的人，脚下各踩着铁链的一端。铁颈圈为四方形。第七辆车是有侧栏的大运货车，但没有顶篷，四个辘轳，六匹马，载着一大堆叮叮当当响的铁锅、生铁罐、铁炉和铁链，还有几个绳绑索捆的人，躺在车上，好像病了。这辆车虽有侧栏，但已破烂，成了栅栏，好像曾经是用来执行古老的酷刑的。

这几辆车走在大路中间。车队两旁，是两队押送人员，看上去猥陋不堪，戴着督政府士兵戴的三角帽，污迹斑斑，破破烂烂，肮脏不堪，穿着滑稽可笑的衣服，上身是残老军人的制服，下身是殡仪人员的长裤，半灰半蓝，破烂不堪，戴着红肩章，挎着黄背带，手执短剑、步枪和棍棒，看上去就像是随军仆役。这些警察似乎既有乞丐的卑劣，又有刽子手的威风。那个像是领头的人手执马鞭。这些细节，在朦胧的晨光下看不清楚，但随着天色渐明而越来越清晰。车队的前面和后面，走着骑马的宪兵，手握大刀，神态严肃。

队伍拉得很长，第一辆车到达城门时，最后一辆刚从林荫大道上出来。

大路两旁，拥挤着看热闹的人群，也不知是从哪里钻出来的，眨眼工夫就聚拢来了。这在巴黎司空见惯。附近的那些小巷里，响起了人们互相呼唤的声音和跑来看热闹的菜农的木鞋声。

堆在车上的人默不作声,任车颠簸。因为是清晨,他们脸色冻得发青,身体索索发抖。他们都穿着布裤子,光脚穿着木鞋子,至于衣服和帽子,更是随心所欲,寒酸不堪。他们的装束五花八门,丑陋至极;再没有比补丁摞补丁的百衲衣更让人心酸的了。千疮百孔的毡帽,污迹斑斑的鸭舌帽,丑陋不堪的羊绒帽,短工作服挨着肘弯穿洞的黑礼服;有几个人戴着女人的帽子,还有几个顶着篮子;有的露出毛茸茸的胸膛,从衣服的破洞中,可以分辨出各种文身:爱神庙、火焰心、丘比特。还可看见脏兮兮的皮疹和红斑。有两三个人身体下面悬着根草绳,系在车子的横木上,像个马镫,托着他们的脚。有个人手里拿着一块石头样的东西,送到嘴里去啃;他在吃面包。他们的眼睛干涩无神,有的闪着凶光。押送的队伍骂骂咧咧;囚犯们一声不吭;不时地可以听到棍棒打在肩上和头上的声音;有几个人打着呵欠;衣服破得吓人;脚悬空着,肩摇晃着,脑袋相碰着,铁链叮当响着,眼睛冒着凶光,手不是紧握成拳头,便是像死人那样张着不动。车队后面,一群孩子不断地发出嬉笑声。

无论如何,这支车队凄惨不堪。明天,或者再过一小时,显然会有一场大雨,接着会有第二场,第三场,那些破衣服会淋湿,一旦湿了,就不会再干了,一旦冻了,就不会再暖了,雨水会把他们的布裤子粘在他们的骨头上,也会灌满他们的木鞋,皮鞭抽打阻止不了牙齿打战,他们的脖子继续拴着锁链,他们的脚继续悬空着;看见这些血肉之躯像这样无可奈何地被拴着,在阴冷的秋云下,就像树木和石头,听凭风吹雨打,任由种种恶劣天气折磨,看到这副悲惨景象,怎不叫人浑身战栗!

就连绳索捆绑着的病人，也免不了挨棍子毒打，他们就像装满不幸的麻袋，被扔到第七辆车上，一动不动地躺着。

蓦然，太阳出来了。东方射出万道光芒，仿佛要把这些野蛮的脑袋点燃。他们张口说话了。笑谑声、咒骂声、歌声，就像是大火，顿然升起。平射的晨光把这支队伍分成上下两半，脑袋和上身沐浴在晨光中，脚和轮子仍处在黑暗中。一张张脸上呈现出思想；这是极其恐怖的时刻；面具揭开，显示出魔鬼的面孔，暴露出凶狠的灵魂。这些人即使被阳光照亮，仍然是黑暗的。有几个人心情很好，嘴里含着根鹅毛管，将虱子吹向人群，尤其吹向妇女。晨光使他们脸上的阴影更加突出，从而变得更加悲惨。这些人中，没有一张脸不被深重的苦难折磨得奇丑无比，丑得可以把阳光变成微弱的闪光。第一辆车上的人用一种野性的快乐，扯着嗓门，唱起德佐吉埃的当时很有名的集成曲《女灶神》；歌声震得树木凄然颤抖；在旁边的小路上，市民们都像傻子，心满意足地倾听幽灵们唱这些淫歌秽曲。

在这车队里，人间所有的不幸都混杂在一起。有各种野兽般的面孔，年老的、年轻的、光头的、花白胡子的、凶残无耻的、恼怒而屈从的、野蛮地咧嘴大笑的、疯疯癫癫的，还有戴着鸭舌帽的猪头脸，鬓角有一缕螺旋形鬈发的女儿脸，格外可怕的娃娃脸，就差没死的骷髅脸。在第一辆车上，有一个黑人，可能当过奴隶，倒是可以将从前的铁链同现在的铁链作比较。这些人跌入社会最底层，蒙受了极大的耻辱；在如此深重的屈辱中，每个人都在最底层完成了最后的变化；愚昧的人变成泥塑，聪明的人陷入绝望，二者毫无区别。这些人在世人眼里都是最卑鄙者，分不出谁高谁低。显而易见,安排这支肮脏的囚车队的人,没有把他们分成等级。这些人被拴在一起,胡乱配成一对,大概也没按照字母顺序,而是随便扔到车上。然而,可怕的东西集中在一起,最后总会产生一种合力;不幸的人相加,会产生一个总和;拴在同一条铁链上的人,会有共同的灵魂,坐在同一辆车上的人,会有共同的面貌。一辆车上的人在唱歌,旁边那辆在吼叫,第三辆在乞讨,还有一辆愤怒得咬牙切齿,另一辆在威胁行人,还有一辆在亵渎上帝,最后一辆像坟墓那样沉默不语。但丁见了,会以为是七层地狱在行进。

这是被罚入地狱的人去服刑。令人惨不忍睹的是,他们坐的不是《启示录》里所说的那种电光闪闪的吓人的战车,而是更为凄惨,是罪犯尸体示众场用的大车。

有一个押车的,手拿一端带钩的棍棒,不时地挥动一下,吓唬这些人渣。人群中有个老妇,指着那些人,对一个五岁的小男孩说:"小坏蛋,这是你的榜样!"

歌声和骂声越来越大,那个像是领头的人啪地一声,挥动起长鞭;信号一发出,七辆车上的犯人同时受到乱棍的鞭打,沉闷的声音冰雹般落下,叫人心惊肉跳。许多犯人发出惨叫,口吐白沫;跑来看热闹的顽童乐不可支,就像一群苍蝇叮在这些伤口上。

让·瓦让的眼睛变得异常可怕。那已不再是眼珠,而是深不可测的玻璃,这是不幸人常有的眼睛,对现实似乎已毫无意识,发出恐惧和灾难的反光。他看到的不是真实的东西,而是幻象。他想站起来,他想逃跑,逃走,却挪不开脚步。有时,我们看到的东西会把我们攫住,使我们动弹不得。他像被钉住,愣在那里,目瞪口呆，心里隐隐感到一种说不出的忧虑，不明白这种阴森可怕的迫害意味着什么，这群跟踪他的魔鬼是从哪里出来的。忽然，他把手放到额头上，这是突然恢复记忆的人习惯的动作。他猛然想起，这是犯人们赴服刑地点的必经之路，这样绕道而行，是为了避免在枫丹白露公路上可能遇见王家的车队。三十五年前，他也是从这道城门出去的。

珂赛特虽然恐惧的理由不同，但恐惧的程度是相同的。她不明白眼前发生的事；她透不过气来；她感到她看见的一切都是不可能的；她终于大声嚷道：

"父亲！这些车子里都是什么？"

让·瓦让回答：

"苦役犯。"

"他们去哪里？"

"苦役船。"

这时，棍棒打得更疯狂了，无数只手拼命挥动，还有人用刀背乱砍，真是暴风骤雨般的鞭抽棍打。苦役犯全都屈服了，他们经不起重刑，一个个令人厌恶地乖乖服从，全都静了下来，目光就像是被拴住的狼。珂赛特全身发抖。她又问：

"父亲，他们是人吗？"

"有时是。"那可怜人回答。

这的确是一队犯人，天亮前就从比塞特监狱出发，为了避开国王所在的枫丹白露，就改走去芒斯的大路。这一绕道，就把可怕的旅程延长三四天。可是，为了不让国王看见去服刑的惨状，多走几天有什么关系。

让·瓦让心情沮丧地回家了。遇见这样可怕的事，无疑是一种打击，留下的记忆会震撼心灵。

可是，让·瓦让和珂赛特回到巴比伦街时，珂赛特对刚才看见的一幕又提了些问题，可让·瓦让根本没有留意。他可能心情太沉重，听不到她说的话，也就无从回答。只是到了晚上，珂赛特离开他去睡觉时，他才听见她像是低声自言自语道："要是我在路上遇见这样一个人，呵！上帝！我只要从近处看一眼，就可能会死的！"

凑巧，这个惨剧发生后的第二天，不知有什么官方盛典，巴黎举行庆祝活动：练兵场上有阅兵，塞纳河上有比武，香榭丽舍大街上演大戏，星形广场上放烟火，到处张灯结彩，灯火辉煌。让·瓦让一反习惯，带珂赛特去观看庆祝活动，让她散散心，看到巴黎倾城欢笑的场面，她就能忘记前一天在她面前发生的触目惊心的悲剧。因为有点缀节日的阅兵仪式，自然街上有穿军装的人来来往往，于是，让·瓦让穿上了那套国民自卫军的制服，但心里却隐隐有一种避难的感受。尽管如此，这次散步的目的似乎达到了。珂赛特向来以取悦父亲为自己的一个行为准则，再说，任何热闹的场面，对她都是新鲜的，她便以年轻人很容易有的兴致，同意出来散散心；尽管公众的庆祝活动带给人的快乐平淡无奇，她也没有对此轻蔑地撇一撇嘴，因此，让·瓦让以为他成功了，留在她脑海里的可怕情景荡然无存了。

过了几天，一个阳光明媚的早晨，他们俩都在花园的台阶上（这又违背了让·瓦让强加给自己的规定，同时也和珂赛特忧愁时不出房门的习惯背道而驰），珂赛特身穿晨衣，站在那里，晨衣裹着少女楚楚动人的身躯，犹如朝霞裹着太阳。她的脸沐浴着阳光，再者，昨夜睡得很好，因而脸色红润，老人激动不已，温柔地凝视着她；珂赛特一片片地扯着一朵雏菊的花瓣。珂赛特不知道"我爱你，有点儿爱你，发狂地爱你"这类动人的传说；谁会教给她呢？她下意识地、无辜地玩着这花朵，并没意识到，撕一朵雏菊的花瓣，是在剥露一颗心。如果有第四位美惠女神，名叫伤感女神，面带笑容的伤感女神，那珂赛特就像这个女神。让·瓦让望着花上的那几个小指头，心醉神迷，看着这光辉灿烂的孩子，忘记了一切。一只知更鸟在旁边的树丛里嘤嘤鸣叫。几朵白云欢快地穿过天空，仿佛刚刚获得自由。珂赛特继续专心地扯着花瓣。她好像若有所思，想必是令人心荡神摇的事。突然，她像天鹅那样舒缓而优美地从肩膀上转过脑袋，对让·瓦让说："父亲，苦役船是什么？"

第四卷
人助也许是天助

一 外伤治愈了内伤

他们的生活便这样日趋暗淡。

他们只剩下一种消遣,这曾给他们带来幸福的消遣,便是给挨饿的人送面包,给挨冻的人送寒衣。珂赛特常陪让·瓦让去访贫问苦,他们恢复了一点儿互相谈心的习惯。有时,白天过得很舒畅,救助了许多穷人,温暖了许多孩子,晚上,珂赛特的心情便比较愉快。就在这时候,他们访问了戎德雷特的陋屋。

第二天上午,让·瓦让来到小楼,和以往一样平静,但左胳膊上有一个很大的伤口,又红又肿,流着脓水,像是烫伤的,他随便给了个解释。这个伤口使他发了一个多月的高烧,一直没有出门。他不愿看医生。当珂赛特执意要他看医生时,他说:"那就找狗医吧。"

每天早晚,珂赛特为他包扎伤口,她神态无比庄严,能为他效劳,她感到无比幸福,因此,让·瓦让觉得昔日的欢乐又回到他的身边,他的恐惧和忧虑烟消云散,他望着珂赛特,说道:"呵!受伤多好啊!呵!痛苦多好啊!"

珂赛特看到父亲病了，就离开小楼，又对小屋和后院恢复了兴趣。她几乎整天待在让·瓦让身边，给他读他想读的书。一般是游记。让·瓦让复活了，他的幸福又焕发出异彩。卢森堡公园，那个在他们身边转来转去的陌生青年，珂赛特的冷淡，所有这些压在他心头的乌云全都消失得无影无踪。他最后想道："这一切都是我想象出来的。我是个疯老头。"

他感到无比幸福，以至于他在戎德雷特家里发现泰纳迪埃这件尽管极其可怕、十分意外的事，也没对他产生多大影响。他顺利脱险了，线索已中断，其他就无关紧要了。他想起这件事时，也只是为了同情那几个恶棍。他们已锒铛入狱，他想，他们再也不能害人了，可是，那家人也着实穷得可怜！至于在梅恩门看到的那场惨剧，珂赛特后来也再没提起。

在修道院时，圣梅克蒂德嬷嬷教过珂赛特音乐。珂赛特的歌喉就像只有灵魂的黄莺。晚上，在让·瓦让养伤的陋屋里，珂赛特有时唱些忧伤的歌，让·瓦让心里乐融融的。

春天来了。每年这个季节，花园姹紫嫣红，美不胜收。让·瓦让对珂赛特说：

"你都不去花园了，去那里走走吧。"

"听您的，父亲。"珂赛特说。

为了服从父亲，她又开始在花园里散步了，但经常是一个人，因为前面说过，让·瓦让大概怕人从铁栅栏门里发现他，几乎从不涉足花园。

让·瓦让受伤，转移了珂赛特的注意力。

看到父亲痛苦减少，伤口慢慢痊愈，心情似乎也好起来，珂赛特也高兴起来，但她自己并没发觉，因为她这种欢畅的心情是悄悄地自然地产生的。再说，已是三月，白天变长，冬天离去，冬天离去时总会带走我们部分忧伤。接着，四月来临，这好比是夏天的黎明，如拂晓般清新，童年般快乐，有时也像新生儿那样会啼哭。四月，大自然会发出迷人的光辉，通过天空、云彩、树木、牧场和花朵，渗透到人的心扉。

珂赛特年纪还太轻，四月的欢乐不可能不透进她的心扉，而她自己就像四月。她心中的忧伤不知不觉地消失了。春天，忧伤的心灵会变得明朗，正如中午地窖会变得明亮一样。珂赛特已不大忧愁了。再说，这是事实，但她并没意识到。那天上午，将近十点，吃完早饭，她终于把父亲拉到花园里待了一刻钟。她扶着他的伤臂，带他在台阶前太阳下散散步，她一直欢笑着，非常开心，但她自己却毫无发觉。

让·瓦让看见她又变得红润了，生气勃勃了，不由得欣喜不已。

"呵！受伤多好啊！"他喃喃说道。

他感谢泰纳迪埃一家。

伤口痊愈后，他便立即恢复了黄昏独自散步的习惯。

如果认为像这样独自在巴黎偏僻的地区散步不会遇到意外，那就错了。

二　普鲁塔克大妈自有解释

小加弗洛什没吃晚饭。他想起前一天也没吃晚饭。这可成了问题。他决定试着找点东西吃吃。他到硝石库医院一带荒凉的地方去转转。那里会有意外收获;没有人的地方,总能找到些东西。他来到一个居民点,他想可能是奥斯特里茨村。

以前他也来这里闲逛过。有一次,他发现那里有个老园子,有个老头和一个老妇进进出出,园里有棵苹果树,长得还可以。苹果树旁,有个放水果的箱子,关得不严,兴许可以弄到一个苹果。一个苹果,便是一顿晚餐;一个苹果,便能救人一命。使亚当堕落的东西,能救加弗洛什的性命。园子紧挨一条荒僻的小巷,巷子没铺石头,两旁荆棘丛生,尚未盖房子,一道篱笆将园子和巷子隔开。

加弗洛什向园子走去。他找到了小巷,认出了苹果树,看见了水果箱,他仔细看了看篱笆。一道篱笆,一跨就过去了。夕阳西下,巷子里连只猫也没有。时机不错。加弗洛什正欲跨过去,蓦然停下了。园子里有说话声。加弗洛什从一道篱笆缝往里张望。

篱笆里边的脚下,就在他准备跨过去的地方,离他两步远,卧着一块石头,是当凳子用的,凳子上坐着园子里的那个老头,对面站着那老妇。老妇低声抱怨。加弗洛什不礼貌地偷听起他们的谈话。

"马伯夫先生!"老妇说。

"马伯夫!"加弗洛什想道,"这名字好滑稽。[①]"

老头听到吆喝,没有动弹。老妇又喊道:

"马伯夫先生!"

[①] 法语中,马伯夫这个名字的发音类似"我的牛"。

老头决定回答,但眼睛仍看着地面:

"什么事,普鲁塔克大妈?"

"普鲁塔克大妈!"加弗洛什想道,"又一个滑稽的名字。①"

普鲁塔克大妈接着往下说,老头也就只好答话了。

"房东不高兴了。"

"为什么?"

"三个季度没付房租了。"

"再过三个月,就欠他四个季度的。"

"他说要把您赶走。"

"走就走。"

"卖水果的女人要我们付钱。她不供给我们木柴了。冬天您用什么取暖呢?我们一点木柴也没有了。"

"有太阳。"

"卖肉的不给赊账了,他不愿再卖给我们肉了。"

"很好嘛。我吃肉不消化。太油。"

"那晚饭吃什么?"

"面包。"

"卖面包的要求清账。他说不付钱,就不给面包。"

"好哇。"

"您吃什么?"

"我们有苹果树结的苹果。"

"可是,先生,没有钱,怎么过日子?"

---

① 古希腊有个著名作家也叫普鲁塔克。

"我没钱。"

老妇走了,老头独自留下。他陷入沉思。加弗洛什也陷入沉思。天几乎黑了。

加弗洛什沉思的第一个结果,是蹲在篱笆脚下,而不是跨过去。绿篱下部的枝条比较疏稀。

"哇,"加弗洛什心想道,"一个凹室!"他便蜷缩在里面。他几乎背靠着马伯夫老爹的石板凳。他听见八旬老人的呼吸声。

于是,他竭力睡觉,以此代替晚餐。

猫儿打盹,一个眼睁,一个眼闭。加弗洛什一边打盹,一边窥视。

黄昏的天空白蒙蒙,染得大地白霭霭,小巷呈灰白色的带子,夹在两排黑乎乎的绿篱中间。

忽然,在这惨白的带子上,出现了两个人影。一前一后,相隔一段距离。

"有两个人过来了。"加弗洛什说。

第一个人影看上去像是上了岁数的资产者,弯腰曲背,若有所思,衣着朴素,因年事已高,步履缓慢,披着夜晚的星光散步。

第二个腰板笔直,步履矫健,身材瘦长。他按照前面那个人的步伐,调整自己的步伐。但是,尽管他故意放慢了脚步,仍可看出他的机灵和敏捷。这个身影说不出的粗野和令人不安,他的整个姿态很像当时所谓的风雅之士:戴一顶式样漂亮的帽子,穿一件剪裁合体的黑紧腰大衣,可能是上等呢料的,紧紧裹在身上。头昂着,显得刚健优美;暮色中,依稀可见帽子下面露出一张年轻苍白的脸。嘴里衔着朵玫瑰花。这第二个身影,加弗洛什非常熟悉。是蒙帕纳斯。

至于另一个,除了是个老头,他就说不上什么了。

加弗洛什立即开始观察。

显然易见,这两个行人中,有一个想打另一个的主意。加弗洛什所处的位置很便于观察。那凹进去的一块,恰好成为掩体。

蒙帕纳斯在这个时候,在这个地方跟踪一个人,是很有威胁性的。加弗洛什感到自己的五脏六腑都涌动着对那老头的怜悯。

怎么办?出面干涉?一个弱者帮助另一个弱者?蒙帕纳斯肯定会笑掉大门牙。加弗洛什不想骗自己,面对这十八岁的凶残可怕的强盗,他们一老一少,两口就被他吃掉了。

加弗洛什还在慎重思考,袭击已经开始,那样突然,那样丑恶。那是猛虎袭击野驴,蜘蛛袭击苍蝇。蒙帕纳斯突然吐掉玫瑰花,一个箭步扑到老头身上,揪住他的衣领,紧紧抓住他,牢牢抱住他,加弗洛什差点喊出声来。过了一会儿,这两个人中,有一个被另一个压在身下,一只膝盖有如大理石压在他胸口上,压得他无力招架,喘着粗气,拼命挣扎。不过,完全出乎加弗洛什的意料,被压在底下的,是蒙帕纳斯;上面的是那老头。

这一切发生在离加弗洛什几步远的地方。

老头遭到了袭击,他给予还击,而且凶猛异常,转眼间,进攻者和被进攻者之间互换了角色。

"这老家伙真厉害!"加弗洛什想道。

他情不自禁地拍手鼓掌。但拍也是白拍。两个人打得全神贯注,双方都喘着粗气,听不见他的掌声。

接着没有声音了。蒙帕纳斯停止挣扎。加弗洛什在一旁想道:

"他死了？"

那老头一直没说话，也没喊叫。他站起来，加弗洛什听见他对蒙帕纳斯说：

"起来吧。"

蒙帕纳斯爬起来，但老头仍抓着他。蒙帕纳斯恼羞成怒，就像被绵羊逮住的恶狼。

加弗洛什睁眼细看，侧耳细听，竭力用耳朵来代替眼睛。他开心极了。

他是个有良心的替弱者担心的旁观者，因而得到了补偿。他听清楚了他们的对话；他们是在黑暗中说的，有一种说不出的悲凉。老头提问。蒙帕纳斯回答。

"多大了？"

"十九岁。"

"身强力壮的，为什么不干活？"

"我讨厌干活。"

"你是干什么的？"

"懒汉。"

"严肃点。我能为你做些什么？你想干什么？"

"小偷。"

接下来一阵沉默。老头似乎在沉思。他一动不动，但仍紧紧抓住蒙帕纳斯。

那年轻的强盗，身强力壮，动作敏捷，不时地挣扎一下，就像跌入陷阱的野兽。他抖动一下身子，试着来了个勾腿，拼命扭动身子，企图从老头手中挣脱出去。那老头似乎没有发觉，仅用一只手抓住他的两只胳膊,无动于衷,至高无上,仿佛拥有绝对的力量。

老头沉思了一会儿,然后,他眼睛注视着蒙帕纳斯,稍稍提高嗓门,在黑暗中,语重心长地对他发表了一番谈话,加弗洛什听得真真切切:

"孩子,你因为懒惰而步入了最艰辛的人生。啊!你自称是懒汉!那你还是准备干些事吧!你见过一种可怕的机器吗?它叫轧钢机。得提防着它,那是一种阴险凶恶的东西。被它抓住衣角,你整个人都会被卷进去。这个机器,便是游手好闲。别这样了,还来得及,自己救自己吧!否则就完了。不用多久,你就会被卷进齿轮里。一旦卷进去,那就毫无希望了。那你就受苦受累吧,懒虫!再也不会有休息。劳动是铁面无私的,它的铁掌已紧紧抓住你。你不愿挣钱养活自己!不愿做份工作,尽份义务!你讨厌和大家一样!好吧,你会和别人不一样的。劳动是法则;谁讨厌劳动而拒绝劳动,谁就会被强制接受劳动。你不想做工人,那就会当奴隶。劳动在这边放开你,会在另一边再抓住你;你不愿做它的朋友,就会做它的奴隶。啊!你不愿像别人那样诚实地劳动,你就将像罪人那样流血流汗吧。在别人唱歌的地方,你将累得喘不过气。你将从下面远远看着别人劳动;你会觉得他们在休息。种地的、收割的、水手、铁匠,将披着光辉出现在你面前,就像是天堂里受降真福的人。铁砧发出万丈光芒!拉犁,捆麦穗,其乐无穷!小船自由自在,乘风破浪,多么欢乐!而你,懒鬼,你去挖吧,拉吧,推吧,走吧!勒紧你的笼头,你是在地狱里拉车的牲畜!啊!你什么也不想做,是不是?好吧!那你没有一个星期，没有一天，没有一个小时不腰酸背疼。你搬任何东西都焦虑不安。每一分钟你都会筋骨开裂。别人觉得轻如鸿毛，你会觉得重如岩石。最简单的事，也会变成悬崖峭壁。你的生活会变成恶魔。来去、呼吸，都成为可怕的事。你的肺部像压着百斤重负。走这边，还是走那边，都成了难题。别人想出去，只要把门推开，就到了街上。可你，你想出去，就得在墙上打洞。别人要上街是怎么做的？从楼梯上下去。而你呢，你得撕你的床单，一条条接起来，做成绳子，然后从窗子里出去，你拉着这根绳子，悬在深渊上面，而且还是在深夜，刮着狂风，下着暴雨，假如绳子太短，你只有一个办法下去，那就是掉下去。身处深渊，从一定的高度，没有目的地往下掉，会掉在什么上面？下面有什么，便掉在什么上面，掉在未知的东西上面。要么从壁炉的烟囱里爬出去，那样会活活烧死；要么从茅坑的粪道里爬出去，那样会活活淹死。且不说还要把在墙上打的洞遮掩住，每天无数次地把石头搬开又放上，把凿下的灰泥藏在草褥里。遇到一把锁，一般人口袋里揣着锁匠做的钥匙。而你，你想往前走，就不得不做一个吓人的东西；你拿一枚大铜钱，把它劈成两个薄片；用什么工具？得由你创造。这是你的事。然后，得把这两个薄片挖空，还要当心不损坏外表；再沿着边上刻一圈螺纹，使两块薄片一个做底，一个做盖，严密地合上。上下两面这样拧紧后，谁也看不出破绽。对于监工们（因为你可能被监视），这是个大铜币，对于你，将是个小盒子。你在这盒里装什么？一个小钢片。那是钟表的发条，你在上面刻些齿，做成锯子。这个锯子只有别针那么长，藏在一枚铜币里，你用它锯断锁舌、门闩、挂锁，以及窗上的铁条、腿上的铁镣。这东西做好后，这个奇物完成后，这一系列艺术的、灵巧的、巧妙的奇迹告成后，如果人家知道你是这作品的作者，你会有什么报偿呢？关进黑牢。这就是前途。懒惰，好逸恶劳，那是无底深渊！游手好闲，这是可悲的决定，你知道吗？好逸恶劳，靠社会养活自己！对人没有用，便是对人有害！这直接通向贫困。想做寄生虫的人注定倒霉！他将成为蛀虫。啊！你讨厌劳动！啊！你只想喝得好，吃得好，睡得好。那你就只能喝水，吃黑面包，睡在一块木板上，戴着脚镣，夜里，你感到铁镣贴在你肉上冰冰冷！你想砸碎这铁镣逃跑。很好。那你将在荆棘丛中爬行，像树林里的野兽那样吃草。你又会被抓住。那样，你将在地牢里呆上几年，被铁链拴在墙上，摸索着喝水罐里的水，啃连狗都不愿啃的黑面包，吃虫子吃过的蚕豆。你将是地窖里的土鳖。啊！可怜可怜你自己吧，可怜的孩子，你那么年轻，不到二十年前，你还在吃奶哩，你母亲可能还活着！我奉劝你听我的话。你想穿上等黑呢衣服、薄底漆皮鞋，你想烫头发，上香喷喷的发油，讨女人喜欢，打扮得漂漂亮亮。结果你会被剃成光头，穿一件红囚衣，套一双木鞋子。你想戴戒指，结果是脖子上套枷锁。你要是看一眼女人，就要挨一下棍子。你二十岁进去，五十岁出来！你进去时年轻力壮，脸色红润，精神饱满，明眸皓齿，头发秀美，出来时弯腰曲背，满脸皱纹，缺牙少齿，面目丑陋，满头白发！啊！可怜的孩子，你走了一条歧路，游手好闲会让你干坏事。最艰辛的工作是偷窃。相信我，不要干懒汉这种苦活。当无赖并不舒服。做一个正直人容易多了。现在你走吧，好好想想我说的话。对了，你刚才想要我的什么来着？我的钱包。给你。"

老头松开蒙帕纳斯,把钱包放在他手里。蒙帕纳斯用手掂了掂,然后,就像是偷来似的,下意识地将钱包小心翼翼地放进紧身礼服的后兜里。

这一切说完和做完之后,老头转过身,不慌不忙地继续散步了。

"傻瓜!"蒙帕纳斯咕哝了一句。

这老头是谁?读者想必猜到了。

蒙帕纳斯愣愣地看着他消失在暮色中。这一看不要紧。

老头渐渐远去,加弗洛什走了过去。

加弗洛什往旁边瞧了一眼,看见马伯夫先生还坐在石凳上,可能是睡着了。然后,这流浪儿走出藏身的绿篱,摸着黑向一动不动的蒙帕纳斯身后爬去。他这样一直爬到蒙帕纳斯身边,没被看见,也没被听见,他将手悄悄伸进那件黑细呢紧身礼服的后兜里,抓住钱包,抽出手,又开始爬行,像一条蛇似的消失在黑暗中。蒙帕纳斯没有理由提防什么,而且有生以来第一次陷入思考,所以毫无觉察。加弗洛什回到马伯夫大爷所在的地方,将钱包从绿篱上扔过去,然后拔腿就跑。钱包落在马伯夫大爷的脚边,他被惊醒。他弯腰捡起钱包。他不知道是怎么回事,便把钱包打开。这钱包分成两层;在其中一层里,有一些零钱;在另一层里,有六枚拿破仑金币。

马伯夫先生张皇失措,把钱包交给他的女管家。

"这是天上掉下来的。"普鲁塔克大妈说道。

第五卷
结尾不像开头

一　荒园和兵营相结合

　　四五个月前，珂赛特还沉浸在揪心彻骨的痛苦中，现在不知不觉地进入了恢复期。大自然、春天、青春、对父亲的爱、鸟儿和花儿的快乐，这一切，都一天天一点点地逐渐在这个年轻纯洁的心灵里注入了一种类似遗忘的东西。她心里的爱情之火全熄灭了吗？还是仅仅留下灰烬？事实上，她几乎不再有心痛如灼的感觉了。

　　一天，她突然想起了马里尤斯："呀！"她说，"我都不再想他了。"

　　就在那个星期，她注意到有个英俊漂亮的枪骑兵军官从花园的铁栅栏门前经过。他穿着迷人的军装，腰身束得很细，脸蛋长得像姑娘，胳膊下挂着军刀，胡子涂了蜡，戴着波兰式军帽。还有，他长着一头金发，蓝眼睛凸出来，漂亮的圆脸显出自负和傲慢，恰与马里尤斯形成鲜明的对照。他嘴上叼着雪茄。——珂赛特寻思，这个军官想必是驻扎在巴比伦街的枪骑兵团的。

　　翌日，她又看见他从门口经过。她留意他经过的时间。从这一刻起,不知是不是巧合,她几乎天天都看见他经过。

那军官的同事们发现,在这个"荒芜"的花园里,在丑陋的洛可可式铁栅栏门后面,有个相当漂亮的姑娘,每天英俊的中尉经过时,她几乎都站在那里。那中尉叫泰奥迪尔·吉诺曼,读者对他并不陌生。

"哟!"他们对他说,"有个小妞在向你送秋波呢。你瞧。"

"看我的小妞多着呢,"枪骑兵说,"我看得过来吗?"

那个时候,马里尤斯正在痛不欲生,他说:"我死前能再见她一面就好了!"如果他真能再见珂赛特一面,看见她此刻正在注视一个枪骑兵,他会一句话也说不出来,痛苦得一命呜呼。

这要怪谁?谁也不能怪。

马里尤斯生来多愁善感,有了忧愁就难以化解;珂赛特也会忧愁,但沉下去后能浮上来。

此外,珂赛特正处在想入非非的危险阶段,在这个阶段,孤独少女的心,有如葡萄的卷须,会随意攀附在一根大理石柱头上,或缠绕在一家小酒馆的木柱上。

这是短暂而决定性的阶段,对任何孤女,不分贫富,都是至关重要的,因为财富挡不住不好的选择;大家闺秀下嫁穷小子;但真正错误的结合,是彼此心灵上的悬殊;正如不止一个默默无闻的青年,没有显赫的姓氏,没有高贵的出生,家徒四壁,缺衣少食,却似大理石柱头,支撑着伟大情感和伟大思想的殿堂,同样,一个上流社会的青年,家赀巨万,心满意足,脚穿锃亮的皮靴,说话哗众取宠,假如不看外表,只看内心,即看他留给妻子的东西,便只是一个庸碌无能的酒囊饭袋,被强烈、肮脏和发狂的种种欲望死死缠住，不过是小酒店的一根木柱。

珂赛特的心灵深处有什么？是平静下来的，抑或是沉睡的激情；是摇摆不定的爱情；是一种晶莹清澈，在某个深度变得混浊，在更深的地方变得灰暗的东西。那位漂亮军官的形象反映在表面。在心灵深处，在最深处，还留有某个记忆吗？也许吧。但珂赛特不知道。

这时，发生了一件怪事。

二 珂赛特害怕了

四月的上半个月，让·瓦让出了趟门。大家知道，他常常隔一长段时间，就要出去一次。他走一两天，最多三天。他去哪里？无人知道，连珂赛特也不知道。只有一次，珂赛特乘出租马车，一直陪他到一个死胡同，胡同口上写着：小木板死胡同。他在那里下了车，马车又把珂赛特送回巴比伦街。通常是家里缺钱花时，让·瓦让才这样出门几天。

因此，让·瓦让不在家。他说："我过三天回来。"

晚上，珂赛特独自在客厅里。为了解闷，她打开管风琴，开始边弹边唱《欧里安特》[①]中的合唱《森林中迷路的猎人》，这可能是世上最美的音乐。弹完后，她陷入沉思。

突然，她好像听见花园里有人走动。不可能是她父亲，他不

[①]《欧里安特》为一部歌剧，一八三一年四月六日在巴黎歌剧院首次上演。由德国著名作曲家韦伯（1786—1826）谱曲。

在家。也不可能是杜珊,她已睡了。那是晚上十点。她走到客厅的百叶窗旁,将耳朵贴在紧闭的窗子上。听上去好像是男人的脚步声,走得很轻很轻。

她赶快上楼,到了闺房,连忙打开百叶窗上的一扇气窗,向花园里张望。望月当空,园里亮如白昼。一个人也没有。

她打开窗。花园里寂静无声,街上也和平时一样荒凉。

珂赛特心想自己听错了。她以为听见了声音。其实是韦伯这首凄清神奇的合唱曲使她产生的幻觉;这首曲子在人的思想上展示了幽深恐怖的意境,使人看见令人眼花缭乱的颤抖的森林,听见猎人们不安的脚步踩得枯叶咔嚓咔嚓响,暮色中隐约可见他们的身影。

她不再想这件事了。

况且,珂赛特生来不大知道害怕。她的血管里流淌着赤着脚到处冒险的那类女人的血。大家记得,她与其说是鸽子,不如说是百灵鸟。她本质上是个粗野而勇敢的姑娘。

第二天,比昨天早一些,天刚黑,她在园中散步。她脑袋里东想西想,但不时地仿佛听见和昨天一样的声音,似乎有人在黑暗中,在离她不太远的树林下行走,但她又想,没有比两根树枝相互摩擦的声音更像草地上的脚步声了,于是,她没加理会。再说,她什么也看不见。

她走出"灌木丛",只要穿过一个绿油油的小草坪,便可到达台阶了。月亮刚刚从她身后升起,珂赛特走出树丛时,月光将她的身影投到前面的草坪上。

珂赛特吓得停住脚步。

月光把另一个极其可怕的人影清晰地投到草坪上,同她的影子肩并肩。那人影戴一顶圆帽子。好像是一个男人的影子,就站在树丛边上,离珂赛特身后几步远。

她吓得一时不能说话,不能叫喊,不能动弹,不能回头。最后,她鼓足勇气,毅然回过头来。没有人。她再看看地上。那影子消失了。

她返回灌木丛,大胆地在角落里搜索,一直走到铁栅栏门前,仍一无所获。

她感到自己浑身冰凉。难道又是幻觉?怎么!连续两天?出现一次幻觉,倒也罢了,怎么会连续两次?令人担忧的是,那影子肯定不是幽灵。幽灵一般不会戴圆帽子。

翌日,让·瓦让回来了。珂赛特同他讲了她以为听见和看见的事。她本以为父亲会宽慰她,会耸耸肩对她说:"你是个小疯丫头。"可让·瓦让却露出担忧的神情。

"可能有问题。"他对她说。

他找了个借口离开她,到园子里去了。她远远见他仔细地察看铁栅栏门。

夜里,她醒了。这次,她十分肯定,她清楚地听见有人在她窗下的台阶附近走动。她奔到气窗旁,打开窗。花园里果然有个人,手里拿着粗木棍。她正要叫喊,月光照亮了那人的脸。是她的父亲。她又去睡了,一面想:"他真的很担忧!"

让·瓦让在花园里守了一夜,接着又守了两夜。珂赛特从气窗里看得清清楚楚。

第三夜,月亮升得较晚,月光变得暗淡,大概是凌晨一点,

她听见有人大笑一声,又听见父亲喊她:

"珂赛特!"

她跳下床,穿上晨袍,打开窗子。

她父亲在下面的草坪上。

"我喊醒你,是为了让你放心,"他说,"你看。这就是你看见的戴圆帽的人影。"

他边说,边指给她看月光投到草坪上的一个影子,还真像一个戴圆帽男人的幽灵。原来,那是邻居屋顶上有圆罩的铁皮烟囱的投影。

珂赛特也笑了,她所有的担心烟消云散。第二天,她和父亲一起用早餐时,还拿这个闹烟囱鬼魂的阴森可怕的花园开玩笑。

让·瓦让又恢复了平静。至于珂赛特,她没去理会那烟囱是不是在她看见或以为看见的方向,月亮是不是在天空同一个位置上。她也丝毫没有问问自己,这根烟囱怎么这样奇怪,竟怕被当场抓住,一有人看它的影子,就立即躲开,因为,那天晚上,当珂赛特回头看时,那影子不见了,对此,珂赛特是深信无疑的。珂赛特完全放心了。她觉得父亲的演示无懈可击,至于晚上或夜里会不会有人到花园里来,她再也不去想了。

然而,过了几天,又发生了一件事。

三 杜珊信口开河

在花园临街的铁栅栏门附近,有张石凳,一排绿篱挡住了好奇人的目光,不过,必要时,路人从栅栏门和绿篱伸过胳膊,便能摸到石凳。

四月的一天晚上,让·瓦让出门了。太阳落山后,珂赛特坐在这张石凳上。树林里晚风习习,珂赛特陷入沉思,一种莫名的愁绪涌上她的心头。这不可克服的愁绪来自夜晚,也可能——谁知道呢——来自此刻微微张开的坟墓般的神秘。

芳蒂娜说不定就躲在这冥茫的黑暗中。

珂赛特起身,绕花园漫步。她走在浸满露水的草丛中,一边像梦游似的,忧郁地想道:"这个时候在花园里散步,真应该穿木鞋。否则会着凉的。"

她回到石凳旁。她正要坐下,发现她坐过的位置上,有一块相当大的石头,刚才她离开时肯定还没有。

珂赛特打量这块石头,思索着是怎么回事。她突然想到,这石头不会自己跑到石凳上,是有人把它放上去的,有只胳膊从栅栏门里伸了过来,想到这些,她感到很害怕。这次,她可是真的害怕了。事实不容怀疑,石头就在那里。她没有碰一下就逃跑了,也不敢向后面看一眼。逃回屋里,她立即将通台阶的落地窗的门板关上,并且插上门闩。她问杜珊:

"我父亲回来了吗?"

"还没有,小姐。"

(我们曾指出过,杜珊说话口吃。这里不再重复了。我们不喜欢像记乐谱那样,记下别人的生理缺陷。)

让·瓦让喜欢沉思,又喜欢夜间散步,常常夜里很晚才回来。

"杜珊,"珂赛特又说,"您晚上要不要把门窗都关好?至少临花园的窗子要关好，上好门闩，把那些小铁玩意儿插进小铁环里。"

"呵！放心吧，小姐。"

杜珊不会忘记的，这点珂赛特很清楚，但她禁不住又说：

"这一带非常荒凉！"

"这倒是真的。"杜珊说，"还没来得及哼一声，就被杀了！再说，先生又不住在这楼里。不过，您不必害怕，小姐，我把窗户关得严严实实。只有女人在家！我觉得，光这个就让人心惊肉跳了。您能设想吗？夜里看见男人闯进房间，对你说：'不许喊！'然后，把你的脑袋割下。死倒没什么，人人都会死的，算了，谁都知道人早晚要死，可是，感到这些人在碰你，实在叫人厌恶。再说，他们的刀可能割不动！啊，上帝！"

"别说了，"珂赛特说，"把门窗都关紧。"

珂赛特被杜珊即兴胡编的情节剧吓坏了，但也可能想起了上星期看见的人影，因此，她都不敢对杜珊说："有人在石凳上放了块石头，您去看看！"害怕一打开去花园的门，"那些人"会冲进来。她让杜珊把所有的门窗关严，叫她把整个屋子，从地窖到顶楼，都巡视一遍，她躲到自己的卧室里，插上门闩，看了看床下，便躺下睡觉，却睡不着。整整一夜，她都看见那块石头，就像一座大山，到处都有岩洞。

旭日东升，——旭日的特点，便是使我们感到夜里的恐惧实在荒唐可笑，越是恐惧，便越感到可笑，——旭日东升，珂赛特醒来，她觉得夜里的惊恐，不过是一场噩梦，她对自己说："我胡思乱想些什么呀？就像上星期的夜里我以为听见了脚步声！就像我看见了烟囱的投影！我现在是不是变成胆小鬼了？"夺目的阳光从百叶窗的缝隙里射进来,将锦缎窗帘染成紫红色,她感到放心了,一切恐惧的想法都从她的头脑里消失了,连那块石头也抛到了脑后。

"石凳上根本没有石头,就像花园里根本没有戴圆帽的男人。那块石头和其他东西一样,都是我梦里看见的。"

她穿好衣服,下楼来到花园里,跑到石凳旁,吓得一身冷汗。石头还在那里。不过,她很快镇定下来了。夜里会感到恐怖,白天却会产生好奇。

"啊!"她说,"看看再说。"

她掀开石头,石头相当沉。下面好像有封信。是一个白信封。珂赛特一把抓起信封。正面没有地址,反面没有盖印。可是,信封虽没封口,却不是空的。可见里面有纸头。

珂赛特将手伸进信封里。这不再是恐惧,也不再是好奇,而是有点忧虑了。

珂赛特把信封里的东西取出来。是个小本子,每一页都编了号,并且都写了几行字。"字迹好漂亮!"珂赛特想道,"非常隽秀。"

珂赛特看看有没有名字,没有找到。没有人署名。这是给谁的?可能是给她的,既然有人把信封放到凳子上。可又是谁写的呢?她好像受到了一种不可抗拒的诱惑,那些纸在她手里颤抖,她试图将目光从信纸上移开,她望了望天空、大街、浸透了阳光的刺槐、在邻居屋顶上飞翔的鸽子,突然,她猛地低头看那手稿,心想她得知道里面写的是什么。

下面是她读到的——

四　石头下面有颗心

将宇宙缩小成一个人，将一个人扩大到上帝，这便是爱。

爱是天使对星辰的致意。

灵魂因爱而悲伤，那是多大的悲伤！

当一个充满天地的人不见了，该是多么空虚！呵！被爱的人会变成上帝，这千真万确！假如万物之父不是为灵魂而创造了人，为爱而创造了灵魂，那么，不难理解，他对这个被爱的人会嫉妒的。

只要远远望见飘着淡紫色绸带的白绉纱帽下粲然的一笑，灵魂就能进入梦幻的殿堂。

上帝在万物后面，但万物遮住了上帝。物体是黑色的，人是不透明的。爱一个人，就是使他变得透明。

有时思想在祈祷。不管躯体是何姿态，灵魂却是跪着。

相爱而不能相见的人，可用无数虚幻而真实的东西，来排解离别的惆怅。人们阻挠他们相见，他们不能通信，但能找到许多神秘的方法进行沟通。他们为对方送去鸟儿的歌唱，花儿的芬芳，孩子的欢笑，太阳的光芒，风儿的叹息，星星的光辉，送去天地万物。为什么不呢？上帝的一切创造，都是为爱服务的。爱的力量足以使整个大自然为它传递信息。

啊，春天！你是我写给她的一封信。

未来与其说属于思想，不如说属于心灵。爱是唯一能占据和充满永恒的东西。无穷需要无尽。

爱是灵魂的组成部分。爱和灵魂的本质相同。和灵魂一样，爱是神圣的火星；和灵魂一样，爱不可腐蚀，不可分割，不会枯竭。它是在我们心中燃烧的一把火，它是不朽的，无穷的，什么也不能限制它，熄灭它。人们感到它烧到骨髓，看见它光照苍穹。

啊，爱情！互相爱慕！两个人彼此相悦，两颗心彼此相契，两个目光彼此交融！幸福啊，你会降临于我，是吧！两个人在幽静的地方散步！多么幸福灿烂的日子！我有时梦见，天使常常从他们生命中分出一些时间，来到尘世间伴随凡人的命运。

上帝惟有使相爱的人长相守，才能增加他们的幸福。经历了一场爱，能爱到永远，这的确能增加幸福；但是，要增加尘世间爱情施予灵魂的无上幸福的程度，那是不可能的，连上帝也做不到。上帝代表整个天，爱情代表整个人。

你凝望一颗星星，出于两个动机，一是因为它发光，二是因为它不可捉摸。在你身边，有更灿烂的光辉，更莫测的神秘，那就是女人。

所有的人，不论是谁，都有可呼吸的东西。少了这些东西，就等于少了空气，我们就会窒息。就会死亡。没有爱而死，是可怕的。那是灵魂的窒息。

当爱情将两个人融为完美神圣的一体，他们就找到了人生的真谛。他们成了同一个命运的两个载体，同一个精灵的两个侧翼。爱吧，飞吧！

哪一天有个女人从你身边经过，边走边放出光芒，你就完了，你就爱上了。你只有一件事好做，那就是心里老思念她，致使她也不得不思念你。

爱情所开始的，只能由上帝来完成。

真正的爱情，为丢失一只手套或找到一块手帕而忧伤，而狂喜。它的忠诚和希望需要永恒。它同时由无限大和无限小组成。

如果你是一块石头，就应该是吸铁石；如果你是一棵小草，就应该是含羞草；如果你是一个人，应该是爱。

爱永无满足的时候。人有了幸福，还想要乐园；有了乐园，还想要天堂。

呵！热恋中的人，一切都融于爱中。要善于从爱中找到一切。爱和天堂一样，令你神往，但爱比天堂更使你快乐。

——她还到卢森堡公园来吗？——不，先生。——她是到这个教堂做弥撒的吗？——现在不来了。——她还住在这幢房子里吗？——已搬走了。——她搬到哪里了？——她没说。

不知道心上人的住址，多么凄惨！

爱情有其幼稚的东西，其他情感有其渺小的东西。使人变得渺小的情感可耻！让人变得幼稚的情感光荣！

有一件奇怪的事，您知道吗？我生活在茫茫黑夜里，因为有个人离开时把天带走了。

呵！肩并肩，手牵手，躺在同一个坟墓里，在黑暗中，不时地轻抚一根手指头，这就足以使我永生。

如果你因为爱而痛苦，那就更狂热地爱吧。为爱而死，便是在爱中永生。

爱吧。在这苦刑中，也有闪烁星光的凄楚的变容①。人在临终时，也会乐在其中。

啊！鸟儿多么快乐！它们歌唱，是因为他们有窝。

爱便是愉快地呼吸极乐世界的空气。

深邃的心灵，聪慧的思想，按照上帝的旨意生活吧。这是一种漫长的考验，是对未知命运的难以理解的准备。这个命运，这个真正的命运，对人来说，要从跨进坟墓的第一步才开始。那时，他面前会出现某些东西，他会开始分辨最终的东西。最终的东西，请想一想这个词吧。活着的人看见无限，死去的人才看得见最终。在这期间，你就爱吧，痛苦吧，你就希望吧，冥想吧。只爱过肉体、形体、外表的人活该不幸！人一死，什么都没了。努力去爱灵魂吧，那样你才会在冥间与之重逢。

我在街上遇见了一个很穷的年轻人，他正在热恋中。他的帽子很旧，衣服很破，肘部有窟窿，雨水渗透他的鞋子，星辰照透他的灵魂。

被人爱是多么伟大！爱一个人更伟大！心因为爱而变得勇敢。它只以纯洁为内容，以崇高和伟大为支柱。任何邪恶的思想不可能在有爱的心里萌生，正如荨麻不能在冰川上萌芽。高贵而宁静的心灵，不会有庸俗的欲念和冲动，它俯视着尘世间的乌云和黑暗，俯视着疯狂、谎言、仇恨、虚荣和苦难，它高

---

① 暗喻耶稣的变容。据《圣经》记载，耶稣为向追随者证实自己是神的儿子，带着几个使徒上山祷告，使徒们看到耶稣改变了面容和形象。通常称作耶稣的变容。

踞蓝天之上，却能感觉到命运深层和底部的震动，正如高山之巅能感觉到地震一样。

世上若没有爱，太阳便会熄灭。

五　珂赛特读完信之后

珂赛特读信时，渐渐沉入了遐想。当她读完最后一行抬起头来时，恰好是那位英俊的军官从栅栏门前经过的时刻，看到他耀武扬威的样子，珂赛特觉得他十分讨厌。

珂赛特又看着那本子出神。字迹真漂亮，她心里想道，出自同一只手，但墨水有深有浅，时而很黑，时而泛白，像是在墨水瓶里掺了水，可见不是同一天写的。这是在纸上倾诉衷肠，一声声叹息，没有规则，没有次序，没有选择，没有目的，信手写来。珂赛特从没读过这类东西。这份手稿，对她仿佛是一个微微开启的神殿，看懂的地方比看不懂的地方多。这神秘莫测的文字，字字句句在她眼前大放光芒，在她心里洒满异彩。她所受的教育从来只对她讲灵魂，不讲爱情，就好比只谈火种，不谈火苗。这十五页手稿，突如其来地、和风细雨地向她揭示了整个爱情、痛苦、命运、生死、永恒、开始、结束。仿佛有只手猛然张开，向她抛出一把光线。在这寥寥数行中，她感到展示了一种热情、炽烈、慷慨、诚实的性格，一种神圣的意志，一种无尽的痛苦和无限的希望，一颗悲痛的心，一种心醉神迷。这手稿是什么呢？一封信。一封没有地址、没有姓名、没有日期、没有署名的信，一封情真意切、坦荡无私的信,一个饱含真理的谜语,一封由天使送来给童女阅读的情书,是在订后世的约会,是一个幽灵向一个亡灵表白爱意。这个不在场的、平静而又绝望的、好像准备到死亡中寻求避身之处的男子,向一个销声匿迹的女子送来命运的奥秘、生命的钥匙和爱情。他在写这信时,脚踩在坟墓里,手伸在天国里。这一句句、一行行落在纸上,可以称作灵魂的一点一滴。

这几页纸是从哪里来的?是谁写的?现在,珂赛特肯定无疑。只有一个人。

他!

她心里又有了光明。一切重现了。她感到前所未有的快乐,并深感忧虑。是他!是他给她写的!他在这里!他的胳膊从栅栏门里伸进来过!就在她把他遗忘的时候,他又找到了她!不过,她难道真忘了吗?不!从没忘过!她太傻了,一度曾以为忘了。她一直爱着他,崇拜着他。那爱火一度曾被盖住了,在灰下闷燃着,现在,她清楚地看见了,它不过是钻到了深处,现在,复又燃起来,把她全身都烧得炽热。这个本子有如一颗火星,从另一个灵魂落进她的灵魂,她感到又在燃起熊熊大火。这手稿的每一句话都深入她的心田:"呵!是的!"她说,"这一切,我多么熟悉啊!我从他的眼睛里看到过。"

她正要看完第三遍,泰奥迪尔中尉再次经过栅栏门,马刺碰得铺石路面当当响。珂赛特不得不抬头看他。她觉得他俗不可耐,傻里傻气,一如废物,同时自命不凡,令人生厌,鲁莽冒失,奇丑无比。那军官以为得向她微笑。她恼羞成怒,别转脑袋。她真想朝他脑袋上扔些东西。

她逃走了，回到屋里，关进房里，为了重读手稿，为了记住背熟，为了沉思默想。当她读熟后，她在手稿上吻了一下，把它揣进怀里。

这下完了。珂赛特又坠入了纯洁的爱河中。伊甸园的深渊再次打开。

珂赛特一整天都晕晕乎乎。她难以进行思维，脑子乱作一团，她想做些推测，却无能为力，她在颤颤巍巍中期盼着，可是期盼什么，却若明若暗。她什么也不敢指望，什么也不敢拒绝。她脸色苍白，浑身颤抖，有时感到恍若梦境。她不时地问自己："这是真的吗？"于是，她摸摸怀里那心爱的本子，把它紧紧按在胸口，她感到纸角抚摸自己的肌肤，假如让·瓦让此刻在她身边，见她眸子里流溢出从未有过的灿烂的喜悦，会惊得浑身哆嗦。"呵！是的！"她想道，"是他！是他给我的！"

她思忖，多亏天使干预，天公作美，她才能失而复得。

呵！爱情的变容！呵！梦幻！这天公的作美，这天使的干预，不过是一个强盗从查理曼大帝院子里，经过拉福斯监狱的屋顶，扔进狮子沟，扔给另一个强盗的面包团。

六　老人生来为了及时走开

夜幕降临，让·瓦让出门了。珂赛特梳妆打扮。她把头发梳成最适合她的式样，穿上一件连衣裙，上身的领口多剪了一刀，露出了颈窝，就像姑娘们说的，"有点不庄重"。其实根本不是不庄重,恰恰比高领更漂亮。她这样精心打扮,却不知道为了什么。

她想出门吗?不。有人来访吗?没有。傍晚时分,她下楼来到花园。杜珊在朝后院的厨房里忙着做饭。

她从树下走过去。有的树枝很低,她不时用手撩开。

她来到石凳跟前。那块石头仍在上面。她坐下来,把白嫩的手放在石头上,仿佛要爱抚它,感谢它。

蓦然,她有一种难以名状的感觉,甚至不用看,就知道后面站着一个人。她转过脸,倏地站了起来。

是他。

他光着脑袋。看上去苍白消瘦。几乎辨不出他穿着黑衣服。暮色使他俊美的面孔变得灰白,给他的眼睛蒙上了黑影。在无比温柔的外表下,他身上似乎透着一种死亡和黑暗。他的脸上照着正在消逝的落日余晖,和一颗正在死亡的灵魂的思想。他似乎还不是幽灵,但已不再是人。

他的帽子扔在几步路以外的灌木丛里。

珂赛特随时都会晕倒,但她没有喊叫。她慢慢向后退,因为她感到要被吸引过去了。他则一动不动。她看不见他的眼睛,却从裹住他的难以形容的忧愁中,能感觉到他的目光。

珂赛特退缩着,碰到了一棵树,便靠在上面。没有这棵树,她恐怕摔倒了。

这时,她听到了他的声音,这个声音,她从没真正听到过,现在,它冲破树叶的簌簌声,喃喃地说:

"请原谅,我来了。我非常苦闷,不能再这样生活下去了,于是我来了。您读了我放在这石凳上的东西了吗?您有点知道我是谁了吧？不要怕我。已经很久了，您还记得您回眸看我的那一天吗？在卢森堡公园，那尊古斗士雕像旁。您从我身边经过的那一天。六月十六日和七月二日。快一年了。很久没见到您了。我问过公园里出租椅子的妇人，她说也没见到您。那时，您住在西街的一座新房子里，临街的四楼上，您看，我知道吧。我，我跟在您后面。我还能做什么？后来，您消失了。有一次我在奥德翁剧院的柱廊下读报，以为看见您经过那里。我跑去追您。原来不是您。是一个跟您戴一样帽子的姑娘。夜里，我来这里。不用担心，谁也看不见我。我来近处看看您的窗子。我脚步很轻，不想让您听见，怕您害怕。有天晚上，我站在您后面，您回过头来，我赶紧逃跑了。有一次，我听见您唱歌。我开心极了。我隔着百叶窗听您唱歌，您不会不高兴吧？您不会不高兴的。不会的，是不是？您知道，您是我的天使，让我来看您吧。我感到我要死了。您要是知道就好了！我，我爱慕您！原谅我，我跟您说话，却不知道在说什么，您可能生气了，您生气了吗？"

"呵！母亲！"她说。

她瘫了下去，仿佛要死了。

他扶住她，她仍然往下瘫，他抱住她，抱得紧紧的，却不知道自己在做什么。他扶着她，身子摇摇晃晃。他仿佛在腾云驾雾，双眸炯炯发光，大脑停止转动；他觉得自己在做一件虔诚的事，却又在亵渎神灵。不过，尽管他感到这个可爱的女人靠在自己怀里，却对她毫无欲望。他已爱得神魂颠倒。

她抓住他的一只手，放到自己胸口上。他感觉到那个本子藏在她胸口。他结结巴巴地问：

"这么说,您爱我?"

她低声地回答,低得就像是几乎听不见的呼吸声:

"不要问!你知道的!"

她把羞得通红的脸,埋进这位漂亮而如醉如痴的年轻人的怀里。

他跌坐到长凳上,她靠在他身旁。他们不再说话。星星开始放出光芒。他们的嘴唇怎么会相遇的?想一想鸟儿怎么会歌唱,白雪怎么会融化,玫瑰怎么会开放,五月怎么会鲜花怒放,拂晓怎么会在颤抖的山丘顶上树林后面泛起白光,就会知道了。

一个吻,一切尽在其中。

两人激动得打颤,炯炯的目光在黑暗中互相凝视。他们感觉不到夜晚的阴冷,石头的阴凉,地面的潮气,野草的露水。他们互相凝视着,他们心潮澎湃。不知不觉中,他们的手已握在了一起。

她没有问他,甚至没想到问他是从哪里进来,又是怎样进来的。她感到他在这里是很自然的事。

马里尤斯的膝盖不时地与珂赛特的膝盖相碰,每一次相碰都引起他们一阵颤栗。珂赛特不时结结巴巴地吐出一句话。她的灵魂在唇上颤抖,有如一滴露珠在花上颤动。

他们渐渐交谈起来。继完全的沉默之后,是热烈的互诉衷肠。在他们上空,夜色宁静而灿烂。这两个似精灵般纯洁的年轻人,把心里的一切全倒了出来,他们有什么梦想,如何狂热,如何狂喜,如何心醉神迷,如何想入非非,如何心灰意冷,如何远远爱慕,如何遥相祝愿,见不到面时又如何痛不欲生。他们的亲密已到了登峰造极的程度,互诉着心中最隐秘、最神秘的想法。他们幻觉丛生,真诚而坦率地把爱情、青春和残余童年使他们产生的想法,全都倾诉出来。他们把心里话都倾注到对方心中,一小时后,那少男便有了少女的灵魂,而那少女也有了少男的灵魂。他们彼此渗透,彼此诱惑,彼此迷恋。

当他们谈完了,诉尽了,她把头靠在他肩上,问道:

"您叫什么名字?"

"马里尤斯。"他说,"您呢?"

"珂赛特。"

第六卷
小加弗洛什

一　风的恶作剧

一八二三年，蒙费梅那家小客栈渐渐衰败，虽没跌进破产的深渊，但已陷入零星债务的泥潭。从那以后，泰纳迪埃夫妇又生了两个孩子，都是男孩。这样，他们就有了五个孩子，两个女孩，三个男孩。孩子太多。

晚生的两个还在很小的时候，泰家婆娘就把他们摆脱了，而且还感到莫名的高兴。

"摆脱"一词用在这里恰如其分。这个女人很少有人性。这种现象并非只此一例。和德·拉莫特－乌当库尔元帅夫人[①]一样，她只给两个女儿尽母亲的责任。她的母爱到此为止。她对人类的仇恨是从儿子开始的。她对儿子的凶恶垂直而下，她的心在这里有一道陡壁。正如我们看到的，她讨厌大儿子，憎恨另外两个儿子。

[①] 德·拉莫特－乌当库尔元帅夫人（1623—1708），法兰西儿童会总管，有三个女儿，都是公爵夫人。

为什么？不为什么。最可怕的理由和最无可争辩的回答，是"不为什么"。这位母亲说："我可不需要一窝孩子。"

我们来说说泰纳迪埃夫妇是如何摆脱两个小儿子，甚至从中捞到好处的。

前面提到过一个叫玛妮翁的姑娘，她曾从吉诺曼老头那里敲得赡养费，扶养她的两个孩子。她住在则肋司定修士沿河马路，那条古老的小麝香街的拐角处。那条街取名小麝香，是为了尽量把它的坏名声改变成香气。大家记得，三十年前，巴黎塞纳河沿岸地区曾流行过白喉病，科学家利用此次机会，大规模试验明矾吹入法的疗效，如今，这一疗法已被碘酒外搽法有效地取代了。在那次流行病期间，玛妮翁姑娘一天之内痛失两个年幼的儿子，一个是早晨，一个是晚上。这是个打击。这两个孩子，对于他们的母亲非常宝贵，意味着每月八十法郎的收入。这八十法郎，每月都由吉诺曼先生的年金代理人巴热先生按时代付。巴热先生是位退了休的法院执行员，住在西西里王街。孩子们一死，年金便泡汤了。玛妮翁姑娘得设法应付。她是黑社会的成员，在这个组织里，谁有事，大家都会知道，但保守秘密，互相帮助。玛妮翁需要两个孩子；泰纳迪埃家则有两个孩子。性别相同，年龄相仿。一方正愁没处打发，对另一方，则是很好的投资。小泰纳迪埃，变成了小玛妮翁。玛妮翁离开则肋司定修士沿河马路，搬到了克洛什佩斯街。在巴黎，一个人换了住处，身份也可改变。

身份登记处没接到通知，也就没有过问，因此，孩子冒名顶替轻而易举办成了。只有一点，泰纳迪埃在出借孩子时，要求每月付十法郎，玛妮翁答应了，而且也付了。不言而喻，吉诺曼先生继续付钱。他半年来看一次孩子。他没发现孩子换了。"先生,"玛妮翁姑娘说,"他们多像您啊!"

对泰纳迪埃来说,改名换姓是家常便饭,他乘机变成了戎德雷特。他的两个女儿和加弗洛什几乎没来得及发现他们还有两个小弟弟。人贫困到一定程度,就会像鬼魂那样冷漠,会把活人看作亡灵。最亲近的人常常成了模糊不清的影子,勉强从云雾迷蒙的人生深处显现出来,而且很容易同看不见的世界混为一体。

泰家婆娘把两个小儿子交给玛妮翁的那天晚上,她尽管很想永远遗弃他们,但也曾迟疑过,抑或装出迟疑的样子。她对丈夫说:

"这可是遗弃亲生骨肉呀!"

泰纳迪埃威严而冷静地说:"让-雅克·卢梭做得更好!"以此打消了她的顾虑。

母亲由迟疑转为不安:

"要是警察找我们麻烦呢?我们这么干,泰纳迪埃先生,你说是不是允许?"

泰纳迪埃回答:

"没有不允许的事。谁也不会看出问题。再说,穷得光屁股的孩子,谁也不会有兴趣细看的。"

玛妮翁是一个爱俏的坏女人,她喜欢打扮。她屋里的摆设既矫饰,又寒酸。她和一个入了法国籍的本领高强的英国女贼住在一起。值得称道的是,这个成了巴黎人的英国女郎,同有钱人过从甚密,与图书馆的勋章和玛尔斯小姐的钻石这两件失窃案有密切关系,后来在刑事犯罪档案中是个有名人物。大家叫她"密斯小姐"。

那两个孩子归了玛妮翁后，倒也没什么可抱怨的。因为有八十法郎的赡养费，就像所有被利用的东西一样，他们受到了照顾。他们穿得不赖，吃得不坏，几乎被当作"小先生"对待，同假母亲在一起，比同真母亲在一起更好。玛妮翁装出贵妇人的派头，在他们面前不说俚话。

他们这样生活了几年。泰纳迪埃还真有预见。一天，玛妮翁给他付十法郎的月钱时，他对她说："他们的'父亲'该让他们受教育了。"

至此为止，这两个可怜的孩子，虽然命不好，还算受到不错的照顾，不料突然被抛入人生，不得不开始自食其力。

像在戎德雷特家那种大规模地逮捕坏人，必然会导致一连串的搜查和拘捕，这对生活在社会底层的令人憎恶的黑社会势力，是一场名副其实的灾难。这样一场灾难，会使这个黑暗世界发生形形色色的崩溃。泰纳迪埃家的灾难，也殃及到玛妮翁。

就在玛妮翁把有关普吕梅街的那张纸条交给埃波妮后不久，一天，克洛什佩斯街上突然来了帮警察，玛妮翁被捕了，密斯小姐也被捕了，一家人都是嫌疑分子，一一落网。那两个男孩恰好在后院玩耍，没有看见搜捕。他们想回家时，发现大门关着，屋里空无一人。对面一家铺子的鞋匠把他们叫过去，将"他们母亲"留下的一张纸条交给他们。纸上写着一个地址：西西里王街八号，年金代理人巴热先生。鞋匠对他们说："你们不能再住在这里了。去那里吧。很近。左边第一条街。拿着这纸去问路。"

两个孩子走了，大的领着小的，手里拿着那张引路的纸条。

他很冷,手指冻僵,拿不住纸。在克洛什佩斯街转弯处,一阵风刮走了他手中的纸,天色已黑,孩子没能找到它。

于是,他们开始在街上流浪。

二 小加弗洛什借拿破仑大帝的光

巴黎的春天常常刮起凛冽的朔风,虽不会把人冻冰,却会把人冻僵。这种朔风,正如从不严实的门窗缝里钻进温暖房间里的冷空气,即使是最晴朗的大白天,也会使人心情忧郁。冬天阴森的大门仿佛依然半开着,吹出一阵阵冷风。一八三二年春天,爆发了本世纪欧洲第一场大瘟疫,那年的寒风比以往更凛冽,更刺骨。那场瘟疫的大门比半开的冬天的大门更寒冷。那是坟墓的大门。在这寒风中,闻到了霍乱的气息。

从气象学观点看,这样凛冽寒风的特点,是毫不排除强压电。因此,那年的春天常有雷电交加的暴风雨。

一天晚上,朔风呼呼地吹着,仿佛又回到了隆冬,有钱人又穿上了大衣,小加弗洛什还是那身破衣烂衫,冻得索索发抖,却仍然快快乐乐,站在圣热尔韦榆树街附近一家理发店门口出神。他不知从哪里弄了条女用羊毛披巾,当作围巾,围在脖子上。加弗洛什似乎对橱窗里的一个蜡像新娘十分欣赏,那新娘袒胸露肩,头戴橙花,在两盏煤油灯之间旋转着,向行人展示着笑容。其实,他是在观察店铺,看看能不能从橱窗里"偷"到一条肥皂,拿去同郊区的"剃须匠"换一苏钱。他常常以这种方式混一顿饭吃。

他干这事很拿手,他把这叫作"给剃须的人剃胡须"。

他凝视新娘,又斜眼看看那条肥皂,一边嘴里嘀嘀咕咕:"星期二……不是星期二……是星期二吗?……可能是星期二……就是星期二。"

他这番自言自语是说什么,谁也无从知道。如果是指上一顿晚饭,那他就有三天没吃饭了,因为那天是星期五。

店里生着旺旺的火炉,暖烘烘的,剃须匠在给一位顾客剃胡须,不时地转过头来看一看这个敌人,这个冻僵了的厚脸皮的流浪儿,他双手插在兜里,心里显然在打坏主意。

加弗洛什正在端详那蜡像新娘、橱窗和温莎肥皂,只见两个孩子畏畏缩缩地转动门把,走进店里。他们一高一矮,衣着比较整齐,比他还要小,看上去一个七岁,一个五岁。他们进去后,不知道问了什么,可能要求施舍,低声哀求,与其说像在恳求,不如说像在呻吟。他们同时说话,听不清他们说什么,因为小的那个呜呜咽咽,断断续续,大的那个冻得牙齿格格响。剃须匠愤怒地转过脸来,右手仍拿着剃须刀,用左手推大的,膝盖推小的,把他们推到街上,关上店门,并且说:

"无缘无故把冷风带进屋里!"

两个孩子边哭边走了。不料空中飘来一片乌云,下起雨来。小加弗洛什追上去,和他们攀谈起来:

"你们怎么啦,小鬼?"

"我们没地方睡觉。"大的说。

"就为这个?"加弗洛什说,"这有什么?为这点事就哭?他们多傻!"

接着,他显出居高临下、略带揶揄的神态,用既怜惜又专横,既温和又以恩主自居的口吻说道:

"小鬼,跟我来。"

"好的,先生。"大的说道。

两个孩子跟着他,就像跟着一个大主教。他们不哭了。加弗洛什带他们上了圣安托万街,向巴士底广场的方向走去。

加弗洛什边走,边回头朝理发店愤愤瞪了一眼。

"这老鳕鱼①,心肠真狠!"他咕哝道,"像是个英国佬。"

他们三人排着队,由加弗洛什打头,向前走着;一个姑娘见状,哈哈大笑。这笑声是对他们的不恭。

"您好,公共马车小姐。"加弗洛什对她说。

过了一会儿,他又想起了那位理发匠,又说:

"我把动物弄错了。他不是鳕鱼,是毒蛇。理发匠,我去找个铜匠来,给你的尾巴装一个铃铛。"

那理发匠使他变得好斗了。在跨一道阳沟时,看见一个长着胡须,拿着扫把,够资格去布洛肯山②会浮士德的女看门人,呵斥她说:

"太太,您骑着您的马出门哪?"

话音刚落,他一脚又把脏水溅到一位行人的漆皮鞋上。

"小赤佬!"那行人愤怒地喊道。

---

① 法语俚语中把理发匠叫作鳕鱼。
② 布洛肯山在德国,相传是女巫与魔鬼相会的地方。每年四月三十日到五月一日,女巫骑着扫把,去那里聚会。浮士德为德国民间传说故事中的巫师。

加弗洛什从围巾中抬起鼻子。

"先生要告状吗?"

"告你!"行人说。

"关门了,"加弗洛什说,"我不接状子了。"

然而,当他继续顺着这条街往前走,突然看见一个十三四岁的女乞丐,在一座通马车的大门下瑟瑟发抖,衣服很短,膝盖露在外头。她已是大姑娘了,穿这样短的裙子不雅观。身体发育,常给人开这种玩笑。在不宜露出身体的时候,偏偏裙子变短了。

"可怜的姑娘!"加弗洛什说,"连裤衩都没有。喏,把这拿去吧。"

他把围在脖子上的羊毛披肩解下来,扔到女乞丐瘦削发紫的肩膀上,于是,围巾又变成了披肩。姑娘愣愣地看着他,默默地接受了披肩。穷人穷到一定程度,就会傻头傻脑,有痛苦不会呻吟,受恩惠不会感谢。

拿走了披肩,加弗洛什冻得"咝"了一声,浑身打起颤来,抖得比圣马丁还要厉害,至少圣马丁还留着半件大衣[①]。

听到这"咝"的一声,雨下得更猛了。这可恶的天公专门惩罚善行。

"呀!"加弗洛什嚷道,"什么意思嘛?又下雨了!仁慈的上帝!还要下的话,我可要退缩啦。"

他继续赶路。

"不管怎样,"他看了一眼缩在披肩下的女乞丐又说道,"这一

---

① 传说图尔主教圣马丁(约316—397)把自己的袍子割下一半送给穷人。

个总算有御寒的衣服了。"

接着,他看了看乌云,喊道:

"上当了!"

那两个孩子紧跟在后面。

他们经过一个装铁栅栏的橱窗前,一看便知是面包铺,因为面包就像金子,总是放在铁栅栏后面的。加弗洛什转身问道:

"喂,小鬼,咱们吃过晚饭了吗?"

"先生,"大的回答,"差不多从今天上午起就没吃过饭。"

"那你们既没父亲,也没母亲吗?"加弗洛什庄重地问。

"请原谅,先生,我们有爸爸和妈妈,但不知道他们在哪里。"

"有时候,不知道反倒更好。"加弗洛什说,俨然像个思想家。

"我们走了两个钟头,"大的继续说,"凡是有墙角石的地方都找过了,但什么也没找到。"

"我知道,"加弗洛什说,"全让狗吃光了。"

他沉默了一会儿,又说:

"我们丢失了生养我们的人。我们不知道把他们怎么了。不应该这样,小家伙。像这样把老人们丢了,实在太傻。啊!得吃点东西了。"

他再没有向他们提问题。无家可归嘛,这不是再明白不过的吗?大的那个几乎马上又回到了童年的无忧无愁,惊呼道:

"真好笑。妈妈还说,圣枝主日[①]要带我们去摘祝过圣的黄杨枝呢。"

---

① 圣枝主日,复活节前的最后一个星期日。

"唔!"加弗洛什回答。

那大的接着又说:

"妈妈是个夫人,和密斯小姐住在一起。"

"见鬼!"加弗洛什说道。

不过,他已停下不走了。他在口袋里摸了几分钟了,搜遍了破衣服的角角落落。最后,他抬起头,本来只想显出满意的样子,但让人看到的却是得意洋洋。

"可以放心了,小娃娃。我们三人有晚饭吃了。"

他从一个兜里拿出一枚苏。那两个孩子还没来得及表示惊讶,他就把他们推到了那家面包店里,将那枚苏放在柜台上,喊道:

"伙计!给我来五生丁面包。"

烤面包的师傅也是店主,他拿了个面包和一把刀。

"切成三份,伙计!"加弗洛什又说,接着又郑重地补充说:

"我们是三个人。"

面包师仔细看了看这三个顾客,拿了块黑面包。加弗洛什见状,便把指头深深塞进鼻孔里,猛吸一口气,仿佛大拇指上有腓特烈大帝的鼻烟,然后冲着面包师的脸,气愤地呼喊道:

"Keksekça?"

读者中若有人想把加弗洛什对面包师喊的这句话,当成俄语或波兰语,抑或约维斯人或博托库多斯人[①]对着荒寂的江面向对岸发出的野蛮呼喊,我们就要告诉他们,这是他们(我们的读者)

---

① 美洲印第安人的两个部族。

天天说的一句话，那就是：qu'est-ce que c'est que cela？① 面包师听得明明白白，回答说：

"怎么啦！面包呗，极好的二级面包。"

"您是说黑面包吧。"加弗洛什镇静、冷淡而轻蔑地说，"要白面包，伙计！白白的面包！我要请客。"

面包师忍俊不禁，他一面切白面包，一面怜悯地打量他们，加弗洛什很反感。

"啊！小伙计！"他说，"干嘛这样丈量我们？"

其实，他们三个接起来，还不到一丈呢。

面包师切好面包，收了钱，加弗洛什对那两个孩子说：

"塞吧。"

两个孩子瞠目结舌地看着他。加弗洛什笑了：

"啊！对，他们太小，听不懂。"

于是，他又说：

"吃吧。"

同时，他递给他们每人一块面包。

他觉得那大的更有资格同他交谈，认为应该给他一点特别的鼓励，让他毫无顾虑地吃饱肚子，于是拣最大的一块递给他，并对他说：

"把这塞进你的枪膛吧。"

他把最小的一块留给自己。

可怜的孩子们饿坏了，加弗洛什也不例外。他们大口大口地

---

① 法语：这是什么？

啃着面包,仍挤在店里没出去,店主既已收了钱,便对他们直眉瞪眼。

"我们回街上去吧。"加弗洛什说。

他们继续朝巴士底广场方向走去。

当他们经过亮着灯光的店铺橱窗时,最小的那个不时停下来看看钟点。他有一块铅表,用一根细绳挂在脖子上。

"真是个大傻瓜。"加弗洛什说。

而后,他若有所思地咕哝道:

"这没什么。假如我有孩子,我会比这更好地照顾他们。"

他们吃完面包的时候,已到了芭蕾街的拐角处。这条街郁郁寡欢,街尽头,可以望见拉福斯监狱那低矮敌对的边门。

"喂,加弗洛什,是你?"有个人说。

"喂,蒙帕纳斯,是你?"加弗洛什说。

刚才同加弗洛什说话的是个男人,正是蒙帕纳斯,他已乔装打扮,戴着蓝色圆框眼镜,但加弗洛什还是一眼认出来了。

"乖乖!"加弗洛什说,"你穿了件亚麻籽糊剂色的衣服,戴了副医生戴的蓝眼镜。还真派头,我发誓!"

"嘘!"蒙帕纳斯说,"别这样大声!"

说完,他赶快把加弗洛什拽到店铺灯光照不到的地方。

两个孩子手牵着手,机械地跟在后面。

他们来到一家通马车大门的黑拱顶下,那里没人看见,也淋不到雨:

"你知道我去哪里吗?"蒙帕纳斯问道。

"勉强登修道院①。"加弗洛什说。

"别胡扯!"

蒙帕纳斯接着又说:

"我去会巴贝。"

"啊!"加弗洛什说,"她叫巴贝。"

蒙帕纳斯压低嗓门说:

"不是她,是他。"

"啊,巴贝!"

"对,巴贝。"

"我还以为他被扣了。"

"他把扣解开了。"蒙帕纳斯回答。

接着,他简要地向加弗洛什叙述说,今天上午,巴贝在被押送巴黎裁判所附属监狱的路上,没向右拐进"预审走廊",而是向左拐,逃跑了。

加弗洛什对巴贝的机灵不胜佩服。

"好一个牙科医生!"他说。

蒙帕纳斯又讲了些巴贝逃跑的细节,最后还说:

"呵!还不止这些。"

加弗洛什一边听着,一边抓过蒙帕纳斯手中的拐杖,机械地把拐杖的上半截拔掉,露出一把锋利的匕首。

"啊!"他赶紧把匕首推回去,说道,"你还带了你的便衣警察哪。"

---

① 这里指断头台。——原注

蒙帕纳斯眨了眨眼。

"啊唷!"加弗洛什又说,"你准备同雷子干一仗吗?"

"不知道。"蒙帕纳斯满不在乎地说,"有备无患嘛。"

加弗洛什非要问个水落石出:

"今天夜里你到底要干什么?"

蒙帕纳斯再次压低嗓门,含含糊糊地说:

"干点事。"

说完,马上换了话题:

"对了!"

"什么?"

"那天发生了一件事。你不会想到的。我遇见了一个有钱人。他赏给我一顿教训和一个钱包。我把它放在兜里。过了一分钟,我摸摸衣兜,钱包不在了。"

"只剩下教训。"加弗洛什说。

"你呢,"蒙帕纳斯又说,"你现在去哪儿?"

加弗洛什指了指两个受他保护的孩子,说道:

"我带这两个孩子去睡觉。"

"睡觉,哪里?"

"我家里。"

"你有住处了?"

"是的,我有住处。"

"那你住在哪儿?"

"大象肚子里。"加弗洛什说。

蒙帕纳斯尽管生来不会大惊小怪,也禁不住惊呼了:

"大象肚子里！"

"没错，大象肚子里！"加弗洛什说，"Kekçaa？"

这又是一个人人都这么说，却不这么写的词。Kekçaa，即 Qu'est-ce que cela a（这有什么）？

流浪儿这一深刻的看法，使得蒙帕纳斯恢复了平静和理性。他对加弗洛什的住处，似乎有了好的看法。

"这倒是！"他说，"对，大象……在里面待得舒服吗？"

"很舒服，"加弗洛什说，"那里，真的，很舒服。不像桥下面有穿堂风。"

"那你怎么进去？"

"就这么进去。"

"有个洞？"蒙帕纳斯问道。

"当然！这可不该说的。在大象的两条前腿之间。密探没发现。"

"那你是爬上去的？没错，我知道。"

"噌噌，一转眼，就进去了，没有人影了。"

停了一会儿，加弗洛什又说：

"这两个孩子，我会给他们弄个梯子。"

蒙帕纳斯笑了。

"你从哪里弄到这两个娃娃的？"

加弗洛什毫不做作地回答：

"是一个理发匠送给我的礼物。"

这时，蒙帕纳斯好像若有所思。

"你一眼就认出我来了。"他咕哝道。

他从兜里拿出两件小东西，是两根裹着棉花的羽毛管，他把它们分别插进两个鼻孔里。于是,他的鼻子就完全变样了。

"这让你变了个模样,"加弗洛什说,"不那么丑了,就让它们待在里面吧。"

蒙帕纳斯是个漂亮的小伙子,但加弗洛什却爱开玩笑。

"说真的,"蒙帕纳斯问道,"你觉得我现在怎么样?"

他说话的声音也变了。转眼工夫,蒙帕纳斯变得认不出来了。

"呵!你给我们扮个小丑吧!"加弗洛什大声说道。

两个小家伙只顾挖鼻孔,没注意听他们说话,听到"小丑"两个字,便走过来,看着蒙帕纳斯,脸上露出喜悦和钦佩的神色。

可惜蒙帕纳斯心事重重。

他把手搭在加弗洛什肩上,一字一顿地对他说:

"听我说,小伙子,如果我和我的多格、我的达格和我的迪格在广场上,如果你给我十个大苏,我不会拒绝干的,可今天不是狂欢节。"

这番古怪的话,对流浪儿产生了奇特的效果。他赶紧回过头,两只闪光的小眼睛全神贯注地四下张望,发现几步路外,有个警察背对着他们。加弗洛什不禁"啊"了一声,立即把话咽回去,他晃了晃蒙帕纳斯的手,说道:

"那好,晚安,我和我的孩子们上我的大象那里去。假如哪天夜里需要我,就到那里来找我。我住在夹层。没有门房。找加弗洛什先生就行。"

"好的。"蒙帕纳斯说。

说完,他们分手了。蒙帕纳斯朝河滩广场那个方向,加弗洛什朝巴士底广场。加弗洛什拉着哥哥的手,哥哥又拉着弟弟的手,五岁的弟弟几次回头看那"小丑"远去。

蒙帕纳斯用来告诉加弗洛什有警察的那句晦涩难懂的话,没包含什么特别的符咒,只是把"迪格"的半谐音以不同的方式重复五六次。而"迪格"这两个音,不是孤立地说出来,而是巧妙地夹杂在一句话中,意思是说:当心,不能随便说话。此外,在蒙帕纳斯的这句话中,包含着一种文学美,这是加弗洛什领会不到的。至于"我的多格、我的达格和我的迪格",这是圣殿街的俚语,意思是"我的狗、我的刀和我的女人",这是莫里哀写剧本,卡洛[①]画画那个伟大世纪里,那些丑角们常用的词。

二十年前,在巴士底广场东南角上,靠近运河码头,也就是靠近城堡监狱的旧壕沟的地方,还可以看见一个奇异的纪念性建筑物,现在已从巴黎人的记忆中消失了,但它值得留下一点痕迹,因为那是"法兰西研究院院士,埃及远征军司令"想出来的。

虽说那只是个模型,但我们仍说是纪念性建筑物。不过,这个模型本身,就是拿破仑一个思想的宏伟草图,是这种思想的壮丽尸体,接二连三吹来的劲风把它刮走,每次都把它扔到离我们更远的地方,如今,它已成了历史,原本是临时的,现在却具有一种说不出的永久性。这是一头大象,四十英尺高,由木架和砖石砌成,背上驮着一座塔,形似一座房屋,当初,被某个刷墙工刷成绿色,由于年代已久,风吹雨打,已成了黑色。广场那一角空旷荒凉,巨象那宽宽的额头、它的鼻子、它的獠牙、它的宝塔、它的巨大的臀部、它的圆柱般的四条腿,在星光闪烁的夜空,形

[①] 卡洛(1592—1635),法国版画家和画家。

成巨大而可怖的黑影。世人不知道这大象的含义。这是人民力量的一种象征。它忧郁，神秘，庞大。它是强大的看得见的幽灵，矗立在巴士底狱这个看不见的幽灵身旁。

外地人很少来参观这个建筑物，本地人经过也不看它一眼。它已渐渐毁坏，一年四季，身上的灰泥剥落下来，形成一个个丑陋的伤疤。一八一四年以来，风雅语言中所称的"市政官员"，已把它忘到九霄云外。它站在那个角落里，忧容满面，病病恹恹，摇摇欲坠，围着一圈栅栏，木头已经腐烂，随时被醉醺醺的马车夫弄得肮里肮脏；它的肚子上裂痕累累，尾巴上露出一根木板条，大腿之间杂草丛生。由于大城市的地面总在不知不觉地缓缓上升，三十年来，广场的地面也渐渐升高，而这大象却处在一个凹地里，仿佛它身下的地面下陷似的。它污秽不堪，被人蔑视，令人生厌，却傲然挺立，在资产阶级看来奇丑无比，在思想家看来郁郁寡欢。它像一堆垃圾，将被清扫干净，又像一位君主，将被砍头斩首。

前面说过，到了夜里，大象的面貌就和白天不同了。黑夜是所有阴暗之物真正的生活环境。夜幕降临，那头老象便改变面貌。周围一片黑暗，一片宁静，它则变得肃穆可怕。它属于过去，因而属于黑夜；这黑暗与它的威严相得益彰。

这个纪念性建筑物粗犷，矮壮，笨重，粗糙，朴素，近乎丑陋，但不失雄伟，显得既威严又野蛮，如今它已不复存在，让一个高耸着烟囱的特大炉子[①]平静地占山为王，取代阴森森的有九层

[①] 为纪念七月革命，路易-菲利普政府在巴士底广场建造了一座高五十米的紫铜圆柱，底座为方形，柱顶有一尊自由女神像。

塔的堡垒，好比资产阶级取代封建主义。在锅子涵容着力量的时代，炉子自然成了这个时代的象征。这个时代行将成为过去，而且已经在成为过去；人们开始懂得，如果锅炉可能产生力量，那么只有人的脑袋才能产生威力；换句话说，带动世界前进的，不是火车头，而是思想。可以将火车头挂在思想上，但千万别把马当作骑士。

现在仍回到巴士底广场上。不管怎样，那位用灰泥建造了大象的建筑师，终于完成了一件伟大的作品，而用青铜制造烟囱的建筑师，只是制作了一件渺小的作品。

这根烟囱，人们给起了个响亮的名字，叫作七月柱，是一场流产革命的失败之作，一八三二年，它还裹着一层脚手架（对此，我们深感遗憾），还围了一圈木板栅栏，终于与大象完全隔绝了。

那流浪儿带着两个"小鬼"所去的地方，正是广场的这个角落，远处有盏路灯将这里微微照亮。

讲到这里，请允许我们停一停，提醒大家，我们讲的是事实：二十年前，有个孩子因为在巴士底广场的大象肚里睡觉而被抓住，指控为流浪和破坏公共建筑，轻罪法庭对他进行了判决。交代完这件事后，我们继续往下讲。

到了大象附近，加弗洛什明白无限大可能对无限小产生强烈的印象，于是说道：

"小鬼们！别害怕。"

说完，他从一个缺口钻进大象的围篱内，然后，帮助两个小家伙跨过缺口。那两个孩子有点害怕，但一声不吭地跟着加弗洛什，把自己托付给这个给过他们面包、答应给他们住处、衣衫褴楼的小保护人。

沿着围篱，躺着一把梯子。是附近建筑工地的工人白天使用的。加弗洛什使出吃奶的劲儿把它举起来，靠到大象的一条前腿上。紧挨梯子顶端，依稀可见一个黑洞，就在大象的肚子上。加弗洛什指了指梯子和洞口，对他的小客人说：

"上去，进去。"

两个孩子吓得面面相觑。

"你们害怕了，小鬼！"加弗洛什喊道。

接着又说：

"瞧我的。"

他抱住大象粗糙的大腿，转眼工夫，也不用梯子，就爬到了洞口旁。他像水蛇钻缝般地钻了进去。过了一会儿，两个孩子依稀看见他苍白的面孔，好似一团惨白的东西，出现在漆黑的洞口。

"喂，"他喊道，"小家伙们，上来呀！你们会看到，这里多么舒服！"接着，他对大的说："你，上来！我拉你一把。"

两个孩子用肩你推我，我推你。那流浪儿既使他们害怕，又让他们放心，再说，雨下得很大。大的决定冒一下险。小的看见哥哥上去了，自己一人待在这巨兽的大腿间，欲哭而不敢。

大的摇摇晃晃，爬着梯子；加弗洛什一路呼喊着鼓励他，就像击剑教师鼓励学生，骡夫鼓励骡子：

"别怕！"

"就这样！"

"继续！"

"脚踩在那里！"

"手放在这里!"

"加油!"

当他爬到洞门口,加弗洛什用力一把抓住他的胳膊,把他拉向身边。

"进来!"他说。

那孩子已钻进洞里。

"现在,你在这里等我。"加弗洛什说,"先生,请坐。"

说完,他像进来时那样,钻出裂口。像猴子那样,哧溜一声,沿着象大腿滑了下去,双脚落在草丛中,拦腰抱住那五岁的孩子,把他送到梯子中央,然后,跟在他后面往上爬,一面对大的嚷道:

"我推你拉。"

转眼间,那小的还没明白过来,就被连推带拉,拽进了洞里,随后,加弗洛什也进去了,他脚后跟一蹬,梯子摔倒在草地上,他高兴得连连拍手,喊道:

"我们到家了!拉法耶特将军万岁!"

欢呼完毕,他又说:

"小娃娃,你们到我家了。"

这的确是加弗洛什的家。

啊!这是废物的意外用途!是庞然大物的恩赐!是巨人的慈悲!这个宏大的建筑物,曾体现了拿破仑皇帝的一个思想,现在成了一个流浪儿的栖身之地。巨象收容了这个孩子,给了他藏身之处。穿节日盛装的有产者,从巴士底广场的大象前面经过,常常会鼓起金鱼眼,轻蔑地打量它,并且说:"这东西有什么用?"它的用处,就是庇护一个没爹没妈、缺衣少食、无家可归的孩子,使他免遭寒冷、严霜、冰雹、风雨的袭击,免得睡在烂泥里而发烧,睡在雪地上而冻死。它用来收容被社会抛弃的无辜孩子。它用来减轻公众的罪过。它是一个向被所有人拒之门外的孩子敞开的洞穴。这头穷困潦倒的老象,被虫侵袭,遭人遗忘,满身疣瘤、苔藓和溃疡,摇摇晃晃,千疮百孔,为人抛弃,病入膏肓,有如一个巨人乞丐,站在十字街头,徒劳地向行人乞求仁慈的目光,却对另一个乞丐产生了怜悯,那个穷小子脚上无鞋,头上无瓦,冻得直呵手指,穿着破衣烂衫,吃着残羹剩饭。这便是巴士底广场这头大象所派的用场。拿破仑的这个主意,为世人所鄙视,但被上帝采纳了。原本辉煌的东西,现在变得令人肃然起敬。皇帝要用斑岩、青铜、铁、金子和大理石,来实现自己想做的事,而上帝只要用木板、椽条和灰泥拼凑而成。皇帝做了一个天才的梦,他想用这个异乎寻常的巨象来象征人民,让它全副武装,威风凛凛,高扬着鼻子,背驮着宝塔,向四周喷出欢快爽人的水花,上帝却把它变成了更伟大的东西,使它成为一个孩子的栖身之地。

加弗洛什出入的那个洞口,其实是一个裂口,外面几乎看不见,因为前面说过,它藏在大象的腹部,又非常狭小,只有猫儿和孩子才勉强进得去。

"首先得告诉门房我们不在家。"加弗洛什说。

他熟门熟路地一头扎进黑暗中,拿了块木板,堵住了窟窿。

加弗洛什又钻进黑暗中。孩子们听见火柴插进磷瓶,刺啦一声响。那时,化学火柴尚未问世,伏马德点火器代表着那个时代的进步。

突然出现的火光,耀得他们眯起了眼睛。刚才,加弗洛什点着了一根在松脂里浸过,叫作"地窖老鼠"的细绳。"地窖老鼠"与其说在发光,不如说在冒烟,照得大象肚内朦朦胧胧。

加弗洛什的两位客人举目四顾,他们的感觉仿如被关进了海德堡的大啤酒桶里①,更确切地说,和《圣经》里的约拿被吞进鲸肚里的感觉完全一样。一个硕大无朋的骨架出现在他们面前,将他们团团包围。上方是一道褐色的长梁,隔一段距离,便伸出两根椽条,从而形成脊梁和肋骨;钟乳石似的石膏吊在梁上,仿佛是五脏六腑;肋骨之间,布满了蜘蛛网,就像沾了一层灰尘的横膈膜。四周的旮旯里,可见一个个会动的黑点,仿佛受了惊吓,倏地从这里窜到那里。

从大象背上落到肚子上的灰泥,填平了凹处,走在上面,如履地板。

最小的那个偎依在哥哥身边,低声对他说:

"真黑。"

听到这句话,加弗洛什嚷了起来。见两个孩子在那里发愣,他觉得有必要让他们震惊一下。

"你们这是在干什么?"他嚷道。"想开玩笑吗?想挑三拣四吗?你们想住杜伊勒利宫吗?你们是不是不懂道理?说呀!告诉你们,我可不是傻瓜团的傻瓜。啊,你们是教皇的子孙吗?"

对恐惧的人,给点厉害是有好处的。这可以让他们镇定下来。

---

① 德国古城海德堡的宫殿废墟内,有两只巨大的啤酒桶,其中一只可装十三万升啤酒。

两兄弟向加弗洛什靠了靠。

加弗洛什见他们信赖自己，便慈父般地软了下来，"由严厉转为温和"，对最小的说：

"小傻瓜！"他把这句骂人的话说得非常温柔，"外面才黑呢。外面下雨，这里不下。外面冷，这里没有一点风。外面人多，这里没有一个人。外面甚至没有月亮，这里有我的蜡烛，见鬼！"

两个孩子不像刚才那样害怕了，开始端详这个住处。可是，加弗洛什不让他们有更多的时间欣赏。

"快。"他说。

说着，他把他们推向我们有幸能称作房间的深处。那里是他的床。加弗洛什的床可是应有尽有。也就是说，有一个床垫、一条被子和一个有帐帏的凹室。床垫是草席，被子像是非洲人用的相当宽大的缠腰布，灰色，粗羊毛，八成新，非常暖和。

凹室里面有：

三根相当高的支柱，稳稳地插在地面，也就是插在象肚子的石灰渣堆里，两根在前，一根在后，顶上由一条绳子绑在一起，构成三角支架。这支架上有个黄铜丝网，非常随便地放在上面，但用铁丝极其艺术地绑着，把三根支柱完全罩起来。周围贴地面的网边，又压着一圈大石头，任何东西也钻不进来。这铜丝网不过是动物园里用来罩大鸟笼的铜纱。加弗洛什的床就在这铜丝网里面，有如在鸟笼里一样。整个网架有如爱斯基摩人的帐篷。正是这个铜丝网，充当了帐帏的角色。

加弗洛什把压在前面铜丝网上的石头挪开，两面相重叠的铜纱便打开了。

"小家伙们,爬进去!"

他小心翼翼地把两位客人推进鸟笼,随后自己也爬了进去,又把那些石头放回原处,床帏就又合上了。

他们三人躺在草席上。虽然都很矮小,却谁也不能在里面站着。加弗洛什手里一直拿着那根"地窖老鼠"。

"现在困觉吧!"他说,"我要吹蜡烛了。"

"先生,"大的那个指着铜丝网问道,"这是什么?"

"这个嘛,"加弗洛什严肃地回答,"是用来防老鼠的。快困吧!"

但是,他觉得有必要再说几句,教导教导这两个孩子,于是继续说道:

"这是植物园里的东西,用来圈猛兽的。仓库里堆满了这些东西。只要翻过一道墙,爬过一扇窗,走进一道门,想拿多少就可以拿多少。"

他边说,边把被子的一角裹住那小的,只听见那小的喃喃地说:

"哇!真舒服!真暖和!"

加弗洛什满意地看着被子。

"这也是动物园里的。"他说,"是从猴子那里弄来的。"

说完,他又指着身下厚厚的编得很精致的草席,对那大的说:

"这个是长颈鹿的。"

他停顿了一下,又说:

"这些都是动物的。我从它们那里拿来了。它们没有生气。我对它们说:'是拿给大象的。'"

他停了停,又说:

"从墙上翻过去,管他政府不政府的。就这样。"

两个孩子敬畏而惊愕地看着这个无所畏惧、足智多谋的人,他同他们一样到处流浪,一样孤独无援,一样身体瘦弱,虽然悲惨凄凉,却无所不能,简直不可思议,他的脸上像街头老艺人那样做着种种怪相,还洋溢着最天真迷人的笑容。

"先生,"大的怯生生地说,"那您不怕警察?"

加弗洛什只回答了一句:

"小鬼!不说警察,要说雷子。"

那小的睁大眼睛,但什么也没说。他睡在边上,大的睡在中间,加弗洛什像母亲那样给他掖好被子,并在他头部的草席下垫了些破布做枕头。然后,他转过脸对大的说:

"怎么样?这里很舒服吧!"

"太舒服了!"大的看着加弗洛什,神情活像个得救的天使。

两个可怜的孩子已被雨水淋成了落汤鸡,现在开始暖和了。

"怎么!"加弗洛什继续说道,"刚才你们干吗要哭鼻子?"

他又指着小的,对大的说:

"他是个娃娃,我就不说什么了,可你是大人了,哭鼻子实在太傻,就跟小牛犊似的。"

"是啊,"那孩子说,"我们找不到住处啊。"

"小鬼!"加弗洛什说,"不说住处,要说小酒吧。"

"再说,我们也害怕夜里只有我们两个人。"

"不说夜里,要说漏夜。"

"谢谢,先生。"那孩子说。

"听我说,"加弗洛什接着又说,"以后不要动不动就唉声叹气。我照顾你们。你看吧,我们会很开心的。夏天,我们和萝卜,我的一个朋友,一起去冰库街,到码头那边游泳,到奥斯特里茨大桥前面,光着身子,在船队上跑来跑去,那些洗衣妇看见了会气得发疯。她们大嚷大叫,火冒三丈,别提有多可笑!我们去看那个骷髅人。他还活着。在香榭丽舍大街。这家伙瘦得皮包骨头。我还要带你们去看戏。带你们去看弗雷德里克·勒梅特尔的戏。我有票,我认识演员。有一回,我自己还演过一出戏呢。我们一伙小鬼,在一块布下面跑来跑去,做出大海的样子。我让我的剧院雇用你们。我们去看野人。不是真的野人。他们穿着皱巴巴的肉色紧身衣,胳膊肘上可以看见缝的白线。我们还要去看歌剧。跟着捧场的人一起进去。歌剧院里捧场的都是有身份的人。我不跟大街上捧场的人混在一起。在歌剧院,你想想,有人花二十苏买票进去,这太傻了。我们管那些人叫洗碗布。我们还要到断头台去看杀人。带你们去看刽子手。他住在沼泽街。桑松先生。他家门上有个信箱。啊!别提多开心了!"

这时,一滴烛油落在加弗洛什的手指上,使他回到了现实中。

"哎呀!"他说,"灯芯快烧完了。注意!我每月的灯钱不超过一苏。躺下了,就得睡觉。我们没空读保尔·德·科克先生的小说。灯光还会从大门缝里泻出去,雷子会发现的。"

"并且,"那大的怯生生地说,只有他敢同加弗洛什说话并搭腔,"火星会落到草席上,小心别烧了房子。"

"不说烧了房子,要说毁了咖啡馆。"

暴风雨愈下愈大。雷声隆隆,听得见瓢泼大雨打在大象背上。

"冲吧,大雨!"加弗洛什说。"我很喜欢听雨水顺着房子大腿往下淌的声音。冬天是个大傻瓜,白白往外甩货物,它这是白费劲儿,它淋不湿我们,只好嘀嘀咕咕,这个挑水的老头!"

这些话是影射雷电,加弗洛什以十九世纪哲人的度量,接受雷公的一切后果。他话音刚落,天空闪过一道宽宽的电光,那样耀眼刺目,只见什么东西从裂缝中钻进了象肚子里。几乎同时,雷声大作,凶猛异常。两个孩子惊叫一声,倏地坐起来,差点将铜纱帐掀开。可是,加弗洛什将了无惧色的脸转向他们,并趁着雷声放声大笑。

"别慌,孩子们。别把房子掀翻了。这声雷打得真漂亮!不是一钱不值的闪电。太棒了,仁慈的上帝!妈的!差不多和昂比古剧院的雷电一样棒。"

说完,他把铜纱帐整了整,轻轻将两个孩子推到床头,把他们的膝盖拉拉直,然后喊道:

"既然上帝点着了他的蜡烛,我就可以吹灭我的了。孩子们,我的小伙子们,必须睡觉。不睡觉可不好。那样会发出走廊的臭味,拿上流社会的话来说,就是口臭。把皮裹好!我吹了。好了吗?"

"好了,"那大的小声说,"舒服极了。脑袋就像枕在鸭绒枕头上。"

"不说脑袋,"加弗洛什说,"得说树墩。"

两个孩子挤在一起,加弗洛什在草席上把他们安顿好,将被子拉到他们耳朵上,然后,第三次用做圣事般的语言命令道:

"困觉吧。"

他吹灭了蜡烛。

烛光刚刚熄灭,三个孩子睡的铜纱帐就奇怪地震颤起来。只听见一片低沉的金属摩擦声,仿佛有爪子和牙齿在抓咬铜丝。还伴有各种尖细的叫声。

那五岁小男孩听见头顶上发出声音,吓得魂不附体,用胳膊肘推推哥哥,但他哥哥已照加弗洛什的命令"困"着了。于是,那小家伙怕得忍不住了,壮大胆子,但却是低声地、屏息敛气地喊加弗洛什:

"先生?"

"嗯?"加弗洛什说道。他刚刚闭上眼睛。

"是什么呀?"

"老鼠。"加弗洛什回答。

他把脑袋放回草席上。

的确,大象肚子里繁殖了成千上万只老鼠,正是前面提到的会动的黑点,只要烛光不灭,它们就不敢乱窜乱动,可是,这个被它们当作城池的洞窟一旦回归黑暗,当它们嗅到那位卓越的童话作家佩罗称作"鲜肉"的味道,便会成群结队拥向加弗洛什的铜纱帐,一直爬到帐顶上,啃咬网纱,仿佛要把这个新玩意儿咬穿。

可是,那小的睡不着。

"先生!"他又说道。

"嗯?"加弗洛什说。

"老鼠是什么?"

"就是耗子。"

这个解释多少使孩子放了些心。他生平也曾见过白耗子,他没有害怕。可是,他又提高嗓门说:

"先生?"

"嗯?"加弗洛什说。

"您为什么不养只猫？"

"我有过一只，"加弗洛什说，"我抱来过一只，但被它们给我吃掉了。"

这第二个解释把第一个解释的效果抵消了，那孩子又哆嗦起来。他和加弗洛什开始第四轮交谈。

"先生！"

"嗯？"

"谁被吃了？"

"猫。"

"被谁吃了？"

"老鼠。"

"耗子？"

"是的，老鼠。"

孩子被这些吃猫的耗子吓坏了，接着又问：

"先生，这些耗子会吃我们吗？"

"当然！"加弗洛什说。

孩子吓得魂飞魄散。可是加弗洛什又说：

"别害怕！它们进不来。再说有我在！喏，握住我的手。别说话，困觉吧！"

加弗洛什边说边从他哥哥身上伸过手去。孩子把这只手贴在胸口，心里感到踏实了。勇气和力量能像这样神秘地传递。四周恢复了寂静，人的说话声惊跑了老鼠。几分钟后，它们又回来造反，但三个孩子已进入梦乡，什么也听不见了。

黑夜在流逝。黑暗笼罩寥落的巴士底广场，朔风夹杂着冷雨，呼呼地吹着,巡逻队搜索各处的门户、小路、围场、暗角,寻找夜间的流浪汉,从大象前面悄然而过。那大象有如妖魔,屹立不动,睁大眼睛凝视黑暗,一副沉思的样子,仿佛对自己做的好事心满意足,保护这三个熟睡的可怜孩子免遭风吹雨淋,世人欺侮。

为使下面发生的事容易理解,这里要提醒一句,那时候,巴士底广场的哨所位于广场的另一端,大象附近有什么情况,哨兵看不见,也听不到。

拂晓前一刻,有个男人从圣安托万街奔跑而来,穿过广场,绕过七月柱的大围栏,溜进大象的围篱内,一直钻到大象肚子下。如有亮光照着这个人,从他浑身湿透的样子,可以猜到他在雨中过了一夜。到了大象底下,他发出一种古怪的呼叫。这呼叫不属于任何人类语言,只有鹦鹉才能模仿。他连呼了两次,我们把音记录下来,也恐怕无济于事:

"叽里叽叽乌!"

呼第二遍时,象肚子里有个清脆、快乐和年轻的声音应答:

"来了。"

几乎同时,遮住洞口的木板移开,一个孩子从象腿上滑下来,轻捷地落在那人身旁。那孩子是加弗洛什。那男人是蒙帕纳斯。

至于那"叽里叽叽乌"的喊声,想必是加弗洛什与蒙帕纳斯分手时说的"找加弗洛什先生"的暗号。

听见这个喊声,他猛地醒来,掀开一点铜纱帐,爬出"凹室",随后又小心合上,然后移开木板,滑了下来。

黑暗中,那男人和孩子没有说话,就彼此认了出来。蒙帕纳斯只说了句:

"我们需要你,来帮我们一下。"

那流浪儿没问是什么事。

"走吧。"他说。

两人朝蒙帕纳斯刚才出来的圣安托万街走去,匆匆穿行于清晨去菜市场卖菜的车队中。

这些菜农坐在车上,挤在蔬菜中间打瞌睡。天下着大雨,他们脑袋上蒙着罩衣,连眼睛也遮住了,根本没有瞧一瞧这两个奇怪的过路人。

三 越狱波折

下面是那天夜里在拉福斯监狱里发生的事:

巴贝、布吕戎、格勒梅尔商量好要越狱。泰纳迪埃关在单人囚室里,但也参与了策划。巴贝已逃跑成功,我们从蒙帕纳斯对加弗洛什的叙述中已经知道。

蒙帕纳斯应该在外面接应他们。

布吕戎在惩戒室里待了一个月,这期间他做了两件事,一是搓了根绳子,二是酝酿了一个计划。从前,按照监狱的规定,单独关押囚犯的地方叫作"黑牢",这些森严的地方,由石头墙壁、石头天花板、铺砖地面、一张行军床、一个装铁栅栏的气窗、一扇由铁皮加固的门构成。可是,黑牢听起来太可怕,因而现在叫"惩戒室",仍由一个铁门、一个装铁栅栏的气窗、一张行军床、铺砖地面、石头天花板和石头墙壁构成。中午照进来一缕阳光。

这些正如我们看到的不叫黑牢的惩戒室,有一个弊端:本来应该强迫劳动的人,就可以在里面琢磨逃跑的办法。

因此,布吕戎动了番脑筋,用一根绳子逃出了监狱。在查理曼大帝大院里,他被认为是危险分子,关进了新楼。关进新楼后,他首先找到了格勒梅尔,后来又找到了一颗铁钉;格勒梅尔,即是犯罪,一颗钉铁,即是自由。

对于布吕戎,现在是全面介绍的时候了。布吕戎外表弱不禁风,蓄意装出无精打采的样子,是一个文质彬彬、足智多谋的小伙子,一个目光温柔、笑里藏刀的盗贼。温柔的目光来自意志,残忍的笑容来自本性。他是先从屋顶开始研究他的偷盗技艺的;他采用所谓"剥牛肚"的方法来剥去屋顶和檐槽,从而大大发展了扒铅屋顶的技艺。

正当他酝酿越狱的时候,真是天赐良机,监狱的部分石板屋开始翻修和填缝。这样,圣伯尔纳大院同查理曼大帝大院、圣路易大院不再完全隔离了。屋顶上架起了脚手架和梯子,换句话说,已搭好了通往自由的桥梁和楼梯。

新楼是这个监狱最薄弱的地方,从没见过如此裂缝累累、满目疮痍的房屋。墙壁已被硝酸钾腐蚀,拱顶经常掉下石块,砸着躺在床上的囚犯,因而不得不加了层木板。尽管新楼破旧不堪,监狱当局仍把最危险的犯人,用监牢里的行话来说,把"重案犯"关押在里面。

新楼有上下四层牢房和一个名曰"雅间"的顶楼。一根大概是拉福斯公爵们厨房里用的大烟囱从底层出发,穿过四个楼层,将所有的囚房一分为二,有如一根扁平的柱子,冲破屋顶。

格勒梅尔和布吕戎关在同一间牢房里。出于谨慎,人们把他们关在一楼。凑巧他们的床头都靠着壁炉的烟囱。泰纳迪埃正好关在他们头顶上方叫作"雅间"的顶楼上。

行人来到圣卡特琳文化街,走过消防队驻地,在浴室的大门前驻足,便能看见一个摆满盆栽花木的院子,院子深处有一个白色双翼圆亭,镶着绿色护窗板,显得轻松活泼,体现了卢梭牧歌式的梦想。大约十年前,在这个圆亭背后,在它的上方,矗立着一堵又黑又丑、毫无遮掩的高墙。这是拉福斯监狱巡逻道的大墙。

这圆亭后面有这样一堵大墙,使人不免想到贝尔甘[①]后面有弥尔顿[②]。

这墙再高,也高不过一个比它更黑、隐约可见的屋顶。那是新楼的屋顶。有四个装了铁条的屋顶窗,那就是"雅间"的窗户。一根烟囱穿透屋顶,那就是贯通四层牢房的烟囱。

这个"雅间",即新楼的顶层,是一个大屋顶室,安了三重铁栅栏门,以及三扇包了铁皮、布满特大铁钉的木门。若从北端进入,左边便是那四扇屋顶窗,右边,对着这些铁窗,是四个相当大的方笼子,由狭窄的过道隔开,下部齐胸高是砌墙,上部直到屋顶是铁条。

从二月三日那天夜里起,泰纳迪埃就关进了其中一个铁笼里。他怎样并且同谁勾结而弄到并藏下了一瓶药酒的,这始终是个谜。

[①] 贝尔甘(1747—1791),法国作家。
[②] 弥尔顿(1608—1674),英国诗人和散文家。

据说，那种药酒是德吕①发明的，内含麻醉药，因"迷魂"帮用它来作案而声名大震。

在许多监狱里，都有一些吃里扒外的看守，半是狱卒，半是盗贼，他们帮助犯人越狱，又向警方虚报情况，从中获利。

就在加弗洛什收留两个流浪儿的那天夜里，布吕戎和格勒梅尔得知巴贝早晨已逃跑成功，并同蒙帕纳斯一起在街上等他们，于是，他们悄悄起床，用布吕戎找到的钉子挖通靠他们床头的烟囱。碎片落在布吕戎的床上，因此听不见声音。骤雨夹杂着雷声，震得铁门在铰链上晃动，监狱里响起一片可怕的声音，这更有利于他们的行动。有些犯人被惊醒，但都佯装睡着，让布吕戎和格勒梅尔干他们的活。布吕戎灵巧敏捷，格勒梅尔身强力壮。看守睡在单间里，一道铁栅栏门与牢房相通；他还没听见声音，两个可怕的犯人就已把墙壁挖了个洞，爬上烟囱，撕掉烟囱出口的铁丝罩，到了屋顶上了。这时雨更大，风更猛，屋顶上很滑。

"真是个颠号的好漏夜！②"布吕戎说。

从他们这里到巡逻道，有一个宽六英尺、深二十四英尺的深渊。他们看见哨兵的步枪在黑暗的渊底闪闪发光。他们刚把烟囱上的铁条扭弯，并把布吕戎在牢房里搓的绳子一头拴在铁条上，另一头从巡逻道的墙上扔过去，一跃逃过深渊，抓住墙头，跨过高墙，顺着绳子相继滑到一个与浴室相连的小屋顶上，收回绳子，

---

① 德吕（1745—1777），赫赫有名的罪犯，犯有多次投毒罪，后被捕，处以车轮刑。

② "真是个越狱的好夜晚！"

跳到浴室的院子里，穿过院子，推开门房的小窗，旁边悬着一根绳子，他们拉了拉绳子，打开大门，到了街上。

从他们手里拿着钉子，脑袋里装着越狱计划，黑暗中摸索着起床到行动结束，还不到三刻钟。

不一会儿，他们就与在附近溜达的巴贝和蒙帕纳斯会合了。

那绳子收回时拉断了，还有一截拴在屋顶的烟囱上。另外，他们除了手上的皮几乎全磨破外，其他没有一处受伤。

那天夜里，泰纳迪埃知道要越狱，但不知道怎么个越法，便没有睡觉。凌晨一点，天黑得伸手不见五指，他看见狂风暴雨中，在他铁笼对面的屋顶窗前面，闪过两个黑影。其中一个在他窗口停了停，仅一眨眼工夫。那是布吕戎。泰纳迪埃认出是他，也就明白了。这对他足够了。

泰纳迪埃以夜间手持凶器、设置陷阱谋财害命罪被拘捕，受到严密的看押。两小时换一个哨兵，荷枪实弹，在他的铁笼前巡逻。"雅间"被一盏壁灯照亮。犯人脚上有一副重达五十斤的脚镣。每天下午四点，一个狱卒按照当时的规矩，带着两条狗走进铁笼，在床旁边放一块两斤重的黑面包、一罐水和一满碗只漂着几颗大蚕豆的素汤，然后看看他的铁镣，敲敲窗子的铁条。哨兵带着狗每天夜里来巡视两次。

泰纳迪埃获准保存一个挂物用的铁销钉，用来把面包钉在墙上的一个缝缝里，他说，"以防老鼠偷吃面包。"泰纳迪埃受到严密看守，所以没人觉得他留下钉子有什么不妥。后来大家回想起当时有个狱卒说过："最好还是给他留个木钉子。"

凌晨两点换岗，老兵换了个新兵。过了一会儿，狱卒带着狗来巡视，没发现异常情况，看了看就走了，只是觉得那位新兵"丘八"太嫩，"农民气十足"。两小时后，即四点钟，来换岗的人发现那新兵倒在泰纳迪埃囚笼附近的地上，像石头那样睡得死沉死沉。至于泰纳迪埃，他已不知去向。砸断的铁镣扔在方砖地上。囚笼的天花板上有个洞，上面的屋顶上也有个洞。床上的一块木板已拆掉，无疑带走了，因为没有再找着。在囚笼里，还搜出半瓶迷魂酒，那新兵就是喝了这药酒睡着的。他的刺刀不见了。

这事发现时，人们以为泰纳迪埃已逃之夭夭。其实，虽然他已逃离新楼，但处境仍很危险。他的越狱行动远远没有完成。

泰纳迪埃爬上新楼的屋顶后，发现布吕戎扯断的绳子挂在烟囱罩的铁条上，但绳子太短，他未能像布吕戎和格勒梅尔那样，从巡逻道上逃走。

从芭蕾街拐到西西里王街，几乎立即会遇见一个肮脏的洼地。上个世纪，那里有一座房子，现在只残留后墙，一堵真正的残垣断壁，四层楼高，矗立在相邻的房屋中间。这堵断壁一眼便能认出，有两扇方形大窗子，现在还能望见；位于正中央，离右边山墙最近的那扇窗子，横钉着一根蛀孔累累的小梁，作为支撑的椽子。从这两扇窗子里，从前可以看见一道阴森森的大墙，那是拉福斯监狱巡逻道的一段围墙。

那房子拆毁后，临街留下一块空地，半边围着腐烂不堪的木篱笆，由五根条石扶撑着。围篱里面，隐藏着一个小木屋，靠在那堵尚未塌倒的高墙上。围篱有道门，几年前，只用一个襻儿扣住。

凌晨三点后不久，泰纳迪埃来到了这堵墙头上。

他是怎样走到哪里的？谁也说不清楚，也无法理解。天上电光闪闪,这既对他不利,又有助于他的行动。他是不是利用了修屋顶工人的梯子和脚手架,经过一个个屋顶,一道道围墙,一个个院子,先到了查理曼大帝大院,然后是圣路易大院,然后是巡逻道高墙,再从那里到了西西里王街的那座废墟上?可是,这样走有一连串难以解决的问题,看来不大可能。那么,他是用他的床板当作桥梁,架在"雅间"屋顶和巡逻道高墙之间,然后,在围绕监狱的巡逻道墙头上爬行,一直爬到那座废墟上?可是,拉福斯监狱巡逻道的大墙筑有雉堞,高低不平,时上时下,在消防队营地那里低下去,到了浴室那边又高起来,中间被一个个建筑物切断,在拉莫尼翁公馆那一段的高度,和帕韦街那一段的高度不一样,随时都会突然下降,形成直角;再说,哨兵也会看见逃犯的黑影;因此,泰纳迪埃走的是哪条路,依然是个谜。上述两种逃跑方式,都是不可能的。那么,泰纳迪埃是不是因为强烈渴望自由,急中生智,临时发明了第三种办法,将深渊变成小坑,铁栅栏变成柳条篱笆,缺腿人变成运动员,足痛病人变成飞鸟,愚笨化作本能,本能化作智慧,智慧化作才能呢?这一直没能搞清楚。

越狱的奇迹,是永远也不可能弄清楚的。越狱的人,我们再说一遍,总是受神灵的启示;在照亮逃跑的神秘微光中,会出现星星和闪电;为获得自由而作的努力,同朝着崇高振翼高飞一样,都是令人惊异的;人们谈起一个越狱的盗贼时,会说:"他怎么能爬上那屋顶的?"正如人们谈起高乃依时会说:"他怎么会想出'让他死吧'这句台词的?"

不管怎样,泰纳迪埃终于走到了那座断壁的——拿孩子们形象的话来说——"刀口"上,他汗流涔涔,雨水淋淋,衣衫褴褛,双手磨掉了皮,肘头流满了血,膝头撕裂了肉,他伸直身子躺在断壁上,已然精疲力竭,动弹不得了。那堵墙直上直下,离铺石的街面有四层楼高。

他手中的绳子太短。

他等待着,脸色苍白,力竭精疲,怀抱的希望化为泡影,虽然仍披着夜色,但他一想到很快就要天亮,附近圣保罗教堂的钟楼就要敲响四点,那时就有人来换哨,就会发现那个哨兵已经睡着,屋顶捅了个大窟窿,想到这些,不禁心惊肉跳,张皇失措。他借着朦胧的路灯光,呆呆地往下瞧,简直是无底深渊,铺石地面黑黢黢,湿漉漉,这个他所渴望却又异常可怕的地面,可以带给他死亡,也可以带给他自由。

他寻思,他的三个同谋越狱是不是成功了,等没等他,会不会来搭救他。他侧耳细听。从他来到断壁上,除了巡逻队,街上没有人经过。从蒙特勒伊、夏罗纳、樊尚和贝尔西到中央菜市场去的菜农,几乎都要经过圣安托万街。

四点钟敲响了。泰纳迪埃吓得一激灵。不久,监狱里便发现有人逃跑,顿时沸反盈天,乱作一团。他听见不停地开门关门,铁门吱吱呀呀,警卫队吵吵嚷嚷,看边门的狱卒扯着嘶哑的嗓门大呼大叫,枪托碰在院子的石板地上乒乒乓乓。灯光在牢房的铁窗口忽上忽下,一把火炬在新楼的屋顶上来回奔跑,隔壁消防队的人也调来了。大雨中,他们的钢盔被火炬照亮,在屋顶上来回移动。就在这时,泰纳迪埃看见,在巴士底广场那边,微微泛起阴惨惨的灰白色。

而他，趴在这十寸宽的墙头上，上面是倾盆大雨，左右是两个深渊，不能动弹，想到可能会摔下去而头晕目眩，可能会再遭逮捕而心惊肉跳，而他的思想则像钟摆，在两个想法之间来回摆动：摔下去，无疑是死亡，待在墙上，肯定被抓住。

他正在发愁，蓦地看见——尽管街上仍然很黑——有个人从帕韦街那边沿着墙根溜过来，停在泰纳迪埃悬着的那堵残墙下面的凹地上。后面还跟着一个人，也是小心翼翼的样子，接着是第三个，接着是第四个。这些人到齐后，其中一个拉开篱笆门上的襻儿，四个人进入有木屋的围篱里。他们正好停在泰纳迪埃的身下。这些人在这块空地碰头，显然是为了避开街上行人和几步以外拉福斯监狱边门哨兵的耳目。还要指出的是，因为下雨，那哨兵躲在岗亭里不出来。泰纳迪埃看不清他们的脸，只得像身陷困厄认为生机已绝的可怜人那样，竖起耳朵集中精力听他们说话。

泰纳迪埃听见这些人说的是俚语①，便看到了一线希望。第一个低声而清晰地说：

"颠吧。我们在这块经营什么？"②

第二个回答：

"戳下得会把鬼火戳灭。再说，条子就要来了，那头有个丘八在巡风，在这搭里我们等着被人打包吧。"③

---

① 本书出现的俚语很多，有的只能按意思译出。
② "我们走吧。我们在这里干什么？"——原注
③ "雨大得会把鬼火浇灭。再说，警察就要来了，那里有个兵在站岗，我们在这里等着让人抓吧。"——原注

"这块"和"这搭里"都表示"这里"的意思,前者是城门一带的俚语,后者是圣殿街一带的俚语,泰纳迪埃看到了光明,听到"这块"这个词,他知道是布吕戎,因为他是城门一带的盗贼,说"这搭里"的是巴贝,他干过种种行当,在圣殿街卖过旧货。

伟大世纪^①的古老俚语,只有在圣殿街还有人说,巴贝是唯一说得地道的人。要不是听到了"这搭里"这个词,泰纳迪埃根本就认不出他来,因为他的嗓音完全变了。

这时,第三个说话了:

"不急,再等等。谁能说他不需要我们呢?"

这人说的是法语,泰纳迪埃一听,便知是蒙帕纳斯,他的高雅之处,是他能听懂各种俚语,但一种也不说。

至于第四个人,他一声不吭,但从他宽宽的肩膀,一看便知是谁。泰纳迪埃肯定他是格勒梅尔。

布吕戎几乎是激烈地,但依然低声地说:

"你瞎诌什么呀?店主不可能溜出来。他不懂道!撕衬衣,割床单,来做绳子,在门上挖洞,造假证件,做假钥匙,弄断脚镣,把绳子挂到窗外,躲藏起来,乔装打扮,机灵的人才干得来!那老头干不了,他不懂这一行!"^②

接着是巴贝说话,仍然用的是普拉耶和卡图什创造的古典而智慧的俚语,不过布吕戎说的俚语大胆、新奇、生动、冒险,二

---

① 伟大世纪,指十七世纪。
② 原文是俚语。译文根据原著的注释译出。

者之间的区别,好比是拉辛的语言同安德烈·谢尼埃①的语言之间的区别:

"你的店主恐怕当场逮住了。得机灵才行。他还嫩了点。他可能上了一个密探的当,甚至上了一个冒充同行的眼线的当。你好好听听,蒙帕纳斯,你听见监狱里有喊声了吗?你看见那些蜡烛了。他又被抓住了。他要判二十年刑。我不是害怕,我不是孬种,这你们知道,但没有办法了,不然就等着被逮住。别生气,跟我们走吧,一道去喝瓶陈酒。"②

"朋友有难,不能不管。"蒙帕纳斯咕哝道。

"我跟你吹他病了。这早晚那地毯商一个布洛克也不值!我们无能为力。颠吧。我时刻感到雷子会把我逮住。"③

蒙帕纳斯仍然坚持,但有气无力。事实上,这四个人出于盗贼之间互不抛弃的江湖义气,冒着风险,已在拉福斯监狱周围转悠了整整一夜,希望能看见泰纳迪埃出现在哪个墙头上。但是这天夜里实在太妙,滂沱大雨把街上浇得阒无一人,他们冷得发抖,衣服湿透,鞋子开口,监狱里发出令人忧虑的喧哗,时间一点点消逝,巡逻队从他们面前经过,希望越来越小,害怕越来越大,这一切,都促使他们打退堂鼓。蒙帕纳斯自己也退缩了,而从某种意义上讲,他还是泰纳迪埃的女婿哩。再有一会儿,他们就走

---

① 谢尼埃(1762—1794),法国诗人,创造了一种新诗,深得雨果赞赏。
② 原文是俚语。译文根据原著的注释译出。
③ "我对你说他又被逮住了。现在,那客栈老板分文不值!我们无能为力,溜吧。我时刻感到警察会把我抓住。"——原注

了。泰纳迪埃待在墙头上直喘粗气,就像墨杜萨号船上的遇难者,在木筏上眼看着天边有条船渐渐消失,急得直喘气。

他不敢喊他们,被人听见便一切都完了。他急中生智,从兜里拿出从新楼烟囱上解下来的布吕戎的那半截绳子,扔到围篱中。

绳子落在他们脚边。

"一个寡妇。①"巴贝说。

"是我的麻筋!"②布吕戎说。

"客店老板在上面。"蒙帕纳斯说。

他们抬起头。泰纳迪埃探出一点脑袋。

"快!"蒙帕纳斯说,"布吕戎,另外半截绳子还在吗?"

"在。"

"把两截绳子结起来,抛给他,他把绳固定在墙上,够得着下来了。"

泰纳迪埃冒险提高了一些嗓门:

"我冻僵了。"

"会让你暖和的。"

"我动不了。"

"你滑下来,我们接住你。"

"我的手冻麻了。"

"只要把绳子结在墙上就行。"

"我结不了。"

---

① "一条绳子"。——原注
② "是我的绳子"。——原注

"得有个人上去。"蒙帕纳斯说。

"四层楼高!"布吕戎说。

一个涂灰泥的管道贴墙向上延伸,几乎直达泰纳迪埃所在的地方,这原是木屋从前生火炉用的烟囱。那管道到处是裂缝,灰泥已脱落,但仍看得见痕迹。管道很窄。

"可以从那里上去。"蒙帕纳斯说。

"从这管道?"巴贝大声说,"一个管风琴!① 不可能!得有个娃子。"

"得有个伢子。"布吕戎说。

"到哪里去找娃儿?"格勒梅尔说。

"等一等,"蒙帕纳斯说,"我有办法。"

他把篱笆的门微微打开,确证街上没有行人,便蹑手蹑脚地走出去,随手关上门,向巴士底广场跑去。

七八分钟过去了,泰纳迪埃却觉得仿佛过了八十万年。巴贝、布吕戎和格勒梅尔一句话也不说。门终于又开了,蒙帕纳斯带着加弗洛什,气喘吁吁地出现在门口。雨不停地下着,街上依然渺无人迹。

小加弗洛什走进围篱,泰然自若地看看这几张强盗面孔。雨水从他头发上滴下来。格勒梅尔对他说:

"小鬼,你是条汉子吗?"

加弗洛什耸耸肩,回答道:

"像我自格这样的伢子是管风琴,像你们萨伊这样的管风琴是

---

① "一个大人!"——原注

伢子。"①

"这娃子真会耍痰盂！"② 巴贝大声说。

"庞丹的伢子不是戟的肥草做的。"③ 布吕戎附和道。

"要我做什么？"加弗洛什说。

蒙帕纳斯回答：

"从这烟囱里爬上去。"

"用这个寡妇。"巴贝说。

"把这麻筋拴住。"布吕戎继续说。

"拴在柱顶上。"④ 巴贝又说。

"拴在轩的脚上。"⑤ 布吕戎补充说。

"还有吗？"加弗洛什说。

"就这些！"格勒梅尔说。

流浪儿看了看绳子、烟囱、断壁、窗户，嘴唇哑吧一下，发出难以形容的轻蔑的声音，好像在说：

"就这！"

"上头有个人，你得救他下来。"蒙帕纳斯说。

"干不干？"布吕戎接着说。

"傻帽！"孩子回答，好像这个问题不值得一提。他脱掉鞋子。

格勒梅尔抓住加弗洛什的一只胳膊，把他举到木棚顶上，棚

---

① "像我这样的孩子是大人，像你们这样的大人是孩子。"——原注
② "这孩子真会耍嘴皮子。"——原注
③ "巴黎的孩子不是湿草做的。"——原注
④ "墙顶"。——原注
⑤ "拴在窗子的横木上"。——原注

顶的朽木板被孩子压得弯了下来。接着,格勒梅尔递给他那根绳子,蒙帕纳斯不在时,布吕戎已把断绳接好了。流浪儿向烟囱走去,那烟囱与棚顶接触的地方有个大裂口,不难钻进去。他正要往上爬,泰纳迪埃看见有救了,就把脑袋探出头来,一缕曙光照着他汗水淋淋的脑门、灰乎乎的颧骨、细长粗野的鼻子、乱蓬蓬的花白胡子,加弗洛什认出是谁了。

"哇!"他说,"是我父亲!⋯⋯哈!管他是谁。"

他用牙齿咬住绳子,坚定地开始攀登。

他终于爬到断壁高头,骑在老墙上,将绳子牢牢拴在窗子的上横档上面。

过了一会儿,泰纳迪埃已到了街上。

他双脚一着地,感到自己已脱离险境,便不再觉得疲劳,也不再发僵和发抖了。刚才那场噩梦烟消云散,他那怪异凶残的智慧苏醒过来,恢复了自由,准备向前冲杀了。他说的第一句话便是:

"现在,我们去吃谁?"

这个透明而可怕的"吃"字,意义毋庸解释,包含"杀人、谋害和抢劫"多种意思。"吃"的真正含义是"吞"。

"靠拢点。"布吕戎说,"三句话就说清楚了。我们马上分手。普吕梅街有桩好生意,街很荒凉,有座孤零零的房子,有个破破烂烂的铁栅栏门,门后是花园,只有两个女人。"

"好哇!干吗不干?"泰纳迪埃问。

"你的仙女[①]埃波妮去看过了。"巴贝回答。

[①] "女儿"。——原注

"她给玛妮翁送去一块饼干,"格勒梅尔补充说,"没什么油水。"

"那仙女不笨。"泰纳迪埃说,"不过,还是去看看。"

"对,对,"布吕戎说,"得去看看。"

这时,这些人似乎谁也不再注意加弗洛什了。他们在商量时,加弗洛什坐在围篱的一根石柱上。他等了一会儿,也许等他父亲回头看他一眼,然后,他穿上鞋,说:

"完了吗?你们的事干完了吧,大人们?不需要我了吧。那我走了。我得去叫我的娃娃起床了。"

说完,他就走了。那五个人也鱼贯地走出围篱。

当加弗洛什拐进芭蕾街消失不见时,巴贝把泰纳迪埃拉到一旁,问他道:

"你看清楚那伢子了吗?"

"哪个伢子?"

"爬烟囱给你送绳子的那个。"

"没看清。"

"嗯,我也不知道,好像是你的儿子。"

"唔!"泰纳迪埃说,"你认为?"

说完他就走了。

第七卷
俚　语

一　来源

PIGRITIA[①]是个可怕的字眼。它孕育着一个世界——la pègre，即"盗窃"，和一个地狱——la pégrenne，即"饥饿"。

因此，懒惰是母亲。它有一个儿子——盗窃，和一个女儿——饥饿。现在我们讲到哪里了？讲到俚语了。

俚语是什么？它既是民族，又是方言；它是人民和语言这两个种类下的盗窃行为。

三十四年前，这个凄凉故事的叙述者，出于同一目的，将一个讲俚语的小偷引进了一部著作中[②]，当时，人们惊讶失色，大叫大嚷。——"什么！怎么！俚语！俚语是丑恶的语言！它是划船苦役犯说的话！是蹲苦役牢、蹲监狱的人说的话！是社会上所有可恶的人说的话！"诸如此类，不一而足。

---

① 拉丁语，即"懒惰"。
② 指《死囚末日记》(1829)。——原注

我们始终也没弄明白，他们为什么要如此反对。

后来，又有两位才华横溢的小说家，一个是对人心进行深刻观察的巴尔扎克，另一个是人民无畏的朋友欧仁·苏，他们也像《囚徒末日记》的作者那样，在他们的作品中让强盗讲他们平时讲的语言，也遭到了同样的抗议。人们反复说："这些作家用这种污浊的语言，把我们当成什么人了？俚语实在丑恶！俚语叫人毛骨悚然！"

谁否定俚语？那是可想而知的。

从什么时候起，当需要探测一个伤口，一个深渊，一个社会时，下得深一些，深探到底，反倒错了？我们一直以为，这样做有时是勇敢的行为，至少是朴实而有益的行为，就像接受和完成任务那样，值得同情和关注。为什么就不能把一切都探索得清清楚楚，研究得透透彻彻，却要半途而废呢？探头可以半途停下，探测的人却不能。

当然，深入社会底层，到土壤消失、污泥开始的地方去探测，到这些稠厚的浊浪里去搜寻，对这卑鄙下流、泥浆直流的方言，对这满身脓包，每个词都像是深藏在污泥和黑暗之中的妖魔鬼怪身上的一个肮脏环节的语汇紧追不放，把它抓起来，活生生地扔到阳光下，大街上，这既非一件诱人的工作，亦非一件容易的事情。像这样在思想的光辉下，赤裸裸地凝视可怕的俚语如何乱挤乱爬，那是最凄凉不过的事了。的确，它就像一种见不得阳光，刚从污泥浊水中拉出来的怪物。我们仿佛看见一个有生命的、满身长刺的可怕荆棘丛在颤动、移动、摇动，想要回到黑暗中，气势汹汹，虎视眈眈。这个词像只利爪，那个词像只失去光辉、淌着鲜血的眼睛，这个句子像螃蟹的一只螯在乱舞。这一切犹如杂乱有序的事物，充满着可怕的生命力。

现在我们要问，从什么时候起，对可怕的事物不能研究了？从什么时候起，生了病不能求医了？难道能设想一个自然科学家可以拒绝研究毒蛇、蝙蝠、蝎子、蜈蚣、毒蜘蛛，要把它们扔回黑暗中，嘴里还说着："呵！真是奇丑无比！"思想家若是扭头不敢正视俚语，无异于外科医生不敢正视溃疡或疣子。就好像语言学家不敢研究语言现象，哲学家不敢探究人类的实际问题。因为，我们必须向不明真相的人指出，俚语大体上可以说是一种文学现象，是社会的一种产物。俚语究竟是什么？俚语是贫困使用的语言。

说到这里，人们可以打断我们，可以把事实推而广之，这样有时能起到缓和事实的作用；人们可以对我们说，一切行业，一切职业，甚至可以加上社会等级的各个阶层，知识界的各种形态，全都有他们自己的俚语。商人说："蒙贝利埃备用"，"马赛优质"；证券经纪人说："延期交割"，"溢价"，"本月底"；玩牌的人说："三张同花顺"，"重开黑桃"；诺曼底诸岛的法院执行员说："在对放弃继承权者的不动产进行扣押时，无封地者停止租用，不得要求享受该地产的收成"；通俗笑剧作家说："观众逗熊了"[①]；喜剧演员说："我演砸锅了"；哲学家说："现象的三重性"；骨相学家说："业余性，好斗性，分泌性"；步兵说："我的单簧管"[②]；骑兵说："我的小火鸡"[③]；剑术师说："第三架式，第四架式，后

---

① "观众嘘我了。"——原注
② "我的步枪"。——原注
③ "我的马"。——原注

浪"：所有的人，剑术师、骑兵、步兵、骨相学家、哲学家、喜剧演员、通俗笑剧作家、法院执行员、玩纸牌的人、证券经纪人、商人，人人都讲俚语。画家说："我的徒儿"，公证人说："我的跳小溪的人"①，假发匠说："我的伙计"，鞋匠说："我的帮手"，这些也都是俚语。关于左边和右边，水手说"右舷"和"左舷"，舞台置景员说"院子一侧"和"花园一侧"，教堂差役说"使徒书信一边"和"福音书一边"，所有这些说法，必要时，如果非要这样说的话，都可算作俚语。有装腔作势的女人说的俚语，正如从前有假才女说的俚语。朗布依埃公馆②说的话和圣迹区③说的话有相似之处。有公爵夫人们说的俚语，王朝复辟时期一位极高贵、极美丽的夫人在一封情书中写的一句话便是明证："您从那些嚼舌头的话中，能找到我放荡的大堆理由。"外交密码是俚语；罗马教廷用二十六代替罗马，grkztntgzyal 代替特使，abfxustgrnogrkzutu Ⅺ代替莫代纳公爵，这些都是俚语。中世纪的医生称胡萝卜、红皮小萝卜和白萝卜为 opoponach, perfroschinum, reptitalmus, dracatholicum, angelorum, postmegorum, 这些也是俚语。制糖商说："劣质砂糖，大头糖，透明糖，精制糖，清糖，蜜糖，花式块糖，普通糖，焦糖，片片糖"，这位老实的厂主说的也是俚语。二十年前，评论界的一个流派常说："莎士比亚有一半是在玩文字游戏和双关语。"这也在说俚语。假如德·蒙莫朗西先生不通韵文和雕刻，诗人和艺

---

① "跳小溪的人"，俚语，即律师、公证处的送信员。
② 朗布依埃公馆，十七世纪有名的贵族沙龙，有其独特的语言。
③ 圣迹区，中世纪巴黎乞丐的集居地。

术家就会意味深长地称他为"市侩"了,这"市侩"一词也是俚语。传统的科学院院士称花为"福罗拉",果为"波莫那",海为"尼普顿",爱情为"火焰",美色为"魅力",马为"坐骑",白帽徽或三色帽徽为"柏洛娜的玫瑰",三角帽为"玛尔斯的三角区"[①],这些都是俚语。代数、医学、植物学都有自己的俚语。船上使用的语言,那种无比完整、绚丽多彩、令人赞叹的语言,昔日让·巴尔、迪凯斯纳、絮弗朗和迪佩雷讲过的,伴随着船具的呼啸声、扬声器的哇哇声、攻击敌船时刀斧的搏击声、船体的晃动声、风声、枪声和炮声的语言,绝对是一种英勇而响亮的俚语,它与盗贼们粗野俚语之间的差别,无异于狮子同豺狼之间的差别。

这是毫无疑问的。可是,不管怎么说,如此理解俚语,总是一种广义的理解,不是人人所能接受的。至于我们,我们只保留这个词旧时精确的、有限的、确定的意义,把俚语限定在俚语的范围内。真正的俚语,卓越的俚语(假如这两个词能搭配的话),自古就有且自成一个王国的俚语,我们再说一遍,那不过是贫穷使用的语言,丑陋,惶惑,阴恶,奸险,狠毒,残忍,暧昧,卑鄙,深奥,不祥。堕落和苦难走到尽头,便会揭竿造反,决定同所有幸福的事情和占统治地位的法律进行斗争;这是一场可怕的斗争,时而诡诈,时而激烈,既有害,又残酷,它用恶行来针刺和用犯罪来棒打社会秩序。为了斗争的需要,贫穷创造了一种战

---

① 罗马神话中,福罗拉是女花神,波莫那是果树女神,尼普顿是海神,柏洛娜是女战神,玛尔斯是战神。

斗的语言,那就是俚语。

让人类使用过的,可能会消亡的一种语言,哪怕是将其一个残片,也就是说,将构成人类文明并使之复杂化的一种不管是好是坏的成分,从遗忘的深渊中浮上来,让它永远浮在上面,乃是为观察社会提供资料,是为文明本身效劳。普劳图斯就有意无意地效过劳,他让两个迦太基士兵说腓尼基语。莫里哀也效过劳,他让笔下众多人物讲东方语言和形形色色的方言。说到这里,有人又要提出异议:腓尼基语,好极了!东方语,妙极了!哪怕是方言,也还说得过去!那是一些民族或一些省份说的语言,可是,俚语?保存俚语有什么好处?让俚语"浮在面上"有什么必要?

对此,我们只回答一句话。当然,如果说一个民族或一个省份说的语言值得关注的话,那么,还有一件事更值得关心和研究,那就是一个穷苦阶层说的语言。

这种语言,比如说,在法国就讲了四个多世纪了,不仅一个穷苦阶层说,而且整个穷苦阶层,人类可能有的穷苦阶层都说。

此外,我们还要强调,研究社会的丑陋和残疾,加以揭露和治疗,是丝毫不容选择的事。研究民俗和思想的历史学家,同研究重大事件的历史学家一样,都负有严肃的使命。后者研究人类文明的表面,如王位争夺、王子诞生、国王婚娶、战役、会议、著名人物、光天化日之下的革命,即一切浮在外表的东西;前者则研究内部和底层的东西,如受苦受累翘首等待的人民、不堪重负的妇女、奄奄一息的儿童、人与人的暗斗、隐秘的暴行、偏见、约定俗成的不公平、暗中对法律的反击、心灵秘密的演变、民众细微的颤抖、快饿死的人、赤脚的人、裸臂的人、贫苦的人、没有父母的人、不幸的人、卑贱的人，即一切在黑暗中游荡的鬼魂。研究民俗的历史学家要满怀同情，一身正气，既像兄弟，又像法官，一直深入到难以进入的暗道秘穴，去接近那些乱哄哄爬行着的芸芸众生，那些流血的人、殴打的人、哭泣的人、诅咒的人、挨饿的人、吞噬的人、逆来顺受的人、为非作歹的人。研究心灵的历史学家，难道就不如研究外部事件的历史学家责任重大吗？但丁要说的东西，难道不如马基雅弗利要说的东西多吗？人类文明的底层，难道因其更深陷更黑暗，就不如上层重要吗？不了解洞穴，能了解大山吗？

顺便提一下，根据上面所说的那些话，可以推断出这两类历史学家有着明确的分界线，但这种断然的划分，在我们思想上却不存在。一个研究民众那一望而知、一目了然的生活的历史学家，如若不在一定程度上了解他们内心隐秘的生活，就不算是优秀的历史学家；同样，一个研究人民内心生活的历史学家，如在需要时，不善于研究人民的外部生活，也不能算是优秀的历史学家。民俗和思想的历史，会渗透到大事件的历史中，反之亦然。这两种不同范畴的事实，彼此呼应，互相贯穿，并且常常互为因果。上苍在一个民族的表面刻下的线条，在深层都有暗淡而清晰的平行线条与之对应，底下的痉挛，会导致表面的动乱。真正的历史参与一切，因此，真正的历史学家也应介入一切。

人类不是一个圆圈，只有一个中心，而是一个椭圆形，有两个中心。一个是事实，另一个是思想。

俚语不过是一个更衣室，语言要干坏事时，在里面乔装打扮，戴上词语的面具，穿上隐喻的烂衣。

这样，它就变得面目狰狞。

于是，人们几乎认不出它来了。难道这是法语——人类伟大的语言吗？它准备粉墨登场，与罪恶一唱一和，适于扮演罪恶的所有角色。它不再是走路，而是一瘸一拐；它撑着乞丐王国的拐杖，一拐一瘸地走着，那拐杖可以变成大头棒；它自称为丐帮；所有的幽灵都是它的服装师，为它勾脸上装；它既能爬行，也能直立，这是爬行动物的两种姿势。从此，它能扮演各种角色：当伪造者时，它鬼鬼祟祟；当投毒者时，它长满铜绿；当纵火者时，它满身熏黑；当杀人犯时，它抹上胭脂。

当我们站在社会的门边，听上流社会有教养的人说话，会听到门外人的对话。我们能分辨出问话和答话。尽管不知所云，但能听到一种丑恶的窃窃私语，好像是人的声音，但与其说是人在说话，不如说狗在吠叫。那就是俚语。那些话丑陋无比，有一种难以名状的怪诞不经的野兽特点。我们以为听到七头蛇在说话。

那是黑暗中的鬼话。它吱吱嘎嘎，叽叽咕咕，用谜语补充黄昏。人在不幸中，一片黑暗，犯罪则更是黑暗；这两种黑暗相混杂，便构成了俚语。周围是黑的，行动是黑的，声音是黑的。那是一种可怕的癞蛤蟆的语言，它在由雨、夜、饥饿、恶习、谎言、不公正、裸体、窒息和严冬组成的漫无边际的灰雾中来来往往，跳跳爬爬，嘴里流着口水，可怕地移动着身体；那是不幸人的中午。

让我们给这些受惩罚的人一点怜悯吧。唉！我们自己是谁？

同你说话的我是谁？听我说话的你是谁？我们从哪里来？我们出世前肯定没做过什么吗？人间和监狱不是毫无相似之处的。谁知道人是不是冒犯神法的累犯呢？

请仔细观察一下人生。它天生这样，让人感到到处有惩罚。

你是一个所谓幸福的人吗？唉！你每天愁眉苦脸。天天都有大烦恼，或小忧愁。昨天，你为一个亲人的健康担忧，今天又为你自己的身体犯愁；明天怕没有钱，后天怕遭人诽谤，大后天又怕一个朋友遭不幸；还要操心天气如何，什么东西碎了，什么东西丢了，寻欢作乐，又怕受到良心和脊梁骨的谴责；下一次，又要操心公务的进展情况。还不算内心的种种痛苦。如此等等，不一而足。一片乌云驱散了，另一片乌云又出现。一百天，只有一天充满欢乐和阳光。你还算是享有幸福的少数人！至于其他人，黑夜始终笼罩着他们。

审慎的人很少使用"幸福的人"和"不幸的人"这两个词语。这个世界显然是另一个世界的前厅，这里没有幸福的人。

人类的真正区分，是"光明的人"和"黑暗的人"。

减少黑暗人的数量，增加光明人的数量，此乃我们的目的。因此，我们大声疾呼：大办教育！普及科学！读书识字，就是点亮明灯；每拼读一个音节，便会闪烁一颗火星。

不过，光明不一定意味着欢乐。人在光明中也会痛苦；过分光明，会把人烧伤。火焰是翅膀的大敌。翅膀着了火，仍不停地飞翔，那是神创造的奇迹。

当你认识了，爱上了，还会有痛苦。光明是在泪水中诞生的。享受光明的人会哭泣，哪怕是为黑暗中的人哭泣。

二 基础

俚语是黑暗人的语言。

思想在其最深最黑的地方骚动,面对这备受谴责、愤愤不平、神秘莫测的方言,社会哲学需要做沉痛的深思。那里,惩罚的迹象显而易见。每一个音节似乎都打上了烙印。通俗语言的词语像是被刽子手的红烙铁烫得皱眉蹙额,萎缩干瘪。有的词似乎还在冒烟。有的句子很像一个盗贼突然脱光衣服,露出了烙有百合花[①]的肩膀。人们几乎拒绝用这些屡受法律惩罚的词汇来表达思想。那里的隐语有时极为厚颜无耻,仿佛戴过枷锁。

此外,尽管如此,也正因为如此,这奇特的方言,在被称作文学的、不偏不倚的,不论是锈迹斑斑的铜币,还是金光闪闪的勋章都有其位置的大柜子里,理所当然占一席之地。不管我们愿不愿意,俚语有它自己的句法和诗律。那是一种语言。如果说从某些词的畸形上,可以辨出那是芒德林[②]讲过的语言,那么从有些换喻的辉煌上,还可以感到维永也曾使用过。

    Mais où sont les neiges d'antan ? [③]

[①] 法国古时候有种刑罚,在罪犯右肩上烙一个百合花,以示羞辱。
[②] 芒德林,十八世纪法国著名的强盗。
[③] "往年的雪今在何方?"

这绝妙的著名诗句，便是用俚语写成的。Antan（ante annum）是乞丐王国流行的俚语中的一个词，意为"去年"，引申为"从前"。三十五年前，也就是一八二七年，大批犯人押去苦役船上服刑的时代，在比塞特监狱的一间牢房里，还可以看到一句名言，是一位被判到苦役船上服刑的乞丐王国的大王用钉子刻在墙上的：Les dabs d'antan trimaient siempre pour la pierre du Coësre。这句话的意思是：从前的国王总是去接受加冕。在这个大王的思想上，加冕便是服苦役。

Décarrade 是指一辆大马车飞奔起来，据说是维永创造的，他受之无愧。这个词使人想见四蹄下火星飞溅，在气势磅礴的拟声中，概括了拉封丹的脍炙人口的诗句：

　　六匹壮马拉着一辆大车。

从纯文学观点看，也很少有比研究俚语更趣味盎然、丰富多彩的研究了。这是语言中的语言，一种病态的赘生物，一个长出赘瘤的不健康的接枝，一棵扎根于高卢这棵老树身上、凶险的枝叶爬满法语整整一个方面的寄生树。这可以称作俚语的第一个方面，即通俗的方面。但是，对于那些以应有的态度，也就是像地质学家研究地球那样研究语言的人来说，俚语好比一个名副其实的冲积层。根据向下挖的深浅，可以发现，在俚语中，在通俗古法语，即普罗旺斯语、西班牙语的下层，有意大利语、地中海各港口使用的东方语、英语和德语、罗曼语的三个分支（法兰西罗曼语、意大利罗曼语、罗马罗曼语）、拉丁语，最后还有巴斯克语和凯尔特语。这是深入地下的离奇的结构，是由所有不幸的人共同营造的地下建筑。每一个被诅咒的种族沉淀出了自己的一层，每一种痛苦投下了自己的石块，每一颗心献出了自己的石子。无数邪恶、卑鄙或愤怒的人，在结束人生后便消失在永恒中，却几乎完整地保存在俚语中，可以说，仍以一个怪词的形式出现在其中。

要谈谈西班牙语吗？西班牙语的词在古老的哥特俚语中俯拾即是。例如，boffette（风箱），源自 bofeton；vantane（窗子），后来变成 vanterne，源自 ventanam；gat（猫），源自 gato；acite（油），源自 aceite。要谈谈意大利语吗？例如，spade（剑），源自 spada；carvel（船），源自 caravella。要谈谈英语吗？例如，bichot（主教），源自 bishop；raille（密探），源自 rascal、rascalion（无赖）；pilche（套子），源自 pilcher（剑鞘）。要谈谈德语吗？例如，caleur（男孩），源自 kellner；hers（主人），源自 Herzog（公爵）。要谈谈拉丁语吗？例如，frangir（打碎），源自 frangere；affurer（偷窃），源自 fur；cadène（链子），源自 catena。有一个词以一种神秘的力量和权威，出现在欧洲大陆所有的语言中，那就是 magnus：在苏格兰语中，它成了 mac，意思是族长，Mac-Farlane（伟大的法拉纳），Mac-Callummore（伟大的卡吕莫尔）[1]；在俚语中，它则成了 meck，后来又演变成 meg，即上帝。要谈谈巴斯克语吗？例如，gahisto（魔鬼），源自 gaïztoa（坏人）；sorgabon（夜安），源自 gabon（晚安）。要谈谈凯尔特语吗？例如 blavin（手帕），源自 blavet（喷泉）；ménesse（坏女人），源自 meinec（满身宝石）；barant（小

---

[1] 必须指出的是，mac 在凯尔特语中作"儿子"解。——原注

溪），源自baranton（泉水）；goffeur（锁匠），源自goff（铁匠）；guédouze（死亡），源自guenn-du（黑白）。最后，还要谈谈历史吗？俚语中，埃居银币叫作maltaise，是为了纪念在马耳他苦役船上流通的钱币。

除了上述语文学方面的来源，俚语还有更为自然的基础，可以说直接出自人的头脑。

首先是直接造词。语言的神秘就在于此。用一些不知怎么，也不知为什么会有形象的词进行描绘。这是人类任何语言最原始的基石，可以称作花岗岩。这种词在俚语中比比皆是，是一些直接的词，凭空造出，不知来自何方，出自何人，没有词源，没有类同词，没有派生词，是一些孤立的、不规范的词，有的奇丑无比，却具有奇特的表现力和生命力。例如taule（刽子手），sabri（森林），taf（害怕，逃跑），larbin（仆人），pharos（将军，省长，部长），rabouin（魔鬼）。再没有比这些既掩饰又表露的词更奇特的词了。有几个词，如rabouin，既怪诞，又可怕，使人想起独眼巨魔的鬼脸。

其次是隐喻。一种既想什么都表达，又想什么都掩饰的语言，其特点就是比喻数不胜数。隐喻是个谜，盗贼躲到里面策划偷窃，囚徒躲到里面策划越狱。任何方言都不如俚语富有隐喻。例如，dévisser le coco（拧脖子）[1]，tortiller（吃）[2]，être gerbé（被审判）[3]，un

---

[1] 本意为"拧下椰子"。

[2] 本意为"扭来绞去"。

[3] 本意是"像麦子那样捆起来"。

1213

rat(偷面包者)①，il lansquine(下雨)。这最后一个比喻非常古老，形象生动，多少带有它那个时代的特征，它把又长又斜的雨条，比作长矛队斜扛着的稠密的长矛，仅用一个词便淋漓尽致地表达了"下戟(下倾盆大雨)"这个换喻的意思。有时，随着俚语从第一阶段转入第二阶段，有的词会跟着从不规范的原始的状态转入隐喻意义。"魔鬼"不再是 rabouin，而变成了 boulanger，把面包放进炉子的人；后者比前者更风趣，但不如前者有气派，颇似高乃依之后，出现拉辛；埃斯库罗斯之后，出现欧尔庇得斯。俚语中的有些句子，脚跨两个时期，兼有不规范和隐语两种特点，犹如魔术幻灯里的幻影。例如，Les sorgueurs vont sollicer des gails a la lune(夜间出没的强盗夜里要去盗马)。听到这句话，人们脑海里掠过一群幽灵，却不知道看见了什么。

　　第三是权宜之计。俚语凭借语言而生存。它随意利用，信手拈来，必要时，只满足于简单粗暴的歪曲。有时，它把有用的词加以歪曲后，加上纯俚语词，组成色彩绚丽的短语，让人感到是直接造词和隐喻这两种因素的混合。例如：Le cab jaspine, je marronne que la roulotte de Pantin trime dans le sabri(狗在狂吠，我怀疑巴黎开来的公共马车从树林里经过)；Le dabe est sinve, la dabuge est merloussière, la fée est bative(老板傻头傻脑，老板娘老奸巨猾，女儿美若天仙)。最常见的是，为了迷惑听众，俚语不加区别地给所有的词加上一个丑陋的尾巴，如词尾 aille，orgue，iergue，或 uche。如：Vousiergue trouvaille bonorgue ce gigotmuche

---

① 本意是"老鼠"。

（你觉得这羊腿好吃吗）？这是卡图什对一位狱卒说的一句话，为了知道狱卒对帮他逃跑可得的报酬是不是满意。词尾 mar 最近才出现。

俚语作为讹用的方言，很快也被讹用了。此外，它一旦感到已被听懂，总要千方百计逃避，因此，它不停地改头换面。与其他任何植物不同，它一接触阳光，便会死亡。因此，俚语不断地分解和重组；这项工作神秘莫测，瞬息万变，从不停止。它十年走的路程，比语言十个世纪走的还要多。例如，larton（面包）变成 lartif；gail（马）变成 gaye；fertanche（麦秸）变成 fertille；momignard（小孩）变成 momacque；siques（破衣服）变成 frusques；chique（教堂）变成 égrugeoir；colabre（脖子）变成 colas。"魔鬼"先是 gahisto，后来相继成了 rabouin, boulanger；"神甫"先是 ratichon，然后是 sanglier（野猪）；"匕首"先是 vingt-deux（二十二），后来相继成为 surin, lingre；"警察"先是 railles，后来是 roussins，再后来是 rousses，后又成为 marchands de lacets，接着是 coqueurs，再后来是 cognes；"刽子手"先是 taule，后来相继变成 Charlot, atigeur, becquillard。十七世纪，"打架"是 se donner du tabac（互敬烟丝），到了十九世纪，成了 se chiquer la gueule（互嚼嘴巴）。在这两端之间，经历了二十个变体。卡图什说的俚语，拉斯内尔听来简直是希伯来语。这种语言的每一个词，同讲这种语言的人一样，总是在逃避。

然而，正由于不停地变化，旧的俚语才又会再次出现，变成新的俚语。俚语有其保存自己的据点。圣殿街保存十七世纪的俚语；比塞特在作为监狱时，保存乞丐王国的俚语。在那里，可听到两个老乞丐用词尾 anche 说话。Boyanches-tu（你喝不喝）？ il croyanche（他相信）。不过，不停地变化仍是法则。

哲学家若能将一个时刻固定下来，以便观察这个不停变化的语言，会陷入痛苦而有益的沉思。任何研究都不像这样富有成效，富有教益。俚语的每一个隐喻、每一个词源都是一堂课。在那些人中间，battre（打）的意思是 feindre（伪装）；那么"装病"就成了"打病"。狡诈是他们的力量所在。

在他们看来，人的概念同黑暗的概念密不可分。"黑夜"叫作 sorgue，"人"叫作 orgue。"人"是"黑夜"的派生词。

他们习惯于将社会视作一种杀人的环境，一种致命的力量。他们谈论自由，如同人们谈论身体。一个被捕的人是病人，一个判死刑的人是死人。

对于葬身在四堵石墙中间的囚犯来说，最可怕的莫过于一种冰冷的贞洁。他把黑牢叫作castus①。在这阴森凄凉的地方，外界的生活总是以最快乐的面貌出现。囚犯拖着脚镣；你也许以为，他想象脚是用来走路的。错了，在他的想象中，脚是用来跳舞的；因此，一旦他能锯断铁镣，第一个念头便是现在可以跳舞了，他把锯子叫作"小酒馆的舞厅"。——一个名字便是一个中心；多么深刻的同化。——强盗有两个脑袋，一个为他的行动说理，一生都在指挥他，另一个在他被处死那天扛在肩上。他把唆使他犯罪的那颗脑袋叫作"索邦神学院"，把替他抵罪的那颗脑袋叫作"树墩"。当一个人身上只剩下破衣服，心里只剩下恶念头，当他物质

---

① 拉丁语，意为"贞洁"。

和精神上都已堕落到"gueux"这个词所包含的双重含义[①]，他就要犯罪了；他像一把锋利的刀，有两个刃，穷困和凶恶；因此，俚语中不说gueux，而说réguisé。苦役牢是什么？是炼狱的火堆，是地狱。苦役犯叫作"柴捆"。——最后，歹徒们给监狱起了什么名字呢？学府。从这个词，可以产生整整一套惩罚制度。

盗贼也有炮灰，那是可偷的物质，是你，我，任何一个经过的人；是pantre。（pan者，大家也。）

你想知道苦役牢里的歌谣，那些在专门词汇里叫作lirlonfa的叠句，大都是在哪里孵出来的吗？听我来告诉你。

在巴黎大堡[②]，有一个又长又大的地牢。

这个地牢比塞纳河的水平面低八尺。一无窗子，二无通风口。唯一的洞口便是门；人进得来，空气却进不来。地牢的天花板是石头拱顶，地板是六寸厚的烂泥。地面当初铺了石板，由于河水渗漏，石板腐烂了，龟裂了。离地八尺高的地方，一根又粗又长的大梁横贯地窖，隔一段距离，便垂下一根三尺长的铁链，铁链末端吊着铁枷。这地牢用来关押被判到苦役船上服刑的囚犯，直到被押往土伦。他们被推到横梁下，每人都有一副在黑暗中摇摆着的铁枷等着他们。铁链犹如垂下的铁臂，铁枷好比张开的铁爪，抓住这些可怜人的脖子。他们被铆在铁枷上，扔在那里。铁链太短，他们无法躺下来。他们一动不动，待在这地牢里、黑夜中、

[①] 法语中，gueux的两个含义是：乞丐和无赖。
[②] 巴黎塞纳河两岸，曾有两个城堡，一个是大堡，在右岸，为司法宫所在地。另一个是小堡，在左岸，用作监狱。

横梁下,几乎是吊着的,得花九牛二虎之力,才够得着地上的面包或水罐,头上是拱顶,半截腿陷在烂泥中,大便顺着双腿往下淌,累得像四马分尸,弯腰曲膝,双手抓住铁链,才能休息一下,只能站着睡觉,铁枷扼住喉咙,随时都会醒来,有些人干脆醒不过来了。吃东西时,用脚后跟将扔在烂泥里的面包勾过来,再顺着胫骨慢慢移到手中。他们这样要待多久呢?一个月,两个月,有时半年,其中一个待了一年。这里是苦役船的前厅。偷了国王一只野兔,就被关进这里。他们在这地狱般的坟墓里干什么呢?他们等死,这是在坟墓里可能做的;他们唱歌,这是在地狱里可能做的。在不再有希望的地方,歌声依然存在。在马耳他的大海上,当一只苦役船靠近时,总是先闻歌声,后闻桨声。那位因违禁打猎而蹲过大堡地牢的苏樊尚说:"是那些韵脚支撑我挺下来的。"诗都无用,韵又有何用?几乎所有的俚语歌都是在这个地牢里产生的。蒙戈梅里号苦役船上唱的那首凄凉的副歌 Timaloumisaine, timaloumisaine,便来自大堡这个地牢。那些歌大都非常凄凉,有几首比较欢快,有一首挺温柔:

   这儿是小弓箭手①的
     舞台

你怎么做都是徒劳,你消灭不了爱情,它在人的心中永存。
在这行为隐蔽的世界里,人人都严守秘密。秘密人皆有之。

---

 ① 小弓箭手,指罗马神话中的小爱神丘比特。

对于这些可怜人而言,秘密便是一致,这是共同体的基础。泄露秘密,就是从这个野蛮共同体的每个成员身上夺走一点东西。在这充满活力的俚语中,用"吃那块肉"来表达"告发"的意思。这仿佛在说,告发者从大家身上夺取一点东西,用每个人身上的一块肉来养活自己。

"挨耳光"是什么滋味?通俗的隐喻回答:"看见三十六支蜡烛。"而俚语对此做了纠正,用camoufle取代chandelle(蜡烛)。因此,日常的语言将camoufle作"耳光"的同义词。这样,俚语在隐语这一难以估计的轨道帮助下,通过自下而上的渗透,从地穴升到了科学院;伏尔泰根据普拉耶说的"我点燃我的camoufle(蜡烛)",写下了:"朗格勒维尔·拉·博梅尔该挨一百个camouflets(耳光)。"

对俚语进行发掘,每一步都有新的发现。深入研究这个奇特的方言,就可以到达正常社会和被诅咒社会神秘的交叉点。

俚语是苦役犯的语言。

令人惊愕的是,人的思维竟然可以被压到如此低的地方,可以被命运的黑暗专制拖来绑在那里,可以被捆在这万丈深渊中的不知什么东西上面。

啊!不幸人的可怜的思想!

唉!难道没有人来拯救这黑暗中的人类灵魂吗?难道他们命中注定要在黑暗中无尽地等待,等待天神,那位骑着飞马、鹰狮马的巨神,那位披着曙光、鼓着双翼、从天而降的斗士,那位代表未来、光芒四射的骑士来拯救他们吗?难道他们将永远徒劳地呼唤理想的光明之矛来解救他们吗?难道他们将永远囚禁在黑暗的深渊中，胆战心惊地听着恶魔向他们走来，望着那魔头张牙舞爪，口吐白沫，在污泥浊水下，鼓胀着环身，越来越向他们逼近吗？难道他们必须待在那里，没有光明，没有希望，隐约感到恶魔气势汹汹地逼近，却无可奈何，浑身打颤，蓬乱着头发，搓绞着胳膊，永远被拴在黑夜这块岩石上，就像洁白无瑕、赤裸身体、郁郁寡欢的安德洛墨达①那样绑在黑暗中？

三 哭的俚语和笑的俚语

正如我们看到的，整个俚语，不管是四百年前的，还是今天的，无不渗透着晦涩的象征意义，所有的词时而神态痛苦，时而面目狰狞。从中可以感到当年圣迹区的乞丐们在纸牌游戏中的那种愤世嫉俗的忧伤。他们有独特的纸牌游戏，至今还保留着几种。例如，那张梅花八，画着一棵有八片大梅花瓣的大树，怪诞地象征着森林。这棵树的脚下，有一个火堆，三只野兔在用铁扦烤一个猎人，后面还有一堆火，火上有个热气腾腾的锅子，锅里露出一个狗头。这是用纸牌游戏来表示对烧死走私犯和煮死造假币犯的不满情绪，这种在纸牌上画画的报复方式，是最阴暗可怕的了。在俚语王国里，表达思想的种种形式，歌谣也好，讥讽也好，威胁也好，都带有这种无可奈何、意气消沉的特点。所有的歌曲都

---

① 安德洛墨达，希腊神话中埃塞俄比亚公主，被绑在海边一块岩石上，献给海怪，以平息海怪的骚扰。后被珀耳修斯救出。

是低声下气，悲悲切切，催人泪下，有的曲调已被收集起来。盗贼称作可怜的盗贼，永远是躲藏的野兔，逃命的耗子，惊飞的小鸟。他们几乎不敢提出要求，只会唉声叹气。我们就听到过这样的哀诉："我不明白，人类的父亲上帝怎么会折磨他的子孙，听见他们哭喊，会无动于衷。"① 不幸人每当有时间思考，就会在法律面前显得渺小，在社会面前显得无力。他们匍匐在地，苦苦哀求，转过脑袋，乞求怜悯，让人感到他们自知不对。

上世纪中叶，情况有了变化。监狱里的歌曲，盗贼们翻来覆去唱的歌曲，可以说，变得有点傲慢和欢快了。拉里弗拉曲取代了哀怨的马吕雷曲。在十八世纪，苦役船、苦役牢和苦役犯的歌曲，几乎又有了一种疯狂而神秘的欢快情绪。可以听到这样一首尖厉跳跃的副歌，仿佛被磷光照着，被吹笛子的鬼火扔进了森林里：

  米尔拉巴比，苏尔拉巴波，
    米尔利通   里朋 里贝特，
  苏尔拉巴比，米尔拉巴波，
    米尔利通   里朋 里波。

在地窖或树林里杀人时，就唱这首歌。

这是严重的征兆。这些愁苦阶层的古老忧伤，到了十八世纪便云消雾散。他们开始放声大笑。他们嘲笑伟大的 meg（上帝）和伟大的 dab（国王）。举路易十五为例，他们把这位法兰西国王叫

---

① 原文为俚语。这里仅把意思译出。

作"庞丹①侯爵"。他们几乎是快乐的。从这些可怜人的思想上，透出一道淡淡的光辉，仿佛他们不再感到良心不安了。这生活在黑暗中的悲惨世界，不再是只有不顾一切的行动，而且开始无忧无虑地大胆思考了。这说明他们不再有犯罪感了，而是觉得甚至从思想家和幻想家那里，得到了一种不自觉的支持。这表明偷盗和抢劫已渗入到一些学说和诡辩中，使得那些学说和诡辩变得丑恶起来，而使自己丑恶的程度有所减轻。这还表明，假如这种情绪得不到排解，不久将会发生什么惊天动地的事。

说到这里，我们要停一下。我们在谴责谁呢？是十八世纪，还是哲学？当然不是。十八世纪的事业是健康而有益的。以狄德罗为首的百科全书派，以杜尔果为首的重农学派，以伏尔泰为首的哲学家派，以卢梭为首的乌托邦派，是四大神圣军团。多亏他们，人类得以向着光明大踏步前进。这是人类向四个方位前进的四个先锋队，狄德罗奔向美好，杜尔果奔向实用，伏尔泰奔向真理，卢梭奔向公正。但在哲学家的旁边和下面，存在着诡辩者，他们是混在香花中的毒草，原始森林中的毒芹。当刽子手在最高法院的主楼梯上，焚烧那个世纪拯救人类的伟大著作的时候，另一些今天已被遗忘的作家，在国王的特许下，出版了一些莫名其妙的、极具破坏性的作品，而穷苦人却读得津津有味。说来也怪，在这些出版物中，有些还得到了一位亲王的支持，出现在"秘密图书馆"里。这些事实埋得很深，不为人知，面上是看不出来的。有时，一件事之所以危险，恰恰因为其黑暗。它之所以黑暗，是

---

① 俚语中称巴黎为庞丹（Pantin）。庞丹侯爵即巴黎侯爵。

因为它在地下。在这些作家中,雷斯蒂夫·德·拉·布列东①也许是把民众引到最不健康邪路上去的人。

整个欧洲都这样,德国遭受的危害比任何地方都严重。德国在某个阶段,即在席勒在他的名剧《强盗》中所概括的时代,偷窃和抢劫以对财产和劳动的抗议而自居,吸收了某些粗浅的、似是而非的思想,用这些虚假的、貌似公正其实荒诞的思想把自己包起来,几乎藏在里面,起了个抽象的名字,上升到理论高度,在勤劳、痛苦和老实的群众中广为流传,甚至瞒过不慎配制这种合剂的化学家,甚至瞒过接受这种合剂的广大民众。这种事只要发生,便非常严重。痛苦孕育愤怒。当昌盛的阶级闭上眼睛,抑或睡觉(那也是闭着眼睛)的时候,受苦阶级的仇恨,便在郁郁不乐,或缺乏理智并在某个角落里胡思乱想的人心里点燃火炬,开始审视社会。仇恨审视社会,那是多么可怕的事!

因此,如果灾难不可避免,就会爆发从前称作"扎克雷起义"②的大动乱,与这种可怕的大动乱相比,纯政治性骚乱不过是小巫见大巫。那已不是受压迫者反对压迫者的斗争,而是苦恼对于安逸的暴动。到那时一切都会崩溃。

扎克雷起义是民众的震颤。

十八世纪末年,欧洲也许正面临这种危险,却被光风霁月、规模巨大的法国大革命阻断了。

法国这场革命,是用利剑武装了的理想,它挺身而起,猛然

---

① 布列东(1734—1806),法国作家,其作品多以性倒错与妓女为内容。
② 扎克雷起义,法国一三五八年发生的农民起义。

一击,关闭了恶门,同时也打开了善门。

它指出了问题,宣布了真理,驱走了瘴气,净化了时代,给人民戴上了桂冠。

可以说,这场革命赋予人类第二个灵魂,即权利,从而第二次创造了人类。

十九世纪继承并利用它的业绩,刚才谈到的那场社会灾难,今天绝对不会发生。瞎子才会揭露!傻子才会害怕!革命是预防扎克雷起义的疫苗。

多亏这场革命,社会状况有了改善。在我们的血液里,不再有封建制度和君主制度的疾病。在我们的机体里,不再有中世纪的东西。我们这个时代,不再会爆发可怕的内乱,不再会听到脚下暗流涌动,不再会有鼹鼠坑道在文明的表层隆起,不再会看到地面开裂,岩洞顶端开口,突然冒出妖魔鬼怪的脑袋。

革命感是一种道德感。权利感一经发扬,责任感就会得以加强。自由是每个人的法律,罗伯斯庇尔曾下过令人赞叹的定义,他说,别人的自由开始之地,便是自己的自由终结之处。一七八九年以来,全体人民在变得崇高了的个人中膨胀;穷人获得了权利,人人都享有阳光;快要饿死的人感到身上有法兰西的正直;公民的尊严是内心的盔甲;自由的人,也是审慎的人;有选举权的人,也是统治的人。这样,就不会有腐败;这样,就不会觊觎别人的东西;这样,在引诱面前就会勇敢地垂下脑袋。革命使人的心灵变得如此纯洁,到了解放的一天,如某个七月十四日,某个八月十日,就不再有贱民了。觉悟了的、越来越壮大的群众,发出的第一个呼声便是:处死盗贼!进步能造就正直的人;

理想和绝对能使人心明眼亮。一八四八年将杜伊勒利宫的财宝运走时,是谁押的车?是圣安托万郊区捡破烂的人。穿破衣者护卫着财宝。道德使这些衣衫褴褛的人熠熠生辉。当时,这些运宝物的车子,有的没有关严,有的甚至微微开着,里面装着无数灿烂夺目的首饰盒,其中有一顶法国古老的钻石王冠,价值三千万法郎,顶上镶有代表王权和摄政王的红宝石。他们赤着脚,护卫着这顶王冠。

因此,再也不会有扎克雷起义了。为此,我替那些策士感到遗憾。那是古老的害怕在作祟,它的作用已经完成,从此不会再用于政治上。红色幽灵的大弹簧已断裂。这是众所周知的。稻草人再也吓不了人了。鸟儿已同稻草人混熟,贼鸥停在它身上,资产者发出欢笑。

四 双重责任:关心与期望

这么说,社会危险是不是全消除了?当然不是。扎克雷起义倒不会再发生了。在这方面,社会尽可以放心。血不会再涌向它的脑袋。但它得当心自己的呼吸。脑溢血不会发生,但肺痨依然存在。社会的肺痨叫作贫困。

慢性病和急性病一样置人于死地。

我们不胜其烦地重申,应该首先想到受苦受难的民众,减轻他们的痛苦,给他们空气,给他们光明,给他们爱,给他们打开广阔的前景,给他们各种形式的教育,为他们树立勤劳而不是懒散的榜样，减轻个人的重负，加强对共同目标的认识，限制贫穷，但不限制财富，创造公众和民众活动的广阔场所，像布里亚柔斯①那样拥有一百只手，伸向四面八方受苦和弱小的人，动用集体力量，为所有能劳动的人开办工厂，为各种资质的人开办学校，为所有聪明的人开办实验室，增加工资，减少辛劳，平衡借方和贷方，也就是说，按劳获得享受，按需获得满足，总之，要使社会机器为受苦的人和无知的人发出更多的光，提供更多的福利：这是——但愿富有同情心的人牢牢记住——博爱的首要义务；这是——但愿自私自利的人不要忘记——政治的第一需要。

还要指出的是，这一切还只是开头。真正的问题是：劳动若不成为权利，就不能成为法则。

这里不是探讨这个问题的地方，就不再多说了。

如果大自然叫作天意，那么社会应该称作远见。

发展才智和道德，同改善物质一样不可或缺。知识是成功的手段；思想是第一需要；真理和小麦一样是食粮。缺乏科学和智慧的理性瘦弱无力。不吃不喝的头脑，和不吃不喝的胃一样值得可怜。如果说有比濒临饿死的躯体更悲惨的东西，那就是因得不到光明而憔悴致死的灵魂。

整个进步是为了解决问题。有朝一日，人们会惊得目瞪口呆。人类在往高处走，处于深层的阶级自然会走出贫困地区。通过从低处升到高处的简单做法，就能消灭贫困。

---

① 布里亚柔斯，希腊神话中的百手巨人，有五十个头，一百只手，帮助宙斯顺利统治奥林匹斯山。

这个神圣的办法，我们没有理由怀疑。

诚然，在现阶段，过去的势力仍很强大。它要死灰复燃。这具僵尸在还魂，这确实令人吃惊。你看，它能走了，它过来了。它仿佛是胜利者。这具僵尸是征服者。它开过来了，率领着迷信军团，挥舞着专制主义利剑，高举着愚昧无知大旗。近来，它打了十次胜仗。它前进着，威胁着，狂笑着，它来到了我们家门口。至于我们，千万不要气馁。让我们把汉尼拔的扎营地卖了。

我们有的是信心，还能怕什么呢？

思想如同江河，不能倒流。

不要未来的人们，好好思考一下吧。他们否定进步，所判处的不是未来，而是他们自己。他们染上了暗疾；他们给自己接种了过去这个疫苗。拒绝明天只有一种办法，那就是死亡。

然而，我们渴望不死，肉体的死亡尽量推后，灵魂永生不灭。

是的，谜底终将揭开，斯芬克司终将开口，问题终将解决。是的，十八世纪，人民崭露头角，十九世纪，他们将变得完美。白痴才会对此怀疑！将来，不久的将来，人人都会过上安逸的生活，这是神圣而必然的现象。

巨大的推力作用于人间的事物，在一定时间内，将它们一一引到合乎逻辑的状态，也就是引向平衡，也就是引向公正。一种由天地合成的力量，产生于人类，又统治着人类。这力量能够创造奇迹，它不仅能轻而易举地安排跌宕的情节，还能不费力气地安排美妙的结局。它凭借人类发明的科学和上天安排的事件，面对提出问题的种种矛盾不会惊慌失措，而一般人却会束手无策。它既善于通过比较各种事实，从中得出教训，也善于通过比较各种思想，从中找到解决办法。对进步的这种神秘的力量，我们可以期待一切，有朝一日，它能让东方和西方在墓穴里对质，让伊斯兰教教长和拿破仑在大金字塔里对话。

眼下，在思想大规模的进军中，不要停步，不要犹豫，不要间歇。社会哲学本质上说是和平的科学。它的目的是通过研究对抗来平息愤怒，这也应该是结果。它进行研究、探索、分析，然后重新组合。它采用切削的办法，凡是仇恨就切掉。

一阵狂风袭击人类，一个社会便毁于一旦，这是屡见不鲜的事。历史载满了人民和帝国的灭亡。习俗、法律、宗教，不知哪天，会被前所未有的飓风卷得无影无踪。印度、迦勒底、波斯、亚述、埃及等国的文明，都相继消亡了。为什么？不知道。这些灾难是怎么引起的？不知道。这些社会当时能不能被拯救？它们有没有过错？它们是不是沉沦于某种致命的恶习，结果遭到了灭顶之灾？在一个国家和一个民族的灭亡中，自杀的成分占多少？这些问题都没答案。黑暗笼罩着这些覆灭的文明。它们既已沉入海底，就化作了水，再没什么可说的了。我们透过悠悠世纪的滔天巨浪，看见巴比伦、尼尼微、塔尔索斯、底比斯、罗马等巨轮，在黑风暗浪的猛烈袭击下，一一沉入被称作过去的汪洋大海中，不禁心惊胆战。可是，那边笼罩着黑暗，这边却一片光明。我们不知道古代文明的疾病，却了解现代文明的残疾。我们有权让阳光照遍现代文明的全身，瞻仰它的美，也揭露它的丑。它哪里有病痛，就到哪里诊查。一旦查出病情，就研究病因，对症下药。我们的文明是二十个世纪的成果，既是妖魔，也是奇迹。它值得拯救。它一定能救活。减轻它的病痛，这已够不简单了；给它照路，就更了不起。现代哲学的一切研究，都应集中到这个目标上。当今的思想家肩负着一个重任，那就是给我们的文明诊病。

我们再说一遍，给我们的文明诊病是鼓舞人心的。我们正是想通过强调这种鼓舞作用，来结束插进这悲惨故事中的这几页严肃的叙述。透过社会的消亡，可以感到人类是不会灭亡的。尽管到处有如同伤口的火山，如同糠疹的硫气孔，尽管火山化脓，流出脓血，地球却不会死亡。人民的疾病杀不死人类。

可是，谁给社会诊断，都会不时地摇摇头。再强壮、再温柔、再有逻辑的人，也有虚弱的时候。

会有未来吗？当我们看见到处是黑暗时，似乎可以提出这个问题。一边是自私的人，另一边是贫困的人，这种对峙让人觉得前途渺茫。自私的人，是有偏见的人，受过很多教育，却愚昧无知，贪欲越来越大，利令智昏，有的人害怕受苦，竟至于嫌弃受苦人，千方百计想满足自己的欲望，自我膨胀到了关闭心灵的地步。至于贫困的人，他们见别人享受，便羡慕、嫉妒、忿恨，他们追求满足，内心不时有种兽性的冲动，心里笼罩着迷雾、忧愁、需要、厄运、不纯正的和单纯的无知。

要继续仰望天空吗？天上看到的那个光点，是不是属于要熄灭的天体？理想像这样消失在深邃的天穹，那样渺小，那样孤独，几乎看不见，闪烁着光芒，但周围堆满了黑沉沉的巨大威胁，可它的处境不比被乌云吞没的星星更危险。

第八卷
狂喜与悲痛

一 心中充满阳光

读者已经知道,埃波妮被玛妮翁派到普吕梅街打听情况,透过铁栅栏,认出了住在那条街上的姑娘,于是她先把那伙强盗从普吕梅街上引开,然后把马里尤斯带来了。读者还知道,马里尤斯在这铁栅栏门前出神地张望了好几天,他被那种将铁引向磁石、情郎引向心上人住所的力量所推动,最后走进了珂赛特的花园里,就像罗密欧走进朱丽叶的花园里。他做起来甚至比罗密欧更容易;罗密欧要翻过一道墙,马里尤斯只需用力将铁栅栏的铁条移出一根;那栅栏年久失修,就像老年人的牙齿,在生了锈的臼槽里摇摇晃晃。马里尤斯身材瘦长,不费力就钻过去了。

那条街上人迹罕至,马里尤斯又只在夜里钻进花园,不会被人发现。

自从在那神圣幸福的时刻,他们一吻定终身以来,马里尤斯每天晚上都来这里。在生命的这一关头,假如珂赛特爱上的是个不认真的放荡男子,那她就完了,因为宽宏大度的女子容易以身相许，而珂赛特正是这种女子。女性宽宏大度的一种表现便是让步。爱情到了这种绝对阶段，不知怎么就会双目失明，忘了贞操。可是，高贵的人儿啊，你要冒多少风险！你往往捧上一颗心，我们却取走你的肉体。你痴心不变，暗地里望着它发抖。爱情绝对没有中间道路：要么使你完蛋，要么救你一命。人的整个命运都处在这种两难的境地。这种非祸即福的两难境地，最无情的莫过于爱情为我们所设置的了。爱情不是死，便是生。它是摇篮，也是棺材。同一种感情在人的心中可以作出截然相反的决定。在上帝创造的万物中，人的心能释放出最多的光明，唉！也能释放出最多的黑暗。

上帝要珂赛特邂逅施福的爱情。

一八三二年五月的每个夜晚，在这荒芜的小园子里，在这日益芬芳茂盛的灌木丛下，都可以看到两个一尘不染、天真无邪的人，心中洋溢着天国的幸福，不似人间情侣，更似天上神仙，纯洁，诚实，心醉神迷，心花怒放，在黑暗中相互辉映。珂赛特仿佛看见马里尤斯头上有顶桂冠，马里尤斯仿佛觉得珂赛特头上有圈光环。他们互相接触，互相凝视，手握着手，偎依在一起，但有段距离尚未跨越。他们不是不敢，而是不知道。马里尤斯感到有道屏障，那是珂赛特的贞洁；珂赛特感到有个依靠，那是马里尤斯的正直。最初的一吻，也是最后的一吻。从那以后，马里尤斯最多只用嘴唇轻吻一下珂赛特的纤手，抑或她的头巾，她的一缕鬈发。珂赛特对于他是一种香气，而不是一个女人。他呼吸着她。她什么也不拒绝，而他什么也不要求。珂赛特感到幸福，马里尤斯感到满足。他们处在可谓一个灵魂对另一个灵魂赞叹的令人陶醉的状态中。这是两颗纯洁的心在理想境界中不可言说的初次拥抱。两只天鹅在瑞士的少女峰上邂逅。

在爱情的这个阶段,相爱者的互相陶醉是至高无上的,情欲绝对是沉默不语,因而马里尤斯,天使般纯洁的马里尤斯,宁愿去找一个妓女,也不会把珂赛特的裙子掀到踝骨高度。有一次,在月光下,珂赛特弯腰去捡地上的什么东西,她的衣领微微张开,稍稍露出了胸脯,马里尤斯赶紧别过眼睛。

在这两个人中间发生了什么?什么也没发生。彼此爱慕罢了。

夜晚,有他们在,花园仿佛成了生气勃勃、无比神圣的地方。所有的花儿在他们周围怒放,送来阵阵芳香;而他们敞开心灵,撒向花丛。四周的植物浆汁饱满,茁壮健旺,春心荡漾,在他们周围兴奋得颤动;而他们说着情话,树木听了激动得颤抖。

他们说的话是什么?是气息。仅此而已。这气息足以使整个大自然骚动兴奋。这是一种神奇的力量,如果在一本书中读到这种生来就像烟雾,会被风儿吹散在树叶下的谈话,是难以理解的。从两个情人的悄悄话中,去掉这发自灵魂深处的有如竖琴伴奏的旋律,就只剩下阴影了;你会说:"怎么!不过如此!"是的,那只是充满稚气的话,翻来覆去的话,无缘无故的笑,是一堆废话、傻话,但又是世界上最崇高、最深刻的话!是唯一值得说值得听的话。

这些傻话,这些平庸的话,从没听过或说过的人,都是些傻瓜和坏人。

珂赛特对马里尤斯说:

"你知道吗?……"

（他们怀着这超凡脱俗的纯洁，说着说着，便亲昵地以"你"相称了，连他们自己都说不清楚是怎么回事。）

"你知道吗？我叫欧弗拉齐。"

"欧弗拉齐？不会吧，你叫珂赛特。"

"呵！珂赛特这个名字太难听了，是我小时候人家给起的。我的真名是欧弗拉齐。你不喜欢欧弗拉齐这个名字吗？"

"喜欢……不过，珂赛特并不难听。"

"你是不是更喜欢珂赛特？"

"嗯……是的。"

"那我也就更喜欢它吧。的确，珂赛特，很美。叫我珂赛特吧。"

说完，她脸上绽开笑容，使他们的谈话变成了一曲在天堂的树林里方能听到的牧歌。

还有一次，她目不转睛地看着他，大声说：

"先生，您好美，好漂亮，好聪明，您一点也不笨，您比我有知识，但是，在'我爱你'这句话上，我敢向您挑战。"

马里尤斯此刻仿佛已到了天国，以为听见了一颗星星在歌唱。

有时，她见他咳嗽，会轻轻地拍拍他，对他说：

"别咳嗽，先生。我不想别人不经我的同意，在我家里咳嗽。咳嗽很不好，还叫我担忧。我要你健健康康，因为，首先，如果你身体不好，我会很痛苦。你叫我怎么办呢？"

这简直是太妙了。有一次，马里尤斯对珂赛特说：

"你想想，有段时间，我还以为你叫于絮尔呢。"

为这句话，他们笑了整整一个晚上。

在另一次谈话中间，他竟大声说：

"呵！有一天，在卢森堡公园，我都想痛打一个残废军人！"

可他戛然而止，不再往下讲了。他本想对珂赛特提起她的吊袜带的故事，但他说不出口。这里面有他尚未接触过的肉体，一涉及到肉体，这天真的巨大的爱就会诚惶诚恐地向后退缩。

在马里尤斯的想象中，他和珂赛特的生活应该是这个样子，而不是别的样子：每天晚上来普吕梅街，扳开法院院长家铁栅栏门那根乐于助人的铁条，同珂赛特并肩坐在石凳上，透过树木，仰望夜晚闪烁的星光，让他长裤膝头的褶裥紧贴着珂赛特宽大的裙子，抚摸她的大拇指甲，对她用"你"相称，轮流闻同一朵花，天长地久，无止无境。这时，云儿从他们头上掠过。每当微风轻拂，吹走人间的梦幻多于天上的白云。

若说这近乎拙朴的纯洁爱情中绝无献媚的意味，那就错了。对心上人说"甜言蜜语"，是温存的最初形式，是试探性的半进攻举动。奉承心上人，好比隔着面纱接吻。情欲躲躲闪闪，伸出它温柔的指尖。在情欲面前，心后退了，以便爱得更深。马里尤斯的甜言蜜语充满了幻想，可以说是天蓝色的。鸟儿在上空同天使并肩飞过，应该听见这类情话。不过，他们的谈话中混杂着生命和人性，以及马里尤斯可能有的所有积极的东西。这是岩洞里的情话，是洞房情话的前奏曲，是感情的抒发，歌与诗的合流，鸽子咕咕求偶声的亲切夸张，是表达爱慕之情、扎成花束发出醉人芬芳的文雅言词，心对心的难以描绘的嘤嘤细语。

"呵！"马里尤斯喃喃地说，"你太美了！我不敢只满足于看你。我要眼睛一刻都不离开你。你是美惠女神。我不知道怎么啦。

看到你的鞋尖从你裙子下面露出来,我就会心慌意乱。你的思想微微敞开,就会发出美妙的光芒。你讲的话句句在理,令人惊讶不已。有时,我觉得你是个梦。说话吧,我听着,我太佩服你了。呵!珂赛特!这太奇妙了,太迷人了!我都疯了。小姐,您确实令人敬佩。我用显微镜研究你的脚,用望远镜研究你的灵魂。"

珂赛特回答:

"从今天早晨到现在,我一刻比一刻更爱你了。"

在他们的谈话中,一问一答,十分自然,总和爱情协调一致,正如小木雕像和钉子水乳交融一样。

珂赛特浑身显得天真、淳朴、透明、纯洁、诚实、明亮,可以说,清澈得一眼望底。谁见了她,都会像见到了春天和黎明。她的双眸饱含露水。珂赛特是曙光凝聚而成的女人。

马里尤斯因爱慕而生敬意,那是很自然的事。不过,事实上,这个刚从修道院里出来的小寄宿生,说话精辟优雅,不时会道出一些真知灼见。她絮絮叨叨,却都是正经的交谈。她不会出任何错,问题看得很准。女人是凭温柔的天性这一正确无误的本能来感觉和说话的。惟有女人才会说出既温柔又深刻的话语。温柔和深刻,这是整个女人,这是整个天空。

在这无比幸福的时刻,他们随时都会热泪盈眶。一只虫子被踩死了,一片羽毛从鸟窝掉下来,一根山楂树枝折断了,他们都会产生怜悯,他们心醉神迷,但又微感惆怅,似乎只求哭一场。爱情最突出的征兆,便是动不动就产生怜悯,有时几乎让人无法忍受。

除此之外——这些矛盾的现象,都是爱情的闪电游戏——他们动辄放声大笑,笑得无拘无束,妙不可言,笑得那样亲密无间,有时看上去就像是两个男孩子。然而,尽管沉醉的童心无所顾忌,但性别的差异却是忘不了的。它始终存在着,固守着自己粗犷而崇高的目的;不管情人的心灵如何纯洁,在这种最贞洁的促膝密谈中,仍可感到能区分是情人还是朋友的神秘而可敬的细微差别。

他们互相崇拜。

永恒和不变会继续存在。人们相爱,微笑,大笑,亲昵地撅起唇尖,互相拉着手指,互相用"你"相称,但都不能阻止永恒的存在。傍晚,两个恋人藏在暮色中,躲在看不见的地方,由鸟儿和玫瑰做伴,在黑暗中互相着迷,眼睛里流露出深深的爱意,他们喁喁私语,细声交谈,这时候,永恒的太空渐渐充满了不停运动的天体。

二　完美的幸福使人昏昏然

他们幸福得乱了方寸,糊里糊涂地过日子。恰恰在那个月,巴黎流行霍乱,夺走了无数生命,他们却毫无察觉。他们尽量互吐衷肠,但也没超过自己的身世。马里尤斯告诉珂赛特他是孤儿,叫马里尤斯·蓬梅西,是律师,靠给出版商写些东西度日子,他父亲是上校,是个英雄,他,马里尤斯,已同有钱的外祖父闹翻了。他还对她提了提他是男爵,但珂赛特却毫无反应。马里尤斯,男爵?她听不明白。她不知道这个词是什么意思。马里尤斯就是马里尤斯。她则对他说,她是在小皮克皮斯修道院里长大的,和他一样,母亲也死了,她父亲叫福施勒旺先生,他心地善良,常常接济穷人，可他自己也很穷，什么也舍不得花，却让她应有尽有。

奇怪的是，自从见到珂赛特以来，马里尤斯仿佛生活在交响乐里，过去的事，哪怕是刚过去的，也都变得模糊不清，远在天边，因此，他对珂赛特同他讲的事，感到心满意足。他甚至没想到同她讲述在那座破屋里的惊遇，没有讲泰纳迪埃一家，以及她父亲怎样烧伤自己的胳膊，讲他的古怪的态度，他的奇怪的逃跑。这一切，马里尤斯暂时都忘记了。他甚至晚上记不得早晨干的事，也记不清在哪里吃的午饭，谁同他说过话。他耳朵里只听见歌声，对其他想法充耳不闻，他只是在见到珂赛特的时候活着。因此，既然他生活在天堂里，对尘世间的事也就忘得一干二净了。非物质快感难以形容的重力，压得他们终日晕头转向。被称作恋人的梦游人，就是这样生活的。

唉！谁没有经受过这一切呢？为什么这天蓝色要有结束的时候？为什么这之后生活还要继续？

爱情几乎可以代替思想。热恋中的人可以忘却其余一切。去问狂热的爱讨个逻辑吧。人的心中很少有绝对的逻辑联系，正如宇宙中很少有完美的几何图形。对于珂赛特和马里尤斯来说，除了马里尤斯和珂赛特，不再存在别的东西。他们周围的世界，已掉进一个深洞。他们生活在金光灿烂的时刻。前面什么也没有，后面也是什么也没有。马里尤斯几乎不去想珂赛特还有个父亲。在他脑海里，一片耀眼的光芒遮住了一切。这一对恋人谈些什么？我们看到了，无非是花呀，燕子呀，太阳落山啊，月亮升起呀，所有重要的东西。他们什么都谈了，但又什么都没谈。恋人的一切，便是乌有。谈父亲，谈发生过的事，谈那幢破屋、那些强盗、那场惊险的奇遇，这有什么用？再说，那场噩梦真的确有其事吗？他们是两个人，他们彼此相爱，其余一切皆不存在。这种将地狱抛置身后，可能同进入了天堂有必然的联系。见过魔鬼吗？真有魔鬼吗？发过抖吗？受过苦吗？这一切，都不再知道了。一朵玫瑰色的云彩飘浮在上空。

这两个人就这样生活在高空，仿佛不生活在尘世；不是在天底，也不是在天顶，而是在人和天使之间，在污泥上面，太空下面，云雾之中；几乎没有了骨和肉，从头到脚只有灵魂和神迷；已经升华，不能再在地上行走，但又人味太重，还不能融入蓝天，有如悬浮着等待沉淀的原子；表面上看已超越命运；不知道还有昨天、今天、明天的惯常循环；惊叹不已，如醉如痴，飘飘悠悠；有时轻盈得可以飞向无限；似乎已准备作永久的飞翔。

他们在这轻轻的摇动中醒着睡觉。呵！真实载负着太多的理想，患了超凡脱俗的嗜眠症！不管珂赛特多么美丽，有时，马里尤斯在她面前却闭上眼睛。闭着眼，是观察灵魂的最好方法。

马里尤斯和珂赛特不顾眼下他俩会被带到哪里，他们以为已走到了目的地。奇怪的是，人们总奢望被爱情带到某个地方。

三　初现阴影

让·瓦让却毫无察觉。

珂赛特不像马里尤斯那样爱胡思乱想，而是成天快快乐乐，这就足以使让·瓦让感到满足了。尽管珂赛特有心事，有让她感动的烦恼,尽管马里尤斯的形象充满了她的心灵,但她美丽、清纯和开朗的脸上,依然洋溢着无可比拟的纯洁。她正处在贞女怀抱爱情,天使怀抱百合花的妙龄。因此,让·瓦让很放心。再者,当情人彼此默契融洽,一切都会顺顺当当,他们会像所有情侣那样小心翼翼,将可能干扰他们爱情的第三者蒙在鼓里。因此,珂赛特对让·瓦让百依百顺。他想散步吗?好的,亲爱的父亲。他想待在家里吗?很好。他想和珂赛特共度夜晚吗?她显得兴高采烈。因为他总是晚上十点回房,这样,马里尤斯便在十点过后,当他从街上听到珂赛特打开通往台阶的落地窗时,再来到花园里。不用说,白天,马里尤斯从不露面。让·瓦让甚至不再想起马里尤斯的存在。只有一次,一天早晨,他对珂赛特说:"瞧你,背上怎么有白灰!"头天晚上,马里尤斯一时冲动,将珂赛特挤到了墙上。

老女仆杜珊每天早早就睡了。一干完事,她就想睡觉。她和让·瓦让一样,也一无所知。

马里尤斯从没踏进家里。他和珂赛特在一起时,总是躲在台阶旁的凹角里,不让街上的人看见和听见。他们坐着,眼睛望着树枝,满足于一分钟握二十次手,就算是交谈了。在这种时刻,哪怕三十步以内落下响雷,他们也不会发现,因为一个人的梦幻已深深沉入和消失在另一个人的梦幻里。

这是清澈见底的纯洁。这是洁白纯净的时光。总之几乎都一样。这种爱情,是百合花瓣儿和白鸽羽毛的收藏品。

他们和大街之间,隔着整个一座花园。马里尤斯每次进出,总要将栅栏门的那根铁条复归原状,不让人看出有丝毫移动的痕迹。

他一般都到近午夜时离开，回到库费拉克那里。库费拉克对巴奥雷说：

"你信不信？马里尤斯现在总到凌晨才回来。"

巴奥雷回答：

"这有什么！神学院的学生总会做出点丑事来的。"

有时，库费拉克叉起胳膊，一本正经地对马里尤斯说：

"年轻人，你神经出毛病了吧！"

库费拉克是很实际的人，他对一个看不见的天堂映在马里尤斯身上的反光并不看好。他不习惯这种别出心裁的热恋。他有点不耐烦了，不时地告诫马里尤斯回到现实中来。

一天早晨，他警告马里尤斯说：

"亲爱的，我觉得你现在好像在月亮上，那是梦想的王国，幻觉的省份，肥皂泡的首都。喂，乖一些，告诉我，她叫什么名字？"

可是，马里尤斯就是不"开口"。他宁可让人拔掉指甲，也绝不将珂赛特这个美妙的名字吐出一个字来。真正的爱情似晨曦般明亮，坟墓般沉寂。不过，库费拉克看出，马里尤斯身上有一种变化，他的沉默寡言光彩夺目。

在春光明媚的五月，马里尤斯和珂赛特经历了无边无际的幸福：

争争吵吵，以"您"相称，仅仅是为了更好地用"你"相称；

长时间地、不胜其烦地谈论同他们不相干的人，这再次证明，在这名曰爱情的引人入胜的歌剧中，脚本几乎不起作用；

马里尤斯听珂赛特谈论穿戴；

珂赛特听马里尤斯谈论政治;

促膝倾听马车在巴比伦街上滚动;

凝望天上同一颗星星,抑或草丛中同一只萤火虫;

彼此沉默不语,此时无声胜有声;

等等,等等。

这时,各种复杂的事正在逼近。

一天晚上,马里尤斯前往赴约,途经残老军人院林荫大道。他照例低着头走路。他正要拐进普吕梅街,忽听身旁有人对他说:

"晚上好,马里尤斯先生。"

他抬起头,认出是埃波妮。

他颇感奇怪。自从那天这个姑娘把他带到普吕梅街后,他从没想起过她,也再没见到过,他已把她抛到九霄云外了。他对她只有感激之情,多亏她,他才有今天的幸福,可是,遇见她,却感到很尴尬。

如果认为幸福而纯洁的爱情能使人变得完美无缺,那就错了。我们已看到了,它只能把人带到遗忘的境地。人在这种情况下,会忘记做坏事,但也会忘记做好事。感激、责任都会置之脑后,那些重要的令人讨厌的记忆,也会抛到九霄云外。在其他时候,马里尤斯对埃波妮决不会这样。他的心思都在珂赛特身上,他甚至没有明确意识到,这个埃波妮叫埃波妮·泰纳迪埃,她的姓写进了父亲的遗嘱中,几个月前,他对这个姓氏还那么忠心耿耿。我们如实展示马里尤斯的心态。在爱情的光辉下,连他的父亲也在他心中变得黯然失色了。

他略有点尴尬地回答道:

"啊！埃波妮，是您呀？"

"为什么用'您'同我说话？我什么地方得罪您了吗？"

"没有呀。"他回答。

当然，他对她并没有什么不满。丝毫也没有。他只是觉得，现在他对珂赛特用"你"相称，对埃波妮就只能用"您"了。

见他沉默不语，她便大声说：

"喂……"

她戛然而止。这个姑娘，从前多么无忧无愁，敢想敢说，现在却似乎找不出话来了。她试图微笑，却笑不出来。她又说：

"怎么？……"

她再次停住，并且低下了头。

"晚安，马里尤斯先生。"她突然说道，说完就走了。

四 Cab[①] 在英语中"滚动"，在俚语中"吠叫"

第二天是六月三日，一八三二年六月三日。这个日期值得一提，因为那时期，一些严重的事件，好似沉沉乌云，悬挂在巴黎的天际。傍晚时分，马里尤斯仍然走在昨夜走过的那条林荫道上，心里仍然想着那些令他陶醉的事，蓦然，他从路旁的树木中，看见埃波妮向他走来。接连两天，太过分了。他连忙转身，离开林荫道，改变路线，而从王兄街去普吕梅街。

---

① Cab 在英语中是驾驶座在后面的双轮马车，在俚语中是狗。

于是,埃波妮一直跟他到了普吕梅街头,她还从没这样做过。以前,她只在他经过的林荫道上远远望他一眼,想都没想上去同他见面。只是那天晚上,她才试图同他说话。

因此,埃波妮跟在他后面,他却毫无察觉。她看见他扳开那根铁条,钻进花园里。

"哇!"她说,"他进家里了!"

她走近铁栅栏,挨根摸着铁条,很快就发现马里尤斯扳动过的那根。她阴郁地低声说:

"这可不行!"

她坐到铁栅栏的石基上,紧挨着那根铁条,仿佛在守卫它。那恰好是铁栅栏挨着围墙的地方。那里有个幽暗的角落,埃波妮藏在里面看不见。

她这样待了一个多小时,一动不动,大气不出,心烦意乱。普吕梅街上只有两三个行人,快到十点时,其中一个晚归的老先生,匆匆从这荒凉而声名狼藉的地方经过,沿着铁栅栏门,来到门旁的那个墙角下,听见有个沙哑的声音忿忿地说:

"我敢肯定,他每天晚上都来!"

行人瞧瞧周围,未见有人,又不敢朝那黑暗的角落里看,吓得魂飞魄散。他加快脚步走了。

这个行人幸亏走得快,因为不久普吕梅街上来了六个人,他们沿墙壁而行,一个接一个,彼此相隔一段距离,就像是喝得醉醺醺的巡逻队。

走在前头的来到花园的栅栏门旁,停下来等后面几个。不一会儿,六个人都到齐了。他们开始低声交谈。

"就是这搭里。"其中一个说。

"花园里有马车①吗?"另一个说。

"不知道。不管怎样,我闹来一个小肉丸,待会儿给它偏②。"

"你有擂③玻璃用的油灰吗?"

"有啊。"

"这栅栏门朽了。"第五个人用腹音说。

"好极了。"刚才第二个说话的人又说道。"在家什④下,就不会那样噪噪⑤,也不难收割⑥了。"

第六个人一直没说话,这时,他像埃波妮一小时前所做的那样,开始察看铁栅栏,逐根握住铁条,小心地摇摇。最后,他来到被马里尤斯拔出的铁条跟前。他正要伸手去抓,蓦然黑暗中伸出一只手,猛地抓住他的胳膊,他感到当胸被狠狠推了一下,接着,一个沙哑的声音轻轻对他说:

"有马车。"

与此同时,他看见一个脸色苍白的姑娘站在他面前。

就像遭到意外袭击可能发生的那样,那人一下愣住了。他骤然竖直身子,样子十分可怕;最可怕的东西,莫过于受惊的野兽,

---

① "马车"即狗。——原注
② "偏"即"吃"。——原注
③ "擂"即"敲碎"。用油灰贴在窗玻璃上,不让碎片掉地,以免发出声音。——原注
④ "家什"即"锯子"。——原注
⑤ "噪噪"即"叫"。——原注
⑥ "收割"即"截断"。——原注

它们惶遽的神色会吓得人毛骨悚然。他往后退了一步,结结巴巴地说:

"这家伙是谁?"

"您女儿。"

的确是埃波妮在同泰纳迪埃说话。

埃波妮一出现,其余五人,即克拉克苏、格勒梅尔、巴贝、蒙帕纳斯和布吕戎,都悄没声响、不慌不忙、一声不吭地围过来,这慢悠悠、阴森森的劲儿为夜间干坏事的人所特有。

可以辨出,他们手中都拿着不知什么丑恶的工具。格勒梅尔有一把弯弯的铁钳,夜贼管这叫"方头巾"。

"是你!你来干什么?你要怎么样?"泰纳迪埃尽量压低嗓门吼道,"你干嘛来妨碍我们干活?"

埃波妮咯咯大笑,扑上去搂住他的脖子。

"亲爱的父亲,因为我在,所以我在。难道现在不准人坐在石头上吗?不该在这里的倒是你们。这里是块'饼干',你们还来干什么?我告诉过玛妮翁了。这里没什么油水。拥抱我呀,亲爱的好父亲!好久没看见您了!您放出来了?"

泰纳迪埃试图挣脱埃波妮的胳膊,嘟哝道:

"好了。你拥抱过我了。是的,我放出来了。我不在牢里了。现在你可以走了吧。"

可是,埃波妮就是不松手,反而搂得更紧了。

"亲爱的父亲,您是怎样出来的?您一定动了很多脑筋,才出来的吧。给我讲讲嘛!我母亲呢?我母亲在哪里?给我讲讲妈妈的情况。"

泰纳迪埃回答:

"她很好,我不知道,放开我,听话,快走吧。"

"我就是不想走嘛,"埃波妮像个宠坏了的孩子撒娇道,"我都四个月没见您了,才拥抱您一会儿,您就赶我走啦。"

说完,她又搂住父亲的脖子。

"怎么这样,太蠢了!"巴贝说。

"快点!"格勒梅尔说,接货的人可能要来啦。

说腹语的人按音节朗诵了两句诗:

今天不是过新年,

不用去吻爹和娘。

埃波妮转身对另外五个歹徒说:

"呀,是布吕戎先生。——您好,巴贝先生。您好,克拉克苏先生。——您不认得我啦,格勒梅尔先生?——您好吗,蒙帕纳斯先生?"

"当然,他们都认出你啦!"泰纳迪埃说,"问完就行了,快走吧!让我们清静些。"

"现在是狐狸,而不是母鸡活动的时候。"蒙帕纳斯说。

"你看见了,我们在这搭里有活忙呢①。"巴贝补充说。

埃波妮握住蒙帕纳斯的手。

"当心割着手!"他说,"我这刀儿没套套子。"

"亲爱的蒙帕纳斯,"埃波妮极其温柔地回答道,"应该相信

---

① "我们在这里有事做哩。"

人。我也许是我父亲的女儿。巴贝先生,格勒梅尔先生,当初是你们派我来侦察这桩买卖的。"

值得注意的是,埃波妮没讲俚语。从她认识马里尤斯以来,她感到不可能再讲这可怕的语言了。

她用瘦骨嶙峋、没有力气的小手握住格勒梅尔粗硬的手指,继续说:

"您知道我不是笨蛋。平时大家都信任我。我多次帮助过你们。听着,我已调查过了,你们看,你们会白冒险的。我向你们发誓,这座房子里没什么油水。"

"里面只住着女人。"格勒梅尔说。

"没有。人家搬走了。"

"蜡烛可没搬走。"巴贝说。

说完,他让埃波妮透过树梢,看有个灯光在顶楼上移动。那是杜珊的灯光,她还没睡觉,正在晾衣服。

埃波妮试图作最后一次努力。

"好吧,"她说,"可他们很穷,住在破房子里,一分钱也没有。"

"见你的鬼去吧!"泰纳迪埃吼道,"等我们把屋子翻个个儿,把地窖翻上来,阁楼翻下去,再来告诉你里面有什么,究竟是圆脸、圈圈还是丁丁[①]。"

说完,他把她推开,要进里面去。

"我的老朋友蒙帕纳斯先生,"埃波妮说,"我求您了,您是好孩子,别进去!"

---

① "圆脸、圈圈、丁丁"即"法郎、苏、小钱"。——原注

"当心,别把手割破了!"蒙帕纳斯回答道。

泰纳迪埃用他特有的果断口吻说:

"走开,小妖精!别妨碍男人们做事。"

埃波妮松开她再次抓起的蒙帕纳斯的手,说道:

"你们一定要进这房子?"

"有点儿!"说腹语的人冷笑道。

于是,她靠在铁栅栏上,准备抵挡六个武装到牙齿、夜色下显得面目狰狞的强盗,并且低声却又坚定地说:

"那好,可我不愿意。"

他们惊愕得停住了。说腹语的人也不再冷笑了。她又说:

"朋友们!好好听着。不要这样。现在听我说。首先,你们敢进这个园子,敢碰一碰这个栅栏,我就叫喊,我就去敲住户的门,把大家喊醒,让他们把你们六个人都抓进去,我喊警察来。"

"她做得出来的。"泰纳迪埃悄声对布吕戎和说腹语的人说。

她晃晃脑袋,又说:

"从我父亲开始!"

泰纳迪埃走近她。

"别过来,老家伙!"她说。

他只好后退,嘴里嘟囔道:"她怎么啦?"接着骂道:

"狗杂种!"

她发出可怖的笑声。

"随你们的便,你们别想进去。我不是狗的女儿,而是狼的女儿。你们有六个人,这又能把我怎么样?你们是男人。可我是女人。你们吓不倒我。告诉你们,你们进不了这屋子,因为我不愿意。你们靠近我,我就像狗那样大叫。我跟你们说过有狗,那就是我。我才不在乎你们呢。你们快走吧,我讨厌你们!去哪里都可以,就是别上这里来,我不许你们来!你们用刀,我用鞋踢,这对我都一样,上来呀!"

她向盗贼们迈出一步,气势吓人。她又大笑起来。

"不错!我不害怕。今年夏天,我会挨饿,今年冬天,我会挨冷。这些蠢男人,真是可笑!以为能让一个女孩子害怕!害怕!怕什么!哦!怕极了!因为你们有爱吵架的情妇,听见你们一吼,就会吓得钻到床底下,不是吗!我可是天不怕,地不怕!"

她盯着泰纳迪埃看了看,说道:

"甚至不怕您!"

接着,她用幽灵般血红的眸子,将匪徒扫视了一遍,又说:

"我什么都不在乎,哪怕我父亲用刀子捅死我,明天有人在普吕梅街头发现我的尸体,或者,一年后,在圣克卢的渔网中,或在天鹅岛的烂瓶塞堆和溺水的死狗堆里发现我的尸体!"

说到这里,她不得不停住,因为她干咳起来,从她狭窄而虚弱的胸部,发出临终病人般嘶哑的喘气声。

她接着又说:

"我只要一喊,就会有人来,啪嗒一声,就全完了。你们有六个人,可我有所有的人。"

泰纳迪埃朝她走前一步。

"别过来!"她喊道。

他停下来,温和地对她说:

"好吧,我不过去,但你说话不要那么大声。我的女儿,你非要妨碍我们干活不可,是吧?可我们总得谋生啊。你对你父亲就不再讲交情了吗?"

"我讨厌您。"埃波妮说。

"可我们要生活,要吃饭……"

"那就去死吧。"

说完,她坐到铁栅栏门的石基上,低声唱了起来:

> 我的胳膊圆又圆,
>
> 我的大腿美又美,
>
> 可惜误了好时光。

她用腿支着胳膊肘,手托着下巴颏,满不在乎地摇晃着腿。她的连衣裙破旧不堪露出嶙峋的锁骨。附近的一盏路灯照亮她的侧影和姿态。像这样坚定而令人惊讶的神态,真是见所未见。

那六名歹徒见被一个姑娘挡住,不禁目瞪口呆,又气又恼,跑到路灯的阴影下去商量对策,羞愤不已,却又无可奈何,只得连连耸肩。

可她却平静而粗野地看着他们。

"她一定有什么事。"巴贝说,"一定有原因。难道她爱上这里的狗了?可是,不干又太可惜。两个女人,一个老头,而且老头住在后院里;窗子上挂着很不错的帘子。老头可能是个老犹[①]。我相信这是笔好生意。"

"你们几个进去。"蒙帕纳斯大声说,"你们去干。我和这丫头

---

① "犹太人"。——原注

留下来,她要是动一动……"

他把藏在袖管里的那把刀,在路灯光下晃了晃。

泰纳迪埃一言不发,似乎大家想做什么,他就准备做什么。

布吕戎还没说话,他多少是个权威人物,而且,正如大家知道的,是他"提议"干这事的。他若有所思。他被视作在任何危险面前都不后退的人。大家知道,有一天,仅仅为了逞能,他洗劫了一个警察分局。此外,他还会赋诗作歌,这大大提高了他的威望。

巴贝问他。

"布吕戎,你不说说?"

布吕戎又沉默了一会儿,接着,他摇完头后又点头,反复了几次,最后才提高嗓门说:

"是这样:今天早晨,我遇到两只麻雀打架,晚上,我又碰到一个女人吵架。这都是不吉利的兆头。我们走吧。"

他们都走了。

蒙帕纳斯边走边嘀咕:

"无所谓。刚才大家愿意的话,我就掐她的脖子了。"

巴贝回答说:

"我可不。我不打女的。"

走到街角处,他们停下来,压低嗓门,交换了几句令人费解的话:

"今天去哪里过夜?"

"庞丹地下。"[①]

[①] "巴黎下水道里。"

"泰纳迪埃,你带着栅栏门的钥匙吗?"

"当然。"

埃波妮盯着他们,望见他们从原路走了。她站起来,贴着大墙和房屋,跟在他们后面。她跟着他们来到林荫大道上。他们在那里分手了。她见那六人隐没在黑暗中,仿佛同黑暗融为一体。

五 夜间出没的东西

歹徒们走后,普吕梅街恢复了平静的夜景。

刚才发生在这条街上的事,森林见了不会大惊小怪。大树林、小丛林、灌木林、千纽百结的树枝、高深茂盛的草丛,构成一幅阴沉凄迷的景象;蚁聚在荒野里的生物,能隐隐看见看不见的东西突然显现;比人低级的东西,透过迷雾,能看见超人的东西;我们活着的人所不知的东西,夜间在那里相见对照。布满树木和野兽的大自然,感到有超自然的东西接近,会感到惊慌失措。黑暗中的力量彼此熟悉,相互间有着神秘的平衡。锐牙和利爪惧怕抓不到的东西。野兽嗜血成性,贪婪地窥视着猎物,武装着爪子和牙齿,生来只以满足肚子为根源和目的,却惴惴不安地望着和嗅着那幽魂鬼影,见它披着殓衣,裹着朦胧微颤的袍子在徘徊游荡,感到它过的是一种毫无生气的可怕生活。这些纯物质的野兽,朦胧地惧怕同凝聚成一个未知东西的无际黑暗打交道。一张黑暗的脸挡住了去路,野兽戛然止步。巢穴里出来的,见了坟墓里出来的,会吓得张皇失措,魂飞魄散;残暴的害怕阴险的;恶狼遇见食尸鬼,会逃之夭夭。

六 马里尤斯回到现实中,把地址告诉了珂赛特

当那个人面母狗坚守铁栅栏门,六匪徒在一位姑娘面前落荒而逃的时候,马里尤斯就在珂赛特身边。

天空从没像这样星光灿烂,妩媚迷人,树木从没像这样震颤抖动,野草从没像这样沁人心脾,枝头的鸟儿从没听着像这样轻柔的声音进入梦乡,宇宙的宁静和谐从没像这样应答爱情心声的乐曲,马里尤斯从没像这样钟情,这样幸福,这样心醉神迷。可他却感到珂赛特闷闷不乐。珂赛特哭过。她的眼睛红红的。

在这令人赞叹的美梦中,出现了第一片乌云。

马里尤斯说的第一句话便是:

"你怎么啦?"

她回答:

"有件事。"

说完,她坐到台阶旁的长凳上,当他哆嗦着在她身边坐下时,她继续说:

"今天上午,我父亲叫我作好准备,说他有事要办,我们可能要走了。"

马里尤斯浑身战栗。

人生快结束时,死,即是走;人生刚开始时,走,即是死。

六个星期来,马里尤斯慢慢地,一点一点、一天一天地逐步

占有了珂赛特。纯属是理想的占有,但却情深意笃。我们前面说过,人初恋时,占有灵魂先于肉体;到后来,先要肉体,后要灵魂,有时则根本不要灵魂。福布拉斯①和普律多姆之流更是说:"因为不存在灵魂。"幸而这种挖苦话只是亵渎神明。因此,马里尤斯对珂赛特的占有,犹如精神的占有。但他用整个灵魂裹住她,满怀信心却又是小心翼翼地抓住她。他占有她的微笑、她的气息、她的体香、她蓝眸里闪出的幽深的光辉、他触摸她手时感到的肌肤的柔润、她脖子上的迷人的斑记、她的全部思想。他们说好,睡觉时必须梦见对方,他们没有食言。因此,他占有珂赛特所有的梦。他目不转睛地看着她颈后可爱的头发,有时还用气息去轻拂,他还对自己说,她这些可爱的头发,没有一根不属于他。她穿戴的东西,她的缎带蝴蝶结、她的手套、她的袖口、她的短筒靴,他把这一切视作自己的圣物,深情地凝视和崇拜。她头发上插着漂亮的玳瑁梳,他想他是这些梳子的主人。他甚至念叨(那都是情欲初萌时模糊不清的嗫嚅),她裙子上的每一根带子,袜子上的每一个网眼,胸衣上的每一个褶裥,全都是属于他的。在珂赛特身旁,他感到是在他的财产旁边,在他的财物旁边,在他的专制君主和奴隶旁边。他们觉得,他们的灵魂已合二而一,若想收回各自的灵魂,已很难分清彼此。——这一个是我的。——不,是我的。——你肯定错了。这分明是我。——你把我当成是你了。——马里尤斯已是珂赛特的组成部分,而珂赛特也已是马里尤斯的组成部分。马里尤斯感到珂赛特就活在他的身上。拥有珂

---

① 福布拉斯,法国作家库夫雷的小说《福布拉斯骑士的爱情》中的主人公。

赛特，占有珂赛特，对他而言，同呼吸没有两样。正当他这样信心百倍、如醉如痴，为这纯洁、空前和绝对的占有，以及为这至高无上的权力心花怒放的时候，"我们可能要走了"这句话如当头一棒突然落下，现实那粗暴的声音对他嘶叫："珂赛特不是你的。"

马里尤斯骤然醒了。刚才说了，六个星期来，马里尤斯一直生活在云里雾里；"走"这个词残酷地将他拉回到现实中。

他一句话也说不出来。珂赛特只觉得他手冰凉。这回轮到她问了：

"你怎么啦？"

他低声回答，珂赛特几乎听不见他说的是什么：

"我不明白你的意思。"

她又说了一遍：

"今天上午，父亲叫我收拾衣物，作好准备，他把他的衣服给了我，叫我放进箱子里，他必须出一趟远门，我们就要走了，我需要个大箱子，他需要个小箱子，一星期之内作好准备，我们可能去英国。"

"这太可怕了！"马里尤斯大声说。

此时此刻，可以肯定，在马里尤斯的思想上，任何滥用职权，任何粗暴行为，哪怕最残暴君王的行为再残暴，布里西斯、提比略、亨利八世的行为再凶狠，都不如福施勒旺以有事为由，将他女儿带到英国来得残酷无情。

他有气无力地问：

"你什么时候动身？"

"他没说什么时候。"

"你什么时候回来？"

"他没说什么时候。"

马里尤斯站起来，冷冷地说：

"珂赛特，您去吗？"

珂赛特将饱含忧虑的漂亮眼睛转向他，神态惶然地回答：

"去哪里？"

"英国？您去吗？"

"为什么你用'您'称呼我？"

"我问您，您去不去？"

"你叫我怎么办？"她双手合十，回答道。

"这么说，您是要去喽？"

"要是我父亲去呢？"

"这么说，您是要去喽？"

珂赛特抓住马里尤斯的手，紧紧地握着，没有回答。

"那好。"马里尤斯说，"我就去别的地方。"

珂赛特与其说听明白了，不如说感觉到了这句话的含义。她脸色刷地变白，黑暗中，她的脸变成了白色。她结结巴巴地说：

"你想说什么？"

马里尤斯看了看她，然后，将目光慢慢转向天空，回答道：

"没什么。"

当他垂下眼睛时，发现珂赛特在朝他微笑。一个心爱女人的微笑，是一道亮光，黑夜里看得见。

"我们真笨！马里尤斯，我有个主意。"

"什么主意？"

"我们走的话,你也走呀!回头我告诉你去哪里!你到我去的地方来找我!"

马里尤斯现在完全清醒了。他又回到了现实中。他大声对珂赛特说:

"同您一起走!你是不是疯了?得有钱,可我没钱!到英国去?我现在,我不知道,还欠着库费拉克十几个金路易哩!他是我的一个朋友,你不认识。我只有一顶不值三法郎的破帽子,一件前面缺扣子的礼服,我的衬衣破烂不堪,袖肘上穿了洞,鞋子里能进水。六个星期来,我把这一切忘得一干二净,我没把这些告诉你。珂赛特!我是个穷光蛋。你只在夜里看见我,把你的爱给了我;假如你在白天看见我,你会给我一个苏!去英国!嘿!我连付护照的钱都没有!"

他扑到旁边的一棵树上,双臂抱住头,前额抵着树干,既不感到树皮在划破他的肌肤,也不觉得热血在敲击他的太阳穴,站着一动不动,随时准备倒下,就像一尊绝望的雕像。

他这样待了很久很久。人处在这样的深渊中,就会永无出头之日。他回过头,因为他听见身后传来轻柔凄楚的呜咽声。

是珂赛特在哭泣。

她已哭了两个多小时了,而她身边的马里尤斯却一直在沉思。

他来到她跟前,跪下来,慢慢俯下头,捧起她露在裙摆外的足尖亲吻起来。她默默地任他这样做。有时候,女人就像个忧郁顺从的女神,接受爱的膜拜。

"别哭了。"他说。

她喃喃地说:

"我可能要走,可你又不能同我一起走!"

他又说:

"你爱我吗?"

她呜咽地说了句天堂里的话,而这句话惟有透过眼泪,才更动人心弦:

"我崇拜你!"

他用一种无限爱抚的声音继续说:

"别哭了。你能不能为了我,别再哭了?"

"你爱我吗,你?"她说。

他抓住她的手:

"珂赛特,我从没向任何人发过誓,因为我害怕发誓。我感到父亲就在我身旁。好吧,我向你发最神圣的誓言:如果你走,我就去死。"

他说这些话时,语调那样忧伤,但又十分庄严和平静,珂赛特听了浑身战栗。她感到了一股阴气,仿佛有个阴森而真实的东西经过。她打了个寒战,便停止了哭泣。

"现在你听我说,"他说,"明天不要等我了。"

"为什么?"

"后天再等我。"

"呵!为什么?"

"到时候你就知道了。"

"得有一天见不着你!这怎么行!"

"牺牲一天,也许能换来一生。"

接着,马里尤斯又喃喃自语道:

"这个人绝不会改变习惯，他只是晚上才会客。"

"你说的是哪个人？"珂赛特问。

"我？我什么也没说呀。"

"那你希望什么？"

"等到后天再说。"

"你一定要这样？"

"是的，珂赛特。"

她双手捧起他的脑袋，踮起足尖以便够着他的脸，想从他的眼睛里看出他希望什么。

马里尤斯又说：

"对了，我想，你应该知道我的地址，说不定会有什么意外，这很难说。我住在一个叫库费拉克的朋友家里，玻璃厂街，十六号。"

他摸摸口袋，掏出一把小折刀，用刀尖在石灰墙上刻了"玻璃厂街十六号"。这时，珂赛特又开始注视他的眼睛了。

"把你的想法告诉我。马里尤斯，你肯定在想什么。告诉我。呵！告诉我吧，否则我睡不好觉。"

"我的想法是：上帝不可能要拆散我们。后天等我。"

"那这之前我做什么呢？"珂赛特说，"你在外面，你走来走去。男人们多幸福！可我得一个人待着。呵！我会多么忧愁啊！你明天晚上做什么，告诉我？"

"我要试着去办件事。"

"那从现在起，我就向上帝祷告，心里时刻想着你，希望你成功。既然你不愿告诉我，我就不问了。你是我的主人。明天晚上，我就唱你喜爱的、有天晚上你在我窗下听到过的那首《欧利安特》。不过,后天你得早点来。晚上九点,我准时等你,我事先告诉你了。天哪!日子长得真叫人发愁!听好了,九点一到,我就在花园里。"

"我也是。"

他们俩在同一个思想推动下,在使情人不断交驰的电流驱动下,甚至在痛苦中仍被爱欲所陶醉,不约而同地扑入彼此的怀里,仰望星空,热泪盈眶,心醉神迷,嘴唇不知不觉凑到了一起。

马里尤斯离开时,街上荒无人影。正好是埃波妮尾随盗贼们到林荫大道的时候。

刚才,当马里尤斯头抵树干沉思的时候,一个念头闪过他的脑海,一个——唉!——在他看来是荒唐而不可能的念头。他决定硬着头皮去试试。

七 年老的心和年轻的心对峙

那时,吉诺曼老爹已是九十一岁高龄。他仍同吉诺曼小姐住在髑髅地修女街六号自家的老房子里。大家记得,他是个站着等死的老古董,年龄压不弯他,忧愁折不断他。

可是,近来他女儿说:"我父亲不如从前了。"他不再打女用人的耳光了;当巴斯克开门稍慢一些时,他用拐杖敲楼梯平台也不如从前有劲了。七月革命几乎没把他惹恼,且只持续半年时间。当他在《箴言报》上看到恩布洛-孔泰先生的名字同贵族院议员连在一起时,他也几乎无动于衷。事实上,老人已是意气消沉。他不会屈服,也不会投降,无论是身体还是精神,他都不会这样;但他感到自己的心力日渐衰退。四年来,他坚定不移地(这样说毫不夸张)等待马里尤斯回来,深信这个混账小子迟早会来叩家里的门;现在,当他心情忧郁时,他甚至会想,要是马里尤斯还不来……——他难以忍受的不是死亡,而是想到可能再也见不着马里尤斯了。以前,他从没想过会再也见不到马里尤斯;现在,这个想法开始出现了,一想到这个,他就感到心寒。正如自然和真挚的感情中常有的那样,马里尤斯不在身旁,反令外公对这忘恩负义、一去不归外孙的爱有增无已。人在十二月的夜里零下十二度的气温下,最思念太阳。此外,吉诺曼先生是长辈,他不可能,或者说自认为不可能向外孙主动迈出一步。他说:"我宁死也不这样做。"他认为自己没错,可是,当他思念马里尤斯时,就像一个行将就木的老人,总是非常怜悯他,又觉得无可奈何。

他开始掉牙了,这使他雪上加霜。

吉诺曼先生从没像爱马里尤斯那样爱过一个情妇,可他不敢对自己承认,因为他会感到愤怒和羞愧。

他叫人在他卧室床头挂他另一个女儿的旧画像,以便醒来第一眼就能看到。那是他已故女儿蓬梅西夫人十八岁时的画像。他经常看这张画像。一天,他看着看着,竟说:

"我觉得他像她。"

"像我妹妹?"吉诺曼小姐接茬说,"是很像。"

老人又说:

"也像他。"

一次,他双膝合拢,双眼微闭,呆呆地坐着,一副沮丧的样

子,他女儿斗胆问他:

"父亲,您还记恨吗?……"

她戛然而止,没敢往下说。

"记恨谁?"他问道。

"可怜的马里尤斯?"

他抬起苍老的脑袋,把枯瘦起皱的拳头放到桌上,以极其气愤和颤抖的声调吼道:

"您说是可怜的马里尤斯!这个人是混蛋,无赖,是个忘恩负义、爱慕虚荣的家伙,没心没肺,没有灵魂,是个妄自尊大的坏蛋。"

他别过脑袋,不想让女儿看见自己眼眶里滚动着泪珠。过了三天,继连续四小时的沉默不语后,他突然打破沉默,开门见山地对女儿说:

"我早就请求过吉诺曼小姐,永远不要对我提起他。"

吉诺曼姨妈只好放弃一切努力,并做了深刻的断言:

"从我妹妹做了那件蠢事后,父亲就不大爱她了。很清楚,他恨马里尤斯。"

"做了那件蠢事后",就是说,从她嫁给了蓬梅西上校后。

吉诺曼小姐曾想让她宠爱的枪骑兵军官取代马里尤斯,但如大家能猜到的,她这个企图惨遭失败。泰奥迪尔想取而代之,却没有成功。吉诺曼先生不接受以伪代真。心里的空缺,不是随便弄个人就能填上的。而泰奥迪尔这边,尽管嗅到了遗产的气味,却又讨厌曲意奉承。枪骑兵见到老人就厌烦,老人见到枪骑兵就反感。不错,泰奥迪尔中尉生性快乐,但过于健谈;他轻薄浪漫,但平庸粗俗；他乐天随和，但乱交朋友；他确有许多情妇，也确实常常谈论她们，但谈得没有趣味。他所有的优点都有一个缺憾。吉诺曼先生一听到他吹嘘在巴比伦街驻地附近的艳遇，就心生厌烦。再说，吉诺曼中尉有时穿着军装，戴着三色绶带来看望老人，这确实叫他难以忍受。吉诺曼老爹最后只得对女儿说："这个泰奥迪尔，我对他真是忍无可忍了。你愿意的话，你接待他吧。我对和平时期的军人不感兴趣。比起抡大刀的军人来，我不知道是不是更不喜欢拖大刀的军人。战场上刀剑相击的声音，总比在大街上刀鞘拖地的声音好听些。再说，像假勇士那样挺着胸膛，可又把腰身束得像瘦女人一样细，铠甲下面穿一件紧身衣，显得不伦不类，荒唐可笑。一个真正的男人，不能虚张声势，也不能矫揉作态，不能假充好汉，也不能投人所好。留着你的泰奥迪尔自己享用吧。"

他女儿对他说："他总是你的侄孙呀。"可却是徒费口舌，吉诺曼先生绝对是个外公，而不是个叔祖父。

其实，他是个有头脑、善比较的人。泰奥迪尔所起的作用，只是使他更加思念马里尤斯。

一天晚上——已是六月四日了，吉诺曼老爹的壁炉里仍生着旺火——他已打发女儿到隔壁屋里去做针线活了。他独自待在壁上挂有牧羊图的卧室里，两只脚踩在柴架上，身后围着科罗曼德尔①出品的半圆形九折大屏风，身体埋在绒绣安乐椅里，胳膊肘撑

---

① 科罗曼德尔，位于孟加拉湾印度东海岸。古时以转口销售中国漆到欧洲而闻名。

在桌子上，桌上点着两支罩有绿色灯罩的蜡烛，手里拿着一本书，却不在读。他按照自己的嗜好，穿着督政府时期"纨绔子弟"穿的奇装异服，看上去活像加拉①的旧画像。他这身打扮上街，肯定会招来人群围观，所以，他每次出门，他女儿总是给他罩一件宽大的棉袍，好把他的衣服遮住。在家里，除了起床和睡觉，他从不穿睡袍。他说："这会使人看老。"

吉诺曼先生怀着爱意和痛苦思念马里尤斯，通常痛苦占主导地位。他那变得苦涩的柔情，最后会激奋，进而转成愤怒。他目前正准备死了那份心，接受痛苦的现实。他正在劝说自己，现在已没有理由认为马里尤斯还会回来，他要回来早就回来了，应该放弃这个念头。他努力让自己习惯"无可挽回"的想法，死前再也见不到"那位先生"了。可他的本性却在反抗，他的老外公身份决不同意。他说（这是他痛苦的口头禅）："什么！他不会回来了！"他的秃脑袋耷拉在胸前，用悲哀而气愤的目光，茫然盯着壁炉里的灰烬。

他正在沉思默想，老仆人巴斯克进来问他：

"先生能接见马里尤斯先生吗？"

老人脸色苍白，就像挨了电击的尸体，霍地坐直身子。全身的血涌回心脏。他结结巴巴地说：

"哪个马里尤斯先生？"

"不知道，"巴斯克被主人的神色吓得不知所措，回答道，"我

---

① 加拉（1749—1833），法国政客，当过内政部长。督政府时期，他是衣着奇特的风云人物。

没见到人。是妮珂莱特刚才对我说:有个年轻人求见,就说是马里尤斯先生。"

吉诺曼老爹含糊不清地低声说:

"叫他进来。"

他仍那样坐着,头摇晃着,眼睛望着门口。房门打开。走进一个年轻人,是马里尤斯。

马里尤斯停在门口,好像等人叫他进去。

灯罩遮住了烛光,昏暗中,他那身破衣服看不清楚。只能看见他的脸,那张脸平静而严肃,但却愁容满面。

吉诺曼老爹又惊又喜,一时间只看见一团亮光,就像有个鬼魂出现在他面前。他几乎要晕倒了。他透过炫目的亮光,依稀看见马里尤斯。真的是他!真的是马里尤斯!

他终于回来了!走了整整四年!他抓住他了,可以说,一眼就把他整个儿抓住了。他觉得他好英俊,好高贵,好出众。他长大了,成人了。他态度得体,神态可人。他想张开双臂,叫他过来,冲上前去,他的五脏六腑全化成了狂喜,深情的话语涨满胸腔,快要溢出来了,最后,这满腔柔情直往外冲,已到了他的唇际,可他的本性使他说出口的,竟是一句冷酷无情的话。他粗暴地说:

"您来这里做什么?"

马里尤斯局促不安地回答:

"先生……"

吉诺曼先生本想要马里尤斯扑到他怀里。他对马里尤斯不满,也对自己不满。他觉得自己太粗暴,马里尤斯太冷淡。这老人感到自己满腔温柔和哀愁,可外表却只能表现得冷酷无情,这使他忧虑气恼,难以忍受。他又觉得痛苦了。他语气粗暴地打断马里尤斯说:

"那么您为什么要来?"

"那么"的意思是:"如果您不是来拥抱我"。马里尤斯看了看他的外公,见他脸色苍白得像块大理石。

"先生……"

老人又声色俱厉地说:

"您是来请求我原谅的吗?您认错了吗?"

他以为这给马里尤斯指明了方向,这"孩子"就要屈服了。马里尤斯打了个寒战;人家要他否认他的父亲。他低下头,回答道:

"不,先生。"

"那您干吗来找我?"老人心痛欲裂,激昂而愤怒地嚷道。

马里尤斯双手合十,上前一步,用微弱颤抖的声音说:

"先生,求你可怜我。"

这句话打动了吉诺曼先生,如果早一点说,他会软下来的,但为时晚矣。外公站起来,双手撑着拐杖,双唇没有血色,额头不停颤动,可他高大的身躯却俯视着低垂脑袋的马里尤斯。

"可怜您,先生!竟然是年轻人来求九十一岁的老人可怜!您正在步入人生,而我就要退出人生!您跑戏院、舞厅、咖啡馆、台球房,你有才情,讨女人喜欢,是个漂亮小伙子;而我大夏天还要对着火炉吐痰!您拥有世界上唯一的财富;而我却有老年人的所有贫困,也就是残疾和孤独!您有三十二颗牙,健康的肠胃,明亮的眼睛,您有力气,有胃口,健康,快乐,满头乌发;而我连白头发也掉光了,牙齿没了,腿劲没了,记忆力不好了,常常把三条街的名字搞混,分不清夏洛街、肖姆街和圣克洛德街,我已到了这般地步!您阳光灿烂,前程似锦;而我面前一片漆黑,因为我行进在黑夜里!您在恋爱,这是不言而喻的;而我世上已不再有人爱我,您却来求我可怜您!当然,莫里哀都没想到这个。律师先生们,如果你们在法庭上开这种玩笑,我倒真要衷心祝贺你们了。你们实在可笑。"

接着,九旬老人又用愤怒而严肃的口吻说:

"喂!您干吗找我?"

"先生,"马里尤斯说,"我知道您不高兴我来,不过,我来只是要求您一件事,说完我就会走的。"

"您是个傻瓜!"老人说,"谁叫您走了?"

这句话表达了埋在他心底的那句深情的话:"快求我原谅你!上来搂住我的脖子!"吉诺曼先生感到马里尤斯就要离开他了,他的不友好的接待令他失望,他的生硬态度会把他赶跑,他心里这样想着,痛苦陡然增加,而这痛苦马上又转为愤怒,因此,他的态度就愈加生硬。他想要马里尤斯明白他的心意,可马里尤斯就是不明白,老人火冒三丈。他继而又说:

"怎么!您辜负了我——您的外公,您离开我的家,不知跑到了哪里,害得您的姨妈悲伤不安,您去过——这是可想而知的,这样更方便——单身生活,当花花公子,想什么时候回家,就什么时候回家,吃喝玩乐,我不知道您是死是活,负了债也不叫我替您还,您打打闹闹,胡作非为,过了四年,您来我家里,你要对我说的,却只是这个!"

他本想用这种粗暴的方式,促使外孙说些温柔话,没料到反使马里尤斯沉默不语了。吉诺曼先生交叉起双臂,这一动作在他是极其急躁的表现。他痛苦地斥责马里尤斯道:

"谈正题吧。您说您有事求我。什么事?求我什么?说吧。"

"先生,"马里尤斯用就要掉进深渊的目光望着老人说道,"我来求您同意我结婚。"

吉诺曼先生摇了摇铃。巴斯克微微打开门。

"叫我女儿来。"

不一会儿,门又打开,吉诺曼小姐出现在门口,却没进屋。马里尤斯立在那里,沉默不语,双臂下垂,就跟犯了罪似的。吉诺曼先生在房里来回踱步。他转向女儿,对她说:

"没什么事。马里尤斯先生来了。向他问个好。先生想结婚。就这个。您走吧。"

老人说话的声音短促而沙哑,这说明他愤怒到了极点。姨妈惊慌失措地看着马里尤斯,仿佛刚刚认出他,连一个手势也没做,一句话也没说,父亲的话音未落,她就像根麦秸,已被狂风刮得无影无踪了。

这时,吉诺曼老爹已回来背靠着壁炉。

"您要结婚?二十一岁!您都安排好了!只剩下征得同意了!走一走过场!坐下,先生。好啊,自从我不能荣幸地见到您以来,您搞了场革命。雅各宾派占了上风。您想必很得意。您当上男爵后,不就是共和党人了吗?您倒会左右逢源。共和国成了男爵爵位的调料。先生,您获得七月荣誉勋章了吗?是不是抢了卢浮宫?在这附近,在安托万街,诺南-迪埃尔街对面,有颗炮弹嵌在一幢房子的四楼墙上,上面刻着:一八三〇年七月二十八日。您去看看吧。会长见识的。啊!您那帮朋友,尽干好事!对了,他们不是在贝里公爵先生纪念碑的原址,修建了一个喷泉吗?这么说,您想结婚了?同谁?能问问是同谁吗,这不算冒昧吧。"

他停住了话头,马里尤斯还没来得及回答,他又激烈地说:

"喂,您有地位吗?发财了吗?您当律师挣多少钱?"

"一分也不挣。"马里尤斯以一种几乎是粗野的、坚定而果断的口吻说道。

"一分也不挣?您只靠我给您的一千二百利弗过日子?"

马里尤斯没有回答。吉诺曼先生继续说:

"那我明白了,那女孩子很有钱?"

"和我一样。"

"什么?没有嫁妆?"

"没有。"

"没有遗产可继承?"

"我想没有。"

"身无分文!父亲是干什么的?"

"不知道。"

"她叫什么?"

"福施勒旺小姐。"

"福施什么?"

"福施勒旺。"

"噗!"老人说。

"先生!"马里尤斯喊道。

吉诺曼先生喃喃自语般地打断他的话头。

"对,二十一岁,没有地位,每年一千二百利弗,蓬梅西男爵夫人只好到菜摊上去买两苏钱的芹菜。"

"先生,"马里尤斯见最后的希望已破灭,张皇失措地说,"求求您!先生,我以上天的名义,合上双手,求您开开恩,我跪在您脚下,准许我娶她吧。"

老人发出尖厉凄凉的笑声,边笑边咳边说道:

"哈!哈!哈!您心里想:当然!我要去找那个老顽固,那个可笑的老傻瓜!遗憾的是,我还不到二十五岁!否则,我只要扔给你,扔给您,扔给他一份结婚意见征求书①就行了!我就可以不去求他!不过没关系,我就去对他说:老蠢货,你看见我一定很高兴,我想结婚,我想娶随便哪位小姐,随便哪位先生的女儿,我没有鞋穿,她没有衣穿,这没什么,我想把我的职业、前途、青春、生活统统抛进水中,我想在脖子上绑一个女人一同跳进贫困中,这是我的想法,你得同意!那老顽固会同意的。去吧,我的孩子,随你的便,绑上你那块石头,去娶你那位普斯勒旺,库普勒旺吧……——不同意,先生!决不!"

"我的父亲!"

"决不!"

听到他说"决不"的语气那么坚决,马里尤斯感到毫无希望了。他缓步穿过房间,瞧他低着脑袋、摇摇晃晃的样子,与其说

---

① 按十九世纪法国法律,男子二十五岁,女子二十一岁,结婚可以不用家长同意,但须通过公证人向家长发一份结婚意见征求书,名为征求意见,实是通知。

像一个要走的人,毋宁说像一个要死的人。吉诺曼先生看着他离去,马里尤斯打开房门,正要出去,这位专横任性的老人,以这种个性的老人特有的敏捷,向前跨了四步,抓住马里尤斯的衣领,用劲把他拽回房间里,将他抛到一张安乐椅上,对他说:

"给我详细说一说!"

是马里尤斯脱口喊了声"我的父亲",局面才改变的。马里尤斯茫然地看着他。吉诺曼先生那张变幻无常的脸上,出现了一种难以描绘的粗野而淳厚的表情。严厉的老祖宗变成了慈祥的老外公。

"哦,来吧,说吧,把你的风流事儿说给我听听,说吧,把一切都告诉我!见鬼!年轻人真蠢!"

"我的父亲!"马里尤斯又喊了声。

老人顿时喜形于色,整个脸放出难以形容的光芒。

"对,就这样!喊我父亲,你会满意的!"

此刻,在老人粗暴生硬的态度中,流露出极大的亲切、温柔、坦率和慈祥,马里尤斯突然从绝望转入希望,不由得目瞪口呆,但又喜不自胜。他坐在桌子旁,烛光照亮了他的破衣裳,吉诺曼老爹惊讶地端详他。

"嗳,我的父亲。"马里尤斯说。

"怎么这副样子,"吉诺曼先生打断他说,"你真的是身无分文吗?穿得跟小偷似的。"

他在一只抽屉里翻了翻,找出一只钱包,放在桌上:

"拿着,这里有一百金路易,给你买顶帽子。"

"我的父亲,"马里尤斯接着说,"我的好父亲,您要知道就好了!我爱她。您想象不到,我第一次见她,是在卢森堡公园,她常去那里。开始时,我不大注意她,后来,不知怎么的,我就爱上了她。啊,我是多么苦恼啊!现在好了,我每天能见到她,我去她家里,她父亲不知道,您想想,他们要走了,我们每天晚上在花园里会面,她父亲要带她去英国,于是,我心里想,我要去见外公,把事情告诉他。我会发疯的,我会死的,我会生病,我会投河自尽。我一定得娶她,否则我就会发疯。这就是全部真相。我想没漏掉什么。她住在普吕梅街的一个花园里,有一扇铁栅栏门。靠近残老军人院。"

吉诺曼老爹眉开眼笑,已坐到马里尤斯身旁。他一边听他说话,品味他的声调,一边深深吸着鼻烟。听到提起普吕梅街,他戛然停止吸鼻烟,剩下的烟丝撒落到膝头上。

"普吕梅街!你是说普吕梅街?——等等!那里是不是有个兵营?——对,不错。你的表哥泰奥迪尔同我说起过。就是那个枪骑兵,那个军官。——有个小姑娘,我的好朋友,是有个小姑娘!——没错,普吕梅街。从前叫布洛梅街。——我全想起来了。普吕梅街铁栅栏门里头的小姑娘,我听说过。在一座花园里。一个帕梅拉。你品味不错。听说她清清爽爽的。我们私下里说说,那个枪骑兵小傻瓜好像追过她。我不知道到了什么程度。不过,这没关系。再说,没必要相信那是真的。他爱吹牛。马里尤斯!我觉得,像你这样的青年应该谈恋爱,这是好事情。这正是你这个年龄的人做的事。我宁愿你谈恋爱,也不愿你当雅各宾分子。我宁愿你爱上一个姑娘,见鬼!哪怕爱二十个,也不愿你爱上罗伯斯庇尔先生。至于我,我要为自己说句公道话,说到不穿短裤的人①,我从来只爱女人。漂亮姑娘就是漂亮姑娘,见鬼!这是没什么可说的。至于那个小姑娘,她瞒着爸爸同你幽会。这也在情理之中。我也有过这样的故事。还不止一个。你知道该怎么做吗?不要凶猛。不要一头栽进悲剧中。不要结婚,不要去见挎肩带的市长先生。只是傻呵呵地做个聪明小伙子。这才是理智的做法。人哪,在爱情上滑行吧,但不要结婚。你来找外公,他其实是个好老头,在他的旧抽屉里,总有几卷金路易。你对他说:'外公,是这么回事。'外公会说:'这很简单。'人都会有年轻的时候,也都会有年老的时候。我有过年轻的时候,你也会有年老的时候。去吧,我的孩子,这些经验将来你要告诉你的孙子。这是二百皮斯托尔。尽情地玩乐吧,见鬼!没有比这更快乐的事了。事情就该这样来做。决不要结婚,但这毫无妨碍。你听明白了吗?"

马里尤斯瞠目结舌,一句话也说不出来,只是摇了摇头。老人哈哈大笑,眨了眨老眼,拍拍马里尤斯的膝盖,神秘而兴奋地看着他,极其温柔地耸耸肩,对他说:

"傻小子!让她做你的情妇。"

马里尤斯脸色刷地白了。他外公的这席话,他一点也没听懂。什么普吕梅街、帕梅拉、兵营、枪骑兵,所有这些啰里啰嗦的话语,犹如幻象,从马里尤斯面前经过。所有这一切,与珂赛特这朵百合花毫无关系。老人在胡言乱语。但这番胡言乱语最后归结

---

① 法语 sans-culotte 指不穿短外裤的穷人,通常译作"长裤汉",这是十八世纪末年法国资产阶级大革命时期对广大革命群众流行的称呼。这里是文字游戏,因为女人也不穿短外裤。

为一句话,马里尤斯可听得真真切切,那是对珂赛特的莫大污辱。"让她做你的情妇"这句话,仿如一把利剑,刺进了这位严肃青年的胸膛。

他站起来,从地上捡起帽子,迈着坚定而自信的步伐,朝门口走去。到了门口,他转过身,向外公深深鞠一躬,抬起头,说道:

"五年前,您侮辱了我的父亲,今天,您又侮辱我的女人。我没什么可再求您的了,先生。永别了。"

吉诺曼老爹一下愣住了,他张开嘴巴,伸出双臂,想站起来,还未能说话,房门又合上,马里尤斯不见了。

老人像挨了雷击,一时动弹不得,既不能说话,也不能呼吸,仿佛有个拳头紧紧卡住他的喉咙。他终于从椅子上站起来,以九十一岁老人可能有的最快速度,跑到门口,打开门,喊道:

"救命啊!救命啊!"

他女儿闻声跑来,接着是用人们。他哀怨怨、气喘喘地说:

"快去追他!把他追回来!我有什么对不起他呀?他疯了!他走了!啊!我的上帝!啊!我的上帝!这下他再也不回来了!"

他走到临街的窗口,用颤巍巍的老手打开窗子,当巴斯克和妮珂莱特从后面把他拦住时,他已将大半个身子探出窗外,大声喊道:

"马里尤斯!马里尤斯!马里尤斯!"

可是,马里尤斯听不见了,此刻,他正拐进圣路易街。

九旬老人惶恐不安,他两三次将双手放到太阳穴上,踉踉跄跄地往后退,瘫坐在一张安乐椅上,没有脉搏,没有声音,没有眼泪,傻乎乎地晃动着脑袋,颤动着嘴唇,双眸和内心只剩下忧郁和深似黑夜的东西。

第九卷
他们去哪里？

一 让·瓦让

就在同一天下午，将近四点钟，让·瓦让独自坐在练兵场最偏僻的一个斜堤坡上。不知是出于谨慎，还是想一个人静思，抑或因为不知不觉——人都会这样——改变了习惯的缘故，他现在很少同珂赛特一起出来。他穿着一件工人上装、一条灰布长裤，头戴一顶宽檐鸭舌帽，遮住了半边脸。现在，他对珂赛特感到放心又高兴，过去曾一度使他惊恐不安的事，现已烟消云散。不过，一两个星期来，他又有了另一种性质的忧虑。一天，他在林荫大道上散步，远远看见了泰纳迪埃；幸亏他乔装打扮得好，泰纳迪埃没认出他来。可是，此后，让·瓦让又看见过他好几次，现在可以肯定，泰纳迪埃常在这一带游荡。这就足以使他作出重大的决定。只要泰纳迪埃在，就会后患无穷。

此外，巴黎很不平静。政治动乱会给隐瞒身世的人带来麻烦；

警察变得紧张不安,疑神疑鬼,他们在搜索某个佩潘或莫雷①的时候,很可能会发现某个让·瓦让。

鉴于这些原因,他忧虑万分。

最后,刚才又发生了一件令人费解的事,现在他仍心惊肉跳,因此,他也就更加警惕了。就在那天早晨,全家只有他一人已起床,珂赛特房里的窗板尚未打开,他独自在花园里散步,突然发现墙上有行字:玻璃厂街十六号,大概是用钉子刻上去的。

这是刚刻上去的字迹,因为石膏涂层年久发黑,而那几个字却是白白的,墙脚下的一丛荨麻上,还有新落下的白粉末。这行字很可能是夜里写上的。这是什么?是地址?给别人的信号?给他的警告?不管怎样,显然花园被人践踏过,陌生人进来过。他回忆起曾使全家人惊慌不安的那些怪事。他一直在思考这件事。但他只字不向珂赛特提起用钉子刻在墙上的那行字,怕引起她的恐慌。

让·瓦让经过反复思考和掂量,决定离开巴黎,甚至远离法国去英国。他已向珂赛特提起过了。他想一个星期内启程。他坐在练兵场的斜堤上,脑海里思绪纷乱:泰纳迪埃,警察,刻在墙上的那行奇怪的字,这次远行,以及弄到护照的困难。

他正在全神贯注地思索,突然,他从阳光投射的一个影子上,发现有人刚刚来到了他身后的斜坡顶上。他正要回头,不料一张四折的纸落在他膝头上,像是有只手从他头顶上扔过来的。他拾

---

① 佩潘(1800—1836),圣安托万郊区的食品杂货店老板,黑社会成员;莫雷,马具商。两人在一八三五年参加了暗杀路易-菲利普的行动,后被处决。

起纸,把它展开,上面写着两个粗粗的铅笔字:

搬家。

让·瓦让赶紧站起来,可是斜堤上已没有人了。他向四周张望,看见一个比孩子高,但比成人矮的,穿一件灰布工作服、一条土色棉绒裤的人正跨过护墙,向练兵场的沟里滑去。

让·瓦让忧心忡忡,赶紧回家。

二 马里尤斯

马里尤斯伤心地离开了吉诺曼先生家。他进去时,抱着一线希望,出来时彻底绝望了。

此外——大凡对人的情感世界认真观察过的人,都明白这一点——,那位枪骑兵,军官,小傻瓜,泰奥迪埃表哥,没有在他思想上留下任何阴影。丝毫都没有。剧作诗人听了外祖父向外孙直截了当泄露的情况,就会根据表面现象,编出一些复杂的情节。可是,增加了戏剧性,也就损害了真实性。马里尤斯所处的年龄,不相信人会干坏事;以后,到了一定年龄,就会相信一切。猜疑是人脸上的皱纹。人在少年时代是没有皱纹的。使奥赛罗心烦意乱的事,对老实人[①]毫无影响。怀疑珂赛特!马里尤斯可以犯许多罪,却决不会怀疑珂赛特!

[①] 奥赛罗是莎士比亚同名悲剧中的主人公,生性多疑;老实人是伏尔泰同名小说的主人公,生性单纯老实。

他开始在街上乱走,这是痛苦的人减轻痛苦的办法。他把一切烦恼抛置脑后。凌晨两点,他回到库费拉克那里,和衣一头倒在床上。当他带着满脑子的忧虑,昏昏沉沉入睡的时候,太阳已升得老高了。他醒来时,看见库费拉克、昂若拉、弗伊和孔布费尔站在房间里,已戴好帽子,急匆匆准备出门。

库费拉克对他说:

"去不去参加拉马克将军①的葬礼?"

他以为库费拉克在说中国话。

他们走后不久,他也走了。二月三日那次惊险事件中,雅韦尔给过他两支手枪,至今仍在他手中,他把这两支枪揣进兜里。枪里仍上了子弹。很难说清楚他带枪有什么隐蔽的想法。

他漫无目的地在街上逛了一整天。断断续续地下着雨,他全然不知。他在一家面包铺里,买了一苏钱的长条面包当晚餐,放进兜里,却忘了吃。他好像在塞纳河里洗了澡,却没有印象。有时,人的头盖下面仿佛有个火炉。马里尤斯就处在这种时刻。他不再有任何希望,也不再害怕什么;昨晚他就迈出了这一步。他心焦地等待夜晚到来,他只有一个明确的念头:九点钟要和珂赛特见面。现在,这最后的幸福是他的全部未来;以后便是黑暗。他走在最荒僻的林荫大道上,不时听到市区传来奇怪的声音。他从沉思中伸出脑袋,说道:"是不是哪里打起来了?"

---

① 拉马克(1770—1832),法国政治家和将军,拥护共和政体,反对七月王朝。他葬礼的那天,共和党人借机举行了起义。

黑夜来临。九点整,他按照同珂赛特的约定,来到了普吕梅街。当他走近铁栅栏门时,便把一切烦恼抛置脑后。四十八小时没见珂赛特了,他就要看见她了,其他一切想法烟消云散,只感到一种空前的无比的快乐。这种生活几分钟却恍若几个世纪的时刻,总有一种至高无上、妙不可言的意味:这种时刻一旦来临,会占据我们整个心。

马里尤斯拨开那根铁条,冲进花园里。珂赛特不在她平时等他的地方。他穿过矮树丛,向台阶旁的凹角走去。他说:"她肯定在那里等我。"可珂赛特不在那里。他抬起头,看见屋里的窗板全都关着。他在花园里转了一圈,里面空无一人。于是,他又回到楼前。他已爱得失去理智,一副醉态,神色恐惧,被痛苦和忧虑扰得怒火中烧,他就像在不适当时刻回家的主人,拼命敲打护窗板。他敲了又敲,全然不管窗子可能会打开,珂赛特父亲阴沉的脸可能会出现在窗口,问他:"您想干什么?"这些与他预感到的相比,算不了什么。敲完窗,他又大声呼叫珂赛特。

"珂赛特!"他喊道。"珂赛特!"他又一次急切地喊道。

没有人答应。这下完了。花园里没有人。屋子里没有人。

马里尤斯绝望地凝视这座阴森凄凉的房子,它似坟墓般漆黑、寂静,但比坟墓更空落。他看了看那张石凳,他和珂赛特并肩坐在那里,度过了多少美妙的时光啊!于是,他坐到石头台阶上,心中充满了温情和决心,他在心里默默为他的爱情祝福,他想,既然珂赛特走了,他就只有一死。

蓦然,他好像听见有人从街上,从路边的树林里喊他:

"马里尤斯先生!"

他站起来。

"嗯?"他说。

"马里尤斯先生,您在吗?"

"在。"

"马里尤斯先生,"那人又说,"您的朋友们在尚弗里街的街垒那里等您。"

这个声音对他并不陌生。哑哑的,粗粗的,很像是埃波妮的声音。马里尤斯向铁栅栏门奔去,扳开那根活动的铁条,伸出脑袋,看见一个人,好像是一个小伙子,奔跑着消失在夜色中。

三 马伯夫先生

让·瓦让的钱包,对马伯夫先生毫无意义。马伯夫先生那孩子般的严肃认真令人肃然起敬,他根本没有接受天降的礼物,根本不相信一颗星星可能变成金路易。他没有猜到这只从天而降的钱包,是加弗洛什送给他的礼物。他把它送到街区的警所,作为失物让人认领。这钱包可真的成了失物。不言而喻,谁也不会来认领,而它丝毫没帮上马伯夫的忙。

此外,马伯夫每况愈下。

在植物园里试种靛青植物,也和在奥斯特里茨的园子里一样,没有获得成功。前一年,他没钱付女管家的工钱,而现在,正如大家看到的,他连房租也拖着没付。那本《植物志》的铜版，在当铺里当了十三个月，他没钱去赎，当铺把它卖了。几个锅匠买去制成了锅子。铜版没了，他手头那几套七零八落的《植物志》也就无法补全，他只好把插图和文字说明当成多印的散页，廉价出售给一个旧书商。他毕其一生完成的著作，现在一无所剩。他开始靠卖这几册书的钱过日子。当他看到这微薄的收入也快耗尽时，他干脆连园子也不管了，园里野草丛生。从前，他一天还吃两个鸡蛋，有时还吃点牛肉，可是很久以来，他就不再吃鸡蛋和牛肉了。现在，他晚上只吃面包和土豆。他卖掉了最后几件家具，接着，又把凡有双份的东西，如卧具、衣服和被子等卖掉一份，然后又卖掉了植物标本和铜版画。不过，他仍保存着最珍贵的书籍，如一五六〇年版的《圣经故事四行诗》，皮埃尔·德·贝斯的《圣经名词索引》，让·德·拉海尔所著的，卷首印有给纳瓦尔王后题词的《玛格丽特的宝石》，德·维利埃-奥特曼先生编著的《使者的职责和尊严》，一本一六四四年版的《犹太教士诗选》，一本一五六七年版的印有"威尼斯，曼奴香书局"漂亮铭文的提布卢斯诗集，最后，还有一本一六四四年在里昂印刷的第欧根尼·拉尔修[①]的著作，里面收录了十三世纪梵蒂冈第四一一号手抄本的著名异本，以及威尼斯第三九三和三九四号手抄本的著名异本，这两个异本，亨利·埃蒂安曾卓有成效地查阅过，另外还收录了用利多安方言写的所有段落，这些段落只能在那不勒斯图书馆的十二世纪的著名手抄本里才有。马伯夫先生从不在房

---

① 第欧根尼·拉尔修，公元三世纪希腊作家，编纂了《名哲人言行录》。

间里生火取暖,为节约蜡烛,天一黑便睡觉。他好像没有邻居了,他发现,他每次出门,大家都躲着他。一个穷孩子,能引起一位母亲的关注,一个穷青年,会引起一位姑娘的关心,一个穷老头不会使任何人感兴趣。贫穷是所有不幸中最大的不幸。但是,马伯夫先生并没有完全丧失孩子般的安详。当他注视他那些藏书时,双眸中会射出炯炯的光芒,当他端详那本第欧根尼·拉尔修的著作时,脸上会绽开甜蜜的笑容,因为这是世上独一无二的珍本。除了必不可少的家具外,他的玻璃书柜是他留下的唯一家具。

一天,普鲁塔克大妈对他说:

"我没钱买晚饭了。"

她所说的晚饭,不过是一块面包和四五个土豆。

"能不能赊账?"马伯夫先生说。

"您是知道的,人家不给赊。"

马伯夫先生打开书柜,一本挨一本地久久凝望他那些书,就像不得不杀死亲生孩子的父亲,在选定之前,将孩子们久久凝望,然后猛地抓出一本,夹在胳膊下就出去了。两小时后,他回到家里,胳膊下什么也没有了。他把三十苏放在桌上,说道:

"拿去准备晚饭吧。"

从那时起,普鲁塔克大妈看见老人单纯的脸上笼罩一层阴云,从此再没散去。

第二天,第三天,这情形每天都重演一次。马伯夫夹着一本书出门,回来时带着一枚银币。旧书商见他穷到了卖书的地步,只出二十苏买下他花二十法郎买的书。有时买他书的人,正是从前卖给他书的人。一卷接一卷,他的藏书全部卖光了。有时他说:反正我是八十岁的人了,仿佛他内心模模糊糊地希望在书卖光之前,他的生命就已结束。他越来越忧心忡忡。不过,有一次,他很开心。他带着罗贝·埃蒂安出版商印的一本书出门,在马拉凯沿河马路卖了三十五苏,可又在格雷街花四十苏,买了本阿尔德印书商出版的书带回来。

"还欠人家五苏呢。"他喜形于色地对普鲁塔克大妈说。

那天他没吃晚饭。

他是园艺学会会员。人家知道他生活拮据。学会会长来看望他,答应他同农业和贸易部长谈谈他的情况。他确实这样做了。

"怎么搞的!"部长惊叹道,"真不敢相信!一个老科学家!一个植物学家!一个不会伤害人的老头!得为他做点什么!"

翌日,马伯夫先生收到一张去部长家赴宴的请柬。他高兴得颤抖,将请柬拿给普鲁塔克大妈看。

"我们有救了!"他说道。

到了约定的日子,他去部长家。他戴着皱巴巴的领带,穿一件肥大得成正方形的旧礼服和一双用蛋清擦过的皮鞋,他发现,部长家的听差对他这身打扮大为惊讶。没有人同他说话,连部长也不理睬他。他一直等人家同他说句话,快到晚上十点时,他听见部长夫人,一位袒胸露肩、美若天仙,吓得他不敢接近的女人问道:"这位老先生是谁呀?"半夜,他冒着大雨步行回家。他卖掉了埃尔泽维尔印的书,才有钱乘马车去赴宴。

每天睡觉前,他总习惯拿出第欧根尼·拉尔修的书来读几页。他的希腊语相当不错,能品味出这本书的妙处。除此以外,他再没有别的乐趣了。这样又过了几星期。普鲁塔克大妈突然病倒了。有件事比没钱到面包店买面包更令人忧愁,那就是没钱去药店买药。一天晚上,医生开了一副很贵的合剂。而且,普鲁塔克大妈的病情越来越重,得请一个看护。马伯夫先生打开他的书柜,柜中空空如也。最后一部书也已卖掉。只剩下第欧根尼·拉尔修的书了。

他把这孤本夹在腋下便出门了。那是一八三二年六月四日。他去圣雅各门找鲁瓦奥尔书店的继承人,回来时怀里揣了一百法郎。他把一摞五法郎的硬币放在老女佣的床头柜上,一言不发便回自己的卧室了。

翌日,天蒙蒙亮,他便坐到花园里那张倒在地上的石凳上。从绿篱上面,可以望见他一上午都呆呆地坐着,低垂着脑袋,神思恍惚地看着那些凋败的花坛。天断断续续地下着雨,老人似乎全然不知。下午,巴黎响起了不寻常的声音。很像是枪声和人群的喧嚣声。

马伯夫老爹抬起头。他看见一个园丁经过,便问道:

"怎么回事?"

园丁扛着锄头,用极其平静的语气回答:

"暴乱了。"

"什么!暴乱了?"

"是的。打起来了。"

"为什么?"

"啊!谁知道!"园丁回答。

"在哪边?"马伯夫先生又问。

"兵工厂那边。"

马伯夫老爹回到屋子,拿起帽子,下意识地想找一本书夹在腋下,但没找到,他说:"啊!真的!"然后,神思恍惚地出门了。

第十卷
一八三二年六月五日

一　问题的表象

　　骚乱是由什么组成的？什么也没有，什么都有。一种慢慢释放的电，一股突然迸发的火，一种漂泊不定的力，一阵突然吹过的风。这股风遇到正在沉思的人们、做梦的脑袋、受苦的灵魂、燃烧的激情、咆哮的苦难，便把它们卷走。

　　卷到哪里？

　　漫无目的。穿过国家，穿过法律，穿过别人的成功和傲慢。

　　被激怒了的信念，被激发了的热情，被煽动了的愤慨，被压抑了的好斗本能，幼稚而狂热的勇敢，轻率，好奇，爱好变化，渴望意外，爱读新剧目的海报，爱听置景员吹口哨；模糊不清的仇恨，怨恨，失望，怨天尤人的虚荣心；烦闷，空想，难以攀登的野心；大楼崩塌时希望能找到一条出路；最后，位于最底层的泥炭，这个着了火的污泥：这些都是骚乱的因素。

　　既有比较伟大的，也有比较卑微的；闲荡在一切之外、等待时机的人们，流浪汉，无赖，游民，夜宿偏僻之地、以寒冷的天空当屋顶的人，每天四处要饭、不务正业的人，贫困卑微默默无闻的人，光脚赤膊的人：这些人都是骚乱的参加者。

谁内心深处对国家、生活或命运中的某件事，暗暗产生了强烈的反感，谁就到了造反的边缘，骚乱一发生，就会浑身颤动，感到被旋风卷了起来。

骚乱是一种社会大气层的龙卷风，会在某种气温下突然形成，它旋转着上升、奔腾，轰轰隆隆，将一切拔掉、铲平、压碎、摧毁、连根拔起，一路上将强大的和弱小的、坚强的和软弱的、树干和草屑统统卷走。

谁碰到它，或被它卷走，谁就会遭殃！它让他们互相撞击而粉身碎骨。

谁被它抓住，它就会传递给谁异乎寻常的威力。它撞到谁，就让谁充满制造事件的力量。它把一切都变成投射物。它将砾石变成炮弹，挑夫变成将军。

如果相信某些主张阴险政治的权威人士的说法，从政权角度看，偶尔动乱一次是可喜的。他们的理论体系是动乱推翻不了政府，却能巩固政府。它可以考验军队，团结资产阶级，锻炼警察的肌肉，验证社会结构的力量。这是一种体操运动，几乎可说是一次卫生运动。政权经历动乱后，会更加健旺，正如人经过按摩后，会更加健康。

三十年前，人们对动乱的看法与现在是不一样的。

对任何一件事，都有一种自命"合情合理"的理论；菲兰特与阿尔塞斯特[①]针锋相对；那是介于真理和谬误之间的折衷主义；

[①] 菲兰特和阿尔塞斯特，莫里哀剧作《愤世嫉俗》中的两个人物。前者为调和主义者，后者则是非分明。

解释，训诫，有点傲慢的缓和，这种缓和因混有谴责和辩解，便自以为是明哲的化身，却只是卖弄学问罢了。任何一种所谓折衷的政治派别，盖出于此。在冷水和热水之间有温水派。温水派貌似深刻，其实浅薄，他们剖析结果，却不追溯原因，站在半科学的高度，斥责民众的动乱。

据这一学派说："动乱使一八三〇年的事件变得复杂化，使这一伟大事件丧失了部分纯洁性。七月革命是人民刮起来的一股有益的风，接踵而来的是蓝蓝的天。而动乱又使天空阴云密布。那场革命起初以团结一致而引人注目，可动乱使它转变为争吵。跟任何跳动着前进的进步一样，那场革命有其隐秘的断裂，而动乱使那些断裂更加敏感。人们可以说：'啊！这里断了！'七月革命后，人们有解放的感觉；可那场动乱后，人们则感到遭受了灾难。

"每每发生暴乱，店铺会关门，资金会衰竭，证券市场会惊慌，商业会停顿，生意会遇阻，破产会加速；不会再有钱；私人财产惶恐不安，国家信贷动摇不定，企业狼狈不堪，资本连连后退，劳动遭到贬值，到处人心惶惶，影响波及所有的城市。国家就会面临险境。有人做过统计，暴乱的第一天，法国会损失两千万法郎，第二天四千万，第三天六千万。暴乱三天，要损失一亿两千万，就是说，哪怕只考虑财政上的损失，这也是一场大灾难，或是一次海上遇难，或是打了一场大败仗，一支拥有六十艘战舰的舰队被彻底歼灭。

"不错，从历史角度看，动乱有其美丽之处；论宏伟和悲壮，街垒战不亚于丛林战；一个具有森林的灵魂，另一个具有城市的灵魂；一个有让·朱安①，另一个有贞德姑娘。动乱将巴黎人最突出、最独特的性格照得鲜红夺目，又灿烂壮丽：慷慨，忠诚，豪放；大学生证明勇敢是智慧的组成部分，国民自卫军不屈不挠，店主在外面露营，流浪儿坚守堡垒，行人蔑视死亡。学校与宪兵团发生冲突。在战士之间，归根结蒂，只有年龄的悬殊；他们属于同一类，都是坚忍不拔的勇士，二十岁为理想而死，四十岁为家庭而亡。在内战中，军队总是忧容满面，面对敢说敢干的人，显得畏首畏尾。暴乱在显示人民群众的大无畏精神的同时，也培养了资产阶级的勇敢精神。

"这样很好。可是，值得流血吗？除了要流很多血外，前途变得暗淡了，进步受到了影响，最优秀的人忧心忡忡，正直的自由主义者悲观失望，外国专制主义看到革命造成许多伤口，感到兴高采烈，一八三〇年的失败者幸灾乐祸，他们说：'我们早就说过！'此外，巴黎也许壮大了，法国却变小了。此外——我们必须言无不尽——变得凶残的社会秩序虽然战胜了变得疯狂的自由，可大规模的屠杀却给这一胜利的脸上抹了黑。总而言之，暴乱必定祸国殃民。"

这些近乎明智的人就是这样说的，而资产阶级，这些差不多是人民的人，却对此心满意足。

至于我们，我们不用"暴乱"这个太笼统，因而太方便的

---

① 让·朱安（1757—1794），原名让·科特罗，为一七九三年在法国西部造反的农民运动朱安党人的领袖。他们造反并非出于对君主制的忠诚，而是由于新的共和政府干涉朱安党人的旧习惯。

字眼。对于人民运动，我们是要作区别的。我们不想问，一次暴乱的代价是不是和一场战役一样多。我们首先要问，为什么要打仗？这里就提出了战争问题。暴乱是灾难，难道战争就不是灾难吗？况且，难道所有的暴乱都是灾难吗？七月十四日这场革命，哪怕耗费一亿二千万法郎，那又怎样？为了确立菲利普五世①在西班牙的王位，法国就花了二十个亿。即使花同样多的钱，我们也宁愿要七月十四。再说，我们讨厌用这些数字，它们貌似有理，其实都是空话。一场暴乱爆发了，我们就好好进行分析。上述持不同观点的理论只谈及结果，而我们却要研究原因。

下面我们来详细谈一下。

二 问题的实质

有暴乱，也有起义；这是两种不同性质的愤怒；一个无理，一个有理。在唯一以公平为基础的民主国家里，有时会发生部分人篡权的情况；于是全体起而反抗，要求恢复自己的权利，这样做是必要的，但会发展到拿起武器。在所有属于集体主权的问题中，全体反对部分的战争，便是起义，而部分攻击全体，便是暴乱；要看杜伊勒利宫住着国王还是国民公会，才能判断进攻杜伊

---

① 菲利普五世，法国国王路易十四的孙子。十八世纪初，西班牙国王驾崩，路易十四乘机派其孙子去继承西班牙王位。

勒利宫是正义的，还是非正义的。同样一门炮，在八月十日[1]瞄准民众是错误的，但在葡月十四日[2]这样做，便是正确的了。表面一样，实质不同；瑞士雇佣兵捍卫的是错误，拿破仑捍卫的是正确。普选在自由和自主的情况下选出的政权，暴乱是推翻不了的。纯文明的东西也一样；群众的本能昨天是英明的，今天可能会糊涂。同样是愤怒，用来反对泰雷[3]是合法的，但对杜尔哥[4]便是荒唐的了。毁坏机器，抢劫仓库，拆毁铁轨，捣毁船坞，聚众闹事，不公正地对待进步的人民，学生杀死拉缪[5]，卢梭被用石块赶出瑞士，这是暴乱。以色列反对摩西，雅典反对福基翁[6]，罗马反对西庇阿[7]，这是暴乱。巴黎攻打巴士底狱，这是起义。士兵反对亚历山大，水手反对哥伦布，是同样性质的叛乱，大逆不道的叛乱。为什么？因为亚历山大用宝剑对亚洲所做的，正是哥伦布用罗盘对美洲所做的；亚历山大和哥伦布一样，都发现了一个新世界。向

---

[1] 一七九二年八月十日，革命群众第二次武装起义，向路易十六所在的杜勒伊利宫发起进攻，保卫王宫的瑞士雇佣兵向群众开炮。经过几小时的流血战斗，逮捕了国王。

[2] 葡月十月四日为公元一七九五年十月六日。那天，保王党人在巴黎暴动，武装进攻国民公会驻地杜伊勒利宫，拿破仑指挥军队击退了保王党人的进攻。

[3] 泰雷（1715—1778），法国路易十五时代最后四年的财政总监，推行财政改革，遭贵族反对。

[4] 杜尔哥（1727—1781），法国经济学家，重农学派主要代表人物之一。

[5] 拉缪（1515—1572），法国学者，唯理论的创导者，参加宗教改革，在圣巴泰勒米节大屠杀中遇害。

[6] 福基翁（前402—前318），古希腊雅典将军、政治家，因主张和平政策而被处死。

[7] 西庇阿（前185—前129），古罗马共和时代将军，曾任过罗马执政官。

文明馈赠一个世界，大大增加了光明，任何对抗都是有罪的。有时人民会不信守对自己的忠诚。群众背叛人民。比如，私盐贩子曾进行过长期流血反抗，那是长期的合法的反抗，可到了决定性时刻，到了得救的那一天，人民胜利的那一刻，却忽然归附朝廷，变成了保王党叛乱，从反对朝廷的起义，转变为拥护朝廷的暴乱，还有比这更奇怪的事吗？愚昧无知的可悲杰作！私盐贩子逃过了王室的绞刑架，脖子上还套着一截绳子，头上就戴上了白帽徽。"打倒盐税"的口号，一下变成了"国王万岁"。圣巴泰勒米节大屠夫，九月大屠杀[1]，阿维尼翁大屠杀[2]，杀害科利尼，杀害德·朗巴尔夫人，杀害布律纳[3]，米克莱，绿徽章，辫子兵，热胡帮，臂章骑士[4]，这些都是暴乱。旺岱叛乱是天主教的一次大暴乱。

人权运动的声音一听便知，不一定总是惊慌不安的群众的颤

---

[1] 一七九二年九月二日至六日，巴黎和各地群众屠杀狱中囚犯。

[2] 阿维尼翁大屠杀发生在滑铁卢战役之后，阿尔图瓦伯爵为首的保王党，在阿维尼翁杀死布律纳元帅、前雅各宾派和拿破仑派分子。

[3] 科利尼，法国海军将领，胡格诺派首领之一，死于圣巴泰勒米惨案中。德·朗巴尔夫人，玛丽－安托瓦内特王后的女管家，于九月屠杀中死于拉福尔监狱。布律纳，法国元帅，死于阿维尼翁大屠杀中。

[4] 米克莱为西班牙匪帮，一八〇八年由拿破仑改编成西班牙雇佣兵，用以对付西班牙游击队。绿徽章为阿尔图瓦伯爵保王党的标志，一七九四年七月二十七日，保王党在法国南方实行白色恐怖。辫子兵原指留发辫的榴弹兵和轻骑兵，一七九四年热月政变后，发辫成为年轻的保王党的时髦。热胡帮为热月政变后，在法国南方活动的反革命团体。臂章骑士指一八一四年伴随昂古莱姆公爵进入波尔多的贵族扈从，因其左臂戴绿袖章而得名。

抖声；有狂怒的声音，有破钟的声音；不是所有的警钟都能发出紫铜的声音。狂热和无知的声音不同于前进的声音。起义吧，那好，但这是为了成长。指给我看看你要去的方向。起义只能是向前的。其他任何起义都是不好的。任何猛烈倒退都是暴乱；倒退是对人类的一种暴行。起义是真理发怒的表示；起义掀起的铺路石，迸发出权利的火星。这些铺路石给暴乱留下的是泥泞。丹东反对路易十六是起义；埃贝尔反对丹东是暴乱。

因此，正如拉法耶特所说的，在特定的情况下，起义可以是最神圣的责任，而暴乱可以是最灾难性的暴行。

在热量强度上也有差别：起义常常是火山，暴乱往往是草火。

我们说过，有时，政权内部也会造反。波利尼亚克是在搞暴乱；卡米耶·德穆兰是在治理国家。

有时，起义是死而复生。

用普选来解决一切问题，绝对是现代的做法。在普选问世前四千年的历史中，人权被踩躏和民不聊生的事实比比皆是，因此，每个时代都可能有相应的反抗。古罗马皇帝时期没有起义，但有讽刺诗人尤维纳利斯[1]。

愤怒的诗歌代替了格拉古兄弟[2]。

古罗马皇帝时期有流放到西埃纳的人[3]，也有写《编年史》的

---

① 尤维纳利斯（约60—约120），古罗马讽刺诗人，著有《讽刺诗集》，抨击罗马的腐化风俗。

② 格拉古兄弟指提比略·格拉古和盖约·格拉古，古罗马的保民官，建议制定土地法，限制罗马贵族的贪欲，在暴乱中被杀害。

③ 西埃纳，埃及地名。流放西埃纳的人，指古罗马讽刺诗人尤维纳利斯。

人①。

还不算流放到帕特莫斯岛的伟人圣约翰②,他也以理想世界的名义,向现实世界提出抗议,将梦想变成巨大的讽刺,将《启示录》的烈焰洒向罗马-尼尼微、罗马-巴比伦、罗马-索多姆③。

约翰站在他的悬岩上,犹如斯芬克司蹲在它的底座上;世人可能不明白他说的是什么,因为他是犹太人,说的是希伯来语;可是,写《编年史》的人是拉丁人,更确切地说,是罗马人。

尼禄式的暴君实行黑暗的统治,对他们的描写也应该是黑暗的。光用凿子雕凿的作品,一定苍白无味,必须在刻痕里倾入辛辣的散文。

暴君有助于思想家思索。受束缚的言论会变成激烈的言论。当君主不给人民言论自由,作家就会使他的笔调变得更加尖锐。在人民的沉默中,会产生极其神秘的东西,渗透到思想中,凝固成青铜。历史上的压制,造就了史学家简练的文笔。有些举世闻名的散文坚如磐石,其实是暴君压出来的。

暴政使作家缩小了篇幅,却增加了力度。西塞罗时期④对威勒

---

① 写《编年史》的人指古罗马著名政治家和作家塔西佗。
② 帕特莫斯岛,位于爱琴海上。传说使徒约翰曾被流放到该岛,他是《约翰福音》的作者。
③ 尼尼微,古亚述国(今伊拉克境内)首都,公元六一二年被毁,标志亚述帝国的灭亡。巴比伦,西亚文明古城,公元前三二三年以后衰落。索多姆,历史古城,位于死海南岸,公元前十九世纪毁于灾难。《启示录》中对这些事都有记载,将它们的毁灭归于上帝的惩罚。
④ 西塞罗时期,公元前七〇至前四三年拉丁文学第一个伟大的时期,与奥古斯都时期(公元前四三至公元十八年)一起构成拉丁文学的黄金时代。

斯①的谴责还算有力,但对卡利古拉②的批评却没有力度。句子越简练,力度越大。塔西佗思考问题简明扼要。

伟人的真诚,浓缩成正义和真理,具有雷霆万钧之力。

顺便提一下,从历史上看,塔西佗和恺撒皇帝并不处于同一时代。提比略时代的历史是塔西佗所写。恺撒和塔西佗是相继出现的两个俊杰,历史舞台的设计者似乎神秘地不让他们同时出现,分别安排了他们的登台和下场。恺撒是伟人,塔西佗是伟人;上帝不让这两个伟人互相碰撞。伸张正义的人抨击恺撒时,可能会过火,因而也会不公正。上帝不愿这样。伟大的非洲战争和西班牙战争,消灭西里西亚地区③的海盗,把文明引入高卢、布列塔尼和日耳曼,所有这些光荣业绩,使恺撒在鲁比孔河④的背信弃义行为瑕不掩瑜。这里面有公正上帝的巧妙安排,他迟迟不愿放出那位威力无比的历史学家来对抗这位举世闻名的篡权者,让恺撒避开了塔西佗,为这位英才提供了可减轻罪责的情节。

当然,独裁统治总归是独裁统治,哪怕独裁者是个英才。在杰出的独裁者统治下,会有腐败现象,但在卑鄙的独裁者统治下,道德上的瘟疫更令人发指。在这种独裁统治下,是谈不上廉耻的。像塔西佗和尤维纳利斯那样树立榜样的人,比较有裨益的做法,

---

① 威勒斯(约前115—前43),罗马行政长官,因在西西里岛贪赃枉法而出名。
② 卡利古拉(12—41),古罗马暴君。
③ 西里西亚地区,位于土耳其南部,濒临地中海。
④ 鲁比孔河,古时候意大利和高卢边界的一条小河。双方相约不得跨过此河,以避免冲突。公元前四三年,恺撒率部跨过此河,进入意大利,违背了将军不得领兵越过他所派驻的行省的法律,从而引发了三年内战。

便是在人类面前给这种不言而喻的卑鄙行径一记耳光。

罗马在维特利乌斯统治时期,比在苏拉统治时期更臭气熏天。在克洛狄和图密善当政时,政权的卑鄙无耻,与当政者的丑恶面貌相辅相成。奴隶的卑劣,是独裁者一手造成的;这些沉沦的良心,反映了主人的丑恶,散发出一股瘴气;政权卑鄙无耻;人心猥劣,良心平庸,灵魂发出臭气;卡拉卡拉时期是这样,康茂德时期是这样,埃拉加巴卢斯时期也这样,而在恺撒统治时期,从罗马元老院发出的气味,只是鹰巢里特有的粪便味儿。

于是,就产生了——尽管姗姗来迟——塔西佗们和尤维纳利斯们;这种进行示范讲解的人,出现得正是时候。

可是,和圣经时代的以赛亚和中世纪的但丁一样,尤维纳利斯和塔西佗还是个人行为;暴乱和起义是群体行为,有时是错的,有时则是对的。

在最普遍的情况下,暴乱是由物质因素引起的,而起义却总是一种精神现象。暴乱是马萨尼埃罗[1],起义则是斯巴达克斯[2]。起义与精神有关,暴乱与肚子有关。肚子发怒了;当然,肚子也不总是无理取闹。在饥饿问题上,比如,比藏塞一带的暴乱[3],出发点还是真实的、感人的和正确的。可它仍然是一场暴乱。为什么?因为尽管它实质是对的,但形式却是错的。它虽然有理,却

---

[1] 马萨尼埃罗(1620—1647),意大利那不勒斯的起义领袖。一六四七年,当地贵族为向西班牙纳贡而横征暴敛,他领导人民向贵族表示抗议。

[2] 斯巴达克斯(?—前71),抗击罗马的"角斗士战争"的领袖。

[3] 比藏塞,位于法国中部的安德省。一八四七年,因粮食危机,这里发生了暴乱。

过于凶残,虽然强大,却过于猛烈,乱打一气;它像只瞎眼大象,一路压死许多人,身后留下老人、女人和孩童的尸体;它无缘无故让弱小和无辜的人流了许多血。让人民吃饱肚子,目的是好的,滥杀无辜,却不是好办法。

一切武装的抗议,即使是最合法的抗议,即使是一七九二年八月十日的革命,即使是一七八九年七月十四日的革命,开始时难免有混乱。权利的障碍清除前,总有喧嚣和浮渣。起义始于暴乱,正如江河始于湍流。通常,起义最终会汇入革命的大海洋。俯视正义、明智、理性和权利等道德地平线的起义,由纯洁如雪的理想组成的起义,从高山出发,长途跋涉,从一个个岩石向下倾泻,透明的清水映照出天空,最后成为汇入百川的大江,浩浩荡荡,气势磅礴,然而,有时却突然消失在资产阶级的洼地里,正如莱茵河消失在沼泽地里。

这些都已成为过去,未来是另一番景象。普选令人赞美之处,便是在暴乱之初,它就消除了暴乱,它给起义者以选举权,从而解除了他们的武装。战争化解了,无论是街垒战,还是边境战,这是必然的进步。不管今天怎么样,明天一定是和平。

还有,起义和暴乱,二者究竟有何细微的区别,狭义的资产阶级是不大清楚的。在他们看来,这一切皆是叛乱,是地地道道的造反,是看门狗对主子的叛逆,它想咬主人,因此必须严加惩罚,用铁链锁起来,关进笼子里,是大狗小狗在狂吠乱叫;直到有一天,狗的脑袋突然变大,变成了狮子脸,隐约显现在黑暗中。

于是,资产阶级高呼:人民万岁!

关于起义和暴乱的差别,我们作了一番阐述,那么,对于历史来说，一八三二年六月的运动究竟是什么呢？究竟是暴乱，还是起义？

是起义。

从这一可怕事件的场面来看，有时我们会说是暴乱，但这只是为了说明表面事实，而仍会认为形式上是暴乱，实质上是起义。

一八三二年这场运动来势凶猛，结束时惨不忍睹，但自始至终显得威严壮丽，连那些只认为它是暴乱的人，谈起来也肃然起敬。在他们看来，这场运动可以说是一八三〇年的余波。他们说，想象力一旦被激发，不是朝夕之间就能平息。一场革命不可能一刀垂直切断。就像一座高山伸向平原，在恢复平静之前，一定会有起伏不平。有阿尔卑斯山脉，必然有汝拉山，有比利牛斯山脉，必然有阿斯图里亚斯山。

当代史上这场悲怆动人、被巴黎人称为"暴乱时期"的危机，肯定是本世纪最具特点的暴风雨时期。

在展开叙述之前，还有一件事要讲。

将要叙述的事件，是悲壮而生动的现实，却常被历史学家借口没有时间和空间而忽略了。可我们要强调指出，那里面有人类的生活、心悸和震颤。前面好像已讲过，小事情可以说是大事件的枝叶，渐渐消失在历史的长河中。在所谓的"暴乱"时期，这类小事数不胜数。司法部门的调查结果，由于历史以外的原因，没有全部披露，也可能没作深入调查。因此，在已知和已公布的特殊事实中，我们要把不为人知的东西，把那些已被遗忘或掩埋的事实，讲出来让世人知道。这些大舞台上的演员大多死了，从第二天起，他们就沉默了；不过，我们要叙述的事，可以说是我们亲眼所见。我们将更改几个人名,因为历史重在叙述,而不是披露,但我们描写的肯定是真事。鉴于本书篇幅有限,我们只把一八三二年六月五日和六日这两天的一个侧面,一个片断讲一讲,不过,肯定是鲜为人知的。但是,我们要揭开黑暗的面纱,使读者能瞥见这场惊心动魄的群众运动的真面目。

三 葬礼:再生的机会

一八三二年春,尽管三个月来,霍乱使人们失去了活力,变得精神萎靡,不再容易躁动,但是,巴黎早就在准备一场动荡。我们说过,大城市好比一门大炮,当它装上火药,只要落下一颗火星,炮弹就会射出。一八三二年六月落下的火星,便是拉马克将军逝世。

拉马克将军是位深孚众望的活动家。他在帝国时期和王朝复辟时期,先后表现出了两个时代需要的两种勇敢,一种是战场上的勇敢,另一种是讲坛上的勇敢。他雄辩的口才,不亚于当年的骁勇;在他的言谈中,可以感到有把利剑。他和他的先驱者富瓦一样,继高居指挥官要位之后,又高举起捍卫自由的旗帜。他居于左派和极左派之间,因能抓住未来的契机,而深受人民的爱戴,又因为拿破仑效过劳,而深受群众的爱戴。他同热拉尔伯爵和德鲁埃伯爵一样,是拿破仑"心目中"的元帅。一八一五年的条约使他怒不可遏,好像是对他个人的污辱。他对威灵顿恨之入骨,这正是群众所喜欢的;十七年来,他对世事几乎漠不关心,始终铭记滑铁卢的惨败,郁郁寡欢,又不失威严。他在弥留之际,仍紧紧抱住百日帝政的军官们颁给他的那把宝剑。拿破仑临终时说的是"军队",拉马克说的是"祖国"。

他的去世在预料之中,人民害怕他死,因为这是巨大的损失,政府害怕他死,因为这可能带来危机。他的逝世,使人万分悲痛。和任何痛苦一样,悲痛会转成暴动。这正是那天发生的事。

六月五日确定为拉马克的安葬日。前一天和六月五日那天上午,送殡队伍必须经由的圣安托万郊区,变得面貌可怕起来。纵横交错的街道平日人来人往,如今更是人声鼎沸。人们尽可能武装起来。有的细木匠取下刨床的铁夹,"以便用来砸门"。其中一个敲断鞋锥的钩子,将锥磨尖,做成匕首。另一个因要"进攻"而焦躁不安,三天来一直和衣而睡。有个叫隆比埃的粗木匠遇见一个同事,那同事问他:"你去哪里?""咳!我还没有武器。""那又怎样?""我去工地取我的圆规。""干什么用?""还不知道。"隆比埃说。

一个叫雅克林的男人,是送货的,看见有工人过来,便对他说:"喂!你过来!"他花十苏钱请他们喝酒,并对他们说:"你们有活干吗?""没有呀。""那你们去费斯皮埃尔那里,在蒙特勒伊城门和夏罗纳城门之间,你们会找到活干的。"

在费斯皮埃尔那里,有子弹和武器。有些知名头头四处"串门",就是挨家奔走,把他们的人集中起来。在宝座城门附近的巴泰勒米酒店,在小帽子街的卡佩尔酒店,酒客们神色严肃地交谈着。只听见他们说:"你把手枪放哪了?""外衣下面。你的呢?""衬衣下面。"在吊锚索具街,罗朗车间前面,以及在焦屋大院，贝尼埃钳工的车间前面，好几堆人聚在一起，窃窃私语。在他们中间，有一个叫马沃的人谈得最激烈，他在一个车间待不到一个星期，就会被老板辞退，"因为天天都得和他吵架"。第二天，马沃就死在梅尼蒙唐街的街垒战中了。普雷托也在战斗中牺牲，他是马沃的助手。有人问他："你的目标是什么？"他回答："起义。"一群工人聚在贝西街角，等待一个叫勒马兰的人，那人是圣马索郊区的革命联络员。口令几乎是公开的。

六月五日那天，时而下雨，时而出太阳，拉马克将军的送殡队伍，以官方军葬的气派，浩浩荡荡穿过巴黎。为谨慎起见，送殡的军人还增加了一些。护送灵柩的有两个营的官兵，军鼓蒙着黑纱，步枪倒背着，还有腰挂军刀的一万名国民自卫军战士，以及国民自卫军的炮队。柩车由年轻人拉着。残老军人院的军官们手拿桂枝，紧随其后。后面跟着不可悉数的群众，个个情绪激动，怪模怪样，有人民友社的社员，有法学院和医学院的师生，有各国的流亡者，举着西班牙、意大利、德国、波兰等国的国旗，还有横条三色旗，以及形形色色的旗帜，有挥动青树枝的孩子们，有正在罢工的石匠和木匠，有头戴纸帽，一眼便可认出的印刷工人，他们二人或三人并排而行，高呼着口号，几乎人人挥动棍子，有些人挥动军刀，时而拥在一起，时而排成队伍，毫无秩序，却万众一心。有的队伍自行选出了头头。有一个人，公然别着两支手枪，像是在检阅其他人，见他过来，队伍给他让道。在林荫大道的平行侧道上，在树丛中，在阳台上，在窗口，在屋顶上，只见人头攒动，挤满了男女老少，眼睛里充满了焦虑。一群武装的人经过，另一群人惶恐不安地观望。

政府也在密切注意。它手握剑柄,虎视眈眈。在路易十五广场上,可见四个短枪骑兵连,号手在前,挎着装满子弹的弹盒,背着子弹上膛的步枪和短筒火枪,时刻准备出发。在拉丁区和植物园一带,每条街上都有保安警察在站岗。在酒市,有一个连的龙骑兵。第十二轻骑兵团一分为二,一半在河滩广场,另一半在巴士底广场。在则肋司定会修士街,有第六龙骑兵团。卢浮宫的院子里,布满了大炮。剩下的部队留在兵营里,还不算在巴黎郊区布防的各个团。政府坐立不安,动用两万四千名市区士兵和三万名郊区士兵,来对付磨刀霍霍的人群。

在送殡队伍中,种种谣传不胫而走。有的谈论正统派的阴谋,有的谈论赖希施塔特公爵[①],人民正指定他重振帝国,上帝却要他死去。一个不知其名的人士宣布,在约定的时刻,两个被争取过来的工头,将向人民打开一个军工厂的大门。大多数不戴帽子的送葬者,脸上流露出略带郁闷的兴奋。在这无比激昂且又十分高尚的人群中,也夹杂着一些分明是歹徒的面孔,卑鄙地狂呼:"抢呀!"有些暴动可以搅混池塘,将塘底的污泥一团团翻到水中。这种现象,对于"训练有素"的警察,是司空见惯的。

送殡行列从死者家里出发,沿着林荫大道,激昂而缓慢地向巴士底广场走去。雨不时地下着,但人们全不理会。其间发生了几件意外:灵柩在绕旺多姆铜柱走一圈时,有人发现费茨-詹姆斯公爵头戴帽子,站在阳台上,就向他扔了石块;一面旗帜上的高

---

① 赖希施塔特公爵(1811—1832),拿破仑一世和玛丽·路易丝皇后的独生子。

卢雄鸡①被人扯了下来,扔在污泥里;在圣马丁门,一名警察挨了一剑;第十二轻骑兵团的一个军官大声说:我拥护共和国;巴黎综合工科学校的学生,不顾禁令,加入送殡行列,一路高呼:综合工科学校万岁!共和国万岁!到了巴士底广场,从圣安托万郊区前来看热闹的人,排着长长的队伍,与送殡行列汇合,群情开始沸腾。

人们听见,有个人对另一个人说:"你瞧那个蓄红山羊胡的人,什么时候开枪,得由他下命令。"在后来的另一次暴动中,即在凯尼赛事件②中,似乎也是他下令开的枪。

柩车穿过巴士底广场,沿着运河前进,越过小桥,来到奥斯特里茨桥头的广场上,停了下来。此时,若从天空鸟瞰,这群人流就像颗彗星,头在桥头广场上,尾巴沿着波旁沿河马路展开,盖住了巴士底广场,从林荫大道一直延伸到圣马丁门。柩车围着一圈人。嘈杂的人群顿时鸦雀无声。拉法耶特开始致悼词,向拉马克告别。这是动人心弦的庄严时刻,每个人都脱帽致敬,每颗心都怦怦跳动。突然,一个穿黑衣的人,骑着骏马,举着红旗,出现在人群中间,有人说,那红旗其实是长矛挑着的一顶红帽子。拉法耶特转过头来。埃克赛曼③离开队伍。

---

① 高卢雄鸡,法兰西的一个国徽,首先出现在大革命的旗帜上,拿破仑帝国时期被取消,一八三〇年后又被采用。

② 凯尼赛,一名锯木工人,"平等劳动者"组织的成员。一八四一年九月十三日,他埋伏在圣安托万郊区,开枪袭击一上校。

③ 埃克赛曼(1775—1852),法国元帅。曾是拿破仑部下,屡建战功。王朝复辟时期流亡德国,一八二九年回到法国,一八五一年被授予元帅称号。

这面红旗掀起一阵风暴后，就消失在暴风雨中了。从波旁林荫大道到奥斯特里茨桥，人声喧嚣，好似汹汹波涛。人们听到两个令人惊讶的呼声：拉马克去先贤祠！拉法耶特去市政厅！年轻人说干就干，在群众的欢呼声中，将灵柩中的拉马克从奥斯特里茨桥拉走，将出租马车中的拉法耶特从莫朗沿河马路拉走。

在簇拥并欢呼拉法耶特的人群中，人们发现有个德国人，便互相指着看，那人叫路德维格·斯尼德，他也参加过一七七六年的战争，参加过华盛顿指挥的特伦顿战役、拉法耶特指挥的布兰迪瓦恩战役，活到一百岁才去世。

这时，在塞纳河左岸，巴黎市的骑兵队正在出动，前来堵住奥斯特里茨桥头，而在右岸，龙骑兵正从则肋司定会修士街出来，向莫朗沿河马路散开。拉着拉法耶特马车的群众，突然见他们出现在沿河马路的拐弯处，大声喊道："龙骑兵！龙骑兵！"龙骑兵默默地齐步前进，手枪仍装在马鞍旁的皮套里，马刀仍插在刀鞘里，马枪仍放在马鞍上的皮套里，他们神色阴沉地等待着。

离小桥二百步，他们停了下来。拉法耶特的马车缓步走到他们跟前，他们向两旁散开，让马车过去，随后又合拢。这时，龙骑兵和群众短兵相接。妇女们吓得四下逃跑。

在这灾难性时刻，究竟发生了什么？没有人能说清楚。这是两团乌云相混的黑暗时刻。有些人说，听见兵工厂那边响起了军乐声，另一些人说，有个孩子用匕首捅了一个龙骑兵。事实是，突然有人开了三枪，第一枪打死了骑兵队长肖莱，第二枪打死了孔特雷斯卡普街的一个正在关窗的聋婆婆；第三枪划破了一个军官的肩章。有位妇女高喊："动手太早了！"这时，在莫朗沿河马路对面，一支留在兵营里的龙骑兵，挥动马刀，突然从巴松皮埃尔街和波旁林荫大道猛冲过来，沿途横扫一切。

这时，一切已成定局，暴风雨骤起，石块雨点般落下，枪声从四面八方响起，许多人冲下陡峭的堤岸，从如今已填平的那段小河湾涉水过去；卢维埃岛上的工地成了现成的大堡垒，到处是战士；有的拔木桩，有的举枪射击，形成了一个街垒，那群被迫后退的年轻人带着柩车跑步冲过奥斯特里茨大桥，边跑边向警察开枪，短枪骑兵队冲过来，龙骑兵挥舞马刀，人群逃向四面八方，战斗的吼声响彻整个巴黎，人们高呼："拿起武器！"有的奔跑，有的跌倒，有的逃跑，有的抵抗。愤怒引起了暴动，如同大风煽起了烈火。

四 当年激奋的场面

暴动开始时万头攒动的场面，最令人惊奇了。一切在四面八方同时爆发。是不是有所预料？是的。是不是有所准备？不是。从哪里冒出的？从街上。从哪里落下的？从云端。在这里，起义具有密谋性，在那里，起义具有即时性。随便哪个人可以抓住一股群众，把他们带到想带去的地方。起初是一片恐慌，却又欣喜若狂。首先听见人声喧嚣，店铺关门，货摊撤离。然后便听见零星的枪声；人们四下逃跑；枪托撞击大门；女仆们在院子里笑嚷："这下有热闹看了！"

不消一刻钟，巴黎二十个不同的地方，几乎同时发生了这样的事。

在布列托纳里圣十字架街,二十来个蓄胡须和长发的青年,走进一家小咖啡馆,一会儿又从里面出来,举着一面蒙了黑纱的横条三色旗,带头的是三个手拿武器的人,一个是军刀,另一个是步枪,还有一个是长矛。

在诺南-迪埃街,一个有产者公开向行人散发子弹。此人衣着考究,大腹便便,声如洪钟,秃头高额,蓄着黑须,硬撅撅的八字胡向上翘起。

在圣皮埃尔-蒙马特尔街,一些光着胳膊的人举着黑旗走在街上,旗上有几个白字:不是共和,便是死亡。在守斋者街、卡德朗街、蒙奥格伊街、芒达尔街,都有挥动旗帜的人群,旗上的金字可以辨出是"分部"加数字。其中一面旗帜是红蓝二色,中间夹着一道难以分辨的白色。

在圣马丁林荫大道,一个兵工厂遭抢劫,另外,在博布街、米歇尔伯爵街和圣殿街,各有一个兵器店被抢劫。几千只手,在几分钟内,就抢走了二百三十支几乎全是两响的步枪、六十四把军刀、八十三支手枪。为了武装更多的人,就分别让一个人拿步枪,另一个人拿刺刀。

在河滩沿河马路对面,一些拿火枪的青年,到妇女家里去准备射击。其中一支是转轮火枪。他们按一下门铃,进去后就开始做子弹。有个妇女后来叙述说:"我都不知道子弹是什么,是我丈夫给我解释的。"

在圣母升天会老修女街,一群人冲进一家古玩店,拿走了几把土耳其弯刀和其他兵器。

一个泥瓦匠被步枪击毙,横尸珍珠街头。

还有,河的右岸,河的左岸,沿河马路,林荫大道,拉丁区,中央菜市场区,都有一些工人、大学生和分区居民,气喘吁吁地阅读告示,大声呼喊:拿起武器!他们砸毁路灯,将驾车的马放跑,把铺路的石挖走,将房屋的门卸下,把路旁的树连根拔起,搜索地窖,把酒桶滚到街上,将铺路石、块石、家具、木板堆起来,筑成街垒。

人们强迫有产者一起动手。人们闯进住家,让主妇把不在家的丈夫的马刀和步枪交出来,并用白粉在门上写道:"武器已交。"有人还在收据上签下自己的名字,并且说:"明儿到市政府去取。"在街上,人们解除单独站岗的哨兵和去市政府的国民自卫军战士的武装。人们扯掉军官们的肩章。在圣尼科拉公墓街,一名国民自卫军军官,在一群持枪执剑的人追赶下,好不容易躲进一座房子,天黑了才乔装后出来。

在圣雅各区,大学生成群结队地从公寓里出来,上坡来到圣亚森特街的进步咖啡馆,下坡来到马蒂兰街的七台球咖啡馆。在那里,有些年轻人站在门口的石桩上分发武器。为了构筑街垒,特朗斯诺南街的建筑工地被抢劫一空。只有一处的居民起来抵抗:在圣阿瓦街和西蒙-勒弗朗街的拐角处,他们动手拆除了街垒。只有一处的起义者屈服:他们在圣殿街开始建筑街垒,在同一小队国民自卫军交火后,便弃街垒而去,从科德里街逃跑了。国民自卫军在那里缴获了一面红旗、一包弹药和三百发手枪子弹。他们撕破红旗,将碎片挑在刺刀尖上带走了。

这里我们从容叙述的一件件事,是在城市各地,在一片喧嚣声中同时发生的,就像无数闪电在同一声霹雳的轰鸣中同时发光一样。

不到一小时,在中央菜市场一带,就有二十七个街垒拔地而起。位于中心的,是那座赫赫有名的五十号,那是让纳①及其一百零六名战友坚守的堡垒。这房子一侧有圣梅里街的街垒,另一侧有莫比埃街的街垒,从而控制着三条街:阿西街、圣马丁街,以及对面的奥布里屠夫街。还有两个成直角的街垒,一个在蒙奥格伊街和大丐帮街的拐角处,另一个在若弗鲁瓦和朗热万街的拐角处。还不算巴黎其他二十个区,如沼泽区、圣热纳维埃芙山等地的无数街垒;梅尼蒙唐街上有一个,那里有一扇门板,是从一道通马车的大门上卸下来的;在天主医院的小桥附近也有一个,是由卸了马并翻了个的苏格兰马车筑成的,离巴黎警察局只有三百步。

在乡村乐师街的街垒那里,有个衣着考究的男人在给工人们发钱。在格勒内塔街的街垒那里,来了一个骑马的人,将一卷像是钱的东西交给像是头目的人。他说:"喏,拿去用吧,买点酒什么的。"一个不结领带的金发青年,挨个向街垒传达口令。还有个年轻人,手拿一把军刀,头戴一顶蓝警察帽,在布置岗哨。小酒店和门房变成了街垒的哨所。此外,暴动是按照最地道的军事战术组织的。令人赞叹的是,人们选择的都是狭窄不平、曲曲弯弯、布满转弯和拐角的街道。尤其是中央菜市场周围,那里的街

---

① 让纳,一名起义工人,在那次街垒战中,指挥圣马丁街和圣梅里街拐角处的街垒。

道就像一张网，比森林还要扑朔迷离。据说，是人民友社领导圣阿瓦区的起义。蓬索街上杀死了一个人，从他身上搜到了一张巴黎地图。

这场暴动的真正领导，是弥漫空间的从未有过的冲动。突然间，起义一只手建起了街垒，另一只手抢占了军队的几乎全部驻地。起义者像根点燃的导火线，不到三小时，就侵入并占领了塞纳河右岸的兵工厂、王家广场的市厅、整个沼泽区、波潘库兵工厂、加利奥特、水塔、中央菜市场的所有街道；在左岸，占领了老兵兵营、圣佩拉吉监狱、莫贝尔广场、双磨坊火药库、所有的栅栏城门。傍晚五点，他们占领了巴士底广场、内衣店街和白大衣街；他们的尖兵已到了胜利广场，威胁着银行、小神甫兵营、邮车旅馆。巴黎三分之一的地方发生了暴动。

各处的战斗大规模地展开；解除武装，搜查住宅，抢劫兵器店，结果，战斗以石块开始，却以步枪继续下去。

傍晚六点，鲑鱼巷成了战场。暴动者在巷子的一端，军队在另一端。双方从一个铁栅栏门向另一个铁栅栏门射击。一个观察者，一个爱幻想的人，即本书作者，曾去就近观看火山，碰巧来到这个小巷，受到两面火力的夹攻，只得躲在店铺之间的半圆柱旁，以防子弹打到自己身上。他在这危险处境中待了将近半小时。

这时，响起集合的号声，国民自卫军急忙穿上制服，拿起武器，宪兵团离开区公所，部队离开兵营。铁锚小巷对面，一名鼓手挨了一刀。在天鹅街，另一名鼓手遭到三十来个青年围攻，军鼓被砸烂，军刀被夺走。还有一个在圣拉扎尔粮库街被杀死。在米歇尔伯爵街，三名军官相继丧命。在隆巴尔街，好几名保安警

1309

察受伤，弃甲而逃。

国民自卫军的一个小分队，在巴塔夫大院前发现了一面红旗，上面有"共和革命，第127号"的字样。这果真是一场革命吗？

这场起义将巴黎中心变成了一个错综复杂、迂回曲折、庞大无比的堡垒。那里就是火源，那里显然是问题所在。其余的不过是小交锋。那里尚未打起来，这证明那里是决策的地方。

在有些部队里，士兵们态度暧昧，使得这场危机变得更加难以预料。他们还记得，一八三〇年七月，第五十三步兵团保持中立，人民群众曾报之以热烈的欢呼。担任指挥的，是两个久经沙场、勇敢无畏的人，一主一副，德·洛博元帅和比若将军。几个步兵营，在国民自卫军的几个连护卫下，组成大规模的巡逻队，由一名挎着绶带的警察分局局长带领，到发生起义的各条街上去侦察。起义者在十字路口布置岗哨，大胆派人到街垒外面去巡逻。双方在互相观望。政府手握军队，却迟迟不敢下决心。黑夜即将来临，圣梅里教堂响起了警钟。当时的陆军部长，参加过奥斯特里茨战役的苏尔特元帅，忧心忡忡地观望着事态的变化。

这些老水手只习惯于正规的操作，只有战术——这是战斗的指南针——作为方法和指南，现在，面对被称作民众愤怒的汪洋大海，便不知所措了。革命的风是难以操纵的。

郊区的国民自卫军急急匆匆、毫无秩序地赶来，第十二轻骑兵团的一个营从圣德尼奔来，第十四步兵团从库贝瓦跑来；军官学校的炮队在骑兵竞技场进入阵地，从樊尚运来了一些大炮。

杜伊勒利宫冷冷清清。路易-菲利普不动声色。

五　巴黎的与众不同

我们说过，两年来，巴黎有过多次起义。在暴动期间，除了起义的几个街区外，巴黎的面貌比平时更平静。巴黎对一切都适应得很快，——不过是场暴乱罢了，——况且，巴黎要做的事很多，才不为这区区小事费心呢。只有这种大城市，才能出现这种景象。只有这种硕大无朋的城池，才能一边在打内战，一边却不知怎么依然平静得让人深以为异。通常，当起义开始，鼓声、集合号声、紧急集合号声响起时，店老板只是说：

"圣马丁街好像闹起来了。"

或者说：

"圣安托万郊区好像闹起来了。"

还常常漫不经心地加上一句：

"那边的什么地方。"

过了一会儿，传来了火枪或步枪齐射的凄厉的声音，那店老板会说：

"闹得凶了？呀！闹得凶了！"

再过一会儿，暴乱蔓延，已迫近他的店铺，他便赶紧关门，穿上制服，也就是说，他把货物藏好，自己要去冒险了。

在十字路口，在小巷子里，在死胡同里，人们互相射击；街垒夺得了，又失去，复又夺得；血流遍地，霰弹将房屋的门面打得千疮百孔，有人被子弹杀死在床上，街上遍地尸体。然而，离这里几条街的地方,咖啡馆里传出打台球的声音。

离这些硝烟弥漫的大街不远的地方,看热闹的人仍在说说笑笑,剧院依然敞开大门,上演各式闹剧。马车依然来来往往,人们依然进城赴宴。有时,去的地方恰好是打仗的街区。一八三一年,有一个地方正在对射,突然停下来,让一支婚礼队伍过去。

在一八三九年五月十二日的起义中,在圣马丁街上,一个残废的小个子老头,推着一辆小车,装着盛满某种饮料的长颈瓶,盖着一面破三色旗,在街垒和部队之间来回走动,不偏不倚,将装椰奶的杯子一会儿送给政府军,一会儿送给无政府主义者。

再没有比这更奇怪的事了。这是巴黎暴乱的特点,其他任何国家的首都都不会这样。要做到这点,必须具备两样东西:巴黎的伟大和巴黎的快乐。必须是伏尔泰和拿破仑的城市。

可是这一次,在一八三二年六月五日的动武中,这个大城市感到有什么东西比它更强大。它害怕了。只见大白天各处门窗紧闭,哪怕是距离最远、最"漠不关心"的街区。勇敢的人拿起武器,胆小的人躲藏起来。无忧无虑、忙忙碌碌的行人不见了。许多街道就像凌晨四点那样阒无一人。人们传播着令人恐慌的细节,人们散布着灾难性的消息。——他们抢银行了;——仅仅在圣梅里教堂里,就有六百人,他们在教堂里挖战壕,筑雉堞;——防线并不牢固;——阿尔芒·卡雷尔[①]去见克洛泽尔元帅[②]了,元帅对他

[①] 卡雷尔(1800—1832),法国记者。起初不赞成暴动,后目睹起义者遭镇压,便同情起义。

[②] 克洛泽尔(1772—1842),法国元帅,拉马克将军的好友。

说：先得搞一个团；——拉法耶特病了，但他仍对他们说：我听从你们的吩咐，哪里能放下一张椅子，我就跟你们到哪里；——必须严阵以待；夜里，有人会在巴黎偏僻的地方抢劫散居的民房（从这里，可以看出警察——这个插手政府事务的安娜·拉德克利夫①——的想象力何等丰富）；——奥布里屠夫街上部署了大炮；——洛博和比若正在磋商，半夜，最晚黎明时分，将有四路纵队同时向暴乱中心开拔，第一路从巴士底广场，第二路从圣马丁门，第三路从河滩广场，第四路从中央菜市场；——军队也有可能从巴黎撤退到练兵场；——谁也不知道会发生什么事，但可以肯定，这一次非常严重；——苏尔特元帅迟疑不决，引起人们的忧虑；——为什么他不立即发起进攻？——可以肯定，他在苦苦思索。这头老狮子似乎嗅出，在这黑暗中有一个从没见过的怪物。

夜晚来临，可剧院都没开门。巡逻队气势汹汹地在街上巡逻，搜行人的身，逮捕形迹可疑的人。九点钟，就有八百多人遭逮捕，警察局、巴黎裁判所附属监狱、拉福斯监狱都塞满了被捕的人。尤其在巴黎裁判所附属监狱，那条被称作巴黎街的长地道铺满了麦秸，上面堆满了囚犯，里昂人拉格朗日②在勇敢地发表演说。囚犯们躺在麦秸上，动一动都会发出暴雨般的哗啦声。在别的地方，囚徒们一个挨一个，躺在风雨操场上。到处忧虑不安，人心惶惶，

---

① 安娜·拉德克利夫（1764—1823），英国女作家。她的小说描写秘密罪行。
② 拉格朗日（1804—1857），里昂工人组织"进步社"的创始人之一，代表人民参加制宪会议和立法会议。一八三四年，里昂工人大起义，他作出了重要贡献，因而被称作"里昂人"。

这在巴黎史无前例。

  人们躲在家里不敢出门,妻子和母亲提心吊胆,只听见她们说:"啊,天哪!他还没回来!"远处,难得听到车轮的滚动声。人们站在门口谛听,只听见各种沉闷而模糊的声音,喧哗声、叫喊声、嘈杂声,他们说:"是骑兵",或者说:"是弹药车在奔跑";人们听见号声、鼓声、枪声,特别是圣梅里教堂凄凉的警钟声。人们等待打响第一炮。手拿武器的人出现在街角,喊着"快回家",转眼便不见了。于是,人们赶紧回家插上门闩。人们说:"这会闹到什么地步?"天色越来越黑,而巴黎也似乎越来越凄恻地被暴乱的烈焰染红。

第十一卷
原子同风暴和睦相处

一 关于加弗洛什那些歌谣来源的说明，一位法兰西院士对这些歌谣的影响

在兵工厂前面，民众和军队发生了冲突，于是就爆发了起义，使得跟在枢车后面、连绵不断于几条林荫大道，可以说以此压迫着送殡队伍的人群，像海水落潮一般从前往后退，形成十分可怕的景象。杂乱的人群开始后退，队伍乱作一团，大家奔跑起来，赶快离开，赶快溜走，有的高喊着往前冲，有的吓得面如土色，逃之夭夭。铺满林荫道的人流，犹如江河，转眼间改变方向，向左右溢出，就像打开了闸门，分成一股股湍流，同时涌进二百来条大街小巷。此刻，一位衣衫褴褛的男孩，正从梅尼蒙唐街下来，手里拿着一枝刚从贝尔维尔高地摘来的金雀花，来到一个女旧货商铺子的橱窗前，发现有支旧骑兵手枪，就扔掉花枝，嚷道：

"那什么大妈，我想借您那玩意儿用用。"

说完，他抓起枪，撒腿就跑。

两分钟后，一群惊慌失措，从阿默洛街和巴斯街仓皇逃命的

有产者，遇见了这个孩子，只见他挥动手枪，一面高唱：

> 黑夜漆黑看不见，
> 白天明亮看得清，
> 老板收到匿名信，
> 周章失措心慌乱，
> 劝君多多修修德，
> 罗纱短裙尖尖帽。

这男孩正是加弗洛什，他赶去参加战斗。

在林荫大道上，他发现那支手枪没有击铁。

他用来调节步伐的这首歌，以及他常常随口唱出的那些歌，是谁编的呢？说不上来。谁知道呢？说不定是他自己编的。再说，加弗洛什对民众哼唱的流行歌曲了如指掌，他唱时加上他特有的鸟儿般的鸣叫。他是个小精灵，小顽童，他把天籁的声音和巴黎的声音凑成一个曲子，将鸟儿的保留节目和工场的保留节目组合在一起。他认识几位画室的艺徒，这是同他趣味相近的一伙。他好像在印刷厂当过三个月学徒。有一天，他为法兰西学院四十院士之一的巴乌尔-洛米安跑过一次腿。加弗洛什是个有文学修养的流浪儿。

此外，加弗洛什万万没想到，在那凄风苦雨的黑夜，他把两个小家伙带到大象肚里过夜，竟然是在为自己的亲弟弟而替天行善。晚上他帮助了两个弟弟，凌晨又救了自己的父亲；那一夜他就是这样度过的。天蒙蒙亮时，他离开芭蕾街，急忙赶回大象那里，熟练地从里面拽出两个小家伙，同他们一起分享了他发明的早餐，然后离开大象，把他们托付给大街这位善良的母亲，他自己差不多就是这位母亲拉扯大的。分手时，他约他们晚上在老地方见面，还向他们做了告别演说："我要折断手杖了，换句话说，我要颠了，按宫里的说法，我要溜了。小家伙，你们要是找不到爸爸妈妈，晚上回这里来。我给你们吃的，我让你们睡觉。"两个孩子再没回来，或许被警察抓住，送进拘留所了，抑或被哪个跑江湖的拐走了，或者只是在巴黎这个大迷宫里迷失方向了。在当今社会的底层，失踪的人比比皆是。加弗洛什没再见到他们。十来个星期过去了。他不止一次搔搔脑袋说："那两个孩子跑到哪里去了？"

这时，他握着枪，来到了白菜桥街。他发现这条街上只有一家店铺还开着门，而且值得考虑的是，那是家糕饼店。这真是天赐良机，他在投入未知的世界之前，还能吃上一块苹果酱馅饼。加弗洛什停下来，摸摸裤子口袋，搜搜背心口袋，将口袋兜底翻出来，什么也没找到，一个子儿都没有，他便大声呼叫："救命！"

人生最后一块点心没有吃成，的确是很痛苦的。

加弗洛什仍然赶自己的路。

两分钟后，他来到圣路易街。穿过御花园街时，他感到需要为那块可望而不可得的苹果酱馅饼做个补偿，就在大白天痛快淋漓地将剧院的海报撕个粉碎。

他往前走了一会，看见一群脑满肠肥、财主模样的人经过，他耸了耸肩，随口朝前吐出富有哲理的恼怒：

"这帮吃利息的，养得好肥啃！他们大吃大喝。每天大鱼大肉。问问他们钱都是怎么花的。他们肯定答不上来。他们是吃钱哪！全都用来填肚子了。"

二 加弗洛什向前进

拿着一支没有击铁的手枪,挥舞着招摇过市,无疑具有示威作用,加弗洛什越走情绪越高涨。他大叫大嚷,不时地唱出一句《马赛曲》中的歌词:

"一切都很好。我的左蹄子痛得要命,风湿病把我害苦了,但是,公民们,我很开心。资产阶级当心了,我要给他们喷颠覆歌。密探是什么?是狗!他娘的!对狗不要不尊敬。我真想让我的手枪里有条狗①。我从林荫大道来,朋友们,汤已经烧热,汤溢出来一点了,汤正在炖着。该清除锅里的浮渣了。男人们向前进!让肮脏的血淹没我们的农田!我要为祖国而献身,我再也见不到我的姘妇了,妮——妮,完了,是的,妮妮!但这没什么,快乐万岁!战斗吧,他妈的!我讨厌专制主义!"

这时,国民自卫军的一个枪骑兵从一旁经过,忽然他的马跌倒了,加弗洛什把枪放在地上,上前扶起骑兵,又帮他扶起马。然后,他从地上捡起枪,继续往前走。

托里尼街非常平静。这种死气沉沉,是沼泽区特有的,与周围的沸反盈天形成鲜明的对照。四个饶舌妇在一家门口聊天。苏格兰有巫婆的三重唱,巴黎则有长舌妇的四重唱;在苏格兰的阿

---

① 法语中,"狗"和"手枪击铁"是同一个词。

米尔灌木丛里,三个女巫阴沉地对麦克佩斯①说:"你将当国王",而在法国的博杜瓦埃十字路口,也可能有人对波拿巴说同样的话。这几乎都是老鸦聒噪。

托里尼街的饶舌妇关心的,只是她们自己的事。那是三个看门的和一个捡破烂的,那捡破烂的背着篓子,拿着带柄的铁钩。

她们四个人似乎守在暮年的四个角上,那就是衰老、衰弱、衰朽和凄惨。

那捡破烂的态度谦恭。在这站在风中的这圈人里,捡破烂的尊敬看门的,看门的关照捡破烂的。这跟墙角石的那个角落有关,那里垃圾堆的肥瘦,全凭堆垃圾的门房一时的兴致。扫帚里面可能有仁慈。

这个捡破烂的老妇,是个知恩图报的背篓,她向三位看门人微笑。多么可掬的笑容!她们说着闲话,比如:

"啊!您的猫还那么凶吗?"

"我的上帝,您是知道的,猫天生是狗的冤家对头。叫苦的总是狗。"

"人也一样。"

"不过,猫身上的跳蚤是不跟人走的。"

"这倒没什么,狗却很危险。记得有一年,狗多得不得了,报纸上也不得不谈论了。那时候,杜伊勒利宫里养着大绵羊,给罗

---

① 麦克佩斯(?—1057),一译麦克白,苏格兰国王。莎士比亚同名戏剧中的主人公。三个女巫在他出征归来途中,预言他将做国王。后来他弑君后自封为王。

1319

马王①拉小车。你还记得罗马王吗?"

"我呀,我喜欢波尔多公爵。"

"我呀,我见过路易十七。我更喜欢路易十七。"

"帕塔贡太太,肉贵死了。"

"呀!别跟我提这个了,肉店可恶极了,实在太可恶,总给你搭骨头。"

这时,捡破烂的老妇插话了:

"各位太太,现在生意不好做。垃圾堆里捡不到什么。人们什么也不扔了,全都吃下去了。"

"瓦古莱姆太太,还有比您更穷的哪。"

"这倒是真的,"捡破烂的恭恭敬敬地说,"我总算有个职业。"

谈话停顿片刻。那捡破烂的遏制不住炫耀自己的需要(此乃人类之本质),继续说:

"早上回家,我就清理篓子,进行分辨(大概想说分拣)。我房间里有好多堆。我把破布放到篮子里,菜帮子放到小木桶里,内衣放到壁橱里,毛衣放到五斗橱里,废纸放到靠窗的角落里,能吃的放到碟子里,碎玻璃放到壁炉里,旧鞋放到门后面,骨头放到床下面。"加弗洛什已停在她们后面,在听她们说话:

"老太婆,"他说,"你们干吗要谈论政治?"

四个人异口同声地骂他,犹如在放排枪。

"又是一个小无赖!"

"他的破爪子里拿着什么?手枪!"

---

① 罗马王,拿破仑的儿子。

"这成什么体统,这个小叫花子!"

"他们不推翻政府,就不会安宁。"

加弗洛什不屑反驳,只是张开手,用大拇指顶在鼻尖上,以示蔑视。

捡破烂的大声骂道:

"赤脚的小坏蛋!"

那位叫帕塔贡太太的老妇,气愤地拍着巴掌说:

"要出乱子了,我敢肯定。附近有个留山羊胡的小无赖,每天早晨,我都见他从这里经过,搂着一个戴粉红帽子的姑娘,今天我又见他过去了,搂着一支步枪。巴舍太太说,上星期,在……在……在……——什么地方来着?——对了,在蓬托瓦兹发生了一场革命。再说,你们看,这个可恶的无赖手里拿着枪!据说,则肋司定会修士街上到处是大炮。这些捣蛋鬼,只知道弄出点花样来,不让世界安宁,你叫政府怎么办!我们经历了多少不幸!仁慈的上帝,那可怜的王后,我看见她坐着囚车从这里经过!现在刚过上点安宁的日子!这样一来,烟价还要往上涨。太无耻了!你这个坏蛋,我一定要去看你上断头台!"

"你鼻子发臭,我的老前辈。"加弗洛什说,"把你的鼻筒揩揩吧。"

说完,他扬长而去。当他来到铺石街,又想起了那捡破烂的老妇,喃喃自语道:

"墙角大妈,你不该侮辱革命。这支枪是用来保护你的,为使你的背篓里有更多好吃的东西。"

蓦然,他听见身后有声音,是看门的帕塔贡太太跟在后面,

远远地朝他扬拳头,并大声嚷道:

"你是个小杂种!"

"这个嘛,"加弗洛什说,"我才不在乎呢!"

不一会儿,他经过拉莫瓦尼翁公馆。在那里,他发出号召:

"奔向战斗!"

说完,他感到一阵忧闷。他用责备的目光望望手枪,仿佛想使它感动似的。

"我要出发了,"他对手枪说,"可你却出发不了。"

一只狗可以排解另一只狗[①]带来的苦恼。一只皮包骨头的狗走过来。加弗洛什对它顿生怜悯。

"可怜的狗狗,"他对它说,"你身上桶箍看得清清楚楚,一定是吞了一只大酒桶了。"

说完,他就朝圣热尔韦榆树街走去了。

三　理发匠有理由愤怒

曾撵走过加弗洛什后来收容在大象慈母怀抱里的两个孩子的可敬理发师,此刻正在店里给一个为帝国效过劳的外籍军团老兵刮胡子。他们边理发边聊天。理发匠免不了同老兵谈起这场暴乱,继而又谈到拉马克将军,后又转到拿破仑皇帝的话题上。于是,就有了理发匠和士兵的一场谈话。假如普律多姆在场,就会进行

[①] 指手枪击铁。

艺术加工，将此谈话命名为《剃刀同军刀的对话》。

"先生，"理发匠说，"皇帝马骑得怎么样？"

"不怎么样。他没有本事从马上摔下来。因此，他从来没有摔下来过。"

"他有许多骏马吗？他想必有许多骏马吧？"

"他给我授十字勋章那天，我注意到他的马了。是一匹跑得很快的母马，浑身雪白。两只耳朵分得很开，马鞍落得很深，机灵的脑袋上有一颗黑星，脖子很长，膝关节很灵活，肋骨突出，肩部倾斜，臀部强壮。身高十五掌尺①多一点。"

"真漂亮。"理发匠说。

"那是皇帝陛下的马。"

理发匠觉得，听见"皇帝陛下"这个词，应该肃静一会儿，他就停了停，才继续说：

"皇帝只受过一次伤，是不是，先生？"

老兵就像亲眼见过那样，以平静而至高无上的口吻回答：

"脚后跟。在拉蒂斯博纳。我从没见他像那天那样穿得好。干干净净，像枚新币。"

"那您呢，老兵先生，您大概经常受伤吧？"

"我？"老兵说，"啊！也没什么。在马伦戈，后颈挨了两刀，在奥斯特里茨，右胳膊吃了一枪，在耶拿，左屁股又吃了一枪，在弗里德兰，挨了一刺刀，刺在……这里，在莫斯科，被长矛捅了七八下，到处是伤口，在吕岑，一颗炮弹爆炸，炸掉了一根手

---

① 掌尺，意大利古长度单位，约合 0.25 米。

指头……啊！后来，在滑铁卢，大腿上被一颗火铳枪弹击中。就这么多。"

"能死在战场上多好！"理发匠用夸张的口吻大声说，"真的，我宁愿肚子上挨一炮弹，也不愿慢慢地死在病床上，几乎每天都在打针吃药贴膏药，和医生打交道！"

"您倒不挑剔。"老兵说。

他话音刚落，只听见哐当一声，震得理发店颤抖。橱窗的一块玻璃突然开了花。理发匠脸色刷地白了。

"啊，上帝！"他喊道，"当真来了一颗！"

"来了什么？"

"炮弹。"

"在这里。"老兵说。

他弯腰把在地上滚动的一样东西捡起来。是块石子。

理发匠跑到破玻璃跟前，看见加弗洛什正拼命朝圣约翰市场逃去。加弗洛什心里还惦记着两个孩子，经过理发匠的铺子时，忍不住想向他问个好，便朝他的橱窗扔了块石头。

"瞧！"理发匠的脸色由白转青，他声嘶力竭地吼道："他这是恶作剧。我什么地方得罪他了，这个野孩子？"

四　孩子看见老人，十分吃惊

圣约翰市场的哨所已被缴械。这时，加弗洛什已来到市场，刚加入昂若拉、库费拉克、孔布费尔和弗伊带领的一群人中。他们几乎都有武器。巴奥雷和让·普鲁韦已来同他们会合，队伍壮大了。昂若拉有一支两响的猎枪，孔布费尔有一支步枪，写着国民自卫军部队的番号，此外，他的紧腰中大衣没扣扣子，可以看到他的腰里还别着两支手枪，让·普鲁韦有一支旧骑兵火枪，巴奥雷是一支卡宾枪，库费拉克挥舞一根出了鞘的剑杖。弗伊手握一把不带套的军刀，一面向前，一面高呼："波兰万岁！"

他们从莫朗沿河马路来，不结领带，不戴帽子，气喘吁吁，被雨淋湿了衣服，双眸炯炯发光。加弗洛什镇静地同他们攀谈。

"咱们上哪？"

"跟着走吧。"库费拉克说。

弗伊后面，走着，更确切地说蹦着巴奥雷，他在暴动中如鱼得水。他穿着一件鲜红的背心，说着肆无忌惮的话。一位行人看见他的红背心，惊得狂喊：

"红党！"

"红党，红党！"巴奥雷针锋相对道，"资产者，有什么好怕的。我看见红丽春花就不发抖，看见小红帽，我也不害怕。资产者，相信我，还是把恐红症留给长角的动物吧。"

他发现一个墙角上贴着世界上最和平的一张纸，那是巴黎的大主教给他的"绵羊"①们下的封斋期训谕，允许他们在封斋期吃鸡蛋。

巴奥雷喊道：

"绵羊，是蠢鹅的文雅说法。"

---

① Ouaille 在法语中既有"绵羊"的意思，又可作"基督教徒"解释。

他从墙上揭下训谕。这一举动征服了加弗洛什。从这一刻起,他便开始观察巴奥雷了。

"巴奥雷,"昂若拉说,"你这就不对了。你不该去碰这训谕的,我们要对付的不是它,你发火毫无用处。留着你的力气吧。不到时候不开火,不管是用枪,还是用心。"

"各有所好,昂若拉,"巴奥雷反驳说,"这篇主教文告让我看着不舒服,我吃鸡蛋,用不着人家允许。你的性格冷得烫手,而我喜欢闹着玩。再说,我又不花力气,我是冲动。我撕这张训谕,赫拉克勒斯!是为了开开胃口。"

"赫拉克勒斯"这个词,引起了加弗洛什的注意。他从来不放过学习的机会,这位撕文告的老兄已让他钦佩得五体投地了。他问他道:

"赫拉克勒斯是什么意思?"

巴奥雷回答:

"这在拉丁语中,是见鬼的意思。"

这时,巴奥雷看见有个脸色苍白、蓄着黑须的青年站在一个窗口,看他们经过。他认出这可能是 ABC 友社的人,便向他喊道:

"快,子弹!准备战斗①。"

"美男子!名副其实。"加弗洛什说。他现在也懂拉丁语了。

一群乱哄哄的人跟在他们后头,有大学生、艺术家、埃克斯库古尔德社的年轻人、工人、港口员工,拿着棍棒和刺刀,还有

---

① 原文为拉丁语。para bellum(准备战斗),加弗洛什错听成 bel homme(美男子)。

几个像孔布费尔那样，腰里别着手枪。一个看上去很老很老的老头，也走在这群人中间。他没有武器，尽管他若有所思，但他加快步伐，惟恐落在后头。加弗洛什发现了他，就问库费拉克：

"那是谁？"

"一位老人。"

那是马伯夫先生。

五　老人

我们来讲讲事情的经过。

龙骑兵开始进攻时，昂若拉和他的朋友们正在布尔东林荫大道的粮仓附近。昂若拉、库费拉克和孔布费尔，正是走巴松皮埃尔街，边走边喊"到街垒去"的那伙人。在莱迪吉埃尔街，他们遇见一位老人正慢慢地走着。

引起他们注意的是，这老头像喝醉酒似的，脚步趔趄。此外，尽管上午一直下雨，而且当时雨下得很大，他却把帽子拿在手里。库费拉克认出是马伯夫老爹。他多次陪马里尤斯到过他家门口，所以认识他。他知道这位当过教堂财产管理员、喜欢藏书的老人，习惯于清静的生活，且胆小怕事，因此，见他出现在这嘈杂声之中，离冲锋的骑兵队仅两步之遥，几乎置身在枪林弹雨之下，不顾大雨打下帽子，迎着枪弹蹒跚而行，感到十分惊讶，于是上前同他攀谈，就有了二十五岁的暴乱分子和八旬老人之间的一段对话。

"马伯夫先生,回家去吧。"

"为什么?"

"待会儿会很乱。"

"好啊。"

"会动刀动枪,马伯夫先生。"

"好啊。"

"还会开炮。"

"好啊。你们上哪里去呀?"

"我们去推翻政府。"

"好啊。"

于是,他开始跟在他们后面。从此,他再没有说过一句话。突然,他迈的步子坚定了,有的工人伸手搀他,他摇摇头拒绝了。他差不多走在队伍的最前列,他的动作是在走路,但他的神情却像在睡觉。

"这老头真是疯了!"大学生们窃窃私语。队伍中传出,他当过国民公会议员,投票赞成过处死国王。

人群拐进玻璃厂街。小加弗洛什勇往直前,扯着嗓门唱着一首歌,就像在吹军号。他唱道:

> 月亮出来了,
> 我们何时去森林?
> 夏洛问夏洛特。
>
> 嘟嘟嘟,

去夏都,
我只有一个上帝,一个国王,一个铜板,一只靴子。

两只小麻雀,
喝了百里香上的朝露,
醉得稀里又糊涂。

吱吱吱,
去帕西,
我只有一个上帝,一个国王,一个铜板,一只靴子。

两只小狼崽,
醉酗酗像两只小斑鸠,
洞里老虎哈哈笑。

咚咚咚,
去默东,
我只有一个上帝,一个国王,一个铜板,一只靴子。

我发誓你赌咒,
我们何时去森林?
夏洛问夏洛特。

叮叮叮,

我们去庞丹,

我只有一个上帝,一个国王,一个铜板,一只靴子。

他们朝圣梅里教堂走去。

六 新加入者

队伍越来越壮大。快到比埃特街时,一个高头大马、头发花白的人,加入他们的行列,库费拉克、昂若拉和孔布费尔注意到他粗犷而无畏的脸,但谁都不认识他。加弗洛什忙着唱歌,吹口哨,哼曲子,向前进,用没有击铁的手枪托敲店铺的窗板,因而没有注意这个人。

在玻璃厂街,他们正好从库费拉克的家门口经过。

"太好了,"库费拉克说,"我忘带钱包了,帽子也丢了。"他离开队伍,三步并作两步地跑上楼。他取了顶旧帽子和钱包。他还从脏衣服堆下,拿出一只大行李箱般大小的方箱子。当他跑下楼时,门房太太叫住他。

"德·库费拉克先生!"

"看门的,您贵姓?"库费拉克回击道。

门房张口结舌。

"可您知道的,我是门房,我叫弗凡大妈呀。"

"那好,如果您还叫我德·库费拉克先生,我就叫您德·弗凡大妈。现在,说吧,什么事?怎么啦?"

"有人要同您说话。"

"谁?"

"不知道。"

"在哪?"

"在我的小屋里。"

"见鬼!"库费拉克说。

"他等您回来等了一个多小时了。"门房太太又说。

这时,一个工人模样的小伙子走出门房,他又瘦又矮,脸色苍白,长着雀斑,穿着一件破工作服和一条两侧缝了补丁的丝绒长裤,看上去更像个穿男孩装的女孩子,而不是男人,可说起话来,却一点不像女人。他对库费拉克说:

"请问马里尤斯先生在吗?"

"不在。"

"晚上回来吗?"

"不知道。"

库费拉克接着又说:

"不过,我不回来。"

年轻人凝眸看他,问道:

"为什么?"

"不为什么。"

"您去哪里?"

"关您什么事?"

"要不要我给您拿箱子?"

"我上街垒去。"

"要不要我跟您一起去?"

"随您便!"库费拉克回答,"街上谁都可以去,马路是属于大家的。"

说完他就跑开,去追他的朋友们了。当他赶上他们后,便把箱子交给其中一个人。过了足足一刻钟,他才发现那年轻人果然跟来了。

临时聚集的人群不一定是去想去的地方的。我们前面说了,他们是被一阵风吹着跑的。我们的这群人走过圣梅里教堂后,不知道怎么,来到了圣德尼街。

第十二卷
科林斯酒店

一　科林斯酒店的历史

今天，巴黎人走进中央菜市场这边的朗比托街，会发现在他们右边，蒙代图尔街对面，有一家藤柳编制品店，招牌是一个拿破仑大帝模拟像的筐子，上面写着：

> 拿破仑是用柳条编成的

但他们不大会猜到，三十年前，这里曾发生过可怕的事。

这里就是尚弗里街（旧时写成尚韦里街）和著名的科林斯酒店。

大家一定还记得，这地方曾筑过一座街垒，与圣梅里教堂的街垒相比，则是黯然失色。尚弗里街的街垒，如今已被人深深遗忘，而我们要稍加阐述的，正是这座有名的街垒。

为叙述方便，我们仍采用叙述滑铁卢战役时用过的简单方式。当年，在圣厄斯塔什教堂所在的尖角附近，菜市场的东北角，如今的朗比托街的入口处，有着鳞次栉比的房屋，读者若想对这些房屋有个比较清晰的概念，不妨设想一个N，上端是圣德尼街，下端是菜市场，左右两竖是大丐帮街和尚弗里街，斜杠是小丐帮街。古老的蒙代图尔街曲曲弯弯，横穿两条竖杠和一条斜杠。因此，这四条迷宫般扑朔迷离的街道，在东起圣德尼街，西至菜市场，北起天鹅街，南至布道兄弟会修士街这二百平方米左右的土地上，密密麻麻地分布着七片房屋群，大小不一，形状不规，方向各异，就像建筑工地上的石堆，随意堆来，几乎连成一片，中间只有窄窄的缝隙。

对于这些阴暗、密集、弯曲、高楼夹道而立的街道，只能用窄窄的缝隙来形容，实在找不出更确切的表达方式。这些九层破楼房，实在破旧不堪，以至尚弗里街和小丐帮街上，房屋的正面，屋与屋之间，都用一根粗木做支撑。街道很窄，但街上的阳沟却很宽，行人走在终年湿漉漉的街上，两旁是地窖般阴暗的店铺，门前竖着包铁的石桩，垃圾堆积如山，小巷路口有年代悠久的铁栅栏大门。这一切在建造朗比托街时，全都给毁了。

蒙代图尔[①]这个街名，绝妙地反映了这些街道的迂回曲折。过去不远，便是汇入蒙代图尔街的陀螺街，这个街名将街道的曲折表达得更淋漓尽致。

行人从圣德尼街进入尚弗里街，便见前面的街面越来越窄，仿佛钻进了长长的漏斗里。尚弗里街很短。在街的尽头，行人会

---

① Mondétour（蒙代图尔），由 mon 和 détour 两个成分构成，détour 的意思是"弯曲"。

发现,在菜市场那边,有一排高高的楼房挡住去路,如果他没有发现左右各有一条壕沟似的黑乎乎的通道,会以为进入了死胡同。那就是蒙代图尔街,它一头通到布道兄弟会修士街,另一头通到天鹅街和小丐帮街。在这条所谓的死胡同深处,可见一座比周围矮一些的房子,仿佛形成一个岬角。

就在这座只有三层楼的房子里,三百年来,开着一家轻松愉快、遐迩闻名的小酒店。这个小酒店,常常笑声盈盈,而这里也正是泰奥菲尔①在他的两句诗中提到的地方:

> 可怜情郎悬梁尽,
> 尸骨摇晃吓死人。

酒店身处善地,店主世代相传。

在马蒂兰·雷尼埃②时代,这酒店叫"玫瑰花盆",那时人们喜欢玩画谜游戏,因此,它的招牌是一根漆成玫瑰色的柱子③。上个世纪,可敬的纳图瓦④,一位受当今僵化画派蔑视的幻想画派大师,曾在这家酒店里,就在当年雷尼埃醉倒的桌子上,多次喝得酩酊大醉,为示感谢,他在玫瑰色柱子上,画了一串科林斯⑤葡萄。店主欣喜若狂,把招牌改了改,在那串葡萄下面,写了几个

---

① 泰奥菲尔(1590—1626),法国诗人和剧作家。
② 马蒂兰·雷尼埃(1573—1613),法国讽刺诗人。
③ 法语中,玫瑰花盆(pot-aux-roses)和玫瑰色柱子(poteau rose)发音相同。
④ 纳图瓦(1700—1777),法国油画家和木刻家,洛可可派的代表人物。
⑤ 科林斯,希腊古代名城。

金字：科林斯葡萄酒家。这便是"科林斯"名称的来历。在醉汉们看来，没有比省略更自然的事了。句子省略，好比醉汉踉跄而行。"科林斯"渐渐将"玫瑰花盆"赶下宝座。酒店最后一代老板于施卢大爷，已不知道这个传统，将柱子漆成了蓝色。

楼下有间大厅，设有柜台，二楼有间大厅，放着台球桌，一道螺旋式木楼梯穿透天花板，桌上放着酒，墙上布满烟尘，大白天点着蜡烛，这便是酒店的概貌。楼下那间厅里，有个翻板活门，一道楼梯通往地窖。于施卢一家住在三楼。二楼的大厅里有扇暗门，门后有道楼梯，更确切地说有个梯子，通到三楼。屋顶下，有两间顶楼室，是女用人的窝。厨房和柜台在一楼。

于施卢大爷可能生来是化学家，事实上，他是个厨师。到他酒店里来的人，不只是喝酒，还要吃饭。于施卢大爷发明了一道特色菜，那就是肚子里塞肉的鲤鱼，他称之为塞肉鲤鱼。酒客们坐在钉有漆布以代替桌布的餐桌上，凑着羊脂蜡烛或路易十六时代带罐油灯的微光，吃着塞肉鲤鱼。一天上午，于施卢大爷认为该提醒行人注意他的"特色菜"了，便拿起排笔，在颜料罐里蘸了点黑颜料，信手在墙上写了几个醒目的大字：

Carpes ho gras[①]

正如他有独特的烹饪法那样，他也有独特的拼写法。

某年冬天，阵雨和夹雪的骤雨突发奇想，冲掉了第一个词的

---

① ho gras 是白字，正确的拼写是 Carpes au gras，即塞肉鲤鱼。二者读音一样。

结尾 S 和第三个词的首字母 G，于是只剩下：

Carpe ho ras

年深日久，再加上雨水的作用，一个普通的美食广告，最后变成了含义深刻的劝告。

于是，于施卢大爷不懂法语，竟然懂拉丁语，做菜做出了哲理，仅从想取消封斋节这一点，他可与贺拉斯①相媲美。令人吃惊的是，那句话也可理解为：请进我的店。

如今这一切已不复存在。从一八四七年起，蒙代图尔迷宫被开肠剖肚、大片拆除，现在也许已荡然无存了。尚弗里街和科林斯小酒店，也已消失在朗比托街的铺路石下面了。

我们说过，科林斯小酒店，对库费拉克及其朋友们来说，即使不是集结，也可说是聚会的地点。是格朗泰发现科林斯的。他看到 Carpe ho ras，便进去了，后来，又因塞肉鲤鱼再次光顾。他们在那里又喝又吃，大叫大嚷；他们有时少付，有时欠账，有时不付，但始终受到欢迎。于施卢大爷是个大大的好人。

上面说了，于施卢是个大好人。这个酒店老板蓄着八字胡，是个很有意思的人。他总是板着面孔，似乎想吓唬顾客，顾客一进门，他便嘟囔，那神情更像要同他们吵架，而不是侍候他们吃

---

① 拉丁诗人贺拉斯（前65—前8）在颂歌里有 Carpe diem 的提法，意思是"欢度节日"，"抓住今天"，因此，上文说，"一个普通的美食广告，最后变成了含义深刻的劝告。"

喝。不过，我们还是这句话，顾客在这里始终受欢迎。他的怪脾气使小店顾客盈门，吸引了不少年轻人，他们说：去看看于施卢大爷"嘟囔"吧。他当过击剑教师。他常常突发大笑。嗓门很粗，心地很善。外表在演悲剧，内心在演喜剧；他巴不得你害怕他，有点像形如手枪的鼻烟盒。大笑声犹如喷嚏声。他的妻子是于施卢大妈，一个长着胡子、奇丑无比的女人。

一八三〇年，于施卢大爷去世。塞肉鲤鱼的秘诀也随之失传。他的遗孀悲痛难忍，但仍继续经营酒店。可是，饭菜质量下降，让人无法下咽，酒从没好过，现在则更差。可是，库费拉克及其朋友们仍光顾科林斯。"出于怜悯。"博絮埃如是说。

于施卢寡妇说话气喘，模样丑陋，念念不忘从前在乡下的生活。她发音很特别，这样，她对乡村生活的回忆也就少了些平淡。她说起这些事来，有她独特的方式，这使她对青年时代和农村的模糊记忆，变得趣味盎然。她说，从前她的一大乐趣，是听到"冯（红）喉雀在三（山）楂林里歌唱"。

二楼的大厅是"餐厅"，一间长方形的大屋子，放满了圆凳、矮凳、椅子、长凳和桌子，还有一张歪歪扭扭的台球桌。从一楼到二楼，要走一道螺旋式楼梯，大厅角上，有个形似舱口的方洞，便是楼梯的入口处。

这间大厅很像楼顶室，十分简陋，只有一扇小窗透进阳光，整日点着一盏煤油灯。所有四条腿的家具，都摇摇晃晃，好似只有三条腿。刷了石灰的墙上，唯一的装饰，便是一首献给于施卢大妈的四行诗：

十步吃一惊,两步吓一跳。

鼻里长肉瘤,摇摇又欲坠。

时刻怕她把肉瘤擤给你,

哪天鼻子掉进她嘴巴里。

是用木炭涂在墙上的。

诗中的描写简直惟妙惟肖,但于施卢太太从早到晚,若无其事地在它前面走来走去。两个女仆,只知道一个叫玛特洛特,一个叫吉贝洛特①,帮于施卢太太把劣酒壶摆到桌上,将淡而无味的杂碎羹盛进盆里,端给饥饿的顾客。玛特洛特又胖又圆,一头红发,叽叽喳喳,模样寝陋,比神话中的妖怪还要难看,却是已故于施卢大爷的宠妾。不过,女仆应该排在女主人后面,她的丑陋比起于施卢太太,则是小巫见大巫。吉贝洛特个儿瘦长,身体娇弱,肌肤苍白,属淋巴体质,眼圈发黑,眼皮下垂,总是疲惫不堪,萎靡不振,仿佛得了慢性疲劳症,第一个起床,最后一个睡觉,侍候所有的人,甚至侍候另一个女仆,不声不响,性格温和,充满倦容的脸上总带微笑,那是睡眠中的朦胧笑容。

柜台上方有一面镜子。

进入二楼餐厅前,在门上可见库费拉克用粉笔写的一句诗:

可能就请客,有胆就大吃。

---

① 在法语中,玛特洛特(matelote)是水手爱吃的洋葱加酒烹煮的鱼;吉贝洛特(gibelote)是白葡萄酒烩兔肉。

二 暴动前喝酒取乐

我们知道,墨城的莱格尔常常住在若利家。人有个住处,正如鸟有根树枝。两个朋友住在一起,吃在一起,睡在一起。他们一切都是共同的,甚至有点不分彼此。照不受神品的戴帽修士的说法,他们是一对儿①。六月五日上午,他们去科林斯吃中饭。若利伤风鼻塞,患了严重的鼻炎,莱格尔也开始传染上了。莱格尔的衣服已经破旧,但若利却衣着整齐。

他们推开科林斯店门时,大约是上午九点钟。他们上了二楼。玛特洛特和吉贝洛特接待他们。

"牡蛎,奶酪,火腿。"莱格尔说。

他们在餐桌旁坐下来。店里还是空的,只有他们两个顾客。吉贝洛特认出是若利和莱格尔,把一瓶酒放到桌子上。

他们刚开始吃牡蛎,有个脑袋出现在楼梯口,一个声音说:

"我路过这里。在街上就闻到了布里奶酪的香味,我就进来了。"

来者是格朗泰。他拿了张圆凳,坐到桌子上。吉贝洛特见是格朗泰,又拿来了两瓶酒。桌上就有三瓶酒了。

"这两瓶酒你全喝完吗?"莱格尔问格朗泰。

格朗泰回答:

"人人都有天资,惟独你有天真。男子汉从没被两瓶酒倒过。"

---

① 原文为拉丁语。

别人是先吃东西,他是先喝酒。半瓶酒一口就喝下去了。

"你胃上有洞吗?"莱格尔问。

"你胳膊肘上倒有一个。"格朗泰说。

他喝完一杯酒,又说:

"呀,祭文大师莱格尔,你的衣服旧了。"

"这正是我希望的。"莱格尔回答,"这样,我和衣服就能和睦相处了。它随我伸屈,丝毫也不妨碍我,我是什么怪模样,它也是什么怪模样,我做什么动作,它也做什么动作,我只在身上暖和时,才感觉到它的存在。旧衣服和老朋友是一回事。"

"千真万确,"若利加入谈话说,"一件旧衣服是一个老崩(朋)友。"

"尤其在伤风鼻塞人的嘴巴里。"格朗泰说。

"格朗泰,"莱格尔问,"你是从林荫大道那边来的吗?"

"不是。"

"我和若利刚才看见送殡队伍的头经过了。"

"那场面真叫人轻(惊)异。"若利说。

"这条街多清静!"莱格尔嚷道,"谁会猜到,巴黎现在已乱了套?从前这一带可到处是修道院。杜布勒尔和索瓦尔,还有勒勃夫神甫都列过清单。这周围从前有修道院,到处是修士,穿鞋的,不穿鞋的,头顶剃光的,留胡子的,灰头发的,黑头发的,白头发的,方济各会的,最小兄弟会的,嘉布遣会的,加尔默罗会的,小奥古斯丁会的,大奥古斯丁会的,老奥古斯丁会的……满街都是。"

"别讲修士了,"格朗泰打断他说,"一听到修士,我就想搔痒痒。"

接着,他惊呼道:

"哎呀!我刚才吞了只坏牡蛎。我的疑病症又犯了。牡蛎是坏的,女仆又太丑。我恨人类。刚才我在黎塞留街,从公共大书店①前经过。那个叫作图书馆的一大堆牡蛎壳,叫我想起来都恶心。用了多少纸!多少墨水!乱涂了多少东西!写了那么多东西!哪个粗野的家伙说过,人是没有羽毛的两脚动物②?还有,我遇见了一个我认识的漂亮女孩子,像春天一样美丽,应该叫花神。这个可怜的姑娘,她心花怒放,欣喜若狂,乐不可支,因为昨天,一个满脸麻子、奇丑无比的银行老板竟相中了她!唉!女人窥伺老财,像窥伺小白脸那样热忱;雌猫既追逐耗子,也追逐小鸟。这个小妞,不到两个月前,还老老实实待在阁楼里,将一个个小铜圈缝在胸衣的扣眼上,这叫什么来着?这叫缝衣服。她睡的是帆布床,旁边有一盆花,感到心满意足。现在,她成了银行老板娘。这一转变是昨天夜里完成的。今天上午,我遇见了这个受害人,一副兴高采烈的样子。令人恶心的是,这个姑娘今天和昨天一样漂亮。她的银行家没在她脸上留下任何痕迹。玫瑰花比女人多那么一点,或少那么一点,那就是毛毛虫爬过后,会留下看得见的痕迹。啊!尘世间无道德可言;象征爱情的爱神木,象征战争的月桂树,象征和平的傻瓜——橄榄树,果仁差点卡死亚当的苹果

---

① 应理解为国家大图书馆。
② 古代欧洲人用羽毛管做成笔。在法语中,"羽毛"和"笔"是同一个词。柏拉图说过,人是没有羽毛的两脚动物。

树,衬裙的祖宗——无花果树,都可以用来作证。至于权利,你们想知道什么是权利吗?高卢人觊觎克鲁兹①,罗马保护克鲁兹,并问高卢人,克鲁兹对你们做了什么错事。布雷努斯回答:'就像阿尔布对你们做的错事,费代纳对你们做的错事,埃克人、沃尔斯克人和沙班人对你们做的错事。他们从前是你们的邻邦。克鲁兹人现在是我们的邻邦。对邻邦的理解,我们同你们是一样的。你们过去占领了阿尔布,现在我们要占领克鲁兹。'罗马说:'你们占领不了克鲁兹。'于是,布雷努斯攻占了罗马。布雷努斯高呼:让战败者遭殃②!这就是权利。啊!在这世界上,有多少猛禽!多少秃鹰!有多少秃鹰啊!一想起这些,我就浑身起鸡皮疙瘩。"

他向若利递过酒杯,若利给他斟满酒,他一饮而尽,接着又说下去,几乎没被打断,谁都没注意到他又倒了酒,连他自己也没觉察:

"布雷努斯占领罗马,是雄鹰;那位银行老板占据那青年女工,也是雄鹰。二者都没有廉耻心。所以,我们什么也不要相信。只有喝酒才是真实的。不管你们是什么观点,像于里州那样站在瘦公鸡一边也罢,像格拉里州③那样站在肥公鸡一边也罢,都没关系,喝酒最要紧。你们同我谈林荫大道、送殡队伍,等等。啊,这个,是不是又有一场革命了?仁慈的上帝山穷水尽了,真让我感到吃惊。他随时都要在事件的槽沟里涂抹润滑油才行。这

---

① 克鲁兹,即克鲁西奥姆,为古代伊特鲁里亚地名,在今意大利半岛西北部。
② 原文为拉丁语。
③ 于里州和格拉里州,瑞士的两个州。

里卡壳了，这里不运转了。那就赶快来场革命。仁慈上帝的双手总是沾满这种黑乎乎的污油。我要是他，我会更简单，我不会时时刻刻上紧发条，我会带领人类轻快地前进，像织毛衣那样，一针针地把一个个事件编织起来，决不把毛线弄断。我不搞什么应急措施，也没有什么特别节目。你们这些人所说的进步，有两个发动机，一个是人，一个是事件。不过，可悲的是，常常需要例外。普通的部队会不够用，不管对人，还是对事件；在人中间，需要天才，在事件中间，需要革命。出现大事变是规律，正常秩序不能没有大事变；只要看看彗星的出现，就会相信连天宇也需要演员来表演。在人们最不期望的时候，上帝会在穹苍的壁上，贴一颗流星的布告。一颗形状怪异的星星出现了，后面拖着一条长尾巴。恺撒就死于彗星。布鲁图斯捅了他一刀，上帝用彗星扫了他一下。劈啪一声，出现了一片北极光，出现了一场革命，出现了一个伟人；九三年写成大写，拿破仑放在醒目的位置上，一八一一年的彗星位于布告的上端。啊！美丽的天蓝色的布告，意想不到的火焰星罗棋布！嘣！嘣！美妙绝伦的景象！逛街的闲人，抬头看看吧！一切都离奇古怪，无论是天上的星星，还是地上的戏剧。仁慈的上帝，这太过分了，可这又不够。这些办法，作为例外，既太华丽，又太平庸。朋友们，上帝已是一筹莫展。一场革命，这能说明什么？这说明上帝无能为力了。他发动一场政变，因为要解决现在和过去之间的衔接问题，因为上帝自己也没能把两头连接起来。事实上，这证明我对耶和华财富状况的推测是正确的；当我看到上界和下界有那么多的贫困，天上和人间有那么多的鄙吝、悭吝、吝啬和穷困，从吃不到一粒粟子的小鸟，到没有十万利弗年金的我；当我看到人类命运已是衣不蔽体，王室的命运已是捉襟见肘——被绞死的孔代亲王便是明证；当我看到冬天不过是天顶上吹进寒风的一条裂缝；当我看到清晨，山顶披上了崭新的霞光，可其中有数不清的破衣烂衫；当我看到露水这些假珍珠，雾凇这些假宝石，看见人类穿着破衣，事件打着补丁，太阳上有那么多黑点，月亮上有那么多窟窿，看见到处是贫穷贫困，我就猜想上帝并不富裕。当然，他有富丽的外表，可我觉得他手头拮据。他发动一场革命，正如银箱空空的商人举行一次舞会。不应该从外表来判断神祇。在金晃晃的天空下，我看见了贫困的世界。上帝在创世时，也有不足的地方。因此，我不满意。你们看，今天是六月五日，天黑沉沉的，好像是夜里。从早晨起，我就等着白天到来。白天没有来，我敢打赌，今天它不会来了。老天爷像个薪水少的伙计不守时。是的，一切都乱糟糟的，什么和什么都不协调，这个旧世界已弯腰曲背，我站在对立面。一切都歪歪扭扭，宇宙在作弄人。就和孩子一样，想得到的人得不到，不想得到的人却得到了。总之，我心里很恼火。还有，墨城的莱格尔，这个秃头，我一见到他，心里就难过。我一想到我和这秃头同岁，就觉得受了凌辱。此外，我批评人，但不侮辱人。世界就是这个样子。我这样讲，并无恶意，是为了问心无愧。永恒之父，请接受我最崇高的敬意。啊！我以奥林匹斯山众圣的名义，和天堂诸神的名义发誓，我生来不适合做巴黎人，不能像羽毛球在两只球拍之间飞来飞去那样，总在闲逛者和喧闹者之间来回摆动！我生来适合做土耳其人，终日观看东方傻妞跳淫荡而绝妙的埃及舞，就像正人君子梦中看到的那样，或当个博斯地区的农民,或做个簇拥着贵妇的威尼斯贵族,或做个德国小王公,将半个步兵提供给日耳曼联邦,自己闲来无事,就在篱笆上,也就是国境线上晾袜子!这才是我与生俱来的命运!是的,我说我是土耳其人,我决不改口。我不明白,为什么人们总从坏的方面看土耳其人。穆罕默德也有可取之处;对创造后宫和姬妾乐园的人,应该尊敬!不要侮辱伊斯兰教,它是唯一配有鸡窝的宗教!说到这里,我坚持主张喝酒。尘世是个大傻瓜。那些傻瓜们,好像要打起来了,在这盛夏,在这牧月,本该挽着个美人,到田野里去,到刚割下来的牧草中去,呼吸这杯无边无际的浓茶发出的清香,可他们偏要去互相厮杀,打得脸肿鼻青!说真的,人尽干蠢事!刚才,我在一个旧货店里,看见一盏破提灯,引起了我的思考:现在是给人类照亮道路的时候了。是的,我又忧愁了!囫囵吞下一个牡蛎和一场革命,真叫人难受!我又变得忧郁了。呵!可怕的旧世界!人们在这世上折腾,互相倾轧,互相出卖,互相残杀,却习以为常!"

格朗泰慷慨陈词了一阵之后,便大咳了一阵,活该。

"说到革命,"若利说,"巴(马)里尤斯看来肯挺(定)在谈念(恋)爱了。"

"知道和谁吗?"莱格尔问。

"普(不)几(知)道。"

"不知道?"

"普(不)几(知)道,就是普(不)几(知)道!"

"马里尤斯和谁谈恋爱?"格朗泰嚷道,"一猜就知道。马里尤斯是一团雾,他找的人肯定是一团水汽。马里尤斯是诗人的种。

诗人是疯子。Tim broeus Apollo①。马里尤斯和他的玛丽，或玛丽亚，或玛丽埃特，或玛丽翁，肯定组成一对可笑的情人。我知道是怎么回事。他们心醉神迷，却忘记了接吻。他们在尘世间玉洁冰清，在无限中成双成对。他们是有感官的灵魂。他们一起躺在星星中间。"

格朗泰开始喝第二瓶酒，可能要开始发第二次议论了，这时，从楼梯口的方洞里，钻出了一个陌生人。是个不到十岁的男孩，衣衫褴褛，个子矮小，面色蜡黄，尖嘴猴腮，目光炯炯，头发很长，衣服淋湿，神情快活。

那孩子显然不认识这三个人，但他毫不犹豫地作了选择，上前同莱格尔说话。

"您是博絮埃先生吗？"他问道。

"这是我的别名。"莱格尔回答，"有什么事吗？"

"是这样的。林荫大道上有个金头发高个子的人对我说：'你认识于施卢大妈吗？'我说：'认识，尚弗里街那个老头的寡妇。'他对我说：'快去那里一趟。去找博絮埃先生，以我的名义对他说：A—B—C。'他是在同您开玩笑，是吧？他给了我十苏。"

"若利，借我十苏，"莱格尔说，接着又转向格朗泰："格朗泰，你也借我十苏。"

莱格尔把借的二十苏给了孩子。

"谢谢，先生。"那小男孩说。

"你叫什么？"莱格尔问。

---

① 格朗泰创造的拉丁语，意思是说：阿波罗有点疯疯癫癫。

"萝卜,加弗洛什的朋友。"

"和我们一起待着吧。"莱格尔说。

"和我们一起吃饭吧。"格朗泰说。

孩子回答:

"我不能,我是送葬的,我得去喊:打倒波利尼亚克!"

他一只脚往后拉了一大步,——这是可能有的最高敬意——,然后转身走了。

孩子一走,格朗泰又打开了话匣子:

"这是个纯种童工。童工族中,品种繁多。公证人类童工叫小跑腿,厨师类童工叫小学徒,面包师类童工叫小伙计,仆人类童工叫小厮,水手类童工叫小水手,士兵类童工叫小军鼓,画师类童工叫小艺徒,商人类童工叫外勤,弄臣类童工叫侍从,国王类童工叫太子,神仙类童工叫小精灵。"

莱格尔却在沉思。他低声嘀咕:

"A—B—C,也就是说拉马克的葬礼。"

"金头发,高个子,"格朗泰提醒道,"是昂若拉,是他派来的人。"

"我们去不去?"博絮埃说。

"天下着雨。"若利说,"我发过誓要去火中,但没发誓去水中。我普(不)想得干(感)冒。"

"我待在这里。"格朗泰说,"午饭和柩车相比,我更喜欢午饭。"

"结论:我们待在这里。"莱格尔说,"那我们就喝吧。再说,可以不去送葬,但不错过造反。"

"啊!操(造)反,我可要参加。"若利嚷道。

莱格尔搓着手:

"这回可要修正修正一八三〇年的革命了。那场革命确实叫人民心中不安。"

"你们的革命,在我看来,也无关紧要。"格朗泰说,"对现在的政府,我并不反感。那是套了棉软帽的王冠。是顶端安了把雨伞的权杖。事实上,因为今天下雨,我想,路易-菲利普可以利用他的王权达到两个目的,伸出权杖的一头对付老百姓,伸出雨伞的一头对付老天爷。"

天厅里黑乎乎的,大片乌云遮住了阳光。酒店里、大街上都没有人,大家都去"看热闹"了。

"现在是中午还是半夜?"博絮埃嚷道,"一点也看不见。吉贝洛特,拿灯来!"

格朗泰郁郁不欢,继续喝酒。

"昂若拉瞧不起我。"他喃喃自语,"昂若拉说:若利是病号,格朗泰是酒鬼。他派萝卜来找博絮埃。他要是来找我,我就跟他去了。昂若拉活该倒霉!我就不去他的葬礼。"

这样决定后,博絮埃、若利和格朗泰就没离开酒店。下午两点时,他们支着臂肘的桌子上,已扔满了空酒瓶。桌上点着两支蜡烛,一支插在生满绿锈的铜烛台上,另一支插在有裂纹的长颈瓶瓶口里。格朗泰拉着若利和博絮埃狂喝滥饮,博絮埃和若利则使格朗泰恢复了快乐。

至于格朗泰,从中午起,他已不再喝葡萄酒了。葡萄酒是梦幻的平凡源泉。对于认真的醉汉,葡萄酒只受到行家的赏识。关于酒醉,有妖术和神术之分。葡萄酒只有神术。格朗泰是个贪恋醉乡、喜欢冒险的酒徒。当醉酒的妖魔向他张开血盆大嘴时,他非但不停止喝酒，反而被魔力吸引过去。他早已放下葡萄酒瓶，拿起了大啤酒杯。大啤酒杯，是个无底洞。他手上既没鸦片，也没大麻，要想麻醉大脑，只好求助于烧酒、黑啤酒和苦艾酒的可怕混合物，这能使人昏昏欲睡，迷迷糊糊。麻醉心灵的东西，就是由啤酒、烧酒和苦艾酒这三种酒气构成的。这是三重黑暗，天国的蝴蝶也会淹死在里面；这三重黑暗，布满了像是凝固成蝙蝠翅膀的薄膜状烟雾，化成三个沉默不语的复仇女神——噩梦、黑夜和死亡，在酣睡的普绪喀①头上盘旋。

格朗泰尚未醉到这种凄惨的地步，远远没有。他非常开心，博絮埃和若利同他一唱一和。他们频频碰杯。格朗泰不仅大谈特谈奇想怪论，而且手舞足蹈。他领带解开，跨坐在圆凳上，庄重地将左手握成拳头，顶在膝盖上，左臂弯成直角，右手拿着一满杯酒，庄严地向胖女仆玛特洛特发号施令：

"把宫门打开！让所有的人都是法兰西学院院士，有权拥抱于施卢太太！喝！"

接着，他又转向于施卢太太，说道：

"墨守成规的老式女人，过来，让我瞻仰瞻仰你！"

若利大声嚷道：

"巴（玛）特洛特和吉贝洛特，别再个（给）格朗泰喝了。他

---

① 普绪喀，希腊神话中人类灵魂的化身。她以少女形象出现，与爱神厄洛斯相恋，每天晚上相会，但爱神不准她看他的脸。一夜，普绪喀趁厄洛斯熟睡，点起蜡烛偷看，蜡油落在厄洛斯脸上，厄洛斯惊逃，从此消失不见。经历种种苦难，普绪喀终于和他重聚，结为夫妇。

是在乞（吃）钱。从角（早）上起，他已挥霍了两法郎九十六兴（生）丁了。"

格朗泰继续说：

"谁没经我同意，就把星星摘下来，放在桌上充蜡烛了？"

博絮埃已酩酊大醉，却仍保持冷静。

他已坐到敞开窗子的窗台上，让雨淋到后背上，目光却注视着两个朋友。

突然，他听见背后有喧哗声、急促的脚步声、"拿起武器！"的喊叫声。他转过脸，看见昂若拉手握步枪，从圣德尼街同尚弗里街的路口经过。还有加弗洛什，拿着手枪；弗伊，拿着军刀；库费拉克，拿着宝剑；让·普鲁韦，拿着短铳火枪；孔布费尔，拿着步枪；巴奥雷，拿着短枪。他们后面，跟着一大群带着武器、骚动不安的人。

尚弗里街差不多只有卡宾枪的射程长。博絮埃双手放在嘴上，做成喇叭，大声喊道：

"库费拉克！库费拉克！喂！"

库费拉克听见呼喊声，看见了博絮埃，向尚弗里街上走了几步，喊了声："什么事？"而博絮埃也同时大声问道："你去哪里？"

"去筑街垒。"库费拉克回答。

"在这里筑！这里位置好！在这里筑！"

"这里是不错，鹰。"库费拉克说。

库费拉克一挥手，队伍就拥进了尚弗里街。

三 格朗泰开始酩酊大醉

这个地方确实不错,街口开阔,街身越往里越窄,是个死胡同,科林斯小酒店卡住咽喉,蒙代图尔街左右两侧很容易堵住,敌人只能从圣德尼街,也就是从正面一无遮掩地发起进攻。喝醉了酒的博絮埃,和挨饿的汉尼拔一样,有敏锐的目光。

人群拥进来时,街上一片恐慌。行人赶紧溜之大吉。转眼工夫,街两侧和深处的商店、铺面纷纷关门,小巷口的门也全都关上,从一楼到屋顶,所有的窗户、百叶窗、老虎窗、大大小小的护窗板,也全都关闭。一位老妇吓得魂不附体,用两根晾衣竿将一张床垫固定在窗口。惟有科林斯小酒店还开着门,道理很简单,因为人群已冲了进去。

"啊,上帝!啊,上帝!"于施卢大妈哀叹道。

博絮埃下楼迎接库费拉克。

若利来到窗口,大叫大嚷道:

"库费拉克,你该打把伞。这样会干(感)冒的。"

这时,仅几分钟工夫,酒店的橱窗就有二十根铁条被拔走,街上有二十米长街面的铺路石被挖走。加弗洛什和巴奥雷经过时,拦住一个叫安索的石灰商的平板马车,将车推倒,把车里装的三满桶石灰,撒到铺路石堆下面。昂若拉掀开地窖的翻板活门,将于施卢寡妇的空酒桶,统统搬到街上,用来支撑石灰桶。弗伊用他习惯给精致扇面上色的手指头,在石灰桶和马车旁,堆起了两大堆砾石作支撑。和其他东西一样，这些砾石也是临时不知从哪里弄来的。从邻近一座房子的正面，拆下了几根立柱，横放在空酒桶上面。当博絮埃和库费拉克回头时，只见半条街已筑起了一人多高的街垒。要在拆毁中建造，什么也比不上人民群众的一双手。

玛特洛特和吉贝洛特已加入构筑街垒的队伍。吉贝洛特来回搬运拆下的铺路石。她的倦容有助于构筑街垒。她像给客人送酒那样，睡眼惺忪地给筑街垒的人递送铺路石。

一辆两匹白马拉的公共马车驶过街口。

博絮埃跨过石堆，跑过去拦住车夫，让旅客下车，见是"女士"就扶她们一把，打发走马车夫后，便将车和马都弄了回来。

他说："公共马车不从科林斯前面过。Non licet omnibus adire Corinhum①."

过了一会儿，那两匹马卸套后，信步离开了蒙代图尔街。马车侧卧在地，就把这条街完全堵死了。

于施卢太太惊慌不安，早就躲到楼上去了。

她目光茫然，视而不见，低声叫喊，恐惧的喊声憋在喉咙里不敢出来。

"这是世界末日。"她低声嘟囔。

若利在于施卢太太又红又皱的粗脖子上吻了一下，对格朗泰说：

"亲爱的，我向来认为女人的脖子是无限美妙的东西。"

这时，格朗泰的赞美词已到达最高区域。玛特洛特回到楼上，

---

① 拉丁语：公共马车不从科林斯前面过。

格朗泰一把搂住她的腰,在窗口大笑不止。

"玛特洛特是丑八怪!"他喊道。"玛特洛特是梦里的丑女人!玛特洛特是怪物。我给你们讲讲她的身世秘密:一位专门雕刻教堂檐槽滴水嘴怪物头像的哥特工匠,一天早晨爱上了其中最丑的一个。他恳求爱神赐给它生命,于是就有了玛特洛特。公民们,好好看看她吧!和提香①的情妇一样,她的头发是铅铬酸盐色。她是个好姑娘。我向你们保证,她一定会英勇战斗的。任何一个好姑娘,都有一颗英雄的心。至于于施卢大妈,她是个勇敢的老太太。瞧她嘴上的小胡子!是从她丈夫那里继承来的。一个匈牙利骑兵!她也会英勇战斗。光她们俩,就能威震郊区。同志们,我们一定能推翻政府,这千真万确,就跟十七烷酸和蚁酸中间,存在着十五种酸那样。不过,这同我毫不相干。先生们,我父亲一直讨厌我,因为我弄不明白数学。我只懂爱情和自由。我是好孩子格朗泰!我从没有过钱,对没有钱习以为常,因此,我从来不缺钱。但是,如果我有钱,世上就没有穷人了!这是明摆着的!呵!要是心肠好的人都有很多钱该多好!那样一切都会比现在好!我常想象耶稣-基督像罗德希尔德②那样富有!他能做多少善事啊!玛特洛特,拥抱我!您好淫乐,却又害羞!您的脸蛋呼唤姐妹的吻,您的嘴唇要求情人的吻!"

"住嘴,酒桶!"库费拉克说。

---

① 提香(1490—1576),意大利著名画家。他有一幅画,题名为《提香的情妇》。

② 罗德希尔德(1743—1812),德国银行家。

格朗泰回答：

"我是图尔兹市长，百花诗赛的主持人！"

昂若拉手握步枪，昂起漂亮严峻的脸，站在街垒顶上。大家知道，昂若拉既像斯巴达人，又像清教徒。他可以和列奥尼达斯一道战死在温泉关①，也可以和克伦威尔一起烧毁德罗赫达②。

"格朗泰！"他喊道，"滚到别处去醒酒吧。这里是酣战的地方，不是酗酒的地方。不要玷污了街垒！"

昂若拉说的这番气话，对格朗泰产生了奇特的作用。他好像当头被泼了杯冷水，仿佛突然清醒了。他坐下来，胳膊肘支在靠窗的桌子上，以难以描绘的温柔目光望着昂若拉，对他说：

"你知道我是信赖你的。"

"快滚！"

"让我睡在这里吧。"

"上别处去睡。"

可格朗泰仍用温柔而朦胧的目光看着他，对他说：

"让我睡在这里，——直到我死。"

昂若拉轻蔑地打量他：

"格朗泰，你不可能信，不可能思，不可能想，不可能活，也不可能死。"

---

① 温泉关，在希腊东部爱琴海沿岸。公元前四八〇年希波战争中，波斯王薛西斯率海陆军侵入中希腊，斯巴达王列奥尼达斯率军扼守温泉关，与三百名壮士一起战死。

② 德罗赫达，爱尔兰东部港口。在英国资产阶级革命时期，这里是保王党抵抗中心。一六四九年，克伦威尔率军攻占该城，下令焚烧城市并屠杀居民。

格朗泰严肃地反驳:

"走着瞧!"

他又含含糊糊地咕哝了几句,脑袋沉沉地倒在桌子上。这是醉酒的第二阶段常见的状态,是被昂若拉粗暴而生硬地推进去的。不一会儿,他就睡着了。

四 设法安慰于施卢寡妇

巴奥雷望着街垒,狂喜不已。他喊道:

"瞧这街,露出胸脯了!太棒了!"

库费拉克一面从酒店拆下点东西,一面设法安慰寡妇老板娘。

"于施卢大妈,那天您不是抱怨说,吉贝洛特在窗口抖了抖毯子,人家就给您送来一张违禁罚款单吗?"

"是啊,我的好先生库费拉克。啊!上帝,您要把我这张桌子也放到那堆东西中去吗?不只是抖毯子,一盆花从顶楼掉到街上,政府也罚了我一百法郎。实在太可恶了!"

"那好!于施卢大妈,我们替您报仇。"

于施卢大妈在这个补救办法中,似乎看不到对自己有什么好处。如果说她感到满足的话,那也只是和那位挨丈夫打的阿拉伯妇女相仿:那妇女被丈夫打了个耳光,跑去向父亲诉苦,嚷着要报仇,她说:"父亲,我丈夫侮辱了我,你也得侮辱他。"父亲问她:"你哪边脸挨的打?""左边。"父亲在她右脸上扇了一巴掌,说道:"这下你满意了吧。去对你丈夫说,他打了我女儿,我打了他妻子。"

雨停了。又来了一些人。有些工人用工作服作遮掩，带来了一桶火药、一篮子劣酒、两三个狂欢节用的火把、一筐子"国王节用剩的"灯笼。国王节刚过不久，五月一日才举行。据说，这些物品是从圣安托万郊区一个叫佩潘的食品商那里弄来的。人们将尚弗里街上唯一的路灯砸碎，对面圣德尼街上的路灯，周围蒙代图尔街、天鹅街、布道兄弟会修士街、大小乞帮街上的所有路灯，也全都砸毁了。

昂若拉、孔布费尔和库费拉克担任总指挥。两座街垒正在同时建造，都挨着科林斯酒店，形成一个直角。大的那座堵住尚弗里街，另一座封住靠天鹅街那边的蒙代图尔街。这后一座街垒很窄，是酒桶和铺路石筑成的。那里大约有五十名工人，其中三十人武装着步枪，他们来这里的路上，把一家武器店里的步枪全部借用了。

没有比这支队伍更古怪、更杂乱的东西了。有个人穿着礼服上装，带一把骑兵马刀和两支骑兵手枪，另一个只穿衬衫，头戴圆帽，腰际吊着火药壶，还有一个用九层灰色过滤纸作护胸，拿一把做鞍具用的锥子当武器。有个人在大叫大嚷："把他们全部消灭，让我们死在自己的刺刀尖上！"此人并没有刺刀。另一个将国民自卫军的牛皮带束在大衣外面，露出子弹盒，盒套上用红毛呢标着"治安"字样。许多步枪标有宪兵团的番号。很少有人戴帽子，没有人结领带，许多人露着胳膊，有几支长矛。此外，年龄参差不齐，面貌形形色色，有面色苍白的少年，肤色黝黑的码头工。人人加紧干活，互相帮助，一边闲聊着各种可能性，什么凌晨三点会有人来援助啦，一定会有一个团来啦，巴黎要造反啦。这些令人毛骨悚然的话题，谈起来却不乏乐观和热忱。他们亲如兄弟，却互相连名字都不知道。巨大的危险，美就美在能唤起陌生人之间的手足之情。

厨房里生起了火。酒店里所有诸如壶、匙、叉等锡制品，都放到子弹模子里熔化。大家边干活，边喝酒。酒瓶盖、霰弹、酒杯，乱七八糟，散在桌上。于施卢太太、玛特洛特和吉贝洛特，全都吓得变了样，一个呆若木鸡，一个喘着粗气，一个不再睡眼惺忪，她们待在台球房里，把旧布撕成包扎伤口的绷带。三名起义者帮她们一起做，他们留着长发，蓄着胡须和唇髭，性格快活热情，他们用洗衣妇般的手指头挑拣布条，吓得她们心惊肉跳。

库费拉克、孔布费尔和昂若拉曾在比埃特街的拐弯处，看见一个身材高大的人加入他们的队伍，此刻，那人正在参加构筑小街垒，卖力地干着活。加弗洛什在大街垒上忙个不停。至于那个上家里来找库费拉克，向他打听马里尤斯先生的青年，在推倒公共马车前不久就不知去向了。

加弗洛什就像生了翅膀，容光焕发，精神抖擞，主动承担鼓舞士气的工作。他一会儿去，一会儿来，一会儿上，一会儿下，叽叽喳喳，光彩夺目。他来这里，好像就是为给大家鼓劲儿。他有鼓劲的东西吗？当然有，那就是贫困；他有翅膀吗？当然有，那就是快乐。加弗洛什是一股旋风。人们不停地看见他的身影，听见他的声音。他充满了空间，因为他无所不在。这种无所不在，有点让人气恼；同他在一起，就不可能停下来。那硕大无朋的街垒,感到他就在自己的臀部。他打扰闲逛的人,激励懒惰的人,振奋疲劳的人,惹恼沉思的人,使一些人心中喜欢,另一些人喘不过气,还有些人恼羞成怒,让所有的人行动起来,在一个大学生身上戳一下,一个工人身上咬一口,落下来,停下来,又出发,在嘈杂和忙碌的人群头上飞过去,从这一群人跳到另一群人,叽叽咕咕,嗡嗡嘤嘤,骚扰着全体人马。他是革命大马车上的一只苍蝇。

他瘦小的胳膊不停地运动,弱小的肺部不停地呼喊:

"加油!还要石块!还要酒桶!还要那东西!哪里有啊?拿一筐石灰来,给我把这洞堵上。太小了,你们的街垒。得加高。把所有的东西都搬上去,扔上去,放上去。把那房子拆了。一座街垒,就是吉布大妈家的茶水。喏,这里有扇玻璃门。"

干活的人惊讶得叫了起来。

"玻璃门?小土豆,你要我们拿一扇玻璃门来干什么?"

"你们这些大力士!"加弗洛什反击道,"街垒上有扇玻璃门,是非常有用的。虽不能阻止进攻,但也能增加点障碍。你们就没从插满玻璃渣的墙头翻过去偷过苹果吗?一扇玻璃门,可以把国民自卫军脚上的老茧割破,假如他们想爬上街垒的话。当然!玻璃是有危险的。嘿!同志们哪,你们太没有想象力啦!"

另外,加弗洛什因为自己的手枪没有击铁,非常气恼。他到处要枪:

"给我步枪!我想要步枪!为什么不给我支步枪?"

"给你步枪?"孔布费尔说。

"是啊!"加弗洛什反驳道,"为什么不?一八三〇年,同查理十世干架的时候,我就有过一支。"

昂若拉耸了耸肩。

"等大人们都有了,再给孩子们。"

加弗洛什骄傲地朝他转过脸,回答说:

"假如你死在我前头,我就拿你的。"

"野小子!"昂若拉说。

"毛头小伙子!"加弗洛什回敬道。

有个衣冠楚楚的人走错了路,在街那头闲逛,转移了加弗洛什的注意力。

他向那人大喊道:

"来和我们一起干吧,年轻人!怎么,你不为古老的祖国做些什么吗?"

那漂亮小伙子撒腿逃跑了。

五 准备工作

当时的报纸声称,尚弗里街的路障有一层楼高,是一座"不可攻克的建筑"。这样说并不正确。事实上,它的平均高度不超过六七尺。这个街垒建好后,战士们能随意行动,可以躲在后面,可以把脑袋探出街垒,甚至街垒里头有一道用石块砌成的四级台阶,可以从那里爬出去。街垒的正面,由石块和酒桶垒成,中间由木梁和木板连起来,木梁和木板杂乱无章地堆在石灰商的平板车和翻倒的公共马车的轮子之间,外观石块耸立,犬牙交错。在小酒店对面的房屋和这街垒之间,留了可供一人通行的豁口,可以从这里进出。公共马车的辕木竖在那里,用绳子绑住,一面红旗固定在车辕上,在街垒上飘扬。

蒙代图尔街的小路障,隐蔽在科林斯酒店后面。两个街垒合在一起,构成了名副其实的堡垒。昂若拉和库费拉克认为,没有必要堵住蒙代图尔街的另一头,从那里,经过布道兄弟会修士街,可以去中央菜市场,大概想保留一条同外面联系的通道。再说,布道兄弟会修士街是个小巷子,危机四伏,难以通过,敌人不大可能从这里进攻。

这个未设路障的通道,福拉尔[①]在他的兵法书中可能会称作交通壕。如果不考虑这个通道和尚弗里街的那个豁口,这座街垒的内部,呈现出四面封闭的不规则四边形,而酒店则构成这四边形的一个突角。大街垒同最靠里的那排高楼只相距二十来步,可以说背靠着这些房子,房子里都住着人,但从上到下门窗紧闭。

不到一小时,街垒顺利筑成,而这伙胆大包天的人未见一顶毛皮高帽和一把刺刀出现。在这暴动时刻,偶尔也有资产者冒险走到圣德尼街,朝尚弗里街望一眼,看见街垒,便加快步伐走了。

筑完街垒,插上红旗,有人从小酒店里拖出一张桌子,库费拉克爬到桌子上。昂若拉搬来方箱子,库费拉克把它打开。箱子里装满了子弹。大家看见子弹,最勇敢的人也打了个颤,顿时鸦雀无声。库费拉克笑眯眯地把子弹发给大家。

---

① 福拉尔(1669—1752),法国军事学家,著有多部有关战争战略的作品。

每人发到三十颗子弹。许多人有火药,便用熔化的弹壳又做了些子弹。至于那桶火药,则放在大门旁的一张桌子上,留作备用。

军队集合的鼓号声连续不断,响彻巴黎,最后成了一种单调的声响,没有人再注意了。这鼓声时远时近,此起彼伏,好不凄凉。

他们给步枪和卡宾枪装上子弹,大家齐心协力,不慌不忙,神态庄严。昂若拉在街垒外面部署了三个岗哨,一个在尚弗里街,第二个在布道兄弟会修士街,第三个在小丐帮街的拐角处。

街垒建成了,岗位设好了,子弹上膛了,岗哨派出去了,于是,他们等待战斗时刻的到来。那几条街让人望而生畏,已不再有行人,就他们还待在那里,周围的房屋寂静无声,毫无生命的迹象,天色越来越暗,这黑暗和寂静有一种难以描绘的凄凉和可怕,他们感到什么东西在向他们逼来,他们孤立无援,他们全副武装,他们坚定而平静地等待着。

六 等待

在等待的时候,他们做些什么?

我们要说一说,因为这是历史。

当男人们做子弹,女人们做绷带的时候,当一口大锅装满熔化了的准备注入子弹头模子的锡和铅,还在一炉烈火上冒热气的时候,当哨兵拿着武器,为街垒站岗放哨的时候,当昂若拉心事重重,巡视各处岗哨的时候,孔布费尔、库费拉克、让·普鲁韦、弗伊、博絮埃、若利、巴奥雷,还有另外几个人,互相找到一起,聚集在已变成掩蔽所的酒店的一个角落里,离他们的街垒只有两步远,将装了子弹的卡宾枪靠在椅背上,这些英俊漂亮的青年,不顾最后时刻迫在眉睫,仍像太平日子里大学生聊天那样,开始吟咏爱情诗:

是什么爱情诗呢?请看:

你可记得我们甜美的生活?
那时我俩多么年轻,
心中没有别的奢望,
只想衣着漂亮,卿卿我我!

那时你的年龄我的年龄,
加在一起还不足四十岁,
在我们简陋的小家里,
即使寒冬也春意融融。

日子多美!马尼埃骄傲又明智,
帕里斯坐在神圣的宴席上,
富瓦放出惊雷,而你的胸衣上
有枚饰针轻轻扎了我一下。

大家凝望你,我这个无人
问津的律师,当我带你到
普拉多去吃饭,你美艳夺目,

连玫瑰花也禁不住扭头望你。

我听见它们说:她多么美丽!
她香气扑鼻!头发卷似波涛!
在短斗篷下,藏着一副翅膀;
迷人的帽子,恰似蓓蕾初开。

我挽着你柔臂徜徉于街头,
看见我们这对幸福的情侣,
行人们以为爱神受到了迷惑,
将明媚四月嫁给了艳丽五月。

我们闭门不出我们心花怒放,
贪尝甜蜜的禁果爱情的滋味,
我还没开口说话,
你的心已作回答。

索邦大学充满田园诗意,
我崇拜你从天黑到天明。
就这样啊,一颗热恋的心,
将爱情国地图贴在拉丁区。

啊莫贝广场!啊太子妃广场!
你在我们春意盎然的陋室里,

将长袜穿在你纤细的玉腿上,
我望见陋室里升起一颗星星。

我读遍柏拉图,什么也没记住。
你送我一朵花,向我显示
上苍的慈爱,马勒伯朗士
和拉梅尼,与你相比望尘莫及。

我对你百依百顺,你对我言听计从。
呵,金光灿烂的陋室!我给你系
胸衣的带子,清晨我见你身穿睡衣
走来走去,旧镜映出你年轻的额头!

晨曦,星空,饰带,鲜花,
绉纱,绫罗,这好景良辰,
怎能忘啊?坠入爱河的人
喁喁私语动人心弦的情话!

我们的花园开满了郁金香,
你用一条衬裙遮住玻璃窗;
我拿起一只白瓷碗,
我给你一只日本杯。

还有可发一噱的大灾难!

你烧了手笼丢失了围巾,
一天为了有钱吃晚饭,
卖掉了珍爱的沙翁①像!

我是乞丐,你是施主,
我偷吻你圆润的玉臂。
但丁的书给我们当桌子,
愉快地分享一百个栗子。

在我充满快乐的陋室里,
初次亲吻你灼热的嘴唇,
你走时头发散乱面红耳赤,
我面色苍白,开始信上帝!

你一定记得我们无穷的幸福,
和变成了破布的头巾!
呵!多少叹息,从我们无限
阴郁的心里飞向穹苍!

  这样的时刻,这样的环境,这些对青年时代的追忆,空中初现的星辰,荒凉阴森的街巷,正在酝酿的不可避免且迫在眉睫的骚乱,这一切给让·普鲁韦在暮色中低吟的诗句,平添了一种哀

---

 ① 指莎士比亚。

婉动人的魅力。我们说过，让·普鲁韦是个温柔多情的诗人。

这时，小街垒点起一盏灯笼，大街垒点燃一支蜡火把。我们知道，这些火把是从圣安托万郊区弄来的；每年封斋期前的星期二，马车送戴面具的人去库尔蒂伊狂欢，前头举着的就是这种火把。

为了避风，火把放在三面用石块围起来的笼子里，光线正好集中照射在红旗上。街道和街垒漆黑一团，只看见那面红旗，像是被一盏巨型暗灯照得通亮。

这灯光给红色的旗帜，平添了一种难以描绘的令人毛骨悚然的紫红色。

七 在比埃特街加入队伍的人

天完全黑了，什么也没发生。只隐约听见喧嚣声，有时，远处传来零星的枪声。这暂缓状态延续下去，说明政府在从容地调集部队。这五十个人在等待六万人。

昂若拉急不可耐，正如硬汉子在可怕的事发生前感到的那样。他去找加弗洛什。加弗洛什在楼下厅里幽暗的光线下做子弹；桌上撒满火药，怕引起火灾，两支蜡烛搁在柜台上。烛光一点也泄漏不到外面。起义者还特别当心，不在楼上点灯。

加弗洛什此刻心事重重，但不是因为子弹。在比埃尔街加入队伍的那个人，刚才走进楼下厅里，坐到最暗的桌子上。他拿到一支大步枪，他把步枪夹在两腿中间。在这之前，加弗洛什被许多"有趣"的事分心，一直没看见这个人。

那人进来后,加弗洛什下意识地抬头望他,对他的步枪不胜羡慕。那人坐下后,流浪儿蓦地站起来。如若有人一直在监视这个人,就会发现,他曾特别专心地观察过街垒和起义者。可是,当他进入大厅后,似乎陷入了沉思,对周围的事视若不见。流浪儿走近这沉思的人,踮起足尖围着他转了几圈,好像怕惊醒他似的。同时,在他既放肆又严肃,既轻率又深沉,既快活又悲惨的孩子脸上,出现了老年人的各种表情,好像在说:——唔!——不可能!——我眼花了吧!——我在做梦吧!——他难道是……?——不,不是!——就是!——不是!等等,等等。加弗洛什脚跟着地,晃动身子,将两只手放在衣兜里握成拳头,像小鸟似的摆动脑袋,集中了下嘴唇的全部智慧,做了一个特大的撇嘴动作。他惊愕不已,犹豫不定,不敢确信,最后深信不疑,洋洋得意。他那时的神态,就像太监总管在奴隶市场的一堆胖女人中发现了一个维纳斯,也像字画收藏家在一堆破画中发现了一幅拉斐尔的真迹。他身上的一切,他的嗅觉本能,他的组织才能,都在紧张地工作。显然,加弗洛什有什么大心事。

昂若拉来找他时,正是他苦苦思索的时候。

"你个儿小,"昂若拉说,"不会被发现。到街垒外面去走一趟,悄悄沿着墙根走,到各条街上去看看,回来把情况告诉我。"

加弗洛什挺直身子。

"孩子也派上用场了!好极了!我这就去。眼下,请您相信孩子,不要相信大人……"

加弗洛什抬起头,压低嗓门,指着比埃特街的那个人,又说:

"您看见那个大人了吗?"

"怎么?"

"是个密探。"

"你能肯定?"

"大约半个月前,我在国王桥的石栏上乘凉,他揪住我耳朵,把我从上面拖了下来。"

昂若拉赶紧离开孩子,对身旁一个酒码头工人悄声说了几句话。那工人出去一会儿,带着三个人回来了。这四个挑夫,四个彪形大汉,去坐到那人坐着的桌子后面,丝毫也没惊动他。他们随时准备扑到他身上。

这时,昂若拉走到那人身边,问他道:

"您是谁?"

听到这突如其来的问话,那人吓得一激灵。他将目光直插昂若拉坦诚的眸子深处,似乎洞察了他的想法。他以最轻蔑、最有力、最坚决的笑容微笑着,傲慢而严肃地说:

"我知道您想问什么了……是的!"

"您是密探?"

"我是政府官员。"

"您叫什么?"

"雅韦尔。"

昂若拉向那四人递了个眼色。转眼间,雅韦尔还没来得及回头,就被抓住领子,按倒在地,捆了起来,并且被搜了身。

从他身上搜到一张小小圆圆的证件,贴在两片玻璃中间,一面刻着法兰西纹章及"监视和警惕"的铭文,另一面写着:雅韦尔,警探,五十二岁,还有当时巴黎警察局长 M. 吉斯凯的签名。

此外,还有一只怀表和一个钱包,内有几枚金币。表和钱包都没拿走。他们又在放怀表的兜里摸了摸,摸到一张信封,内有一张字条。昂若拉打开字条,上面有巴黎警察局长亲笔写的几行字:

"政治任务完成后,雅韦尔警员立即执行特殊的监视任务,前往塞纳河右岸耶拿桥附近的河滩上,查明是否确有歹徒滋事。"

搜完身,他们把雅韦尔拉起来,将他反绑在楼下大厅中央那根遐迩闻名的柱子上。当年这酒店的名字,就得自于这根柱子。

加弗洛什目睹整个过程,默默点头表示赞许,走到雅韦尔跟前,对他说:

"耗子逮住猫了。"

这事干得很利落,等酒店周围的人发现时,一切都已结束。雅韦尔一声也没喊叫。

看见雅韦尔绑在柱子上,库费拉克、博絮埃、若利、孔布费尔,以及分散在两个街垒里的人,都跑了过来。

雅韦尔背靠柱子,身上的绳子缠了又缠,动也动不了。他昂着头,就像从没撒过谎的人,神态安详而无畏。

"他是密探。"昂若拉说。

然后转向雅韦尔:

"街垒攻克前两分钟枪毙您。"

雅韦尔急躁地反驳道:

"为什么不立即动手?"

"为了节省弹药。"

"那就给我一刀。"

"密探,"漂亮的昂若拉说,"我们是法官,不是凶手。"

说完,他招呼加弗洛什:

"你哪!快去干你的事!按我说的去做。"

"这就去。"加弗洛什喊道。

他正要走,又站住了:

"对了,把他的步枪给我吧!"

接着又说:"我把乐师留给您,但我要那根单簧管。"

流浪儿行了个军礼,高高兴兴地从大街垒的豁口出去了。

八 关于一个可能是化名的勒卡比克的几个疑点

加弗洛什走后,差不多马上就发生了一件凶残而壮丽的事件;如果对这事略去不谈,我们所描绘的悲壮画面就会不完整,读者对于社会和革命在分娩时要经历多少阵痛、付出多少努力的伟大时刻,就不会有准确和真实的立体感。

大家知道,聚集的队伍就像滚雪球,将各种喧闹的人汇集在一起。他们彼此不问各自的来历。昂若拉、孔布费尔和库费拉克率领的队伍,也汇入了不少行人,其中有个穿挑夫衣服、双肩已磨破的人,他正在手舞足蹈,大骂大叫,看上去像个野蛮的酒鬼。此人名叫或外号叫勒卡比克,那些自称认识他的人,其实根本不认识他。他和另外几个人从酒店搬出一张桌子,坐在那里已是喝得酩酊大醉,或佯装酩酊大醉。这个勒卡比克,一面向同他对饮的人劝酒,一面似乎若有所思,注意观察街垒背后那幢俯视整条尚弗里街、与圣德尼街遥遥相望的六层楼房。突然,他惊叫道:

"朋友们,知道吗?应该从这座房子里向外开枪。假如我们守住那些窗口,谁也别想在街上走动。"

"对,可门关着进不去呀。"其中一个喝酒的人说。

"去敲门!"

"不会开门的。"

"那就砸门!"

勒卡比克跑到门口,大门上有个笨重的门环,他敲了敲。门没打开。他又敲了敲。没人开门。他敲了第三下。仍然没有声音。

"有人吗?"勒卡比克喊道。

没有动静。

于是,他抓起一支步枪,开始用枪托砸门。这是扇古老的拱形甬道门,又矮又窄,全是橡木的,用铁件加固,里面包了铁片,真是固若金汤。枪托敲上去,房屋都震动,那门却岿然不动。

然而,楼里的居民可能害怕了,因为四楼一扇小方窗终于亮起了灯光,窗子打开,一支蜡烛和一个头发花白、惊慌失措、目瞪口呆的老头出现在窗口。那是门房。

砸门的人停下来。

"先生们,"门房问,"有什么事?"

"开门!"勒卡比克说。

"先生们,这可不行。"

"一定得开。"

"不行,先生们!"

勒卡比克拿起步枪,瞄准门房。可是,他站在下面,天又很黑,门房根本看不见他。

"开不开?"

"不开,先生们!"

"你说不开?"

"我说不开,我的好……"

门房还没说完,枪声便响了。子弹从他下巴底下进去,穿过喉部,从颈背飞出。老头没哼一声便倒下了。蜡烛掉在地上熄灭了,只见一个脑袋一动不动地耷拉在窗沿上,一缕淡淡的白烟升向屋顶。

"解决了!"勒卡比克说道,枪托重新落到地上。

他话音刚落,就觉得一只手像鹰爪似的,重重落在他的肩头,并且听见有人对他说:

"跪下!"

那杀人凶手回过头来,昂若拉惨白冷峻的面孔出现在他面前。昂若拉手里有支手枪。

听到枪声,他就跑来了。他左手揪住勒卡比克的衣领、上衣、衬衣和背带。

"跪下!"他又说了一遍。

这个二十岁的弱不禁风的年轻人一使劲儿,便威风凛凛地将矮壮结实的挑夫像折芦苇似的弯成两截,跪倒在地。勒卡比克试图反抗,但仿佛被一只超人的巨掌攫住了。

昂若拉面容惨白,衣领敞开,头发散乱,加上一张女性的脸,此时此刻,真像是古代的忒弥斯①。他鼓着鼻翼,垂着眼睛,这使

---

① 忒弥斯,希腊神话中执掌法律和正义的女神。

他铁面无私的富有希腊人特点的脸上,出现了愤怒和圣洁的表情,从古代的观点看,很适合主持公正。

街垒里的人全跑来了,远远地围成半圈,面对即将发生的事,感到一句话也说不出来。

勒卡比克被彻底制服,不再挣扎,吓得浑身颤抖。昂若拉松开手,掏出怀表。

"静静心吧。"他说,"祈祷也好,默想也好。给你一分钟。"

"饶命!"凶手咕哝道,然后低下头,含糊不清地诅咒了几声。

昂若拉目不转睛地看着表。等一分钟过去,他又把表放回兜里。然后,他抓住勒卡比克的头发,将枪口对准他的耳朵。勒卡比克缩成一团,大吼大叫。这些无所畏惧的人,都是十分平静地投入这场最可怖的冒险的,此刻许多人都别过脑袋不敢目睹。

砰地一声,那凶手一头栽倒在地上,昂若拉站起来,自信严肃的目光环视四周。

然后,他用脚踢了踢尸体,说道:

"把这扔出去。"

三个男人抬起还在最后抽搐的恶棍,从小街垒上面扔到蒙代图尔街上。

昂若拉若有所思。在他令人生畏的从容神色上面,慢慢地笼罩了一层难以描绘的无比壮丽的愁云。突然,他大声说话了。全场顿时鸦雀无声。

"公民们,"昂若拉说,"那人做的事,是可怕的,我做的事,是可憎的。他开枪杀了人,因此,我把他杀了。我不得不这样做,因为起义是有纪律的。在这里杀人,比在其他地方罪过更大;我们受革命的监督,我们是共和的神甫,为责任献身的圣体,不应留下话柄,让人诽谤我们的战斗。因此,我审判并处死了这个人。至于我,我被迫做了这件事,我深恶痛绝,我对自己也进行了审判,待会儿你们会看到我给自己定了什么罪。"

听众打了个哆嗦。

"我们和你共命运。"孔布费尔喊道。

"好吧。"昂若拉又说,"我再说几句。在处决这个人时,我服从了需要;但需要这东西,是旧世界的一头妖怪;需要又叫命运。然而,进步的法则是,妖怪在天使面前消失,命运在博爱面前消逝。现在不是谈论爱的时候。管它呢,我要谈爱,我要颂扬爱。爱,你拥有未来。死,我利用你,但我憎恨你。公民们,在未来的社会,没有黑暗,没有霹雳,没有残忍的愚昧,没有血腥的报复。既然不再有撒旦,也就不再有天使。未来不会再有杀戮,大地阳光灿烂,人类充满爱心。公民们,总有一天,到处会充满和谐、融洽、光明、欢乐和生机。这一天一定会到来。就是为了这一天早日到来,我们将战死疆场。"

昂若拉停住话头。他那童贞的嘴唇合上了。他泥塑木雕般地在他杀人的地方站了一会儿。他两眼发呆,引得周围人低声议论。

让·普鲁韦和孔布费尔默默地手握着手,肩并肩地站在街垒的角落里,怀着深深的同情和敬意,凝视这个正直的,既是刽子手,又是祭司,似水晶般光亮、岩石般坚硬的青年。

这里,我们要讲一件事:后来,整个事件结束后,尸体送到陈尸所,进行了检查,从勒卡比克身上搜出一张警察证件。一八四八年,本书作者手里掌握了一份有关这件案子的调查报告,是写给一八三二年的巴黎警察局长的。

还要说的是,如果相信警方一则离奇的、但也许是有根据的传说,勒卡比克就是克拉克苏。事实上,勒卡比克死后,就再没人见过克拉克苏。克拉克苏失踪没留下任何痕迹,他仿佛融入看不见的世界了。他活着时被黑暗包围,死时被黑夜笼罩。

这件惨案的预审和结束迅雷不及掩耳,起义者们都还沉浸在激动之中,这时,库费拉克看见上午去他家打听马里尤斯消息的小伙子出现在街垒里。

这个无所畏惧、无所忧虑的小伙子,夜里来投奔起义者了。

第十三卷
马里尤斯走进黑暗

一 从普吕梅街到圣德尼区

在暮色中喊马里尤斯去尚弗里街街垒的声音，在他听来，像是命运的召唤。他正想死，机会便来了；他敲坟墓的门，冥冥之中，便有只手向他递来了钥匙。人在绝望时，黑暗中突然出现一条阴森的出路，那是极具诱惑力的。马里尤斯扳开无数次让他进出的铁条，走出花园，说了声："去吧！"

他痛不欲生，脑海里一片混乱。两个月来，他一直陶醉于青春和爱情中，无法再接受任何别的命运，被绝望的种种妄想所压垮，此刻他只有一个愿望：赶快了结自己。他迈开大步前进。他身上恰好带着武器，是雅韦尔的两支手枪。

他以为看见的那个青年，到了街上，就不见了。

马里尤斯出了普吕梅街，走上林荫大道，穿过残老军人院前面的广场和大桥、香榭丽舍大街、路易十五广场，来到里沃利街。商店尚未关门，拱廊下点着煤气灯，妇女们在店铺里买东西，有人在莱泰咖啡馆里吃冰淇淋，在英式糕点铺里吃小点心。只有几辆邮车从王子旅馆和默里斯旅馆飞速出发。

马里尤斯经由德洛姆巷，进入圣奥诺雷街。商店都已关门，店主们在虚掩着的门前聊天，行人来来往往，路灯已经点燃，各层楼的窗口和平时一样亮着灯光。王宫广场上有一些骑兵。

马里尤斯沿着圣奥诺雷街往前走。他离王宫越来越远，窗口的灯光越来越少；店铺门户紧闭，没有人在店门口聊天，他越往前走，街上越来越黑，人群却越来越密——现在行人已形成人群了。人群中不见有人在说话，却传出低沉的嗡嗡声。

在枯树街的喷池旁，站着"几伙人"，黑乎乎的，有如流水中的石头，伫立在来来往往的行人中。

在普鲁韦街街口，人流停滞不动了。人们挤在一起，似石头般坚固、坚实、坚韧、密集，几乎水泄不通。他们低声交谈着。这里穿丧服、戴圆帽的人很少。大都穿罩衫或工作服，戴鸭舌帽，蓬头垢面。这杂乱的人群，在暮霭下似波浪起伏。他们的窃窃私语声，犹如树叶的沙沙抖动声。尽管都停在那里，却能听到脚踩泥浆的声音。在这密集人群的另一头，在鲁尔街、普鲁韦街，以及圣奥诺雷街的延伸部分，没有一扇窗户亮着灯光。那些街上，可见一溜溜路灯，孤孤单单，越往前越少。那时候的路灯，宛若巨大的红星吊在绳子上，投到街上的影子，好似大蜘蛛。那些街上是有人的。可以看见一堆堆架着的步枪，看到刺刀在晃动，士兵在露营。没有一个好奇的人敢越过这个界限。那里交通中止，人群止步，那是军队的地盘。

马里尤斯不再有什么企望，因而无所畏惧。有人召唤他，他就得去。他设法穿过人群，穿过露营街头的部队，躲过巡逻队，避过岗哨。他绕道来到贝蒂齐街,朝中央菜市场走去。拐进波旁街,就没有路灯了。

他穿过人群区后,便越过部队区的边界,就置身于一种可怕的环境中。不见一个行人,不见一个士兵,不见一点灯光;一个人影也没有。孤独,寂静,漆黑;一股寒气袭来。走进一条街,恍若走进了地窖。

他继续往前走。他走了几步。有人从他身边跑过。是一个男人?还是一个女人?或是好几个人?他说不清楚。那人过去了,消失了。

他转来转去,最后来到一个小巷里,他觉得是陶器厂街。快走到中段时,他碰到了什么障碍。他伸手摸了摸。是一辆翻倒了的运货马车。他的脚触到了一个个水坑、泥坑,一块块或一堆堆铺路石。那里有个半途而废的街垒。他跨过石堆,到了街垒的另一边。他沿着墙角石,摸着房屋的墙壁往前走。过街垒不远,看见前面有团白乎乎的东西。他走过去,看清楚是什么了。原来是两匹白马。正是上午博絮埃从公共马车上解下来的两匹马,在街上游荡了一天,最后流落到这里,虽已疲惫不堪,依然保持畜生的不急不躁,全然不懂人类的行动,正如人类不懂上帝的行动。

马里尤斯丢下马,继续往前走。他走进一条街,好像是社会契约街。忽然,他听见一声枪响,不知是从哪里射来的,子弹盲目穿越黑暗,从他身边呼啸而过,将他头顶上方一家理发店的招牌——剃胡子用的铜盘打了个窟窿。一八四六年,在社会契约街,在中央菜市场那排柱子的角上,仍可看见这个有窟窿的铜盘。

这记枪声,表明周围还有生命。这以后,他就再没有遇到什么。

这一路,他就像在从漆黑的楼梯往下走。

马里尤斯依然继续往前走。

二 鸟瞰巴黎

这时候,如果有人像蝙蝠或猫头鹰那样张开翅膀,在巴黎上空飞翔,就会看到一种凄凉的景象。

他会看到,这个古老的中央菜市场区,这个被圣德尼街和圣马丁街剖膛而过,小街窄巷纵横交错,被起义者变成堡垒和防地的城中之城,就好像是在巴黎市中心挖的一个黑咕隆咚的大窟窿。那里,他看到一个无底深渊。那里路灯全部砸烂,窗户全都关闭,因此,没有任何灯光,任何生命,任何声音,任何动静。暴动好比无形的警察,监视着四面八方,维持着秩序,也就是维持着黑夜。起义不可或缺的战术,便是将数量很少的人融入茫茫黑暗中,借助黑暗,使一个战士变成几个战士。天黑后,凡有烛光的窗口,都挨了一颗子弹。烛光熄灭了,有时,居民也饮弹而亡。因此,谁也不敢发出动静。屋子里只有恐惧、悲哀和惊愕;大街上笼罩着神圣的恐怖。就连一排排窗子、一层层楼房、参差不齐的烟囱和屋顶、在泥泞和潮湿街面上的朦胧反光,也都看不见了。从天空往下俯视这黑黢黢的一堆,这里,那里,每隔一段距离,可能看到一些模糊不清的亮光,显示出一些支离破碎、古里古怪的线条,一些奇形怪状的建筑物侧影,犹如在废墟中来回游移的微光：那里就是街垒。剩下的便是茫茫黑暗，迷雾沉沉，阴森凄凉，上面高耸着静止可怕的黑影，圣雅各塔楼、圣梅里教堂，还有两三座高大的建筑物，人使它们成为巨人，夜使它们成为幽灵。

在这荒凉而令人不安的迷宫周围，在那些交通尚未中断，仍有几盏路灯在闪烁的街区内，这位空中观察者，可以看到军刀和刺刀闪着银光，炮车辘辘滚动，部队默默集合，人数越来越多，在暴动地点周围，渐渐形成了一个可怕的包围圈。

被包围的街区，成了可怕的洞穴；里面，一切都已沉睡，或静止不动，正如我们所看到的，每一条可以去的街道，除了黑暗，什么也没有。

黑暗中充满了凶险，到处是陷阱，到处有未知的可怕的袭击。走进里面，会感到毛骨悚然，待在里面，会吓得魂不附体；进攻的人会在守卫的人面前颤抖，守卫的人会在进攻的人面前颤栗。每条街的角落里，埋伏着看不见的战士；幽深的夜幕，隐蔽着坟墓般的陷阱。一切都完了。那里，除了步枪的闪光，别指望能看到其他任何亮光；除了死神的突然来临，不会再遇到其他任何东西。在哪里遇见？怎样遇见？什么时候遇见？不得而知，但这是肯定的，不可避免的。在那里，在标明为战斗的地方，政府一方和起义一方，国民自卫军和群众团体，资产阶级和暴动分子，将摸索着互相靠近。双方都有同样的需要。要么战死，要么战胜，这是唯一可能有的结局。情况那样紧急，黑暗那样幽深，最胆小的人都感到决心已定，最大胆的人都感到胆战心惊。

此外，战斗双方都一样狂怒，一样顽强，一样坚定。对一方来说，前进便意味着死亡，但没有人想到后退；对另一方来说，坚守便意味着死亡，但没有一个人想到逃跑。

一切都必须在天明前结束，不管哪一方取得胜利，不管起义是一场革命，还是一次鲁莽行动。无论是政府，还是各派别，都明白这一点，连最普通的资产者也意识到了。因此，在这一切即将解决的地方，在这无法穿透的黑暗中，夹杂着一种焦虑不安的情绪；因此，在这即将发生一场灾难的死一般的寂静中，人们的惶恐情绪有增无减。这里，只听见一个声音，圣梅里教堂的警钟，如临终者的喘息，让人撕心裂肺，又似人的诅咒声，叫人心惊肉跳。那口钟，在黑暗中发出疯狂和绝望的哀鸣，没有比这更骇人的声音了。

正如常有的那样，大自然似乎赞同人要做的事。自然界与人类这种不幸的和谐，是什么也阻挡不了的。星星消失了；天边堆满了乌云，重重叠叠，阴阴沉沉。漆黑的天空笼罩这充满死亡的街巷，仿佛一块无边的裹尸布，盖在这无垠的坟墓上。

当一场还只限于政治的战斗，即将在这历经革命风暴的场所发生的时候，当为原则而斗争的年轻人、各秘密团体、各学校学生，同为自身利益而斗争的中产阶级彼此靠近，准备互相冲击、扭打、厮杀的时候，当在这不祥街区以外及远离这个街区的地方，在这被繁华幸福的巴黎淹没的老巴黎深不可测的密楼暗室里，每个人都在呼唤最后解决危机的时刻，并促使其尽快到来的时候，可以听见郁愤的人民在发出低沉的怒骂声。

这声音神圣而可怕，既有猛兽的咆哮，又有上帝的圣言，它使弱者受惊吓，智者得启示，既像人间的狮吼，又像天上的雷鸣。

三　边缘

马里尤斯到了中央菜市场。

这里比邻近的街道更宁静，更黑暗，更静止不动。坟墓中的寒气和宁静，似乎从地下钻了出来，弥漫在空中。

然而，一团红光，将圣厄斯塔什教堂那边，横在尚弗里街末端的那排高楼的屋脊，映照在黑暗的天空中。那是科林斯街垒里的火把发出的反光。马里尤斯朝红光走去。他被引到甜菜市场，隐约看见布道兄弟会修士街黑乎乎的街口。他走进这条街。起义者的哨兵守在另一头，没有发现他。他感到已靠近要寻找的东西，他踮起足尖往前走。他来到蒙代图尔街的拐角处。大家记得，这条短街，是昂若拉留作与外界联系的唯一通道。他走到最后一座房子的角上，他向左边探出脑袋，朝蒙代图尔街张望。

蒙代图尔街和尚弗里街的路口一片漆黑，马里尤斯被这黑暗紧紧裹住。前方稍远的地方，他看见路上有微弱的亮光，还看见酒店的一角，后面，一堵奇形怪状的墙里面，有盏油灯在眨眼，几个男人蹲在地上，步枪靠在膝上。这一切离他只有二十米。那是街垒的内部。

街右侧有房屋挡着，他看不见小酒店的其余部分，以及大街垒和那面红旗。

马里尤斯再跨一步就到了。这时，这个不幸的青年却坐到一块墙角石上，交叉双臂，思念起他的父亲来。

他想起了英勇的蓬梅西上校。他是个勇猛的士兵。共和时期,守卫过法兰西边境,皇帝时期,到过亚洲边境。他去过热那亚、亚历山大、米兰、都灵、马德里、维也纳、德累斯顿、柏林、莫斯科。在每一个战果辉煌的欧洲战场,他都抛洒过热血,那是和他马里尤斯血管里流的同样的血。他努力维护军纪,指挥军队打仗,未老就已白头。他束着武装带,戴着垂到胸口的肩章、被硝烟熏黑了的帽徽,让额头被钢盔压出了深痕,生活在木棚里,军营中,帐篷下,担架上。他南征北战,二十年后回到故里,面颊上伤痕累累,脸上却泛着笑容,普普通通,心境恬静,可敬可佩,像孩子般纯洁,为法兰西尽了最大的努力,从没做过对不起祖国的事。

他思忖,现在轮到他了,报效祖国的时刻到了。他要像父亲那样勇敢、无畏、大胆,冒着子弹冲锋陷阵,挺起胸膛迎击刺刀,不怕流血,寻找敌人,寻找死亡。他也要去参加战争,奔赴战场,而他要奔赴的战场,是大街,他要参加的战争,是内战!

他看见内战像个深渊,在他面前张着大嘴,他就要跌进这深渊里。他不禁打了个寒战。

他想起了他父亲的那把宝剑,被他外祖父卖给旧货商了,为此,他曾痛苦过,惋惜过。他思忖,那把英勇而圣洁的宝剑,不愿意落入他的手中,气恼地隐遁在黑暗中,这实在是明智的做法;它这样逃跑,是因为它很聪明,有先见之明,预感到会有暴动,会在路边水沟里打仗,在街头打仗,会从地窖的出气孔里开枪,从后面向人袭击,或在背后被人击中;它因为在马伦戈和弗里德兰打过仗,所以不愿来尚弗里街,因同他父亲一起战斗过,因此不愿和他儿子一起战斗!他想,假如这把剑此刻在这里,他在父亲临终前收下了这把剑,他现在敢于拿着它,来参加法国人的街头夜战,他肯定会觉得烫手,就像天使的宝剑,在他面前发出烈焰!他想,那把剑不在这里,已消失匿迹,他感到很高兴,觉得这样很好,这样是对的,他的外祖父真正捍卫了他父亲的荣誉,上校的这把剑,与其说今天拿来教祖国流血,不如被拍卖,卖给旧货商,扔进废铁堆里。

想着想着,他痛苦地哭泣起来。

这太可怕了。可怎么办呢?没有珂赛特,他是活不下去的。既然她走了,他就应该死。他不是对她发过誓要死的吗?她明明知道,还是走了,这就是说,她愿意马里尤斯死。再说,她既然这样走了,明明知道他的住址,却没有通知他,没留一句话,没留一封信,显然是不爱他了!这样活着有什么意思?为什么还要活着?再说,来都已经来了,怎么能后退!已经接近危险,却要临阵逃脱!已经看见了街垒,却要逃之夭夭!一面哆嗦着逃跑,一面还振振有词:"事实上,我这样够了,我看见了,这就够了,这是打内战,我得走开!"抛弃等着他的朋友!他们也许需要他!他们人很少,却要对付一支军队!背弃一切:爱情,友谊,诺言!拿爱国主义为自己的胆怯作借口!这是万万不能的!假如他父亲的幽灵就在这黑暗中,看见他往后退,会用剑背抽打他的背,大声吼他:"上,胆小鬼!"

他思绪纷乱,低下了脑袋。

蓦然,他又抬起头。刚才,他的思路有了根本的矫正。人在坟墓旁,思想会膨胀;临死的人,能看到真实。他觉得,他可能要投身的那个行动所产生的幻象，不再那样凄惨，而是变得壮丽了。不知出于什么样的内心活动，街垒战在他思想的目光前，顿时改变了模样。他思绪中的种种疑问，汹汹涌回他的脑海，但他却心静如水。他都一一作了回答。

瞧，他父亲怎么会气愤呢？难道起义就不能上升到神圣职责的高度？在这场正在进行的战斗中，有什么可以贬低蓬梅西上校儿子的身份呢？这不再是蒙米拉伊战役和尚波贝尔战役①，而是另一回事。这里要捍卫的不再是神圣的领土，而是神圣的思想。就算祖国会抱怨，但人类会欢呼。再说，祖国就一定会抱怨吗？法兰西会流血，但自由却会微笑。面对自由的微笑，法兰西会忘却创伤。再者，若从更高的角度来看，为什么要说这是内战呢？

内战？怎么说呢？难道有外战吗？人与人之间的战争，不都是兄弟间的战争吗？战争的性质，只取决于它的目的。既没有外战，也没有内战；只有非正义的战争和正义的战争。在人类尚未进入大同世界之前，战争可能是不可避免的，至少，未来反对过去的战争可能是必不可少的，未来急速地前进，过去却迟迟不退。这种战争有什么可谴责的？战争和剑，只有在扼杀权利、进步、理智、文明、真理的时候，才成为耻辱和匕首。那时，无论是内战还是外战，都是非正义的，都可以称作犯罪。除了正义这一神圣的东西外，一种形式的战争有什么权利蔑视另一种形式的战

---

① 蒙米拉伊和尚波贝尔，法国村镇。一八一四年，拿破仑在这里击败普俄联军，是以少胜多的典范。

争?华盛顿的剑有什么权利否认卡米耶·德穆兰①的长矛?莱奥尼达斯②反抗外族侵略,提莫莱昂③反抗暴君统治,哪个更伟大?一个是保家卫国,另一个是解放民众。难道能不问青红皂白,凡是国内的武装斗争,就一概指责吗?那么布鲁图斯、马赛尔、阿尔努·德·布兰肯海姆、科利尼都可称作无耻之徒了。丛林战吗?街垒战吗?为什么不可以?这是昂比奥里克斯、阿特韦德、马尼克斯、佩拉日进行过的战争。可是,昂比奥里克斯是反抗罗马,阿特韦德是反抗法国,马尼克斯是反抗西班牙,佩拉日是反抗摩尔人;他们都是为反抗外族而战斗。要知道,君主制就是外族;剥削就是外族;神权也是外族。专制主义是侵犯精神边境,正如外族人入侵,是侵犯地理边境。不管是赶走暴君,还是赶走英国人,都是收复国土。有时候,光抗议是不够的;用过哲学之后,必须采取行动;思想开始的事业,由武力来完成;《被缚的普罗米修斯》作开场,阿里斯托吉通④作结尾;百科全书派启示心灵,八月十日⑤激励心灵。埃斯库罗斯之后,有色拉西布洛斯⑥;狄德罗之

---

① 德穆兰(1760—1794),法国政治家。
② 莱奥尼达斯(?—前480),斯巴达国王。
③ 提莫莱昂(约前410—前336),希腊政治家。参与除掉两个暴君,其中一个是他的兄长。
④ 阿里斯托吉通,雅典一青年,刺杀暴君希帕尔克,后被处死。《被缚的普罗米修斯》,古希腊三大悲剧作家之一埃斯库罗斯的名著。
⑤ 指一七九二年八月十日,巴黎公社成立后发动的一场革命,立法议会宣布中止国王的权力。
⑥ 色拉西布洛斯(?—前388),雅典将领和民主派领袖,为恢复雅典的民主政治作出了贡献。

后，有丹东。芸芸众生有服从主子的倾向。他们人数众多，会麻木不仁。一群人在一起，很容易服从。必须摇动他们，推动他们，用他们自身解放的利益来鞭策他们，用真理的光芒来刺激他们的眼睛，将大把强烈的光辉投到他们身上。他们自己也应该让拯救自己的雷电猛击一下；这电光会将他们惊醒。因此，就需要警钟和战争。伟大的战士应该挺身而出，以大胆的行动启迪各国民族，使悲惨的人类从神权、武功、武力、宗教狂热、不负责任的政权和君主专制的黑暗统治下摆脱出来。这些芸芸众生浑浑噩噩，只顾留恋苍茫暮色，欣赏落日余晖！什么？你在说谁？你把路易-菲利普称为暴君？他不是！他不比路易十六更是暴君。他们两个是历史上通常称作好国王的人；但原则是不容分割的，真实的逻辑是条直线，真理的特点是刚正不阿；因此决不能让步；对人的任何侵犯都不应该制止；路易十六的身上有神权，路易-菲利普的身上有"波旁血统"；在一定程度上，他们二人都代表着对权利的侵犯；为了全面清除侵权行为，就应该同他们作斗争；必须这样，因为法国从来是开路先锋。法国的统治者垮台了，其他地方的统治者也会垮台。总之，恢复社会真相，恢复自由，使人民成为真正的人民，使人恢复主权，使法国重新戴上紫金冠，充分恢复理智和公正，消灭形形色色的对立，使人人恢复自主，摧毁君主制对世界大同设置的障碍，使人类充分享受权利，还有比这更正确的事业吗？既然如此，还有比这更伟大的战争吗？这样的战争能创建和平。现在，世界上还矗立着由偏见、特权、迷信、谎言、敲诈、越权、暴力、不公正、愚昧等筑成的巨大堡垒，高耸着仇恨之塔。应该把这堡垒彻底摧毁。应该让这庞然大物土崩瓦解。在奥斯特里茨获胜，固然伟大，攻占巴士底狱，更加伟大。

谁都有过这样的体会：灵魂的奇妙之处，便是既具有单一性，又是无处不在，它有一种奇特的性能，即使陷入绝境，它也能保持冷静，从容思考。往往有这样的情况，在爱情遭挫，陷入深深绝望之中，灵魂一面能极其悲伤地进行剧烈的思想斗争，一面仍可以分析事理，探讨问题。逻辑和痛苦混杂在一起，三段论的思路连绵不断地飘荡在思想的狂风暴雨中。这正是马里尤斯当时的精神状态。

他这样冥思苦想，内心万分痛苦，但已下定决心，虽然仍有些犹豫，简言之，面对自己要做的事，不免有点胆寒，目光朝街垒东张西望。街垒里，起义者在低声交谈，没有人走动，这半沉寂的状态，使人感到已到了等待的最后时刻。马里尤斯依稀看见，在他们头顶上方，四楼的一个小窗口，站着一个旁观者，或曰目击者，他觉得那人在聚精会神地窥视什么。那是被勒卡比克杀死的看门人。借助围在石头中的火把的反光，从下朝上望去，只能模模糊糊地看见那人的脑袋。他脸色惨白，一动不动，露出惊讶的神色，头发蓬乱，眼睛睁着，目光呆滞，嘴巴张着，好奇地向街上探出脑袋，就像已死的人在注视将死的人。他的脑袋上流出的血，凝成长长的血迹，好似一条条红线，从四楼窗口挂下来，到二楼才止住。

第十四卷
绝望的壮举

一 红旗——第一幕

什么情况也没有。圣梅里教堂已敲过十点钟,昂若拉和孔布费尔拿着卡宾枪,已去坐到大街垒的豁口旁。他们不说话,只是侧耳细听,竭力听出最远处可能有的脚步声。

突然,在这阴森的岑寂中,响起了年轻、清脆、快乐的歌声,好像是从圣德尼街传来的,那人用《月光下》这首古老的民间小调,配上一首诗,清晰地唱着,末尾还像公鸡那样一声啼鸣:

> 我的鼻子在落泪。
> 我的朋友啊比若,
> 把你的宪兵借给我
> 我要同他们说句话。
> 母鸡[①]头戴圆筒帽,

[①] 法语中,la poule 的意思是"母鸡",俗语中有"警察"的意思。

> 身披蓝色军大衣，
>
> 已经来到了郊区！
>
> 喔喔——喔！

他们握了握手。

"是加弗洛什。"昂若拉说。

"他在给我们报信。"孔布费尔说。

一阵急速的跑步声，惊扰了苍凉的大街，接着，一个比马戏团丑角还要敏捷的人，从翻倒的公共马车身上爬过来，加弗洛什跳进街垒，气喘吁吁地说道：

"我那支步枪呢！他们来了。"

一阵电击般的颤抖掠遍街垒。大家伸手去摸武器。

"你拿我的短枪，怎么样？"昂若拉对孩子说。

"我要那支大步枪。"加弗洛什回答。

说完，他拿起了雅韦尔的那支步枪。

两名哨兵撤退下来，几乎和加弗洛什同时回到街垒。他们是在这条街的另一头及在小丐帮街上站岗的哨兵。兄弟布道会修士街上的哨兵仍在岗位上，说明大桥和中央菜市场那边没有情况。

尚弗里街在映照红旗的微弱火光的反射下，只有几块铺路石依稀可见。在起义者看来，尚弗里街宛若开在蒙蒙烟雾中的黑洞洞的大门廊。

每个人都站到了自己的战斗岗位上。

昂若拉、孔布费尔、博絮埃、若利、巴奥雷和加弗洛什等四十三名起义者，跪在大街垒里，脑袋微微探出路障，枪管搁在街垒的石块上,就像放在碉堡的枪眼中,瞄准着前方,个个聚精会神,沉默不语,准备射击。另外六人,在弗伊的指挥下,分守在科林斯小酒店二楼和三楼的窗口,步枪瞄准着目标。

又过了些时候,接着,圣勒那边传来了整齐而沉重的脚步声,听上去有很多人。这声音起初很弱,渐渐清楚,后又变得沉重而响亮,慢慢靠近,没有停顿,没有中断,这种连续不断的声音,显得既平静,又可怕。除此以外,什么声音都没有。仿佛是骑士的石像①,沉默不语,却发出可怕的脚步声;不过,这次,那石像的脚步声听上去既响亮,又众多,仿佛有千军万马,又好像是个幽灵。人们以为有支可怕的石像大军在行进。这声音向这边靠近;它继续靠近,最后停了下来。街口好像有许多人,听得见他们的呼吸声。但是什么也看不见,只看到在街的尽头,在浓厚的黑暗中,无数道细如银针、几乎看不见的金属光在晃动,就像快要睡着时,在迷迷糊糊的状态下,紧闭的眼前出现的难以描绘的一张张荧光网。这是在火把的微光照耀下,远处的刺刀和枪管发出的反光。

又是一阵沉寂,似乎双方都在等待。忽然,从黑暗深处,响起一声喊话,因为看不见人,这声音显得更加可怕,仿佛是黑暗本身在说话:

"谁?"

同时,传来了举枪的声音。

昂若拉高傲而响亮地回答:

---

① 隐射莫里哀的喜剧《唐璜》中的一个情节。唐璜杀死了一个骑士,又邀请他坟前的石像吃晚饭。那石像不说话,但发出可怕的脚步声。

"法兰西革命!"

"开枪!"那人下令道。

一道闪光,映红了街两旁的房屋,仿佛一个火炉开了一下门,旋即又合上。

巨大的爆炸声在街垒上空响起。红旗应声倒下。子弹射来极其猛烈,极其密集,将那根旗杆,也就是公共马车的辕杆顶端打断了。有些子弹从周围房屋的挑檐上反弹回来,钻入街垒,打伤了好几个人。

这第一次齐射使人毛骨悚然。攻势十分凌厉,就是无所畏惧的人也胆战心惊。显然,他们要对付的,至少是整整一个团。

"同志们,"库费拉克喊道,"不要浪费弹药。等他们到了这条街上再还击。"

"先得把红旗竖起来。"昂若拉说。

那红旗就落在他脚边,他捡了起来。

外面传来推子弹的声音;敌人又在装子弹了。昂若拉又说:

"这里谁有胆量?谁敢把这面旗重新插到街垒上?"

没有人应答。此刻,敌人也许又在瞄准街垒,爬上去,就等于送死。再勇敢的人,也难下送死的决心。就是昂若拉也不寒而栗。他又说了一遍:

"没人愿意?"

二 红旗——第二幕

起义者来到科林斯小酒店。他们开始构筑街垒以来,就再没怎么注意马伯夫大爷。可马伯夫先生并没离开队伍。他进了酒店的楼下，坐在柜台后面。他可以说是万念俱灰。他似乎不看也不想。库费拉克和其他人两三次上前同他说话，告诉他很危险，要他避开，他却像是没听见。没有人同他说话时，他的嘴巴一张一合，好像在回答谁的问话；可有人同他说话时，他的嘴唇却闭上，眼睛好像失去了生命。从街垒遭进攻前几小时以来，他一直是同一个姿势，双手捏成拳头，放在膝上，脑袋前倾，好像在俯视深渊。不管发生什么，他都不改变姿势。他的思想似乎不在街垒里。各就各位后，楼下的大厅里只剩下雅韦尔、一名起义者和马伯夫；雅韦尔绑在木柱上，起义者手握军刀，监视着雅韦尔。敌人开始进攻时，听到枪声，他身体一震，像惊醒似的，霍地站起来，穿过大厅，当昂若拉第二次问"没人愿意"时，老头已出现在酒店门口。

他的出现，在起义队伍中引起了震动。有人高喊：

"是那个投票人！是那个国民公会代表！是那个人民代表！"

他大概没听见。

他径直朝昂若拉走去，起义者们敬畏地给他让路，他从惊得后退的昂若拉手中夺过红旗。这个八旬老人，摇晃着脑袋，迈着坚定的步伐，慢慢地爬上大街垒的那个石阶，竟没有人敢阻拦他，也没有人敢帮助他。这场面多么悲壮，多么伟大，他周围的人异口同声地高喊："脱帽！"他每爬一级，都非常吓人；他那雪白的头发、衰老的面孔、爬满皱纹的光秃秃的宽额头、凹陷的眼睛、惊愕地张着的嘴巴、擎着红旗的枯臂，都从黑暗中显现出来，在火把血红的光亮中逐渐变大，仿佛是九三年的幽灵，高擎恐怖的旗帜,从地下徐徐升起。

当他爬上最后一级,当这颤抖着的可怕幽灵,面对一千二百个看不见的枪口,面对死亡,毫无惧色地屹立在铺路石堆成的街垒上,这时,整个街垒在黑暗中呈现出一种超自然的巨人形象。顿时鸦雀无声,只有出现奇迹时,才会这样寂静。

在这寂静中,老人挥动着红旗,高呼:

"革命万岁!共和国万岁!博爱!平等!死亡!"

从街垒里,听到一阵轻微而急促的声音,好似一个神甫在急急诵读祷告文。很可能在街的另一头,警长在催促他的部队。接着,那曾喝问过"谁?"的洪亮声音喊道:

"下去!"

马伯夫先生脸色惨白,神色凶悍,眼睛中闪动着失去理智的悲怆火焰,将红旗高举在头顶上,又一次高呼:

"共和国万岁!"

"开枪!"那人喊道。

第二次齐射,犹如炮弹轰击,落在街垒上。

老人一下跪倒,马上又站起来,红旗从他手中掉下,他自己仰天摔下,像块木板,直挺挺地躺在地上,双臂交叉在胸前。他身下血流成河。他那惨白忧伤的衰老面孔,好像在凝望苍穹。

起义者感到无限悲愤,甚至忘记了保护自己,惊恐而敬畏地走近尸体。

"这些投票赞成判处路易十六死刑的人,真是好样的!"昂若拉说。

库费拉克在昂若拉耳边悄悄地说:

"我只是对你说说,我不想给大家泼冷水。他根本不是投票人。他叫马伯夫大爷。我不知道他今天是怎么回事。但他是一个正直的傻瓜。好好看看他的脸。"

"傻瓜的脸,布鲁图斯的心。"昂若拉回答。

接着,他抬高嗓门吼道:

"公民们!老一辈给年轻人作出了榜样。我们犹豫时,他挺身而出!我们后退时,他勇往直前!这就叫老得哆嗦的人教育怕得发抖的人。这位老前辈在祖国面前显示了威严。他活得很久,死得壮烈!现在,我们要掩护好他的遗体,就像掩护自己活着的父亲那样掩护这个已经死去的老人,但愿他在我们中间的存在,能使我们的街垒不被攻破!"

大家听完这番话,发出了低沉而有力的共鸣。

昂若拉弯下腰,托起老人的脑袋,神色凶野地吻了吻他的脑门,然后将他的双臂掰开,就像怕弄痛他似的,轻轻地小心地摆弄着,把他的外衣脱掉,让大家看血淋淋的枪洞,说道:

"现在,这就是我们的旗帜!"

三 加弗洛什不该拒绝昂若拉的短枪

有人将于施卢寡妇的黑色长披巾盖在马伯夫大爷身上。六名壮士用他们的步枪,做成一副担架,将遗体放在上面,脱下帽子,庄严而缓慢地把他抬到楼下大厅里,放在大桌子上。

这几个人全身心投入这庄严而神圣的事情,竟忘掉了自身所处的险境。

遗体从始终泰然自若的雅韦尔身旁经过,昂若拉对这密探说:
"你!待会儿再收拾你。"

这期间,只有小加弗洛什一人没有离开岗位,仍在原地观察,他好像看见有人蹑手蹑脚地向街垒走来。他突然高喊:
"有情况!"

库费拉克、昂若拉、让·普鲁韦、孔布费尔、若利、巴奥雷、博絮埃等人,乱哄哄地冲出酒店。差点来不及。只见密密麻麻、闪闪烁烁的刺刀在街垒顶上晃动。几个高头大马的保安警察正在侵入街垒,有的从公共马车身上跨进来,有的从缺口里走进来,正在扑向流浪儿;加弗洛什直往后退,但不逃跑。

真是千钧一发之际。就像洪水即将泛滥,水已涨到堤岸,开始从缺口中漫出来,景象十分可怕。再有一秒钟,街垒就要被攻破。

巴奥雷扑向第一个进来的保安警察,用短枪口顶住他胸膛,一枪结果了他。第二个保安警察一刺刀戳死了巴奥雷。另一个已把库费拉克打倒在地,库费拉克呼喊:"快来救我!"一个个头最高的警察,一个庞然大物,端着刺刀,逼向加弗洛什。流浪儿的小胳膊拿起雅韦尔的大步枪,瞄准那巨人放了一枪。没有打响。雅韦尔没有给枪装子弹。那保安警察放声大笑,举起刺刀,刺向孩子。

那刺刀还没来得及刺中加弗洛什,步枪已从警察的手中掉下来,一颗子弹击中他的额头,他仰天倒在地上。第二颗子弹打中袭击库费拉克的那个警察的胸膛,将他打倒在地。

是马里尤斯,他刚进入街垒。

四 火药桶

马里尤斯一直躲在蒙代图尔街的拐角处,目击了战斗的第一阶段,却仍然犹犹豫豫,哆哆嗦嗦。但他无法抵御那神秘莫测、至高无上的诱惑,这种诱惑可以称作深渊的召唤。看到危险迫在眉睫,马伯夫先生谜一般的惨死,巴奥雷被杀,库费拉克呼救,加弗洛什受到威胁,他的朋友们需要援救或报仇,他所有的犹豫便烟消云散,于是手握两支手枪,冲进混战之中。第一枪救了加弗洛什,第二枪救了库费拉克。

当枪声响起,被子弹击中的保安警察大声嚎叫的时候,进攻者已爬上街垒,只见许多人端着步枪,半截身子矗立在街垒顶上,有保安警察、正规部队的士兵、郊区国民自卫军。他们已占据了三分之二的垒壁,但不往里面跳,似乎还在犹豫,怕有陷阱。他们注视着黑洞洞的街垒里面,就像注视着狮子的巢穴。火把的微光只照见敌人的刺刀、毛皮高帽和他们气恼不安的上半部脸。

马里尤斯扔掉两支空手枪,因而没有武器了,但他发现大厅门旁有只火药桶。

正当他侧过脸,向那边张望时,一个士兵举枪瞄准了他。那士兵正要射击,一只手伸过去,堵住了枪口。有人冲了过来,正是那个穿天鹅绒长裤的青年工人。子弹飞出,穿过他的手心,也可能穿过了他的身体,因为他倒下了,但马里尤斯却没中弹。街垒里一片烟雾,这一切只是模模糊糊地显现的。

马里尤斯正在走进楼下厅堂,对发生的事几乎没有意识。不过,他还是隐隐约约看见了瞄准他的那个枪管,和堵住枪管的那只手,他也听见了枪声。但是,在这样的时刻,所见的事物,都是摇摇晃晃,匆匆而过,人们不会因此而停下来。人们朦胧感到在被推向更黑暗的地方,一切都模模糊糊。

起义者们又聚集起来,他们深感惊讶,却并不恐惧。昂若拉喊道:"再等等!不要乱开枪!"的确,在最初的混乱中,他们可能会伤着自己人。大部分人都上了楼,守着二楼的窗口和顶楼,居高临下,监视着进攻的敌人。最坚定的人,同昂若拉、库费拉克、让·普鲁韦和孔布费尔一起,勇敢地背靠街尾那排房子,毫无掩护地迎击矗立在街垒上的一排排士兵和警察。

这一切,是在不急不忙中进行的,就像混战发生前那样,气氛肃穆,预示着危险临头。敌我双方都互相瞄准枪口,彼此离得很近,可以互相对话。正在这箭在弦上的时刻,一个佩颈甲和大肩章的军官,伸出佩剑,喊道:

"放下武器!"

"开枪!"昂若拉说。

两边的枪声同时爆发,硝烟淹没了一切。那是刺鼻而令人窒息的烟雾,伤员和奄奄一息的人低声呻吟,在烟雾中爬行。

硝烟消失后,只见双方战士变得稀疏了,但仍待在原地,默默地重新给枪装子弹。忽然,一个雷鸣般的声音吼道:

"快滚开,不然,我就炸掉街垒!"

大家都把脸转向发出声音的地方。

马里尤斯走进大厅,拿起火药桶,乘着街垒里硝烟弥漫,沿

1399

着街垒,溜到火把所在的石笼旁。他拔出火把,放到火药桶上,将火药桶下面的石块推开。火药桶极其顺从地往下一沉,瞬间就撞破了。这一切,对马里尤斯只是弯腰和起立的工夫。现在,国民自卫军、保安警察、部队官兵,全都蜷缩在街垒的另一端,目瞪口呆地看着他。他脚踩石头,手擎火把,骄傲的脸孔被与敌人同归于尽的决心照亮,他将火把伸向依稀可辨是破火药桶的那堆可怕的东西,令人惊心掉胆地喊道:

"快滚开,不然,我就炸掉街垒!"

继八旬老人之后,马里尤斯屹立在这街垒上,这是革命继往开来的形象。

"炸掉街垒!"一个警察说,"那你也会炸死的!"

马里尤斯说:

"我当然也炸死。"

说完,他将火把凑近火药桶。

可是,垒壁上的人都走光了。进攻者丢下死者和伤员,乱哄哄地拥回街的另一头,又一次隐没在黑夜中。一片狼狈溃逃的景象。

街垒得救了。

五 让·普鲁韦的绝唱

大家围住马里尤斯。库费拉克扑上去搂住他的脖子。

"你来了!"

"太好了!"孔布费尔说。

"你来得正是时候!"博絮埃说。

"没有你,我早死了!"库费拉克又说。

"没有您,我早给逮住了!"加弗洛什补充说。

马里尤斯问道:

"头头在哪里?"

"就是你。"昂若拉说。

整整一天,马里尤斯头脑里像有个火炉,现在刮起了一阵旋风。这旋风在他体内,他却觉得在他体外,正在把他卷走。他感到,他离生活已十分遥远。两个月充满欢乐和爱情的灿烂日子,突然通到这可怕的峭壁,珂赛特不知去向,面前是这个街垒,马伯夫为共和国捐躯,自己成了起义军的头头,这一切对他来说,简直是一场可怕的噩梦。他不得不集中心思,想一想周围的一切是不是真的。马里尤斯少不更事,不知道不可能的事,正是最紧迫的事;应该预料的事,正是难以预料的事。他在观看自己的戏,正如在观看一出看不明白的戏。

他神思恍惚,没有认出雅韦尔。雅韦尔绑在木柱上,街垒遭袭击时,他连头都没动一动,他以殉道者的顺从和法官的威严,注视着周围发生的暴动。马里尤斯甚至没看见他。

这时,进攻的敌人没再进攻,只听见他们在街的另一头乱走乱挤,不敢再冒险行动,也许在等候命令,或者在等待救兵,然后再向这个不可攻克的堡垒发起进攻。起义者部署了岗哨,有几个医科大学生,开始给伤员包扎伤口。

除了两张做绷带和子弹的桌子,以及一张安放马伯夫大爷遗体的桌子,其余的全都扔到酒店外面,用来加固街垒了。于施卢寡妇和两位女佣的床垫，被搬到楼下的大厅里，用来代替桌子。他们让伤员躺在床垫上。至于住在科林斯酒店里的三个可怜女人，没有人知道她们的情况。但后来发现，她们躲在地窖里。

大家正为街垒得救而高兴，不料，有件事使他们心如刀割。

起义者点了次名。缺了一个。是谁？一个最可亲、最英勇的人。让·普鲁韦。在伤员里寻找，没有找到。在死者中寻找，也没找到。显然，他被捕了。

孔布费尔对昂若拉说：

"他们抓走了我们的朋友，可我们有他们的密探。你一定要处死这个密探吗？"

"是的，"昂若拉回答，"但让·普鲁韦的生命更重要。"

他们是在楼下厅里绑着雅韦尔的木柱旁谈话的。

"那好，"孔布费尔又说，"我就在拐杖上绑条手绢，去和他们谈判，用他们的人去换我们的人。"

"你听。"昂若拉把手按住孔布费尔的胳膊，说道。

街的那一头，传来了意味深长的扳步枪的声音。

同时，他们听见一个男人高呼：

"法兰西万岁！未来万岁！"

他们听出是普鲁韦的声音。

火光一闪，枪声响了。

接着恢复了寂静。

"他们把他给杀了。"孔布费尔喊道。

昂若拉望着雅韦尔，对他说：

"刚才，你的朋友们把你枪毙了。"

六　生也痛苦，死也痛苦

　　这种战争有个独特之处，几乎总是从正面进攻街垒。攻者可能担心有埋伏，抑或害怕陷入扑朔迷离的街巷中，一般避免采用包抄战术。因此，起义者把注意力都集中在大街垒，显然，这里时刻受到威胁，也必定是再次争夺的地方。马里尤斯却想起了小街垒，便去那里了。小街垒里阒无一人，只有一个灯笼守卫着，在石头中间颤动。此外，蒙代图尔街，以及小丐帮街和天鹅街的交叉路口，也是一片岑寂。

　　马里尤斯巡视完毕，正想离开，忽听见黑暗中有人轻呼他的名字：

　　"马里尤斯先生！"

　　他打了个颤：他听出两小时前，隔着普吕梅街的铁栅栏门，呼喊他名字的也是这个声音。不过，现在这声音听上去弱得像喘息声。

　　他四下张望，一个人也没看见。马里尤斯以为听错了，他周围异乎寻常的现实互相冲突，因而产生了幻听。他迈前一步，准备离开小街垒所在的凹角。

　　"马里尤斯先生！"那声音又喊道。

　　这次，他听得清清楚楚，不能再怀疑了。他环顾四周，仍然什么也没看见。

　　"就在您的脚边。"那声音说。

他弯下腰,看见黑暗中有个东西向他爬来。它在地上艰难爬行。同他说话的正是它。

灯笼的微光照出一件工作服、一条已撕烂的粗绒长裤、一双赤脚,还有像是一摊血似的东西。马里尤斯依稀看见一张惨白的面孔,抬起来对他说:

"您不认识我了?"

"不认识。"

"埃波妮。"

马里尤斯赶紧俯下身子。果然是那个不幸的孩子。她穿着男人的衣服。

"您怎么会在这里的?您在这里干什么?"

"我快死了。"她对他说。

有些话,有些事,可以使绝望的人变得清醒。马里尤斯蓦地惊叫道:

"您受伤了?等一等,我把您抱到大厅去。让人给您包扎一下。严重不?怎样抱才不会弄疼您呢?伤在那里?快来救人啊!上帝!您来这里干什么?"

他试着将胳膊放到她身下,把她抱起来。

在抱她的时候,碰到了她的手。

她轻轻叫了一声。

"我弄疼您了?"马里尤斯问。

"有点。"

"可我只碰了一下您的手呀。"

她抬起手让马里尤斯看,马里尤斯看见她手心里有个黑窟窿。

"您的手怎么啦?"他问。

"打穿了。"

"打穿了!"

"对。"

"被什么?"

"一颗子弹。"

"怎么?"

"您没看见一支步枪瞄准您吗?"

"看见啦,还看见有只手堵住了枪管。"

"是我的手。"

马里尤斯身子抽搐了一下。

"您太傻了!可怜的孩子!还好,如果只是手受伤,就不要紧了。让我把您抱到一张床上去。给您包扎一下,一只手穿了洞,是不会死的。"

她虚弱地说:

"子弹穿过手,却是从我背上出去的。没有必要把我从这里抱走。我来告诉您怎样给我包扎,肯定比外科医生包扎得好。坐到我身边的这块石头上。"

他照她说的做了。她把脑袋放到马里尤斯的膝盖上,眼睛看着别处道:

"呵!这样多好啊!这样多舒服!就这样!我不痛了。"

她沉默片刻,然后,费力地转过脸来,望着马里尤斯。

"知道吗,马里尤斯先生?您到那个花园里去,我好难过,我太傻了,是我指给您那座房子的。不过,我应该明白,像您这样的年轻人……"

她戛然停下,她心里肯定有许多伤心话要说,但她惨然一笑,改变话头说道:

"您觉得我丑,是不是?"

继而她又说:

"您瞧,您完了!现在,谁也走不出街垒了。是我把您引到这里的!您快要死了。这是我所希望的。可是,当我看见有人瞄准您时,我就用手堵住了枪管。这太可笑了!可我是想死在您前头。我挨了这一枪后,就爬到了这里,没有人看见我,没有人把我抬走。我在等着您,我说:他怎么还不来呀?呵!您要知道,我疼得咬我的衣服!现在我好了。您还记得吗?那天,我进了您的房间,我对着您的镜子照了又照。还有一天,我在林荫大道上遇见您,旁边有不少女工。鸟儿唱得多欢哪!就在不久前!您给我五法郎,我对您说:我不要您的钱。那枚钱您至少捡起来了吧?您不富裕。我忘了叫您把它捡起来。那天,阳光明媚,不感到冷。这些您还记得吗,马里尤斯先生?呵!我太高兴了!大家都要死了!"

她看上去像是失去了理智,却神情严肃,让人看了心里难过。她的工作服已撕裂,露出了胸脯。她说话时,用被子弹射穿的手捂住胸口的另一个伤口,那里,不时地流出一股鲜血,犹如拔掉木塞的桶口流出酒来。

马里尤斯怀着深深的同情,凝望这不幸的姑娘。

"呵!"她突然又说,"又来了。我堵得慌!"

她拽起衣服,用力咬住,她的腿僵直地伸在地面上。

这时,加弗洛什小公鸡般的嗓门在街垒里响了起来。孩子已爬到一张桌子上，在给他的枪装子弹，开心地唱着当时的一首流行歌曲：

> 看见拉法耶特，
> 宪兵连声高喊：
> "快逃！快逃！快逃！"

埃波妮抬起身子，听了听，喃喃地说：
"是他。"
接着，他又转向马里尤斯：
"我弟弟在这里。不要让他看见我。他会骂我的。"
"您弟弟？"马里尤斯想起他父亲要他好好照顾泰纳迪埃一家的遗言，心里万分痛苦，问道，"您弟弟是谁？"
"那个孩子。"
"唱歌的那个？"
"对。"
马里尤斯欠了欠身子。
"呵！别走！"她说，"不用多久了！"
她差不多坐了起来，但她的声音极其微弱，不时被临终的呃声打断。她说话时，常常停下来，嘶哑地喘喘气。她让自己的脸尽量靠近马里尤斯的脸，神情古怪地继续往下说：
"听我说。我不想作弄您。我衣兜里有您的信。昨晚，人家就嘱咐我把它投进邮筒里。我没有投出。我不愿您拿到信。可是，待会儿我们再见面时，您会埋怨我的。我们还会见面的，是不是?把信拿去吧。"

她用那只伤手,使劲抓住马里尤斯的手,但她似乎感觉不到痛苦了。她把马里尤斯的手拉进她的工作服兜里。马里尤斯果然感觉到有张纸。

"拿去吧。"她说。

马里尤斯拿了信。她心满意足地点了点头。

"现在,为了感谢我,答应我……"

她停住话头。

"答应什么?"马里尤斯问。

"答应我!"

"我答应您。"

"答应等我死了之后,在我的额头上吻一下。——我会感觉到的。"

她的脑袋又落到马里尤斯的膝盖上,眼睛也合上了。他以为这个可怜的姑娘已走了。埃波妮一动不动。就在马里尤斯以为她从此长眠不醒的时候,她却慢慢睁开眼,露出死亡时的幽深阴沉的神态,她用看似来自另一个世界的温柔语气对他说:

"听我说,马里尤斯先生,我想我是有点爱上您了。"

她又尽力笑了笑,便断气了。

七　加弗洛什计算距离深谋远虑

马里尤斯履行诺言,在她惨白的淌着冷汗的额头上吻了一下。这不是对珂赛特的背叛,而是向一个不幸人作深切而温情的告别。

他在埃波妮的兜里拿到那封信时,哆嗦了一下。他当即感到事关重大,急于打开看看。人心便是这样。可怜的孩子刚合上眼睛,马里尤斯就想看信。他把她轻轻放在地上,就走了。他有一种感觉,不能当着这遗体的面读这封信。

他走到楼下大厅的一支蜡烛旁。这封短笺折得仔细,封得也仔细,透着女性的雅致。地址出自女性的笔迹,写着:

"玻璃厂街十六号,库费拉克先生转马里尤斯·蓬梅西先生。"

他拆开信,读道:

"亲爱的,唉!我父亲要我们立即动身。今晚我们住在武夫街七号。一星期后,我们将去英国。——珂赛特。六月四日。"

马里尤斯连珂赛特的笔迹都不认识,说明他们的爱情多么纯洁无瑕。

事情的经过,可以用几句话概括。一切都是埃波妮造成的。六月三日那天晚上,她看见马里尤斯进入花园,又见她父亲和那伙强盗要抢劫普吕梅街那户人家,便产生了两个念头,一是挫败她父亲和那伙强盗的计划,二是拆散马里尤斯和珂赛特。她遇见一个古怪的小伙子,同他交换了破衣服,那人觉得自己穿女人的衣服,而埃波妮打扮成男人挺好玩。是埃波妮在练兵场明确提醒让·瓦让快"搬家"的。让·瓦让回到家里,果然就对珂赛特说:"我们今晚上就动身,带着杜珊去武夫街。下星期就去伦敦。"珂赛特被这突如其来的决定吓呆了,便匆匆给马里尤斯写了两行字。可怎样把信送到邮局呢?她从不独自出门,可若叫杜珊去送,她一定会大惊小怪,会把信拿给福施勒旺先生看。珂赛特正焦急不安,却透过铁栅栏门,看见了女扮男装的埃波妮。近来,埃波妮常到花园周围转悠。珂赛特把这"青年工人"叫来,给他五法郎和这封信,对他说:"快把这封信按这个地址送去。"埃波妮将信揣进兜里。第二天,也就是六月五日,她到库费拉克家找马里尤斯,不是去交信,而是——所有嫉妒和恋爱的人都能理解——去"看看"。她在那里等马里尤斯,抑或至少等库费拉克——也还是为了看看。当库费拉克对她说"我们去街垒"时,她脑海里闪过一个念头。她想,反正都是死,不如去死在街垒里,同时把马里尤斯也推进去。她跟在库费拉克后面,弄清楚在哪里筑街垒。同时,她确信既已把信截住,马里尤斯无从得到消息,一定会像平时那样,天黑后就去普吕梅街同珂赛特相会,于是,她就去普吕梅街等马里尤斯,并以他朋友的名义,向他发出了召唤。她想,这一定会把他引到街垒的。她相信马里尤斯看不见珂赛特,肯定会绝望。她没猜错。她又回到尚弗里街。她在那里所做的事,刚才我们都看见了。她就像嫉妒的人那样,将自己心爱的人拖进死亡后,说声:"谁也别想得到他!"便悲壮而快乐地死去了。

马里尤斯将珂赛特的信吻了又吻。她还爱他!他一度曾想自己不该去死了。可转念又想,她要走了。她父亲要带她去英国,而他外祖父又不同意他们结婚。他的命运毫无改变。像马里尤斯这种爱胡思乱想的人,有时会消沉到极点,从而作出极端的决定。活得太累,难以忍受,倒不如趁早死了更好。

于是,他想到还有两件事要做:一是把他死的消息告诉珂赛特,向她作最后的告别;二是将埃波妮的弟弟,泰纳迪埃的儿子,从迫在眉睫的灾难中救出来。

他身上有个活页夹。当初记下他对珂赛特多少缠绵情话的本子，就是用这活页夹的纸做成的。他从中撕了一页，用铅笔写了下面几行字：

"我们结婚无望。我向外祖父请求过，他拒绝了。我没有财产，你也一样。我去你家了，但没找到你。你知道我对你发的誓，我恪守诺言。我要死了。我爱你。你读这封信时，我的灵魂将会出现在你身边，向你发出微笑。"

没有信封，他只好把信纸一折为四，然后写上地址：

武夫街七号，福施勒旺先生转珂赛特小姐。

折好信，他沉思片刻，又拿出活页夹打开，用同一支铅笔，在首页写了几行字：

"我叫马里尤斯·蓬梅西。请把我的尸体送到沼泽区髑髅地修女街六号，我的外祖父吉诺曼先生家里。"

他把活页夹放回外衣兜里，便大声呼喊加弗洛什。流浪儿听见马里尤斯喊他，跑了过来，脸上露着快乐和忠诚。

"你愿意为我做件事吗？"

"愿为您做任何事。"加弗洛什说，"上帝的上帝！没有您，说真的，我早就完了。"

"看见这封信了吗？"

"看见了。"

"拿着它。马上离开街垒（加弗洛什显出不安，搔起耳朵来），明天早晨，你照这个地址，把它交给珂赛特小姐。武夫街七号，福施勒旺先生家。"

英勇的孩子回答道：

"啊！可是，在这段时间里，人家会来攻打街垒，我就不在场了。"

"根据种种迹象，拂晓前街垒不会再受攻击，明天中午前拿不下来。"

进攻者再次给予街垒的喘息时间果然在延长。这种间歇，在夜间的战斗中是常有的，而接下来的战斗会更激烈。

"好吧，"加弗洛什说，"那我明天早晨去送，怎么样？"

"那就太晚了，街垒很可能被封锁，所有的街都有人把守，你就出不去了。马上就去。"

加弗洛什找不出话反驳，但还在犹豫不决，发愁地搔着耳朵。蓦然，他像鸟儿那样一跳，抓过信来，说道：

"那好。"

说完，他就从蒙代图尔街跑出去了。

加弗洛什想出了个主意，这才下了决心，他怕马里尤斯反对，就没有说出来。

这个主意便是：

"现在刚到半夜，武夫街离这里不远，我马上把信送去，回来正好能赶上。"

第十五卷
武夫街

一 吸墨纸成了泄密纸

与心灵的骚动相比,一座城市的骚动算得了什么?人心比人民还要高深莫测。此时此刻,让·瓦让内心波涛汹涌。他身上所有的深渊又全都张开。他和巴黎一样在战栗,也正面临一场惊心动魄、凶吉莫测的革命。才几个小时。他的命运和意识突然笼罩了黑暗。他和巴黎一样,可以说,两个原则正在对峙。白天使和黑天使正在深渊的桥上互相扭打。究竟哪一个会把另一个推下去?谁会取得胜利?

六月五日这天的前夕,让·瓦让带着珂赛特和杜珊,住到了武夫街。一件意想不到的事在等待他。

珂赛特离开普吕梅街之前,曾试图反对过。从他们相依为命以来,珂赛特和让·瓦让的想法第一次出现分歧,即使不说是冲突,至少发生了矛盾。一个不愿搬,另一个坚持要搬。那位陌生人唐突地劝让·瓦让"搬家",这使他惊慌不安,因而变得专横了。他以为有人发现了自己的踪迹,正在追捕自己。珂赛特只好让步。

他们到了武夫街,一路上两人沉默不语,各想各的心事。让·瓦让忧虑不安,没有注意到珂赛特的忧愁,珂赛特愁肠百结,也没有注意到让·瓦让的忧惧。

让·瓦让带走了杜珊。他以前离家从没这样过。他隐隐感到,可能回不了普吕梅街了,他既不能扔下她不管,也不能把秘密告诉她。此外,他感到她这人忠实可靠。仆人背叛主人,始自好奇。可杜珊从不好奇,似乎天生是给让·瓦让当女仆的。她说话结巴,一口巴纳维尔农妇的方言。她常说:"我这样样的。我做我的生活,剩下的不是我的活。(我就是这样。我干我的活,其余的不关我的事。)"

这次离开普吕梅街,就像是仓皇逃跑。除了那只散发着香气,被珂赛特称作"形影不离"的小手提箱外,让·瓦让什么都没带走。如果带走装满东西的箱子,就得雇人搬运,而这些人就成了见证人。他们把出租马车叫到巴比伦街的那个门口,乘车走了。

杜珊费了很大的劲儿,才获准包了一些衣服和梳洗用品带走。珂赛特只带了文具盒和吸墨纸。

为遮人耳目,让·瓦让故意等太阳落山后才离开普吕梅街,这样,珂赛特便有时间给马里尤斯写了那封信。他们到达武夫街时,天已全黑。他们便悄悄地睡觉了。

他们在武夫街的住房,位于后院的三楼,有两间卧室、一间餐室和一间与餐室相连的厨房,还有一间阁楼,放着一张帆布床,杜珊睡在那里。餐室也是会客室,位于两间卧室中间。屋里日用器具一应俱全。

人容易忧惧不安，也容易高枕无忧。这是人的本性所使然。让·瓦让一到武夫街，忧虑就减轻许多，最后渐渐消失了。有些地方好比是镇静剂，能使人不由自主地平静下来。武夫街光线幽暗，居民安详，让·瓦让身处老巴黎的这条小巷里，不知怎么，他也受到了这宁静气氛的感染。这条小巷不通马车，因为两旁各有一根木桩，中间横着一块厚木板。它地处闹市，却又聋又哑，太阳高挂，恰似暮色般昏暗，两旁矗立着老人般沉默不语的百年高楼，不可能有喜怒哀乐。在这条街上，有停滞不动的遗忘。在这里，让·瓦让呼吸畅快。在这里，谁也没有本事找到他。

他第一关心的，是把那"形影不离"的小提箱放在身旁。

他睡得很香。俗话说，黑夜带来主意，还可以加一句：黑夜带来平静。翌日清晨，他醒来时，可以说心情愉快。就连简陋无比的餐室，他也觉得很漂亮。有一张旧圆桌，一个矮碗橱，橱上放着一面倾斜的镜子，还有一张虫蛀的安乐椅，以及几张椅子，椅子上摆满了杜珊带来的包袱。其中一个包袱开了个缝，露出让·瓦让那件国民自卫军的制服。

至于珂赛特，她叫杜珊送了碗肉汤到她房里，傍晚才露面。

杜珊为这次小搬家，走来走去，忙得不亦乐乎。快到五点时，她在餐桌上摆了盘凉鸡。出于对父亲的尊敬，珂赛特才瞧了一眼那盘鸡。

这之后，珂赛特借口头痛难忍，同让·瓦让道了声晚安，便躲进卧室了。让·瓦让津津有味地吃了只鸡翅膀，然后，将胳膊支在桌子上，渐渐恢复了平静，也恢复了安全感。

他在吃这顿简单的晚餐时，两三次模模糊糊地听见杜珊结结巴巴地说:"先生,外面有喧闹声,巴黎打起来了。"但他心事重重,根本没有注意。说实话,他根本没有听见。

他站起来,在窗和门之间来回踱步,心境越来越平静。

随着心情平静下来,他又想起了珂赛特,这是他唯一的牵挂。他倒不是担心珂赛特的偏头痛,这种神经上的小毛病,女孩子生气时便会有,就像过眼烟云,一两天就会好的。他是在考虑未来,同往常一样,他想到未来,心里就甜丝丝。

不管怎样,他看不出会有什么障碍,使他不能继续过幸福的生活。有些时候,一切都变得不可能,但其他时候,一切都唾手可得。让·瓦让就处在这种乐观阶段。通常,继悲观阶段之后,便会出现乐观阶段,正如黑夜过后是白天;这种黑白对照和交替出现的法则,是自然界的本质,而肤浅之辈则叫作反衬法。让·瓦让躲进这静谧安宁的小巷,便摆脱了近来一直困扰他的种种烦恼。正因为见过太多的黑暗,现在他开始望见了一点蓝天。这次能平安无事地离开普吕梅街,这已是顺利迈出了一大步。

离开故乡去伦敦,哪怕去待上几个月,也许是明智的做法。好吧,那就去吧。只要珂赛特在他身边,留在法国,或去英国,都一样。珂赛特便是他的国家。珂赛特一人就足以使他幸福。从前,他常想,光他自己,也许不足以使珂赛特幸福。这想法曾使他食不甘味,夜不成寐。可现在,他甚至想都不去想了。他从前的种种痛苦,都已烟消云散,现在心里充满了乐观。在他看来,珂赛特既在他身边,就是属于他的;这种错觉,任何人都经历过。他自己在心里盘算着和珂赛特一起去英国,而且顺顺当当。他在梦中展望未来,看见他的幸福是无往而不美好。

他在餐室里缓步来回走着,目光突然触及某个奇怪的东西。他从对面碗橱上倾斜的镜子里,清楚地看到了四行字:

"亲爱的,唉!我父亲要我们立即动身。今晚我们住在武夫街七号。一星期后,我们将去英国。——珂赛特。六月四日。"

让·瓦让一下愣住了。

珂赛特到这里后,便把吸墨纸簿放在碗橱上的镜子前,她因为忧心如焚,忘记把它拿走,甚至没注意到它摊开着,正巧摊开在她昨天写信用的那一页。信已托路过普吕梅街的那位青年工人送去了,字迹却印在吸墨纸上。镜子又映出了字迹。

结果就产生了几何学上所谓的对称图像:吸墨纸上的倒字映在镜子里正了过来,让人看到的是正字。于是,让·瓦让便看到了珂赛特头天写给马里尤斯的信。这很简单,却使让·瓦让震惊不已。

让·瓦让走到镜子前。他又把那四行字读了一遍,却怎么也不相信是真的。他觉得,那几行字是在电光中闪现的。那是错觉。那是不可能的。那是不存在的。

他的视觉渐渐清晰。他看着珂赛特的吸墨纸,恢复了对现实事物的感觉。他拿起吸墨纸,说了句:"是这玩意儿。"他焦躁不安,将印在吸墨纸上的四行字看了又看,倒着的字迹使它们变成了离奇古怪的涂鸦,实在看不懂是什么意思。于是,他想:"这不是字,上面什么也没写。"他顿感如释重负,深深吸了口气。人处在可怕的时刻,谁不曾有过这种愚蠢的欣喜呢?幻想尚未全部破灭时,心灵是不会向绝望屈服的。

他手拿吸墨纸,看来又看去,傻乎乎地感到很高兴,觉得自己受了幻觉的愚弄,差点放声大笑。忽然,他目光又落到镜子上,又看到了幻象。那四行字出现在里面,清清楚楚,不容置疑。这次不再是海市蜃楼了。一种幻象反复出现,便是真实,是看得见摸得着的。字迹在镜子里正了过来。他明白了。

让·瓦让打了个趔趄,吸墨纸掉了下来。他瘫倒在碗橱旁的那张破安乐椅上,垂下脑袋,目光呆滞,茫然若失。他想,这是显而易见的事,世上的阳光永远消失了,肯定是珂赛特给某个人写的信。这时,他心里又翻江倒海起来。他听见他的灵魂在黑暗中低沉地咆哮。那就去狮笼把困着的爱犬夺回来吧!

奇怪而又令人伤心的是,此时此刻,马里尤斯还没拿到珂赛特的信。命运背信弃义,在马里尤斯拿到信之前,先教让·瓦让看到了。

让·瓦让从没被苦难击败过。他经历过多少严酷的考验,遭受过多少噩运的折磨!残酷无情的命运,以形形色色的社会制裁和偏见为武器,把他作为目标,穷凶极恶地向他扑来。他从没有后退和屈服。必要时,他接受过各种极端的暴行,牺牲过重新获得的人身不可侵犯性的权利,放弃过自由,冒过杀头的危险,丧失过一切,忍受过一切。他一直大公无私,清心寡欲,以至于有时候,他简直像个殉道者,从来不想自己。他的良知在噩运的万般折磨中千锤百炼,仿佛永远攻不破,打不垮。可是,假如有人此刻洞察他的心灵,就不得不看到,他的良知在减退。

这是因为,在命运对他的长期拷问中,他遭受过种种酷刑,而这一次的酷刑是最为可怕的。他从没经历过这样的钳刑。他觉得,他身上潜藏的所有感觉都在神秘地骚动。他感到一种从未有过的撕心裂胆的剧痛。唉！人生最严峻的考验，更确切地说，人生唯一的考验，是失去心爱的人。

当然，可怜的老让·瓦让，他对珂赛特的爱不过是父爱。但是，我们前面说过，他一生从没结过婚，他把各种各样的爱，带进了这种父爱中。他爱珂赛特，就像爱他的女儿，爱他的母亲，爱他的姐妹。而且，他从没有过情人和妻子，而人的天性是个债权人，从不接受拒付证书，因而在其他感情中，也掺杂着一种爱情，这是所有感情中最不会败诉的感情，朦朦胧胧，不知不觉，纯之又纯，盲目轻率，无意无识，美妙非凡，是天使的感情，神的感情。与其说是感情，不如说是本能，与其说是本能，不如说是魅力，不可感知，不可看见，但却真真实实。这种狭义的爱，蕴藏在他对珂赛特的无限柔情中，好比金矿脉蕴藏在深山中，深藏不露，未经开采。

请大家回忆一下这种心境，我们在前面谈到过。他们之间是不可能结合的，连灵魂的结合也不可能。然而，可以肯定，他们的命运已结合在一起了。在漫长的岁月中，除了珂赛特，也就是说，除了一个孩子，让·瓦让从没有过可以爱的人。大凡过了五十岁的男人，已从激情转变为柔情，正如越冬的树叶从嫩绿转成了暗绿，可是，让·瓦让从没经历过这种转变。总之，而且我们不止一次强调过，这种内心感情的融合，这种已凝聚成高贵品质的整体，最终使让·瓦让变成了珂赛特的父亲。这是一个奇特的父亲，他融祖父、儿子、兄弟和丈夫于一身。在这个父亲身上，甚至还有母亲的影子。他热爱珂赛特，崇拜珂赛特，这孩子是他的光明，他的住所，他的家庭，他的祖国，他的天堂。

因此，当他看见一切都完了，她要摆脱他，要从他手里溜走，要从他身边躲开，要像云彩那样飘走，流水那样逝去；当他看到一个十分明显的事实，另一个人成了她心爱的目标，另一个人成了她生活的期望，她已有了心上人，我不过是父亲，我已不再存在；当他不再怀疑，对自己说："她要离我而去！"；当他看到这些，他内心的痛苦已超过可忍耐的限度。他付出了一切，竟落得这个下场！到头来什么也不是！于是，如前面所说，他气得浑身颤抖。他的个人主义彻底苏醒了，连头发根里都能感觉到。自我在这个人的心灵深处怒吼。

人的精神是会崩溃的。人一旦确定自己身陷绝境，心灵上的某些要素就会被排斥和摧毁，而这些东西，有时恰恰是人的本质所在。痛苦到这种程度，良知的力量便会四散溃逃。这是致命的危险时刻。从里面出来，仍能保持本色、恪守天则的人寥寥无几。痛苦超过了极限，最坚定的道德也会困惑。让·瓦让又拿起吸墨纸，再次得到了证实。他低着头，仿佛变成了石头，愣愣地看着那不容置疑的几行字。他心里乌云密布，他的精神仿佛完全崩溃。

他审视这吸墨纸泄露的秘密，任自己胡思乱想。但他外表十分平静，那是很骇人的，因为，当一个人平静到塑像般冷峻的程度，是十分可怕的。

他衡量命运在他毫无察觉的情况下迈出的可怕一步。他想起了去年夏天费了很大劲儿才赶跑的恐惧。他又看到了悬崖峭壁，还是那个样子。不同的是，这次让·瓦让不是站在崖边，而是跌进了渊底。

令人心碎，且闻所未闻的是，他跌进了深渊，却毫无觉察。

他生命的光辉已消失，可他还以为天天都看到太阳。

本能使他一下猜到是谁。他把一些情况、一些日期、珂赛特的几次脸红和脸白，联系起来比较对照，最后想道："是他。"绝望中的猜测是一种神箭，从来弹无虚发。他一箭中的，一下就猜到是马里尤斯。他不知道名字，但马上就想到了那人。他无情地搜索记忆，清楚地看见了那个在卢森堡公园闲逛的陌生人，那个寻花问柳的无耻之徒，那个唱情歌的浪荡公子，那个蠢货，那个无赖，因为不顾身旁还有父亲，来向他爱女挤眉弄眼，暗送秋波，就是无赖行为。

让·瓦让，这个脱胎换骨的人，这个下了极大工夫改造灵魂的人，这个作了巨大努力，将一生的苦难和不幸都化作爱心的人，当他确认这件事背后有这么个年轻人，一切都是由他而引起时，他再反视内心，便看见了一个幽灵——仇恨。

巨痛包含着消沉。它会使人一蹶不振。人一旦陷入巨痛深悲，会感到有些东西在离开自己。年轻时有了痛苦，会郁郁不欢；晚年有了痛苦，会一蹶不振。唉！当血是热的，发是黑的，脑袋像火焰竖在火炬上那样竖在肩上的时候，当命运的纺锤几乎原封未动，心里充满了可望的爱，心脏搏动还能引起共鸣的时候，当还有时间弥补，可以拥有所有的女人，所有的微笑，前程似锦，大有可为，生命旺盛的时候，绝望都是件十分可怕的事；那么，当岁月飞逝，黄昏渐至，人已到了垂暮之年，已开始看见坟墓上的星星的时候，绝望又会是什么呢？

他正想得出神，杜珊进来了。让·瓦让起身问她：

"在哪边？您知道吗？"

杜珊莫名其妙，只能回答：

"什么？"

让·瓦让又说：

"刚才您不是说打起来了吗？"

"哦！是的，先生。"杜珊回答，"在圣梅里教堂那边。"

有时，我们在不知不觉中，受最幽深思想的驱使，会有一些无意识的冲动。此时此刻，让·瓦让可能就处在这样的冲动下，却浑然不知。五分钟后，他就到了大街上。

他光着脑袋，坐在家门口的护墙石上。他好像在侧耳细听。夜幕已降临。

二　与路灯作对的流浪儿

他这样坐了多久？在这阴郁的沉思中，有过哪些起伏反复？他振作起来了吗？还是仍被压得直不起腰？他被压垮了吗？他还会站起来，在良知上找回坚实的立足点吗？恐怕连他自己也未必能回答。

街上冷冷清清。几个心神不安的市民匆匆回家，几乎没看见他。危难时刻，人人只顾自己。同平时一样，路灯工前来把正对七号大门的路灯点着就走了。在这黑暗中，如有人观察让·瓦让，会以为他不是活人。他坐在门口的护墙石上，犹如凝固的幽灵，一动不动。人在绝望时，是会凝固的。远处传来了警钟声，以及隐约可闻的暴风雨般的喧嚣声。在与骚乱声相混的猛烈的警钟声中,圣保罗教堂的时钟庄严而从容地敲响了十一点。警钟是人的声音,时钟是上帝的声音。时间流逝与让·瓦让毫无关系,他依然僵坐不动。可是,几乎与此同时,中央菜市场那边突然响起一阵枪声,接着又是一阵,比第一次更猛烈。可能是进攻尚弗里街街垒的枪声,后来正如我们看到的,这次进攻被马里尤斯击退了。在被惊得目瞪口呆的黑夜里,这两阵枪声显得格外激烈,让·瓦让浑身打了个哆嗦。他站起来看了看传来枪声的方向,随即重又坐到护墙石上,交叉双臂,脑袋又慢慢垂到胸前。

他继续同自己进行阴郁的对话。

他蓦地抬起头,街上有行人,他听见附近有脚步声。他定睛看了看,借着幽暗的路灯光,望见通往档案馆的街那边,有一张年轻、惨白、快乐的脸。

加弗洛什刚走到武夫街。他扬头张望,好像在寻找什么。他分明看见了让·瓦让,但却视而不见。

加弗洛什向上看过后,又向下看看。他踮起足尖,挨个儿摸摸楼下的门窗。门窗都插了销,上了锁,关得严严实实。当他看到五六个门面都像这样关闭着,便耸了耸肩,自言自语道:

"见鬼!"

接着,他又抬头张望。

要是在刚才,让·瓦让处在那种心境下,是不可能同人说话和回答问题的,现在却忍不住同孩子搭起话来。

"孩子,"他说,"有什么事?"

"我饿了。"加弗洛什干脆地回答。接着他又回敬了一句:"您才是孩子呢。"

让·瓦让在背心兜里摸了摸,摸出一枚五法郎银币。可加弗洛什就像是白鹡鸰鸟,动作十分敏捷,他已从地上拾起一块石头,因为他看见了那盏路灯。

"咦!"他说,"你们这里还点着路灯。朋友们,你们不守规矩。这是破坏秩序。给我砸了。"

他向路灯扔去石头,灯罩哐当一声掉下来,对面房子里的市民躲在窗帘下直呼:"又像九三年了!"

那路灯猛地摇晃几下,熄灭了。街上骤然一片漆黑。

"你这条老街,就得这样,"加弗洛什说,"戴上你的睡帽吧。"

他转向让·瓦让:

"街那头的那座大楼叫什么?叫档案馆,对不对?那些大傻瓜柱子,得给我扒下几根来,乖乖地拿去筑街垒。"

让·瓦让走到加弗洛什身边。

"可怜的孩子,"他咕哝道,仿佛在自言自语,"他饿了。"

他把那五法郎硬币塞到他手里。

加弗洛什抬起头,看见这样大的硬币,大吃一惊。他在黑暗中看了又看,硬币的白光耀得他睁不开眼。他听说过五法郎的硬币,久仰大名,现在亲眼看见,不由得心醉神迷。他说:"我们来好好瞧瞧老虎。"

他出神地看了一会儿,然后转向让·瓦让,将硬币递给他,庄重地对他说:

"资产阶级,我更喜欢砸路灯。把您的野兽拿回去吧。我才不受腐蚀呢。它有五个爪子,但抓不伤我。"

"你有母亲吗?"让·瓦让问。

加弗洛什回答：

"也许比你还多。"

"那好，"让·瓦让又说，"留给你的母亲吧。"

加弗洛什受了感动。再说，他发现这个人没戴帽子，对他产生了好感。

"真的，"他说，"不是想让我不砸路灯吧？"

"你想砸什么，就砸什么。"

"您这人很正直。"加弗洛什说。

他把那枚硬币放进一只兜里。他对老人更信任了，便又问：

"您就住在这街上吗？"

"是啊，问这干吗？"

"能告诉我哪个是七号吗？"

"你问七号干什么？"

这时，孩子怕说得太多，便住口了。他用力将指甲插进头发里，只是回答：

"啊！没什么。"

让·瓦让闪过一个念头。人在焦虑时，会有清醒的时候。他对孩子说：

"你是给我送信的吗？我正等着呢。"

"您？"加弗洛什说，"您又不是女人。"

"信是给珂赛特小姐的，对不对？"

"珂赛特？"加弗洛什咕哝道，"对，我想是这个怪名字。"

"那好，"让·瓦让说，"信得由我转交。给吧。"

"这么说，您想必知道我是街垒那边派来的吧？"

1425

"当然。"让·瓦让说。

加弗洛什将手放进另一只兜里,拿出一张四折的纸。

然后,他行了个军礼。

"向这信致敬。"他说,"它是临时政府发出的。"

"给吧。"让·瓦让说。

加弗洛什将纸举过头。

"别以为是情书。是写给一个女人的,但也是写给人民的。我们这些人,我们在战斗,但我们尊重女性。我们不像是上流社会,我们那里没有把小鸡派去见骆驼的狮子。"

"给吧。"

"事实上,"加弗洛什说,"我觉得您很正直。"

"快给吧!"

"喏!"

他把信给了让·瓦让。

"快送去,那什么先生,那什么小姐正等着呢。"

加弗洛什因造了这个词而洋洋得意。

让·瓦让又说:

"回信是不是送到圣梅里街?"

"那您就是在做黄油小面包,太蠢了。"加弗洛什说,"这封信是从尚弗里街的街垒送来的。我回那里去。晚安,公民。"

加弗洛什说完便走了,更确切地说,他像逃出笼子的鸟儿,飞回原来的地方。他像颗炮弹,飞速地直冲黑暗,仿佛冲出了一个窟窿。武夫街又恢复了寂静和冷清。眨眼工夫,这个笼罩着阴影和梦幻的古怪孩子,已钻进两排黑乎乎的房屋中间,消失在迷雾中了，就像一缕轻烟消失在黑暗中。要不是几分钟后，那些气愤的市民又一次听见"砰"的一声砸破玻璃以及"哐当"一声碎片落地的声音，会以为他已消散了，消失了。那时，加弗洛什正经过茅屋街。

三　珂赛特和杜珊睡觉的时候

让·瓦让拿着马里尤斯的信回家了。

他摸黑上楼，就像抓住猎物的猫头鹰，庆幸自己在黑暗中。他轻轻开门关门，听听有没有动静。从种种迹象看，珂赛特和杜珊都已睡觉。他往富马德打火瓶里放了四五根火柴，才打出火星，因为手抖得厉害，大概是做贼心虚吧。蜡烛终于点着，他把臂肘支在桌子上，打开纸，读了起来。

人极其激动的时候，是读不了信的，简直会把手中的纸当作敌人打倒在地，把它当作受害者，扼住脖子，使劲搓揉，将狂怒或狂喜的指甲掐进肉里；会直奔信的末尾，然后又跳到开头；注意力就像发着高烧，只能明白个大概，知道个差不多和主要的；抓住一点，其余的全部漏掉。在马里尤斯给珂赛特的信中，让·瓦让只看见这几个字：

"……我要死了……当你读到这封信时，我的灵魂将在你的身边……"

看到这两行字，他顿感头晕目眩，一时间，仿佛被内心情绪的变化压垮了。他惊喜交集地读着马里尤斯的信，眼前出现了仇人死去的灿烂景象。

　　他内心高兴得大吼一声。——事情就这样结束了。结局来得如此之快,这是他不敢指望的。他命运的克星就要消失,是自觉自愿离开的。"这个人"就要死了,他让·瓦让没有做任何事情,没有任何过错。说不定他现在就已经死了。——想到这里,他发烧的脑袋计算了一下。——不会,他还没有死。信显然是写给珂赛特明天早晨读的。从十一点到半夜之间响过两次枪声以后,再没听见枪声。天快亮时,街垒才会真正受到进攻。不过都一样,"这个人"从加入这场战争起就完了。他已卷了进去。——让·瓦让感到如释重负。他又可以独自和珂赛特相守了。竞争已然消失,未来又有了希望。只要把这封信藏在兜里,珂赛特永远也不会知道"这个人"的下落。"听其自然就行。这个人在劫难逃。即使他现在还没死,也一定会死的。真是太幸福了!"

　　他心里这样想着,但又感到忧虑不安。然后,他又下楼去,叫醒看门人。

　　大约一小时后,让·瓦让穿着国民自卫军的制服,拿着武器,出去了。看门人不费吹灰之力,在附近就给他配齐了装备。他有一支上了子弹的步枪,一个装满子弹的弹盒。他朝中央菜市场那边走去。

四　加弗洛什过于热忱

　　然而,加弗洛什遇到一件惊险的事。

加弗洛什一丝不苟地砸烂了茅屋街的路灯后,来到老圣母升天会修女街。那里,连个"猫"影也没有,觉得是个好机会,可以把他会唱的歌尽情唱一唱。他的步伐并没因为唱歌而放慢,反而加快了。他沿着入睡了的或吓坏了的房屋,一路撒播煽动性的歌曲:

　　鸟儿在林中造谣,
　　非说阿塔拉昨天
　　跟一个俄国佬跑了。

　　　　美丽的姑娘去哪里,
　　　　隆啦。

　　我的朋友皮埃罗
　　你瞎说,那天米拉
　　敲他家的玻璃窗喊我了。

　　　　美丽的姑娘去哪里,
　　　　隆啦。

　　姑娘们既美又温柔,
　　她们的毒药使我心醉,
　　也使奥菲拉先生[①]神迷。

---

① 奥菲拉(1787—1853),毒药学家,巴黎医学院的化学教授。

美丽的姑娘去哪里，
　　　　隆啦。

我喜欢爱神，打情又骂俏，
我爱阿涅斯，我爱帕梅拉，
丽斯点燃我欲火烧了自己。

　　　美丽的姑娘去哪里，
　　　　隆啦。

当年我看见苏赛特
和赛依拉的丝头巾，
我的灵魂与之相缠绕。

　　　美丽的姑娘去哪里，
　　　　隆啦。

你在黑暗中闪光，啊爱神！
给洛拉戴上玫瑰花，
我为爱她，愿遭天罚。

　　　美丽的姑娘去哪里，
　　　　隆啦。

你对镜打扮,啊让娜!
那天我的心已飞走;
相信是让娜得到了它。

美丽的姑娘去哪里,
隆啦。

晚上,跳完四对舞,
我让星星看看斯泰拉,
对它们说:好好看看她。

美丽的姑娘去哪里,
隆啦。

加弗洛什边唱边表演。动作是叠句的支点。他脸上的表情变幻无穷,扮的怪相多么夸张,多么虚幻,在大风里飘扬的破被单上的窟窿眼也望尘莫及。可惜只有他一人在场,且又是夜里,没有人看见,也看不见。世上有些财富就这样被埋没了。

他戛然不唱了。

"情歌暂停。"他说。

他那双猫眼发现在一个门洞里,有一幅绘画中所谓的协调的画面,就是说有一个人和一件物,物便是一辆手推车,人便是睡在车里的奥弗涅人。

车把着地,奥弗涅人的脑袋枕在车挡板上,身体蜷缩在倾斜的车身上，两只脚挨着地面。

加弗洛什见多识广，一眼便看出那人喝醉了酒。这是在这一带送货的工人，喝得太多，睡得太沉。

"这就是夏天黑夜的好处。"加弗洛什思忖。"奥弗涅人在他的车里睡着了。这辆车拿去送给共和国，奥弗涅人留给王朝。"

刚才，他脑海里闪过一个念头：

"将这辆车弄到我们的街垒去，那才妙呢。"

奥弗涅人鼾声如雷。

加弗洛什将车子轻轻往后拉，又抓住奥弗涅人的两只脚轻轻向前拖。不一会儿，奥弗涅人就安安稳稳地平躺在地上了。小车卸去了负担。

加弗洛什习惯应付各种意外，身上什么都带着。他在一只口袋里掏了掏，掏出一张破纸和一段红铅笔头。铅笔是从一个木匠那里偷来的。

他写道：

"法兰西共和国

收到你的车子一辆。"

他还署上名字："加弗洛什。"

写毕，他把字条塞进依然鼾声如雷的奥弗涅人的天鹅绒背心兜里，双手抓起车把，推着小车，朝中央菜市场奔去，胜利而自豪的辘辘声响彻一路。

这是很危险的。王家印刷局那里有个哨所。加弗洛什没有想到。郊区国民自卫军的一个班守在那里。士兵们被惊醒,脑袋从行军床上抬起来。加弗洛什接连砸碎两盏路灯,再加上声嘶力竭地唱歌,足以使胆小怕事的居民胆战心惊;他们太阳落山就想睡觉,早早就熄灭了蜡烛。一小时来,这流浪儿有如瓶里的苍蝇,将这宁静的街区搞得鸡犬不宁。国民自卫军的班长侧耳细听。他等待着。他是个小心谨慎的人。

咕隆隆的车行声,使班长坐不住了,决定去侦察一番。

"他们有一伙人!"他说,"我们得轻一点。"

显然,无政府主义的七头妖蛇已钻出巢穴,在这街区兴风作浪了。班长壮着胆,蹑手蹑足,走出哨所。

加弗洛什推着车,正要走出老圣母升天会修女街,突然迎面遇到一身制服、一顶筒状军帽、一撮翎毛和一支步枪。他又一次戛然停下。

"咦!"他说,"是他。您好,治安。"

加弗洛什的惊讶转瞬即逝。

"你去哪,流氓?"班长吼道。

"公民,"加弗洛什说,"我还没喊您资产阶级呢。干吗侮辱我?"

"你去哪,无赖?"

"先生,"加弗洛什又说,"昨天您也许挺幽默,可今天早晨被撤职了。"

"我问你去哪里,坏蛋!"

加弗洛什回答:

1433

"您说话很文雅。真的,我看不出您的年纪。您应该把您的头发卖了,一根一百法郎。可以卖五百法郎。"

"你去哪?你去哪?你去哪,强盗?"

加弗洛什接着说:

"这些话太难听。第一次喂您奶时,得好好擦擦您的嘴巴。"

班长要拼刺刀了。

"你到底说不说去哪里,恶棍?"

"我的将军,"加弗洛什说,"我老婆快生了,我去找医生。"

"杀!"班长喊道。

用害你的东西救自己,这是强者的高招。加弗洛什一眼便认清了形势。是小车给他带来了麻烦,现在救他的还是小车。

班长正要扑向加弗洛什,小车就成了炮弹,嗖地发出,冲向班长。班长当肚挨了一撞,仰天摔倒在阳沟里,开了一枪,子弹却飞到了天上。

听见班长的喊声,哨所里的人乱哄哄地出来了;听到枪声,他们也乱放了一通,然后装上子弹再放了一通。这种捉迷藏般的乱放枪,足足持续了一刻钟,击破了几块窗玻璃。

加弗洛什拼命往后跑,跑过五六条街才停下,气喘吁吁地坐到红孩子街拐角的护墙石上。他屏息静听。

他喘了一会儿气,转脸朝枪声大作的地方看了看,将左手举到鼻子高度,向前伸了三次,又用右手拍拍后脑勺。这一至高无上的动作,是巴黎流浪儿们创造的,浓缩着法国式的讥讽,显然卓有成效,因为已流传半个世纪了。

可这快乐的心情,被一个痛苦的想法一扫而光。

"呀,"他说,"我只顾大笑,笑痛了肚子,开心得不得了,可我耽误了路,得绕个大弯。但愿我能及时赶回街垒!"

说完,他又奔跑起来,边跑边说:

"啊,刚才唱到哪里了?"

他接着刚才那支歌往下唱,同时飞快钻进街巷,歌声渐渐消失在黑暗中:

现在还有巴士底狱,
我要把现存的社会秩序
彻底砸烂,彻底捣碎。

美丽的姑娘去哪里,
隆啦。

有谁想玩九柱戏?
大球一滚谁都怕,
旧世界砸了个稀巴烂。

美丽的姑娘去哪里,
隆啦。

古老而善良的人民,
举起拐杖,彻底砸碎了
展示君主政体的卢浮宫。

美丽的姑娘去哪里，
隆啦。

我们攻破了卢浮宫；
查理十世害了怕，
丧魂落魄下了台。

美丽的姑娘去哪里，
隆啦。

哨所里的人展示武力，不是一无所获。他们缴获了那辆车，逮捕了那个醉汉。车子送到警察局物品扣押处，醉汉后来被当作同谋，交付军事法庭。当时的检察部门，在这次案件中，对维护社会安全，表现了不懈的热忱。

加弗洛什这次险遇，在圣殿街一带传为佳话，但在沼泽区老资产阶级们的记忆中，却是件十分可怕的事，他们把这命名为：夜袭王家印刷局哨所。